Irische Kriminalgeschichten

Irische Kriminal Geschichten

Gesammelt und vorgestellt
von Peter Haining

Aus dem Englischen
von Martin Richter
und Harry Rowohlt

Bechtermünz Verlag

Die englische Originalausgabe
»Great Irish Detective Stories«
erschien 1993 bei Souvenir Press, London

Die Geschichte von Flann O'Brien
wurde von Harry Rowohlt
übersetzt

Genehmigte Lizenzausgabe für
Weltbild Verlag GmbH, Augsburg 1998
Umschlaggestaltung: grafikdesign feedback, München
Umschlagmotiv: Dodie Miller/Bildagentur Mauritius, Mittenwald
Gesamtherstellung: Presse-Druck Augsburg
Printed in Germany
ISBN 3-8289-0099-2

Für
Philippa, Richard, Wendy, Ray und Kari
und die unvergeßlichen Erinnerungen
an Dunmore East

INHALT

I
EINES UNNATÜRLICHEN TODES

Erzählungen von Morden
und Todesfällen

II
GESETZESBRUCH

Fälle von Diebstahl
und Raub

III
VERBRECHEN AUS LEIDENSCHAFT

Erzählungen von
Eifersucht und Rache

IV
DIE ERMITTLER

Polizisten und Privatdetektive

EINLEITUNG

Ein Kolumnist schrieb kürzlich in der ›Irish Post‹: »Man kann ohne Scheu sagen, daß Irland über die Jahre hinweg nicht viel Kriminalliteratur hervorgebracht hat.«

Diese Behauptung ist so überraschend wie rätselhaft. Irland hat in den vielleicht hundertfünfzig Jahren, seit diese literarische Form existiert, nicht nur eine beachtliche Zahl herausragender Kriminalschriftsteller hervorgebracht, sondern einige seiner führenden Vertreter sind Pioniere auf diesem Gebiet gewesen und haben in den Erzählungen über Mord, Kriminalfälle und Ermittlungen völlig neue Entwicklungen in Gang gesetzt. So stammte zum Beispiel die erste Kriminalgeschichte, in der die Hand des Mordopfers ein verräterisches Indiz umklammerte, von einem irischen Schriftsteller, ebenso die erste, in der eine Photographie das Rätsel um eine verschwundene Person zu lösen half. Tatsächlich zeigt ein wenig Recherche rasch, daß Irland dieses Gebiet von Anfang an beeinflußt hat.

Edgar Allan Poe, der »Vater der Detektivgeschichte«, wie ihn die Historiker der Kriminalliteratur nennen, war irischer Abstammung. Die Poes waren vermutlich Landpächter in der Grafschaft Cavan, bis John Poe, der Großvater des berühmten Schriftstellers, seine armseligen Besitztümer zusammenpackte und 1750 voller Hoffnung auf ein besseres Leben in die Neue Welt segelte. Poe selbst hat Irland niemals besucht, obwohl er eine Weile in England lebte und auch Schottland bereiste, aber sein Ruhm als Begründer der Detektivgeschichte mit seinen drei Erzählungen um Detektiv C. Auguste Dupin, die fast jeden möglichen Typ der Kriminal- und Detektivgeschichte vorwegnahmen, verdankt vielleicht etwas der beherzten und neugierigen Seite seines irischen Erbteils.

Wilkie Collins, der Autor von *Der Monddiamant* (1868), welchen T. S. Eliot als »ersten, längsten und besten modernen englischen Kriminalroman« bezeichnete, hatte ebenfalls irische Wurzeln: Sein Großvater William Collins (1740–1812) war selbst ein bekannter irischer Schriftsteller.

Dann ist da noch der größte aller erfundenen Detektive, Sherlock Holmes, der Irland mehrmals besuchte, um Fälle zu lösen, die ihn an so weit voneinander entfernte Orte wie Belfast, Maynooth, Dublin, Waterford und auch nach Skibbereen führten. Holmes' Schöpfer Sir Arthur

Conan Doyle wurde in Schottland als Kind irischer Eltern geboren: Seine Mutter war Mary Foley, sein Vater das älteste Kind des irischen politischen Karikaturisten John Doyle.

Auch andere große Namen fallen einem ohne Mühe ein. Sax Rohmer, desssen undurchschaubarer Schurke Dr. Fu Manchu fast so viele Fans hat wie Sherlock Holmes, hatte irische Eltern, obwohl er in Birmingham geboren wurde. Sein richtiger Name war Arthur Sarsfield Ward – Sarsfield nach einem großen irischen General des siebzehnten Jahrhunderts und Ward als anglisierte Form von Mac und Bhaird, »Sohn des Barden«. Ebenso vertraut sind die Namen Alfred Hitchcock und Raymond Chandler, beide hatten irisches Blut in den Adern.

Hitchcock, der Meister des Kinothrillers, stammte aus dem irisch-katholischen Milieu Londons. Sein Großvater aus dem East End war bei seiner Heirat mit Ann Mahoney aus Irland zum Katholizismus übergetreten, und sein Vater nahm mit Emma Jane Whelan ebenfalls eine Irin zur Frau, eine matriarchalisch-katholische Dame, die nach Meinung einiger Hitchcock-Biographen für seine späteren Probleme mit Frauen verantwortlich war.

·Raymond Chandler, dessen Mutter Florence Dart Thornton aus einer alten irischen Quäkerfamilie stammte, war immer stolz auf seine Vorfahren und schrieb 1940: »Ich habe eine Menge Verwandte in Irland, einige arm, einige nicht, alle Protestanten, manche von ihnen Sinn Feiner (Republikaner) und manche völlig probritisch.«

Unter den neueren Kriminal- und Thrillerautoren finden sich noch mehr bedeutende Namen. Francis Clifford, Drehbuchautor für den Film *Der Mann am Draht* mit Frank Sinatra, kam aus Cork; Leonard Holton, Schöpfer des Verbrechensbekämpfers Father Joseph Bredder aus Los Angeles und Drehbuchautor des berühmten Peter-Sellers-Films *Die Maus, die brüllte,* stammte aus Waterford; Bill Naughton, geistiger Vater des unbezähmbaren *Alfie*, wurde in der Grafschaft Mayo geboren; und Frank Ryan, in der Nachfolge Conan Doyles zugleich Arzt und Schriftsteller, kam aus Dublin. Bei den Autorinnen sind es die produktive, in Dublin geborene Sheila Pim und Ruth Edwards, die bedeutende Biographin und Autorin vier hochgelobter Kriminalromane in der Tradition von Dorothy L. Sayers, Margery Allingham und Ngaio Marsh.

Die Liste der »Irish Crime Connection« ist auch voller Kurzgeschichtenautoren, und das Gewicht ihrer Beiträge wird sich auf den folgenden

Seiten zeigen. Neben bekannten Namen wie Frank O'Connor, Sean O'Faolain, Liam O'Flaherty und William Trevor, allesamt erklärte Bewunderer der Kriminalgeschichte und Schöpfer einiger herausragender Beispiele, wird der Leser einige Überraschungen erleben. So stammte Peter Cheney, der den »hard-boiled style« des amerikanischen Kriminalromans an britische Schauplätze verlegte, aus der Grafschaft Clare, während der englische *Poeta laureatus* Cecil Day Lewis, der unter dem Pseudonym Nicholas Blake Krimis schrieb, in Ballintubber geboren wurde. Jeder kennt gewiß die Herkunft Brendan Behans, aber nur wenige wissen vielleicht, daß der berüchtigte Trinker und berühmte Dramatiker unter dem Namen Emmet Street auch Krimis verfaßte oder daß Flann O'Brian, der Meister der komischen Erzählung, sein Einkommen aufbesserte, indem er anonym einige Sexton-Blake-Folgen schrieb.

Durch Namen wie diese kann ich wohl die Behauptung entkräften, Irland habe »nicht viel Kriminalliteratur hervorgebracht«. Überdies sind die hier gesammelten Erzählungen nur der repräsentative Querschnitt einer viel größeren Zahl, in der die spezifisch irische Methode, über Mysteriöses und Mörderisches zu schreiben, am spanndendsten und einfallsreichsten präsentiert wird. Ich kann nur bedauern, sie aus Platzmangel nicht alle präsentieren zu können.

Dennoch werden hier die Indizien vorgelegt, daß Irland seit wenigstens anderthalb Jahrhunderten ein reichhaltiger Quell von Kriminalgeschichten ist. Das Urteil liegt nun bei Ihnen.

Peter Haining

I
EINES UNNATÜRLICHEN TODES

Erzählungen von Morden und Todesfällen

WILLIAM TREVOR

Die Geschehnisse in Drimaghleen

Wenige zeitgenössische irische Autoren von Kurzgeschichten wissen mehr über die Kunst der Kriminalerzählung als William Trevor (*1928), dessen erste Erinnerung an das Erlernen der »ruhigen, erwachsenen Beschäftigung des Lesens« sich an Agatha Christies *Zehn Kleine Negerlein* knüpfen. Diese Erfahrung sollte seine Interessen und seine spätere Entscheidung, Schriftsteller zu werden, tief beeinflussen. Die orangefarbene Ausgabe des Christie-Klassikers war ihm von seiner Mutter besorgt worden, einer passionierten Benutzerin der Argosy Library, einer Leihbücherei, die in den meisten Süßwarenläden der Grafschaft Cork vertreten war, wo die Familie in den dreißiger und vierziger Jahren wohnte. Trevor war von der raffinierten Mordgeschichte so gefesselt, daß er sogleich auch alle weiteren Christie-Romane las und ebenso andere populäre Krimiautoren wie Sapper und Edgar Wallace. »Jahrelang las ich nichts anderes«, bekennt er, »und bin bis heute eine Art Spezialist für die Kriminalliteratur dieser Epoche.«
Schon früh hatte er eine echte Begegnung mit dem Tod, die sein Interesse weiter anfachte. »In Youghal gab es einen Mann, der sich in einem Hühnerstall erschoß«, erinnerte er sich 1992 in einem Interview. »Das Leben war die Hölle für ihn gewesen, er hörte Stimmen flüstern, und der Hühnerstall, ziemlich nah hinter unserem Garten, entwickelte etwas Unheimliches, das durch das Gegacker der Vögel noch schauriger wurde. Der Hühnerstall steht nicht mehr dort, aber wenn ich an der Stelle stehe, schaudert mir trotzdem, und ich erinnere mich an andere Todesfälle.«
William Trevor gilt weithin als einer der größten Kurzgeschichtenautoren Irlands und der Welt, und es ist kein Wunder, daß Verbrechen und ihre Aufklärung das Thema einer Reihe seiner Geschichten sind, um die ihn viele hauptberufliche Thrillerautoren beneiden. Für mich gibt es in seinem Werk kaum ein besseres Beispiel dieses Genres als »Die Geschehnisse in Drimaghleen« (geschrieben 1990), das ein anderes seiner Interessen, das irische Kleinstadtleben, in eine Erzählung über besonders unnatürliche Todesfälle einbezieht.

Nichts annähernd so Furchtbares war zuvor in Drimaghleen geschehen, seine Bewohner hatten niemals solch einen Schock erlebt. Wie alle Menschen hatten sie ihren Teil Leid getragen, es gab Erinnerungen an dramatische Vorfälle, man erzählte Geschichten aus einer ferneren Vergangenheit. In den achtziger Jahren des vorigen Jahrhunderts war eine als Gattin des Hauptmanns bekannte Frau mit einem buckligen Trödler durchgebrannt. 1798 hatte es Widerstand in den Hügeln und Kämpfe in Drimaghleen selbst gegeben. Während der Unruhen vor der Unabhängigkeit war ein Mann aus dem Dorf von der britischen Einheit der Black and Tans auf einem Feld hingerichtet worden. Aber keine Erzählung und kein langes Gedächtnis reichte an den Schrecken der Tragödie heran, die die Bewohner von Drimaghleen am 22. Mai 1985, einem Mittwochmorgen, erwartete.

Die McDowds erwachten an diesem Morgen in ihrem Farmhaus und begannen den Tag wie immer: McDowd zog Hemd und Hose an und nahm einen schwarzen Mantel von den Kleiderhaken neben der Küchentür herunter. Er band ihn mit einem Stück Schnur zusammen, das in einer der Taschen steckte, holte seine Socken aus den Gummistiefeln und ging mit den beiden Schäferhunden hinaus, um die Kühe zum Melken in den Stall zu treiben. Seine Frau wusch sich, setzte den Wasserkessel auf den Herd und klopfte an die Tür ihrer Tochter. »Maureen!« rief sie. »Los jetzt, Maureen!«

Es war nicht ungewöhnlich, daß Maureen keine Antwort gab. Mrs. McDowd ging wieder ins Schlafzimmer, schlüpfte aus dem Nachthemd und kleidete sich an. »Steh jetzt auf, Maureen!« rief sie und hämmerte wieder gegen die Tür ihrer Tochter. »Bist du krank?« fragte sie und war jetzt erstaunt über die Stille im Zimmer: Beim zweiten Wecken gähnte Maureen sonst immer oder sagte etwas. »Maureen!« rief sie noch einmal und öffnete dann die Tür.

McDowd, der das Vieh zusammentrieb, war sich bewußt, daß etwas im Hof nicht gestimmt hatte, als er vorbeigegangen war, aber die frühmorgendliche Trägheit behinderte seine Gedanken, als er herauszufinden versuchte, was es gewesen war. Die Stimme seiner Frau, die ihm übers Feld etwas zurief, das er nur unvollständig verstand und in dem wiederholt der Name seiner Tochter vorkam, brachte ihn zu der jähen Erkenntnis, daß das, was nicht gestimmt hatte, Maureens Fahrrad gewesen war, das nicht am Fensterbrett der Küche gelehnt hatte. »Maureen ist nicht zurückgekommen«, wiederholte seine Frau, als er nahe genug war, um sie zu verstehen. »Sie hat nicht in ihrem Bett gelegen.«

Die Kühe wurden gemolken, weil das getan werden mußte, egal, was der Grund für Maureens Verschwinden war. Das Frühstück stand auf dem Küchentisch, weil nichts Gutes dabei herauskam, wenn man nichts aß. McDowd aß wortlos mit unbeeinträchtigtem Appetit, seine Frau nahm weniger zu sich als sonst. »Wir fahren rüber«, sagte er mit vom Ärger belegter Stimme, als sie fertig waren.

Sie nickte. Sobald sie das unbenutzte Bett gesehen hatte, war ihr klar gewesen, daß sie etwas unternehmen mußten. Sie konnten nicht einfach warten, bis ein Brief oder ein Telegramm eintraf, oder was immer ihre Tochter geplant hatte. Sie würden zu dem Haus fahren, wo Lancy Butler mit seiner Mutter wohnte, dem Haus, zu dem ihre Tochter am Abend zuvor geradelt war. Sie sprachen den Gedanken, der sie beide bewegte, nicht laut aus: daß ihre Tochter das Gesetz in die eigenen Hände genommen hatte und mit Lancy Butler durchgebrannt war, einem verzogenen, unnützen Burschen.

McDowd war ein ziemlich großer, hagerer Mann von zweiundsechzig Jahren mit fast ausgezehrtem Gesicht und zerzaustem grauen Haar. Seine zwei Jahre jüngere Frau war ebenfalls dünn, hatte mürrische Gesichtszüge und die Hände einer Frau, die ihr ganzes Leben auf dem Feld gearbeitet hat. Sie redeten nicht viel miteinander, jetzt so wenig wie früher, aber sie stritten sich auch nicht. Auf der Farm gab es selten etwas zu diskutieren, denn das führte zu nichts, woraus logischerweise folgte, daß es kaum Gelegenheiten für Meinungsverschiedenheiten gab.

Die McDowds hatten fünf Kinder. Maureen war die jüngste und die einzige, die zu Hause geblieben war. Ohne irgendeine Feier, denn das war bei den McDowds nicht üblich, war ihr fünfundzwanzigster Geburtstag vor einem Monat vorübergegangen.

»Zieh deine guten Hosen an«, drängte Mrs. McDowd. »So kannst du nicht gehen.«

»Ich gehe wie ich bin.«

Sie wußte, daß sie ihn nicht überzeugen würde, und versuchte es gar nicht erst, statt dessen hastete sie zurück ins Schlafzimmer und wechselte die Schuhe. Wenigstens würde er nicht in dem Mantel mit der Schnur rüberfahren, der war nur zum Zusammentreiben der Kühe an kalten Morgen. Er hatte ihn ausgezogen, bevor er sich zum Frühstück setzte, und es gab keinen Grund, ihn wieder anzuziehen. Über ihren eigenen alten Rock und den Pullover zog sie den Regenmantel.

»Dieses kleine Flittchen«, sagte er, als sie im Auto saßen, und sie sagte nichts.

Beide fühlten dasselbe, Besorgnis und Ärger zugleich, und versuchten, der Wahrheit nicht ins Gesicht zu sehen. Ihre Tochter hatte sie voller Undank getäuscht: Erneut teilten sie stumm diesen Gedanken, während er die vier Meilen zum Haus der Butlers fuhr. Als er von der Asphaltstraße auf einen Weg abbog, der schon zwischen den Feldern der Butlers verlief, hörten sie den Hund bellen. Das Fenster des Volkswagens ließ sich auf der Beifahrerseite seit einem Monat nicht mehr hochkurbeln. Das schrille Gebell übertönte mit Leichtigkeit das Rattern des Motors.

So war das also, dachten sie, während sie das Gebell hörten. Maureen und Lancy waren letzte Nacht verschwunden, und Mrs. Butler konnte sich nicht allein um die Kühe kümmern. Kein Wunder, daß der alte Hund außer sich war. Voll Bitterkeit nannte McDowd seine Tochter erneut ein Flittchen, wenn auch nur stumm. Lancy Butler, dachte er, mein Gott! Lancy Butler würde sie verführen, ins Verderben stürzen und dann in irgendeiner Stadt in der Gosse sitzenlassen. Tausend Mal hatte er sie vor Lancy Butler gewarnt, hatte ihr gesagt, was für ein Gimpel das war.

»Sein Vater war ein braver Kerl«, sagte er und brach das lange Schweigen. »Hat nie einen Tropfen angerührt.«

»Die alte Mutter hat ihn ruiniert.«

Es würde nicht lange halten, dachten beide. Lancy Butler würde sie heiraten oder sich verdrücken. Aber egal was passierte, in sechs Monaten oder spätestens einem Jahr würde sie wieder da sein. Wahrscheinlich würden sie auch ein Baby mit ernähren müssen.

Der Wagen bog in den Hof ein, und weder McDowd noch seine Frau sahen gleich, daß ihre Tochter neben der Pumpe lag. In den ersten Sekunden wurde ihre Aufmerksamkeit von dem verzweifelten Hund in Anspruch genommen, einem schwarzweißen Schäferhund, wie ihre zwei eigenen. Der Staub war von den Rädern des Volkswagens aufgewirbelt worden und hing noch immer in der Luft, als sie ausstiegen. Der Hund lief aufgeregt in einer Ecke des Hofs hin und her, immer wieder. Der Hund ist verrückt geworden, dachte Mrs. McDowd, der hat irgendwas. Dann sah sie den Körper ihrer Tochter bei der Pumpe liegen und einen oder zwei Meter weiter ihr auf der Seite liegendes Fahrrad, als sei sie heruntergefallen. Neben dem Fahrrad lagen zwei tote Hasen.

»Mein Gott«, sagte McDowd, und seine Frau erkannte an seiner Stimme, daß er seine Tochter noch nicht gesehen hatte, sondern etwas anderes. Er war in eine andere Ecke des Hofs gegangen, wo der Hund war. Er war instinktiv dorthin gegangen, um das Tier zu beruhigen.

Sie kniete nieder und flüsterte zu Maureen, da sie in ihrer Verwirrung glaubte, ihre Tochter sei eben erst vom Rad gefallen. Aber Maureens Gesicht war kalt wie Stein und ihr Körper bereits starr. Mrs. McDowd schrie, und dann kam ihr zu Bewußtsein, daß sie selbst am Boden lag und Maureens toten Körper umklammerte. Einen Moment später bemerkte sie, daß ihr Mann hemmungslos weinte, unfähig sich zu beherrschen, daß er niederkniete und ebenfalls den Körper berührte.

Mrs. McDowd konnte sich nicht erinnern, wie sie aufstand oder die Kraft und den Willen dazu fand. »Geh nicht da rüber«, hörte sie ihren Mann sagen und sah, wie er seine Augen mit dem Pulloverärmel abwischte. Aber er versuchte nicht, sie aufzuhalten, als sie dorthin ging, wo der Hund war; er kniete weiter neben seiner Tochter und rief sie zwischen seinen Schluchzern, bat sie, nicht tot zu sein.

Der Hund kauerte vor einer Tür und bellte nicht mehr. Etwa einen Meter weiter lag Mrs. Butler, ein Bein unter sich verdreht, das Blut auf der Erde bereits braun, nur eine Pfütze noch scharlachrot. Als sie auf sie niedersah, dachte Mrs. McDowd mit plötzlicher Klarheit: Maureen ist nicht vom Rad gefallen. Sie ging dorthin zurück, wo ihre Tochter lag, und hinter den zwei Blechtonnen, die bei der Pumpe standen, sah sie die Leiche von Lancy Butler und auf der Erde nicht weit davon das Gewehr, das Mrs. Butlers Gesicht weggeschossen haben mußte.

†††

Kommissar O'Kelly kam rasch zu einer Schlußfolgerung. Die alte Mrs. Butler hatte die Heirat, die ihr Sohn und Maureen McDowd geplant hatten, ebenso strikt abgelehnt wie die McDowds. Und das war noch nicht alles: Mrs. Butler war krankhaft besitzergreifend und hatte niemandem ihre Entschlossenheit verhehlt, daß keine andere Frau ihr je ihren Sohn wegnehmen sollte. Lancy war ihr einziges Kind, das einzige, das nach mehreren Fehlgeburten überlebt hatte. Sein Vater war gestorben, als Lancy zwei Jahre alt war, worauf Mutter und Kind ein einsames Leben auf der abgelegenen Farm geführt hatten. O'Kelly wußte, daß man von

Mrs. Butler erzählt hatte, sie sei seltsam im Kopf und bekomme wilde Anfälle von Eifersucht, wenn es um Lancy gehe. In einem jener Wutanfälle, die denen, die sie kannten, vertraut waren, hatte sie lieber die Freundin ihres Sohnes erschossen, als seinen Verlust zu ertragen. Er hatte ihr das Gewehr entwunden, und durch Zufall oder nicht war es losgegangen. Als ein selbst in guten Zeiten schwacher Mensch hatte er es lieber auf sich gerichtet, als sich der Wirklichkeit dessen zu stellen, was geschehen war. Diese Folgerung, die mit den Details im Hof zusammenpaßte, genügte Kommissar O'Kelly; die Leute aus Drimaghleen kamen von allein zum selben Ergebnis. »Es sah immer nach Ärger aus«, sagte McDowd am Tag der Begräbnisse. »Seit sie zum ersten Mal mit Lancy Butler ausging, sah es nach Ärger aus für die arme Maureen.«

Drimaghleen bestand aus einzelnen Farmen und war einzig durch eine Kreuzung mit dem Namen Drimaghleen-Kreuzung gekennzeichnet. Die bescheidenen Farmen, jede etwa 120 Hektar groß, lagen zwischen Sumpfgebiet verstreut, die eine von der anderen mehrere Meilen entfernt, wie bei den McDowds und den Butlers. Im Dorf Kilmona gingen die Bewohner von Drimaghleen zur Messe und ließen sich von Father Sallins die Beichte abnehmen. Die Kinder von den Farmen gingen in der kleinen Stadt Mountcroe zur Schule, wohin sie jeden Morgen in einem gelben Bus gefahren wurden, der sie am Nachmittag ans Ende ihrer Feldwege oder Zufahrten zurückbrachte. Die Milchkannen wurden vom Molkereilieferwagen auf dieselbe Art eingesammelt. Brot und andere Lebensmittel kaufte man im Dorf, frisches Fleisch in Mountcroe. Wenn die Männer aus Drimaghleen sich betranken, taten sie das in Mountcroe, niemals im Dorf, obwohl sie dort oft ein paar Flaschen Stout tranken, an der Bar neben dem Lebensmitteltresen. Haushaltswaren und Kleidung kaufte man in Mountcroe, wo es einmal ein Kino namens Abbey Picture House gegeben hatte, das mit dem Siegeszug des Fernsehens in den frühen sechziger Jahren geschlossen worden war. Drimaghleen, Kilmona und Mountcroe bildeten eine Welt, auf die sich das Leben der Menschen auf den Farmen von Drimaghleen beschränkte. Selten ergab sich die Gelegenheit, in eine weiter entfernte, größere Stadt zu fahren – es sei denn, um Arbeit zu suchen oder als erster Schritt auf dem Weg ins Exil.

Die Kinder der McDowds, deren Suche nach Arbeit sie weit vom Dorf weggeführt hatte, kehrten tief betroffen für die Totenmesse ihrer Schwester zurück. Alle vier kamen, zwei mit ihren Männern, einer mit seiner Frau, eine allein. Die Hochzeiten waren die letzten Anlässe für Familientreffen gewesen, zwei in Kilmona, die dritte im fernen Skibbereen, wo das Mädchen herstammte, das der Sohn der McDowds im letzten Jahr geheiratet hatte. Sie dachten während Maureens Totenmesse an diese Hochzeit, die lange Reise im Volkswagen, die Nacht in Eldons Hotel, den Abschied am nächsten Tag. Nicht in ihren wildesten Albträumen hätten die McDowds erraten können, was für ein Anlaß sie das nächste Mal wieder zusammenführen sollte.

Nach dem Begräbnis kehrte die Familie zur Farm zurück. Die jüngeren McDowds hatten von der Beziehung zwischen Maureen und Lancy Butler gewußt und vom Widerstand ihrer Eltern. Sie hatten auch Mrs. Butlers eifersüchtige Liebe zu ihrem Sohn gekannt, da sie mit Erzählungen über ihre mütterliche Verschrobenheit aufgewachsen waren und selbst gesehen hatten, wie Lancy als Kind und als Junge von der Nachsicht seiner Mutter geprägt worden war. »Ach, das kann warten, Lancy, das kann warten«, hatte sie ein Dutzend Mal pro Stunde gesagt, wenn es um eine notwendige Arbeit auf der Farm ging. »Ach, heute lassen wir mal die Schule Schule sein«, hatte sie früher gesagt, wenn Lancy sich über seine Schwierigkeiten beim kleinen Einmaleins beklagte oder über die zwanzig zu buchstabierenden Wörter, die Bruder Martin ihm übers Wochenende aufgegeben hatte. Die Einwohner von Drimaghleen fragten sich nur, wer am Ende wohl mehr darunter leiden würde: Lancy oder die Farm.

»Was hat sie in ihm gesehen?« fragte Mrs. McDowd traurig beim Essen nach der Trauerfeier. »Kann mir jemand sagen, was sie in ihm gesehen hat?«

Sie schüttelten die Köpfe. Ihre Wangen waren noch naß von den Tränen, die sie während der Messe geweint hatten. Ein Gespräch war schwierig.

»Wir werden nie drüber wegkommen«, sagte der Vater mit einem Ton von Endgültigkeit in der Stimme. Es war alles, was gesagt werden konnte, es war alles, was sie mit Sicherheit wußten: So lange, wie die alten McDowds in diesem Farmhaus blieben, nämlich bis zu ihrem Tod, würde die grausame, häßliche Tragödie sie heimsuchen. Sie wußten, daß sie Maureens Tod leichter ertragen hätten, wenn sie auf dem Fahrrad von einem Auto angefahren worden oder an einer unheilbaren Krankheit gestorben wäre. Das Messer, das in ihrem Schmerz wühlte, war ihre Erinnerung an den Hof der Butlers, an den bellenden Hund, der hin und her lief, an die drei starren Körper. Nichts als der sinnlose Verlust eines jungen Lebens stand ihnen vor Augen und die Grausamkeit des Zufalls – denn warum mußte es die einfache, hübsche Maureen sein, die vom Schicksal mit einem so seltsamen Paar wie dieser Mutter und ihrem Sohn zusammengeführt wurde? Es gab andere Mädchen in der Nachbarschaft – Mädchen mit Heimlichkeiten und Mädchen mit fragwürdigem Charakter –, die irgendwie eher zu den Butlers paßten, jeder würde einem das sagen.

»Warum kommt ihr uns nicht besuchen?« fragte eine der Töchter. »Können wir euch nicht überreden?«

Ihr Vater starrte ohne den Versuch einer Antwort auf den Tisch. Es war unnötig zu sagen, daß eine Fahrt über diese Entfernung nur bei einer Hochzeit oder einer Beerdigung in Frage kam. Schon solange Maureen lebte, als sie sich einen Tag um die Farm hätte kümmern können, hatte man solche Reisen nicht gemacht; jetzt waren sie völlig unmöglich. Mrs. McDowd versuchte zu lächeln, um den guten Willen, der hinter diesem Vorschlag stand, anzuerkennen, aber es kam kein Lächeln.

†††

Die Todesfälle waren von der Art, die Fremde interessieren mochte, und wurden in der Zeitung gemeldet. Sie wurden im Radio und in den Fernsehnachrichten erwähnt. Dann wurde wieder alles still in Drimaghleen und auch im Dorf und in der Stadt. Manche schrieben den McDowds Briefe und drückten ihre Anteilnahme aus. Manche besuchten sie, blieben aber nicht lange. »Ich bin immer für Sie da«, sagte Father Sallins. »Telefon Kilmona 23. Sie brauchen mich bloß herzurufen. Oder rufen Sie im Pfarrhaus an.«

Die McDowds riefen nicht an. Sie sahen, wie der Sommer ins Land ging, ernteten das Heu während der Wärmeperiode im Juni und behielten das Kartoffelfeld und die reifende Gerste im Auge. Es begann, mehr als sonst zu regnen, sie machten sich Sorgen wegen der Gerste.

»Entschuldigen Sie«, sagte ein Mann im Hof an einem Nachmittag im Oktober. »Sind Sie Mr. McDowd?«

McDowd sagte, der wäre er, und brüllte den Hunden zu, sie sollten ruhig sein. Der Fremde würde ein Reisender in Düngemitteln sein, sagte er sich, ein Ersatz für Donoghue, der seit Jahren auf die Farm gekommen war. Dann fiel ihm ein, daß es nicht die richtige Jahreszeit für Donoghue war.

»Könnten wir uns kurz unterhalten, Mr. McDowd?«

McDowds magere Gesichtszüge legten sich langsam in Falten, langsam runzelte er die Stirn. Er hob die Hand und kratzte sich in seinem grauen, zerzausten Haar, eine Angewohnheit, die er hatte, um Verwirrung zu verbergen. Ein Teil seiner Bauernschläue bestand darin, daß er Fremde nicht gern wissen oder schlußfolgern ließ, was gerade in seinem Kopf vorging.

»Unterhalten?« sagte er.

»Könnten wir vielleicht reingehen, Sir?«

McDowd sah keinen Grund, diesen Mann in sein Haus zu lassen. Der Besucher hatte ein rosiges Gesicht und war unordentlich in dunkle Cordhosen und ein Garbardine-Jackett gekleidet. Sein Haar war lang und schwarz und wuchs struppig zu beiden Seiten seines Gesichts in zwei bürstenartigen Streifen herunter. Er hatte eine Großstadtstimme; es war nicht schwer zu erraten, daß er aus Dublin kam.

»Was wollen Sie von mir?«

»Es hat mir leid getan, diese Sache mit Ihrer Tochter zu hören, Mr. McDowd. Das war eine furchtbare Geschichte.«

»Das ist aus und vorbei.«

»Jawohl, Sir. Aus und vorbei.«

Die rote Kühlerhaube eines Autos glitt in den Hof. McDowd beobachtete es, und die langsame, kriechende Bewegung erinnerte ihn an ein vorsichtiges Tier, wobei der Motor so leise lief, daß man ihn kaum hörte. Als der Wagen neben dem Melkschuppen hielt, stieg niemand aus, aber McDowd konnte eine Gestalt mit Sonnenbrille am Steuer sitzen sehen. Es war eine Frau, ebenfalls mit schwarzem Haar, die eine Zigarette rauchte.

»Es könnte zu Ihrem Vorteil sein, Mr. McDowd.«

»Was? Gehört das Auto zu Ihnen?«

»Wir sind hergefahren, um Sie zu besuchen, Sir. Die Dame ist eine Freundin von mir, eine Kollegin namens Hetty Fortune.«

Die Frau stieg aus dem Wagen aus. Sie war größer als der Mann, hatte ein düsteres Gesicht und trug eine blaue Hose, die zu ihrer blauen Bluse paßte. Sie warf ihre Zigarette auf den Boden und trat sie sorgfältig mit der Schuhspitze aus. So langsam, wie sie den Wagen gefahren hatte, ging sie über den Hof zu den beiden Männern. Die Hunde knurrten sie an, aber sie nahm keine Notiz von ihnen. »Ich bin Hetty Fortune«, sagte sie mit englischem Akzent.

»Ich habe mich noch nicht vorgestellt, Mr. McDowd«, sagte der Mann. »Ich heiße Jeremiah Tyler.«

»Ich hoffe, Jeremiah hat Ihnen unser Beileid ausgesprochen, Mr. McDowd. Ich hoffe, Sie und Ihre Frau werden unser tiefstes Mitgefühl entgegennehmen.«

»Was wollen Sie hier?«

»Wir waren drüben auf der Farm der Butlers, Mr. McDowd. Wir sind dort lange geblieben. Wir haben uns mit ein paar Leuten unterhalten. Könnten wir uns auch mit Ihnen unterhalten?«

»Sind Sie von der Zeitung?«

»In gewisser Weise. Ja, in gewisser Weise könnte man sagen, daß wir die Medien vertreten. Und ich bin sicher«, setzte sie hastig hinzu, »daß Sie von all dem mehr als genug gehabt haben. Ich glaube, Sie werden sehen, daß wir Ihnen etwas anderes zu sagen haben, Mr. McDowd.«

»Meine Frau und ich haben den Zeitungen nichts zu sagen. Wir hatten damals nichts zu sagen, und jetzt auch nicht. Ich hab jetzt zu tun.«

»Mr. McDowd, würden Sie uns fünf Minuten Ihrer Zeit opfern? Fünf Minuten, damit wir in der Küche mit Ihnen und Ihrer Frau reden können? Würden Sie uns die Gelegenheit geben, die Sache zu erklären?«

Vom Geräusch der Stimmen angelockt, kam Mrs. McDowd aus dem Haus. Sie stand in der Tür, ohne ganz aus dem Kücheneingang hervorzutreten, und blickte die Fremden noch mißtrauischer an als ihr Mann. Sie sagte nichts, als die Frau auf sie zukam und eine Hand ausstreckte, die sie schütteln mußte.

»Es tut uns leid, Sie in Ihrer Trauer zu belästigen, Mrs. McDowd. Mr. Tyler und ich haben versucht, Ihrem Mann das deutlich zu machen.«

Mrs. McDowd ging nicht darauf ein. Ihr gefiel diese Frau mit dem düsteren Gesicht nicht und auch nicht ihr ungepflegter Begleiter. Er hatte etwas Schäbiges an sich, etwas, das Leute aus der Stadt oft auszustrahlen schienen, wenn sie nicht schick angezogen waren. Die Frau war nicht schäbig, aber man konnte an ihrem Mund sehen, daß sie unaufrichtig war. Man hörte die Unaufrichtigkeit, wenn sie sprach.

»Die ganze Wahrheit ist noch nicht ans Licht gekommen, Mrs. McDowd. Darüber möchten wir mit Ihnen sprechen.«

»Ich habe nein gesagt«, sagte McDowd. »Ich habe ihnen gesagt, sie sollen weggehen«, sagte er zu seiner Frau.

Mrs. McDowds Augen starrten auf die Sonnenbrille der Frau. Sie blieb, wo sie war, etwas außerhalb des Hofs. Der Mann fragte:

»Würde es das Eis brechen, wenn ich einen Schnappschuß mache? Würde Ihnen das was ausmachen, Sir? Wenn ich ein paar Bilder von Ihnen und Ihrer Frau mache?«

Seine Bemerkung war fehl am Platz. Ein Schatten von Ärger zog über das Gesicht der Frau. Die Finger ihrer linken Hand krümmten sich gereizt. Schnell sagte sie:

»Das ist zu diesem Zeitpunkt nicht notwendig.«

»Wir brauchen die Bilder, Hetty«, sagte der Mann im Flüsterton, damit die McDowds nichts hörten. Aber sie errieten seinen Widerspruch, denn er war in seinem rosigen Gesicht zu lesen. Die Frau zischte ihm etwas zu.

»Wenn Sie uns nicht in Ruhe lassen, müssen wir die Polizei holen«, sagte McDowd. »Sie sind unbefugt auf diesem Land.«

»Ist es fair gegenüber dem Andenken Ihrer Tochter, wenn die Wahrheit verborgen bleibt, Mr. McDowd?«

»Außerdem können diese Hunde manchmal wild werden.«

»Sie ist nicht verborgen«, sagte Mrs. McDowd. »Wir alle wissen, was passiert ist. Die Polizei hat es rausgefunden, aber jeder hätte es denen erzählen können.«

»Nein, Mrs. McDowd, man hat gar nichts rausgefunden. Das versuche ich Ihnen zu sagen. Man hat kaum die Oberfläche angekratzt. Was die Wahrheit zu sein schien, ist es nicht.«

McDowd sagte seiner Frau, sie solle die Tür abschließen. Sie würden nach Mountcroe fahren und mit einem Polizisten zurückkommen. »Wir wollen mit Ihnen nichts zu tun haben«, sagte er harsch zu seinen Besuchern. »Sagen Sie nicht, ich hätte Sie nicht gewarnt, wenn die Hunde Sie in Stücke reißen, sobald wir weg sind.«

Von diesen Drohungen unbewegt, sagte die Frau mit einer Stimme, die nichts von ihrer Selbstsicherheit verlor, daß es um ein Honorar von bis zu dreitausend Pfund gehe. »Für ein kurzes Gespräch würden Sie selbstverständlich korrekt entschädigt werden. Wir haben bereits Ihre Arbeitszeit in Anspruch genommen, und das ist uns natürlich unangenehm. Das von Mr. Tyler erwähnte Foto wäre natürlich ebenfalls mit einem Honorar verbunden. Alles in allem sprechen wir von etwas über dreitausend Pfund.«

Später erinnerten sich die McDowds an diesen Moment. Sie erinnerten sich an das Gefühl, das sie beide hatten, daß dies kein Trick sei, daß das Geld ehrlich bezahlt werden würde. Sie erinnerten sich an den Gedanken, daß es eine große Summe war, daß sie dreißig Pfund gut gebrauchen konnten, von dreitausend ganz zu schweigen. Der Regen hatte die Gerste vernichtet, die Hilfe ihrer Tochter fehlte ihnen auf der Farm, die Tragödie hatte sie älter und schwächer gemacht. Wenn dreitausend Pfund dabei herauskamen, konnten sie vielleicht daran denken, alles abzustoßen und einen Bungalow zu kaufen.

»Laß sie rein«, sagte McDowd, und seine Frau ging voraus in die Küche.

†††

Der Schauplatz des mysteriösen Geschehens wiederholt sich überall im ländlichen Irland. Von Cork bis Cavan, von Roscommon bis Rosslare findet man kleine abgelegene Farmen wie die der Butlers und der McDowds.

Maureen McDowd war freundlich und sanft gewesen. Die Sünden der Faulheit und der Habsucht hatte sie nicht gekannt, ihre Eltern nannten sie eine perfekte Tochter, fast eine Heilige. Ein Foto, auf dem Maureen McDowd fünf Jahre alt war, zeigte ein lächelndes, sommersprossiges Kind, ein anderes zeigte sie in ihrem Kommunionskleid, ein drittes, bei der Hochzeit ihres Bruders aufgenommen, ein gesund aussehendes Mädchen, das Gesicht vom Lachen verzerrt, eine Tasse Tee in der rechten Hand. Es gab auch ein Foto von ihrer Mutter und ihrem Vater, die in der Küche standen. In Kursivschrift stand darunter, es sei von Jeremiah Tyler aufgenommen worden. »Die Heilige von Drimaghleen«, hatte Hetty Fortune geschrieben, »versäumte in den fünfundzwanzig Jahren ihres Lebens nicht ein einziges Mal die Messe.«

Die Geschichte wurde in modisch vergilbten Bildern erzählt. »Kennen Sie unsere Sonntagsbeilage?« hatte Hetty Fortune in der Küche der McDowds gefragt, aber sie kannten sie nicht; englische Zeitungen hatten in ihrem Leben nie eine Rolle gespielt. Sie selbst lasen den ›Sunday Independent‹.

Der Hof der Butlers wirkte auf den Seiten der Beilage bräunlich öde, die Pumpe hatte eine sonst unbemerkte Qualität angenommen. Ein Fahrrad, das dem Maureens ähnlich sah, war auf die Erde gelegt worden, ein Schäferhund, der Ähnlichkeit mit dem der Butlers hatte, schnüffelte am Tor des Kuhstalls. Aber das Fehlen der drei Körper auf dem fotografierten Hof, der immer noch aufgewirbelte Staub, wo das Fahrrad hingefallen war, der schnüffelnde Hund, verliehen dem Bild etwas Unheimliches – etwas Erschreckendes ohne die Anwesenheit des Schreckens. »Haben Sie einen Fotografen von dort genommen?« fragte der stellvertretende Chefredakteur der Beilage, und als er erfuhr, daß Jeremiah Tyler aus Dublin sei, ließ er seine Daten in die Kartei aufnehmen.

Die Polizei, insbesondere Kommissar O'Kelly, sah nur, was sie sehen wollte. Von den drei Leichen, die an jenem Morgen im Maisonnenschein lagen, wählten sie die Lancy Butlers als Opfer ihrer fehlenden Vorstellungskraft. Mrs. Butler, ihrer bekanntlich unkontrollierbaren Eifersucht gemäß, erschoß lieber die Freundin ihres Sohnes als zuzulassen, daß er sie heirate. Ihr Sohn, so schloß Kommissar O'Kelly ohne irgendwelche Indizien, riß ihr die Schrotflinte aus den Händen und feuerte in rasender Verwirrung auf sie. Sekunden später nahm er sich selbst das Leben. Das Gewehr trug die Fingerabdrücke aller drei Opfer: Bemerkenswerterweise hat O'Kelly nicht erklärt, warum das so sein sollte. Warum sollte das Gewehr der Butlers die Fingerabdrücke von Maureen McDowd tragen? O'Kelly erklärt, Maureen McDowd habe als regelmäßige Besucherin auf der Farm irgendwann natürlicherweise auch das Gewehr in der Hand gehabt. Unseres Wissens hantieren regelmäßige Besucher nicht »natürlicherweise« mit den Schußwaffen eines Haushalts. Der Kommissar drückt sich vor der Frage, weil er selbst vor einem Rätsel steht. Die Schrotflinte wurde vorher zum Kurzhalten der Hasen benutzt, erklärt er und weiß doch, daß der vorherige Gebrauch des Gewehrs durch die Butlers gar nicht zur Sache gehört. Er erwähnt die Hasen, weil er immer noch keine vernünftige Erklärung dafür geben kann, warum Maureen McDowd je die tödliche Waffe in der Hand hatte. Die Fingerabdrücke aller drei Opfer waren verwischt und »schwierig« und wurden auf verschiedenen Teilen der Waffe gefunden. Es kommt auf dasselbe heraus, ist die Botschaft des Kommissars. Und müde fragt er: Ist es so wichtig?

Unserer Meinung nach ist es wichtig. Unserer Meinung nach ist dieses außergewöhnliche Verbrechen, das so rasch auf das aufsehenerregende Rätsel um die Babys aus Kerry und den Fall Flynn folgt, nicht untersucht, sondern gleichgültig zu den Akten gelegt worden. Die Einwohner von Drimaghleen können einem alles erzählen, was O'Kelly in seinen Untersuchungen mühevoll zusammentrug: Beide Berichte stimmen überein. Jeder weiß, daß Lancy Butlers Mutter eine scharfzüngige, besitzergreifende Frau war. Jeder weiß, daß Lancy ein Tunichtgut war. Jeder weiß, daß Maureen McDowd ein tief gläubiges Mädchen war. Natürlich war es die Mutter, die eine Einmischung zu beenden versuchte, die ihr unerträglich war. Natürlich war es der langsame, dumme Lancy, der nicht darüber nachdachte, was die Folgen sein würden, wenn er das Gewehr auf seine Mutter richtete. Natürlich war er es, dem kein klügerer Ausweg aus seinem Dilemma einfiel, als den zwei Frauen, die sein Leben bestimmt hatten, in den Tod zu folgen.

Das Szenario, dem weder O'Kelly noch die Nachbarn der Butlers Aufmerksamkeit schenkten, sieht völlig anders aus. Ein Brief, der anscheinend – und erstaunlicherweise – von der Polizei übersehen wurde, ist hinter der Schublade eines Tisches entdeckt worden, der zur Einrichtung von Lancy Butlers Schlafzimmer gehörte und bei der allgemeinen Auktion nach der Tragödie verkauft wurde, als Land und Farmhaus mit allem Inhalt bereits Eigentum der Allied Irish Banks waren, bei denen die Hypothek der Butlers lief. Der Brief, den Maureen McDowd eine Woche vor der Tragödie schrieb, lautet:

»Lieber Lancy, wenn sie nicht aufhört, sehe ich keine Chance, Dich zu heiraten. Ich möchte es, Lancy, aber sie wird uns nie in Frieden lassen. Was wäre das bei euch für ein Leben für mich, und wenn ich nicht zu Dir käme, wo sollten wir hingehen, weil Du weißt, daß mein Vater Dich nicht aufnehmen wird. Sie hat unsere Chance zerstört, Lancy, sie wird Dich niemals loslassen. Immer fahre ich zu euch, um ihre Beleidigungen und die Art, wie sie mich anguckt, zu ertragen. Ich glaube, es ist zu Ende mit uns.«

Da dies ein offenes Eingeständnis Maureen Mc Dowds war, daß die Romanze zu Ende war, warum hätte die hellsichtige Mrs. Butler – eine Frau, von der es hieß, »sie wüßte deine Gedanken schneller als du selbst« – sich da entschließen sollen, Lancys Freundin zu töten?

Und je mehr man sich mit dem Charakter dieser alten Frau beschäftigt, desto absurder scheint es, daß sie alles, was sie hatte, durch einen völlig überflüssigen Mord zerstören sollte. Mrs. Butler gehörte nicht zu denen, die blind aus der Wut des Augenblicks handeln. Ihre Eifersucht und die sie schützende Wut gärten grausam in ihr, stets gegenwärtig, immer gleich.

Aber Maureen McDowd, jung, ungestüm, von dem Mann, den sie liebte, getrennt, ihrer Natur nach eine Heilige und mit dem Feuer einer Heiligen, glich an diesem tragischen Abend alle Sünden aus, denen sie je widerstanden hatte. »Die Hölle kennt keine Furie wie eine verschmähte Frau«, außer einer unfair besiegten Frau. Die alte Frau zog die Schraube im Gefühl des nahen Sieges weiter an. Die Beleidigungen und »die Art, wie sie mich anguckt« wurden offener und arroganter. Mrs. Butler wollte, daß Maureen McDowd verschwinde, sie wollte, daß sie ein für allemal gehen und es niemals wagen sollte, zurückzukommen.

Man weiß, daß Lancy Butler an diesem Abend zwei Hasen in seinen Schlingen fand. Man weiß, daß er und Maureen oft die Fallen inspizierten, wenn sie ihn abends besuchte. Er fuhr dann auf ihrem Rad zu dem Feld, wo sie gelegt waren, und Maureen saß seitlich auf dem Gepäckträger. Lancy hatte kein eigenes Fahrrad. Unsere Schlußfolgerung ist, daß die Schrotflinte Maureens Fingerabdrücke trug, weil die beiden auch zum Hasenschießen gefahren waren, und als sie zum Hof zurückkamen, trug sie sowohl die gefangenen Hasen als auch das Gewehr. Man weiß, daß Maureen kurz vor ihrem Tod weinte. Als sie sich auf dem Feld an ihre Beute heranpirschten, tröstete Lancy sie, aber Maureen wußte, daß sie nie mehr abends herüberkommen würde, um ihn zu besuchen. Der Haß seiner Mutter auf sie und Lancys Schwäche hatten zerstört, was sie sich am meisten wünschte. Mrs. Butler stand im Hof und rief ihre üblichen Beleidigungen, und Maureen erschoß sie. Die Hasen fielen auf die Erde, als sie vom Rad sprang, und ihre plötzliche, unerwartete Bewegung ließ Lancy mit dem Rad umkippen. Er rief nach ihr, als es zu spät war, und ihr kam zu Bewußtsein, daß sie ihn nun niemals haben würde. Sie gab ihm die Schuld, daß er nicht einmal seiner Mutter widersprochen hatte, es nicht wenigstens einmal einfacher für sie gemacht hatte. Wenn sie diesen schwachen Mann, den sie so leidenschaftlich liebte, nicht haben konnte, sollte ihn auch niemand anders haben. Sie erschoß ihren Liebhaber und wußte, daß sie nun auch sich selbst töten mußte. Und genau das tat sie.

Es kam noch mehr über Maureen. Auf den Seiten der Farbbeilage sagte Mrs. McDowd, ihre Tochter sei ein hilfreiches Kind gewesen. Ihr Vater sagte, sie wäre sein Lieblingskind gewesen. Als sie klein war, sei sie mit ihm aufs Feld gegangen und habe zugesehen, wie er Saatkartoffeln pflanzte. Später brachte sie ihm seinen Tee, und noch später half sie ihm bei allen Arbeiten. Father Sallins äußerte die Meinung, sie sei eine Auserwählte gewesen. Eine Nonne der Klosterschule in Mountcroe erinnerte sich an sie mit bleibender Zuneigung.

O'Kelly wurde ein Opfer dieses im Dorf verbreiteten Gefühls. Ob sie wußten, was sie taten, oder nicht, die Einwohner von Drimaghleen schützten das Andenken Maureen McDowds, und der Kommissar teilte diese Meinung. Sie war ein Mädchen von unbefleckter Tugend, die »auserwählt« gewesen war. Wäre er öffentlich zu einem anderen Ergebnis gekommen, hätte Kommissar Kelly seinen Fuß nie mehr sicher in die Umgebung von Drimaghleen oder Kilmona oder Mountcroe setzen können. Die Iren vergeben den Raub ihrer modernen Heiligen nicht so leicht.

†††

»Ich wollte Ihnen erzählen, daß dieses Zeug geschrieben worden ist«, sagte Father Sallins. »Ich wollte es Ihnen selbst sagen, bevor Sie einen Schock bekommen, wenn Sie es von woanders hören.«

Er war extra herübergefahren. Sobald er auf die Geschichte in der Zeitung hingewiesen worden war, hatte er es als seine Pflicht angesehen, zu den McDowds zu gehen. Seiner Meinung nach war das, was man da gedruckt hatte, fast so schlimm wie die Tragödie selbst, seine ganze Gemeinde verleumdet, ein Polizeikommissar nicht besser dargestellt als die Verbrecher, die er jeden Tag verfolgte. Er hatte die Sache zweimal durchgelesen und erstaunt die Fotos betrachtet. Hetty Fortune und Jeremiah Tyler waren gekommen, um mit ihm zu sprechen, aber er hatte ihnen den Rat gegeben, nicht in dem zu wühlen, was aus und vorbei war. Er hatte erklärt, die Menschen wollten die Explosion der Gewalt vergessen, die so plötzlich in ihrer Mitte stattgefunden habe, er selbst bete immer noch für die Seelen der Butlers und Maureen McDowds. Die Frau hatte genickt, als hätten seine Worte sie überzeugt. »Ich habe meinen Fotoapparat dabei, Father«, hatte der Mann bemerkt, als sie gegangen waren. »Darf ich ein Bild von Ihnen machen?« Father Sallins, der bei den Hortensien stand, hatte nichts Schlimmes darin gesehen, sich fotografieren zu lassen. »Ich schicke Ihnen das Bild, wenn es entwickelt ist«, hatte der Mann gesagt, aber das Foto war nie gekommen. Er sah es zuerst in der Sonntagsbeilage, es hatte kaum Ähnlichkeit mit ihm, schlaffe Augenlider, als habe er getrunken, dunkle Stoppeln an seinem Kinn.

»Das ist eine schreckliche Sache«, sagte er in der Küche der McDowds und erinnerte sich auch an das Bild davon: der cremefarben emaillierte Elektrokocher, das Bild des Jesuskinds auf dem grün gestrichenen Küchenschrank, neben dem Wecker und dem Stapel Wäscheklammern, der Teppichboden, um es gemütlicher zu machen, der Tisch mit der blauen Kunststoffplatte, das Radio, der Fernseher. Auf dem Foto hatte die Küche etwas Fremdartiges angenommen, wie der fotografierte Hof der Butlers. Die grellen, gewöhnlichen Farben, die schmutzigen Gardinenkanten, die abgeblätterte Farbe schienen Teil einer akribischen Komposition zu sein: Das Foto war so sehr Bild, daß es Zweifel an seiner Wirklichkeitstreue aufkommen ließ.

»Wir haben nie gedacht, daß sie das über Maureen schreiben würde«, sagte Mrs. McDowd. »Das sind Lügen, Father.«

»Natürlich, Mrs. McDowd.«

»Wir alle wissen, was in der Nacht passiert ist.«

»Natürlich wissen wir das.«

McDowd sagte nichts. Sie hatten das Geld genommen. Er war es, der gesagt hatte, sie sollten die Fremden ins Haus lassen. Dreitausendeinhundertfünfzig Pfund war die Summe, die die Frau auf den Scheck geschrieben hatte. Sie hatte darauf bestanden, ein Extrahonorar zu zahlen.

»Sie haben nie gesagt, sie sei auserwählt gewesen, Father?«

»Natürlich nicht, Mrs. McDowd.«

Er hatte gehört, daß Kommissar O'Kelly zu einem Rechtsanwalt gegangen war, um sich zu erkundigen, ob er verleumdet worden sei, und obwohl man ihm sagte, das sei möglicherweise der Fall, erhielt er den Rat, ein Gerichtsverfahren werde kostspielig sein und vielleicht keinen Erfolg haben. Die einfache Erklärung dessen, was auf der Farm der Butlers geschehen war, war für die Einwohner von Drimaghleen und die Polizei leicht gewesen, weil sie Mrs. Butler und ihren Sohn gekannt hatten. Es hatte kein Rätsel, keinen Zweifel gegeben.

»Sollen wir zusammen ein Gebet sprechen?« schlug der Priester vor.

Sie knieten nieder, und als sie wieder aufstanden, begann Mrs. McDowd zu weinen. Jeder würde davon erfahren, sagte sie, als habe der Priester weder gebetet noch mit ihr gesprochen. Die Geschichte würde sich rumsprechen, und die Leute würden sie glauben. »Benachteiligte Menschen«, las sie aus der Zeitung vor. Immer noch schluchzend, rätselte sie über die Worte. »Sie schreiben, die Butlers waren benachteiligte Menschen. Sie schreiben, wir wären auch benachteiligt.«

»Das ist nur die Ausdrucksweise dieser Frau, Mrs. McDowd. Es bedeutet nicht viel.«

»Diese einfachen Bauern auf Europas westlichster Insel«, las Mrs. McDowd vor, »bilden eingegrenzte ländliche Gemeinden, deren Blick allzuoft nach innen gerichtet ist.«

»Achten Sie nicht darauf«, riet Father Sallins.

»Heißt benachteiligt, daß wir arm sind?«

»Diese Frau würde es so sehen, Mrs. McDowd.«

Es herrschte jetzt Verwirrung in Drimaghleen, in Kilmona und Mountcroe, und Verwirrung hielt Father Sallins für schädlich. Die Menschen waren ihren Instinkten entfremdet worden, und andere Zeitungsartikel würden auf diesen folgen. Mehr Fremde würden kommen. Father Sallins stellte sich vor, daß ein Film über Maureen McDowd gedreht und das nun geschaffene Rätsel zur Legende werden würde. Man würde sich über den Charakter Maureen McDowds streiten und Bücher schreiben, weil das Ganze so faszinierend war. Bis zu ihrem Tod würden ihre Mutter und ihr Vater sich vorwerfen, das Geld genommen zu haben, das sie in ihrer Armut nicht ablehnen konnten.

»Die Familie wird die Bilder sehen.«

»Regen Sie sich nicht auf, Mrs. McDowd.«

»Niemand hat je gesagt, sie wäre fast eine Heilige gewesen. Das hat keiner gesagt, Father.«

»Ich weiß, ich weiß.«

Mrs. McDowd bedeckte das Gesicht mit den Händen. Ihre dünnen Schultern zuckten unter der Last ihres Kummers, Schluchzer verkrampften ihren Körper. Zu viel war ihr zugestoßen, dachte der Priester, für jede Mutter wäre es zuviel, daß ihre ermordete Tochter selbst des Mordes angeklagt werden sollte, damit die Zeitungsleser etwas zum Nachdenken hatten. Ihr Mann hatte sich vom Tisch, an dem sie saß, abgewandt. Er stand mit dem Rücken zu ihr und schaute in den Hof. Mit leiser, erschöpfter Stimme sagte er:

»Was sind das für Menschen?«

Der Priester wußte darauf keine Antwort und schüttelte langsam den Kopf, und in der Küche, die auf Jeremiah Tylers Fotos anders aussah, begann Mrs. McDowd zu schreien. Sie saß an dem Tisch mit der blauen Tischplatte, die Lippen von den Zähnen zurückgezogen, und stieß einen kurzen schrillen Schrei nach dem anderen aus. Father Sallins versuchte nicht mehr, sie zu trösten. McDowd blieb am Fenster stehen.

GERALD GRIFFIN

Die Hand und das Wort

Die Tradition der Kriminalgeschichte, die sich William Trevor in seiner Erzählung so geschickt zunutze macht, reicht in Irland weit zurück: Die mit großer Sicherheit erste Erzählung der Aufdeckung eines Verbrechens wurde mehr als hundertsechzig Jahre früher von einem Landsmann geschaffen. Obwohl der amerikanische Schriftsteller Edgar Allan Poe als »Vater der Detektivgeschichte« bezeichnet wird, schrieb Gerald Griffin mit seiner Erzählung »Die Hand und das Wort« im Jahr 1827, vierzehn Jahre vor Poes »Die Morde in der Rue Morgue«, die Geschichte eines unnatürlichen Todes, in der der Mörder im Gerichtssaal von einem scharfsichtigen Zeugen entlarvt wird, der ein entscheidendes Indiz in der Hand des Toten entdeckt. Dieses Motiv ist seitdem von zahlreichen Kriminalautoren verwendet worden, besonders von Ellery Queen, einem anderen berühmten amerikanischen Autor.

Die kurzen und tragischen Lebenswege Poes und Gerald Griffins (1803–1840), der in Limerick geboren wurde und sich zunächst als Auftragsschriftsteller durchbrachte, zeigen interessante Parallelen. Wie Poe war Griffin von schwacher Gesundheit, die zu einem Nervenzusammenbruch führte, und auch er litt an der unglücklichen Liebe zu einer verheirateten Frau. Er starb während einer Typhusepidemie, als sein schriftstellerischer Rang gerade begann, Anerkennung zu finden. »Die Hand und das Wort« ist eine klassische Kriminalerzählung über ein schönes Mädchen, ihren Liebsten und einen boshaften Verbrecher, der ihr Glück zu zerstören sucht. Die Gerichtsszene, in der die Bewohner von Kilkee zusammenkommen, um die Todesursache des jungen Mannes herauszufinden, und jeder seine Hand auf den aufgebahrten Leichnam legt, um seine Unschuld zu beweisen, kann sich mit dem Dramatischsten, was in der heutigen Kriminalliteratur zu finden ist, messen.

Das Dorf Kilkee an der südwestlichen Küste Irlands ist seit vielen Jahren (in kleinem Maßstab) für die Stadt Limerick, was Brighton für London ist. Zur Zeit der Ereignisse aber, von denen die folgende kleine Geschichte handelt, hatte es noch nicht begonnen, einen weiter nördlich an derselben Küste gelegenen Badeort namens Milltown Malbay zu überflügeln, der seit langer Zeit schon der eleganten Welt der Grafschaft, soweit es eine solche gab, eine hochgeschätzte Sommerfrische bot. Das Dorf selbst besteht bloß aus sechs bis acht Straßen oder unregelmäßigen Häuserreihen, die recht ungleichmäßig über jene öden Sandbänke verstreut sind, mit denen das Land am Atlantik endet.

Diese Bänke, oder Dünen, wie sie genannt werden, fallen an dieser Stelle nicht sanft zum Saum des Meeres hin ab, sondern bilden eine Art von plötzlicher Barriere oder natürlicher Terrasse um die kleine Bucht; sie fallen so steil ab, daß die unmittelbar am Rand gelegenen Häuschen gänzlich über dem Wasser hängen und mit ihren schneeweißen Vorderwänden und schmuckem grünen Gitterwerk bei Flut ein höchst pittoreskes Bild abgeben.

Der mit dem Titel Bucht geehrte schmale Meeresarm öffnet sich in einer engen Mündung nach Nordwesten, die durch die Felsen von Duggara, die am Südufer bis über die Mitte des Wassers ragen, noch enger wirkt. Ein Bett aus feinem harten Sand erstreckt sich bis zur Niedrigwassermarke und bietet den Besuchern eine angenehme Promenade, sobald die fliehenden Wellen den Zugang gestatten. Auf beiden Seiten zieht sich eine Reihe schroffer Klippen entlang der Küstenlinie bis zur Öffnung der Bucht, die allmählich zu beachtlicher Höhe ansteigen und im Norden eine steil abfallende Landspitze mit Namen Corballagh bilden, während sie sich im Süden hinter Duggara in tausend phantastischen Formen erstrecken. Nahe der Mündung liegt auf der näheren Seite das »Amphitheater«, dem man diesen Namen später wegen der dem Betrachter sofort auffallenden Ähnlichkeit verliehen hat. Hier erheben sich die Felsen über dem Meeresspiegel in regelmäßigen Stufen auf siebzig bis hundert Meter, was ihnen eine Art roher Verwandschaft mit den Sitzreihen eines Theaters wie des obengenannten verleiht. In der Badesaison fehlen an diesem Ort selten einige Gruppen oder einsame Gestalten, da er auf vielfältigste Weise genutzt wird, sei es als Rastplatz für die Wanderer auf den Klippen oder als Treffpunkt für die zahlreichen Ausflugspartien, die hierherkommen, um einen Imbiß in freier Natur zu genießen und sich an dem großartigen und grenzenlosen Anblick des Ozeans vor und unter ihnen zu ergötzen.

Ein schalkhafter Gastwirt im Dorf, bei dem abzusteigen ich während eines kurzen Aufenthalts vor einigen Jahren die Ehre hatte, teilte mir mit, eine Reihe ernster Unfälle habe die Besucher des Amphitheaters um einiges vorsichtiger gemacht, um nicht den Gefahren der abfallenden und zerrissenen Klippen zum Opfer zu fallen. Unter vielen warnenden Anekdoten erwähnte er eine, die einem gedankenvollen Gast seines Hauses zugestoßen sei und die ich zuerst für ein Kind seiner poetischen Vorstellungskraft hielt. Später aber erfuhr ich, daß er nicht mehr als die reine Wahrheit gesprochen hatte:

»Da nimmt er sein Buch mit«, sagte er, um meine Frage bezüglich der Art des Vorfalls zu beantworten, »und setzt sich auf einen abfallenden Fels, und das Meer tobt, und er denkt an nichts als was er liest, und da kommt eine Welle und trägt ihn weit hinaus, als wollte sie ihm gute Sicht auf die Felsen und das Dorf geben, und dann trägt sie ihn wieder zurück auf denselben Platz, von wo er sich mächtig schnell davongemacht hat, darauf geb ich mein Wort.«

Jenseits des Amphitheaters steigen die Klippen noch höher auf und bilden eine »Ausguck« genannte Anhöhe. So erschreckend dies heutigen Lesern erscheinen mag, ist doch behauptet worden, und nur allzu viele Hinweise verleihen der Behauptung Gewicht, dieser Ort sei in jenen barbarischen, obwohl noch nicht lange vergangenen Zeiten von jenen wilden Fischern der Küste und der nahen Dörfer als Ausguck benutzt worden, deren Einkommen vor allem aus der Plünderung der Unglücklichen stammte, die an dieser rauhen Küste Schiffbruch erlitten. Es wird sogar verzeichnet und allgemein geglaubt, daß hier und an anderen gefährlichen Stellen der Küste in stürmischen Nächten regelmäßig Feuer entzündet wurden, um das Schiff, das bereits gegen Wind und Wellen kämpfte, in ein gewisseres und schnelleres Unheil auf den Felsen und in Untiefen zu locken; ein Brauch, wie man sagt, von oft grausigem Erfolg.

Der auffälligste Punkt der hiesigen Szenerie, mit dem wir unsere vielleicht nicht ganz unnütze Skizze des kleinen Landstrichs beschließen wollen, ist der »Blasebalg«, eine Höhle nahe dem Fuß der zuletzt erwähnten Klippe, die die enormen Felsmassen bis in einige Entfernung landeinwärts durchzieht, wo sie eine schmale Öffnung hat, die dem Auge des Fremden wie ein tiefer natürlicher Brunnen erscheint. Wenn die mächtigen Wellen in diese Höhle rollen, ist der Effekt genau derselbe, als presse man Wasser umgekehrt in einen Trichter; während es durch den engen Hals aufsteigt, nimmt der Wasserdruck zu, schließlich erreicht es die senkrechte Öffnung, den »Blasebalg«, wo es oft weit in die Höhe spritzt und auf die umliegenden moosigen Felder herabregnet.

Nicht weit entfernt von diesem einzigartigen Phänomen stand eine ärmliche Kate. Sie war von einer alten Frau bewohnt, der Witwe eines der waghalsigsten Plünderer an dieser Küste, den man vor vielen Jahren von einem seiner eigenen Kumpane ermordet glaubte. Das Innere der kleinen Behausung zeugte deutlich von dem verbrecherischen Lebenswandel ihres früheren Besitzers. Alles, auch die meisten Haushaltsgeräte, war aus Schiffsplanken gearbeitet; ein Ruder war roh zu etwas zusammengehackt worden, das Ähnlichkeit mit einem Tisch besaß und in der Mitte des größeren Raumes stand, die Dachbalken waren aus dem Holz von Mast, Piek und Rah, ein Ruhebett in der entfernten Ecke war aus den Trümmern eines stolzen Schiffes gefertigt worden, und die Täfelung des kleinen inneren Wohnraums bestand zum Teil aus demselben Material. Einige flüchtig zusammengenagelte Planken standen als Küchenschrank an der Wand und prangten im Glanz von poliertem Zinn, hölzernen Tellern und grell bemaltem Tongeschirr, den Erbstücken des Hauses Moran.

Vom jähen Schicksal ihres Gatten zu Tode erschrocken, hatte Mrs. Moran, die Besitzerin der Kate, entschieden, daß ihr Sohn, ihr einziges Kind, nicht dem gefahrvollen Handwerk des Vaters folgen solle. Sie wurde darin vom Wesen des Knaben unterstützt, das zu Gemütsruhe und sanftem Charakter neigte. Mit seinen sechzehn Jahren war er seinen Freunden im Dorf an Bildung weit voraus und an Schönheit der Gestalt und Geschick bei allen Übungen der Hand wie Ballspiel und Stockfechten ebenbürtig, doch waren diese Fähigkeiten dazu bestimmt, nicht im Dunkel seiner heimatlichen Wildnis zu verkümmern, denn noch bevor er sein siebzehntes Jahr vollendet hatte, wurde er eines Morgens aufgegriffen und zum Dienst auf einem Kriegsschiff gepreßt.

Ein Tag wurde ihm gegönnt, um von alten Freunden Abschied zu nehmen und sich auf ein langes Lebewohl von seiner Heimat vorzubereiten. Aus mehr als einem Grund war es ein schmerzlicher Tag.

Es ist gewiß nicht anzunehmen, ein so aufgeweckter, hübscher und freundlicher Bursche wie Charlie Moran wäre von den Jungfern seiner Umgebung nicht geschätzt worden. Kurz gesagt, er hatte ein Liebchen, ein schönes flachsblondes Kind, mit dem er seit seiner Kindheit Umgang gepflogen hatte, bis ihn der Krieg von seinen knabenhaften Spielen zu verfrühter Reife rief. Den Vater des Mädchens, einen wohlhabenden Grundherrn aus der Umgebung, vermutete er als Ursache seines erzwungenen Dienstes. Der Abschied war der kleinen Ellen Sparling um nichts angenehmer als ihm, denn man muß wissen, daß sie einander zärtlicher und tiefer verbunden waren, als es häufig bei Menschen ihres Alters und Standes vorkommt, und daß es überdies nicht leicht gewesen wäre, irgendwo auf dem Lande ein Paar zu finden, das so gut zueinander paßte, sowohl nach Wesen und Gewohnheiten wie auch nach Schönheit der Gestalt, die sich in beiden gerade zu entfalten begann und eine vollkommene Reife versprach.

Der Vater des Mädchens jedoch, der Moran wirklich zum Dienst hatte pressen lassen, blickte seiner Abwesenheit mit großer Freude entgegen. Die Vorurteile des alten Grundherrn, welcher die elterliche Klugheit aller Zeiten und Länder und all die angeborene Halsstarrigkeit seiner englischen Vorfahren besaß, waren in diesem Fall doppelt ausgeprägt und zuletzt unbesiegbar geworden durch die Unterschiede von Religion und Erziehung und durch den gegenseitigen und unbezähmbaren Haß, der den usurpierenden und begünstigten Einwanderer stets von dem unterdrückten, enterbten eingeborenen Erben des Landes trennt. Voller Liebe zu seiner Tochter, doch voller Haß gegen ihren Liebsten nahm er es auf sich, sie durch lange Abwesenheit einander zu entfremden, ein verbreiteter Fehler, den auch aufgeklärtere Väter als Mr. Sparling begangen haben.

Am Tag vor der Abreise des jungen Moran, als das weinende Mädchen an seinem Hals hing und ihn beschwor, ihr treu zu sein – ein Ratschlag, für den er keine Ermahnungen brauchte, wie er ihr wieder und wieder auf seine eigene Art versicherte –, schlug er ihr vor, zum vielleicht letzten Mal zu einem Ort zu gehen, der meist Ziel ihrer Wanderungen gewesen war und ihr Treffpunkt, wann immer ihr Vater es für gut befunden hatte, ihnen den Umgang in seinem Haus zu verbieten, was nur gelegentlich geschah, da seine Wachsamkeit eine Art chronische Krankheit war, die manchmal zu einer ihren Hoffnungen gefährlichen Stärke anwuchs, manchmal in einen Zustand fast völliger Gleichgültigkeit zurückfiel. An diesen Ort begaben sich die Liebenden nun.

Es war eine Nische in den über den Höhlen aufragenden Klippen, die so geformt war, daß sie nicht mehr als drei oder vier Personen aufnehmen konnte. Saßen diese auf den rauhen, vom Fels geformten Sitzen, so waren sie jedem anderen als einem von der See emporblickenden menschlichen Auge unsichtbar. Der Zugang verlief über einen schmalen Fußweg, wo man beim Auf- oder Abstieg fast in der Luft zu hängen schien, so weit ragte die Klippe über das Wasser vor, und so schmal führte der Weg zu beiden Seiten hinab, doch hatte ihn die Gewohnheit für die Bewohner des Dorfes zu einem sicheren Weg gemacht, und die Liebenden fanden sich rasch in der kleinen Nische wieder, geschützt vor jedem sterblichen Auge. Es war ein stiller Herbstabend ohne Sonnenschein, aber mit dem steten Glanz des Himmels über ihnen und um sie, dem die Linien oder vielmehr Wellen des von Nordwesten heraufziehenden dünnen Nebels, auf einer Seite vom roten Licht der eben untergegangenen Sonne gefärbt, das Aussehen eines in der Bewegung zu einer glänzenden Masse erstarrten Meeres gaben. Vor ihnen lag Bishop's Island, ein kleines Stück Land, das in Form einer gigantischen Säule wohl hundert Meter aus den Wogen aufragte, seine Flanken senkrecht und kahl, und die Scheitelflächen bis zum Rand mit Grün bedeckt. Direkt über ihren Köpfen befand sich ein abgestorbener Holunderbaum, eines der bemerkenswertesten Phänomene dieser baumlosen Gegend, der nun wie ein einzelnes graues Haar über der nackten und kahlen Stirn der alten Klippe hing.

Die Wanderer saßen hier in völliger Sicherheit, obwohl ein Schritt vorwärts sie in einen gewaltigen landeinwärts schneidenden Abgrund hätte schauen lassen, gegen dessen Fuß die See zuweilen mit solcher Wut anrannte, daß sie in großen Brechern bis über den Gipfel spritzte und die Klippen selbst weithin erzittern ließ.

»Ich habe dich aus einem sehr ernsten Grund gebeten, hierherzukommen, Ellen«, sagte ihr Geliebter, während seine eine Hand die ihre hielt und die andere ihre Taille umfaßte. »Es herrscht bei uns der Glaube, und viele haben ihn bewahrheitet gesehen, daß die, welche ein Versprechen ablegen, sei es eins des Hasses oder der Liebe, und Hand in Hand wie wir nun einander in Treue geloben, dieses Versprechen zu erfüllen – es ist unser Glaube, daß sie weder im Land der Lebenden noch der Toten je ihre Seelenruhe finden, bis dieses Versprechen eingelöst ist. Fünf Jahre muß ich dienen, bis ich meine Freiheit wiedererlangen kann. Wenn ich die habe, Ellen, will ich an diesen Ort zurückkommen und dich durch ein Zeichen wissen lassen, daß ich in der Nähe bin. Versprich mir mit Hand und Wort, daß du in der Nacht, wenn du dieses Zeichen erhältst, magst du verheiratet oder frei sein, herrsche Dunkelheit, Mondlicht oder Sturm, allein kommen wirst, um mich an dem von mir bestimmten Ort zu treffen.«

Ohne lange zu zögern gelobte das junge Mädchen, was er wünschte. Dann löste er aus ihrem Haar ein Band, küßte es und steckte es in seinen Busen, worauf sie die Klippen hinabstiegen und sich trennten.

Nach der Abreise des jungen Moran eröffnete seine Mutter, um ihre Einsamkeit zu lindern, eine kleine Gaststube für die Fischträger, deren Beruf es war (und ist), den an der Küste gefangenen Fisch in die nächste Stadt auf den Markt zu bringen, und ebenso für die Fischer des Dorfes und andere zufällige Gäste. Auf diese Weise hatte sie in wenigen Jahren eine recht beträchtliche Summe Geld beisammen. Ellen Sparling sah dies mit um so größerer Freude, als sie dachte, es könne die größte Schranke beseitigen, die bisher ihre Heirat mit Charles Moran verhindert hatte.

Fünf Jahre und einige Monate waren seit seinem Abschied vergangen, und man hatte seitdem in seinem Heimatdorf nichts mehr von ihm gehört. Alles blieb fast gänzlich, wie er es verlassen hatte, mit Ausnahme des größeren Wohlstands seiner Mutter und der gereiften Schönheit Ellens, die zu einer blühenden Frau herangewachsen war, von allen Männern bewundert, und man sagt, doch kann ich es nicht beschwören, auch von allen Frauen ihrer Gegend. Es gibt einen Grad der Überlegenheit, den der Neid nicht ereichen kann, und man könnte vielleicht sagen, daß Ellen in einer solchen Position über alle ihre weiblichen Bekannten gestellt war. Es wäre falsch zu glauben, daß sie in all dieser Zeit nicht begehrt oder wenigstens beachtet worden wäre. Im Gegenteil, eine Anzahl von Freiern hatte sich direkt oder indirekt präsentiert. Ich will hier jedoch nur von einem erzählen.

Er war ein junger Fischer und einer der regelmäßigsten Besucher der eleganten Soireen der Witwe Moran, wo er jedoch kein sehr willkommener Gast war, weder für die gute Frau noch für ihre Kunden. Nichtsdestoweniger nahm er einen hohen Platz an der Tafel ein und schien eine Art Herrschaft über die Zecher auszuüben, vielleicht ebensosehr durch seine äußere Erscheinung wie durch seinen Lebenswandel und seine Gewohnheiten. Er war groß, von äußerst kräftigem Wuchs, und sein Gesicht zeigte selbst in den Stunden vergleichsweiser Ruhe durch die bloße Formung seiner Züge eine grimmige Brutalität des Ausdrucks, die überaus abstoßend wirkte. Der Mittelteil seiner Physiognomie war recht flach und eingesunken, sein Mund und seine Stirn standen weit vor, was jene Deformität widerlich hervorhob. Tiefschwarze, große, glitzernde Augen lugten unter einem Paar Augenbrauen hervor, die so nah beieinanderstanden, daß sie sich bei jeder leidenschaftlichen Bewegung oder jedem Impuls des Verdachts zusammenzogen und eine dicke krause Linie zu bilden schienen, und der unliebenswürdige Eindruck des Gesichts wurde durch das Wesen des Mannes nicht gehoben, der in der ganzen Umgegend wegen seiner enormen Kraft, seiner Gewalttätigkeit, der lauernden Reizbarkeit und Düsterkeit seines Charakters gefürchtet war. Nie zeigte diese sich deutlicher, als wenn er, wie heute, Geselligkeit und gute, herzliche Kameradschaft vortäuschte. Überdies flüsterte man, er habe nach ungewöhnlichen Aufregungen Anfälle von Raserei, die bis zum Wahnsinn gingen und bei deren Beginn er sich gewöhnlich vor allen Menschen für eine Weile verbarg, bis der böse Einfluß vorüber war (dessen Ursprung lag, so sagten seine alten Genossen unter sich, in der Reue, die mit der Erinnerung an seine zahlreichen Verbrechen einherging) – ein Umstand, der ein Bewußtsein seiner geistigen Schwäche zu zeigen schien. Nach dem Ende dieser Zeiten der Abgeschiedenheit kehrte er zu seinen Kumpanen mit abgezehrtem und ermattetem Antlitz, niedergeschlagenem Betragen und einem Gefühl von Scham zurück, das für kurze Zeit die Hitzigkeit seines Tuns dämpfte. Seine Genossen, allesamt Räuber und Mörder, hatte dieser dem Bösen ergebene Mann in der Waghalsigkeit seiner Verbrechen so weit übertroffen, daß er den Namen Yamon Macauntha oder Ehrlicher Ned erworben hatte, der wie die meisten Spitznamen der irischen Verbrecher ironisch gemeint war. Nachdem er zum Mann herangewachsen war und sich unter den Schmugglern hervorgetan hatte, über die er wegen seines Wagemuts und fast unwandelbaren Erfolgs bei allen Unternehmungen schnell die Herrschaft erlangte, wurde dieser Name gelegentlich in Yamon Dhiu oder Schwarzer Ned abgewandelt, was sich zum einen auf sein dunkles Gesicht, das lange kohlschwarze Haar und den Bart bezog, zum anderen auf die wilde und unbarmherzige Kraft seines Wesens.

Eine Anekdote, die selbst von den Komplizen all seiner Bluttaten nur mit unterdrücktem Atem und unwillkürlichem Schauder erzählt wurde, mag die schreckliche und unbezähmbare Grausamkeit dieses Mannes illustrieren. Ein holländisches Schiff war an den Felsen unter dem Ausguck zerschellt. Die Wellen rollten hoch wie Berge heran und warfen sich mit solcher Wut gegen die Klippen, daß sehr bald all jene der Mannschaft, die sich an die schwimmenden Trümmer des Wracks klammerten, an dem vorragenden Granit zu Atomen zermalmt wurden. Nur wenigen, darunter dem Kapitän des Schiffes, gelang es, im verzweifelten Kampf mit den Elementen auf einen vorspringenden Fels zu gelangen, von wo die armen Matrosen, schwach und erschöpft wie sie waren, versuchten, die Männer anzurufen, die von der Klippe über ihnen auf das Wrack schauten. Es gelang ihnen, sich bemerkbar zu machen, und die Zuschauer schickten sich an, ein Tau zu ihrer Rettung herunterzulassen, was nicht lange dauerte, da sie es stets für solche Unfälle mitführten. Es wurde zuerst um die Hüften des Kapitäns, dann um die seiner beiden Genossen gebunden und auf ein Zeichen nach oben gezogen, wobei ersterer in der einen Hand ein Kästchen hielt und sich mit der anderen vor den spitzen Vorsprüngen der Klippe schützte. Als er der Oberkante, die völlig über denWellen hing, ganz nah war, bat er mit schwacher Stimme, jemand möge das Kästchen aus seiner Hand nehmen, da er fürchtete, es könnte beim Versuch, sich festzuhalten, verlorengehen. Yamon leistete dem Wunsch des Unglücklichen nur allzu bereitwillig Folge, er warf sich vorwärts in den Sand, mit der Brust auf dem Tau, und nahm das Kästchen aus dessen ausgestreckter Hand.

»Gott segne euch«, rief der arme Mann aus und rang die Hände mit einem Blick glühender Dankbarkeit, »das Kästchen ist gerettet, Gott sei Dank, Gott sei Dank, und das Vertrauen meiner Dienstherren –«, noch sprach er, als das Tau unter der Brust des Schwarzen Yamon zerriß und die drei Männer in die gähnenden Fluten stürzten. Sie wurden von den zurückeilenden Wellen mitgerissen, und im nächsten Augenblick lagen ihre zerschlagenen Körper am Fuß der Klippe.

Ein Schrei von Entsetzen und Mitgefühl brach selbst aus den ungezähmten Herzen der Schmuggler hervor, die von Mut und Zuversicht der tapferen Unglücklichen gerührt worden waren. Einzig Yamon blieb unbewegt, und hart mußte das Herz sein, das sich nicht einmal von der Stimme der Dankbarkeit, so unverdient sie war, erweichen ließ, denn er stieß ein rauhes, brummendes Gelächter aus, während er das Kästchen triumphierend vor seinen Gesellen schwenkte:

»Hoho!« rief er aus. »So ein Narr – was behielt er sein Kästchen nicht, bis alle an Land waren?«

Einer der Männer, als zweifle er an der Möglichkeit einer so unmenschlichen Handlung, ging zum Rand der Klippe. Er sah, daß das Tau offenbar von einem scharfen Instrument durchtrennt worden war, und als er etwas Glänzendes an der Stelle bemerkte, wo Yamon gelegen hatte, bückte er sich und hob ein offenes Klappmesser auf, das der schamlose Unhold sogleich zurückforderte. So bestürzt sie von dem Vorfall auch gewesen sein mochten, war es doch für Yamon nicht schwer, seine Genossen zu überzeugen, daß es auf keine Weise Nutzen gebracht hätte, etwas davon in der Umgegend bekanntzumachen, und nach ein paar Minuten war das Schicksal der Holländer völlig aus ihrem Gedächtnis geschwunden, das wohlgesinnte Gefühle niemals lange festhielt, und die einzige noch bleibende Frage war die Teilung der Beute. Sie wurden in ihrer Hoffnung jedoch enttäuscht, denn das Kästchen, das der treue Schiffer so ängstlich gerettet und für dessen Besitz sein Mörder so viele Leben geopfert hatte, enthielt nichts als ein paar Urkunden über Pfandverträge und Versicherungen, wertlos für jeden außer den Eigner des Schiffes. Dieser Umstand schien den Schurken mehr zu berühren als die freche Grausamkeit, derer er schuldig war, und seine Männer, die in dem gleichen Maße abergläubisch waren, wie es ihnen an Ehrlichkeit und jedem moralischen Prinzip fehlte, nahmen es als übernatürliche Begebenheit, in der sich der Zorn einer beleidigten Gottheit offenbarte.

Diese liebenswerte Person war genug von sich eingenommen, um einer von Ellen Sparlings Bewunderern zu sein. Es ist kaum nötig zu sagen, daß sein Ansinnen erfolglos war. Tatsächlich hatte man das Mädchen vertraulich sagen hören, es sei unmöglich, daß irgendwo ein noch häßlicherer und abstoßenderer Mann zu finden sei.

An einem klaren, frostigen Abend war die Gaststube der Witwe Moran voller als gewöhnlich. Das Feuer prasselte lustig im Kamin und machte jedes weitere Licht entbehrlich, obwohl bereits die Nacht hereinbrach. Die Herrin der Schenke war eifrig beschäftigt, die hölzernen Noggins oder Trinkbecher zu füllen, die auf dem Tisch standen; ein sauberes Tuch war um ihr glänzendweißes Haar gewunden, und eine allgemeine Festfreude leuchtete ungewohnt auf ihren mageren und runzligen Zügen, während sie durch verschiedene Artigkeiten gegenüber der anwesenden Gesellschaft versuchte, ihrem Hause Ehre zu machen. Neben dem Kamin saß Dora Keys, ein helläugiges Mädchen von dunkler Gesichtsfarbe, die unter den Zechgenossen einen Ehrenplatz wegen ihrer Kunst des Dudelsackspiels einnahm, einer eher unweiblichen Fertigkeit, die in dieser Gegend selten war, wo man jedoch, wie überall in Irland, jede Art von Musik schätzte. Der Rest des Raums war mit Fischern, Schmugglern und Fischträgern angefüllt, letztere in ihren dicken blauen Wolljacken unauffällig in einer Ecke, während Yamon, geräuschvoll und herrisch wie immer, am Kopf des rohgehauenen Tisches saß und das Wort führte.

Es klopfte an die niedrige Tür. Die gute Frau ging, um zu öffnen, und ein junger Mann trat herein. Er war von angenehmem Äußeren, wenn auch recht dünn und dunkelhäutig; volles schwarzes Haar lockte sich um seine Schläfen und harmonierte mit den leuchtenden, dunklen, feurigen Augen. Ein Anschein von Traurigkeit oder Nachdenklichkeit war um ihn, der seiner Gestalt noch mehr Interesse verlieh und den Betrachter mit unwillkürlichem Respekt erfüllte. Mrs. Moran wich mit einem tiefen Knicks zurück. Der Fremde lächelte traurig und streckte die Hand aus. »Erkennst du mich nicht, Mutter?« fragte er. Mit einem Freudenschrei hing die arme Frau an seinem Hals.

In einem Augenblick war alles in Verwirrung. »Charles« – »Charlie« – »Mr. Moran«, klang es aus jedem Mund, je nach der Vertrautheit, die der Sprecher genoß. Manche rauhe Hand schüttelte die seine, und manche gutgelaunten Püffe und Verwünschungen mußte er über sich ergehen lassen, bevor die stürmische Freude seiner alten Freunde sich legte. Nachdem er schließlich alle Fragen beantwortet und sich nach allen alten Freunden, den toten, den lebenden und den abwesenden erkundigt hatte, nahm der junge Moran seinen Platz unter den Gästen ein, die Belustigungen des Abends begannen von neuem, und Yamon, dessen Bedeutung durch den Eintritt des jungen Reisenden empfindlich geschwunden war, trat wieder seine angemaßte Herrschaft an.

Das Glücksspiel, der große Fluch der Gesellschaft in allen Ländern, Klassen, Zeitaltern und Entwicklungsstufen, war auch in dieser wilden Gegend nicht unbekannt oder ungeübt. Ebensowenig verfehlte es hier seine üblichen Wirkungen auf Geist, Gemüt und Glück seiner Anhänger. Die freudige Zustimmung des Kreises, als jemand ein Kartenspiel vorschlug, zeigte, daß es keinesfalls ein ungewöhnlicher oder unschicklicher Zeitvertreib für die Anwesenden war. Der junge Heimkehrer schien mit besonderer Bereitwilligkeit zuzustimmen, in wenigen Minuten waren Plätze und Partner verteilt, und die alte Frau legte in die Mitte des Tisches ein Kartenspiel, dessen Karten eher oval als rechteckig waren und dessen Farbe kaum von den schwarzen Eichenbrettern zu unterscheiden war. Die Gewohnheit hatte die Spieler jedoch in ihrem Gebrauch äußerst kunstfertig werden lassen, und sie wurden so rasch ausgeteilt wie heutzutage das neueste Päckchen in der Hand eines Dämonen der Clubs von St. James. Einen Vorteil hatten die Hasardeure à la mode gewiß über diese einfachen Spieler: Letztere waren über die nützlichen Raffinessen des Spiels gänzlich unbelehrt, die die ersteren so wichtig nahmen. Gezinkte Karten, Filieren und Forcieren waren unter unseren Freunden von der Küste völlig unbekannt, und die einzigen notwendigen Konsequenzen des Spiels, in denen sie sich vielleicht hervortaten, waren die zügellose Roheit, die guten vollmundigen Flüche und das wilde Frohlocken, die den Gewinnen oder Verlusten der einzelnen Parteien folgten.

Nachdem er sich mit den schmutzigen Pappkarten in seiner Hand so weit vertraut gemacht hatte, daß er ihre fast verblichenen Aufschriften unterscheiden konnte, zeigte sich die überlegene Meisterschaft des Heimgekehrten. Yamon, der gegen ihn spielte, zeigte bald Zeichen von Unruhe, die der andere mit äußerster Kühle und Gleichgültigkeit behandelte, während er in seinem guten Spiel fortfuhr. Schließlich mußte sein Gegner, nachdem er alle um sich herum, besonders seinen unglücklichen Spielpartner, mit Beschimpfungen überschüttet hatte, zugeben, er habe nichts mehr einzusetzen. Es war nun mitten in der Nacht, und die Gäste gingen einer nach dem anderen fort. Moran und seine Mutter blieben allein in der Kate zurück.

»Mutter«, sagte der junge Mann, während er den kleinen Fensterladen öffnete und das Mondlicht hereinließ, das den ganzen Raum erhellte, »läßt du das Feuer angefacht, bis ich zurückkomme? Die Nacht ist klar, und ich muß über die Klippen gehen.«

»Über die Klippen! Heute nacht, Kind!« stieß die alte Frau hervor. »Willst du das wirklich tun, mein Herz?«

»Ich muß gehen«, war die Antwort, »ich habe ein Versprechen gegeben, das ich nicht brechen darf.«

»Über die Klippen!« fuhr die alte Frau fort. »Der Weg ist selbst für den Fuß unsicher, der ihn am besten kennt, und gewiß wirst du ihn nicht in der Nacht begehen, nachdem du so lange fort warst, daß du ihn vielleicht nicht mehr erkennst.«

»Als ich Ellen Sparling verließ, Mutter«, sagte der junge Mann, »gab ich ihr mein Wort, ich würde sie in jener Nacht treffen, in der sie ein Zeichen von mir erhielte, das sie mir gab. Und auch sie gab mir ihr Wort. Dieses Zeichen sandte ich ihr, bevor ich heute durch deine Tür eintrat, und ich hieß sie zu dem alten Haus kommen, wo ihr Vater in den Tagen seiner Armut lebte und ich sie zuerst sah. Ich muß um jeden Preis mein Wort halten.« Und während er sprach, stieß er die Tür der Kate auf.

»Dann hüte dich, hüte dich«, sagte die alte Frau in ihrer heimatlichen Sprache, rang die Hände, und streckte sie ihm entgegen. »Die Nacht ist klar, Gott sei Dank, und das Meer ist ruhig am Fuße der Klippen, aber es ist ein unsicherer Pfad. Ich kenne die Augen, die rot, und die Wangen, die bleich sein werden, so jung und schön sie sind, wenn dir an diesem heiligen Abend etwas zustoßen sollte.«

»Ich habe ihr meine Hand und mein Wort gegeben«, war Morans Antwort, als er die Tür schloß und den Weg über die Dünen nahm.

Der Mond schien hell, als er die Klippen erreichte und den Pfad einschlug, der zum alten Treffpunkt der Liebenden führte und von dort zu dem verfallenen Haus, wo er erwartete, Ellen anzutreffen. Er wanderte leichtherzig dahin in dem von der Überzeugung verliehenen Gefühl, das Glück vergangener Zeiten, an das ihn jeder Gegenstand erinnerte, sei nicht mit jenen Tagen verschwunden, und eine helle und freudenreiche Zukunft liege vor ihm. Während er sich diesen Visionen ungedämpfter Freude hingab, verließ er die Dünen.

Bei den Felsen von Duggara hörte er das Klatschen von Rudern und das Dahinjagen eines Bootes. Es schien einen Landungsplatz weiter unten anzusteuern, der fast auf seinem Wege lag. Er setzte seinen Weg fort und dachte sich, es müsse wohl einer der Fischer sein, der sein Boot näher zu den Höhlen brachte, wo am nächsten Morgen eine Seehundjagd stattfinden sollte. Als das kleine Fahrzeug unter ihm im Wasser vorbeiglitt, stieg zu der zerklüfteten Klippe, auf der er ruhte, der wilde Gesang einer machtvollen männlichen Stimme auf, mit all der monotonen und melancholischen Intonation, die der irischen Musik eigen ist.

Bevor Moran viel weiter hinabgestiegen war, sah er, daß der Kahn einen Punkt an den Felsen nahe an seinem Weg erreicht hatte. Der Fischer sprang an Land, machte die Fangleine fest und wandte sich dem Pfad zu, den Moran herabkam, wo sie bald zusammentrafen. Es war Yamon Macauntha.

»Ho! Mr. Moran! Zu dieser Stunde auf den Klippen, Sir?«

»Ja, ich habe noch einen langen Weg vor mir. Lebt wohl.«

»Eile mit Weile, Sir«, sagte Yamon, »das ist derselbe Pfad, den ich gehe, und ich begleite Euch.«

Moran wußte nichts dagegen zu sagen, obwohl es nicht ganz nach seinem Herzen war. Er kannte das Wesen und die Sitten des Schmugglers gut genug, um ihn zu allem für fähig zu halten, und obwohl er nun ein kräftigerer Mann als früher war, wäre Yamon bei jedem Angriff erdrückend im Vorteil gewesen. Er erinnerte sich auch gewisser Gerüchte, daß letzterer mitunter von Anfällen von Schwermut heimgesucht werde, deren Stärke und Ausprägung bis zu wahrhaftigem Wahnsinn reiche, und begann zu zögern, wie er sich am klügsten verhalten solle. Doch wäre ein solcher Schritt, um nicht von seiner Scheu vor allem zu reden, was als Flucht erscheinen könnte, wohl auch sinnlos gewesen, denn Yamon stand direkt hinter ihm, und der Pfad war zu schmal, um eine erfolgreiche Gegenwehr zu erlauben. Ihm blieb nichts, als sich dem Fischer zu fügen und weiterzugehen.

»Ihr wißt nicht oder habt vielleicht nie davon gehört, was ich Euch erzählen werde«, sagte Yamon, »aber nur ruhig, und Ihr sollt gleich alles erfahren. Seht Ihr dort am Meer den abschüssigen Felsen, wo gerade die Möwe sitzt, die wir vorhin sahen? Als meine Mutter gerade sieben Monate verheiratet war und nah bei den Dünen wohnte, ging sie oft zu diesem Felsen, um Salzwasser zum Einpökeln zu holen, und störte sich nicht daran, zu jeder Stunde, spät oder früh, dorthin zu gehen. Einmal nun, vielleicht in einer klaren Nacht wie heute, nahm sie ihren Krug zur Hand und ging zum Felsen hinab. Die Flut stand hoch, und als sie sich vom Pfad wandte, saß da eine Frau mitten auf dem Fels, mit dem Rücken zu meiner Mutter. ›Gott zum Gruß‹, sagte meine Mutter unbekümmert und artig, ohne an etwas Böses zu denken, damit sie ihr Platz mache, doch sie nahm keine Notiz. ›Würde es Euch stören, wenn ich schnell etwas Salzwasser schöpfe?‹ fragt meine Mutter. Keine Antwort. Also dachte sie, es sei eine Nachbarin, die sich einen Spaß mache oder eingeschlafen sei, und bat sie sehr deutlich und laut, aus dem Weg zu rücken. Als darauf immer noch keine Antwort kam, beugte sich meine Mutter etwas vor, hob den Umhang vom Kopf der Frau, und schaute darunter – und was, denkt Ihr, sah sie dort im Dunkel? Zwei Augen rot wie Feuer und ein verschrumpeltes Gesicht fast ohne Lippen, und die zurückgezogen, und Zähne länger als Hummerscheren und weiß wie gebleichte Knochen. Ihr Herz sank bis in die Stiefel, da sprang es auf, und mit einem Schrei, der meiner Mutter das Hirn entzweiriß, flog es über das weite Meer davon.

Meine Mutter lief nach Hause und legte sich zu Bett, von dem sie sich nicht wieder erhob, bis man sie auf den Kirchhof von Kilfiehera trug. In jener Woche wurde ich geboren. Ich gehe an jenem Ort niemals allein in der Nacht vorbei, wenn ich es vermeiden kann, und auch aus diesem Grund war ich so frei, Euch um Eure Gesellschaft zu bitten.«

Morans Mut war durch diese Worte ganz wiederhergestellt. Er glaubte in Yamon einen Elenden zu sehen, der zu sehr von Reue und Aberglauben heimgesucht sei, um ein schweres Verbrechen zu planen, wenn ihn nicht starke Versuchung trieb. Während Yamon noch auf den Felsen hinunterblickte, erhob sich die gewaltige Möwe, durch die er Moran den Platz bezeichnet hatte, in die Luft und stieg langsam zur Anhöhe auf, wo sie standen. Der Vogel flog über sie hinweg, umkreiste sie und tauchte mit einem schrillen Schrei, der von hundert Echos beantwortet wurde, wieder in die unter ihnen liegende Dunkelheit hinab. Morans Gedanken wandten sich in diesem Augenblick in eine ganz andere Richtung, als er die kleine Nische sah, wo er seine letzten Worte mit Ellen gewechselt hatte. Er trat ein, gefolgt von Yamon, der sich auf einen rauhen Steinsitz warf und bemerkte, dies sei ein Ort, »wo die Kobolde sich schlafen legen«.

Der junge Reisende kreuzte die Arme und blickte einige Minuten schweigend umher, während sein Herz die Last der Erinnerung trug, die ihn bei jedem Blick und jeder Bewegung überkam. Plötzlich waren von unten murmelnde Stimmen zu hören, und Moran bückte sich, um über den Rand der gewaltigen Klippe hinabzuschauen. Auf dem ruhigen Wasser spiegelten sich Lichter, und nach ein paar Minuten kam ein Boot mit drei oder vier Männern mit brennenden Fackeln aus der großen Höhle hervor, welche sie jedoch im hellen Mondlicht löschten. Er beobachtete sie, bis sie hinter einem vorspringenden Felsen verschwanden. Dann wandte er sich um, und als er die Hand vom Rand zurückzog, löste sich ein Kieselstein, fiel von der Höhe ins Meer und bildete das, was die Bauernkinder einen »Totenschädel« nennen und durch Übung zu erzeugen suchen. Er bildet sich, wenn ein Stein auf solche Weise ins Wasser geworfen wird, daß er keinen Spritzer hervorruft, sondern rasch und scharf eindringt und bei seinem Versinken einen gurgelnden Strudel verursacht, der kurz der Decke eines menschlichen Schädels ähnelt. Der Laut verklang, und wieder war alles still, bis auf das Geräusch des bewegten Wassers in den Höhlen.

»Früher hätte ich damit einen Knopf gewonnen«, sagte Moran und wandte sich um. Im selben Moment fühlte er, wie seine Schulter mit ungeheurer Kraft gepackt wurde. Er schaute schnell auf und sah, wie Yamon, dessen Augen ihn mit dem Ausdruck einer wahnsinnigen Absicht wild anstarrten, sich über ihn beugte. Ein halberstickter Ausruf des Schreckens entfuhr ihm, und er versuchte, zum Pfad zu springen, der von diesem Ort wegführte. Aber Yamons herkulischer Arm hielt ihn zurück.

»Gib mir das Geld, du Dieb und Betrüger«, schrie der Fischer mit vor Erregung zitternden Gliedern, »gib mir das Geld, das du mir heute abend geraubt hast, oder ich reiße dich in Stücke, bei dem großen Licht, das auf uns niederscheint.«

»Hier, Yamon, hier, du hast mein Leben in deiner Gewalt – hier ist dein Geld, und nun –« Er fühlte, wie der Griff des Fischers an seiner Kehle fester wurde. Er kämpfte, wie ein Unglücklicher wohl kämpfen mag, dem das Leben neu und lieb ist, doch er war wie ein Kind in der Umklammerung seines Feindes. Ein erstickter Schrei um Erbarmen, ein wilder Versuch, sich an den Gliedern des Mörders festzuklammern, und im nächsten Augenblick wurde er über den Rand der Klippe geschleudert.

»Noch einer! Noch ein Leben!« sagte Yamon Dhu, der mit ausgestreckten Händen und gespreizten Fingern, als ringe er noch immer, über den Rand schaute. »Das Wasser ist wieder ruhig – Ha! Wer ruft mich? – Aus den Höhlen? – Nein. – Von oben? – Noch ein Leben! – So viel Christenblut auf der Seele eines Mannes!«, und er floh von dem Ort.

†††

Gegen elf Uhr am folgenden Vormittag, einem so herrlichen Tag wie nur möglich, betrat ein junger Bursche namens Terry Mick (Terry, Sohn des Mick, eine in Irland sehr geläufige Namensform) in großer Eile die Küche des Gutsbesitzers Mr. Morty Shannon, der nebenbei auch Untersuchungsrichter dieser Grafschaft war und so fröhlich wie irgendein Mann in der Gegend. Terry flüsterte Aby Galaghar, Mr. Shannons Aufseher und Faktotum, eine kurze Botschaft ins Ohr, was diesen dazu bewog, seinen langen, zähen Hals aus der Ecke am Kamin zu strecken und in Richtung der Tür zu einem inneren, mit dem Namen Salon geehrten Raum zu rufen: »Mr. Morty! Eine Nachricht, Sir.«

»Wer hat eine Nachricht?« fragte eine volltönende, schalkhafte Stimme.

»Mr. Sparling, der Bursche des Gutsherrn, Sir«, antwortete Aby.

»Tatsächlich! Komm herein, Terry.«

»Geh hinein, Terry, mein Guter«, sagte Aby, nahm seine bequeme Stellung am Kamin wieder ein und blickte mit träumerischen, zufriedenen Augen auf einen großen Kessel Kartoffeln, der über dem Torffeuer hing und auf dem sich gerade der erste Schaum gebildet hatte, in irischen Katen »weißes Pferd« genannt.

»Der Herr schickt mich zu Ihnen«, sagte Terry, als er die Tür öffnete und die Augen und das halbe Gesicht ins Allerheiligste steckte, »mit den besten Empfehlungen, weil er wissen will –«

Doch zuerst sollte ich den Eindruck Terrys von der Gesellschaft im Raum schildern. Die Person, an die er sich vor allem wandte, saß am Ende eines kleinen Tisches, auf dem ein Krug kalten Wassers, eine zerbrochene, halb mit grobem braunen Zucker gefüllte Schüssel und ein kleines Kännchen standen, welches der wichtigste Gegenstand unter den dreien zu sein schien, da es am häufigsten hin und her geschoben wurde. Man stelle sich einen mittelgroßen Mann vor, mit kräftigen, wohlgeformten Gliedern, kurzem, dickem Haar, einer gefurchten Stirn, hellen, glitzernden Augen von durchdringendem Grau, mit einem Ausdruck zwischen höhnischem Grinsen und Spott und einer halbkreisförmig in Richtung des Munds verlaufenden Nase. Die Natur hatte ihr zunächst einen Drall nach links gegeben, und der Zufall, der das Werk der Natur auszugleichen wünschte, hatte ihn durch den Schwarzdornknüppel in der Hand eines rebellischen Pächters wieder ausgeglichen. Es war gut gemeint, wenn auch unbeholfen ausgeführt, wie Mr. Morty selbst zu sagen pflegte.

»Mit den besten Empfehlungen meines Herrn, Sir«, fuhr Terry fort. »Er läßt fragen, ob Euer Gnaden gleich nach Kilkee kommen könnte, wo's heute morgen eine schlimme Geschichte gegeben hat – Charlie Moran liegt dort drüben tot im Haus.«

Wenn ich sage, daß sich bei dieser Nachricht ein Ausdruck unwillkürlicher Befriedigung, die er erfolglos zu verbergen suchte, auf dem gekrümmten Gesicht des Zuhörers verbreitete, sollte ich seinen Charakter retten, indem ich den Leser daran erinnere, daß er der Untersuchungsrichter der Grafschaft war und zusätzlich zu den vier Pfund für die Untersuchung die Chance einer Einladung zum Dinner bei den Sparlings bestand, Leuten, deren Lebensart Mr. Morty zuvor bereits geprüft und für gut befunden hatte.

»Komm her, Terry, und hol dir deinen Morgentrunk«, sagte er und füllte ein Glas mit einem geistigen Getränk, das der Bursche sofort mit einer Geschwindigkeit leerte, die einige Vertrautheit damit erkennen ließ, obwohl ein Anflug von verschämtem Vornehmtun ihn dazu bewog, den köstlichen Genuß mit der Grimasse und dem Zucken komischen Abscheus zu quittieren, als er das Glas wieder auf den Tisch stellte.

»Aaah, das ist was Gutes, Euer Ehren. Der stammt vom Herrn, den erkenn ich überall auf der Welt. Das ist ein zwei Jahre alter, Sir, der wurde zu der Zeit gemacht, als Mr. Grady, der Eichmeister, unten im weißen Haus wohnte, und bei Gott, er hat selbst so manchen Tropfen in der Scheune von unserem Herrn gekostet.«

»Wird denn noch fleißig destilliert?«

»Ich wünsche ein langes Leben, Sir – o ja, immer fleißiger. Der Herr ist ja so schlau, wenn nach Schwarzbrennern gesucht wird. Es ist sinnlos, wenn ihn jemand verraten will. Gewiß haben es zwei oder drei versucht, aber keinen Nutzen gehabt als eine gute Tracht Prügel am nächsten Markttag. Mr. Grady hat immer eine Nachricht geschickt, um ihn zu warnen, wenn er mit den Soldaten kam, und die haben nur so viel gefunden, daß es reichte, sie voll wie die Haubitzen wieder nach Hause zu schicken, jeden einzelnen, das schwör ich. Das ist gewiß, dieser Mr. Grady war ein gemütlicher Mann, und bei allen beliebt, ob vornehm oder einfach, reich oder arm, obwohl er ein Eichmeister und ein Protestant war. Ich weiß noch, wie ich ihn einmal herzhaft zum Lachen brachte. Er fragt mich, als will er einen Spaß machen: ›Terry‹, sagt er, ›mich schmerzt es heute so in den Eingeweiden. Was hältst du davon, heute hinter dem Sarg eines Eichmeisters herzugehen?‹ – ›Nun, Mr. Grady, da wollt ich lieber, daß tausend von Euren Glaubensbrüdern vor Euch sterben, und nicht mal Euch hab ich ins Herz geschlossen.‹ Und wie hat der arme Mann da gelacht. Er hatte keinen Stolz, der Mr. Grady – nicht mehr Stolz als ein Kind. Gott sei ihm gnädig, wo immer er jetzt sein mag.«

Nach ein paar Minuten war Mr. Shannons blinde Mähre gesattelt, in Richtung Kilkee gedreht, und Terry trottete an der Seite des Leichenbeschauers los und verkürzte den Weg mit seinen seltsamen Reden. Bei der Ankunft im Haus des Gutsherrn fanden sie es mit Dorfbewohnern überfüllt. Der Zauberdoktor der Gegend saß nahe der Tür, sein braunes und wettergegerbtes Gesicht außerordentlich geheimnisvoll, und seine Augen mit dem Ausdruck tiefer Gedanken auf seine drehenden Daumen gesenkt. In einem anderen Teil des Vorraums stand der Schulmeister der Gemeinde und sprach vor einem Kreis andächtiger Zuhörer über die »Vorschriften des Untersuchungsrichters«. In der Ecke beim Kamin saßen die »weisen Frauen« der Umgegend auf Stühlen im Halbkreis und berieten. Zwei vom nächsten Regiment abkommandierte Soldaten standen an der Tür, und etwas von ihnen entfernt saßen einige Fischer und andere Männer im Morgensonnenschein an einem Tisch, in ein Gespräch über das Ereignis vertieft, das sie zusammengerufen hatte. Einer von ihnen redete gerade, als der Untersuchungsrichter eintraf:

»Wir haben den kleinen Kahn bis nah an die Höhlen gezogen, damit wir beim Beginn der Jagd als erste bei den Seehunden sind, da seh' ich im Seegras am Strand was Schwarzes liegen, wohl fünfzehn Meter von dem Felsen, wo ich stehe, und das habe ich nicht einmal zuerst gesehen, nur zwei Möwen, eine davon saß drauf, und die andere ist immer darüber herumgeflogen und hat genauso geschrien wie ein Christenmensch, und da lauf ich also zu Phil hier und sage: ›In den Felsen liegt ein Toter, wir wollen ihn holen, bevor ihn die Fische fressen.‹ Also brachten wir ihn an Land. Er war bleich und starr, aber es war nicht viel mit ihm geschehen, seltsam, wenn man an die großen Felsen denkt. Wir erkannten das Gesicht vom armen Moran und sagten nichts, hüllten ihn nur ins Sprietsegel und brachten ihn hierher zu Mr. Sparling, was näher war als zum Haus seiner Mutter, wo wir alles erzählt haben.«

Beim Eintritt in das Haus wurde Mr. Morty Shannon mit aller seiner hohen Stellung gebührenden Achtung empfangen. Die Frauen machten tiefe Knickse, die Männer hoben die Hände mit jener höflichen Bewegung an die Stirn, die alle Bauern im Süden Irlands kennen, auch die ungebildetsten. Der Herr des Hauses, ein gemütlich aussehender Mann mit dem Aussehen eines Farmers, erhob sich von seinem Platz nahe dem Kamin und begrüßte die Amtsperson mit größerer Vertraulichkeit, doch nicht ohne die Zurückhaltung, die dem Anlaß entsprach.

Da die Tür zu einem inneren Raum offenstand, konnte Mr. Shannon den Leichnam des Ermordeten auf einem Tisch am Fenster liegen sehen. Nahe dem Kopf stand die Mutter des Toten, hing in stummem Schmerz über dem Leichnam, neigte sich mit einer sanften Bewegung vor und zurück und rang die Hände, doch so geräuschlos, daß die tiefe Stille des Raumes nie gebrochen wurde. Auf der anderen Seite, das schöne Haupt an die Bahre gelehnt, die weißen, bleichen Finger in frommem Gebet über seinem Körper, kniete Morans versprochene Liebe, Ellen Sparling, ein halbersticktes Schluchzen erschütterte von Zeit zu Zeit ihre zarte Gestalt, und ihre langen Locken fielen über die Brust des Ermordeten. Beim Beten schien ihr plötzlich ein Gedanke zu kommen, sie erhob den Kopf, zog ein hellgrünes Band aus ihrem Busen, küßte es oft und glühend, faltete es und steckte es in den des ermordeten Jünglings, worauf sie wieder ihre knieende Haltung einnahm. Es gibt wohl nur wenige, die den Szenen menschlichen Leids mit so wenig Aufmerksamkeit beigewohnt haben, um nicht zu erkennen, daß es weder die Schwere des einzelnen Unglücks ist noch die Gewalt des Schmerzes, das es hervorruft, die am mächtigsten das Mitleid des außenstehenden Betrachters erweckt. Die Fähigkeit zu tiefer Gefühlsregung mag mehr oder weniger in allen Herzen liegen, aber die Kraft, sie mitzuteilen, ist eine Gabe, die nur wenige besitzen. Das Flüstern eines verletzten Herzens, der leise Seufzer eines gebrochenen Geistes bringen oft alle Saiten des Mitgefühls zum Schwingen, wenn das ungehemmte Rasen eines wilden Jammers, obwohl nicht weniger wirklich, nichts anderes hervorruft als Schmerz und Unbehagen. Vielleicht ist die Selbstsucht unserer Natur von solcher Art, daß wir desto mehr auf der Hut und gewarnt sind, je drängender wir bestürmt werden, und überrascht werden müssen, bevor unsere wohltätigen Gefühle erweckt werden können. Wie dem auch sei, da ich kein Philosoph bin, kann ich nur mitteilen, daß Mr. Morty Shannon, der manch einer Szene von ungehemmtem Gram ohne ein anderes Gefühl als dem der Ungeduld beigewohnt hatte, von der stillen, unaufdringlichen Trauer, die er beim Eintritt in diesen Raum erfuhr, so bewegt war, daß er fast sein Amt vergessen hätte.

In jener Zeit war es Brauch und ist es in den meisten Teilen Irlands noch heute, daß, wo immer man vermutet, ein Mensch sei auf unnatürliche Weise zu Tode gekommen, alle Bewohner seiner Gemeinde oder des Bezirks, besonders jene, die wegen früherer Umstände irgendwie verdächtig sind, zusammenkommen und sich einer Art von Prüfung unterziehen, indem sie nacheinander den Leichnam berühren. Bei einem abergläubischen Volk hatte eine Regel wie diese, so einfach sie war, oft Erfolg dabei gehabt, ein schuldiges Gewissen zu verraten, und es war der allgemeine Glaube der Bauern, daß in vielen Fällen, wo der Schuldige der schrecklichen Tat genug Geistesgegenwart oder Hartherzigkeit besaß, um im Moment der Prüfung Gefühlsregung zu unterdrücken, eine wunderbare Veränderung des Leichnams selbst den Übeltäter angezeigt hatte. In jedem Fall war die Probe mit einem Grad von Ernst und Bedeutung verbunden, der ihr in den Augen der Menge ein starkes Interesse verlieh.

Es hatte bei diesem Anlaß nicht an Verdacht gefehlt. Die Geschehnisse des vorigen Abends im Haus der Witwe und der Verlust, den Yamon dort erlitten hatte, trugen nicht wenig dazu bei, die Aufmerksamkeit der Mehrheit auf ihn zu richten. Es wurde auch nicht übersehen, daß er noch nicht in Mr. Sparlings Haus erschienen war. Manche wilde Erzählung lief auch über Ellen Sparling um, die an diesem Morgen vor Sonnenaufgang von einem Fischträger, der sein beladenes Maultier auf der Straße nach Kilrush trieb, gesehen worden war, als sie über die Hügel zum Haus ihres Vaters zurücklief, mehr wie eine Wahnsinnige als eine vernünftige Christin. Bevor wir in unserer Erzählung weiter fortfahren, ist es notwendig, daß wir etwas über die Umstände sagen, die zu dieser Erscheinung geführt hatten.

Als Ellen am vorigen Abend das Zeichen von dem Boten des jungen Moran erhielt, band sie ihre leichte karierte Strohhaube unter dem Kinn fest und stahl sich mit klopfendem und erregtem Herzen durch einen Hintereingang zu dem angegebenen Rendezvous. Das alte, verfallene Haus, das ihr bezeichnet worden war, lag eine Meile von dem ihres Vaters entfernt und war jetzt nur von einem alten Schäfer bewohnt, der in seinem Dienst stand. Da sie Moran noch nicht antraf, obwohl die Sonne schon im Westen stand, schickte sie den alten Mann unter einem Vorwand fort und nahm seinen Platz beim Fenster auf einem kleinen Stuhl mit Binsensitz ein. Zwei Stunden des ruhigen und friedlichen Abends waren bereits vergangen, und er war noch nicht da. Von der langen Erwartung und dem Aufruhr ihrer Gedanken und Empfindungen ermüdet, stand sie auf, entfernte sich ein kurzes Stück von der Kate und setzte sich auf eine kleine Hügelkuppe in der Nähe, mit weiter Aussicht über das Meer, wo sie auf ihn wartete und ab und zu in Richtung der Klippen spähte, von wo er nach dem Bescheid des Boten kommen sollte. Nichts trat ihrem Auge jedoch auf diesem Wege entgegen, und kein Geräusch traf ihr Ohr als das laute, volltönende und klagende Pfeifen des Pflügers, der seine Pferde über ein einsames Stoppelfeld trieb und ihnen und sich die Arbeit durch die wilden Modulationen des Keen-the-cawn oder Totengesangs erleichterte, was jetzt ihren Geist bedrückte, obwohl er sie unter anderen Umständen oft erfreut hatte.

Schließlich brach die Nacht herein, und sie kehrte zu dem alten Haus zurück. Als sie sich dem heruntergekommenen »haggart« näherte, erhob sich eine leichte Brise vom Land, die in den Reetdächern der verfallenen Nebengebäude raschelte, und erschreckte sie durch ihre Unverhofftheit fast wie eine menschliche Stimme. Sie schaute einen Augenblick auf, zog ihr Tuch enger um die Schultern und eilte zur Tür. Vielleicht war er in ihrer Abwesenheit auf einem anderen Weg gekommen! So hoch ihr Herz bei dieser Idee hüpfte, um so mehr sank es, als sie den Riegel hob und den verlassenen Raum betrat. Das Torffeuer im Kamin war fast erloschen, und alles war dunkel, kalt, traurig und trostlos. Sie war über die Abwesenheit des alten Dieners bedrückt und bedauerte die Vorsicht, die sie bewogen hatte, ihn fortzuschicken. Bei aller Stärke der Zuneigung konnte sie ein Gefühl von Mißfallen über den anscheinenden Mangel an Sehnsucht bei ihrem Geliebten nicht unterdrücken. Es wirkte fast entwürdigend; sie beschloß, dies bei seiner Ankunft in ihrem Benehmen zu zeigen. Im nächste Moment ließ der eingebildete Klang von Schritten sie von ihrem Sitz aufspringen und die Arme in völligem Vergessen ihrer festen Absicht ausbreiten. Von Herzen verzagt über die ständigen Enttäuschungen, traten nun die grausigsten Vorstellungen an die Stelle ihrer Verstimmung. Sie fürchtete für seine Sicherheit. Es war lange her, seit er den Weg über die Klippen gegangen war. Die Möglichkeit, die hier vor sie hintrat, ließ sie das Gesicht mit den Händen bedecken und sich in einem Anfall von Entsetzen in ihrem Stuhl vorbeugen.

Mitternacht kam. Ein kurzer, schwerer Atem an der Tür, wie sie meinte, schreckte sie auf, als sie sich über das Feuer beugte, um die Glut neu mit Torf zu nähren. Sie erhob sich und ging zur Tür. Ein großer Neufundländer ihres Vaters sprang an ihr hoch, als sie öffnete, und bewies durch die wildesten Sprünge in der Küche seine Freude, sie so unerwartet zu dieser Stunde und so weit von ihrem Heim zu treffen. Sie tätschelte den Kopf des treuen Tieres und fühlte sich durch die Gesellschaft selbst dieses stummen Bekannten ermutigt. Der kluge Diener hatte sie offenbar durch die Feinheit seiner Sinne in dem verfallenen Haus gefunden und schien über die Richtigkeit seiner Vermutung hochbeglückt. Nachdem er die Erregung des Augenblicks weidlich ausgekostet hatte, legte er sich schließlich vor dem Feuer nieder, rollte sich nach vielen unentschlossenen Bewegungen zu ihren Füßen zusammen und schlief ein. Nach kurzer Zeit folgte das Mädchen seinem Beispiel.

Die beunruhigenden Gedanken, die sie im wachen Zustand bedrängt hatten, wurden nun zu lebhaften und beängstigenden Bilder vor ihrem schlafenden Geist. Als sie sich im Stuhl zurücklehnte, die Augen nur so weit geschlossen, daß sie noch die »verlängerten Strahlen« des verglimmenden Feuers vor sich sah, wurde sie unerklärlich bedrückt vom Gefühl einer neben ihr sitzenden Person. Es gab ein Zischen, als fielen Wassertropfen direkt vor der Gestalt auf die Glut, und nach einer großen Anstrengung glaubte sie, sich so weit umwenden zu können, daß sie das Gesicht ihres Liebsten erkennen konnte, bleich, kalt, das lange dunkle Haar zu beiden Seiten herabhängend und, wie ihr schien, von Nässe triefend. Sie versuchte, sich zu bewegen, war aber gänzlich unfähig dazu, und seine Gestalt näherte sich weiter, bis er schließlich das kalte Gesicht so nah an ihre Wange hielt, daß sie die Feuchtigkeit an ihrem Hals zu spüren meinte, und sagte: »Ellen, ich habe meine Hand und mein Wort gehalten; ich hatte es im Leben gewollt, nun tue ich es im Tode.«

In diesem Augenblick weckte sie ein leises, brummendes Gebell des Hundes Minos, und sie fuhr von ihrem Sitz in einem Zustand von Nervosität auf, der sie für kurze Zeit an ihrer Überzeugung zweifeln ließ, daß die Vision, die ihren Schlaf bedrückt hatte, nicht existiere. Der Hund saß aufrecht da und blickte mit eingezogenem Kopf, starren Augen und vor hündischer Furcht hochgezogenen Lefzen zur Tür. Ellen lauschte ein paar Minuten aufmerksam und hörte ein leises Klopfen. Sie erkannte eine Stimme oder meinte sie zu erkennen, die ganz der Stimme der Gestalt in ihrem Traum ähnelte und mit sanftem Ton ihren Namen rief. Am meisten überraschte sie, daß Minos, statt wütend anzuschlagen, wie es sonst seine Art war, wenn er bei Nacht ein ungewohntes Geräusch hörte, sich duckte, winselte und in der Kaminecke verkroch. Ohne den geringsten Zweifel, daß es ihr Liebster sei, erhob sie sich und öffnete die Tür. Der ihr noch vor Augen stehende lebhafte Traum und vielleicht auch die Gewißheit, ihn zu sehen, ließen sie für einen Augenblick glauben, die gleiche Gestalt stünde vor ihr. Nur für einen Augenblick jedoch, beim zweiten Hinschauen war niemand zu sehen. Ein überwältigendes Gefühl des Schreckens kam nun über sie, und sie floh mit der Hast des Wahnsinns von diesem Ort. In halb verwirrtem, halb ohnmächtigem Zustand erreichte sie das Haus ihres Vaters und warf sich auf ihr Bett, wo die Nachricht von Morans Tod sie am nächsten Morgen erreichte.

Kehren wir aber zum jetzigen Stand unserer Erzählung zurück. Eine bestimmte Zahl der Gäste wurde nun in den Raum gerufen, wo der Körper lag, und alles war für die Probe bereit. An einem Tisch beim Fenster saß der ehrenwerte Leichenbeschauer mit Schreibzeug vor sich, zusammen mit dem Gardeleutnant vom Leuchtturm, der vor ein paar Minuten eingetroffen war. Mr. Sparling stand mit einem Gesichtsausdruck von weiser Zerstreutheit in ihrer Nähe, die Hände in den Hosentaschen, und klimperte mit ein paar Münzen. Die versprochene Liebste des Toten hatte sich von den Knien erhoben und zeigte nun ein völlig anderes Betragen. Sie stand schweigend mit trockenen Augen am Haupt der Bahre und blickte jedem, der sich näherte, um den Körper zu berühren, mit einem Ernst ins Angesicht, der das Gewissen selbst der Unschuld beunruhigt hätte. Nachdem sie von dem allgemeinen Verdacht gegen Yamon erfahren hatte, erwartete sie ungeduldig die Ankunft dieser Person.

Schließlich trat er ein. Aller Augen richteten sich sofort auf ihn. Im Ansehen oder Benehmen des Mannes war nichts Ungewöhnliches. Er blickte umher, nickte einigen zu, berührte die Stirn zum Gruß des Leichenbeschauers und des Leutnants und schritt dann ruhig und unbewegt in die Mitte des Raums, um zu warten, daß die Reihe der Probe an ihn käme. Ein sehr genauer Beobachter hätte ein Zucken des Augenlides wahrnehmen können, als er zu Ellen Sparling blickte, nur für einen Moment, und er schaute kein zweites Mal in ihre Richtung.

»Ist das nicht drollig, Shawn?« flüsterte Terry dem Zauberdoktor, der neben ihm stand, ins Ohr. Letzterer hielt es nicht für tunlich, in Worten zu antworten, preßte aber die Lippen aufeinander, zog die Brauen zusammen und ließ einen zusätzlichen Anteil leerer Weisheit auf seinem Antlitz erscheinen.

»Also sieh doch nur«, fuhr Terry fort, »wie Tim Fouloo da den toten Leichnam anfaßt, als ob irgend jemand glaubt, er könne auch nur ein Huhn umbringen, der lahu-muthawn (Trottel).« Ein dumm aussehender, junger Kerl mit offenem Mund und aufgerissenen Augen schritt mit langsam watschelndem Gang zu der Leiche, fuhr mit der Hand über ihr Gesicht und zog sich mit einem Blick von komischer Stupidität wieder zurück, der trotz des grausigen Anlasses vielen ein Lächeln entlockte.

Yamon war der letzte, der sich dem Leichnam näherte. Vom Augenblick seines Eintretens an hatten Ellen Sparlings Augen ihn beständig verfolgt und nahmen nun einen lebhaften und heftigen Ausdruck an. Er ging jedoch höchst gleichgültig zu der Stelle, wo er mehrfach mit der Hand über Stirn und Wange des Toten fuhr. Viele Köpfe waren erwartungsvoll vorgestreckt, als könne der unbelebte Lehm sich unter der Berühung regen. Doch es geschah kein Wunder, und sie sahen einander schweigend an, als er sich langsam umwandte und mit gekreuzten Armen wieder seinen Platz in der Mitte des Raums einnahm.

»Nun, Mr. Sparling«, sagte der hochwohlgeborene Untersuchungsrichter, »das ist doch nur verlorene Zeit; hätten wir gleich mit der Untersuchung begonnen, wären wir jetzt fast schon fertig.«

Der alte Gutsherr wollte gerade antworten, als ihr Gespräch von einem überraschten Ausruf Ellen Sparlings unterbrochen wurde. Als sie sich rasch umwandten, sahen sie, wie sie eine der geballten Hände des Leichnams in der ihren hielt und mit stummem Erstaunen darauf starrte. Zwischen den totenstarren Fingern schaute etwas von bläulicher Farbe hervor. Mit all ihrer Kraft öffnete Ellen die Hand und zog den kleinen Fetzen eines Rockaufschlags mit einem Knopf heraus. Und als sie die Hand fallengelassen hatte, drängte sie sich, ohne jemanden anzusehen, durch die Menge, bis sie vor Yamon stand. Ein Blick reichte aus. Im tödlichen Kampf hatte der unglückliche Moran diesen Teil von der Kleidung seines Mörders abgerissen, und der Riß war in diesem Moment deutlich sichtbar.

»Der Mörder! Auge um Auge!« schrie das rasende Mädchen, packte seinen Rock und schien fast wahnsinnig vor Gemütsbewegung. Alles war Verwirrung und Lärm. Yamon warf einen wilden Blick um sich und sprang zur Tür, doch Ellen Sparling klammerte sich noch immer wie eine Ertrinkende an ihn. Er versuchte das Äußerste seiner gewaltigen Kraft, um sich von ihr zu lösen, aber umsonst. All seine Anstrengungen schienen ihre Kraft nur zu vergrößern, während sie seine eigene verminderten. Schließlich erinnerte er sich seines Fischermessers, zog es aus dem Gürtel und stach es ihr in die Brust. Das unglückliche Mädchen lockerte den Griff, schwankte und fiel auf den Leichnam ihres Geliebten, während Yamon zur Tür sprang. Der arme Terry stand ihm im Weg, doch ein Hieb streckte ihn besinnungslos zu Boden, und niemand suchte einen zweiten herauszufordern. Die Wachen schossen mit ihren Flinten auf ihn, als er über die Dünen lief, aber bevor sie abdrückten, glitt er auf einem losen Stein aus und stürzte, was vielleicht sein Leben rettete (wenigstens sagten dies die Schützen). Bevor der Pulverdampf verflogen war, war er schon wieder in wilder Flucht.

»*Shuil! Shuil!* Die Dünen! Die Klippen!« war nun der allgemeine Ruf, und augenblicklich begann die Jagd. Viele Minuten vergingen, ehe sie zu den Klippen kamen, und nur ein halbes Dutzend der Leichtfüßigsten erreichten den Ort rechtzeitig, um den letzten verzweifelten Ausweg des Mörders mitanzusehen. Er blieb stehen und blickte einen Moment über die Schulter zurück, dann stürmte er an den Rand der Klippe, wo sie sich fünfzehn Meter über dem Land erhob, winkte seinen Verfolgern zu und stürzte sich ins Meer.

Allgemein glaubte man, er habe den Tod gefunden, aber niemals fand man ein Zeichen, das dieses Ende sicher bewiesen hätte, und ein paar hegten den Verdacht, daß er, so unglaublich dies scheinen mochte, den Sprung überlebt und die kleine, gegenüberliegende Felseninsel erreicht habe.

Die wenigen, die zu Mr. Sparlings Haus zurückkehrten, fanden es voller Schmerz, Stille und Tod. Nicht einmal die Stimme des Klageweibs erklang bei diesem Anlaß, um nicht des echten Grams zu spotten, der auf jeder Stirn und in jedem Herzen saß. Die Liebenden wurden gemeinsam aufgebahrt und im selben Grab in Kilfiehera begraben.

JAMES JOYCE

Die Hinrichtung des Myles Joyce

James Joyce (1882–1941) interessierte sich sehr für das Thema Verbrechen und Gesetzlosigkeit und schrieb darüber zunächst für irische Zeitungen mehrere Artikel, später für die italienische und französische Presse, als er im Ausland lebte. Seine stärksten Worte widmete er den Belfaster Unruhen und einer Serie von Angriffen auf Vieh in Clare, Galway, Leitrim und Roscommon, alle provoziert vom schrecklichen Elend der Landbevölkerung, das die Großgrundbesitzer verursacht hatten. Er kritisierte regelmäßig die Art, in der das englische Recht zur Verurteilung von Verbrechen in Irland angewandt wurde, und schrieb im September 1907: »Die englische Öffentlichkeit hält alle Iren für Straßenräuber mit verzerrten Gesichtern, die nachts in der Absicht umherstreichen, jedem Unionisten die Haut abzuziehen.«

Joyce verarbeitete verschiedene Arten von Verbrechen in Kurzgeschichten wie »Eine Begegnung« und »Ein betrüblicher Fall« in *Dublin* (1914) und in seinem großen Roman *Ulysses* (1922). In »Die Hinrichtung des Myles Joyce« (1907), einem Ausschnitt aus einem seiner italienischen Zeitungsartikel, berichtet Joyce in gewohnt sarkastischem Stil über das furchtbare Unrecht, das einer Familie namens Joyce widerfuhr, welche, wie man vermutet hat, mit ihm verwandt gewesen sein könnte.

Es gibt in Irland weniger Verbrechen als in jedem anderen Land Europas. Irland hat keine organisierte Unterwelt, und wenn einer der Vorfälle eintritt, die von den Journalisten mit grausiger Ironie »rote Idyllen« genannt werden, wird das ganze Land davon erschüttert.

Vor fünf Jahren wurde ein unschuldiger Mann, der inzwischen wieder frei ist, zu Zwangsarbeit verurteilt, um die öffentliche Empörung abzuschwächen. Aber noch während er im Gefängnis war, gingen die Verbrechen weiter.

Einige Jahre zuvor wurde in Irland ein sensationeller Prozeß über eine Familie mit demselben Namen wie meinem abgehalten. Der Fall hatte seinen Ursprung an dem einsamen Ort Maamtrasna in einer der westlichen Grafschaften, wo ein grauenhafter Mord begangen worden war.

Die Tatsachen waren folgende. Ein Mann names Joyce, seine Frau und drei seiner vier Kinder waren in der Grafschaft Galway von einer Gruppe von Männern ermordet worden, die sie für Spitzel hielten. Vier oder fünf Männer aus Galway, alle vom alten Stamm der Joyces, wurden festgenommen, des Verbrechens angeklagt und vor Gericht gestellt.

Der älteste dieser Männer, ein Siebzigjähriger namens Myles Joyce, war der Hauptverdächtige der Untat. Dennoch hielt ihn die öffentliche Meinung damals für unschuldig und heute für einen Märtyrer.

Weder der alte Mann noch die anderen Angeklagten waren des Englischen mächtig. Das Gericht mußte auf die Dienste eines Dolmetschers zurückgreifen, um ihre Aussagen zu hören. Die Befragung mit Hilfe des Dolmetschers war zuweilen komisch, zuweilen tragisch.

Auf der einen Seite des Gerichtssaals befand sich der überaus zeremonielle Dolmetscher, auf der anderen stand der Patriarch einer elenden, mit zivilisierten Sitten unvertrauten Sippe, der von all der juristischen Zeremonie wie betäubt war.

An einer Stelle sagte der Richter zum Dolmetscher: »Fragen Sie den Angeklagten, ob er die Dame in jener Nacht gesehen hat.«

Die Frage wurde auf irisch an ihn gerichtet, und der alte Mann brach in eine komplizierte Erklärung aus, gestikulierte, appellierte an seine Mitangeklagten und den Himmel. Dann beruhigte er sich, von seiner Anstrengung ermüdet.

Darauf wandte sich der Dolmetscher zum Richter und sagte: »Er sagt: ›Nein, Euer Ehren.‹«

»Fragen Sie ihn, ob er sich um diese Zeit in der Umgebung aufgehalten hat«, fuhr der Richter fort.

Der alte Mann begann wieder zu reden, zu beteuern, zu schreien, fast außer sich vor Qual, nicht zu verstehen und sich nicht verständlich machen zu können, und vergoß Tränen des Zorns und der Angst. Schließlich verstummte er wieder.

Und wieder sagte der Dolmetscher: »Er sagt: ›Nein, Euer Ehren.‹«

Als das Verhör vorüber war, wurde die Schuld des armen alten Mannes vom Gericht für erwiesen erklärt. Er wurde an eine höhere Instanz verwiesen, die ihn mit zwei anderen zum Tod durch den Strang verurteilte.

Am Tag der Hinrichtung war der Platz vor dem Gefängnis in Galway voller Menchen, die auf irisch laut für Myles Joyce' Seelenfrieden beteten.

Man erzählt, der Henker, den das Opfer ebenfalls nicht verstand, habe dem Kopf des unglücklichen Mannes vor Ärger einen Tritt gegeben, um ihn in die Schlinge zu bekommen.

ELIZABETH BOWEN

Ausplaudern

Die harschen wirtschaftlichen Bedingungen in Irland zu Anfang dieses Jahrhunderts machten die in der Grafschaft Cork geborene Elizabeth Bowen (1899–1973) zur Schriftstellerin. Die Krankheit ihres Vaters und der Tod ihrer Mutter, als sie noch keine zwanzig war, zwangen sie, ihren Lebensunterhalt außerhalb Irlands zu verdienen, und so begann sie, Romane und Kurzgeschichten zu schreiben, die ihres tiefen Verständnisses für menschliche Gefühle wegen bald ihren Namen bekannt machten. Mit der Zeit erlaubte ihr der Erfolg, Bowen's Court, den alten Wohnsitz ihrer Familie in Cork, wieder herzurichten, wohin sie sich regelmäßig zum Schreiben zurückzog.
Elizabeth Bowen bekannte früh in ihrer Karriere, daß ihre Lieblingslektüre Kriminalgeschichten seien. In »Ausplaudern« zeigt sie die Erfahrung des Mordes aus dem Blickwinkel eines abnormen menschlichen Wesens. Der Effekt ist so realistisch, daß viele Leser sich gefragt haben, wo und wie sie die Eingebung bekam, eine derart morbide und fesselnde Erzählung zu schreiben.

Terry schaute auf; Josephine lag still. Er kam sich schüchtern vor, auf einmal war ihm der Gedanke peinlich, daß jemand herkommen könnte. Sein Gehirn tickte wie eine Uhr: Vorsichtig schaute er auf.

Aber niemand war da. Außerhalb der hohen, kalten Mauern, jenseits der gezackten Kuppel der Kapelle, drängten sich Rittersporne in der Sonne, zitternd vor Licht, einer leuchtender als der andere, Farbstreifen, die sich langsam zu drehen schienen, wenn man sie beobachtete. Aber niemand war dort.

Die Kapelle war verfallen, der Himmel ihr Dach, der Rasen ihr Fußboden. In einer Ecke hatte der Gärtner einen Haufen geschnittenes Gras aus dem Rasenmäher ausgeleert. Die Köpfe der Gänseblümchen welkten, das gemähte Gras roch muffig und süß. Überall lagen Zigarettenkippen, letzte Nacht von den Pärchen verstreut, die zum Küssen hierher gekommen waren. Erst der Tanz und dann das, dachte Terry, das Personal wird damit nie nachkommen. Die Zigarettenkippen würden tagelang hier liegen, bis nach dem Regen, braun werden und vermodern.

Dann fiel ihm ein verkohlter Zigarettenstummel in Josephines Haar auf. Die kurzen, welligen Spitzen ihres Haars fielen von Schläfen und Ohren zurück – noch immer in perfekten Linien –, in der Nähe ihres linken Ohrs war der verkohlte Stummel zu sehen. Das würde sie ihm niemals verzeihen, dachte er, sie war so heikel und zartbesaitet, daß sie ständig gereizt war. (»Wenn du's wissen willst«, hatte sie gesagt, »du hast eben schmutzige Fingernägel, oder nicht? Sieh nur.«) Er bückte sich und klaubte den Zigarettenstummel aus ihrem Haar, die feinen Spitzen zitterten unter seinem Atem. Als er ihn wegwarf, bemerkte er, daß seine Nägel immer noch schmutzig waren. Seine Hände waren jetzt natürlich befleckt, aber seine Nägel mußten auch vorher schon schmutzig gewesen sein. Hatte sie das wieder bemerkt?

Aber war sie vielleicht einen Moment lang stolz auf ihn gewesen? Hatte sie einen Schimmer von dem begriffen, was er ihr erzählt hatte? Er wollte sie fragen: »Was fühlst du jetzt? Glaubst du an mich?« Er fühlte sich sicher, überzeugt, gerechtfertigt. Denn niemand anders hätte das mit Josephine gemacht.

Alle hatten ihn immer heruntergemacht. Er fühlte ein Achselzucken in dieser Haltung, eine oberflächliche, verborgene Hoffnungslosigkeit. »Oh, *Terry*...« würden sie sagen und dann abbrechen. Er war zu nichts nütze, konnte nicht einmal ein Tennisnetz aufspannen. Er konnte nie richtig sehen (das ging mit dem Whiskey zuerst besser, dann nicht mehr), seine Hände gehorchten ihm nicht, was er festzuhalten befahl, entglitt ihnen. Er war zu nichts nütze; die Jüngeren lachten über ihn, bis sie wie seine Brüder und Schwestern älter wurden und eine bittere Freundlichkeit einübten. Immer wieder war er zu ihnen zurückgeschickt worden (und die Wiederholung hatte den Schmerz dieser Heimkehr niemals abgestumpft), aus der Schule, aus Cambridge, jetzt – vor einem Monat – aus Ceylon. »Unkraut vergeht nicht!« bemerkte er stets scherzhaft. »Wenn ich nur richtig über etwas nachdenken könnte«, hatte er seinem Vater zu erklären versucht, »ich weiß, ich könnte *irgend etwas* tun.« Und einmal hatte er zu Josephine gesagt: »Ich weiß, es gibt etwas, das ich tun könnte.«

»Und jetzt werden sie's erfahren«, sagte er und blickte mit der seltsamen neuen Freude des klaren und scharfen Sehens von Josephines Gesicht zu ihrer blutigen Brust (die dicken blauen Glasperlen waren seitlich über ihre Schulter geglitten und hatten sich im Gras zusammengerollt, wo sie mitten in dem unaufhörlichen Rinnsal lagen), von ihrer Brust zum

Rand der Mauern hinauf, dem bröckelnden Rand, den Baldrianbüscheln, die vor dem Himmel im Wind zitterten. Es war, als sei das dunkle Fenster, durch das er so lange hinausgeschaut hatte, auf einmal aufgesprungen. Er sah Richtig und Falsch, die alten kindlichen Gewißheiten, deutlich wie die Mauern und den Himmel. Ich habe das Richtige getan, dachte er, aber sein Gehirn tickte noch immer. *Sie durfte nicht leben* mit diesem Fehler. Josephine durfte nicht leben, sie mußte sterben.

Die ganze Nacht hatte er darüber nachgedacht, als er fern von den anderen im Gebüsch herumlief, von der Tanzmusik unterstützt. Sein Geist hatte gesprüht wie eine glimmende, plötzlich angefachte Kohle. Er war nicht wütend, er sagte sich immer wieder: »Ich darf nicht wütend sein, ich muß gerecht sein.« Er ging, so schien es ihm, inmitten einer Flamme von Gerechtigkeit. Die Pärchen, die ihm über den Weg gelaufen waren, hatten sich erschrocken. Einer sprach von einem Propheten zweiter Klasse, jemand anders flüsterte »Caliban« ... Er sagte vor sich hin: »Der Fehler steckt mitten in ihr. Sie zerstört die Wahrheit. Sie tötet Seelen, sie hat meine getötet.« So war ihm, bevor der Morgen kam, seine Absicht als Gottes Absicht erschienen.

Sie hatte nämlich gelacht. Sie hatte sich verstellt. Es gab etwas Zartes und Schönes, das er verborgen hielt, einen Funken; sie hatte ihn berührt und ihn ganz damit erfüllt, hatte einen Mann aus ihm gemacht. Sie hatte gesagt: »Ja, Terry, *ich* glaube daran. Ich verstehe es.« Das war alles für ihn gewesen. Er hatte die alte, stumpfe Rüstung abgeworfen ... Dann hatte sie gelacht.

Da hatte er verstanden, was andere Männer meinten, wenn sie von ihr sprachen. Er hatte sofort verstanden, was er zu tun hatte. »Ich allein muß es tun«, hatte er gesagt. »Niemand außer mir kann es.«

Die ganze Nacht war er allein im Garten herumgegangen. Dann beobachtete er die Glastüren, und als sie wieder geöffnet waren, ging er schnell hinein und nahm den afrikanischen Dolch von der Wand im Speisezimmer. Er hatte sich immer diesen afrikanischen Dolch gewünscht. Er war nach oben gegangen (wobei er sich an all die Treffen mit Josephine erinnerte, das Rasieren, das Krawattenbinden), hatte sich rasiert, eine Flanellhose angezogen, den Dolch in seine Blazertasche gesteckt (er war zu lang, mehr als drei Zentimeter steckten im Futter) und dann auf dem Fensterbrett gesessen und beobachtet, wie sich das Sonnenlicht verstärkte und von einer gelben Unruhe hinter den Bäumen zu

Farbstreifen auf dem Rasen verbreitete. Er dachte nicht nach, sein Gehirn war wie jemand, der sang, jemand, der wirklich singen konnte.

Und später war alles wie vorbereitet gewesen. Er hatte seinen Anteil, seine Rolle in einer Art Plan. Josephine war in ihrem weißen Plisseekleid heruntergekommen (wenn sie sich umdrehte, wirbelten die Falten herum). Er sagte: »Komm mit nach draußen!«, und sie warf ihm diesen leichten, distanzierten Blick zu, noch immer mit einem Lachen dahinter, und antwortete: »Aber klar doch, kleiner Terry.« Und sie war vor ihm den Gartenweg hinabgegangen, an den Rittersporen vorbei in die Kapelle. Um der Gerechtigkeit Genüge zu tun, hatte er sie hier noch einmal gefragt: »Glaubst *du* an mich?« Sie hatte wieder gelacht.

Jetzt lagen ihre Füße und ihr Körper in der Sonne (die Sonne stand gerade hoch genug), ihre Arme waren weit ausgestreckt, verzweifelt und freigebig, ihr Kopf war auf dem seidigen Gras zur Seite gefallen und lag im Schatten. Auf ihrem Gesicht ein verwirrter Blick (die Augen halb geschlossen, die Lippen zurückgezogen), fast ein Ausdruck von Schüchternheit. Ihr Blut durchtränkte ruhig das Gras, sickerte bis zu den Wurzeln.

Er beugte sich einen Moment nieder, berührte ihre noch warmen Augenlider und versuchte, ihr die Augen zu schließen. Aber er wußte nicht wie. Dann stand er auf, wischte die Klinge des afrikanischen Dolchs mit einer Handvoll Gras ab und warf das Gras weg. Die ganze Zeit horchte er; er kam sich schüchtern vor, der Gedanke, daß jemand ihn hier finden könnte, war ihm unbehaglich. Und sein Gehirn tickte immer noch wie eine Uhr.

Auf dem Weg zum Haus bückte er sich und tauchte die Hände in die Wassertonne. Jemand könnte schreien; der Gedanke, daß jemand schreien könnte, war ihm peinlich. Das Rot zog in Fäden durchs Wasser und zerschmolz.

Er trat durch die Glastür des Frühstückszimmers herein. Die Jalousie war halb herabgezogen – er zog den Kopf ein, um ihr auszuweichen –, und der Raum lag in dunkelgelbem Schatten. (Hier hatte er an dem Nachmittag, als er aus Ceylon zurückkam, darauf gewartet, daß sie alle hereinkämen.) Der Duft von Nelken zog herein, zwei oder drei Fliegen brummten und stießen gegen die Decke. Seine Schwester Catherine saß mit dem Rücken zu ihm und spielte einen Walzer auf dem Klavier. (Er hatte sie gehört, als er den Weg heraufkam.) Er blickte auf ihre spitzen rosa Ellbogen, und die Musik lief in eckigen Bewegungen durch sie hindurch.

»Hallo, Catherine«, sagte er und lauschte voller Bewunderung. So klang also seine neue Stimme.

»Hallo, Terry.« Sie spielte weiter, um ihren Walzer besorgt. Sie war übereifrig und methodisch, und sie liebte Klatsch. Er dachte: Hier ist ein bißchen Klatsch für dich – Josephine ist unten in der Kapelle, voller Blut. Ihr Kleid ist ruiniert, aber ich glaube, die blauen Glasperlen sind unbeschädigt. Ich würde mal gehen und nachschauen.

»Sag mal, Catherine –«

»Oh, Terry, sie stellen gerade die Möbel zurück ins Wohnzimmer. Könntest du wohl gehen und mithelfen? Diese großen Sofas müssen durch die Tür ... und die Vitrinen.« Sie lachte: »Ich räume gerade die Noten auf«, und spielte weiter.

Er dachte: Ich glaube nicht, daß sie jetzt noch heiraten kann. Niemand wird sie heiraten. Er fragte: »Weißt du, wo Josephine ist?«

»Nein, ich habe – eins-zwei-drei, *eins*-zwei-drei – nicht die leiseste Ahnung. Los jetzt, Terry.«

Er dachte: Sie hat Josephine nie gemocht. Er ging weg.

Er stand in der Tür des Wohnzimmers. Beatrice und seine Brüder manövrierten die großen, chintzgesäumten Sessel über den gewachsten Boden. Alle spürten, daß er da war, versuchten, ihn so lange wie möglich zu ignorieren. Charles – fünfzehn, mit rosigen, geschrubbten Ohren – dachte einen Augenblick nach, während er gegen eine Vitrine drückte, fand es eigentlich nicht gut, drehte sich mit einem ehrlichen, freundlichen Blick voller Abneigung um und sagte: »Komm, Terry.« Er kann jetzt nicht wieder in die Schule zurück, dachte Terry, kann eigentlich nirgends mehr hin, was sie wohl mit ihm machen werden – ihn in die Kolonien schicken? Charles hatte perfekte Umgangsformen: offen, grundanständig, perfekt. Er machte sich nie Gedanken über irgendwen, hatte keine Gefühle über irgendwen, ordnete sie einfach ein. Josephine war »ein Mädchen, das hier zu Besuch ist«, »eine Freundin von meiner Schwester«. Er würde sofort denken (gleich, wenn Terry es ihm erzählt hatte): Ein Mädchen, das hier zu Besuch ist ... das ist ... na ja, ich meine, wenn es nicht ein Mädchen wäre, *das hier zu Besuch ist* ...

Terry ging zu ihm hinüber, sie schoben die Vitrine. Aber Terry schob zu fest und schief, die eine Ecke schrammte gegen die Wand. »Hoppla, wir haben die Farbe zerkratzt«, sagte Charles. Und das hatten sie wirklich, an der Wand war eine graue Schramme. Es war nett von ihm, zu sagen: »*Wir* haben die Farbe zerkratzt.« Würde er später auch sagen: »Wir haben Josephine getötet«?

»Vielleicht ist es besser, du hilfst mit den Sofas«, sagte Charles höflich.

»Du hättest gerade das Blut an meinen Händen sehen sollen«, sagte Terry.

»So ein Pech«, sagte Charles schnell und ging weg.

Josephines Freundin Beatrice stand vor dem Kamin, die Ellbogen auf den Sims gestützt, und schaute sich im darüberliegenden Spiegel an. Letzte Nacht hatte ein Mann sie in der Kapelle geküßt. (Terry hatte sie beobachtet.) Beatrice mußte es scheinen, als stünde ihr das ins Gesicht geschrieben, was konnte sie sonst anschauen? Ihre Augen im Spiegel waren dunkel und bittend. Als sie Terry hinter sich kommen sah, runzelte sie ärgerlich die Stirn und drehte sich weg.

»Sag mal, Beatrice, weißt du, was in der Kapelle passiert ist?«

»Was geht dich das an?« Sie bückte sich schnell und zog den Schonbezug des Sofas herunter, wo er hochgerutscht war, als seien die Sofabeine unzüchtig. »Beatrice, was würdest du tun, wenn ich jemanden umgebracht hätte?« »Lachen«, sagte sie gelangweilt.

»Und wenn ich eine Frau umgebracht hätte?«

»Noch mehr lachen. Kennst du denn irgendwelche Frauen?«

Sie war eigentlich ein hübsches Ding, wahrscheinlich hatte er sie ruiniert, dachte er. Er war völlig in Panik. »Beatrice, schwöre, daß du nicht zur Kapelle runtergehst.« Weil sie vielleicht – natürlich würde sie runtergehen; sobald sie allein war und niemand es merkte, würde sie sich zur Kapelle schleichen. Es war *diese* Art Kuß gewesen.

»Ach, laß mich doch mit der blöden Kapelle in Ruhe!« Schon jetzt hatte er ihr die letzte Nacht verdorben. Wie sie ihn haßte! Er sah sich nach John um. John war weggegangen.

Auf dem Tisch in der Halle lagen zwei Briefe an Josephine, die mit der zweiten Post gekommen waren. Niemand sollte sie lesen, dachte er – er mußte Josephine schützen. Er nahm sie und steckte sie in die Tasche.

»Sag mal«, rief John von der Treppe, »was machst du mit den Briefen?« John hatte nicht beabsichtigt, scharf zu klingen, aber sie hatten einander überrascht. Keiner von ihnen wollte Terry spüren lassen, daß seine Bewegungen schleichend waren; wenn sie ihn allein vor sich hin schleichen sahen, ignorierten sie ihn oder sagten laut und spaßhaft: »Wo willst du denn hin?«, um ihr Wissen zu verbergen, daß er es selbst nicht wußte. John war Terrys älterer Bruder, haßte es aber, so zu klingen. Doch ob er wollte oder nicht, er wußte, daß diese Briefe für Josephine waren, und Josephine war »hier zu Besuch«.

»Ich bring sie zu Josephine.«

»Weißt du, wo sie ist?«

»Ja, in der Kapelle ... ich hab sie da umgebracht.«

Aber John, der diese Sache mit Terry haßte, hatte sich abgewandt. Terry folgte ihm die Treppe hinauf und wiederholte: »Ich hab sie da umgebracht, John ... John, ich habe Josephine in der Kapelle umgebracht.« John eilte fort, ohne zuzuhören oder sich umzudrehen. »Ja, ja«, rief er über die Schulter, »nimm sie mit.« Er verschwand ins Raucherzimmer und schlug die Tür zu. Es war Johns Idee gewesen, daß die Anrichte im Speisezimmer von dem Tag an nach Terrys Rückkehr aus Ceylon verschlossen gehalten werden sollte. Aber er hatte nie etwas gesagt, o nein. Was für ein Interesse konnte ein Bruder von ihm schon an der Anrichte haben?

O ja, dachte Terry, du bist ein stattlicher Mann mit einem muskulösen Rücken, aber du hättest nicht tun können, was ich getan habe. Terry hatte schließlich etwas in sich gehabt. Er war fähiger als John (das würden sie bald merken). John hatte Josephine nie geküßt.

Terry setzte sich auf die Treppe und sagte: »Josephine, Josephine!« Zitternd vor Aufregung unklammerte er eine Geländerstange.

Die Kassettentür des Arbeitszimmers hatte immer ehrwürdig ausgesehen, sie strotzte vor Ehrwürdigkeit. Terry mußte durch sie zu seinem Vater; er wählte die oberste Kassette links, um zu klopfen. Die geduldige Stimme sagte: »Herein!«

Hier und jetzt, dachte Terry. Er hatte ein großes Publikum, er blickte auf die Bücher an den dunklen Wänden und dachte an all die Denker. Sein Vater warf ihm einen gezwungenen, sorgenvollen Blick zu. Terry schien es, wenn er mit seiner Nachricht in diese Stille hackte, wäre es, als hackte er in eine große, würdevolle Truhe. Der Schreibtisch war ein Chaos von Papieren.

»Worum geht es denn?« fragte sein Vater und rieb die Hand an der Tischkante.

Terry stand stumm vor ihm, aller Mut verließ ihn. »Ich wollte über meine Zukunft sprechen«, sagte er schließlich.

Sein Vater seufzte, schob eine Hand vor und zerknitterte die Papiere. »Ich nehme an, Terry«, sagte er so sanft wie möglich, »du *hast* wirklich eine Zukunft?« Dann tadelte er sich. »Na, setz dich mal hin ... ich will bloß ...«

Terry setzte sich. Die Uhr auf dem Kaminsins warf das Ticken seines Gehirns zurück. Er wartete.

»Ja?« fragte sein Vater.

»Also, ich muß doch irgendeine Zukunft haben, nicht?«

»Oh, sicher ...«

»Sieh mal, Vater, ich muß dir was zeigen. Der afrikanische Dolch –«

»Was ist damit?«

»Der afrikanische Dolch. Hier ist er. Ich muß ihn dir zeigen.«

»Was ist damit?«

»Warte einen Moment.« Er steckte die Hand in die Tasche, sein Vater wartete.

»Er *war* hier – ich hatte ihn. Ich wollte ihn dir zeigen. Ich muß ihn irgendwo haben – den afrikanischen Dolch.«

Aber er war nicht da; er hatte ihn nicht; er hatte ihn verloren, vergessen, fallen lassen – im Gras, bei der Tonne, irgendwo. Er erinnerte sich, ihn abgewischt zu haben ... Und dann?

Nun hatte er keinen Rückhalt mehr, er war verängstigt, er weinte.

»Ich hab ihn verloren«, wimmerte er, »ich hab ihn verloren.«

»Was meinst du denn?« fragte sein Vater, der mit seinem weißen, eckigen Gesicht ausdruckslos wie ein Grabstein dasaß. »Was willst du mir erzählen?«

»Nichts«, sagte Terry weinend und zitternd, »nichts, nichts, nichts.«

NICHOLAS BLAKE

Eine Studie in Weiß

Die Methode, alle Fakten eines Mordfalles mitzuteilen und den Leser dann zur Lösung des Rätsels aufzufordern, ist kaum je wirksamer verwendet worden als in der folgenden Erzählung. Nicholas Blake, mit richtigem Namen Cecil Day Lewis (1904–1975), war der Sohn eines irisch-protestantischen Geistlichen in Ballintubber. Über die Familie seiner Mutter mit Oliver Goldsmith verwandt und über die Großmutter seines Vaters mit W. B. Yeats, war er geradezu zum Schriftsteller vorbestimmt und schrieb tatsächlich schon mit sechs Jahren »ernsthafte Gedichte«. Seine Leistungen als Lyriker, Romanautor und Literaturkritiker wurden 1968 anerkannt, als ihn die Queen zum *Poeta laureatus* ernannte. Bereits 1935 hatte er auch begonnen, sein Interesse für Kriminalliteratur umzusetzen, und unter dem Künstlernamen Nicholas Blake den ersten einer Serie erfolgreicher Detektivromane geschrieben, in denen meist ein gebildeter Privatdetektiv namens Nigel Strangeways auftritt. Obwohl diese ganz einfach die mageren Einkünfte aus seiner lyrischen Produktion aufbessern sollten, hielt Day Lewis die Kriminalgeschichte für den »Volksmythos des 20. Jahrhunderts«, ein harmloses Ventil für die Grausamkeit, die er in jedem Menschen vorhanden glaubte.
Zu Nicholas Blakes höchstgelobten Werken zählen *The Beast Must Die* (1938), über einen kleinen Jungen, der bei einem Unfall mit Fahrerflucht getötet wird und die rastlose Suche seines Vaters nach dem Schuldigen (1969 verfilmt als *Das Biest muß sterben*, und *The Private Wound* (1968), ein Roman über die Probleme des geteilten Irland. Das Thema Mord im Schnee hat ihn stets beschäftigt, und er verwendet es in »Eine Studie in Weiß« mit verblüffender Wirkung, wobei er den Leser auffordert, das Rätsel zu lösen.

»Angemessenes Wetter für die Jahreszeit«, bemerkte der Gesprächige mit einer Stimme, so saftig wie eine gebratene Gänsebrust.

Der Tiefsinnige, der neben ihm im Zugabteil saß, blickte in den Schnee hinaus, der an der Scheibe vorbeiwirbelte. Er antwortete: »Mögen Sie es wirklich? Na ja, was dem einen sin Uhl, ist dem andern sin Nachtigall. Kommt übrigens drauf an, was Sie mit angemessen meinen. Die Statistik für die letzten fünfzig Jahre zeigt –«

»Sind Sie der Mr. Joad vom Radio, Sir?« fragte der Gesprächige und zwinkerte dem Rest des Abteils zu.

»Nein, Stansfield, Henry Stansfield.« Der Tiefsinnige, ein Mann mit rötlichem Gesicht, dessen Hände fest auf den Knien seines braunen Tweedanzugs lagen, hätte ein wohlhabender Farmer sein können, wenn er nicht seinen langen, ruhigen, nachdenklichen Blick nacheinander auf seine Mitreisenden gerichtet hätte.

Was er sah, war nicht besonders aufregend. Auf der Bank gegenüber saßen von links nach rechts ein Dreistes Flittchen, die das Zwinkern des Gesprächigen ganz auf sich bezogen und es geschafft hatte, ihren engen Rock noch weiter über die Knie hochzuziehen; dann ein vertrockneter, grauer, advokatenhafter kleiner Mann, der wie ein wütender Wasserkessel kochte und herumfuhrwerkte, alle fünf Minuten auf seine goldene Taschenuhr schaute und dann die ›Times‹ wie eine Rechtsurkunde entfaltete; schließlich ein Eitler Stenz, ein Bild von einem Schieber, mit dem frechen, aber unsicheren Blick des jugendlichen Kriminellen.

»Mein Name ist Percy Dukes«, sagte der Gesprächige. »P. D. für meine Freunde. Gemischtwarenhändler, zu Ihren Diensten. Na, in anderthalb Stunden sind wir über die Grenze, und dann willkommen, ihr schott'schen Glockenblumen!«

»Glockenblumen im Januar? Sie sind ja ein Optimist«, bemerkte das Dreiste Flittchen.

»Sind Sie Schotte, Mister?« fragte die Gemütliche auf Stansfields linker Seite.

»Außen englisch« – Percy Dukes klopfte auf die Brust seines grauen Anzugs, zog ein Fläschchen aus der Seitentasche und nahm einen Schluck – »und innen Scotch.« Sein lautes Lachen oder der Schneesturm erschütterte den Waggon. Das Flittchen kicherte.

»Das werden Sie brauchen, wenn wir in einer Schneewehe steckenbleiben und die ganze Nacht nicht wegkommen«, sagte Henry Stansfield.

»Sind Sie Mr. Hiob, Sir?« Das Abteil wurde wieder erschüttert.

»So einen Fall befürchte ich nicht«, sagte der Umstandskrämer. »Der Stationsvorsteher in Lancaster hat mir versichert, der Zug würde durchkommen. Trotzdem haben wir schon eine unerhörte Verspätung.« Wieder wurde die goldene Uhr konsultiert.

»Es ist schon seltsam«, bemerkte der Tiefsinnige nachdenklich, »wie wir uns vorstellen, wir könnten die Zeit schleichen oder rasen lassen, nur indem wir auf die Uhr schauen. Fahren Sie oft mit diesem Zug, Mr. –?«

»Kilmington, Arthur J. Kilmington. Nein, ich habe ihn erst einmal vorher benutzt.« Der Umstandskrämer sprach mit einem trockenen Edinburgher Akzent.

»Ach ja, das war wohl der siebzehnte letzten Monats. Ich erinnere mich, Sie gesehen zu haben.«

»Nein, Sir, Sie irren sich. Es war der zwanzigste.« Mr. Kilmingtons dünner Mund schnappte wieder zu wie das Gummiband um einen Stapel Rechtsdokumente.

»Der zwanzigste? Tatsächlich? Das war doch der Tag des Zugraubs. Da haben die anscheinend eine dicke Beute gemacht. Direkt aus diesem Zug. Er hatte einen Teil der Weihnachtspost dabei. Die Säcke sind einfach verschwunden, irgendwo zwischen Lancaster und Carlisle.«

»Oje, oje«, seufzte die Gemütliche. »Wo soll das heutzutage alles noch hinführen?«

»Jetzt nähern wir uns dem Schauplatz des Verbrechens, Madam«, sagte der gesprächige Mr. Dukes. Der Zug, fast im Stillstand, keuchte das letzte Stück zum Gipfel des Shap herauf.

»Ich habe in der Zeitung gar nichts darüber gelesen, wo der Raub stattfand«, murmelte Henry Stansfield. Dukes richtete ein etwas getrübtes Auge auf ihn.

»Lesen Sie alle Zeitungen?«

»Ja.«

Die Atmosphäre im Abteil war plötzlich gespannt. Nur der Eitle Stenz, der seine Fingernägel inspizierte, schien davon unberührt.

»In welcher Zeitung haben Sie es denn gelesen?« fragte Stansfield weiter.

»Habe ich gar nicht.« Dukes klopfte Stansfield aufs Knie. »Aber ich benutze meine graue Zellen. Ist doch ganz logisch. Sie wollen einen Postsack aus dem Zug werfen – kapiert? Der Zug muß langsam fahren, oder der Sack platzt, wenn er aufschlägt. Gibt bloß eine Stelle zwischen Lancaster und Carlisle, wo man genau weiß, daß der Zug schleicht. Anstieg zum Shap. Und am langsamsten auf dem letzten Stück, da wo wir gerade sind. Können Sie mir folgen?«

Henry Stansfield nickte.

»O.K. Aber es wäre dumm von Ihnen, den Sack bloß irgendwo auf diesem gottverlassenen Sumpfland rauszuschmeißen«, fuhr Mr. Dukes fort. »Wenn Sie aber so oft auf dieser Strecke gefahren wären wie ich, hätten Sie gemerkt, daß der Zug eine Meile vor dem Gipfel über eine Brücke fährt. Unter der Brücke läuft eine Straße durch, eine schöne, einsame Straße, klar? Die einzige Straße in der Gegend, die die Strecke kreuzt. Da werfen Sie den Sack raus. Ihre Kumpels sammeln ihn ein, schmeißen ihn ins Auto, das an der Brücke steht, und die Sache ist geritzt!«

»Sie hätten Detektiv werden sollen, Mister«, rief das Dreiste Flittchen dahinschmelzend.

Mr. Dukes steckte mit befriedigtem Blick die Daumen unter die Achseln. »Vielleicht bin ich das«, sagte er mit keuchendem Lachen. »Und vielleicht bin ich nur der gute alte P.D., der seine grauen Zellen benutzen kann.«

»Ach ja, was die Leute alles anstellen«, sagte die Gemütliche. »Es gibt heute so viel Unehrlichkeit.«

Der Stenz blickte abschätzig von seinen Fingernägeln hoch. Man hörte Mr. Kilmington murmeln, das System der Zugaufsicht sei eine Schande und der Schaffner hätte einen schweren Verweis bekommen müssen.

»Der Schaffner kann nicht überall sein«, sagte Stansfield. »Wahrscheinlich muß er von Zeit zu Zeit durch den Zug gehen, und –«

»Dann soll er das auch tun und sich nicht im Dienstabteil einschließen und schlafen«, unterbrach Mr. Kilmington ein wenig unvernünftig.

»Sprechen Sie aus persönlicher Erfahrung, Sir?« fragte Stansfield.

Der Stenz hob die Stimme und sagte in einem amerikanischen Akzent direkt von der Charing Cross Road: »Hey, Leute! Wenn die Gang die Säcke bei der Brücke rausschmeißen wollte, wie dieser Typ sagt – ich meine, wie konnten sie sicher sein, daß der Schaffner zu der Zeit gerade aus seinem Abteil raus wär?« Er zog die Hosenbeine seines grell karierten Anzugs hoch.

»Gute Frage «, sagte Percy Dukes. »Wie ich mir das vorstelle, müssen zwei Komplizen im Zug gewesen sein – einer, der den Kontrolleur unter einem Vorwand aus seinem Abteil holt, und der andere, um die Säcke rauszuschmeißen.« Er wandte sich an Mr. Kilmington. »Sie haben gerade gesagt, der Kontrolleur hätte sich in seinem Abteil eingeschlossen. Also, wenn ich ein mißtrauischer Mensch wäre, wenn ich der gute alte Sherlock H. persönlich wäre«, wieder zwinkerte er Kilmingtons Mitreisenden heftig zu – »würde ich anfangen, mir Gedanken über Sie zu machen, Sir. Sie fuhren in diesem Zug, als der Raub passierte. Sie gingen zum Dienstabteil. Sie *sagen*, der Schaffner hätte geschlafen. Sie haben ihn nicht zufällig herausgerufen, damit –?«

»Ihre Anspielungen sind eine Unverschämtheit! Ich rate Ihnen, vorsichtig zu sein, Sir, sehr vorsichtig«, stieß Mr. Kilmington hervor, wobei seine präzise Stimme vor Empörung knisterte, »oder Sie merken auf einmal, daß Sie etwas gesagt haben, das vor Gericht Verleumdung genannt wird. Ich kann Ihnen versichern, daß ich –«

Aber was er ihnen versichern wollte, sollte unausgesprochen bleiben. Der Zug, der für kurze Zeit vorsichtig den Shap bergab gefahren war, begann plötzlich zu zittern und zu schnattern wie ein Fieberpatient im Delirium, als die Vakuumbremsen griffen. Dann bohrte sich die Lokomotive mit dem stumpfen Druck einer Faust, die in ein Federkissen schlägt, in eine Schneewehe, die sich genau hinter der Biegung eines tiefen Einschnitts aufgetürmt hatte.

Es war gerade fünf Minuten nach sieben.

»Was ist das?« fragte das Flittchen ziemlich schrill, als ein hysterischer Ausbruch von Husten und Pusten von der Lokomotive kam.

»Wir stecken in einer Schneewehe, denke ich.«

»Er versucht uns rückwärts rauszufahren. Bringt nichts. Die Räder drehen jedesmal durch. So eine Gaudi!« Percy Dukes streckte den Kopf auf der windgeschützten Seite aus dem Fenster. »Komm zum Wintersport nach Cumberland!«

»Herr Schaffner, sagen Sie mal!« rief Mr. Kilmington. Aber die blaugekleidete Gestalt warf nur einen Blick ins Abteil und eilte dann weiter den Gang hinunter. »Also, das ist doch –! Ich werde mich über den Mann *wirklich* beschweren.«

Henry Stansfield trat auf den Gang hinaus und öffnete ein Fenster. Obwohl der Waggon theoretisch auf der windabgewandten Seite von dem Einschnitt geschützt wurde, traf der Schneesturm sein Gesicht wie ein Schlagring aus Eis. Er schloß sich der Herde von Passagieren an, die ausgestiegen waren und zur Lokomotive stolperten. Als sie diese erreichten, kam der Schaffner aus der Lokführerkabine; kein Anlaß zur Besorgnis, sagte er, wenn sie nicht durchkämen, würde eine Hilfslok kommen und den Zug zurück nach Penrith bringen, er gehe gerade los, um auf den Schienen hinter ihnen Nebelsignale aufzustellen.

Der Lokführer wiederholte die Versuche, den Zug zurückzusetzen. Aber wegen dessen Gewicht, der Steigung hinter ihm, den vereisten Schienen und dem festen Griff der Schneewehe rührte er sich nicht.

»Wir müssen das Rädergestell ausgraben, Kumpel«, sagte er zu seinem

Heizer. » Hol die Schaufeln aus dem vorderen Güterwagen. Außerdem erfrieren uns dann diese Frostbeulen nicht.« Er deutete mit dem Finger auf den Haufen Passagiere, die vom Licht des Feuerofens beleuchtet herumhüpften und in dem Schneegestöber wie die Wilden die Arme zusammenschlugen.

Percy Dukes, der inzwischen auch da war, nahm schnell seine Rolle als Stimmungskanone ein, nannte den rußgesichtigen Heizer »Schneeball«, mahnte seine Gefährten, »für den Sieg« zu schaufeln, und tat so, als sehe er, wie sich eine Herde Bernhardiner mit Branntweinfäßchen am Hals näherte. Aber nach zehn Minuten harten Schaufelns, als die vorderen Räder ausgegraben waren, konnte man sehen, daß sie durch den Aufprall entgleist waren.

»Das war's dann, Charlie. Du mußt zurück zum Telefon laufen, damit sie Hilfe schicken«, sagte der Lokführer.

»Wenn die Drähte nicht schon heruntergekommen sind«, antwortete der Heizer düster. »Es ist mehr als eine Meile bis zu dem Telefon, und zwar bergauf. Was glaubst du denn, wer ich bin? Scott in der Antarktis?«

»Du hast jedenfalls Rückenwind, Kumpel. Bis dann.«

Ein Gemurmel der Enttäuschung war daraufhin von den Passagieren zu hören. Ein oder zwei, die anfingen, sich zu beklagen, wurden vom Lokführer damit zum Schweigen gebracht, daß er sie fahren würde, wohin sie wollten, wenn sie nur eben die Lok wieder auf die Schienen heben würden. Als sich der Rest wieder in die Waggons verzogen hatte, bat Henry Stansfield den Fahrer um Erlaubnis, ein paar Minuten in die Lokführerkabine zu kommen und seinen Mantel zu trocknen.

»Aber gern.« Der Lokführer schnaubte. »Ist das zu glauben? ›Ich muß heute noch nach Glasgow.‹ So ein Unsinn! Mit Bert – dem Schaffner – ist es was anderes, der hat ein Recht, sich aufzuregen. Seiner Frau gings sehr schlecht. Dachten, sie würde noch vor Weihnachten abtreten, aber er hat sie vom besten Chirurgen von Glasgow operieren lassen, und er sagt, jetzt gehts ihr besser. Er schaut jede Nacht nach der Arbeit im Krankenhaus rein.«

Stansfield schwatzte fünf Minuten mit dem Mann. Dann kam der Schaffner zurück und pustete sich in die Hände – ein kleiner, ledergesichtiger Kerl mit einem unruhigen Blick in den Augen.

»Wir kommen heute nacht nicht durch, Bert. Hat Charlie dir Bescheid gesagt?«

»Ja. Ich fürchte ein paar von den Passagieren werden Ärger machen«, sagte der Schaffner trübselig.

Henry Stansfield ging in sein Abteil zurück. Die Luft war stickig, aber mit einem verdächtigen Anflug von Kälte; er überlegte, wie lange die Dampfheizung funktionieren würde. Es kam wahrscheinlich auf die Wassermenge im Kessel an. In dem breiten Spektrum von Schicksalen, die er sich ausgemalt hatte, war das Erfrieren in einem englischen Zug nicht enthalten gewesen.

Arthur J. Kilmington war unruhiger als je zuvor. Als der Schaffner den Gang entlangkam, fragte er, wo das nächste Dorf sei, er müsse in Edinburgh anrufen – äußerst dringende Verabredung – und seinem Klienten Bescheid sagen, daß er sie versäumen würde. Der Schaffner sagte, zwei Meilen nordöstlich liege ein Dorf, man könne die Lichter von dem Einschnitt aus sehen, aber er warnte Mr. Kilmington davor, mitten im Schneesturm dorthin zu gehen – es sei besser, auf die Hilfslok zu warten, die bis neun Uhr da sein sollte.

Für eine Weile herrschte Schweigen im Abteil, das ungläubige Schweigen zivilisierter Menschen, die sich als Schiffbrüchige wiederfinden. Dann schlug der gesprächige Mr. Dukes vor, daß man sich bekannt machen solle, da sie ja ein oder zwei Stunden hier festsitzen würden. Die Gemütliche stellte sich als Mrs. Grant vor, das Flittchen als Inez Blake, der Stenz gab seinen Namen mit jener übertriebenen Gleichgültigkeit, mit der man eine falsche Münze über den Tresen reicht, als Macdonald an – I. Macdonald.

Das Gespräch wandte sich wieder dem Zugraub zu und den Verbrechern, die ihn verübt hatten.

»Die müssen furchtbar clever gewesen sein«, bemerkte Mrs. Grant in ihrem südschottischen Singsang.

»Kein Verbrecher ist je clever, Madam«, sagte Stansfield ruhig. Seine grüblerischen Augen gingen ohne Eile von Macdonald zu Dukes. »Weder die kleinen Fische noch die großen. Die sind doch Abschaum, allesamt. Ein Schuß Schlauheit, eine dicke Ader Feigheit, und der Rest ist Dummheit und Angabe. Sie sind zu blöd für irgend etwas anderes als Verbrechen und so voller Minderwertigkeitsgefühle, daß sie sich früher oder später selbst verraten, weil sie mit ihren Verbrechen angeben. Sie halten sich für tiefe Wasser, aber sie sind flach wie Pfützen – sie haben nicht mal den Grips, ihre Methode zu ändern, und so werden sie von der Polizei geschnappt.«

»Ich stimme vollkommen zu, Sir«, stieß Mr. Kilmington hervor. »In meinem Beruf sehe ich eine ganze Menge Kriminelle. Und ich schmeichle mir, daß mich keiner je aufs Kreuz gelegt hat. Sie sind durchsichtig, Sir, einfach durchsichtig.«

»Sie haben sicher recht, meine Herren«, sagte Percy Dukes gemütlich. »Aber die Burschen, die den Zug ausgeraubt haben, sind von der Polizei noch nicht geschnappt worden.«

»Das werden sie schon noch. Und dazu das Smaragdarmband der Herzogin von Axminster. Ich wette, die Bande hat nicht damit gerechnet, das im Postsack zu finden. Mindestens 25 000 Pfund wert.«

Percy Dukes' Mund blieb offen stehen. Der Stenz pfiff durch die Zähne. Von der stickigen Luft im Abteil oder dem Gedanken an Smaragde im Wert von 25 000 Pfund überwältigt, gab Inez Blake einen leisen Seufzer von sich und sank Mr. Kilmington ohnmächtig in den Schoß.

»Also wirklich! Du lieber Himmel! Meine liebe junge Dame!« rief dieser ehrenwerte Herr aus. Es gab ein Durcheinander von Hilfsbereitschaft, an dem sich alle bis auf den kühläugigen jungen Macdonald beteiligten, der sich mit dem Rücken zu den anderen kurz über sie beugte und dann sagte: »Sie da – hören Sie auf, die junge Dame zu betatschen, und lassen Sie sie sich auf die Bank legen. Ja, mit Ihnen rede ich, Kilmington.«

»Wie können Sie es wagen! Das ist eine Unverschämtheit!« Der kleine Mann stand so abrupt auf, daß das Mädchen fast auf den Boden rollte. »Ich habe nur versucht –«

»Ihre Sorte kenne ich. Alte Lustmolche. Also behalten Sie Ihre Hände jetzt bei sich. Ich warne Sie.«

In der nun eingetretenen bestürzten Stille schnaubte Kilmington Macdonald einen Moment wortlos an, als er aber Rasierklingen in den stahlkalten Augen des Jünglings sah, riß er seinen schwarzen Hut und seine Aktentasche aus dem Gepäcknetz und stürzte aus dem Abteil. Henry Stansfield schickte sich an, ihn aufzuhalten, änderte dann aber seine Meinung. Mrs. Grant folgte dem kleinen Mann hinaus und kam bald mit ihrem wassergetränkten Taschentuch zurück, um Miss Blake die Stirn abzutupfen. Es war gerade acht Uhr dreißig.

Als sich die Dinge beruhigt hatten, wandte sich Dukes zu Stansfield. »Sie sagten, dieses Halsband – von wem noch mal? – der Herzogin von Axminster ist 25 000 Pfund wert? Komisch, daß man so ein Wertobjekt mit der Post schickt. Sind Sie sicher?«

»Über den Wert? O ja.« Henry Stansfield sprach aus dem Mundwinkel, wie ein Dummkopf, der ein Geheimnis verrät. »Erzählen Sie's nicht weiter. Aber ich habe einen Freund, der für die Cosmopolitan arbeitet – die Firma, wo es versichert war. Das stand auch nicht in der Zeitung. Dieses dumme Weib. Sie wollte das Halsband für irgendein großes Familienfest in Schottland, vergaß es mitzunehmen und schrieb nach Hause, sie sollten es als Einschreibepaket schicken.«

»25 000 Pfund«, sagte Percy Dukes nachdenklich. »Meine Herren!«

»Ja. Manche Leute merken es nicht, wenn sie Glück haben.«

Dukes' fettes Gesicht zitterte auf seinen Schultern wie eine Kugel Schmalz. Der junge Macdonald polierte sich die Nägel. Inez Blake las ihre Zeitschrift. Nach einer Weile bemerkte Percy Dukes, der Schneesturm lasse nach; er würde frische Luft schnappen gehen und nachschauen, ob schon was von der Hilfslok zu sehen sei. Er verließ das Abteil.

Am Fenster tanzten noch Dutzende von Schneeflocken, nicht mehr Tausende. Die Zeit war acht Uhr fünfundfünfzig. Kurz danach ging Inez Blake hinaus, und zehn Minuten später bemerkte Mrs. Grant zu Stansfield, daß es ganz aufgehört habe zu schneien. Weder Inez noch Dukes waren zurückgekommen, als Henry Stansfield um neun Uhr dreißig zu fragen beschloß, was die Hilfslok mache. Der Schaffner war nicht in seiner Kabine, die sich hinter Stansfields Waggon im hinteren Teil des Zuges befand. Also drehte er sich um, ging durch den Gang bis zum ersten Waggon, kletterte hinaus und rief zur Lokführerkabine hinauf.

»Sie muß aufgehalten worden sein«, sagte der Schaffner und lehnte sich heraus. »Charlie hat sie vom Telefon aus erreicht, und sie haben versprochen, daß sie bis neun Uhr kommt. Aber es kann nicht mehr lange dauern, Sir.«

»Haben Sie einen Mr. Kilmington aus meinem Abteil gesehen – kleiner, grauer Kerl, schwarzer Hut und Mantel, blauer Anzug? Ich bin durch den ganzen Zug gelaufen, und er scheint nicht da zu sein.«

Der Schaffner dachte einen Augenblick nach. »Ach ja, der kleine Kerl? Der mich gefragt hat, ob man im Dorf telefonieren kann. Tja, der ist dann wohl weg.«

»Er hat sich dahin aufgemacht, meinen Sie?«

»Bestimmt, wenn er nicht im Zug ist. Er hat noch mal mit mir geredet – genau um neun – und gesagt, wenn die Lok nicht in fünf Minuten da wäre, würde er losgehen.«

»Seitdem haben Sie ihn nicht gesehen?«

»Nein, Sir. Ich hab mich mit meinen Kumpels die letzte halbe Stunde unterhalten, seit der kleine Typ mit mir geredet hat.«

Henry Stansfield ging nachdenklich neben dem Zug zurück. Als er aus dem vom Schnee reflektierten Licht des Zuges herausgetreten war, knipste er seine Taschenlampe an. Direkt hinter dem letzten Waggon fiel die Ostwand des Einschnitts scharf ab und senkte sich mit der Bahnlinie auf Flachlandniveau. Obwohl der Schnee völlig aufgehört hatte, blies noch immer ein eisiger Nordostwind, der sein Gesicht zerschnitt und betäubte. Zwanzig Meter weiter beleuchtete seine Taschenlampe eine schon halb mit Schnee bedeckte Spur von mehreren Paar Füßen, die über das Moor nach Nordost verlief. Mehrere Passagiere waren anscheinend zu dem Dorf aufgebrochen, dessen Lichter in der Ferne wie Frost glitzerten. Stansfield wollte dieser Spur gerade folgen, als er weiter unten an der Strecke Schritte im Schnee knirschen hörte. Er knipste die Lampe aus, und es war, als sei ihm mit einem Mal ein Sack über den Kopf geworfen worden, so undurchdringlich war die Dunkelheit. Die Schritte kamen näher. In letzter Minute knipste Stansfield die Taschenlampe an und beleuchtete die gedrungene Gestalt von Percy Dukes. Der Mann stieß einen gedämpften Fluch aus.

»Was zum Teufel –! Was soll denn das, mich eine halbe Stunde warten zu lassen, in diesem verdammten –?«

»Haben Sie Kilmington gesehen?«

»Ach, Sie sind das. Nein, wie zum Teufel soll ich ihn gesehen haben? Ist er nicht im Zug? Ich bin die Strecke zurückgelaufen, um zu sehen, wo die Hilfe bleibt. Immer noch nichts. Verdammt kalt – ich mach, daß ich weiter komme.«

Stansfield ging ebenfalls weiter, aber auf dem Pfad zum Dorf. Der Lichtkegel seiner Lampe hüpfte und zitterte auf dem tiefen Schnee. Der Wind, direkt von vorn, war mörderisch. Kein Wunder, daß die Passagiere umgekehrt waren, dachte er, als er nach ein paar hundert Metern das Ende der Spur erreichte. Dann bemerkte er, daß nicht alle umgekehrt waren. Was er für einen Schneehügel gehalten hatte, der entfernte Ähnlichkeit mit einem liegenden Körper hatte, erkannte er nun als schneebedeckten menschlichen Körper. Er wischte etwas von dem Schnee weg und drehte ihn vorsichtig auf den Rücken.

Arthur J. Kilmington würde in dieser Welt keine Umstände mehr machen. Seine Aktentasche war unter ihm begraben, sein schwarzer Hut lag leicht mit Schnee bedeckt in der Nähe seines Kopfes. Nach Stansfields erster Untersuchung schien er keine Zeichen äußerer Gewalteinwirkung zu tragen. Doch die Augen quollen heraus, das Gesicht war rötlich-blau verfärbt. So sehen Menschen aus, die erdrosselt oder erstickt worden sind, dachte Stansfield. Vor Schrecken befiel ihn Übelkeit. Kilmingtons Nasenlöcher waren mit Schnee verstopft, der in ihnen gefroren war, und auch sein Mund war mit Schnee zugestopft worden.

Und hier an diesem öden Platz hätte er vielleicht tage- oder wochenlang gelegen, dachte Stansfield, falls der Schnee liegenblieb oder tiefer wurde. Und wenn es schließlich taute (was in diesem Jahr tatsächlich erst zwei Monate später geschah), würde auch der Schnee aus Mund und Nase schmelzen und kein Indiz für einen Mord übrigbleiben – nur der Körper eines kleinen, ungeduldigen Rechtsanwalts, der bei dem Versuch, während eines Schneesturms ins Dorf zu laufen, den Tod gefunden hatte. Es konnte sogar sein, daß niemand fragen würde, wie ein solch genauer, pingeliger kleiner Kerl die Wanderung von zwei Meilen in diesen Schuhen und ohne Taschenlampe angetreten hatte, die seinen Weg in der kohlschwarzen Dunkelheit hätte beleuchten können, denn Stansfield hatte in seinen Taschen folgende Gegenstände gefunden – und nicht mehr: Brieftasche, Füllfederhalter, Taschentuch, Zigarettenetui, goldenes Feuerzeug, zwei Briefe und etwas Kleingeld.

Stansfield wollte zurückgehen, um Hilfe zu holen. Aber als er erst zwanzig Meter zurückgegangen war, fielen ihm andere Fußspuren auf, die vom Hauptweg nach links führten. Diese Spuren schienen frischer – der Schnee lag nicht so dick in den Fußeindrücken – und nur von einer Person hinterlassen worden zu sein. Er folgte ihnen, indem er nebenher ging. Wer immer diese Spuren hinterließ, war in einer leichten Rechtskurve wieder zur Bahnlinie zurückgelaufen und hatte sie etwa hundertfünfzig Meter von der Stelle entfernt erreicht, wo die Hauptspur abzweigte. An dieser Stelle stand eine Hütte für Gleisarbeiter. Da die Tür nicht abgeschlossen war, trat Stansfield ein. Drinnen war nichts außer einem eiskalten Koksofen und dem Geruch nach Zigarrenrauch ...

Eine halbe Stunde später kehrte Stansfield in sein Abteil zurück. In der Zwischenzeit hatte er der Zugbesatzung geholfen, Kilmingtons Leiche zurückzutragen, die nun im Dienstabteil eingeschlossen war. Er hatte auch etwas Interessantes bezüglich Kilmingtons Weg entdeckt. Es war anzunehmen, daß sich der Anwalt nach dem Zwischenfall mit Macdonald und dem kurzen Gespräch mit dem Schaffner in ein anderes Abteil gesetzt hatte. Der letzte Waggon, hinter dem Dienstabteil, war Erster Klasse und fast leer. In einem Abteil fand Stansfield jedoch einen schlafenden Passagier. Er weckte ihn, gab ihm eine Beschreibung Kilmingtons und fragte, ob er ihn früher gesehen hätte.

Der Passagier teilte ihm brummig mit, daß ein kleiner Mann im dunklen Mantel, unter dem die Hose eines blauen Anzugs zu sehen war, an die Tür gekommen wäre und mit ihm gesprochen hätte. Nein, der Passagier hatte dessen Gesicht nicht erkannt, da er sehr schläfrig gewesen sei; außerdem habe der Mann, als er ihn ansprach, höflich seinen schwarzen Homburg gelüftet, und der Hut habe alles vom Kopf verdeckt, was nicht schon durch den oberen Rand der Tür abgeschnitten gewesen sei. Nein, der Bursche sei nicht in sein Abteil gekommen, er habe bloß draußen gestanden, nach der Uhrzeit gefragt (der Passagier hatte ihm gesagt, es sei acht Uhr fünfzig) und dann gesagt, er habe vor, zum nächsten Dorf zu laufen, falls die Hilfslok nicht bis neun Uhr da sei.

Danach war Stansfield zur Lokführerkabine gegangen. Der Schaffner, den er dort traf, sagte ihm, er sei gegen acht Uhr fünfundvierzig die Gleise zurückgelaufen, um den Heizer auf dem Rückweg vom Telefon zu treffen. Er war bis dahin gegangen, wo er vorher die Nebelsignale aufgestellt hatte, hier hatte er kurz vor neun den Heizer getroffen, wie letzterer bestätigte. Bei der Rückkehr zum Zug war der Schaffner in den letzten Wagen gestiegen und hatte Kilmington allein in einem Erster-Klasse-Abteil sitzen sehen (bei dieser Gelegenheit hatte der Anwalt dem Schaffner mitgeteilt, er werde zum Dorf laufen, wenn die Lok nicht in fünf Minuten da sei). Der Kontrolleur war dann wieder ausgestiegen und am Zug entlang nach vorne gegangen, um mit seinen Kumpels auf der Lok zu reden.

Diese Indizien schienen eindeutig darauf hinzuweisen, daß Kilmington kurz nach neun Uhr ermordet worden ist, dachte Stansfield, als er in sein Abteil zurückkehrte. Seine Mitreisenden waren jetzt alle da.

»Na, haben Sie ihn gefunden?« fragte Percy Dukes.

»Kilmington? O ja, ich habe ihn gefunden. Drüben im Schnee. Er ist tot.«

Inez Blake stieß einen affektierten kleinen Schrei aus. Das ständige Grinsen war wie durch Zauberei vom Gesicht des jungen Macdonald weggewischt, das käsigweiß wurde. Mr. Dukes saugte die fetten Lippen ein.

»Der arme kleine Mann«, sagte Mrs. Grant. »Dann hat er versucht zu laufen? Ist er an Unterkühlung gestorben?«

»Nein«, teilte Stansfield lakonisch mit, »er wurde ermordet.«

Diesmal schrie Inez Blake wirklich auf, und wie ein Echo kam ein tutendes Kreischen von der hinter ihnen liegenden Strecke: Die Hilfslok näherte sich endlich.

»Die Polizei wird uns in Penrith erwarten, also sollten wir besser alle unsere Geschichten parat haben.« Stansfield wandte sich zu Percy Dukes. »Zum Beispiel Sie, Sir. Wo waren Sie zwischen acht Uhr fünfundfünfzig, als Sie den Waggon verließen, und neun Uhr fünfunddreißig, als ich Sie bei der Rückkehr traf? Sind Sie sicher, daß Sie Kilmington nicht gesehen haben?«

Der nicht länger gesprächige Dukes, die Schweinsäuglein tief im Fett seines Gesichts versunken, fragte Stansfield, für wen zum Teufel er sich halte.

»Ich bin Versicherungsdetektiv für die Cosmopolitan. Davor war ich bei Scotland Yard. Hier ist meine Karte.«

Dukes warf kaum einen Blick darauf. »Schon gut, alter Knabe. Wollte mich nur vergewissern. Heutzutage kann man keinem trauen.« Seine Stimme hatte die einschmeichelnde, ölige Herzlichkeit eines kleinen Geschäftsmanns angenommen, der mit einem größeren einen Abschluß machen will. »Bin nur ein paar Schritte gegangen, verstehen Sie – mal die Beine vertreten. Keine Menschenseele gesehen.«

»Wen haben Sie erwartet? Haben Sie nicht in der Gleisarbeiterhütte auf jemanden gewartet und dabei eine Zigarre geraucht? Mit wem haben Sie mich verwechselt, als Sie sagten: ›Was soll denn das, mich eine halbe Stunde warten zu lassen?‹«

»Also immer mit der Ruhe.« Percy Dukes klang gekränkt. »Natürlich war ich in der Hütte; hab da meine Zigarre geraucht. Dann bin ich zurück zum Zug gezottelt, und auf dem Weg hab ich Sie getroffen. Ich hatte keine Verabredung mit irgend jemand –«

»Also, das ist doch die Höhe!« unterbrach ihn Miss Blake empört. Sie konnte es kaum abwarten, Stansfield zu erzählen, daß sie Stimmen an der Strecke unter dem Toilettenfenster gehört hatte, als sie kurz nach Dukes das Abteil verließ. »Ich erkannte die Stimme von diesem Herrn«, fuhr sie fort, wobei sie in Dukes' Richtung nickte. »Er sagte etwas wie: ›Du wirst uns noch mal helfen, Kumpel, also gewöhn dich besser an den Gedanken. Du steckst bis zum Hals drin – kannst jetzt nicht abspringen.‹ Und eine andere Stimme, etwas nuschelnd, vielleicht Mr. Kilmingtons – keine Ahnung, jedenfalls schottisch – sagte: ›Na gut. Wir treffen uns in fünf Minuten in der Gleisarbeiterhütte an der Strecke. Besprechen alles.‹«

»Und was taten Sie dann?« fragte Stansfield.

»Ich traf zufällig einen Bekannten im Zug und saß eine Weile bei ihm.«

»Ach ja?« bemerkte Macdonald drohend. »Du hinterhältiges kleines –!«

»Ruhe!« befahl Stansfield.

»Ich schwöre es«, sagte das Mädchen, ohne sich um Macdonald zu kümmern. »Ich werd Sie ihm vorstellen, wenn Sie wollen. Er wird Ihnen sagen, daß ich mit ihm zusammen war, eine halbe Stunde oder noch länger.«

»Und was war mit Mr. Macdonald?«

»Ich sage gar nichts«, gab der junge Bursche mürrisch zurück.

»Mr. Macdonald sagt gar nichts. Mrs. Grant?«

»Ich war danach die ganze Zeit im Abteil, Sir.«

»Danach –?«

»Nachdem ich mein Taschentuch für diese junge Dame angefeuchtet hatte, als sie ohnmächtig wurde. Mr. Kilmington ging gerade vor mir raus, wenn Sie sich erinnern. Ich sah ihn zum Dienstabteil durchgehen.«

»Hörten Sie, wie er davon redete, zum Dorf zu laufen?«

»Nein, Sir. Er eilte bloß zum Abteil, und dann machte er Krach, weil es nicht abgeschlossen war und er sich deswegen über den Schaffner beschweren wollte.«

»Ich verstehe. Und Sie haben hier die ganze Zeit mit Mr. Macdonald gesessen?«

»Jawohl, Sir. Außer für zehn Minuten, als er direkt nach Ihnen aus dem Abteil ging.«

»Warum sind Sie rausgegangen?« fragte Stansfield den jungen Mann.

»Hab nur Luft geschnappt, Spezi.«

»Sie haben nicht zufällig außer der Luft auch Mr. Kilmingtons goldene Uhr geschnappt?« Stansfields scharfe Augen bohrten sich in die Macdonalds, dessen überhebliche Miene sichtlich abbröckelte.

»Ich weiß nicht, was Sie meinen«, versuchte er aufzubrausen. »Das können Sie mir nicht anhängen.«

»Ich meine, daß ein Mann ermordet worden ist, und wenn die Polizei Sie durchsucht, wird sie seine goldene Uhr bei Ihnen finden. Wird nicht so gut für Sie aussehen, junger Freund.«

»Mann! Nu reiten Se mich doch nich' rein! War doch bloß 'n Scherz!« winselte der unglückliche Macdonald jetzt in seinem angeborenen Cockneyakzent. »Der hat mir gestunken – die Art, wie er gesagt hat, ihn hat noch nie jemand aufs Kreuz gelegt. Da hab ich mir gedacht, dem zeig ich's – ich hätt se auch zurückgegeben, Ehrenwort, ich hab ihn bloß hinterher nicht mehr gefunden. War bloß'n Scherz, sag ich Ihnen. Außerdem hat Inez ihm die Zwiebel abgenommen.«

»Du dreckige kleine Ratte!« kreischte das Mädchen.

»Ruhe, alle beide. Sie können Ihren Scherz der Polizei in Penrith erzählen. Hoffentlich lachen die sich nicht tot!«

In diesem Moment machte der Zug einen Ruck und bewegte sich rückwärts die Steigung hinauf. Er hielt am Streckentelefon, von wo aus Stansfield in Penrith anrief, und ratterte dann wieder nach Süden.

Auf dem Bahnsteig in Penrith wurde Stansfield von einem Inspektor, einem Sergeant der örtlichen Polizei und einem Polizeiarzt erwartet. Nach einem kurzen Aufenthalt im Dienstabteil, wo der Polizeiarzt den schwarzen Mantel des Schaffners beiseitezog und eine erste Untersuchung begann, marschierten sie zu Stansfields Abteil. Der Kontrolleur, der es auf seine Bitte abgeschlossen hatte, als der Zug in den Bahnhof einfuhr, öffnete es nun wieder. Der Inspektor trat ein.

Seine erste Handlung war es, Macdonald zu durchsuchen. Nachdem er die Uhr bei ihm gefunden hatte, klagte er Macdonald und Inez Blake des Diebstahls an. Als nächstes nahm der Inspektor eine Festnahme unter der Anklage des vorsätzlichen Mordes vor …

Die Lösung dieses Falles wird auf Seite 395 verraten.

REARDEN CONNER

Ratten

Die Probleme des geteilten Irland, die Cecil Day Lewis beschäftigten, spielen auch in einigen der zahlreichen Romane und Erzählungen von Rearden Conner (*1907) eine Rolle. Der aus Belfast stammende Conner rezensierte bis zum Beginn des 2. Weltkriegs Romane für die ›Fortnightly Review‹ und arbeitete dann im Verteidigungsministerium. Er verband seine Pflichten als Offizier im wissenschaftlichen Dienst mit dem Verfassen von Romanen und Sachbüchern sowie einer Reihe von Thrillern unter dem Namen Peter Malin. Sein Roman *Shake Hands with the Devil* (1933) diente 1960 als Vorlage für den gleichnamigen Film mit James Cagney, Michael Redgrave und Richard Harris. Seine nordirische Heimat kam auch in *Wife of Colum* (1939) und *House of Cain* (1952) vor.
Rearden Conners Erzählung »Ratten« hätte ebenfalls einen guten Film für dasselbe talentierte Schauspielertrio abgegeben, mit seinem authentischen und dramatischen Porträt einer Gruppe von Gangstern, die nach einem Raub von einer Truppe Soldaten belagert werden. Im Kampf um ihr Leben finden sich die Männer in einer Situation wachsender Brutalität wieder, die in einem grausig treffenden Schluß kulminiert.

Seit dem frühen Morgen hatten die Soldaten das schwer verbarrikadierte Haus beschossen. Sie hatten Barrikaden auf der anderen Straßenseite errichtet, und hinter ihnen kauerten mehrere Männer mit Gewehren und ein Maschinengewehrschütze. Die Holzläden des Hauses waren durchlöchert wie ein Schwamm. Aber noch immer bellten Revolverschüsse durch versteckte Sehschlitze.

Die Soldaten wußten, daß die vier im Haus festsitzenden Männer bis zum letzten Schuß kämpfen würden, bevor sie sich ergaben. Sie waren Mörder, die beim Ausrauben eines Safes von einem Polizisten überrascht worden waren.

Sie hatten ihn kaltblütig niedergeschossen und waren später in diesem Haus am Stadtrand aufgespürt worden. Das Militär war aus der Kaserne ausgerückt, um sie auszuräuchern.

Mickey-dad Riley war der Anführer. Seit frühester Kindheit hatte man ihn »Mickey-dad« genannt, wegen der ernsten, beherrschenden Art, die seine Spielkameraden und später seine Komplizen dazu brachte, ihn als Führer anzusehen. Er prahlte stolz, er habe in seinem Leben noch nicht einen Tag gearbeitet. Dieses alte Haus, in dem er mit seinen Kumpels nun festsaß, war die »Bude« seiner kleinen Bande.

Mickey-dad hatte im Bürgerkrieg gegen die englischen Black-and-Tans gekämpft, und sein Gewerbe konzentrierte sich auf Raub. Er trieb sich mit seinen Komplizen auf Rennbahnen und Sportfesten im ganzen Land herum, wobei ihnen das Ausrauben von nach Hause fahrenden Buchmachern und Händlern ein nettes Einkommen bot. Kürzlich hatte sich jedoch Buck Maloney der Bande angeschlossen. Buck, der einen Safe knacken konnte wie eine Nuß, hatte in England für seine Aktivitäten schon gesessen. Mickey-dad eröffnete sozusagen sofort einen neuen Geschäftszweig und wandte seine Aufmerksamkeit den nicht gerade modernen Safes der städtischen Geschäftsleute zu .

Buck Maloney war jetzt tot. Er lag im vorderen Schlafzimmer des Hauses auf dem Rücken. Sein gutgeschnittener Blazer war zerknittert (er hatte immer etwas Dandyhaftes gehabt), sein perfekt rasiertes Gesicht und sein Seidenhemd waren blutbefleckt. In der Hand hielt er immer noch einen Revolver. Er lag ausgestreckt unter dem Fenster wie ein aufgespießter Frosch, wobei seine langen, spitzen braunen Schuhe, wie sie da unter den Hosenenden hervorragten, nicht ganz zu seinem Aussehen paßten.

Der MG-Schütze hatte ihn ausgemacht, als er durch einen halbgeschlossenen Fensterladen spähte, und ihm prompt den halben Kopf weggeschossen. Mickey-dad hatte ihn gehörig verflucht, nachdem er hingestürzt war. »Zur Hölle mit dir!« hatte er geschrien.

Er konnte es sich nicht leisten, gerade jetzt einen Mann zu verlieren. Ein paar Minuten später war Tommy Gallagher in den Rücken geschossen worden, als er in der Mitte des Raums stand. Er hatte auch nicht vor einem der Fenster gestanden, sondern direkt zwischen ihnen. Eine Gewehrkugel war im spitzen Winkel vom Fensterrahmen abgeprallt und hatte Tommys Rückgrat durchschlagen. Nun lag er macht- und nutzlos auf dem Roßhaarsofa, winselnd wie ein junges Tier.

Es blieben nur noch Mickey-dad und Bill Cogan. Bill war ein guter Kerl, dachte Mickey-dad. Er würde bis zum Schluß kämpfen, obwohl die Hoffnung nicht groß war, die Soldaten bis zum Einbruch der Nacht aufzuhalten, wenn sich vielleicht eine Chance bieten würde, zu verschwinden. Aber selbst bei Nacht würde eine Flucht schwierig sein, denn Mickey-dad wußte, daß hinter der hohen Mauer an der Rückseite des Hauses ein Dutzend Soldaten auf der Lauer lagen.

Er war unruhig, weil die Soldaten merken könnten, daß zwei seiner Männer außer Gefecht waren. Er schickte Cogan durchs ganze Haus, um aus diesem und jenem Zimmer zu feuern und den Eindruck zu erwecken, die vier seien noch mächtig in Form. Es war ein alter Trick, und er hoffte verzweifelt, er würde funktionieren.

Gallaghers ständiges Wimmern fing an, ihm auf die Nerven zu gehen. Es stach ihm ins Hirn wie eine endlose Nadel. Dann hörte es plötzlich auf. Mickey-dad ging rüber zum Sofa. Gallagher öffnete die Augen und sah mit dem unschuldigen Blick eines Kindes zu ihm auf. Ein letztes Zucken des Schmerzes lief über sein Gesicht. Dann entspannte er sich und lag, als schliefe er friedlich. Ein Fuß rutschte langsam über die Sofakante und krachte auf den Boden.

Mickey-dad ging Cogan suchen. Er fand ihn auf dem Dachboden. Cogan hatte es geschafft, direkt unter dem Fenster in Fußbodenhöhe zwei Ziegel herauszubrechen und eine Schießscharte in die Mauer zu machen. Die Soldaten konnten es nicht sehen, weil die Mauer an dieser Stelle durch eine Reihe Blumentöpfe verdeckt war.

»Tommy ist abgekratzt«, sagte Mickey-dad zu Cogan.

»Der Herr sei ihm gnädig!« murmelte Cogan. »War auch besser für ihn.«

Mickey-dad schickte Cogan runter ins Wohnzimmer. Er selbst legte sich flach auf den Bauch, mit den Augen an der Schießscharte. Ein leichter Wind wehte um den Schornstein und blies ihm etwas Mörtelstaub ins Gesicht. Er fluchte ausgiebig und verbrachte einige Minuten damit, kniend seine Augen mit dem Taschentuch auszureiben. Dann fegte er den Staub mit der Gründlichkeit einer Hausfrau aus dem Loch.

Lange Zeit lag er still wie ein Stein, während er die Soldaten hinter der Barrikade beobachtete. Sie waren sehr eifrig bei der Sache. Schließlich hatten sie nicht jeden Tag die Gelegenheit, ihre Schießkünste an lebenden Zielen zu erproben. Hinter der Barrikade befand sich ein Torweg, und ab und zu kroch der eine oder andere auf allen vieren hinein oder heraus.

Mickey-dad hatte ungefähr dreißig Patronen im Gürtel. Er beschloß, keine einzige zu verschwenden. Mit der ersten Kugel schoß er einen der

Blumentöpfe weg. Jetzt hatte er freiere Sicht. Die fallenden Scherben des Topfes erregten die Aufmerksamkeit der Soldaten, und er sah, wie zwei von ihnen zum Dachbodenfenster heraufblickten. Seine zweite Kugel erledigte den MG-Schützen.

Das MG wurde sofort von einem anderen übernommen, aber bevor er Zeit hatte, den Lauf auf das Bodenfenster zu richten, traf ihn Mickey-dads dritte Kugel in den Kopf. Mickey-dad krähte vor Vergnügen, als er sah, wie der Soldat plötzlich aufschnellte, die Arme von sich warf und auf seinen toten Kameraden zurückfiel. Er sah einen Offizier aus dem Torweg kriechen. In seiner faltenlosen Uniform sah er wie ein großer grüner Hund aus, während er auf allen vieren zum Maschinengewehr kroch.

Gewehrkugeln schlugen durch das Bodenfenster. Glasscherben regneten auf Mickey-dads Rücken. Männer rannten aus dem Torweg und erhöhten hastig die Barrikade vor dem MG. Seine Mündung wurde auf das Bodenfenster gerichtet. Ein Strom von Blei pfiff über Mickey-dads Kopf in den Raum und blieb in der Gipsdecke stecken. Aber selbst die höhere Barrikade konnte die Soldaten nicht vor seinen Kugeln schützen. Einer nach dem anderen fielen die Schützen über das Maschinengewehr, bis sich die letzten Soldaten in den Torweg zurückzogen.

Eine Viertelstunde verstrich, und Mickey-dad wartete ungeduldig. Unten auf der Straße gab es nicht mal das Geräusch eines Schrittes. Die toten Soldaten lagen da wie nutzlose Kissen. Im Tod hatten sie keine Individualität. Sie waren bloß identisch gekleidete Leichen. Dann fing Bill Cogan unten im Wohnzimmer an, mit seinem Revolver auf etwas zu schießen. Mickey-dad hatte ihn in seiner Erregung fast vergessen. Er fragte sich einen Moment, ob Cogan dämlich genug wäre, Munition zu vergeuden, und wollte schon runterrennen und ihm die Hölle heißmachen. Aber dann erinnerte er sich, daß Cogan der ruhigste von seinen Jungs war, und kam zu dem Schluß, etwas müsse im Torweg vor sich gehen.

Im nächsten Augenblick hagelten MG-Kugeln durch das zerbrochene Fenster über seinem Kopf. Er dankte seinem Stern, daß er nicht aufgestanden war, um nach unten zu gehen. Die Kugeln zischten in Brusthöhe mit dem Geräusch von Drosselflügeln durch den Raum. Die Soldaten feuerten jetzt aus dem Bodenfenster des Hauses gegenüber. Sie hatten das Fenster schwer mit Sandsäcken geschützt und nur eine Schießscharte offen gelassen, durch die eine rote Flammenzunge höhnisch herausfuhr.

Mickey-dad konnte von seinem Guckloch aus nicht auf das Fenster schießen. Es war physisch unmöglich, und außerdem waren ihm die Ziegel des Schornsteins im Weg. Er erkannte jetzt, daß es sinnlos war, noch länger dort zu bleiben. Er blieb einige Zeit liegen und dachte scharf nach. Dieser Kampf war in jeder Hinsicht aussichtslos. Vorn und hinten waren Soldaten. Wenn er noch sehr viel länger aushielt, würden sie sicher Handgranaten werfen.

Das Ganze hing ihm zum Hals raus. Die Soldaten waren entschlossen, ihn tot oder lebendig zu kriegen. Er hatte sicher nicht vor, sich zu ergeben und später am Halse aufgehängt zu werden. Er hatte diesen Kampf zuallererst aufgenommen, weil er wußte, welches Schicksal ihm dafür blühte, den Polizisten erschossen zu haben, der Buck Maloney beim Aufhebeln des Safes entdeckt hatte.

In seiner Tasche steckte ein großer Umschlag. In diesem Umschlag waren 200 Pfund in Banknoten – nicht knisternd frische von der Bank, die für jeden eine Falle gewesen wären, sondern alte, zerknitterte, die Sam Moynihan, der Getreidehändler, am Tag zuvor von seinen diversen Kunden kassiert hatte. Er hatte bestimmt nicht die Nummern aufgeschrieben. Mickey-dad dachte daran, wie leicht es wäre, nach Liverpool zu kommen, wenn er nur erst aus diesem Haus raus wäre.

Plötzlich hatte er eine Eingebung. Seine Augen leuchteten vor Freude. Die Lösung war einfach. Er würde sich in der Höhlung unter dem Küchenboden verstecken, die die Bande für ihre Beute, Waffen und Munition gemacht hatte. Aber dann war da noch Cogan. Mickey-dad hatte seinen Partner fast vergessen.

Cogan würde natürlich auch zu entkommen versuchen. Beide Männer würden nicht in die Höhlung unter dem Fußboden passen. Und außerdem würde Cogan bestimmt einen netten Batzen von den 200 Pfund fordern, vielleicht sogar die Hälfte. 200 Pfund war so eine schöne runde Summe, daß es Mickey-dad bei dem Gedanken schmerzte, sie aufzuteilen.

Er begann an der Fußleiste der Wand entlangzukriechen. Die MG-Kugeln zischten immer noch durchs Fenster und rissen die gegenüberliegende Wand auf.

Er kam zur Tür und bewegte sich auf allen vieren zum Treppenabsatz. Dann polterte er die Stufen hinunter. Cogan kam aus dem Wohnzimmer in die kleine Diele am Fuß der Treppe und sagte: »Die schießen aus dem Haus gegenüber.« Er sah blaß und ängstlich aus.

»Ich weiß«, sagte Mickey-dad knapp.

»Können wir hier nicht abhauen?« rief Cogan. »Wenn wir hierbleiben, sitzen wir in der Falle.«

»Wir sitzen sowieso schon drin«, gab Mickey-dad zurück. »Das Haus ist umzingelt.«

»O Heilige Mutter Gottes!« stöhnte Cogan. »Wie bin ich nur in diese Scheiße geraten?«

»Das haben sich schon viele gefragt, als sie die Schlinge um den Hals hatten. Aber da war's zu spät.«

»Diese Soldaten kriegen mich nicht!« sagte Cogan entschlossen. »Eher schieß ich mir die Rübe weg.«

»Wo ist deine Pistole?« fragte Mickey-dad.

»Drinnen. Ich hab keine Patrone mehr. Hast du noch ein paar für mich übrig?«

»Du kannst die hier haben«, sagte Mickey-dad und richtete seinen Revolver auf Cogans Kopf. Schrecken malte sich sofort auf Cogans Gesicht. Seine Lippen zitterten.

»Was ist los mit dir, Mann?« schrie er. »Bist du durchgedreht?«

»Ich nehm dir nur die Mühe ab, dir selbst die Rübe wegzuschießen«, sagte Mickey-dad. Er drückte ab. Der Schuß donnerte durch die enge Diele. Cogan wankte und brach zusammen, seine Finger zuckten, als wollten sie sein schon entflohenes Leben festhalten.

Mickey-dad steckte den Revolver in die Tasche und ging in die Küche. Er hob das verblichene rote Linoleum hoch, unter dem ein langer Riß im Fußboden sichtbar wurde. Als er ein Messer in den Riß steckte, konnte er einen Teil des Bodens hochheben, der an versteckten Scharnieren hing. Darunter war eine Höhlung von etwa zwei Meter Länge, einem Meter Breite und einem halben Meter Tiefe. Über ein Jahr war das der »Tresorraum« der Bande gewesen.

»Jetzt bleib ich ruhig, bis sie kommen«, dachte Mickey-dad. »Dann schlüpf ich da rein, und wenn sie das Haus durchsucht haben und wieder weg sind, komm ich raus.«

Er setzte sich auf einen Stuhl mit gebogener Lehne. Er hatte ein paar Zigaretten und eine Schachtel Streichhölzer in der Jackettasche. Das Maschinengewehr ratterte noch immer, und ab und zu fiel ein Gewehrschuß. Er rauchte alle Zigaretten, und die Soldaten kamen noch immer nicht. Eine nach der anderen warf er die Kippen in die Höhlung.

Dann kam eine bedeutungsschwangere Stille. Er lauschte so intensiv, daß er sicher war, nicht mehr in den Ohren zu spüren als einen leichten Schmerz.

Mehr als eine Stunde saß er so still wie ein Buddha in einem asiatischen Tempel. Dann hörte er laute Stimmen vor der Haustür. Männer brüllten. Ein Hagel von Axthieben fiel auf die stabilen Eichenpanele. Er stand vom Stuhl auf und legte sich in die Höhlung. Er schloß die verborgene Klappe über sich, aber sein Versteck war so eng, daß sie sich erst ganz schloß, als er die Arme an den Körper gepreßt hatte.

Er hörte das Geräusch von splitterndem Holz, von rennenden Füßen, von Männern, die einander etwas zuriefen. Alles klang so gedämpft, als käme es von sehr weit her.

Dann trampelten Füße über seinem Kopf. Die Soldaten waren jetzt in der Küche. Er hatte furchtbare Angst gehabt, daß sich die Klappe nicht ganz geschlossen hatte, daß eine Beule im Linoleum seine Anwesenheit unter dem Fußboden verraten würde. Aber nun garantierten diese schweren Stiefel, daß die Klappe ganz zugedrückt wurde. Die Schritte dröhnten Mickey-dad in den Ohren.

Er stellte sich vor, wie die Soldaten überall nach dem vierten Mann suchten und stöberten.

Schließlich würden sie zu dem Schluß kommen, er sei entkommen, bevor sie das Haus umstellt hatten. Nachdem die Leichen ins Leichenschauhaus gebracht waren, würden sie sich verziehen, und er würde aus seinem verdammten Loch kriechen, um Luft zu schnappen und bei Einbruch der Dunkelheit zu verschwinden.

Aber die Soldaten schienen lange für die Suche zu brauchen, und Mickey-dad fühlte sich immer unbehaglicher. Der rohe Zement, der auf den Boden der Höhlung aufgebracht worden war, um die Beute vor Ungeziefer zu schützen, peinigte sein Fleisch. Sein ganzer Körper war zusammengekrampft. Ein muffiger, lehmiger Geruch stieg ihm in die Nase. Die Luft war dumpf. Sie reichte kaum, um zu atmen. Er wußte, daß es nur ein paar Stunden dauern würde, bis er erstickte, wenn er nicht rauskam.

Nun war oben weniger Hinundhergelaufe. Aber die Männer waren noch immer in der Küche. Sie redeten viel, redeten und redeten und redeten.

Zwei Stunden vergingen. Mickey-dad litt Höllenqualen. Er keuchte nach Luft. Seine Glieder schmerzten. Seine Handgelenke und sogar ein

Schlüsselbein schmerzten. Ein Schmerz, nicht unähnlich den Wachstumsschmerzen seiner Jugend, zuckte bis zu seinen Zehen hinab. Die Männer redeten immer noch in der Küche. Mickey-dad verbrauchte in seiner Aufregung mehr Luft, als wenn er ruhig geblieben wäre.

Aber ein Mann, der langsam, ganz langsam erstickt, kann kaum ruhig bleiben. Er hoffte verzweifelt, jeder Laut von oben sei ein Zeichen des Abmarsches der Soldaten. Diese Hoffnung gab ihm Kraft, und ohne sie hätte er schon lange vorher aus purem körperlichen Unbehagen aufgeschrien.

Sein Gesicht war feucht von kaltem Schweiß. Um die Nerven zu behalten, versuchte er daran zu denken, was er mit den zweihundert Pfund in seiner Tasche anfangen könnte. Die Minuten krochen dahin, bis eine weitere Stunde verstrichen war. Mickey-dads Lungen rangen so nach Luft, daß er bei jedem Atemzug schwach keuchte. Er versuchte die Hand an die Brust zu heben, konnte aber die Arme nicht bewegen. Er war zwischen Zement und Holz eingeklemmt wie ein Stück Bügelwäsche. Immer noch redeten die Männer weiter. »Worüber zum Teufel müssen die quatschen!« dachte Mickey-dad. »Warum verschwinden sie nicht!«

Die Männer hatten jedoch nicht vor, zu verschwinden. Nur vier Soldaten waren zur Bewachung des Hauses geblieben. Die anderen waren zurück in die Kaserne marschiert. Ein Soldat hielt Wache vor der eingeschlagenen Vordertür, ein anderer an der Hintertür. Ein Unteroffizier und ein Soldat saßen am Küchentisch und spielten Karten. Diese beiden waren es, die redeten.

Mickey-dad stützte seinen Körper auf, um die Klappe wenigstens einen Zentimeter anzuheben und etwas frische Luft hereinzulassen. Aber sie rührte sich nicht, da der Unteroffizier (ein fröhlicher, beleibter Kerl) seinen Stuhl genau darauf gestellt hatte. Mickey-dad war verzweifelt. Der Wille zum Leben übermannte ihn. Er schlug mit dem Kopf gegen die Klappe.

Der Unteroffizier hielt in seinen Verwünschungen gegen seine Pechsträhne an diesem Tag inne. Er lauschte einen Moment. Dann flüsterte er dem Soldaten über den Tisch zu: »Eine verdammte Ratte! Grad unter meinem Stuhl!« Er zog sachte den Revolver aus dem Gurt, richtete die Mündung auf den Boden und feuerte zweimal. Er lauschte wieder. Kein Laut.

»Das hat dem armen Viech den Rest gegeben!« sagte er gemütlich und setzte sein Spiel fort.

II
GESETZESBRUCH

Fälle
von Diebstahl
und Raub

SAMUEL LOVER

Kishogues Fluch

Hier ist ein weiteres Beispiel einer Kriminalgeschichte aus den Kindertagen des Genres. Der in Dublin geborene Samuel Lover (1797–1868) war ein Romancier und Dramatiker, der viele Anregungen für seine Geschichten in der Folklore seiner Heimat fand und 1831 mit der Sammlung *Legends and Stories of Ireland* bekannt wurde. Unter diesen Erzählungen ist auch »Kishogues Fluch«, in der ein diebischer junger Ire von der Polizei anscheinend auf frischer Tat beim Pferdediebstahl erwischt wird. Nach seiner Inhaftierung und Anklage wird er in einer herrlich beschriebenen Szene vor Gericht gestellt und verurteilt, seine letzte Reise zum Galgen anzutreten. Die Geschichte gibt ein interessantes Bild des Polizei- und Rechtswesens im Irland des frühen neunzehnten Jahrhunderts, nicht lange nach Einführung der ersten Polizisten, der »Peelers«, durch Sir Robert Peel – und nimmt nicht zuletzt eine typisch irische makabre Wendung.

Es war mal ein schmucker Junge mit Namen Kishogue – sieben Gemeinden im Umkreis gab's keinen so tüchtigen Burschen wie ihn –, und beim Trinken oder beim Hofmachen (er war der Liebling aller Mädchen, weil er so keck war), beim Faustkampf, Ringen, Wettlauf oder bei anderen Spielen tat's ihm keiner gleich; und sei's zum Festtag bei der Kirmes, beim Tanz oder beim Leichenschmaus, stets war Kishogue das Glanzlicht.

Nun liebten ihn die Gentlemen der Gegend gewiß nicht so wie seine Genossen – das heißt die älteren Herren, denn die jungen liebten ihn bei Gott wie einen der Ihren, und fast noch mehr, denn sie wußten, daß Kishogue sie auf alle Arten von Streichen und Zeitvertreib brachte, und das war alles, was sie wollten – aber die alten, gesetzten Gentlemen, die Verantwortung trugen, fanden gar keinen Gefallen an seiner Art. Oft dachten sie, wär er nur aus der Gegend fort, wär sie darum kein bißchen schlechter; die Rehe, Hasen und Fasane würden nicht darunter leiden und die Forellen und Lachse ein leichteres Leben führen – aber sie konnten ihn auf keine Art zu fassen kriegen, denn er war schlau wie ein Fuchs, und man konnte ihm nie eine Falle stellen, denn er war fast wie ein Wiesel – er schlief mit offenen Augen.

So ging's also manchen langen Tag, und Kishogue war so glücklich wie der Tag lang war, bis er eines Nachts, wie das Unglück es wollte, einen Fehler machte, und wie er den machen konnte, kam nie ans Licht, außer daß die Nacht dunkel war oder Kishogue einen Schluck zuviel gehabt hatte; aber der Fehler war geschehen, und es war nämlich der, daß er glaubte, seine eigene Stute auf einem fremden Feld bei der Straße zu sehen, und so lockte er sie – aber es war nicht seine, sondern die Stute des Gutsherrn, die er für seine hielt –, denn er dachte, sie sei fortgelaufen, und wollte nicht, daß sie auf einem fremden Feld grase. Und so trieb er das *falsche* Pferd nach Hause, und wie ihm das geschehen konnte, ist schwer zu sagen, nur daß die Nacht dunkel war, wie ich schon sagte, und er einen Schluck zuviel gehabt hatte, aber wie auch immer der Irrtum zustande kam – und ein schlimmer Irrtum war's für den armen Kishogue –, er bemerkte ihn erst drei Tage später, als ein Gendarm zu ihm kam und sagte, er solle mit ihm gehen.

»Wieso?« fragt Kishogue.

»Oh, du bist unschuldig wie ein Lamm«, sagt der Gendarm.

»Das ist wahr, Sir«, sagt Kishogue artig wie ein Kind. »Und wo wollt Ihr mich hinführen, Sir, wenn ich fragen darf?«

»Ins Gefängnis«, sagt der Gendarm.

»Wieso?«

»Weil du das Pferd des Gutsherrn gestohlen hast.«

»Das ist das erste, was ich davon höre«, sagt Kishogue.

»Nun, es wird nicht das letzte sein«, sagt der andere.

»Aber bei allen Heiligen, es ist doch kein Diebstahl, wenn ein Mann seine eigene Stute nach Hause treibt.«

»Nein«, gibt der Gendarm zurück, »aber es ist ein Diebstahl, wenn's das Pferd von einem anderen ist.«

»Aber wenn es ein Irrtum war.«

»Bei Gott, der Irrtum wird dich teuer zu stehen kommen.«

»Dann sieht es schlecht aus«, sagt Kishogue.

Aber Reden hatte keinen Sinn – genausogut hätte er einem Meilenstein zum Tanz aufspielen können, wie zu versuchen, den Gendarm zu beschwatzen, und so war das Ende vom Lied, daß er ins Gefängnis gehen mußte, wo er bis zum Gerichtstag verwahrt wurde wie Paddy Wards Schwein, und Kishogue, der ein munterer Bursche war, paßte es gar nicht, ein Nachtlager auf Kosten des Königs zu haben. Außerdem war der Gedanke, eingesperrt zu sein, für einen Burschen wie ihn, der sein Lebtag zum Vergnügen umhergestreift war, verderblich, obwohl seine Freunde versuchten, es ihm so angenehm wie möglich zu machen, denn er war mächtig beliebt in der Gegend. Sie besuchten ihn von morgens bis abends und machten dem Schließer wahrlich das Leben sauer, denn sie kamen und gingen in einem fort, wie Mulligans Bettdecke.

Schließlich war der Gerichtstag da, und es kamen die Sheriffs, der Richter, die Geschworenen und die Zeugen, die auf die Bibel geschworen hatten, nichts als die Wahrheit zu sagen. Kishogue kam als erster vor Gericht, weil er nicht den Unterschied zwischen seinem eigenen und einem fremden Pferd kannte, denn sie wollten in der Grafschaft ein Exempel statuieren, und man befahl ihm, an der Gerichtsschranke die Hand zu heben, was er auch tat (und eine schöne große Faust war's, die er hatte) – und kein bißchen eingeschüchtert war er, sondern stolz wie ein Widder. Dann stand ein bebrillter Mensch in schwarzem Frack und gebrannter Perücke auf, und er las und las, und man glaubte, er werde nie zu Ende lesen, und alles war über Kishogue – wie wir später hörten, aber zu der Zeit nicht verstanden –, und das war auch kein Wunder, denn Kishogue hatte wahrhaftig nicht die Hälfte von dem getan, was der schmutzige Winzling über ihn vorlas, wenn er nicht Lügen über ihn gehört hatte. Kishogue, der arme Kerl, bekam es schließlich selbst mit der Angst, als er hörte, was da über ihn erzählt wurde, aber nach kurzer Zeit faßte er sich ein Herz und sagte:

»Um alles in der Welt, ich hab gewiß nicht die Hälfte von alldem getan.«

»Ruhe im Saal!« schreit der Ausrufer und bringt ihn zum Schweigen. Ach, für einen armen Burschen gibt's keine Gerechtigkeit!

»Beim Himmel!« sagt Kishogue, »darf ein Mann kein Wort sagen, wenn solche Lügen über ihn erzählt werden?«

»Seid still!« sagt der Richter. Und nach mehr Tiraden und Geplapper warf der kleine Mann mit der Brille das Blatt hin und fragte Kishogue, ob er schuldig oder nicht schuldig sei.

»Ich war's nicht, Euer Ehren«, antwortet Kishogue.

»Antwortet, wie man Euch geheißen hat«, sagt der Bebrillte.

»Ich bin unschuldig.«

»Pestilenz, könnt Ihr nicht sagen, was man Euch geheißen hat – *schuldig* oder *nicht schuldig*«, sagt der ehrenwerte Richter.

»Nicht schuldig«, sagt Kishogue.

»Ich glaub Euch nicht.«

»Kein Wunder«, sagt Kishogue. »Ihr werdet bezahlt, um Leute zu hängen, und müßt für Euren Lohn etwas tun.«

»Ihr schwätzt zuviel Unsinn, Sir«, sagt der Richter.

»Nun, ich meine, davon werdet Ihr und Euer Freund, der Henker, mich schon bald kurieren«, sagt Kishogue.

Und damit lag er nah bei der Wahrheit, denn nun brieten sie ihn auf kleiner Flamme. Sie führten ein Heer von Zeugen gegen ihn ins Feld, die im Kreuzverhör aussagten, und es war das überkreuzteste Verhör, das ich je sah. Oh, es waren dreiste Zeugen, die das Blaue vom Himmel herunter geschworen hätten. Nicht daß Kishogues Freunde ihre Pflicht vergessen hätten. Sie hielten wie Männer zu ihm, legten Schwüre ab und versuchten, ein *Wiegenlied* für ihn zu singen, was bedeutet, daß sie behaupteten, er habe zu der Zeit an einem anderen Ort geschlafen, aber es nützte nichts, der Richter und die Geschworenen wollten es nicht glauben. Und mein armer Kishogue wurde zum Tode verurteilt, der Richter setzte seine schwarze Kappe auf, machte viele schöne Worte und gab Kishogue eine Menge guter Ratschläge, die Kishogue zu seinem Unglück nicht früher einmal bekommen hatte, und seine letzten Worte waren: »Der Herr sei deiner Seele gnädig.«

»Ich dank Euch, Euer Ehren«, sagt Kishogue, »obwohl Eure Gebete nur wenigen Zuversicht und Stärke geben.«

Kishogue sollte am nächsten Sonnabend gehenkt werden, und die Straßen, durch die er fahren sollte, waren voller Menschen, denn zu jener Zeit wurden die Leute vor der Stadt gehenkt, nicht wie heute dezent vor dem Gefängnis. Damals kümmerte man sich nicht um die Bequemlichkeit der Leute, sondern lud sie auf einen Karren wie ein störrisches Schwein, das zum Markt soll, und fuhr sie durch die Stadt zum Galgen, der eine halbe Meile draußen lag. Wenn sie aber zum Kreuzweg kamen, wo die Schenke der Witwe Houlaghan lag, bevor diese schmutzigen Methodisten sie niederrissen, um ihre Kapelle zu bauen – hol sie der Teufel, überall verscheuchen sie die Fröhlichkeit –, wenn sie dahin kamen, sage ich, hielt der Zug stets an, und der Gefangene wurde mit einem Fiedler und einem Krug Glühwein unterhalten, damit er bei dem, was ihn erwarte, guten Mutes sei. Denn wie jeder weiß, ist es kein Spaß, gehenkt zu werden, wenn's auch für eine gute Sache ist, wie mein Onkel Jim sagte, als sie ihn für den Mord am Eichmeister henkten. Stets wurde zehn Minuten bei der Schenke gehalten, um den Gefangenen beim Trinken nicht zu hetzen und ihm Gelegenheit zu geben, noch ein paar Worte an seine Freunde zu richten; nicht davon zu reden, wie erbaulich es für die Menge war, einen todbleichen Mann zu sehen, und vielleicht eine Warnung für jene, die nicht auf dem rechten Wege blieben. Aber gerade an diesem Tag passierte, was zuvor oder danach nie geschehen ist: Es war kein Fiedler da, als Kishogue, der kein bißchen mutlos war, sondern stolz wie ein Widder, mit dem Karren vorbeirollte. »Schickt mir Tim Riley her« – das war der Name des Fiedlers –, sagt er, »daß er mich mit dem Lied ›Die losen Burschen von Mallow‹ aufmuntert«, denn er stammte aus Mallow und war mächtig stolz darauf. Nun konnte er aber das Lied nicht hören, weil Tim Riley zur selben Zeit betrunken in einem Graben lag, nachdem er zur Beichte gewesen, und als der arme Kishogue erfuhr, er könne sein Lieblingslied nicht hören, fiel es ihm so aufs Gemüt, daß er von keinem Trost hören wollte, sondern bat, sie möchten weiterfahren und ihn schnell von seiner Qual erlösen.

»Ach, so nimm doch wenigstens den Trunk, Söhnchen«, sagt die Witwe Houlaghan, die ein weiches Herz hatte und dem Mann, der gehenkt werden sollte, stets selbst den Trunk reichte, auch wenn sie ihn noch nie gesehen. War es aber ein Freund, so ging sie jeden Schritt zum Galgen mit und sah ihn sterben. Oh, sie war ein Schatz! »Nimm doch den Trunk, Kishogue, mein Goldstück«, sagt sie und reichte ihm einen schönen großen Krug Glühwein hinauf, eines Lords würdig, aber er wollte nichts davon wissen. »Nehmt ihn weg«, sagt er, »denn mein Herz ist schwer, weil Tim Riley mich betrogen hat, als ich lustig sterben wollte wie ein loser Bursche von Mallow! Nehmt ihn weg«, sagt er und stößt ihn mit der Hand weg, und gewiß war es das erste Mal, daß Kishogue je einen Trunk ablehnte, und viele sagten, *die Veränderung vor dem Tode* sei über ihn gekommen.

Nun, so rollten sie denn zum Galgen, wo es keinen Aufschub für den Gefangenen mehr gab, und der Sheriff fragte ihn, ob er vor dem Tod noch ein paar letzte Worte sprechen wollte, aber Kishogue sagte kein Wort, am wenigsten zum Sheriff, und auch nichts, was für die Menge erbaulich gewesen wäre, und das war eine herbe Enttäuschung, denn sie hofften, er würde eine elegante Abschiedsrede halten. Die Drucker und Balladensänger, die alle da waren, um sie niederzuschreiben, hielten es für einen schmutzigen Streich Kishogues, sie um ihren ehrlichen Lohn zu betrügen, aber sie waren ihm dennoch nicht gram, denn sie wußten, sein Herz war von der Enttäuschung schwer, und er sah auch mächtig bleich aus, während alles für ihn vorbereitet wurde. Seine letzten Worte waren: »Macht ein Ende mit mir, denn mein Herz ist schwer, weil Tim Riley mich betrogen hat, der's mir leicht machen sollte, damit ich sterbe wie eine echter loser Bursche von Mallow.« Um es kurz zu machen, alles war vorbereitet, und es war schnell vorbei mit ihm, ein Schritt von der Leiter ins Himmelreich, und zu seiner Ehre sei gesagt, obwohl sein Herz schwer war, starb er mutig mit einem großen Schritt.

Und was denkt ihr, gerade als es mit ihm vorbei war, geht ein Schrei durch die Menge und ein Lärm, daß man denkt, der Himmel stürzt ein, und wir sahen einen staubbedeckten Mann, der auf einem weißen Pferd zum Galgen galoppiert, aber es war nicht weiß, sondern schwarz, nur weiß vom Schaum, so schnell ritt er, und der Mann war so außer Atem, daß er nicht sprechen konnte, er zog nur ein Papier heraus und gab es dem Sheriff. Als der darauf blickte, wurde er weiß wie das Papier selbst und sagte: »Runter mit ihm, gleich runter mit ihm!«, und die Dragoner hieben nach dem Boten, aber er zog den Kopf ein und wich ihnen aus. Dann schrie der Sheriff die Soldaten an: »Halt, ihr Schufte, Pestilenz über euch, ihr mörderischen Hunde, wollt ihr unschuldiges Blut vergießen? Ich meine nicht den, sondern den Gehenkten. Schneidet ihn runter«, und sie schnitten ihn runter, aber es war umsonst. Mit dem armen Kishogue war's vorbei, der war tot wie ein Stein und steif wie ein Brett.

»Oh, bei allen Heiligen«, sagte der Sheriff und raufte sich die Haare vor Wut. »Ist das nicht ein Unglück, daß er gehenkt ist, und hier kommt ein Aufschub für ihn, aber er ist selbst schuld«, sagt er, »was hatte er es so eilig.«

»Oh, Mordio, Mordio«, heulte die Witwe Houlaghan in der Menge. »Oh, Kishogue, mein Liebling, warum wolltest du meinen Glühwein nicht trinken? Hättest du angehalten, um deinen Trunk zu nehmen, wärst du noch fröhlich und am Leben.«

Und so ist es gemeint, wenn jemand von Kishogues Fluch redet, denn Kishogue wurde gehenkt, *weil er einen guten Trunk abgelehnt hatte.*

RICHARD DOWLING

Das negative Indiz

Auch dieser Fall ist ein Debüt für die irische Kriminalerzählung – erstmals dient ein photographisches Beweisstück dazu, den Aufenthaltsort eines Vermißten ausfindig zu machen. Ich habe diesen Meilenstein in keiner Geschichte der Kriminalliteratur genannt gefunden und nicht mehr als eine beiläufige Erwähnung des Autors Richard Dowling (1846–1898), der in der spätviktorianischen Epoche eine Reihe hervorragender Thriller schrieb, darunter *The Mystery of Killard* (1879), *A Dark Intruder* (1895) und *When London Sleeps* (1896). Dowling wurde in Clonmel geboren und wuchs in Limerick auf, später arbeitete er für die republikanische Zeitschrift ›The Nation‹. Für eine Weile war er auch Herausgeber des Dubliner Satiremagazins ›Zozimus‹, das dem Vorbild des Londoner ›Punch‹ folgte.
Atmosphäre und Spannung der 1888 in dem Magazin ›East and West‹ abgedruckten Erzählung »Das negative Indiz« werden von dem einfallsreichen Einsatz des Photoapparates – damals noch eine Neuheit, die nur von Experten gebraucht wurde – zur Lösung des Rätsels noch verstärkt.

John Hastings aus Barford hatte versprochen, an diesem Abend zum Dinner nach Charcombe House zu kommen. Am nächsten Morgen sollte er sich mit Maud Bathurst, der einzigen Tochter von Frank Bathurst, dem Besitzer von Charcombe House, vermählen. John hatte Maud am Tag zuvor besucht, und es war verabredet worden, daß er am Nachmittag dieses Tages herüberkommen sollte. Er hatte einige Geschäfte in Dunfield zu erledigen, der nächsten Stadt, und sobald er sie beendet habe, so sagte er Maud, wolle er über den Charcombe Hill herüberwandern, damit sie ein paar Stunden vor dem Dinner beisammen sein konnten. Sie sollte nicht hinüberkommen und ihn abholen, da er nicht wußte, wie lange seine Geschäfte in Dunfield ihn aufhalten würden. Nach dem Dinner würde er zu seinem eigenen Besitz, The Oaks, zurückfahren. Es würde weniger Zeit kosten, von Dunfield nach Charcombe zu laufen, als von der Stadt um den Hügel herumzufahren. Daher hatte er sich entschlossen zu laufen. Maud sollte ihn irgendwann zwischen vier und sechs Uhr erwarten. Das Dinner würde nicht vor halb acht stattfinden.

Die Heirat zwischen John Hastings und Maud Bathurst war durch gegenseitige Zuneigung und mit dem herzlichen Einverständnis ihrer Eltern zustande gekommen. Tatsächlich schienen Natur und Schicksal sie füreinander bestimmt zu haben. Er war groß, dunkelhaarig und aufrichtig, sie klein, blond, unbeschwert und zärtlich. Er war allein auf der Welt und brauchte bei der Wahl einer Ehefrau niemanden zu fragen als das Mädchen, auf das er sein Auge gerichtet hatte, und dessen Verwandte. Die Ländereien von Charcombe, die einmal ihr gehören würden, grenzten an jene von Barford, die nun die seinen waren. Die Familien waren über Generationen befreundete Nachbarn gewesen. Sowohl in London als auch in der Nachbarschaft ihrer Häuser hatten Maud und er sich über Jahre ständig getroffen, und Generationen von Familienvätern hatten gehofft, daß beide Familien sich vereinen und beide Besitztümer an einen gemeinsamen Erben gehen würden. Doch auf irgendeine Weise war es nie zuvor wahrscheinlich erschienen, daß diese Hoffnung sich verwirklichte. Früher war nie ein heiratsfähiger Erbe zugleich mit einer heiratsfähigen Erbin dagewesen, und Mr. und Mrs. Bathurst freuten sich, daß ein langgehegter Wunsch sich endlich erfüllen sollte.

Was nun die beiden jungen Leute selbst betraf, so waren ihnen langgehegte Wünsche einerlei. Sie liebten einander und wollten heiraten und ihr Leben lang zusammenleben, wie Tausende, Millionen anderer Leute, die weder Ahnen noch Land besitzen.

Es war strahlendes Juliwetter. Als die Uhr in dem winzigen Turm über dem Tor der Remise vier schlug, stand die Sonne kaum tiefer am Himmel als am Mittag. Sie schien unermüdlich und voll unsterblichen Lichts. Sie war absolute Herrscherin ihres blaßblauen Reichs und regierte in einsamem Despotismus, unangefochten von der kleinsten usurpierenden Wolke.

Das Pendel der Turmuhr schwang mit einem stumpfen, mechanischen Ticktack hin und her. Es nahm nicht mehr Anteil an seiner Arbeit als ein Galeerensträfling Die Sonne zog geräuschlos, in unmerklichem, unübertrefflichem Triumph nach Westen. Sie bewegte sich nicht wegen eines Gesetzes, das sie band, sondern wegen ihrer Beharrlichkeit.

Am Himmel sind Wolken die einzigen Ereignisse, im Turm sind es die Stunden. Aber es tat nichts, ob Wolken am Himmel erschienen oder der Hammer der Uhr die Stunde schlug, Sonne und Pendel wanderten unbeirrt weiter. Die Sonne mochte sich hinter Wolken verstecken, das Ticken des Pendels vom Glockenschlag übertönt werden, doch der Weg der Sonne nach Westen und der Pendelschlag über dem Mittelpunkt der Erde duldeten keine Abweichung.

Von ihrem eigenen Fenster aus konnte sie John am besten sehen, wenn er über den Kamm des Hügels kam. Sie kannte den Punkt, an dem sein Kopf sich vom blassen Himmel abheben würde. Sie war in ihrem Zimmer, und ihre blauen Augen waren fest auf jenen Punkt gerichtet, als die Uhr vier schlug.

Sobald sie ihn sah, würde sie auf Zehenspitzen aus dem Zimmer, über den Korridor und die Treppe hinuntereilen. Sollte sie jemanden treffen, würde sie ihren Schritt verlangsamen und sittsam gehen – es sei denn, dieser jemand war ihre Mutter. Wenn sie ihre Mutter traf, würde sie ihre Hände küssen und vorbeilaufen, ohne ihren Lauf zu bremsen, denn ihre Mutter würde wissen und verstehen, daß sie lief, weil er über den Hügel kam. Im Freien würde sie ruhig gehen müssen, denn viele Fenster gingen auf den Rasen hinaus. War sie aber erst einmal um die Gartenmauer, durfte sie wieder eilen, bis sie zu ihrem Lieblingsrastplatz kam, der derben Bank unter der großen Kastanie. Dort konnte niemand sie sehen, und wenn sie die Kastanie erreicht hatte, würde er nah genug sein, um mit ihr zu sprechen – um mit ihr zu sprechen! Und dann würden sie sich setzen und ausruhen.

Maud wartete Minute um Minute, und doch erschien die Gestalt nicht am Horizont. Sie wußte, er hatte an diesem Tage vieles in Dunfield zu erledigen, und ahnte, jung und unerfahren wie sie war, daß ein Mann, der viele Dinge zu erledigen hat, nicht immer genau abschätzen kann, wie lange er dafür brauchen wird, selbst wenn er ein Bräutigam ist, denn mag er auch ein Muster an Pünktlichkeit sein, kann er doch Menschen treffen, die diese königliche Tugend nicht in ihrem vollen Wert zu ermessen wissen.

John hatte gesagt, er würde zwischen vier und sechs bei ihr sein, und es war noch nicht fünf. Natürlich wäre es entzückend gewesen, wenn er auf den Glockenschlag um vier auf dem Hügel erschienen wäre, aber man durfte nicht erwarten, daß sich in dieser gewöhnlichen Zeit und Weltgegend die Dinge so begaben wie in einem alten Märchen aus dem Morgenland. So ein Wunder auch nur zu wünschen wäre kindisch und absurd gewesen.

Sie lehnte sich wieder gegen das Fenster und richtete ihre weitgeöffneten blauen Augen auf jenen schrägen, mit Heidekraut bewachsenen Hügelkamm.

Nach und nach, während die Minuten unerfüllter Erwartung verstrichen, schwanden Glanz und Lebhaftigkeit aus ihrem Gesicht, bis es fast nachdenklich war, und das volle Rosenrot ihrer Wangen verblaßte zu Rosa. Sie stützte eine Hand auf den Fensterrahmen und lehnte die Stirn gegen das Glas. Dies schob ihren Hut zurück und enthüllte die reichen Wellen von goldenem Haar, das über der errötenden Stirn lag. Sie war von dem langen Stehen in fast derselben Haltung erschöpft, war sich aber ihrer Müdigkeit nicht bewußt. Sie dachte nur:

»Gleich wird er kommen. Im Augenblick, wo sein Kopf sich über dem Hügel erhebt, werde ich ihn sehen, und dann – oh, dann!«

Plötzlich schrak sie auf. Die Uhr schlug fünf. Sie blickte zur Sonne empor. Sie stand deutlich tiefer am Himmel als zu der Zeit, als sie bei Beginn ihrer Wache zuletzt hinaufgeschaut hatte. Sie blickte nach Osten. Eine niedrige, schmale, rauchfarbene Wolke lag am Horizont, sichtbar zwischen dem Haus und den steil abfallenden Hügelflanken. Noch immer war das Licht wundervoll.

John hatte nun die Frist, die er sich gesetzt hatte, zur Hälfte ausgenutzt. Aber dies war nur um so besser, denn wenn es vor fünf Uhr sozusagen jede Minute die Chance seines Erscheinens gegeben hatte, gab es jetzt zwei Chancen. Vor einer Stunde konnte ihn der Zufall mehrere Stunden von ihr fernhalten. Nun war das unmöglich. All die reichen Möglichkeiten seines Kommens waren in den kleinen Raum von sechzig Minuten gezwängt. Jede verstreichende Sekunde brachte ihn näher zu ihr. Sie war sich seiner so sicher, da es nun weniger als eine Stunde von seiner Abwesenheit zu seiner Anwesenheit war, daß sie es sich genausogut bequemer machen konnte.

Sie setzte sich, lehnte den Ellbogen auf das hohe Fensterbrett und fixierte weiter den Hügelrücken.

Als die Minuten vergingen, füllten sich die zwischen dem gegenwärtigen Moment und sechs Uhr immer mehr mit dem Versprechen seiner Ankunft, bis ihre Müdigkeit unterdrückter Aufregung Platz machte und sie das Gefühl hatte, sie könne seine Schritte zur Spitze des Hügels fühlen.

Noch immer lag die harte, scharfe Linie des Heidekrauts flach und ungebrochen unter dem dunkelnden Blau des Himmels. Der Rand der rauchfarbenen Wolke war weit nach Westen vorgerückt, und im Osten lag ein düsterer Schatten unter einer dunklen Nebelbank.

Langsam wanderte die Sonne westwärts. Das Pendel der Uhr schwang monoton hin und her mit seinem langsamen, unermüdlichen Ticktack.

Wieder fuhr das Mädchen auf. Sie erhob sich hastig. Die Uhr hatte begonnen, sechs zu schlagen.

Gewiß würde er erscheinen, bevor der letzte Schlag verklungen war. Er hatte sechs Uhr als letzten Augenblick genannt, der ihn von ihr trennen konnte. Es konnte nicht sein, daß er die letzte Sekunde der Stunde überschreiten würde.

Die Uhr hörte auf zu schlagen. Das Mädchen seufzte, setzte sich und faltete die Hände im Schoß. Noch immer erhob sich keine Gestalt zwischen ihr und dem Himmel auf dem Hügelrücken.

Es erschien ihr seltsam, daß er heute, am letzten Abend ihres Mädchenlebens, zum ersten Mal zu spät zu einer Verabredung kommen sollte. Seit sechs Monaten waren sie verlobt, und in all dieser Zeit war er nicht einen Moment zu spät gekommen. Sie hatte sich schon gesagt, ein oder mehrere Dinge könnten ihn weit länger als vorausgesehen aufgehalten haben. Aber wenn das Herz besorgt oder hungrig ist, bietet die Vernunft nur schwachen Trost. Sie wollte nicht denken, daß er völlig schuldlos zu spät kam. Sie wollte seine Anwesenheit, nicht die Gründe seiner Abwesenheit. In kurzer Zeit würden die gewohnten Abendgäste eintreffen, und sie würde hinuntergehen, sie begrüßen und ödes, sinnloses Zeug mit ihnen reden müssen, während ihr Herz und ihre Sinne auf jenen Hügelkamm gerichtet waren.

Eine halbe Stunde verstrich. Die Sonne begann nun im Westen zu sinken. Die Uhr lief teilnahmslos weiter. Maud sank der Mut. Ein der Furcht verwandtes Gefühl hatte allmählich begonnen, in ihren Geist einzuziehen. Sie faßte einen Entschluß: Hier würde sie bis zum letzten Moment warten. Dann, wenn die Pflicht gegen andere rief, würde sie gehen und lächeln, als habe sie keine Enttäuschung erlitten.

Was! – es schlug sieben Uhr, und er war noch nicht gekommen! Die Sonne stand jetzt weit im Westen. In einer Stunde würde sie untergehen. Der letzte Tag ihres Mädchenlebens würde enden, wenn die Uhr wieder schlug. Gewiß, o gewiß war es bitter, daß er nicht gekommen war. Jetzt war keine Zeit mehr für weiteres Ausspähen oder Warten. Sie sollte sich umkleiden und nach unten gehen. Sie hatte Hut und Handschuhe umsonst getragen. Nun, sie durfte nicht trübsinnig sein. Sie durfte ihre Enttäuschung nicht zeigen. Sie gab ihm nicht die Schuld, daß er nicht gekommen war, es tat ihr nur leid. Sie wußte, daß er in Dunfield eine Reihe von Leuten aufsuchen mußte – seinen Anwalt und seinen Bankier und mehrere Geschäfte und das Postamt, aber trotzdem war es traurig, daß er nicht gekommen war. Es gab soviel, was sie ihm in den zwei Stunden sagen wollte, die sie sich vor dem Dinner mit ihm versprochen hatte. Nun, es nützte jetzt nichts, sich zu ärgern, und vielleicht würde die Freude des Augenblicks seiner Ankunft, wenn sie sich umdrehte und ihn unverhofft sah, sie für diese Enttäuschung entschädigen.

Das Dinner kam und ging und brachte keinen Bräutigam – keine Botschaft von ihm, keine Nachricht. Hundert verschiedene harmlose Gründe wurden von ihrer Mutter, ihrem Vater und mitfühlenden Gästen für seine Abwesenheit angeführt. Aber sie hörte kaum zu. Wenn alles gut war, warum war er dann nicht da? Wenn etwas geschehen war, was war es? Wenn ihm etwas zugestoßen war, dann – sie dachte den Gedanken nicht weiter. Sie weinte nicht.

Was würde morgen geschehen?

Der nächste Morgen kam ohne eine Nachricht von John Hastings. Die Stunde der Hochzeit kam, aber kein Bräutigam. In der Zwischenzeit hatte man Erkundigungen angestellt.

Soweit man herausfinden konnte, waren John Hastings Handlungen am vorigen Tag die folgenden gewesen:

Gegen Mittag war er nach Dunfield gekommen, hatte sein Pferd und seinen Einspänner beim Gasthaus Zur Eiche abgestellt und war zuerst zu seinem Rechtsanwalt gegangen, mit dem er ein langes Gespräch führte. Nichts von ungewöhnlichem Interesse war bei diesem Treffen vorgefallen, es betraf nur die Ordnung langweiliger und uninteressanter Details bezüglich der nahenden Hochzeit des Vermißten und die alltäglichen Geschäfte jener sechs Wochen, die Mr. Hastings auf Hochzeitsreise im Ausland verbringen wollte.

Von seinem Anwalt war Mr. Hastings zur Bank gegangen, wo er die Summe von 300 Pfund in Banknoten abhob. Mr. Hastings blieb nicht länger als zehn Minuten in der Bank. Danach war er bei drei Handwerkern, die bestimmte Umbauten und Reparaturen auf seinem Familiensitz Barford ausführten.

Nachdem alles mit den Handwerkern geregelt war, ging er zur Eiche, dem größten Gasthaus der Stadt, wo er anwies, sein Einspänner solle für ihn nach Charcombe House gebracht werden und gegen elf Uhr abends eintreffen. Er sagte, er werde über den Hügel nach Charcombe gehen und beabsichtige, um vier Uhr dort zu sein. Er hatte beim Wirt der Eiche noch eine offene Rechnung für das Füttern der Pferde stehen und bezahlte aus dem Bündel Geldscheine, die er von der Bank geholt hatte. Er zahlte in der Gaststube. Mehrere Personen sahen ihn bezahlen, und zu Ehren seiner Hochzeit ließ er etwas Geld beim Wirt, um es unter den Dienern und Stammgästen im Gasthaus zu verteilen. Dann nahm er den Weg über den Hügel in Richtung Charcombe House. Von da an hatte niemand mehr etwas von ihm gesehen.

In welcher Stimmung war er?

Der allerbesten. Er sprach freundlich mit jedermann und empfing Gratulationen und Glückwünsche mit heiterer Güte.

War bekannt, ob er Feinde hatte, ob es Leute gab, die Groll gegen ihn hegten?

Soweit bekannt, hatte er keine Feinde und niemanden, der ihm übel wollte. Ganz im Gegenteil, er war beliebt und überall in der Nachbarschaft respektiert. Es herrschte der allgemeine Eindruck, daß niemand in Dunfield ihm etwas Böses tun würde.

Wenn also vermutlich niemand in der Gegend ihm etwas tun würde, und wenn er verletzt oder ermordet worden war, hatte aller Wahrscheinlichkeit nach ein Fremder damit zu tun. War irgendein Fremder oder eine verdächtig aussehende Person in der Bank, als sich Mr. Hastings sein Geld auszahlen ließ?

Nein, abgesehen von dem Angestellten war Mr. Hastings allein, als er das Geld abhob.

War eine fremde oder verdächtig aussehende Person in der Eiche, als er so unbedacht das Bündel Geldscheine herauszog, um den Wirt zu bezahlen?

Ah, das war etwas anderes! Einen Augenblick. Ja. Nun erinnerte man sich, daß ein Mann namens William Laycroft, anscheinend ein Photograph, der ein paar Tage in der Eiche gewohnt hatte, mit seinem Apparat die Treppe heruntergekommen und hinausgegangen war, als Mr. Hastings in der Gaststube bezahlte. Er verließ vor Mr. Hastings den Raum und ging mit seinem Apparat in Richtung Charcombe Hill, jedoch nicht genau auf demselben Weg, den der Vermißte genommen hatte.

Wo war der Photograph jetzt? Hatte er die Stadt verlassen?

Man glaubte nicht. Er war am Morgen in der Eiche gesehen worden, und man hatte den Eindruck, er könne noch dort sein.

Der Photograph wurde in der Eiche gesucht und gefunden.

Er war ein kleiner, drahtiger, dünner Mann, von dunklem Teint und nervöser Art. Er trug einen schäbigen schwarzen Rock, Weste und Hosen und einen sehr abgetragenen schwarzen Seidenhut. Seine Kleider paßten ihm schlecht, und sein Hut war ihm zu groß, so daß er ihn ab und zu aus der Stirn schieben mußte, sonst wäre er ihm über die Nase gerutscht.

Als man ihn zuerst über seine Aktivitäten am Vortag befragte, sagte er, das gehe außer ihm niemand etwas an und er habe nicht vor zu antworten, doch als man ihm die Angelegenheit erklärte und ihn auf den Ernst seiner Lage hinwies, sagte er, er werde alle Fragen beantworten. Als Erklärung für seine anfängliche Abneigung zu sprechen gab er an, eine ganz besondere Art von Landschaftsphotographien zusammenzustellen, und wenn seine Absicht bekannt würde, könnte ihm jemand anders zuvorkommen und all seine Arbeit wertlos machen. Sein Bericht über seine Handlungen am Vortag nach Verlassen der Eiche war folgender:

Er hatte beschlossen, ein Photo von einem Stück Ödland auf der Dunfield zugewandten Seite des Charcombe Hill zu machen. Er wanderte rasch dorthin und erreichte bald den Ort, wo er seine Kamera aufzustellen gedachte. Dieser Punkt, den er genau beschrieb, lag über dem Weg des Vermißten und war eine kleine, sonnen- und windgeschützte Kuhle, in der niemand den Photographen oder seinen Apparat sehen konnte, falls er nicht direkt vor dem stand, was sich als Höhle beschreiben ließ.

Das Wetter war für seine Absicht höchst günstig, die Luft klar und das Licht voll und stark. Er hatte fast alles vorbereitet, bevor er die Eiche verließ. Nach wenigen Minuten war alles bereit, und er öffnete den Verschluß. Wie er erklärt hatte, wollte er dieses Bild für einen bestimmten Zweck, und einer der wichtigsten Punkte dabei war, daß die Belichtungszeit lang sein sollte. Er steckte seine Pfeife an und schaute umher, obwohl seine Platte fertig zum Herausnehmen war. Nachdem er alles wieder zusammengepackt hatte, trat er den Rückweg zum Gasthaus an, währenddessen er niemanden traf. Er hatte weder Mr. Hastings noch sonst jemand auf dem Hügel gesehen, auch nicht zu der Zeit, als er den

Hügel wieder hinabstieg. Er wünschte sich nun für seine schroffe Art zu entschuldigen, als man ihn zuerst über den vorigen Tag befragt hatte. Seine Laune war etwas getrübt durch den Mißerfolg dieser Platte, denn obwohl der Tag so gut gewesen sei, habe sich die Platte als fehlerhaft herausgestellt. Auf der rechten Seite am Horizont war ein unerklärlicher Fleck.

Seine Zuhörer hatten der Erzählung aufmerksam gelauscht, bis er zu seiner Entschuldigung und dem Verdruß kam. Sie hatten das Gefühl, er hätte die Entschuldigung etwas früher und den Verdruß überhaupt nicht äußern sollen. Es kam einer Impertinenz nahe, eine wichtige und besorgte Untersuchung wie diese mit dem Gelingen oder Mißlingen eines armseligen Negativs zu unterbrechen.

Zudem waren alle der Meinung, daß es zwar keine Indizien gegen den wandernden Photographen William Laycroft gäbe, daß seine Stellung aber keinesfalls unverdächtig sei. Die informelle Untersuchung wurde von ein paar Freunden beider Familien im kleinen, privaten Salon der Eiche abgehalten.

Sobald Laycroft seine Geschichte beendet hatte, zog er sich zurück. Es war wünschenswert, daß vorläufig alles so ruhig wie möglich bleiben sollte, und bis jetzt hatte man noch nicht die Polizei verständigt. Ein paar Männer waren den Weg gegangen, den John Hastings hatte nehmen wollen, brachten aber keine Nachricht von dem Vermißten. Schließlich begannen die Freunde daran zu denken, die Polizei einzuschalten. Es war jetzt nach zwölf Uhr mittags, und die Hochzeit konnte an diesem Tag nicht mehr stattfinden. Ein halbes Dutzend Männer war außer denen, die über den Hügel gingen, ausgesandt worden, aber alle kehrten ohne eine Nachricht oder eine Spur zurück.

Plötzlich stürzte ohne ein Wort der Warnung William Laycroft, der Photograph, im Zustand höchster Aufregung in den Raum. In der Hand hielt er einen dünnen Papierfilm.

»Rasch!« rief er, blickte umher und hielt das biegsame Stück Papier hoch. »Rasch, sage ich! Ein paar Männer kommen mit mir. Ich kenne die Gegend. Ich habe sie vorher genau angesehen, glaube ich. Rasch, sage ich! Wer folgt mir?«

Die anderen starrten einander an. Sie hielten ihn für wahnsinnig.

»Sie sind keine Männer, wenn Sie hier sitzen und mir nicht folgen. Ich werde auf den Hügel gehen, um den Körper des Gentleman zu finden,

den Sie suchen und von dem Sie vorhin annahmen, ich hätte ihn ermordet, wie ich sehen konnte. Wer dabeisein will, wenn der Körper von John Hastings gefunden wird, folge mir.«

Es lag etwas zugleich Verblüffendes und Beeindruckendes in seiner Art, und die Männer im Raum sprangen auf und fragten: »Wo? Wo?«

»Folgen Sie mir«, rief er, und keine anderen Worte bekamen sie aus ihm heraus.

Er führte den Weg zum Hügel herauf, hielt sich aber weiter östlich, als John Hastings gegangen war. Die Männer sagten ihm dies.

»Folgen Sie mir«, war seine einzige Antwort.

Eine Weile ging er fast geradewegs östlich und machte dann eine scharfe Kehre nach Norden. Dies brachte ihn auf niedrigerer Höhe als der des Hügels zu einer Art Felsplatte, die an dieser ganzen Seite des Hügels entlanglief. Über dieser Platte erhob sich eine fast senkrechte Felswand bis zu einer Höhe von fünfzehn Metern. Die Felsplatte oder der Sims wirkte wie eine in die Hügelseite gegrabene Straße.

Die kleine Gruppe ging eine halbe Stunde in schnellem Schritt. Plötzlich hielt Laycroft an und sah sich aufmerksam um. Dann schaute er den Fels empor. Auch hier war nichts Ungewöhnliches.

Er schien unbeschreiblich erstaunt und bestürzt. Die Männer, die ihn begleitet hatten, wollten schon umdrehen und ihn verlassen, als alle von einem seltsamen Geräusch überrascht wurden, einem Stöhnen von dem Felsen über ihnen.

»Da ist er! Da ist er und lebt noch!« sagte Laycroft.

Sofort wurde die Suche aufgenommen, und schließlich fand man John Hastings eingeklemmt zwischen zwei Felsen ein bis zwei Meter unter der Spitze.

Als er befreit war und sich etwas erholt hatte, erzählte er, alles sei gut verlaufen, bis er etwas weiter südlich und einige hundert Meter weiter westlich von dem Ort, wo sie ihn fanden, einen mächtigen Schlag auf den Hinterkopf bekam und bewußtlos blieb, bis er mitten in der Nacht dort erwachte, wo er gefunden wurde. Hier war er hilflos und zu schwach, um zu rufen oder ein ausreichendes Zeichen zu geben.

Laycroft berichtete, daß er nach der Befragung im Salon einen Abzug des Negativs vom Vorabend gemacht habe und bei der Untersuchung der Linie des Horizonts in der linken oder rechten Ecke zu dem Schluß gekommen sei, dieser Fehler sei von etwas verursacht worden, das sich im

Heidekraut von West nach Ost in Richtung auf den Horizont bewegte. Bei sorgsamer Betrachtung des Flecks mit einer Lupe sei er zu dem weiteren Ergebnis gekommen, daß für einen kurzen Moment eine menschliche Gestalt zwischen Linse und Himmel gewesen sei. Die weitergehende Untersuchung zeigte, daß diese Gestalt eine andere in den Armen trug. In diesem Augenblick war er überzeugt, dies werde sich als Photographie der letzten Szene einer Tragödie erweisen.

Obwohl John Hastings eine schwere Gehirnerschütterung davontrug und 300 Pfund einbüßte, überlebte er. Der Mann, der ihn beraubt und zu ermorden versucht hatte, wurde nie gefunden. Die Hochzeit mußte um einen Monat verschoben werden. Es gibt kein weiteres Andenken an diesen bösen Nachmittag als das Negativ einer bestimmten Photographie, das nun in Mauds Zimmer hängt und, wie John sagt, von ihr abgesehen, Ursache der größten je einem Mann erwiesenen Gnade ist.

GEORGE A. BIRMINGHAM

Ein Irrer auf freiem Fuß

Ein Großteil der irischen Kriminalliteratur ist bewußt oder unbewußt humoristisch gefärbt, aber bestimmt haben nur wenige Schriftsteller geistvoller und ironischer geschrieben als George A. Birmingham (1865–1950), der Autor von »Ein Irrer auf freiem Fuß«. Tatsächlich sind an vielen von Birminghams Abenteuer-, Gespenster- und Kriminalromanen wie *Spanish Gold* (1908), *The Inviolable Sanctuary* (1912) und *Bindon Parva* (1926) die komischen Elemente bemerkenswert, die geschickt die dramatischen Höhepunkte hervorheben. Auch der Autor selbst war in gewisser Weise eine Überraschung – denn er wurde als James Owen Hannay in Belfast geboren und war für viele Jahre Geistlicher, zunächst Priester in Westport in der Grafschaft Mayo, dann Domherr der St. Patrick's Cathedral in Dublin. George Birmingham bediente sich zweifellos in vielen seiner Geschichten seiner Kenntnis des irischen Lebens – besonders in Erzählungen wie »Ein Irrer auf freiem Fuß«, die in dem kleinen Dorf Dunailin angesiedelt ist und die Abenteuer von Sergeant Rahilly festhält, einem Ortspolizisten mit eigenwilliger Gesetzesauslegung bei dem Versuch, einen frisch aus England eingetroffenen Arzt zu unterstützen.

Es war Dienstag, ein Dienstag Anfang Oktober. Dr. Lovaway beendete ruhig sein Frühstück in dem Bewußtsein, daß er einen langen Vormittag vor sich und nichts Besonderes zu tun hatte. Der Dienstag ist ein ruhiger Tag in Dunailin; Mittwoch ist Markttag, und alle Leute sind beschäftigt, einschließlich des Doktors. Die jungen Frauen, die in die Stadt kommen, um Butter zu verkaufen, nehmen die Gelegenheit wahr, ihre Babys am Mittwoch impfen zu lassen. Alte Frauen mit Körben am Arm finden es an diesem Tag bequem, den Doktor um etwas zum Einreiben für die Knie zu bitten, wenn das Rheuma sie plagt. Alte Männer, die auf ihren Eseln in die Stadt geritten sind, kommen wegen chronischem Husten zum Doktor und möchten ein Fläschchen gegen den »Druck auf der Brust«.

An Freitagen, wenn das Zivilgericht tagt, gibt es fast ebensoviel Arbeit. Mr. Timothy Flanagan, der seine Position als Friedensrichter der

Tatsache verdankt, daß er Vorsitzender des Gemeinderats ist, dient im Gerichtsgebäude der Gerechtigkeit auf wirre und unsichere Weise. Während verärgerte Parteien dort ihre Angelegenheiten regeln und reuige Trunkenbolde die ihnen auferlegte bescheidene Buße bezahlen, fragen ihre Frauen den Doktor um Rat über die Behandlung von Keuchhusten oder die beste Art, ein Kind zu behandeln, das unvorsichtigerweise ins Feuer getreten ist. Die einmal im Monat stattfindende Kirchweih bringt die meiste Arbeit. Zu den Festtagen ist jeder in der Stadt, und man kommt mit allen Arten von Beschwerden zum Doktor. Gegen Abend muß er ein oder zwei blutige Köpfe nähen und manchmal ein gebrochenes Glied schienen. Montags und donnerstags sitzt der Doktor ein oder zwei Stunden in seinem Büro und trägt die Geburten und Todesfälle ein.

Aber der Dienstag ist ein ruhiger Tag, wenn nicht gerade Kirchweih ist. An diesem Dienstag war Dr. Lovaway sich freudig bewußt, keine Pflichten irgendwelcher Art zu haben und darauf rechnen zu können, den ganzen Tag für sich zu haben. Es goß wie aus Kübeln, aber das Wetter machte ihm nichts aus. Er hatte für den Tag etwas vor, das der Regen nicht verderben konnte.

Er setzte sich an seinen Schreibtisch, zog ein Bündel Schreibpapier aus einer Schublade, steckte eine neue Stahlfeder in den Federhalter und füllte das Tintenfaß. Er begann zu schreiben:

»Eine Studie über den bemerkenswerten Zuwachs an Fällen von Irrsinn im ländlichen Connaught.«

Der Titel sah gut aus. Er würde gewiß die Aufmerksamkeit des Herausgebers des ›British Medical Journal‹ erregen, dachte der Doktor.

Aber er gefiel ihm nicht. Er schrieb den Artikel nicht für den Herausgeber des ›British Medical Journal‹ oder für eine andere wissenschaftliche Zeitschrift. Auf einem frischen Blatt begann er von neuem:

»Irrsinn in Westirland: Ursachen und Abhilfe.«

Dies erschien ihm als die Art von Überschrift, die den Philanthropen ansprechen würde, der irgendeine soziale Reform anstrebte. Doch Dr. Lovaway war nicht damit zufrieden. Er respektierte Reformer und war vom Wert ihrer Arbeit überzeugt, aber in Wirklichkeit wollte er etwas Literarisches schreiben. Mit verschwenderischem Leichtsinn zerriß er ein weiteres Blatt und begann erneut:

»Der Untergang des Keltentums. Irlands überfüllte Irrenhäuser.«

Er schnurrte ein wenig vor Behagen über den Titel und begann dann den Artikel. Was er sagen wollte, stand ihm deutlich vor Augen. Er war wochenlang in Dunailin gewesen und hatte mehr Zeit mit Fällen von Irrsinn verbracht als mit irgend etwas anderem. Fast jeden Tag hatte Sergeant Rahilly ihn gerufen, um einem Irren den »Schein« auszustellen, eine unglückliche Person mit krankem Geist in eine Anstalt einzuweisen. Oft zögerte er, obwohl Sergeant Rahilly und seine Wachtmeister ihm stets eine Fülle grausiger Details über die gefährlichen und gewalttätigen Neigungen des Patienten mitteilten. Dr. Lovaway war tief beeindruckt.

Er widmete seinen Geist ganz der Betrachtung des Problems, das ihn beschäftigte. Er wog Theorien gegeneinander ab. Er machte Tee, Inzucht, Kartoffeln, schlechten Whiskey, religiösen Enthusiasmus verantwortlich und war weder von einem Faktor noch allen gemeinsam als Erklärung der schrecklichen Tatsachen befriedigt. Schließlich kam er auf die Theorie des rassischen Niedergangs zurück. Schon jetzt formten sich schöne Sätze in seinem Geist wie »Die unaussprechliche Schönheit des herbstlichen Verfalls« oder »Die Schönheit des dekadenten Aufblühens eines sterbenden Volkes«.

Er bedeckte ein Blatt mit einer knappen – er nannte sie neutral – Beschreibung der Tatsachen über den Wahnsinn in Irland. Er hatte gerade angefangen, seine eigenen Erlebnisse zu schildern, als es an der Tür klopfte. Die Haushälterin, die er von Dr. Farelly übernommen hatte, kam herein, um ihm zu sagen, daß Wachtmeister Malone darum bitte, ihn zu sprechen. Dr. Lovaway verließ seufzend sein Manuskript. Er fand Wachtmeister Malone in der Eingangshalle, einen großen, prächtig gebauten Mann in tropfendem Regencape.

»Der Sergeant schickt mich, Sir«, sagte Wachtmeister Malone, »um zu fragen, ob Sie heute nachmittag Zeit hätten, in Ballygran ein Attest für einen Irren auszustellen.«

»Doch nicht schon wieder einer!« sagte Dr. Lovaway.

»Ich hab ihn selbst gefunden, Sir«, sagte der Wachtmeister, mit einem Anflug von Stolz auf seine Leistung. »Der Sergeant läßt ausrichten, er schickt Patsy Doolans Kutsche für Sie vorbei, und er und ich werden mit Ihnen fahren, damit Sie nicht noch mehr Strapazen haben als die Fahrt nach Ballygran, das bei Gott abgelegen ist, und dann bei dem furchtbaren Wetter.«

»Ist der Mann gewalttätig?« fragte Dr. Lovaway.

Wachtmeister Malone antwortete, indem er kurz die Lebensumstände des Mannes schilderte.

»Er ist eine Art Neffe von Mrs. Finnegan«, sagte er, »und sie nennen ihn Jimmy Finnegan, obwohl Finnegan vielleicht nicht sein richtiger Name ist. Er hilft Finnegan auf der Farm, und sie sagen, er ist halbwegs nützlich. Aber jetzt, wo die Ernte eingefahren ist, wird Finnegan natürlich bis zum Frühling ohne ihn auskommen.«

Dieser Grund erschien Dr. Lovaway nicht ausreichend, um Jimmy ins Irrenhaus zu sperren.

»Aber ist er gewalttätig?« wiederholte er. »Ist er eine Gefahr für sich oder andere?«

»Er war nie wie die anderen Jungs«, sagte der Wachtmeister, »und mit solchen Burschen ist es so, daß man es einfach nicht weiß. Er kann heute ganz friedlich sein und morgen alles um sich herum abschlachten. Und Mrs. Finnegan sagt, sie wäre froh, wenn Sie sich den armen Jungen heute ansehen würden, weil sie Angst hat, was er morgen nacht tun könnte.«

»Morgen nacht! Warum morgen nacht?«

»Morgen nacht wechselt der Mond«, sagte der Wachtmeister, »und es heißt, der Mond hat schreckliche Macht über so arme Burschen.«

Der junge und wissenschaftlich ausgebildete Dr. Lovaway war zuerst geneigt, mit Wachtmeister Malone über den Einfluß des Mondes auf den menschlichen Geist zu debattieren. Er hielt sich jedoch bei dem Gedanken zurück, daß es pietätlos wäre, einen harmlosen Aberglauben zu zerstören. Eine der großen Schönheiten des keltischen Irland ist seine Treue zu Glaubenssätzen, die der Rest der Welt vergessen hat.

Am selben Nachmittag um zwei Uhr nahm Dr. Lovaway seinen Platz auf Patsy Doolans Wagen ein. Es regnete noch immer heftig. Dr. Lovaway trug seinen Mantel, ein Kleidungsstück, das hervorragenden Schutz gegen Regentage in Manchester geboten hatte. In Dunailin reichte er für eine Fahrt nach Ballygran offensichtlich nicht aus. Mr. Flanagan eilte mit einem großen Umhang aus Ölzeug aus der Herrenabteilung seines Ladens herbei. Wachtmeister Malone ging auf Befehl des Sergeants zum Pfarrhaus und borgte eine wasserfeste Decke. Der Fleischer Johnny Conerney erschien im letzten Augenblick mit einem Südwester, den er dem Doktor aufsetzte und unter dem Kinn festband. Wenn ihnen Lovaway mit seinen schwachen Lungen unter den Händen starb, würde es nicht das Versäumnis der Bewohner von Dunailin gewesen sein.

Patsy Doolan trug nichts zur Ausrüstung des Doktors bei, zeigte sich aber um seine Sicherheit besorgt.

»Gut festhalten, Doktor«, sagte er. »Halten Sie sich an der kleinen Stange neben Ihnen fest. Die Stute ist vielleicht ein bißchen wild wegen dem Regen, sie ist erst gestern geschoren worden, und die Straße nach Ballygran ist an ein paar Stellen holprig.«

Sergeant Rahilly und Wachtmeister Malone saßen auf der einen Seite des Wagens, Dr. Lovaway auf der anderen. Patsy Doolan saß auf dem Kutschbock. Selbst mit diesem Gewicht hinter sich war die Stute »ein bißchen wild«. Sie durchquerte das Dorf in einer Reihe von Sprüngen, scheute vor allem, was sie auf der Straße sah, und beruhigte sich nicht, bis der Wagen auf einen rauhen Weg einbog, der durch die Berge nach Ballygran führte. Dr. Lovaway hielt sich mit beiden Händen fest. Patsy Doolan schaute über die Schulter zurück und sprach ermutigende Worte.

»Am Anfang wird es noch ein bißchen fremd für Sie sein, Doktor, aber wenn Sie erst einmal sechs Monate in Dunailin waren, haben wir Ihnen beigebracht, wie Sie auf dem Wagen sitzen können, als wär's Ihr Sessel.«

Dr. Lovaway, der sich verzweifelt festhielt, während der Wagen über die Steine holperte, glaubte nicht, daß eine Kutsche für ihn je wie ein Sessel sein würde.

Ballygran ist ein abgelegener, sehr schwer zu erreichender Ort. Am Fuß eines steilen Hügels floß ein Sturzbach über den Weg, der Dr. Lovaway wie ein reißender Strom erschien. Die Stute weigerte sich stur hindurchzuwaten. Ein Stück weiter wurde der Weg gefährlicher und steiniger denn je. Ein anderer Strom hatte sein übliches Bett verlassen und floß den Weg hinunter, wobei er große Steine mitschwemmte. Patsy Doolan war gezwungen, abzusteigen und das Pferd zu führen. Nachdem er es überzeugt hatte, etwa zwanzig Meter weiterzugehen, rief er die Polizisten zu Hilfe. Sergeant Rahilly faßte den Kopf der Stute auf der anderen Seite. Wachtmeister Malone schob den Wagen von hinten an. Der sich unwohl fühlende und etwas nervöse Dr. Lovaway wollte absteigen, um ebenfalls zu waten. Aber der Sergeant wollte nichts davon wissen.

»Bleiben Sie mal schön sitzen«, sagte er. »Das Wasser läuft mir schon in die Stiefel, und was bringt's, wenn Sie durchgeweicht werden und sich den Tod holen?«

»Ist es noch weit?« fragte Lovaway.

Der Sergeant überdachte dieses Problem.

»Von hier aus vielleicht noch eine Meile und etwas«, sagte er.

Die Meile war bestimmt eine irische Meile, und Dr. Lovaway begann zu sinnieren, daß es einige Dinge gab, zum Beispiel Meilen, die man in England besser handhabte als in Irland. Das »etwas«, das auf die Meile folgte, schien zu einem Maßsystem zu gehören, das noch großzügiger war als irische Meilen und Hektare.

»Ich nehme an, die Gegend, aus der Sie kommen, sieht ganz anders aus«, sagte der Sergeant.

Er hatte sich wieder auf seinen Platz gesetzt, nachdem er das Pferd durchs Wasser geführt hatte. Er redete mit gutgelaunter, mitteilsamer Stimme. Dr. Lovaway dachte an Manchester und seine Umgebung, dachte an Straßenbahnen, Eisenbahn und gepflasterte Straßen.

»Sie sieht anders aus«, sagte er, »völlig anders.«

Schließlich tauchte Ballygran auf, schemenhaft durch den Regen sichtbar. Es war eine elend aussehende Bruchbude, gedeckt mit feuchtem Reet, umgeben von einem Meer aus Schlamm. Eine barfüßige Frau stand in der Tür. Sie trug einen zerrissenen Rock und ein Mieder, das über der Brust von einer Sicherheitsnadel zusammengehalten wurde. Hinter ihr stand ein langer Mann in schmutzigem Flanelljackett und einer Hose, die ihm in Fetzen um die Knöchel hing.

»Kommt rein, kommt nur alle rein«, sagte Mrs. Finnegan. »Schrecklicher Tag, Sergeant, und wie Sie den Doktor bei solchem Wetter herbringen können! Michael«, sie wandte sich an ihren Mann, »laß Patsy Doolan die Stute in den Schuppen stellen und hilf ihm. Kommen Sie rein, Doktor, und wärmen Sie sich am Feuer. Ich mach Ihnen auch 'ne Tasse Tee.«

Dr. Lovaway trat durch die niedrige Tür in die Kate. Seine Augen gewöhnten sich allmählich an die Dunkelheit drinnen und an den Torfrauch, der den Raum erfüllte. In einer Ecke sah er einen jungen Mann auf einem niedrigen Stuhl sitzen und sich über das Feuer beugen.

»Das ist er«, sagte Mrs. Finnegan. »Das ist der arme Junge, Doktor. Der Sergeant wird Ihnen schon von ihm erzählt haben.«

Beim Geräusch ihrer Stimme stand der Junge von seinem Stuhl auf.

»Sprich jetzt mit dem Gentleman«, sagte sie. »Sprich mit dem Doktor, Jimmy, und sag ihm, was mit dir los ist.«

»Willkommen, Euer Ehren«, sagte Jimmy mit dünner, schartiger Stimme. »Euer Ehren sind willkommen, obwohl ich Sie noch nie zuvor gesehen hab.«

»Ganz ruhig, Jimmy«, sagte der Sergeant. »Das ist der Doktor, der gekommen ist, um dich zu sehen, und es ist nur zu deinem Besten.«

»Das weiß ich«, sagte Jimmy, »und ich weiß, er will mich wegschicken lassen. Was sein muß, muß sein, wenn es Gottes Wille ist, und wenn's mir bevorsteht, kann es grad so gut jetzt sein wie zu 'ner anderen Zeit.«

»Sie sehen, was mit ihm ist«, sagte der Sergeant, »und ich habe alle Papiere hier, Sie brauchen nur zu unterschreiben.«

Dr. Lovaway sah genau oder glaubte zu sehen, wie die Dinge lagen. Der Junge war offenbar geistig zurückgeblieben. Es gab wenig Anzeichen für echten Irrsinn, keinerlei Anzeichen für Gewalttätigkeit. Mrs. Finnegan fügte eine wortreiche Beschreibung des Falles hinzu.

»Manchmal redet er den ganzen Tag kein Wort und hört nicht, wenn man was zu ihm sagt, und sitzt nur da am Feuer, wie Sie ihn gesehen haben, außer er macht kleine Arbeiten, das Schwein füttern oder eine Mauer ausbessern. Das muß man Jimmy lassen, der arme Junge tut immer, was er kann.«

»Lassen Sie den Doktor jetzt mal in Ruhe, Mrs. Finnegan«, sagte der Sergeant. »Er weiß, was mit dem Jungen ist, Sie brauchen's nicht zu erzählen. Lassen Sie den Doktor nur unterschreiben und alles unter Dach und Fach bringen. Sind wir nicht schon naß genug, um hier noch den halben Tag rumzustehen und zu reden?«

Die Erwähnung des feuchten Zustands der Anwesenden ließ Mrs. Finnegan tätig werden. Sie hängte einen Kessel an einen geschwärzten Haken im Kamin und häufte Torf aufs Feuer. Jimmy war offensichtlich intelligent genug, um zu wissen, wie man Wasser zum Kochen brachte. Er nahm den Blasebalg, kniete nieder und fachte eifrig das Feuer an. Mrs. Finnegan breitete ein etwas schmutziges Tischtuch auf einen noch schmutzigeren Tisch und stellte Tassen und Untertassen hin.

Doktor Lovaway war ratlos. Der Junge am Feuer war vielleicht, wahrscheinlich sogar, geistig minderbemittelt. Er war kein Fall für die Irrenanstalt. Er stand gewiß nicht davor, gewalttätig zu werden oder sich oder jemand anders irgendwelchen Schaden zuzufügen. Es war nicht klar, warum Mrs. Finnegan, die eine freundliche Frau zu sein schien, ihn wegschließen lassen wollte. Es war sehr schwer, sich vorzustellen, welchen Grund das Handeln der Polizei in diesem Fall gehabt hatte. Wachtmeister Malone hatte die Existenz des Jungen an diesem verlassenen Ort entdeckt. Sergeant Rahilly hatte sich viel Mühe gemacht, um die Papiere für die Einweisung in eine Irrenanstalt vorzubereiten, und war an einem äußerst unfreundlichen Tag mit hinaus nach Ballygran gefahren. Doktor Lovaway wünschte, er könnte verstehen, was da vor sich ging.

Finnegan, der Patsy Doolans Stute und anscheinend auch Patsy Doolan im Schuppen gelassen hatte, kam ins Haus.

Dr. Lovaway wandte sich an ihn.

»Mir scheint nicht, daß dieser Junge in eine Irrenanstalt gebracht werden sollte. Ich wäre froh, wenn Sie mir was über ihn sagen könnten.«

»Tja«, sagte Mr. Finnegan, »er ist ein guter ruhiger Junge, und wenn er auch nicht so helle ist, sind's viele andere noch weniger.«

»Das meine ich auch«, sagte Dr. Lovaway.

Jimmy hörte plötzlich auf, das Feuer anzufachen, und sah sich um.

»Ich weiß wohl, daß Sie mich wegbringen wollen«, sagte er.

»Es ist zu deinem eigenen Besten«, sagte der Sergeant.

»Wird ihm auch nicht schaden«, sagte Finnegan, »solange sie ihn nicht dabehalten.«

»Dabehalten!« sagte der Sergeant. »Warum sollten sie wohl einen Jungen wie Jimmy dabehalten? Der ist so schnell wieder draußen, wie er reinkommt. Ich denke mal, es werden höchstens vierzehn Tage sein.«

»Ich möchte nicht, daß er zu lange drinbleibt«, sagte Finnegan. »Ich brauch ihn im Frühjahr zur Arbeit, aber von jetzt bis Weihnachten kann ich ohne ihn auskommen, wenn Sie wollen.«

Obwohl Dr. Lovaway jung und von angeborener Schüchternheit war, konnte er gelegentlich Entschlossenheit zeigen.

»Ich werde diesem Jungen auf keinen Fall Irrsinn attestieren«, sagte er.

»Ach kommen Sie, Doktor«, meinte der Sergeant überredend, »wo wir so weit gefahren sind, an einem so nassen Tag. Was brauchen Sie denn zu tun, als Ihren Namen unten auf ein Blatt Papier zu schreiben? Und Jimmy möchte gehen, nicht wahr, Jimmy?«

»Ich gehe, wenn es jemand möchte«, antwortete Jimmy.

Das Wasser kochte. Mrs. Finnegan strich Butter auf lange Scheiben selbstgebackenen Brotes. Jimmy nahm den Kessel vom Haken und füllte die Teekanne.

»Mrs. Finnegan«, fragte der Doktor, »warum wollen Sie den Jungen ins Irrenhaus stecken?«

»Will ich das? Ich will nichts dergleichen«, sagte sie. »Ich bin nie auf die Idee gekommen und Michael auch nicht, der wie ein Vater zu dem Jungen ist. Nur als Wachtmeister Malone herkam, wollte ich nicht unfreundlich sein und ihm und dem Sergeant einen Gefallen tun, weil der Sergeant ein guter Freund ist und Wachtmeister Malone so ein netter junger Mann. Aber Jimmy loswerden wollen? Warum sollte ich? Niemand neidet dem armen Kerl sein bißchen Essen, und er erledigt viele kleine Dinge für mich im Haus.«

Mr. Finnegan hielt sich im Hintergrund, halb vom Rauch verborgen, der das Haus erfüllte. Er hatte das Gefühl, er sollte seine Frau unterstützen.

»Was ich dem Sergeant erst letzten Freitag gesagt hab, als ich wegen einer Sache vor Gericht in der Stadt war – ich hab zu ihm gesagt: ›Solange der Junge nicht zu lange dabehalten wird, und solange er freiwillig geht –‹«

Jimmy, der wieder auf seinem niedrigen Stuhl am Feuer saß, blickte auf.

»Wenn jemand will, daß ich wohin geh, dann geh ich auch wohin«, sagte er.

»Da sehen Sie's, Doktor«, sagte der Sergeant. »Sie werden's dem armen Jungen doch nicht abschlagen, wenn er gehen will?«

»Sergeant«, sagte Dr. Lovaway, »ich kann diesem Jungen wirklich keinen Irrsinn attestieren. Ich verstehe nicht, warum Sie das von mir wollen. Es scheint mir –«

Der arme Lovaway war sehr aufgeregt. Es schien ihm, als habe man ihn in eine infame Verschwörung gegen ein besonders hilfloses menschliches Wesen hineingezogen.

»Ich glaube, Sie hätten mich nicht bitten sollen, hierherzukommen«, sagte er. »Sie hätten nicht vortäuschen sollen – mir scheint, Sergeant, Ihr Verhalten war äußerst verwerflich. Ich habe vor, mich wegen dieser Sache bei – bei –« Dr. Lovaway war nicht ganz sicher, wo man sich über einen Sergeant der Irischen Polizei beschwerte. »Bei den Behörden zu beschweren«, schloß er matt.

»Nun, nun«, sagte der Sergeant beruhigend, »wir vergessen die ganze Sache. Ich will Sie nicht verärgern, Doktor.«

Aber nachdem Dr. Lovaway einmal angefangen hatte zu sprechen, war er nicht geneigt aufzuhören.

»Das ist nicht das erste Mal, daß so etwas passiert ist. Sie haben mich in ein paar sehr zweifelhaften Fällen gebeten, Irrsinn zu attestieren. Ich verstehe Ihre Beweggründe nicht, aber –«

»Nun ja«, sagte der Sergeant, »es ist doch nichts Schlimmes passiert.«

Mrs. Finnegan versuchte wie alle guten Frauen, den Frieden zwischen den Männern unter ihrem Dach zu wahren.

»Ist der Tee nach Ihrem Geschmack, Doktor«, fragte sie, »oder soll ich Ihnen ein bißchen mehr Zucker geben? Ich nehme viel Zucker, aber man sagt, es gibt Leute, die tun nie ein Körnchen Zucker in ihren Tee. Müssen seltsame Leute sein.«

Während sie sprach, hielt sie einen gehäuften Löffel Zucker über die Tasse des Doktors. Er war gezwungen, die Ansprache an den Sergeant abzubrechen, um sie zu überzeugen, daß sein Tee schon süß genug sei. Eigentlich war er ihm schon viel zu süß, denn er gehörte zu den seltsamen Leuten, deren Geschmack Mrs. Finnegan nicht verstand.

Die Rückfahrt hätte in jeder Hinsicht angenehmer sein sollen als die Fahrt nach Ballygran. Patsy Doolans Stute hatte sich beruhigt, tatsächlich war sie so gehorsam, daß sie es Jimmy gestattete, sie anzuschirren.

Sie machte keinen Versuch, sich auf die Hinterbeine zu stellen, und scheute nicht einmal vor einem jungen Schwein, das vor ihr über die Straße flitzte. Dr. Lovaway konnte auf seinem Platz sitzen, ohne sich festzuhalten. Der Regen hatte aufgehört, große Nebelschleier lösten sich von den Hügelspitzen und gaben eine schöne Sicht auf graue Felsen und heidekrautbewachsene Hänge frei. Aber Dr. Lovaway war nicht zufrieden. Als Engländer war er sich seiner Pflichten als guter Bürger bewußt, was keinem Iren je einfallen würde. Er hatte das Gefühl, er müsse Sergeant Rahilly irgendwie vermitteln, daß es nicht recht sei, gesunde oder fast gesunde Menschen in Irrenhäuser zu sperren. Als sanfter und freundlicher Mensch machte er sich höchst ungern bei jemandem unbeliebt, besonders bei einem Mann wie Sergeant Rahilly, der sehr freundlich zu ihm gewesen war.

Der Weg der Pflicht wurde ihm durch das Verhalten des Sergeant nicht leichter gemacht. Statt vom Gefühl entdeckter Schuld erschüttert zu sein, waren sowohl Rahilly als auch Wachtmeister Malone sehr gesprächig und beabsichtigten offenbar, die Rückfahrt für den Doktor so angenehm wie möglich zu machen. Sie sagten ihm die Namen der Hügel und der weiter entfernten Berge. Sie zeigten ihm den genauen Ort, von dem aus irgendwelche Mordbuben 1885 auf einen Gutsverwalter geschossen hatten. Sie erklärten die Route einer Eisenbahnstrecke, die ein vergessener Minister geplant, aber wegen eines Regierungswechsels und des Verlusts seines Postens nie gebaut hatte. Kein Wort fiel über Jimmy oder Wahnsinnige oder Irrenhäuser. Unter großen Mühen gelang es Dr. Lovaway schließlich, den sanften Strom geschwätziger Erinnerungen zu unterbrechen. Aber als es gelang, sprach er deutliche Worte. Wie bei den meisten sanften und schüchternen Menschen war seine Sprache fast grob, als er sich erst einmal überwunden hatte zu reden.

Die beiden Polizisten hörten ihm mit der besten Laune zu. Der Sergeant unterstützte ihn sogar.

»Sie hören, was der Doktor Ihnen sagt, Wachtmeister Malone«, sagte er.

»Jawohl«, sagte der Wachtmeister.

»Nun, dann merken Sie sich's hoffentlich, und es kommen keine Sachen mehr vor, wie sie der Doktor erwähnt hat.«

»Aber ich meine auch Sie, Sergeant«, sagte Dr. Lovaway. »Sie sind genauso verantwortlich wie der Wachtmeister. Eigentlich noch mehr, denn Sie sind sein Vorgesetzter.«

»Ich weiß es«, sagte der Sergeant. »Ich weiß es nur zu gut. Und ich danke Ihnen, Doktor, daß Sie ausgesprochen haben, was Sie auf der Seele hatten. Viele würden das nicht tun. Und ich weiß, jedes Wort ist zu meinem Guten und zum Guten von Wachtmeister Malone, der noch ein junger Mann ist und sich bei richtiger Führung bessern wird.«

Als Salomon sagte, eine linde Antwort stillt den Zorn, drückte er eine große Wahrheit viel zu schwach aus. Eine linde Antwort wird, wenn sie lind genug ist, das Schwert der Gerechtigkeit ablenken. Dr. Lovaway konnte nichts mehr sagen, obwohl sein Gewissen noch immer nicht beruhigt war. Es schien ihm völlig unmöglich, sich über Sergeant Rahillys Umgang mit Irrsinnigen bei den Behörden zu beschweren.

An diesem Abend ging Sergeant Rahilly bei Mr. Flanagan vorbei, wo er zur Hintertür eintrat, da schon Sperrstunde war. Er nahm Porter statt Whiskey, da er fühlte, daß er etwas für seine Nerven brauche und eine stärkere Anregung zuviel für ihn sein könnte. Nachdem er zwei Flaschen geleert und die dritte geöffnet hatte, begann er zu reden.

»Ich zerbrech mir den Kopf über diesen neuen Doktor«, sagte er. »Hier bin ich und tu, was ich kann, seit er in die Stadt kam, wie ich's Dr. Farelly versprochen hab.«

»Niemand hätte mehr tun können, das weiß jeder«, sagte Flanagan.

»Ich hab die Polizisten das Land durchkämmen lassen«, sagte der Sergeant, »damit sie überall nach Leuten suchen, Mann oder Frau, die das kleinste bißchen seltsam im Kopf sind. Sie haben hart gearbeitet, sehr hart, und ich auch.«

»Das können Sie laut sagen.«

»Und jeder, den wir gefunden haben, war ein Pfund für den Doktor. Ein Pfund, das ist das Honorar, um einem Irrsinnigen das Attest zu stellen, und weder ich noch die Wachtmeister sehen davon auch nur einen Pfennig.«

»Deswegen tun Sie's auch nicht, Sergeant, das weiß ich.«

»Tu ich auch nicht. Und ich beschwer mich auch nicht, daß ich nichts kriege. Aber es ist verdammt hart, wenn der Doktor nicht nimmt, was man ihm anbietet, nachdem wir dafür von früh bis spät gearbeitet haben. Würden Sie mir glauben, Mr. Flanagan, wenn ich sage, daß er sich geweigert hat, der Hälfte der Leute, die wir gefunden haben, Irrsinn zu attestieren?«

»Tatsächlich?« fragte Flanagan.

»Wirft gutes Geld weg«, sagte der Sergeant, »und heute, wie ich ihn zu dem Jungen bei den Finnegans bringe, was zwei Pfund für ihn gewesen wären, weil es außerhalb seines Distrikts war, sagt er nicht ›Dankeschön‹ wie jeder vernünftige Mensch, sondern fängt an zu fluchen und zu schimpfen. ›Es ist ein Verbrechen und ein Skandal‹, sagt er, ›und es raubt einem armen Menschen die Freiheit‹, sagt er, und immer so weiter. Jetzt frage ich Sie, Mr. Flanagan, wo ist da das Verbrechen und der Skandal?«

»Da ist keiner«, antwortete Flanagan. »Was hätte es dem armen Burschen geschadet, eine Weile eingesperrt zu sein?«

»Das hab ich dem Doktor auch gesagt. Außerdem hätten sie ihn nach vierzehn Tagen wieder rausgelassen, sobald sie sehen, was mit ihm los ist. Ich hab das dem Doktor erzählt, aber er sagt ›Verbrechen‹ und ›Skandal‹ und ›Verschwörung‹. Herrgott noch mal, wie man ihn so reden hörte, hätte man geglaubt, ich wollte ihm zwei Pfund wegnehmen, statt sie ihm zu geben, und das ist nun der Dank dafür, daß ich mich anstrenge und mein Bestes für ihn tue, damit er sich hier wohl fühlt und Dr. Farelly bleiben kann, wo er den Deutschen die Beine absäbelt.«

»Ist schon hart«, sagte Flanagan, »und Sie tun mir leid, Sergeant. Aber so ist es eben. Ich hab schon mal zu Ihnen gesagt, und vielleicht auch schon öfter, die Engländer sind ein seltsames Volk, und je mehr man ihnen eine Freude machen will, desto weniger mögen sie's. Man hat's nicht leicht mit ihnen, soviel steht fest.«

EIMAR O'DUFFY

Die Glasscheibe

Täuschung ist der Schlüssel zur nächsten Erzählung von Eimar Ultan O'Duffy (1893–1935). O'Duffy, der aus Donegal stammte und als Satiriker und Romanautor bekannt wurde – besonders mit dem Buch *The Wasted Island* (1919) –, war auch ein großer Bewunderer des Kriminalromans und veröffentlichte mehrere Bände in diesem Genre, darunter *The Secret Enemy* (1932) und *Head of a Girl* (1935). Er schrieb auch eine Reihe von Kurzgeschichten, von denen die folgende über Bradley, »einen fähigen Detektiv mit wohlverdientem Erfolgsregister«, allgemein als seine beste gilt.

Mehr Sinn für künstlerische Proportionen würde aus meinem Freund Bradley einen interessanteren Gesprächspartner und auch einen fähigeren Detektiv machen, wie diese Geschichte zeigen wird. Wer sein wohlverdientes Erfolgsregister kennt, wird darüber lächeln und mit Bezug auf seinen jüngsten Fall fragen, ob es in der Geschichte der Verbrechensaufklärung je etwas Geistreicheres gab als seine Aufklärung des Littlecroft-Mordes. Gut! Ich nehme die Herausforderung an. Der Littlecroft-Mord beweist meine Behauptung unwiderlegbar.

An einem bitterkalten Januarabend saßen Bradley und ich in tiefen Sesseln vor dem prasselnden Kaminfeuer in seinem Wohn- und Arbeitszimmer, als die Hauswirtin Mr. Jonathan Harbottle ankündigte. Ich habe eine grauenhafte Angewohnheit, die wohl von meiner Tätigkeit als Schriftsteller herrührt, mir mit Hilfe des Namens ein vollständiges geistiges Bild von einer Person zu machen, und Jonathan Harbottle erschien mir sofort als einer der Männer mit harten Zügen, die vom Krieg profitiert haben, siebenundfünfzig Jahre alt, mit vollen Wangen und einem Bauch. Man stelle sich meine Zerknirschung vor, als ein gutaussehender junger Bursche zur Tür hereintrat, groß und schlank, mit durchdringenden, aufmerksamen Augen und schmalen, nervösen Händen. Er begann seine Geschichte abrupt und unvorbereitet, wobei er die Wörter hervorstieß, als habe er sie länger zurückgehalten, als er es ertragen konnte.

»Was würden Sie denken, Mr. Bradley, wenn Sie mitten in einem völlig ereignislosen Landleben einen Brief wie diesen bekämen?« Er reichte meinem Freund einen Umschlag, den er zerknittert in der Hand gehalten hatte.

Bradley bot dem jungen Mann einen Stuhl an, entfaltete den Brief und las den Inhalt vor.

»›Wir sind jetzt da. Travellers' Rest Hotel, Southampton Docks. Laß uns diesmal nicht hängen. Rück die Moneten raus, oder wir kommen zu Besuch.‹

Kurz und knapp. Keine Unterschrift, ich verstehe. Billiges Papier und ungeübte Handschrift. Sie erkennen die Schrift wahrscheinlich nicht wieder, Mr. Harbottle?«

Unser Besucher schüttelte den Kopf.

»Am fünften gestempelt«, fuhr mein Freund fort, »nachdem er eine Weile in einer äußerst dreckigen Tasche gesteckt hat. Nun, Mr. Harbottle, wenn Sie die Schrift nicht erkennen, keine Ahnung haben, wer ihn geschickt haben könnte, und ein ganz ereignisloses Leben führen, sehe ich nicht, worüber man sich Sorgen machen sollte. Die Sache sieht mir wie ein Streich aus.«

»Das dachte ich beim ersten auch«, gab unser Klient zurück.

»Sie haben also mehrere bekommen?«

»Dies ist der dritte«, fuhr Harbottle fort. »Unglücklicherweise habe ich die beiden anderen vernichtet. Dies ist der erste, den ich ernst nehme.«

»Zeigten die anderen dieselbe Handschrift?« unterbrach ihn mein Freund.

»Genau dieselbe. Der erste Brief trug eine amerikanische Marke und war in New York aufgegeben. Er kam vor etwa einem Monat. Ich konnte nicht viel damit anfangen. Soweit ich mich erinnern kann, stand da was von ›die Moneten rausrücken‹ und eine Warnung, den Schreiber nicht hereinzulegen. Der zweite kam auch aus New York, ungefähr zwei Wochen später. Er wiederholte einfach die Botschaft des ersten, aber in drohenderem Ton.«

»Haben Sie die Polizei informiert?« fragte Bradley.

»Ja, und die bestehen darauf, daß es ein Streich sein soll, obwohl sie versprochen haben, Untersuchungen in Southampton anzustellen. Mr. Bradley«, fuhr der junge Mann ernst fort, »ich bin überzeugt, daß ich von einer geheimnisvollen, aber realen Gefahr bedroht werde. Ich wohne mitten auf dem Land, sieben Meilen vom nächsten Dorf entfernt. Sie können sich vorstellen, welchen Unterschied das macht. Meine Frau, die von Natur aus keinesfalls nervös ist und den ersten Brief genau wie ich als Jux ansah, hat sich über diesen letzten sehr aufgeregt und ließ sich heute früh kaum überzeugen, mich ausgehen zu lassen.«

»Sie sind noch nicht lange verheiratet?« fragte Bradley.

»Erst ein Jahr.«

»Und Ihre Frau weiß vermutlich auch nichts über diese Briefe?«

»Nicht mehr als ich.«

Bradley hielt einen Moment inne und sagte dann: »Sehr schön, Mr. Harbottle, ich werde mich sofort um diesen Fall kümmern. Was ist übrigens Ihr Beruf – oder wie verbringen Sie Ihre Zeit?«

»Ich habe keinen Beruf. Ich lebe von dem Einkommen aus einem kleinen Kapital. Wenn Sie keine Fragen mehr haben, werde ich Sie jetzt verlassen. Hier ist meine Karte. Ich wohne über Nacht im Euston Hotel und fahre morgen mit dem ersten Zug nach Hause.«

»Ich habe keine weiteren Fragen«, antwortete Bradley, »nur noch ein Wort. Wenn Sie zu einem Doktor oder einem Privatdetektiv gehen, empfiehlt es sich, ihm zu vertrauen und *alles* zu erzählen. Meistens vereinfacht es die Sache.«

»Ich vertraue Ihnen und habe nichts zurückgehalten«, protestierte sein Klient, aber ich sah, daß sich seine Wangen leicht röteten.

»Sehr schön«, sagte Bradley unbewegt und öffnete ihm die Tür.

»Unser Freund hat natürlich gelogen«, bemerkte der Detektiv, als er seine Pfeife nach dem Abschied des jungen Mannes ruhig wieder anzündete. »Seine Geschichte ist viel zu dünn. Sie haben natürlich bemerkt, daß die Absender der Briefe nie ihren Namen genannt haben, was bedeutet, sie wußten, daß der Empfänger sie kannte. Dann zeigen ihre Anspielungen, sie wußten, die Art der Sache würde auch ihm bekannt sein. Ich fürchte, es ist nur allzu deutlich, daß unser Freund in der Vergangenheit in sehr dunkle Geschäfte verwickelt war. Es muß Ihnen aufgefallen sein, daß sie ihre Forderungen und ihren Aufenthalt mit völligem Vertrauen in seine Diskretion angeben – weil sie wissen, er kann sie nicht verraten, ohne selbst mit hineingezogen zu werden.«

»Uns hat er sie aber verraten«, wandte ich ein.

»Die größere Furcht besiegt manchmal die kleinere. Soweit ich sehe, hat sich unser Freund Harbottle mit der Beute aus einer gemeinsamen Unternehmung abgesetzt, und seine Kumpane haben ihn aufgespürt. Es ist nicht meine Aufgabe, ihm dabei zu helfen, sie um ihren Anteil zu bringen, aber ich werde bestimmt ein paar Erkundigungen in Southampton einziehen – im Interesse derer, denen die Beute ursprünglich gehörte.«

†††

Ich blieb in dieser Nacht in Bradleys Wohnung, und am nächsten Morgen frühstückten wir zeitig, um so früh wie möglich nach Southampton aufzubrechen. Wir zogen gerade unsere Mäntel über, als wir die Türglocke hörten: ein langes Läuten, dann zwei kürzere in dichter Folge.

»Da ist jemand in Eile«, bemerkte Bradley.

Im nächsten Moment kam seine Wirtin mit einer aufgeregten jungen Frau im Gefolge herein.

»Oh, Mr. Bradley, ich bin so froh, Sie anzutreffen«, keuchte letztere und brach fast auf dem nächsten Stuhl zusammen.

»Wollte ihren Namen nicht sagen, Sir«, entschuldigte sich die Hauswirtin. »Sie war zu aufgeregt, um irgendwas anderes zu sagen als ›Mr. Bradley‹.«

»Ich bin Mrs. Jonathan Harbottle«, gab die fremde junge Frau bekannt.

Sie war ein hübsches Geschöpf, nicht älter als zweiundzwanzig, mit dunklem Haar und bleicher Haut, die von der augenblicklichen Erregung gerötet war. Ihre Kleider waren offensichtlich von der teuersten Sorte, mußten aber in größter Hast angezogen worden sein.

»Mr. Bradley«, sagte sie, als die Wirtin sich zurückgezogen hatte, »hat mein Mann Ihnen gestern alles erzählt? – Ich meine, wirklich alles?«

»Leider nicht, Madam«, antwortete Bradley.

»Nun, ich werde das Geheimnis nicht länger wahren«, sagte Mrs. Harbottle. »Sein Leben ist wichtiger als irgendein Geheimnis, und ich glaube, diese furchtbaren Männer wollen sein Leben. Es sind zwei, Mr. Bradley, zwei der furchtbarsten Schurken, die Sie je gesehen haben.«

Bradley widmete dem keine Aufmerksamkeit. Er nahm eine Tasse mit Untertasse aus dem Porzellanschrank und deckte einen weiteren Platz am Tisch. Dann goß er Tee aus unserer Kanne ein, schnitt ein paar Scheiben Brot ab und sagte beiläufig: »Besser, Sie frühstücken ein bißchen, Mrs. Harbottle.«

Die Dame dankte für seine Freundlichkeit und gab zu, noch nichts gegessen zu haben. Der Tee beruhigte sie, und tatsächlich entwickelte sie einen gesunden Appetit, was ihr ein wenig peinlich war. Bradley schwatzte liebenswürdig mit ihr, während sie aß, aber sobald sie fertig war, bat er sie um ihre Geschichte.

»Aber zuerst möchte ich Sie warnen, daß Sie es freiwillig tun«, sagte er. »Meine Pflicht kann mich dazu zwingen, es gegen Ihren Ehemann zu verwenden.«

»Es wird ihm nicht schaden«, sagte sie zuversichtlich.

»Zunächst müssen Sie wissen, daß sein Name nicht Harbottle ist, sondern Wetheral – Walter Wetheral.«

»Doch nicht *der* Walter Wetheral?« fragte ich.

»Ja.«

Das war eine unerwartete Enthüllung. Wetheral war der kommende Mann in der englischen Theaterwelt. Tatsächlich hatte er es schon fast geschafft. Zwei seiner Stücke waren in London gerade ständig ausverkauft.

Mrs. Wetheral setzte ihre Erzählung fort.

»Sie wissen vielleicht nicht, daß mein Mann jahrelang auf seinen Erfolg gewartet hat und sich als Auftragsschreiber in der Fleet Street über Wasser hielt, wobei er oft nah am Verhungern war. Zu dieser Zeit traf ich ihn zum ersten Mal und verlobte mich mit ihm, und wegen mir unternahm er den Schritt, der unser Leben so gründlich veränderte. Es drängte uns beide zu heiraten, und sechs Monate nach unserer Verlobung war der Erfolg ebenso weit entfernt wie früher. Dann gab Walter eines Tages eine SOS-Anzeige im Kummerkasten der ›Times‹ auf, worin er um Arbeit jeder Art bat. Zu unserer Überraschung kam sofort eine Antwort, ein Brief mit der Unterschrift Jonathan Harbottle, in dem Walter gebeten wurde, noch am selben Abend ins Carlton Hotel zu kommen.

Walter hielt die Verabredung natürlich ein und erzählte mir am nächsten Tag alles, was vorgefallen war. Es schien, als sei dieser Mr. Harbottle ein alter Junggeselle ohne Verwandte, der auf der Suche nach jemandem war, dem er sein Geld vermachen könne, als er Walters Anzeige sah. Ihm waren früher schon einige seiner Arbeiten in Zeitschriften aufgefallen, und er entschied, sein Geld könnte nicht besser angelegt sein, um ihm eine gute Startposition zu geben. Als eine Art vorheriger Prüfung sollte Walter ein Jahr lang sein Landhaus bewohnen, mit ausreichendem Einkommen zu dessen Bewirtschaftung, während Mr. Harbottle seiner Gesundheit wegen nach Madeira reiste. In dieser Zeit sollte Walter den Journalismus aufgeben und sich ganz der Literatur widmen. Er sollte auch die ganze Sache geheimhalten.«

»Was für ein Mann war dieser Harbottle?« fragte Bradley, als die Dame eine Pause machte.

»Ich traf ihn am nächsten Tag«, sagte sie. »Er war einer von diesen fröhlich alten Herren, trug einen weißen Bart und eine große, blitzende Brille, und man konnte sich schrecklich amüsant mit ihm unterhalten. Er sagte uns, er habe bereits sein Testament gemacht. ›Aber denken Sie dran‹, sagte er und drohte Walter in komischer Warnung mit dem Finger, ›wenn Sie nur ein Wort kommerzielles Zeug schreiben – ein Wort, das keine echte Kunst ist –, kriegen Sie keinen Shilling.‹ Bei dieser Gelegenheit sagte er Walter auch, er solle seinen Namen annehmen. ›Behalten Sie Ihren für literarische Zwecke‹, sagte er. ›Aber – nun, ich möchte das Gefühl haben, als wären Sie eine Art Sohn für mich.‹ Als er es so ausdrückte, konnte Walter nicht gut Einwände machen, und die ganze Sache wurde ein paar Tage später rechtlich festgelegt.

Nicht lange danach heirateten Walter und ich, und Mr. Harbottle reiste sofort nach Madeira ab. Als wir von unserer Hochzeitsreise zurückkamen, bezogen wir sein Haus in Hertfordshire. Es ist einsam gelegen, mitten auf dem Land, aber das Haus selbst ist hübsch und angenehm. Mr. Harbottle hatte seinen alten Butler dagelassen, und der hatte bereits neues Personal eingestellt – zwei Dienstmädchen und einen Hausdiener –, damit unsere Übereinkunft geheim bliebe. Der Butler ist ein diskreter alter Mann, der immer in seinen Diensten gewesen ist und natürlich von allem weiß.

Nun, so haben wir dort das letzte Jahr in unbeschwertem Glück gelebt, bis diese schrecklichen Briefe kamen«, schloß Mrs. Wetheral. »Und jetzt kennen Sie die ganze Wahrheit, Mr. Bradley.«

»Ihre Geschichte gibt dem Fall ganz sicher ein anderes Gesicht«, sagte Bradley. »Sagen Sie mir, Mrs. Wetheral, ist Ihnen nie eingefallen, daß diese Briefe für den echten Mr. Harbottle bestimmt sein könnten?«

»Gewiß. Als der dritte kam und wir anfingen zu befürchten, es sei kein Streich, fiel uns sofort diese Lösung ein, und mein Mann schrieb ihm, bevor er zu Ihnen kam. Aber natürlich wird sein Brief lange nach Madeira brauchen, und es ist etwas geschehen, das mir gezeigt hat, es könnte gefährlich sein, das Geheinnis noch länger zu hüten.«

Lange Übung hatte Bradley eine berufsmäßige Unerschütterlichkeit verliehen, ich aber konnte bei diesen Worten nicht anders, als meinen Stuhl ein wenig näher an unsere Klientin zu rücken.

»Gestern nachmittag saß ich gerade am Wohnzimmerfenster, als ich zwei Männer den Weg zum Haus heraufkommen sah. Sie sahen wie Seeleute aus. Der eine war sehr groß, der andere recht klein, aber bevor ich mehr beobachten konnte, waren sie von der Hausecke verdeckt, und im nächsten Augenblick läutete die Türglocke. Ich erinnerte mich sofort an die Worte des Briefes: ›Laß uns diesmal nicht hängen ... oder wir kommen zu Besuch‹ und war sehr dankbar, daß Walter nicht da war. Ich wartete atemlos am Fenster, bis die Männer nach einer Weile, die wie eine Ewigkeit schien, wieder auftauchten und den Weg hinuntergingen. Sofort lief ich die Treppe herunter und traf den Butler in der Eingangshalle. Er sagte, die Männer hätten nach meinem Mann gefragt, aber nicht gesagt, in welcher Angelegenheit, also habe er sie für Schnorrer gehalten und weggeschickt. Und was glauben Sie, Mr. Bradley? – er sagte, einer von ihnen hätte ein grausig aussehendes Messer im Gürtel gehabt.«

»Sie haben sicher recht daran getan, zu mir zu kommen, Mrs. Wetheral«, sagte Bradley, »und Sie können darauf rechnen, daß ich keine Zeit verlieren werde, mich auf die Spur Ihrer Besucher zu machen. Wenn Sie meinen Rat möchten, werden Sie jetzt ohne Umweg nach Hause fahren und Ihrem Mann alles erzählen, was passiert ist. Ich weiß, daß er vorhatte, heute morgen den ersten Zug zu nehmen, also werden Sie ihn vermutlich dort finden, wenn Sie ankommen. Ich muß hier in der Stadt noch ein paar Dinge erledigen, werde Ihnen aber so schnell wie möglich folgen, und Sie können mich entweder heute abend oder morgen früh in Willowdene erwarten.«

†††

Sobald Mrs. Wetheral gegangen war, nahm Bradley einen Fahrplan zur Hand und blätterte ihn rasch durch.

»Hervorragend«, sagte er. »Sie wird den Zehn-Uhr-Fünfunddreißig nehmen, und wir bekommen einen Zug fünfzig Minuten später. Es wäre gar nicht gut, wenn Beschützer und Beschützte mit demselben Zug ankämen. Heute nacht könnte es harte Arbeit geben, wenn Sie also mitkommen, sollten wir schnell bei Ihrer Wohnung vorbeigehen und Ihren Revolver mitnehmen.«

Während er sprach, nahm er seinen eigenen aus einer Schublade und lud ihn mit sechs Patronen.

Zwei Stunden Fahrt in einem Bummelzug brachten uns nach Littlecroft, dem Bahnhof, der auf Wetherals Karte angegeben war. Wir suchten sofort das weniger gut beleumundete der zwei Gasthäuser auf und gingen in den Speiseraum, wo schon der Lunch serviert wurde. Es waren nicht viele Gäste im Raum, und zwei erregten sofort unsere Aufmerksamkeit. Beide waren offensichtlich Seeleute und genauso offensichtlich von der kriminellen Sorte. Der eine war fast ein Meter neunzig groß, der andere kaum ein Meter sechzig. Es waren tatsächlich die, die wir suchten, und sie stimmten bis aufs I-Tüpfelchen mit Mrs. Wetherals Beschreibung überein.

Als sie ihre Mahlzeit beendet hatten, schlenderten sie hinüber zum Tresen, wo sie den ganzen Nachmittag trinkend und rauchend zubrachten. Das Dinner wurde um sechs Uhr serviert. Harbottles betrogene Kumpane aßen schnell, dann standen sie auf und gingen hinaus. Eine Minute später hörten wir sie das Gasthaus verlassen und den Weg einschlagen, der, wie wir erfahren hatten, zu Wetherals Haus führte. Bradley wartete, um ihnen etwas Vorsprung zu geben, dann sprang er auf und sagte: »Kommen Sie.«

Draußen war es ziemlich dunkel, aber wir blieben unserem Wild recht leicht auf der Spur, dank des Knirschens ihrer Schuhe auf der gefrorenen Straße, das um so besser zu hören war, als wir unsere eigenen Schritte verbargen, indem wir auf dem Gras am Straßenrand gingen. So vorsichtig wir auch waren, konnten wir doch ein gelegentliches Stolpern nicht vermeiden, was das Mißtrauen der Verfolgten erregte, und einmal blieben sie stehen, um zu lauschen, während wir mit angehaltenem Atem standen. Danach waren wir gezwungen, weiter zurückzubleiben, und was die Sache für uns noch erschwerte, war der aufsteigende Nebel. Wo genau wir den Weg verloren, erfuhren wir nie, aber wir verloren ihn. Als wir nach einer Weile beunruhigt waren, weil wir vor uns keinen Laut mehr hörten, beschleunigten wir unsere Schritte ein wenig; als wir dann noch kein Zeichen von unserem Wild fanden, begannen wir zu laufen. Wir liefen fast eine Meile, bevor wir merkten, daß sie uns abgeschüttelt hatten.

Wir kehrten sofort um und gingen anderthalb Meilen zu einer Abzweigung zurück, doch nachdem wir dieser Straße zwanzig Minuten gefolgt waren, kamen wir an eine Weggabelung, die uns völlig durcheinanderbrachte. An die nächsten sechs Stunden kann ich mich nicht mehr genau erinnern. Es gab ein paar Häuser, wo wir uns erkundigten, und die verschlafenen Bewohner gaben uns Wegbeschreibungen, die uns noch mehr verwirrten. Die Befürchtung, was diese beiden üblen Männer tun könnten, ließ uns jedoch von der Suche nicht ablassen. Trotzdem war es purer Zufall, als wir schließlich gegen ein Uhr nachts das Haus erreichten.

Ich schrie fast auf vor Erleichterung, als ich am Tor den Namen WILLOWDENE las. Wir gingen den Weg hinauf und läuteten an der Tür. Fast augenblicklich wurde oben ein Fenster geöffnet, und eine Stimme – Wetherals Stimme – fragte, wer da sei. Nachdem Bradley uns vorgestellt hatte, zog Wetheral den Kopf zurück und öffnete eine Minute später die Tür. Bradley beschrieb kurz, was vorgefallen war, und Wetheral ergänzte es durch die Nachricht, die Männer seien gegen neun Uhr eingetroffen und, nachdem ihnen der Butler den Zutritt verwehrte, ums Haus herumgegangen, als suchten sie einen weiteteren Eingang. Da sie keinen fanden, waren sie fortgegangen, nachdem sie eine Schimpfkanonade losgelassen hatten.

Wetheral bot uns Betten an, und um seinet- ebenso wie um unsretwillen akzeptierten wir wenigstens Sofas und Decken im Salon. Von unserer langen Wanderung gänzlich erschöpft, schliefen wir sofort ein.

Das Splittern einer Scheibe weckte uns im hellen Morgenlicht. Instinktiv sprangen wir hoch und eilten die Treppe nach oben. Zwei ängstlich aussehende Dienstmädchen standen oben im Treppenflur, und ein alter Mann, offenbar der Butler, kam aus einem der Zimmer zu uns.

»Ich bin Bradley, der Detektiv«, sagte mein Freund rasch. »Was ist passiert?«

»Ich fürchte, Sie kommen zu spät, Sir«, sagte der Butler. »Mein Herr ist im Schlaf ermordet worden.«

In diesem Moment ertönte eine undeutliche Stimme aus dem Zimmer, das er gerade verlassen hatte.

»Das wird die Lady sein, Sir«, sagte er. »Sie müssen sie eingesperrt haben.«

Wir folgten ihm ins Zimmer, wo wir kaum zu dem schrecklichen Ding schauten, das auf dem blutbefleckten Bett lag, und beeilten uns, die Tür zu Mrs. Wetherals Zimmer aufzuschließen, in der noch der Schlüssel steckte. Sie wußte nicht, was geschehen war, da sie wie wir gerade erst erwacht war, und obwohl wir ihr die Nachricht so schonend wie möglich beibrachten, wurde sie sofort ohnmächtig. Ich half dem Butler, sie in ein anderes Zimmer zu tragen. Dort ließen wir sie nach Verabreichung stärkender Mittel in der Obhut eines sehr tüchtigen Dienstmädchens und kehrten zum Ort des Verbrechens zurück.

Nun fielen mir zum ersten Mal die Glasscheiben auf, die den oberen Teil von Wetherals Tür bildeten. Eine von ihnen war völlig zerschlagen – offensichtlich der Grund unseres Erwachens –, und durch sie konnte ich Bradley sehen, der zu meiner Überraschung nicht nach Spuren suchte, sondern ruhig eine Zigarette rauchte. Sobald wir eintraten, wandte er sich an den Butler.

»Erinnern Sie sich, äh –?«

»Wingate, Sir«, sagte der alte Mann.

Bradley vermerkte den Namen.

»Können Sie sich genau erinnern, was für eine Art Messer der Seemann gestern bei sich hatte?«

»Ganz genau, Sir. Es war so lang wie ein Tafelmesser, mit einer schwarzen Lederscheide und einem Horngriff.«

»Glauben Sie, es ist dieses?«

Wingate hielt die Waffe nahe vor die Augen und untersuchte sie wohl drei Minuten, bevor er sich entscheiden konnte. Er war einer dieser umständlichen alten Diener mit Doppelkinn und einem starken Gefühl für die eigene Wichtigkeit. Zweimal nahm er seine blaugetönte Brille ab und polierte sie, bevor er zu einer Entscheidung kommen konnte. Schließlich sagte er: »Es ist gewiß sehr ähnlich, Sir, aber ohne die Scheide könnte ich es nicht beschwören.«

»Sehr schön, Wingate. Wären Sie jetzt bitte so nett, uns genau zu erzählen, wie die Entdeckung des Verbrechens vor sich ging?«

»Gewiß, Sir. Jane, das Stubenmädchen, hat es zuerst indirekt bemerkt. Als sie dem Herrn wie üblich gegen sieben Uhr sein Rasierwasser brachte, antwortete er nicht auf ihr Klopfen. Also versuchte sie nach einer Weile, die Tür zu öffnen, und fand sie verschlossen. Danach kam sie herunter zu mir, um zu fragen, was sie tun sollte. Natürlich war ich gleich besorgt, weil doch gestern diese Burschen hier herumgestrichen waren, also ging ich gleich mit ihr nach oben. Ich klopfte selbst beim

Herrn an die Tür, und da immer noch keine Antwort kam, nahm ich mir die Freiheit, durchs Schlüsselloch zu gucken, und sah, daß der Schlüssel noch steckte. Ich zog sofort meinen Schuh aus und zerbrach die Scheibe, Sir. Dann faßte ich hindurch, schloß die Tür auf und sah gerade die Leiche, als Sie eintrafen.«

»Ich nehme an, Sie haben sich schon gedacht, daß diese Seeleute hinter Ihrem früheren Herrn, dem echten Mr. Harbottle her waren.«

Der völlig perplexe Wingate begann stotternd zu leugnen.

»Ach, das hat bei mir keinen Zweck, guter Mann«, sagte Bradley. »Ich weiß alles aus Mrs. Wetherals eigenem Mund. Aber vielleicht könnten Sie mir sagen, ob Sie von Ereignissen in Mr. Harbottles Leben wissen, die diese Burschen gegen ihn aufgebracht haben könnten.«

Wingate richtete sich voller Würde auf.

»Mr. Harbottle hat vielleicht nicht immer zum Besten gehandelt. Aber ein guter Herr, der guten Lohn zahlt, hat Anspruch auf gute Arbeit *und* Diskretion.«

»Wunderbar, Wingate«, sagte Bradley. »Ich wünschte, alle Diener wären so loyal. Könnten Sie jetzt wohl diese Notiz von jemandem zur Polizeistation in Littlecroft bringen lassen? Je schneller sie den beiden Schuften auf die Spur kommen, desto besser.«

»Ich nehme an, Sie sind überzeugt, daß diese beiden die Schufte sind«, bemerkte ich, nachdem Wingate mit seinem Auftrag hinausgegangen war.

»Ich sehe nicht, wie man das bezweifeln kann«, antwortete Bradley. »Wir kennen alle ihre Bewegungen bis heute in der späten Nacht. Wenn Sie aus diesem Fenster schauen, werden Sie eine Leiter gegen das Fensterbrett gelehnt sehen. Ich habe vom Zimmermädchen erfahren – dessen Bericht über die Vorgänge heute morgen übrigens mit Wingates genau übereinstimmt –, daß die Leiter in einem Gartenschuppen verwahrt wurde, wo sie sie gefunden haben müssen. Sie müssen schon gesehen haben, daß sie ein Stück aus der Scheibe schnitten, um das Fenster zu öffnen. Zu guter Letzt ist da noch das Messer.«

»Ja«, sagte ich. »Aber vergessen Sie nicht, dies ist eine Art Erpressungsfall, und es ist sehr ungewöhnlich, daß Erpresser ihr Opfer umbringen – es sei denn als letzter Ausweg. Natürlich räume ich ein, daß es der letzte Ausweg gewesen sein kann, aber wie Sie sagten, ist da noch das Messer. Haben Sie je von einem Mörder gehört, der, wenn er nicht völlig schwachsinnig war, sein Messer tagelang für jeden sichtbar bei sich trug und es dann im Körper seines Opfers stecken ließ?«

»Hat er übrigens nicht. Ich fand es am Fenster, wo er es leicht beim Hinausklettern verloren haben kann.«

»Touché!« gab ich zu. »Aber wenn ich Sie wäre, würde ich im Dorf ein paar Erkundigungen darüber einziehen, ob noch jemand außer Wingate das Messer gesehen hat.«

»Sie meinen, daß Wingate –?«

»Wingate ist ein äußerst treuer und diskreter Diener«, sagte ich. »Und wenn Sie schon dabei sind«, fügte ich hinzu, »sehen Sie sich die Fußabdrücke unten an der Leiter an.«

Bradley stürmte sofort die Treppe herunter und ließ mich damit allein, eine bestimmte verstiegene Idee zu überdenken, die mir beim ersten Blick auf Wetherals Tür gekommen war. Ich ging hinaus, um sie noch einmal anzusehen, und wieder fragte ich mich: Wofür um Himmels Willen waren die zwei Glasscheiben da? Es war das völlige Abweichen von ihrer Umgebung, das mir zuerst auffiel und mich zum Grübeln brachte. Sie waren von der schrecklich gemusterten Art, die man mit Büros und Bahnhöfen verbindet, und sie zerstörten die Harmonie des Treppenflurs, in dem jede Tür aus geschnitzter Eiche war. Niemand mit dem geringsten Sinn für künstlerische Proportionen hätte so ein Stück Vandalismus selbst zu einem nützlichen Zweck geduldet, und welchen nützlichen Zweck konnte so etwas haben? Bestimmt waren sie nicht zur besseren Beleuchtung eingesetzt worden, denn der Flur war auch ohne sie hell genug. Warum also?

Das gezackte Loch in der linken Scheibe starrte mich wie ein teuflisches Fragezeichen an, und gerade als mir die Antwort einfiel, kam Bradley in mehr als übler Laune die Treppe herauf.

»Es gibt keine Fußabdrücke«, gab er zu. »Aber der Boden ist sowieso hart wie Stein, und wenn Sie glauben, ich mache mir sinnlose Mühe wegen dieses Messers, haben Sie sich getäuscht.«

»Ganz recht«, sagte ich. »Es wäre Zeitverschwendung. Wenn diese Männer ein Messer bei sich trugen, ist das der Beweis, daß sie keinen Mord planten. Wenn sie keins hatten, sollten wir uns an Wingate halten, der behauptete, sie hätten eins.«

»Sie scheinen es darauf abzusehen, die absurdesten Komplikationen in einen ganz einfachen Fall zu bringen«, sagte Bradley gereizt. »Wenn diese beiden Seeleute den Mord nicht begangen haben, wird das Ganze zu einem Chaos. Sie sagen, Erpresser bringen ihre Opfer gewöhnlich nicht um. Aber woher wissen wir, daß sie nur Erpresser waren? Diese Briefe sind viel zu vage, um irgend etwas damit zu beweisen. Verlassen Sie sich drauf, Harbottle wußte, sein Leben war in Gefahr, und zählte darauf, daß sie seinen Ersatzmann töten und gleichzeitig den Kopf in die Schlinge stecken würden.«

»Wie naiv ein Detektiv sein kann!« rief ich aus. »Ich fürchte, Bradley, Sie sind noch weit davon entfernt, die Tiefen der menschlichen Niedertracht auszuloten.«

»Ich dachte, ich hätte Harbottle ziemlich schwarz dargestellt«, protestierte er.

»Nein, nur schwarzgrau. Sehen Sie, er wußte recht gut, daß diese Männer seinen Ersatzmann *nicht* umbringen würden. Darum mußte er es selbst tun.«

Bradleys Gesichtsausdruck zeigte fassungsloses Erstaunen. Ich beeilte mich, ihn aufzuklären.

»Sehen Sie sich diese Glasscheiben an. Wenn Sie nur ein Fünkchen Sinn für künstlerische Proportionen hätten, würden Sie sehen, daß sie in diesem Haus völlig fehl am Platze sind, und auch so müßten Sie sehen, daß sie gar keinen Zweck erfüllen. Sie wurden zu einem bestimmten Zweck dort eingesetzt, und nur zu diesem.«

»Ja?«

»Sie wurden von Harbottle dort eingesetzt, damit er vom Flur aus hineinfassen und die Tür von innen abschließen konnte. Sehen Sie, er hatte den Schlüssel in der Hand, als er die Scheibe zerbrach.«

»Aber Wingate –«, begann Bradley.

»Wingate hat kurzgeschnittenes eisengraues Haar, eine blaue Brille und ist glattrasiert. Harbottle trug buschiges weißes Haar und einen Vollbart. Die Wetherals haben sie nie zusammen gesehen.«

»Ich glaube, Sie haben es«, rief Bradley sehr aufgeregt aus. »Der schlaue Halunke muß seinen eigenen Ersatzmann ermordet haben, um die anderen armen Teufel an den Galgen zu bringen. Je schneller wir die Polizei verständigen, desto besser, glaube ich.«

Beim Prozeß stellte sich unsere Lösung als richtig heraus. Harbottle war Jahre zuvor in eine Reihe von Juwelendiebstähle verwickelt gewesen, mit den zwei Seeleuten als Komplizen – oder besser, als seine Werkzeuge, denn er war der Kopf des Unternehmens –, und als seine Handlanger gefaßt wurden, entkam er mit der ganzen Beute. Die Seeleute waren zu sieben Jahren Zwangsarbeit verurteilt worden, und als ihre Entlassung bevorstand, begann er rechtzeitig zu planen, wie er zugleich seine Beute behalten und sich seiner Feinde entledigen könnte.

Natürlich erntete Bradley den Ruhm für die Festnahme. Man konnte von niemandem erwarten, daß er glauben würde, durch meinen Sinn für künstlerische Proportionen sei einem so entschlossenen Verbrecher das Handwerk gelegt worden. Aber wenn Bradley nur eine Spur davon hätte, welch ein Detektiv könnte aus ihm werden!

FLANN O'BRIEN

Abgekocht

Flann O'Brien (1911–1966), zusammen mit Samuel Beckett als wichtigster Autor genannt, den es nach dem »Goldenen Zeitalter« von Joyce, Yeats und Synge gegeben hat, erfreute sich zeit seines Lebens nur geringen finanziellen Erfolgs und schrieb in den 50er Jahren, um seine Gläubiger zu beschwichtigen, einige Abenteuer für die berühmte »Sexton Blake«-Detektivserie unter dem Pseudonym Stephen Blakesley. Man nimmt an daß er unter diesem Namen eine Reihe von Thrillern jener Zeit verfaßt hat – z. B. *A Case for the Cardinal, The Cardinal and the Corpse* und *The Case of the Alpha Murders.*

Als Brian O'Nolan in Strabane geboren, begann er während des Studiums am University College, Dublin, zu schreiben und stellte erstmalig sein Genie als komischer Geschichtenerzähler für die satirische Wochenschrift ›Blather!‹ unter Beweis. Außerdem begann er zu saufen, was zu seinem viel zu frühen Tode führen sollte. Obwohl seine Romane wie *In Schwimmen-zwei-Vögel* (1939) und *Der dritte Polizist* (1967) heute als Klassiker anerkannt sind, war er zu Lebzeiten in Irland bestimmt wegen seiner Kolumne *Cruiskeen Lawn* am bekanntesten, die er unter dem Pseudonym Myles na gCopaleen (»Myles-von-den-Pferdchen«, nach einer Figur aus Dion Boucicaults klassischem Theaterstück *The Colleen Bawn*) von 1940 bis zu seinem Tod für die ›Irish Times‹ schrieb. O'Briens Interesse an Mord und Totschlag manifestierte sich in seiner Kolumne häufig in Gestalt von Geschichten über absurde Verbrechen, lächerliche Verbrecher und törichte Prozesse – und manches Mal trat er selbst in ihnen als Angeklagter auf! Eine Sammlung all dieser Geschichten unter dem Titel »Das Amts- und andere Gerichte« ist, so meine ich, längst überfällig, aber nehmen wir doch bis dahin mit einer meiner Lieblingsgeschichten vorlieb, in welcher es um einen ganz besonders verabscheuungswürdigen Fall von Betrug geht.

Mr. Myles na gCopaleen, der seine Anschrift mit Westmoreland Street, Dublin, angab und sich selbst als »Irlands großer alter Mann« vorstellte, mußte sich gestern vor den Schranken des Gerichts in der Bow Street zu London wegen Devisenbetrugs in 492 Fällen verantworten. Er wurde zu einer Buße von insgesamt £ 2 350 000 zuzüglich £ 6 5s 6d Spesen verurteilt. Ein herrliches, in Pelze gehülltes Geschöpf, welches seinen Namen mit Yvonne Désirée Lebaisir angab, wurde wegen Beihilfe und Anstiftung in Gewahrsam genommen. Zur Person befragt, beschrieb sie sich als »früheres Mitglied der Résistance«.

Mr. Gerald Cockshott, der Ankläger, sagte aus, ein Beamter des Finanzministeriums, mit Ermittlungen im Devisenwesen auf dem Kontinent befaßt, sei von vorerwähntem Beklagten in der Bar des Hotels Carlton in Cannes angesprochen und gefragt worden, ob er wohl was dagegen hätte, ihm einen Scheck in Höhe von £ 500 000 in französische Franc einzulösen. Der Beklagte fügte hinzu, er, der Beklagte, würde ihm, dem Finanzbeamten, einen Affen schenken, und den könne dieser, so wörtlich, »dann behalten«. Als der Beamte seine Identität offenbarte, entschuldigte sich der Beklagte und machte Angaben, welche mehr als vierhundert Schecks betrafen, die er bereits eingelöst hatte. Ferner wies der Beklagte die Eintragungen auf seinen Scheckbuchabschnitten vor, aus denen hervorging, daß er Schecks in Höhe von etwa zwei Millionen Pfund zugunsten eines Max Intrator eingelöst hatte. Der Beklagte kennzeichnete sein Verhalten als »unglaublich naiv und dumm und mit den grundsätzlichen Erwägungen überhaupt nicht in Einklang zu bringen« und gab an, er werde bereitwillig nach Großbritannien zurückkehren, notfalls auch auf dem Luftwege, »um diese Suppe auszulöffeln«. Er gestatte sich die Bemerkung, Miss Lebaisir sei möglicherweise »gegen gewisse Extravaganzen nicht gänzlich gefeit«. Der Anklageverteter machte geltend, der Beklagte nehme zwar in Irland einen gewissen Rang als Staatsmann ein, anderweitige kriminelle Verstrickungen seien von ihm jedoch nicht bekannt geworden. Das Finanzministerium drang auf exemplarischste Strafmaßnahmen.

Für die Verteidigung führte Mr. Maurice Maul aus, sein Mandant, welcher der berühmte Autor sei, hätte sich auf seine diplomatische Immunität berufen können, habe einen solchen Kurs einzuschlagen jedoch als unwürdig abgetan und auf striktester Untersuchung seines Falles seitens des Gerichts bestanden. Das Gesetz sei zwar das Gesetz, aber man könne niemandem in diesem Gerichtssaal, welche Interessen er auch vertrete, verbieten, eine eigene Meinung zum Wert eines Prozesses zu haben, in dessen Verlauf sich ein tapferer, ritterlicher Kampfflieger der RAF auf der Anklagebank wiederfinde, weil er ohne Arg den gleichen selbstlosen Impulsen nachgegeben hatte, die ihn schon einmal, als Großbritannien in Not war, geheißen hatten, seine Pflicht zu tun. Es werde doch wohl niemand bestreiten wollen, daß sein Mandant während des Krieges 312 Maschinen abgeschossen habe.

FRIEDENSRICHTER: Welche Art Maschinen?
VERTEIDIGER: Darüber habe ich nichts in den Unterlagen.
FRIEDENSRICHTER: Wenn Sie zur Charakterisierung des Beklagten ein militärisches Führungszeugnis vorlegen möchten, bitte.
VERTEIDIGER: Meine Anweisungen lauten, daß ich in dieser Hinsicht nichts unternehmen soll.

Er fuhr fort, indem er sagte, der Beklagte sei in dringenden nationalen Belangen auf den Kontinent gereist, und es habe sich als notwendig erwiesen, Miss Lebaisir in sein Gefolge aufzunehmen. Miss Lebaisir sei Krankenpflegerin von Beruf.

FRIEDENSRICHTER: Wen pflegt diese Dame?
VERTEIDIGER: Soweit ich weiß, meinen Mandanten.

Während der Beweisaufnahme sagte der Beklagte, er sei in einer politischen Mission nach Frankreich gegangen, die »zu erörtern in niemandes Interesse liegen könne«. Zwar treffe es zu, daß Miss Lebaisir Krankenpflegerin sei, auch habe sie ihn wiederholt in befriedigender Weise gepflegt, ihre Hauptaufgabe bestehe aber darin, sich mit ihm in der Öffentlichkeit sehen zu lassen, und zwar infolge ihres kostspieligen Erscheinungsbildes. Er habe die Erfahrung gemacht, daß es einem Manne unmöglich ist, in der Öffentlichkeit kostspielig auszusehen, wenn er allein ist. Es sei unumgänglich, sich von einer kostspielig aussehenden Dame begleiten zu lassen. Dann sei es ganz leicht.

FRIEDENSRICHTER: Was?
BEKLAGTER: Das Spielchen, das ich spielte.

Im weiteren Verfolg sagte der Beklagte aus, die Schecks, um derentwillen das Finanzamt Klage führe, hätten aus Gedankenlosigkeit seiner-, des Beklagten, -seits Probleme aufgeworfen. Einige Fremde, die er in der Hotelbar kennengelernt habe, hätten ihm gesagt, sie seien am Spieltisch vom Pech verfolgt gewesen, und ihn um ein Darlehen in Höhe von einer Million Pfund gebeten. Nun stellte sich unglücklicherweise heraus, daß ihre Pechsträhne nicht abriß, und da meinte er, ihm bleibe nichts anderes übrig, als ihnen weitere Gelder vorzustrecken, möglicherweise eine weitere Million. Auf Anweisung der Männer habe er die Schecks auf Mr. Max Intrator ausgestellt, dem er an dieser Stelle für seine Zusammenarbeit danken wolle. Die halbe Million, um die er den Finanzbeamten gebeten habe, sei zur Deckung seiner Fahrtkosten für die Heimreise bestimmt gewesen. Er begreife nun, daß er töricht und impulsiv gehandelt habe, und er sei bereit, jede Geldstrafe zu zahlen, die das Finanzamt ihm abverlange. Er bat darum, eine Haftstrafe nicht in Betracht ziehen zu wollen, da Gefängnisse ihm nicht so lägen.

Der Friedensrichter verhängte die vorerwähnten Geldstrafen und nahm von einer Urteilsbegründung Abstand. Der Beklagte zahlte umgehend per Scheck und verließ das Gerichtsgebäude.

(Anmerkung: Der Beklagte wurde später auf Anweisung des Finanzamts erneut verhaftet, weil es festgestellt hatte, daß sein Scheck ungedeckt war, bald jedoch in aller Stille auf freien Fuß gesetzt, als sich herausstellte, daß alle anderen in diesem Zusammenhang ausgestellten Schecks ebenfalls ungedeckt waren und daß Mr. Max Intrator wahrscheinlich übel abgekocht worden war. Dem Beklagten wurde, als er Collinstown erreicht hatte, von der Firma Aer Lingus ein Festbankett ausgerichtet.)

BRENDAN BEHAN

Die Spitzel

Das Leben des Rebellen, Lyrikers, Dramatikers, Prosaisten und Trinkers Brendan Behan (1923–1964) ist inzwischen Teil des irischen Sagenschatzes, seine Werke gehören zum literarischen Erbe der Nation. Gesetzlosigkeit und Verbrechen waren fast schon von Behans Dubliner Kindheit an ein Teil seines Lebens, und gewiß auch während seiner Flucht nach einer Schießerei auf dem Friedhof von Glasnevin und in den folgenden Jahren der Zwangsarbeit. Obwohl das Schreiben seinem Leben eine neue Richtung gab, führte seine Neigung zur Flasche zum Alkoholismus und schließlich zu seinem Zusammenbruch. Seine intime Kenntnis der irischen Unterwelt inspirierte ihn zu seinen besten Werken, darunter den Stücken *The Quare Fellow* (1954) und *The Hostage* (1957) und den Büchern *Borstal Boy* (1957) und *Confessions of an Irish Rebel* (1965).
Einige Jahre zuvor hatte Behan 1953 für die ›Irish Times‹ eine Fortsetzungsgeschichte über die Dubliner Unterwelt mit dem Titel »The Scarperer« geschrieben, die er unter dem Pseudonym Emmet Street veröffentlichte. Jahrelang war der Verfasser dieser wirkungsvollen Geschichte von Verbrechen und Verrat unbekannt, bis Behan einem Freund, der ihn beim Lesen eines Krimis fand, bekannte, daß er das Genre bewundere und selbst eine Geschichte dieser Art geschrieben habe. Es war typisch für ihn, daß er weder Exemplare der Zeitung besaß, noch sich an die Daten erinnern konnte, zu denen die Geschichte veröffentlicht worden war. Erst die hingebungsvolle Suche seines Biographen Rae Jeffs in den Archiven der ›Irish Times‹ brachte die Erzählung wieder ans Licht. Ich habe hier eine in sich abgeschlossene Episode ausgewählt, in der die Dubliner Polizei und ihre Spitzel sich gegenseitig reinzulegen versuchen. Allein schon auf Grund dieser Geschichte glaube ich, daß die Bezeichnung »Kriminalautor« der Liste von Brendan Behans übrigen literarischen Titeln beigefügt werden sollte.

Abends um halb acht fuhr ein neuer Streifenwagen aus dem Tor der Burg und die Dame Street hinunter.

»Wo lang, Sergeant?« fragte der Fahrer.

»Ich denke, man könnte mal bei Spillane's in der Gardiner Street reinschauen. Gleich ran an den Speck. Wir können uns von der North Side durcharbeiten.«

»Über die O'Connell-Brücke, den Eden-Kai runter, über den Beresford Place und dann in die Lower Gardiner Street. Das ist wohl der schnellste Weg.«

»Na klar«, sagte ein Inspektor in den besten Jahren, der hinten neben dem Sergeant saß, »wenn Sie wollen, daß jeder im ganzen Viertel merkt, wohin wir unterwegs sind.«

Der Sergeant schnalzte mit der Zunge und sagte zu dem Inspektor: »Sie haben recht, Mick. Glauben Sie nicht, er wär selbst draufgekommen, ohne daß wir ihm das hätten sagen müssen?«

Der Sergeant und der Inspektor haßten einander bis aufs Blut wegen der Beförderung des Sergeants und ein paar anderer Streitereien, die sie als »politisch« bezeichnet hätten. Sie waren darum immer sehr höflich zueinander und zeigten es, wenn sie zusammen waren, indem sie einfache Polizisten runtermachten, was die Monotonie ihrer gegenseitigen Beschimpfungen, wenn sie getrennt waren, linderte.

Der Wagen hatte die Westmoreland Street erreicht, und der Fahrer hatte Angst, den geringsten Vorschlag zu machen, nur damit sie wieder über ihn herfielen.

»Wo lang jetzt, äh?« fragte er nervös, wobei er in seinen Heimatakzent verfiel.

»Hier lang, Kollege«, sagte der Sergeant besänftigend. Wie Lanna Machrees Hund lief er gern ein Stückchen mit jedem mit. »Wir fahren geradeaus bis zur Dorset Street, biegen da rechts ab, fahren zum oberen Ende der Upper Gardiner Street und rücken ihnen von da aus auf den Pelz. Aus dem Hinterhalt, sozusagen.«

»Ich seh diesen Cole auf dem Bürgersteig«, sagte der Ältere. »Da drüben bei der Findlater's Kirche. Der war mal Schließer oben im Gefängnis.«

»Sie haben Augen wie ein Luchs«, sagte der Sergeant bewundernd. »Ich sehe ihn. Guckt ins Garagenfenster. Der Bursche hat da oben ein paar schöne Scheinchen verdient, hat Schnaps und Zigaretten reingeschmuggelt und Briefe raus; und in der letzten Nacht, bevor er entlassen wurde, hat er die Feilen und die Leiter für die beiden besorgt, die vor ein paar Jahren getürmt sind.«

»Soll ich ranfahren?« fragte der Fahrer eifrig.

Der Sergeant und der Inspektor sahen einander ohne Hoffnung an und schnalzten gleichzeitig mit der Zunge.

»Ach, du lieber Himmel«, sagte der Inspektor.

»Also wirklich, wenn Sie sich so dämlich anstellen, werden Sie nie befördert«, sagte der Sergeant geradeheraus. »Hab ich recht, Mick?«

»Ich denke schon«, antwortete Mick, der eine Spitze gegen sich vermutete.

»Aber ist schon gut«, meinte der Sergeant, »wir fahren hier lang und warten an der Ampel. Wir bleiben auf der Dorset Street und fallen nicht weiter auf. Wenn wir allen sagen wollten, daß wir hinter dem Kerl her sind, der heute morgen aus dem Mountjoy ausgebrochen ist, von seinem Helfer ganz zu schweigen, würden wir uns jemanden schnappen, der mit Ausbrüchen zu tun hat. Aber das machen wir nicht. Wenn wir Exwärter Cole brauchen, wissen wir, wo wir ihn finden, aber jetzt wollen wir erst mal an die Sache ran, ohne daß jemand darüber Bescheid weiß. Die werden denken, es ist bloß eine Routinerazzia, und wenn wir jemanden wegen einer ganz anderen Sache schnappen, um so besser. Er wird glauben, daß ihn jemand verpfiffen hat, vielleicht sein Kumpel, und aus Rache wird er den verpfeifen, und wir nehmen, was man uns gibt, und sind dankbar.«

»Da ist Spillane's, den Summerhill runter. Beeilung jetzt, aber bringen Sie uns nicht um. Mich nicht und Mick auch nicht, wir sind vielleicht noch nicht soweit.«

Mick, der Sergeant und ein dritter, schweigender Inspektor betraten den Pub über beide Eingänge.

»Guten Abend allerseits«, sagte der Sergeant und steckte den Kopf zur Tür herein.

Sein Gruß wurde mit unterdrückten Flüchen beantwortet, und ein Mann wollte sich verdrücken, obwohl sein Bier noch kaum berührt war.

Er prallte jedoch gegen den Schweigenden an der Hintertür und wurde vom Sergeant zurückgerufen.

»Hast du's so eilig, Billy Boy?«

Er kam an den Tresen zurück. »Ich darf ja wohl noch austrinken.«

»Aber klar«, sagte der Sergeant mit butterweicher Stimme. »Wir wollen einen ehrlichen Mann doch nicht um seine kleine Stärkung bringen. Und wir haben sogar einen mächtig schicken Wagen, um dich bis zur College Street mitzunehmen. Sonst keiner da für ein kleines Schwätzchen? Nein? Na, dann kommst du wohl besser mal mit, Billy Boy.«

Der Mann trank sein Bier aus und ging mit hinaus.

»Nicht, daß wir extra nach dir gesucht hätten«, sagte der Sergeant.

»Ach, woher«, gab Billy Boy sarkastisch zurück. »Sicher hat Euch keiner gesteckt, daß ich hier gerade 'ne Verabredung hatte.«

»Mach's dir bequem«, sagte der Sergeant. »Zuerst zur College Street«, war seine Anweisung an den Fahrer. »Billy Boy, ich schwöre hoch und heilig –«

»Das fällt Ihnen nicht schwer«, sagte Billy Boy voller Bitterkeit. »Jedenfalls sind Sie nie aus der Übung.«

»Na, na, na«, wies ihn der Sergeant mit erhobenem Zeigefinger zurecht. »Ich wollte nur sagen, daß wir bei Spillanes's nicht mehr nach dir gesucht haben als –«

»Aber woher denn. Sie sind nur reingegangen, um auf die Uhr zu gucken. Die alten Sprüche kenn ich. Ich weiß, wer Euch den Tip gegeben hat, aber wenn er mich verpfeift, kann ich ihn zweimal verpfeifen. Er hat Brüche mit mir und ohne mich gemacht.«

»Zieh keine voreiligen Schlüsse. Das Schiff aus Liverpool war letzte Woche jede Nacht da, seit du die Ware am Kai runtergelassen hast.«

»Und er hat mich als Bergarbeiter verkleidet nach Garston geschickt, damit ich nicht mit den anderen Passagieren durch muß. Aber dem geb ich's. Ich weiß, mit wem er sich neulich im Shaky Man's getroffen hat.«

»Das hat Zeit, das hat Zeit. Ich geb dich jetzt hier ab, und gegen zwölf komme ich zurück, um Anklage gegen dich zu erheben. Ich bring dich nicht zum Bridewell-Gefängnis, weil ich dich gegen Kaution wieder laufenlasse. Sie wird doch wohl kommen, um dich rauszuholen?«

»Oh, ganz sicher, Sergeant. Sie kennen ja die Adresse. Aber Sie wollen mich doch nicht reinlegen, Sergeant?«

»Bevor ich dich reinlege, Billy Boy, muß ich ein bißchen früher aufstehen. Ich hab's nun mal nicht gern, wenn Leute davonkommen, die schlimmer sind als die, die sie in diese Sachen reinreiten, nur weil sie als erste mit einem Geständnis beim Kommissar waren – ihrem eigenen und dem von allen anderen. Sogar wir mögen keine Spitzel, obwohl wir auf sie angewiesen sind«, sagte er mit frommem Augenaufschlag himmelwärts. »Besonders keinen, der einen Burschen verpfeift, den er für den Job praktisch angeheuert hat.«

»Genau, Sergeant, genau. Er hat zuerst die Idee gehabt. Er –«

»Schon gut, Billy Boy, du kannst mir alles erzählen, wenn ich mit ihr und der Kaution wiederkomme. Da wären wir, spring raus, Kollege.«

»Sie werden's doch nicht vergessen, Sergeant?« fragte er gespannt durch das Autofenster.

»Natürlich nicht, und bevor du reingehst, geb ich dir noch einen Rat. Wenn du das nächste Mal einen Einbruch machst, such dir einen besseren Kumpel aus, nimm einen ehrlichen Räuber.«

Er winkte Billy aus dem Wagen zu. Billy winkte zurück und wurde ins Revier geführt.

»Wovon hat er geredet?« fragte der Sergeant. »Wer ist sein Kumpel?«

»Wir hatten ihn wegen einer kleinen Schmuggelsache auf der Liste. Zigaretten vom Kai runter. Nichts Großes. Sie haben sie hinten aus einem Laster geklaut. Gerade seine Kragenweite«, sagte Mick. »Er arbeitet manchmal mit dem Burschen, den sie Schweinsauge nennen. Deshalb hat er den Shaky Man's erwähnt. Das ist Schweinsauges Kneipe.«

»Und er hat was erzählt, daß Schweinsauge sich da neulich mit jemandem getroffen hat.«

»Schweinsauge stand wegen des Zigarettenjobs nicht auf der Liste wie der andere.«

»Na, jetzt steht er drauf«, sagte der Sergeant. »Ich möchte wissen, mit wem er sich im Shaky Man's getroffen hat. Ich werd ihn ins Bridewell stecken, und keiner wird wissen, daß der andere sitzt. Dann laufe ich hin und her«, seine Lippen öffneten sich in Ekstase, »und der eine erzählt mir dies und der andere jenes.«

»Und mit ein bißchen Glück könnten wir im Shaky Man's noch jemand anders einkassieren«, sagte der Fahrer eifrig.

»Stimmt«, sagte der Sergeant gnädig, »die Nacht ist noch jung. Fahren Sie hin, und wir werden mal sehen.«

»Wo lang, Sergeant?« fragte der Fahrer.

Mick und der Sergeant sahen sich an und sprachen langsam zusammen: »Ein Polizist, der nicht weiß, wo der Shaky Man's ist ...«

»Na schön«, begann der Sergeant resigniert, »zuerst biegen Sie rechts ab, dann –«

Der Wagen fuhr an den Kais entlang.

†††

Vor dem Shaky Man's machte sich Glimmers Gleeson bereit, um zu seinem Geschäftsplatz an einer Brücke weiter unten am Liffey zurückzukehren. Er rückte seine schwarze Brille zurecht, hängte sich das Schild VON GEBURT AN BLIND vor den Bauch und tastete mit dem Stock nach der Bordsteinkante.

Ein sich nähernder Wagen erweckte seine Aufmerksamkeit, und er sah auf, dann drehte er sich um, steckte den Kopf in die Tür des Shaky Man's und brüllte heiser: »Polente Polente die Streife kommt laßt'n Drink für mich da Gott segne euch«, alles in einem Atemzug. Dann verschwand er um die Ecke und entfernte sich schnell von den Kais.

Einige Männer an der Theke, Schweinsauge O'Donnell voran, stürzten zur Hintertür hinaus, die vom Shaky Man offengehalten wurde, und die Treppe hinunter in einen Keller. Sie gewöhnten sich an die Dunkelheit und lauschten an einem Gitter über ihnen nach dem Geräusch des Streifenwagens. Er brummte am Straßenrand; sie hörten eine Tür zuschlagen und nickten einander im Halbdunkel zu.

»Du gehst rein, Mick«, sagte der Sergeant, »wir bewachen die Ausgänge.«

Er stand an der Ecke, und der schweigende Inspektor stand an der Tür in der Seitenstraße.

Mick sah sich im Pub um und nickte dem Shaky Man zu, der ihm einen guten Abend wünschte. Niemand stand an der Theke, und der Laden war leer bis auf zwei Frauen, die im Nebenraum saßen und Schnupftabak aus einer Senfdose nahmen.

Er ging zu ihnen hinein. »Wie geht's, Maggie?«

»Nicht besser, wenn ich Sie sehe«, sagte die ältere Frau.

»Erzählt uns niemand, wer hinten rausgelaufen ist, als Glimmers Alarm gegeben hat, daß wir mit dem Wagen kommen?«

»Weil Sie was hören wollen, wollen wir noch lange nichts sagen«, sagte die andere alte Frau.

Er kehrte auf die Straße zurück, um mit dem Sergeant zu reden. »Da ist niemand als –«, aber der Sergeant sprach mit Nancy Hands und nickte ihm zu, still zu sein.

»Hab gerade dieses kleine Mädchen getroffen, wie's die Straße raufkam. Hattest du vielleicht eine Nachricht für jemanden da drin, Nancy?«

»Um die Wahrheit zu sagen, Sergeant, ich wollte was trinken.«

»Daß ein Mädchen wie du nicht 'nen besseren Laden findet, um was zu trinken! Und dieser billige Wein wird dich noch ruinieren.« Er rollte traurig seine kleinen Augen.

»Was soll man machen, Sergeant, wenn man kein Geld für was Besseres hat?«

»Für ein paar Flaschen Stout, sogar für ein Tröpfchen Whiskey. Wär das nicht besser?« Er wühlte in seiner Tasche, zog eine Pfundnote heraus, die er zärtlich zwischen Daumen und Zeigefinger rieb, und sagte beiläufig: »Ich nehme an, du hast auf deinen Reisen nicht zufällig Schweinsauge O'Donnell getroffen?«

»Ich hab ihn vor ein paar Tagen hier drin gesehen. Und wissen Sie, wer noch da war?«

Der Sergeant schüttelte langsam den Kopf.

»Eddie Collins. Der Kerl wurde in London verurteilt, und letztes Jahr ist er aus Parkhurst getürmt. Er sollte zehn Jahre absitzen.«

Der Sergeant nickte.

»Bist ein gutes Mädchen, Nancy, und ich weiß, es macht dir nichts aus, wenn dir ein Mann, der alt genug ist, um dein Vater zu sein, einen Drink spendiert. Hier hast du Geld für einen, und ich geb dir den Rat, laß diesen billigen Wein sein. Gute Nacht.«

Er schüttelte ihr die Hand und drückte die Pfundnote hinein.

Sie nickte dankbar und ging in die Kneipe.

»Wir müssen noch in ein paar andere Läden reinschauen«, sagte der Sergeant. »Alle in den Wagen.«

Der Streifenwagen fuhr den Flußkai entlang. Der Sergeant bemerkte zu Mick: »Wenn uns dieser Eddie Collins über den Weg laufen würde, wären wir die Größten.«

»Oder wenn wir den Hauptpreis beim Rennen gewinnen würden.« Wie er oft über den Sergeant sagte: Bevor die Filme und das Radio kamen, war er in Ordnung, aber jetzt hatte er alle möglichen Ideen über schrecklich raffinierte Detektive im Kopf, die schlauer waren, als sie aussahen. Warum konnte er nicht ganz normal seine Streifen machen und alles, was es an Rätseln gab, den Neuen überlassen, die oben im Depot mehr lernten als Handball und Kohlkopffangen?

»Fahren Sie bis zur Townsend Street, Kollege«, sagte der Sergeant zum Fahrer, grinste bei sich und gluckste hinter vorgehaltener Hand auf mild mysteriöse Weise.

Gut, daß wir noch kein Fernsehen haben, dachte Mick, sonst wär's mit dem Burschen völlig aus.

Die Männer im Keller hörten den Wagen wegfahren und machten

sich daran, wieder hochzugehen. Ein Mann im Hintergrund brummte etwas über Nancy Hand und ihre Unterhaltung mit dem Sergeant. Sie schauten Schweinsauge an.

»Wir überlassen sie dem Himmel«, sagte er.

»Wenn sie oben ist, wenn wir hochgehen, überlaß ich sie dem Krankenhaus in der Jervis Street«, sagte der Mann, der gebrummt hatte.

»Du sagst kein Wörtchen-Törtchen zu ihr«, sagte Schweinsauge, der Cockney-Slang gebrauchte, wenn er etwas Wichtiges sagen wollte. »Und ihr anderen sagt auch nix.«

»Du läßt sie doch nicht mit so was davonkommen, oder?«

»Ob ich das tu oder nicht, geht keinen außer mir was an, und außerdem«, hier lächelte er, »kann man 'ne Katze noch anders umbringen, als sie an 'nem Stück Schnur durchs Schlüsselloch zu ziehen.«

Die anderen gluckten, wie man so sagt, und trampelten die Treppe hinauf.

Nancy drehte sich zu ihnen um, als sie in die Kneipe kamen. Schweinsauge starrte sie an.

»Hallo, Schweinsauge, hallo, Bowser.«

»Gleichfalls«, sagte Schweinsauge.

»Wie steht's, Nan?« fragte Bowser.

»Oh, mir geht's bombig.«

»Na, hoffentlich bleibt's auch so«, sagte Schweinsauge und nickte dem Shaky Man zu. »Gib mir mal das Spülmittel, das ich dagelassen hab, und dann verzieh ich mich.«

»Ach Quatsch«, sagte Nancy Hand, »gib ihm noch ein Bier und dazu einen Kleinen. Du auch, Bowser?«

»Hast du einen Engel getroffen?« fragte Schweinsauge. »Hab ich«, lachte Nancy nervös, »einen auf zwei Beinen.«

»Von anderen hab ich noch nie gehört«, sagte Bowser.

»Ach was«, sagte Nancy schnell, »ich hatte noch was in der Zuckerdose.«

Bowser hob das Glas. »Viel Glück, Bosy«, sagte Nancy.

»Hoffentlich geht's dir nie schlechter«, sagte Schweinsauge.

BRIAN CLEEVE

Foxer

War Brendan Behan rebellisch und verstockt zugleich, so gilt dasselbe für Foxer O'Reilly, den betrügerischen Helden dieser Erzählung des Meistererzählers Brian Cleeve (*1921). Cleeve, der in Dublin geboren wurde und eine Weile Journalist bei der staatlichen Rundfunk- und Fernsehanstalt war, hat einige Thriller mit lebendigem irischen Hintergrund geschrieben, wobei er aus seiner persönlichen Erfahrung schöpfte. Seine neuesten Bücher handeln von Sean Ryan, der als »einer der überzeugendsten Geheimagenten der Gegenwartsliteratur« bezeichnet worden ist.
Brian Cleeve beschreibt Foxer als einen »Jäger nach Gelegenheiten« und erzählt, er sei 1964 durch einen Besuch im Mountjoy-Gefängnis, wo er einen Fernsehfilm drehte, zu der Erzählung inspiriert worden. Nachdem der Leser O'Reilly kennengelernt und seine Erfahrungen geteilt hat, wird er wahrscheinlich nicht überrascht sein zu erfahren, daß es eine der Lieblingsgeschichten ihres Autors ist, die von ihm speziell für diese Sammlung ausgewählt wurde.

Mr. Francis O'Reilly, einem großen Feindeskreis als Foxer bekannt, lag auf seinem schmalen Gefängnisbett und dachte an das Alter und den Tod. Morgen würde er achtundsiebzig werden! Es war ganz unerwartet gekommen. Wie ein Polizist in der Nacht. Er war alt geworden und hatte es nicht gemerkt. Natürlich hatte er gemerkt, daß er älter wurde. Aber nicht, daß er schon alt war. Sehr alt. Zu alt. Er strich über seinen Bart, der weich wie weiße Seide, wellig, üppig und so überzeugend alt und tugendhaft wirkte, daß er ihn nie als Zeichen des Alters angesehen hatte, sondern eher als Teil seines Handwerkszeugs. Seine Opfer glaubten, ein Mann mit solch einem weißen Bart könne ihnen unmöglich ein Garn kostspieliger Lügen spinnen.

Er trug den Bart seit zwanzig Jahren, pflegte ihn, liebte ihn, hatte ihn von einfachem Blaßgrau zu engelhaftem Weiß wechseln sehen, ihn mit furchtbarer Wut gegen Gefängnisärzte und -friseure verteidigt, die besten Shampoos dafür gestohlen und ihn wider alle Vernunft behalten, obwohl dessen bloßes Erscheinen in einem Polizeidistrikt reichte, um ihn festnehmen zu lassen. Tatsächlich war manch armer Geistlicher, der seinem frommen Werk in London, Manchester oder Dublin nachging, plötzlich auf irgendeinen großen Mann in Zivil aufmerksam geworden, der ein unnatürliches Interesse für sein unschuldiges altes Gesicht zeigte, und hatte sich vage schuldig gefühlt, bis der Polizist merkte, daß es nicht Foxer war, und sich abwandte.

Denn Foxer war auf Geistliche spezialisiert. Katholische Priester, Pfarrer der Church of England, freikirchliche Prediger, Unitarier – er war völlig ökumenisch. Aber zu Hause in Irland war er stets ein Priester. Von der Mission. Vielleicht aus Afrika. Oder Südamerika. Oder Formosa. Er liebte die Abwechslung und war stolz darauf, einen geistlichen Gegenwert zu liefern. Mancher Dummkopf, der schon seine Fünfpfundnote für den Bau der Missionskirche in M'Wanga oder den Konvent in San Felipe oder das Seminar in Pei Pei, etwas nördlich von Ping Ping, abgeliefert hatte, war hinterher eine Stunde lang mit grausigen Erzählungen über die heidnische Finsternis in Pei Pei, die furchtbare Drohung des kommunistischen Atheismus in San Felipe oder das schlimme Schicksal weiblicher Waisen bei den Abongo unterhalten worden. Manch hartgesottener Handlungsreisender hatte sich eine Träne aus dem Auge gewischt, als er seinen Beitrag für die Mission in M'Wanga bei seinen Spesen eintrug, passenderweise unter der Rubrik »Unterhaltung«.

Und nicht alles waren Lügen, was Foxer erzählte. Er war wirklich einmal in San Felipe gewesen. Er hatte dort zwei Wochen im Gefängnis gesessen, bevor er sich die Freiheit erkaufte. Und er hatte wirklich einmal eine weibliche Abongowaise adoptiert. Wenigstens war sie weiblich und vermutlich eine Waise. Und wenn sie keine Abongo war, war sie gewiß schwarz gewesen und auffallend hübsch auf eine dunkle und geschmeidige Weise. Er hatte sie in Liverpool gefunden und drei Monate vollkommenen Glücks mit ihr in Manchester verbracht, bis ein aufdringlicher Polizist eine alte Geschichte ausgrub und ihn zweieinhalb Jahre ins Gefängnis von Strangeways brachte. Aber so war das Leben. Seines jedenfalls, und er hatte wenig Schuldgefühle.

Von den letzten fünfzig Jahren hatte er vielleicht – hatte er tatsächlich – siebenunddreißig in verschiedenen Gefängnissen verbracht, von Wandsworth bis Sing Sing, aber wenn er daran dachte, wie er die übrigen dreizehn verbracht hatte, kamen ihm keinerlei Gewissensbisse. »Junge, Junge, was hab ich für einen Spaß gehabt«, hätte er sagen können. Und jetzt war er alt geworden, all der Spaß lag hinter ihm und nur der Tod vor ihm. Es wurde Zeit, mit dem Unsinn aufzuhören und an die wichtigen Dinge des Lebens zu denken.

»Du mußt dich damit abfinden«, hatte der Direktor gesagt. »Du bist zu alt dafür.« Und dann hatte er ihn am Ellenbogen zu dem vergitterten Fenster in seinem Büro geführt und auf eine ordentliche Reihe von Holzkreuzen auf dem Gefängnisfriedhof gezeigt. »Wenn du nicht da draußen enden willst, mußt du ab jetzt ehrlich bleiben, alter Freund, wirklich.« Und er blickte recht traurig drein.

Obwohl der Direktor ein vergleichsweise junger Mann war, kaum sechzig, kannten er und Foxer sich schon lange, seit der Zeit, als Foxer noch in den Zügen zu den Rennbahnen arbeitete und der Gefängnisvorsteher noch ein Hilfsschließer war.

»Du willst doch nicht hier drin sterben, Foxer, oder?« hatte der Wärter gefragt, weil er selbst nicht hier drin sterben wollte und manchmal Angst hatte, es würde so kommen. Und tatsächlich wollte Foxer ebensowenig im Gefängnis sterben, wenn auch aus etwas anderen Gründen als der Direktor. Foxer war so lange mit der Geistlichkeit verbunden gewesen, daß er wenig Glauben an ein Leben nach dem Tode hatte. Das Grab war alles, dessen ein Mann sich sicher sein konnte, und er empfand nicht den Wunsch, die Ewigkeit neben irgendeinem kleinen Dieb oder betrügerischen Bankrotteur zu verbringen. Seit Jahren hatte er im Geist an ein bezauberndes Plätzchen auf dem Friedhof von Glasnevin nahe der Dichterecke gedacht, wo seine Nachbarn Leute von Geist und interessanter Konversation sein würden. Alles, was er brauchte, war das Geld dafür, und seine letzte kleine Eskapade war genau damit verbunden gewesen.

Er hatte den Sommer bescheiden, aber profitabel mit der Arbeit in den Ferienorten der Südwestküste verbracht. Er hatte seit fünfundzwanzig Jahren nicht mehr im Südwesten gearbeitet, und damals hatte er noch keinen Bart getragen. Bei der natürlichen Großzügigkeit der Urlauber und dem tiefen Respekt der irischen Hotelbesitzer für das geistliche Kleid – vielleicht hoffen sie, daß es im Himmel gegen ihre diversen kleinen beruflichen Sünden aufgerechnet wird wie die, den schlechtesten Kaffee westlich von Kamtschatka zu servieren – war es ihm recht gut gegangen. Spenden für nichtexistente Missionsstationen zu sammeln ist zwar ein sicherer Weg, Dummköpfe reinzulegen, aber auch ein sehr langsamer Weg, und es ist angesichts der Lebenshaltungskosten fast unmöglich, viel Kapital anzuhäufen. Am Ende des Sommers hatte Foxer genug, um über den Winter zu kommen oder die längste Zeit davon, aber keinen Penny mehr. Und damals, Ende September in Tralee, war ihm wieder der Gedanke an das Plätzchen in Glasnevin gekommen. Man brauchte nur hundert Pfund dafür. Aber es hätten genausogut tausend sein können. Fast alle Urlauber waren nach Hause gefahren.

Das bedeutete die Party für den Bischof. Nur noch einmal. Für das Fleckchen in Glasnevin. Und dann, Gott war sein Zeuge, nie mehr. Sie hatte ihn schon zwei Jahre in Sing Sing, zweieinhalb in Wandsworth und zwei in Mountjoy gekostet. Aber schließlich hatte er sie noch nie im Südwesten gemacht.

Am nächsten Tag ging er daher in die örtliche Filiale der Bank of Ireland, zahlte fünf Pfund ein und erhielt ein Scheckbuch. Dann ging er ins größte Hotel, buchte ein Zimmer mit Bad, nahm das beste Dinner zu sich, das aufzutreiben war, bestellte eine Flasche zwölf Jahre alten Whiskey und lud den Hotelmanager ein, ihm bei einem Schlummertrunk Gesellschaft zu leisten. Er hatte bereits eine ganze Menge Wissen über die örtlichen Kirchenangelegenheiten gesammelt.

Der Manager kam und wurde eine halbe Stunde mit einer virtuosen Bauernfängernummer unterhalten, der Frucht von mehr als fünfzig Jahren Erfahrung. Weibliche Waisen der Abongo, herzzerreißend dankbare Babys in Pei Pei, phantastisch fromme Indianer in San Felipe streckten dem Manager ihre schwarzen, gelben und braunen Hände entgegen, bis ihm Tränen in die Augen stiegen und er nach seinem Scheckbuch griff. Aber Foxer schüttelte nur vorwurfsvoll den Kopf. »Mein lieber Freund«, sagte er, »glauben Sie, ich hätte Sie eingeladen, um eine Spende für meine Waisenkinder zu bekommen? Vielleicht ein andermal, aber heute abend erlauben Sie mir, meine Hirtenpflicht einmal ruhen zu lassen und den Gastgeber zu spielen. Wissen Sie, sogar ein Missionar wird einmal des Bettelns müde, sogar für die Werke der Barmherzigkeit.« Und er goß dem Manager den letzten Tropfen Whiskey mit einem schlauen Zwinkern der Gastfreundschaft ein.

»Und wo ich davon spreche, Gastgeber zu sein, fällt mir ein, daß ich ein alter« – er strich seinen Bart – »ein sehr alter Freund Ihres Bischofs, des guten Dr. McGurk bin.« Denn so hieß der Bischof tatsächlich. »Wir waren zusammen auf dem Maynooth-College – oh, vor einem halben

Jahrhundert. Leb wohl, verlorene Jugend, verlorener Ehrgeiz, *tempus fugit*, wie unser alter Philosophieprofessor sagen würde. Wie wenig, ach, wie wenig haben wir kleinen herumhüpfenden Lämmer des Guten Hirten gewußt, wie sie *fugit*. Und jetzt trägt der gute Aloysius McGurk den Purpur – möge Gott ihm stets gnädig sein –, und ich, ich bin das, was Sie vor sich sehen, mein lieber Freund: ein bescheidener Missionspriester, der in allen vier Himmelsrichtungen dieses großzügigen Landes um Brot für seine Waisenkinder bittet. Aber einmal noch, um der alten Zeiten willen, möchte ich gern den Gastgeber für meinen alten Freund und seine Geistlichen spielen. Übrigens« – er zwinkerte deutlich – »bin ich dabei nicht ganz uneigennützig, denn der gute Doktor kann, wenn er will, meiner Missionsarbeit auf vielerlei Art helfen, zum Beispiel, indem er die Gedanken der jungen Seminaristen auf die geistigen Bedürfnisse meiner heidnischen Waisenkinder richtet. Ach, wir Tauben müssen schlauer sein als die Schlangen, wenn wir in dieser Welt überleben wollen.«

Was in gewisser Weise völlig zutraf. Und so plante Foxer mit dem Manager ein äußerst wohldurchdachtes Festmahl, welches das mildtätige alte Herz jedes Bischofs erweicht hätte, angefangen mit Austern, und von da über ein Dutzend Gänge bis hin zu Pfirsichen *flambées* in Kirsch *à la maréchale*, Gott vergebe Foxer, begleitet von genug französischen und Rheinweinen, nicht zu reden von zwölf Jahre altem Whiskey und altem Kognak, um die Geistlichkeit der ganzen Diözese in wohlwollender Benebelung versinken zu lassen.

»Wir werden etwa ein Dutzend sein«, sagte Foxer, »sagen wir vierzehn. Ich würde dreizehn sagen«, fügte er schelmisch hinzu, »wenn das nicht an Blasphemie grenzte. Aber da ist noch etwas. Ich möchte diese kleine Party für meinen alten Freund – und seine alten Freunde – denkwürdig machen, denn nur Gott weiß, ob wir uns auf dieser Seite des Paradieses wiedersehen werden. Und während er sicher sein kann, dorthin einzugehen, bin ich, ach ...« Und er schlug sich an die Brust.

»Nein, nein«, rief der Manager völlig überwältigt. »Möge Gott Sie beide noch viele Jahre erhalten. Mögen Sie noch viele kleine Partys wie diese geben.« Was der Manager wohl wünschen konnte, denn sein Gewinn würde sich bei dieser Gelegenheit in der Gegend um fünfzig Pfund bewegen. Er und Foxer waren den Tränen nahe, und Foxer hatte kaum noch genug Stimme, um eine weitere Flasche zu bestellen. Sie kam, wurde geöffnet, probiert, für gut befunden.

»Sie wollten sagen«, half ihm der Manager, »Sie wollten diesen Anlaß für Ihren geliebten Bischof wahrhaft denkwürdig gestalten?«

»Ach ja«, rief Foxer und schlug sich vor die Stirn. »Ich bin froh, daß Sie mich daran erinnert haben. Ich möchte ein paar kleine Geschenke für meine Gäste kaufen. Kleinigkeiten natürlich, die Brieftasche eines Missionars enthält selten mehr als Brosamen.« Ein trauriges Lächeln. »Aber geschmackvolle Kleinigkeiten. Sagen Sie mir bitte, wo kann man in dieser hübschen Stadt solche Geschenke am besten kaufen?«

Der Manager schaute äußerst nachdenklich drein, rieb sich am Kinn und nannte einen örtlichen Juwelier von hervorragendem Ruf und Angebot. Die Flasche war leer. Manager und Missionar – denn nach seinem Anteil an zwei Flaschen zwölf Jahre alten Whiskeys *war* Foxer mit Herz, Seele und Körper Missionar – wankten ins Bett und schliefen den Schlaf der wahrhaft Zufriedenen.

Am nächsten Tag schlenderte Foxer zu dem empfohlenen Juwelier, erzählte den notwendigen Teil seiner Geschichte, kaufte ein hübsches Brustkreuz für den Bischof, eine Schnupftabakdose aus Gold und Emaille für den Domherrn, ein goldenes Feuerzeug für Monsignore O'Flaherty und so weiter, durch die ganze Liste seiner geistlichen Gäste. Als alles verpackt und zusammengerechnet war, zog er sein Scheckbuch heraus, nannte die Bank of Ireland und den Hotelmanager als seine Referenzen – um nicht den Bischof oder seine eigene Erscheinung zu erwähnen –, bezahlte für seine Einkäufe, wenn man so sagen kann, und schritt frohgemut aus dem Laden, mit einer Beute, die ihm bare hundert Pfund einbringen würde, wenn er sie im richtigen Viertel von Dublin versilberte. Er könnte sogar das Brustkreuz für sich behalten. Zehn Meter weiter wurde er verhaftet.

Als er beim Prozeß gegen Foxer aussagte, weinte der Hotelmanager fast wieder, doch vor höhnischem Gelächter. Vor dreißig Jahren hatte Foxer ihn und den örtlichen Juwelier auf genau dieselbe Art reingelegt. Damals war er stellvertretender Manager in einem großen Hotel in Roscommon gewesen. Und um die Sache noch zu verschlimmern, war der Juwelier sein Cousin gewesen. Damals war Foxer mit Juwelen im Wert von hundertfünfzig Pfund, einer Rechnung über vier Tage Hotelaufenthalt, fünf Flaschen Whiskey und einem Satz Hotelhandtüchern entwischt. Diesmal bekam er zwei Jahre in Mountjoy, die zwei Jahre, die er rechtzeitig vor seinem achtundsiebzigsten Geburtstag beendete.

Dies war eines der Dinge, die Foxer gezeigt hatten, daß er wirklich viel zu alt für seinen Beruf sei und sich zurückziehen sollte. Ein Schwindler, der ein früheres Opfer nicht wiedererkennt – auch wenn es dreißig Jahre her ist –, hat kein Recht, in diesem Geschäft zu bleiben. Und auch nicht viel Aussichten.

Das andere Element in Foxers Entschluß, sich zur Ruhe zu setzen, neben der Furcht, auf dem Gefängnisfriedhof begraben zu werden, war Familiensinn. Es war ein vergleichsweise neues Gefühl, dessen Wurzeln jedoch aus einem Ereignis wuchsen, das vierzig Jahre her war. Er hatte in London eine hübsche irische Witwe mit draller Figur und drallem Konto getroffen und sie in einem schwachen Moment geheiratet. Ehe und Bankkonto hatten etwa einen Monat gehalten. Ein Sportwagen, eine Hochzeitsreise nach Antibes, Mondschein an der Riviera, Monte Carlo – ach, die Freuden der Ehe. Aber in Monte Carlo hatte ihn ein wütender Mann wiedererkannt, er war mit dem Sportwagen und den Resten des Bankkontos geflüchtet und hatte seine Gattin nie wiedergesehen.

Und, um die Wahrheit zu sagen, auch bis vor einem Jahr kaum an sie gedacht, als eine nicht mehr ganz junge Frau mit vage vertrauten Gesichtszügen ihn in Mountjoy besuchte und sich als seine Tochter vorstellte. Bei einem späteren Besuch brachte sie ihren Mann mit, einen Doktor der Psychologie und Amateurkriminologen. Der Doktor verliebte sich sofort in Foxer, in dem er Stoff für mehrere Vorträge vor wissenschaftlichen Gesellschaften sah und sogar für ein Buch über die latente Schizophrenie von Hochstaplern. Tatsächlich war es der Doktor, der seine Frau überzeugt hatte, ihren schimpflichen alten Vater zu besuchen, sobald die Zeitungsmeldungen nach seiner jüngsten Festnahme sie an die Verwandtschaft erinnert hatten. Seine Frau selbst, Foxers Tochter, war langweilig, ohne Foxers Schwung und Phantasie. Aber sie hatte ein gutes Herz, und als ihr Mann vorschlug, sie sollten Foxer bei sich aufnehmen, stimmte sie widerwillig zu.

»Was sollen wir den Jungs erzählen?« war alles, was sie sagte, womit sie ihre Söhne Patrick und Martin meinte, zwölf und zehn Jahre alt. »Sie dürfen niemals die Wahrheit erfahren.« Was die kleine fünfeinhalbjährige Grace betraf, ließ ihr der bloße Gedanke, ihr Kind könnte je Wörter wie »Gefängnis« oder »Verbrechen« hören, das Blut in den Adern gefrieren.

»Wir sagen ihnen, er wäre dein Großonkel aus Südamerika«, sagte der

Doktor. Sein Mund zuckte. »Wahrscheinlich kann er solche Geschichten mit einer Menge Einzelheiten ausschmücken.«

Und so zog Foxer zu seiner Tochter, seinem Schwiegersohn und seinen drei Enkeln, wobei er mit seinem Ruhestand durchaus zufrieden war. Es war angenehm, ziellos in der Sonne herumzuschlendern, die Nachbarn ohne verborgene Absichten zu grüßen, jungen Polizisten furchtlos und sogar drohend ins Auge zu sehen, nicht länger ein einsamer Wolf zu sein, sondern ein Schaf in der Herde. Es war eine große und seltsam behagliche Veränderung. Er hatte das Gefühl, in der Acacia Avenue Nr. 10 zu versinken wie ein müder Sportler in einem heißen Bad.

Und wenn es nicht wegen der kleinen Grace gewesen wäre, hätte er dort für immer bleiben können. Oder wenigstens, bis der Friedhof in Glasnevin ihn aufnahm. Im Haus war er ruhig und machte keinen Dreck. Er gab dem Doktor wertvolle Aufschlüsse, half seiner Tochter beim Abwasch und unterhielt die Kinder vor dem Schlafengehen mit ausführlichen Geschichten über Südamerika. Natürlich keine Missionarsgeschichten, es war eine Erleichterung für ihn, nach so vielen Jahren im Dienst der Kirche wieder ein Laie zu sein. Er beschrieb versunkene Inka-Reiche, die er zufällig gefunden hatte, wobei er auf die jahrelange intensive Lektüre von Reiseberichten (meist zu beruflichen Zwecken) in gutausgestatteten Gefängnisbibliotheken zurückgriff. Er erzählte von phantastischen Alligatorjagden am Oberlauf des Amazonas, wo die Piranhas die Alligatoren so schnell auffraßen, wie er sie schoß, weswegen er auch keine Alligatorenhandtasche für ihre Mutter mitbringen konnte oder einen ausgestopften Babyalligator für Grace.

Aber die Geschichten, die den Kindern am besten gefielen, drehten sich um den Schatz. »Man könnte sagen«, erzählte er ihnen, »daß ich mein Leben mit der Suche danach verbracht habe.« Und er strich sich den Bart und erzählte ihnen vom sagenumwobenen Schatzsee der Inkas, hoch in den Anden, glatt wie Glas, kalt wie Eis, tief wie die Hölle selbst und von riesigen schwimmenden Schlangen mit Säbelzähnen und schuppengepanzerten Köpfen bewacht.

»Jetzt aber Schluß, Onkel«, sagte seine Tochter, die mit Graces Kakao hereinkam, »sie wird noch schlecht träumen.« Und Foxer wurde sanft, aber bestimmt in die Küche geleitet, wo eine Menge Abwasch auf ihn wartete.

Diese Unterbrechungen kamen immer häufiger. Foxers Tochter

schien die Wirkung der Phantasie auf ihre geliebten Küken zu fürchten. Bei Jungen bedeutete Phantasie Unsicherheit, verlorene Jobs, Gefängnis. Bei Mädchen bedeutete sie unbedachtes Heiraten, das Theater, Journalismus, Gott weiß, was noch. Obwohl sie sich ihrem Mann fügte, war sie doch eine Mutter und fest entschlossen, ihre Kinder nicht verderben zu lassen. Sie begann kleine Hinweise fallenzulassen, ihr südamerikanischer Großonkel sei ein lieber, netter alter Mann, aber manchmal ein wenig – nun ja – phantasievoll.

»Du meinst, er erzählt Lügen?« fragte Martin verächtlich. »Natürlich tut er das.« Und aus unerklärlichen Gründen machte sie diese leichtherzige Zustimmung der Jungen noch besorgter. Nur Grace war schockiert und ungläubig.

»Oh, nein!« rief sie. »Er sagt immer die Wahrheit. Und er hat gesagt, wenn sein Geld aus Südamerika kommt, kauft er mir einen schönen goldenen Ring, wie die Ringe in dem Schatz. Er hat's mir versprochen!«

Tatsächlich hatte Foxer genau das in einem schwachen Moment versprochen. Und er hörte diese bestimmte Unterhaltung mit an. Sie machte ihn äußerst unruhig. Wie zwei Steinchen in einem sonst bequemen Schuh. Sowohl die Kühle seiner Tochter als auch die Erwartung seiner Enkelin waren besorgniserregend für einen alten Mann, dessen ganzes Wohlergehen immer mehr von diesen beiden Frauen abhing. Von seiner Tochter, weil sie für ihn kochte, sein Bett machte, seine Hemden ausbesserte und die tausend kleinen Dinge tat, für die Gott das weibliche Geschlecht geschaffen hat und ohne deren korrekte und willige Ausführung ein Haus nicht viel besser ist als eine Gefängniszelle, und auch viel weniger friedvoll. Und von Grace, weil sie ihm zwei oder drei kleine Genüsse besorgte, an die er nicht auf ehrliche Weise kommen konnte.

Er konnte die Jungen nicht bitten, ihrem Vater Zigarren zu klauen, weil sie es falsch gefunden hätten, während es für Grace ein großer Spaß war. Und weil sie die ganze Beute alleine gegessen hätten, konnte er die Jungen auch nicht bitten, ihm Schokoladenkekse zu besorgen und sie ihrer Mutter auf die Rechnung setzen zu lassen. Grace besorgte sie und machte halbe-halbe mit ihm, und er bezahlte sie mit immer üppigeren Versprechungen. Ein goldenes Halsband. Eine Puppe, die »Hallo« und »Gugu Mama« sagte, ein Puppenhaus. Als die Jungen die beiden einmal mit fast einem halben Pfund Schokoladenwaffeln erwischten, lenkte er die drohenden Untersuchungen mit Worten über eine elektrische Eisenbahn ab.

»Wann?« fragte Patrick.

Und während die Waffeln unter seinem Sitzkissen schmolzen, sagte Foxer »Weihnachten«, ohne zu überlegen, daß in weniger als einem Monat Weihnachten war. Von da an wurde das Leben immer schwieriger. Patrick erzählte seiner Mutter von dem Versprechen. Seine Mutter riet ihm, sich nicht darauf zu verlassen. Martin wiederholte diese Warnung vor Foxer mit einem gewissen unfreundlichen Spott, der den alten Mann tief verletzte und bei Grace zu einem hysterischen Anfall führte. Als Martin weg war, beruhigte Foxer Grace mit mehr Versprechungen und legte sich in dieser Nacht mit der Erkenntnis zu Bett, daß er, wenn er seine Weihnachtsversprechen nicht einhielt, den Kindern nie wieder ins Gesicht sehen konnte. Während der Verlust von Martins und Patricks nie ganz echtem Respekt nur seinen Stolz verletzen würde, wäre der Verlust von Graces Glauben an ihn etwas ganz anderes.

Martin und Patrick waren ganz die Kinder ihrer Eltern. In Grace sah er jedoch in undeutlicher, kindlicher Form viel von sich selbst. Er sah es in der beiläufigen Effizienz, mit der sie die Zigarrenkiste ihres Vaters plünderte, wobei sie den Schlüssel fast unter seiner Nase vom Schreibtisch verschwinden ließ und ihn mit der einen Hand zurücklegte, während sie mit der anderen seine von der Arbeit ermüdete Stirn streichelte. Er sah es in ihrer reifen Zurückhaltung bei den Keksen – nie zu viele, nie eine Sorte, die ihre Mutter nicht selbst kaufen würde, falls der Händler mißtrauisch wurde. Er hatte ganz ernsthaft daran gedacht, den reichen Schatz seiner Erfahrung an dieses Enkelkind von seinem Fleisch und Blut weiterzugeben. Sogar ihre Augen waren wie seine, rund, blau und unschuldig wie Kornblumen. Und auch er hatte einmal goldenes Haar gehabt. Er strich seinen schönen Bart. Eine Hochstaplerin, die mit zwanzig begann und bereits über die Erfahrung von sechzig Jahren verfügte. Sie wäre einzigartig.

»Grace, mein Liebling«, flüsterte er ihr eines Dezemberabends bei Schokoladenkeksen und warmer Milch zu, »soll ich dir die Grundsätze der menschlichen Natur beibringen?«

Sie nickte gleichgültig und krümelte Schokolade auf ihren Schottenrock. Doch ihrer scheinbaren Gleichgültigkeit zum Trotz wurde rasch ein Finger an der Zunge angefeuchtet, der jeden einzelnen verräterischen Krümel beseitigte.

»Dazu geboren«, murmelte er, »liegt ihr im Blut.« Sie würde eine Missionarin oder Äbtissin vollkommen spielen können. »Wir fangen nach Weihnachten an«, flüsterte er. Aber damit Lektionen einen Wert haben, muß der Schüler Vertrauen zu seinem Lehrer haben. Und es war fast Weihnachten.

Offensichtlich mußte er seine Versprechen einhalten. Und genauso offensichtlich konnte er das bei dem wöchentlichen Taschengeld von drei Shilling und Sixpence, das seine Tochter ihm gab, nur auf eine Weise tun. Ein letzter Wurf, bevor er für immer anständig und zahm wurde. Plötzlich fühlte er sich zehn Jahre jünger. Zehn? So hatte er sich nicht mehr gefühlt, seit er sechzig war. Er legte sich das ganze Wochenende ins Bett, um ungestört vom Abwasch nachzudenken.

An eine weitere Party für den Bischof war nicht zu denken. Seine Tochter hatte den Priesterrock am Abend seiner Ankunft verbrannt, und er hatte kein Geld für einen neuen. Also was dann? Wieder kam der Wink des Schicksals von Grace, als sie mit einem Bündel Tombolalose von ihrer Schule auf Zehenspitzen ins Zimmer schlich. Drei Lose für Sixpence, sieben für einen Shilling, mit einem Siebzehn-Pfund-Truthahn als erstem Preis.

»Du gibst mir bloß Sixpence und schreibst deinen vollen Namen auf diesen Teil vom Los«, sie zeigte auf den Losabschnitt. »Deinen vollen Namen.« Der Morgen graute, und Foxer schlief mit einem bereits ausgefeilten Plan ein. Am Montagmorgen, zwei Tage vor Weihnachten, begann er mit der Arbeit.

Seit er in dieses Viertel gekommen war, hatte er eine bestimmte Art von örtlichem Klatsch gesammelt, ohne besonderes Motiv, einfach aus der Gewohnheit eines ganzen Lebens. Wissen, was in der Gegend los ist. Und unter den gesammelten Schnipseln war das Wissen, daß ein bestimmter Ladenbesitzer in einem anderen Vorort den Hauptteil seines Bargelds nicht im Laden aufbewahrte, sondern zu Hause in einem schweren Safe, dessen Schlüssel er tagsüber bei seiner Frau ließ. Sein Geld war nie unbewacht. Bei Tag kümmerte sich seine Frau darum, bei Nacht schlief er daneben.

Er handelte mit antiken Möbeln und teurem Schnickschnack, den er manchmal in seinem Laden ankaufte. Wenn er tagsüber Bargeld brauchte – nämlich mehr als die geringe Summe, die er morgens hin- und abends zurücktrug –, schickte er einen Boten, um es von seiner Frau zu holen. Es war vielleicht nicht das klügste System, aber welches System ist das schon?

Sein Name war Henry Molloy. Seine Frau hieß Margaret. Und um zehn Uhr dreißig am Montagvormittag vor Weihnachten ging Foxer mit Grace unter dem Vorwand los, ihr von seinen drei Shilling und Sixpence ein Geschenk zu kaufen, und schickte sie mit ihren Tombolalosen über die Straße in Mr. Molloys Antiquitätenladen. »Was immer du tust«, betonte er, »verkauf Mr. Molloy auch eins. Denk nur, wenn einer seiner Gehilfen den Truthahn gewinnen würde und er nicht!«

Fünf Minuten später hatte er Mr. Henry Molloys volle Unterschrift und Adresse auf einem Losabschnitt und belohnte Grace mit einem Bananensplit. Kurz schoß ihm durch den Kopf, daß hier ein ganz neues Betätigungsfeld liegen könnte, aber im nächsten Moment machte er sich traurig klar, daß die Zahl der Lose, die selbst das engelhafteste kleine Mädchen an einem Tag verkaufen konnte, begrenzt war. Selbst wenn es jedesmal ein Shilling war, würde der Umsatz winzig sein.

Tatsächlich würde man bei dem Preis von Bananensplits vermutlich mit erheblichem Verlust arbeiten. Er hatte kaum das Geld für den Bus nach Hause, weil Grace sich weigerte, ihm Mr. Molloys Shilling zu geben. Aber wenigstens hatte er das Los. Die ganze Nacht übte er die Unterschrift und die Adresse. Die Handschrift war einfach und geraderaus.

Am nächsten Morgen stellte er sich Mr. Molloy als älterer Amerikaner auf Verwandtenbesuch vor. Ach ja, sein Besuch neigte sich dem Ende zu, und sein Alter sagte ihm, er werde nicht mehr hier vorbeikommen – wie wahr! Er hatte vor, hatte es fest vor, ein paar kleine Andenken an seinen angenehmen Aufenthalt mit zurück zu nehmen ins liebe alte Joliet – äh, Illinois. Zum Beispiel diese silberne Teekanne.

Zu Beginn hatte Foxer vor, bescheiden zu sein. Vielleicht zwanzig Pfund. Aber warum bescheiden sein, bei einem letzten Wurf? Ein Mann wäre wirklich ein Kleingeist, wenn er seinen letzten Wurf auf zwanzig Pfund beschränken würde.

»Und das kleine alte Silbertablett. Ist das auch hundertprozentig echt?«

Als er aufhörte, beliefen sich seine Einkäufe zusammen auf 197 Pfund. Er nahm einen kleinen Kaminschirm dazu, »für meine nette Gastgeberin in dieser charmanten alten Stadt, Sir«, um auf zweihundert Pfund aufzurunden.

Er strich seinen üppigen Bart und sagte zu Mr. Molloy: »Nun, Sir, zweihundert Pfund sind eine schöne Summe, die ein alter Mann wie ich nicht mit sich herumtragen sollte.«

»Sehr klug von Ihnen, Sir«, sagte Molloy.

»Ebensowenig glaube ich, daß man als Fremder, der heute nachmittag noch in die Vereinigten Staaten zurückfährt, erwarten kann, mit einem Scheck bezahlen zu können« – Mr. Molloy schnalzte mit der Zunge –, »aber wenn Sie mir ein Blatt von diesem Schreibpapier geben, würde ich schnell eine Nachricht an meine Nichte und Gastgeberin schreiben, die meinen kleinen Vorrat an Bargeld aufbewahrt. Und wenn Sie dann noch einen Boten hätten, der meinen alten Knochen einen Weg ersparen kann ...«

»Aber ja!« rief Mr. Molloy. Sein nie völlig schlummerndes Mißtrauen war von dem Beginn dieser langen Nummer jäh geweckt, dann aber von der Aussicht auf Bargeld wieder beruhigt worden. »Bitte, nehmen Sie dieses Blatt, wenn Sie verzeihen, daß mein Briefkopf daraufsteht. Übrigens kann ich die Nachricht auch für Sie tippen, wenn sie nicht zu persönlich ist.«

»Wie freundlich!« rief Foxer. »Schreiben Sie nur ›Liebe Margaret‹, das ist der Name meiner lieben Nichte –«

»So ein Zufall«, sagte Mr. Molloy. »Das ist auch der Name meiner Frau.«

»Dann muß sie eine gute und freundliche Frau sein, das weiß ich bestimmt. Aber ich halte Sie zu lange auf«, flüsterte er, als er den blauen Umriß eines Polizisten vor der Tür vorbeigehen sah. »Schreiben Sie nur, daß ich ein paar schöne Kleinigkeiten gefunden habe und 200 Pfund brauche. Schreiben Sie in Ihren eigenen Worten, Sir. Ich bin kein großer Briefeschreiber, nur ein wenig gebildeter Mill ... – ich meine Mann.«

»Ein Millionär!« flüsterte Mr. Molloy bei sich. »Wie konnte mir so ein netter alter Herr verdächtig sein!« Und hastig tippte er dieselbe Formel, mit der er auch sonst an seine eigene Margaret schrieb:

Liebe Margaret,

mir sind gerade ein paar interessante Stücke angeboten worden. Bitte schick mir durch den Überbringer 200 Pfund,

Dein

und gab sie Foxer, der schnell mit *Henry* unterzeichnete, wobei er die weitere Unterschrift mit der Hand verdeckte. »Und die Adresse?« fragte Mr. Molloy und zog einen Umschlag hervor.

»Oh, dieser hier in meiner Tasche wird es tun«, sagte Foxer. »Nichts verkommen lassen.« Er zog ein Bündel alter Briefe heraus, aus dem er einen Umschlag auswählte. Rasch nahm er die Nachricht an Margaret und steckte sie in den Umschlag, auf den er vorher bereits in Henry Molloys Handschrift Mrs. Molloys Namen und Adresse geschrieben hatte. Mr. Molloy rief einen pickligen und dämlichen Botenjungen, der zu dumm war, um unehrlich oder auch nur faul zu sein, weswegen Mr. Molloy ihn beschäftigte.

Foxer, der fortgeschlendert war, um einen antiken Windsorstuhl zu besichtigen, winkte den Jungen zu sich. »Bring den Brief zu dieser Adresse«, sagte er und gab ihm die Nachricht zusammen mit einem Zweieinhalbshillingstück, das er aus Graces Sparschwein stibitzt hatte, »und wenn du in zehn Minuten wieder da bist, geb ich dir noch eins.«

Der Junge rannte los, keineswegs überrascht, zur Privatadresse seines Chefs geschickt zu werden, da er mindestens ein- oder zweimal die Woche dorthingeschickt wurde. Foxer blieb noch ein oder zwei Minuten und bewunderte dies und das, dann entschuldigte er sich mit einer anderen Besorgung in der Nachbarschaft und zottelte mit dem Versprechen, in Null Komma nichts wieder da zu sein, aus dem Laden.

»Ein Millionär!« keuchte Mr. Molloy wieder. »Und überhaupt nicht eingebildet!«

Zehn Minuten später lauerte Foxer fünfzig Meter weiter dem zurückkehrenden Botenjungen auf und nahm den dicken, von seiner liebenden Frau Margaret an Henry Molloy gerichteten Umschlag in Empfang. Foxer gab dem Jungen Grace' verbliebenes Zweieinhalbshillingstück und verschwand mit einer für einen Achtundsiebzigjährigen überraschenden Geschwindigkeit.

Er verbrachte den Nachmittag mit Einkäufen nach einem ausgiebigen Champagnerlunch in einem hervorragenden Restaurant. Er kaufte Goldringe und ein Halskettchen, eine elektrische Eisenbahn, ein Puppenhaus mit zehn Zimmern und fließend Wasser, eine Puppe, die tanzen, und eine, die außer »Mama« auch »Kuckuck« sagte; er kaufte ein Teeservice, Kupfertöpfe, köstliche und exotische Spezialitäten für seine Tochter und zwei Dutzend Zigarren und einen reinseidenen Bademantel für seinen Schwiegersohn. Er kaufte für sich ein goldenes Feuerzeug und Kamm und Bürste aus Elfenbein für seinen Bart. Als er abends nach Hause kam, hatte er noch vier Shilling und elf Pence übrig. Er steckte sie unauffällig in Grace' Sparschwein und ging zu Bett.

Der nächste Tag war Heiligabend und ab Mittag lieferte eine Prozession respektvoller Boten eine Serie geschmackvoll verpackter Pakete bei der erstaunten Familie in der Acacia Avenue Nr. 10 ab.

»Macht sie auf!« rief Foxer. Und um sechs Uhr abends war das Haus voller bunten Geschenkpapiers, krähender Kinder, sprachloser Eltern und eines strahlenden, wohlwollenden Weihnachtsmanns namens Foxer. Wasser sprudelte aus dem Puppenhaus. Eine Puppe rief »Kuckuck«, die andere tanzte auf dem Tisch. Elektrische Eisenbahnen unkreisten immer schneller das Zimmer. Die Luft war geschwängert von Zigarrenrauch und dem subtilen und exotischen Duft ungewohnter Speisen.

»Meine Ersparnisse«, sagte Foxer zu seiner Tochter. »Aber wofür sie aufsparen?«

»Eine kleine Erbschaft«, murmelte er zu seinem Schwiegersohn. »Völlig unerwartet.«

»Fußballtoto, ganz schöner Glückstreffer«, vertraute er Patrick und Martin an.

Und zu Grace: »Mein Geld aus Südamerika.«

Um halb sieben klopfte ein großer Mann in Zivil laut an der Haustür. Foxer öffnete. »Wie haben Sie's rausbekommen?« fragte er betrübt.

»Der Bart, Foxer«, sagte der Inspektor ebenso traurig. »Du wirst senil, das ist es. Sobald der alte Molloy den Bart beschrieb ...«

»Seien Sie diskret«, bat Foxer. Er ging hinein, packte sein Ersatzgebiß, sein goldenes Feuerzeug, Kamm und Bürste aus Elfenbein und seine Socken ein und war bereit. Um die Wahrheit zu sagen, er war nicht vollkommen niedergeschlagen. Das Abwaschen hing ihm restlos zum Hals raus. Und die Ehrbarkeit auch ziemlich.

»Ich gehe nur kurz mit einem alten Freund weg«, murmelte er zu den Erwachsenen. »Ein Besucher aus Südamerika«, flüsterte er Grace zu. »Wegen des Schatzes.«

»Ich habe mein Möglichstes getan«, sagte der Richter, »um in Ihrem Fall mildernde Umstände zu finden: Ihr Alter, die Bitten Ihrer Tochter – nicht sehr leidenschaftliche, muß man zugeben –, die teilweise uneigennützigen Motive Ihrer Tat. Aber wenn ich Ihr wirklich erschreckendes Vorstrafenregister sehe ...«

Jedermann war der Meinung, Foxer habe riesiges Glück gehabt, mit achtzehn Monaten davonzukommen. Mr. Molloy schrieb einen empörten Brief an seinen Parlamentsabgeordneten.

Ende Januar lag Foxer in seiner alten Zelle und strich sich den Bart. Ein junger Spund von einem Wärter steckte den Kopf durch die Tür. »Zum Barbier, Foxer?« wollte er ihn aufziehen.

»Ja«, sagte Foxer. »Ich glaube schon. Dieser Bart reizt mich manchmal am Kinn.«

Und als er auf dem Barbierstuhl saß und sich dem Rasiermesser fügte, war sein Geist schon achtzehn Monate voraus.

III
VERBRECHEN AUS LEIDENSCHAFT

Erzählungen von
Eifersucht
und Rache

SEAN O'FAOLAIN

Mord bei Cobbler's Hulk

Sean O'Faolain (1900–1991), unter dem Namen John Whelan in Dublin geboren, hat bessere Qualifikationen als viele andere, über Verbrechen zu schreiben, da sein Vater viele Jahre lang Polizist war. O'Faolain kämpfte im irischen Bürgerkrieg auf Seiten der Republikaner und engagierte sich später für die Bürgerrechts- und Arbeiterbewegung. In den dreißiger Jahren übertrug er einen Teil seiner Leidenschaft auf das Schreiben und gilt seither als einer der Meister der modernen irischen Kurzgeschichte. Er besitzt ein tiefes Verständnis für menschliche Motive, wie er in dieser Erzählung über eine promiskuitive Frau und ihren mysteriösen Tod eindringlich zeigt. Sie erschien zuerst 1972 im ›Playboy‹ als eine der besten Kurzgeschichten des Jahres.

Um von Dublin in das kleine Küstendorf Greystones zu gelangen, fährt man etwa eine Stunde nach Süden. (Zwei Monate im Jahr nennt es sich Ferienort.) Jeden Tag halten hier vier Pendelzüge aus der Stadt und fahren wieder zurück, als seien sie vom Anblick des öden Kieselstrands enttäuscht, der sich über zwölf Meilen hinzieht. Eine einzige, selten benutzte Strecke läuft neben dem Strand weiter, so nah am Meer, daß die Wellen in harten Wintern über die Gleise schlagen und sie manchmal tagelang mit Kieshaufen, entwurzelten Schwellen und verbogenen Schienen blockieren. Wenn das passiert, hat die Reparaturmannschaft schwere Arbeit: kein Schutz vor Wind und Gischt; landeinwärts nichts zu sehen als schilfige Felder, ab und zu ein verlassenes Farm- oder Gutshaus, ein paar blätterlose Bäume, die im kargen Boden verkümmern oder zur Seite gestürzt sind. Und immer endlose Wolkenherden, die zum zinkblauen Horizont ziehen.

Früher gab es drei weitere winzige Bahnhöfe entlang des zwölf Meilen langen Strands, jeder über eine lange Zufahrt von der weiter landeinwärts gelegenen Landstraße zu erreichen. Der am besten erhaltene von ihnen wird Cobbler's Hulk genannt. Von weitem kann man ihn noch immer für einen echten Bahnhof halten. Wenn man näher kommt, findet man bloß einen hölzernen Warteraum, dessen Blechdach sich im Wind hebt und quietscht, ein hohes Signaltürmchen, in dem jedes Fenster zerbrochen ist, und einen noch höheren Telefonmasten, dessen zehn Querbalken einmal mindestens zwanzig Leitungen getragen haben müssen und jetzt nur noch ein summendes Kabel halten. Eine verfaulende, lehnenlose Bank steht auch da. Das Gras auf dem Bahnsteig könnte man mit der Sense mähen. Der lebhafteste Gegenstand ist eine Reklame auf einem emaillierten Schild, hoch oben an der Ziegelmauer des Signaltürmchens. Es zeigt nur das Wort STEPHEN's auf einem verrückten schwarzen Tintenfleck. Wohin man auch schaut, es ist kein Farmhaus und keine Kate zu sehen.

Hier traf ich Mr. Bodkin zum ersten Mal an einem Sonntagnachmittag im letzten Juli. Er saß gerade aufgerichtet auf der Bank, trug einen Bowler und trotz der Hitze einen gut gebürsteten blauen Mantel mit verdeckter Knopfleiste und einem gut geschnittenen samtenen Halbkragen, der in den Zwanzigern groß in Mode war. Seine grauen Gamaschen saßen eng wie Handschuhe über dem Spann. Er war recht klein. Sein steifer Kragen war so hoch wie der des Herzogs von Wellington, seine Fliege gepunktet, sein weißer Schnurrbart hochgebürstet wie bei einem Junker. Er mochte dreiundsiebzig sein. Seine Wangen waren so rosig wie die eines Kindes. Seine Hände ruhten gekreuzt auf dem Griff eines eingerollten Regenschirms, eine ordentlich gefaltete Zeitung steckte unter seinem Arm, seine Schuhspitzen glänzten wie sein Zwicker. Normalerweise hätte ich ihm einen schönen guten Tag gewünscht und wäre verwundert weitergegangen. Als ich aber um die Ecke des Warteraums kam und plötzlich auf ihn stieß, sein Kopf gesenkt, als lausche er einem sich nähernden Zug, war ich so überrascht, daß ich fragte: »Warten Sie auf einen Zug?«

»Liebe Güte!« sagte er ebenso überrascht. »Hier hat seit der Bronzezeit kein Zug mehr gehalten. Wußten Sie das nicht?«

Ich blickte auf seine glänzenden Schuhe und erinnerte mich, daß ich keinen anderen Wagen gesehen hatte, als ich meinen Morris Minor neben der Schranke des Bahnübergangs am Ende der Zufahrt parkte. War er hierher gelaufen? Der dornige Weg war eine Meile lang. Er schaute auf den Feldkessel in meiner Hand, erriet, daß ich vorhatte, mir nach meinem einsamen Bad eine Tasse Tee zu kochen, krächzte wie ein Papagei: »Gibt's hier Wasser?« und sagte mit der Baßbuffostimme eines müden Museumswärters: »Bitte hier lang.« Er führte mich den Bahnsteig entlang an dem alten Messingwasserhahn vorbei, den ich bei meinen früheren Besuchen bei Cobbler's Hulk benutzt hatte, zu einem schwarzgeteerten Waggon, der sich auf der Strandseite der Strecke verbarg. Er zeigte mit der Spitze seines Schirms darauf.

»Mein Chalet«, sagte er zufrieden. »Mein *wagon-lit.*«

Wir stiegen drei hölzerne Stufen den Bahnsteig hinunter, gingen über einen winzigen Kiesweg, und er schloß die Tür seines Waggons auf. Es trug noch immer die verblichene Schrift ERSTE KLASSE, trug aber auch ein verkrustetes Blechschild, dessen glänzendes Relief VILLA ROSA verkündete. Er bat mich herein, bot mir einen Platz an (sein Ausdruck für die gepolsterte Sitzbank), füllte meinen Feldkessel aus einem weiß emaillierten Eimer (»Reines Quellwasser!«) und bestand darauf, es für mich auf seinem Primuskocher zu erhitzen, um das Ganze zu beschleunigen. Während er wartete, saß er mir gegenüber. Wir schauten beide auf das Marschland hinaus. Ich hörte einen Schaffner pfeifen und fühlte unseren Zug nach nirgendwo rattern. Wir stellten uns vor.

»Ich nehme an, Sie finden meinen Strand für ein Picknick angenehm?« sagte er, als gehöre ihm die ganze Irische See.

Ich sagte ihm, ich sei in den letzten dreißig Jahren vielleicht sechsmal hergekommen.

»Ich bin vor drei Jahren hergezogen. Als ich mich zur Ruhe setzte.«

Ich fragte nach seinen drei Wintern. Seine Finger machten eine wegwerfende Bewegung: »Unsere herrlichen Sommer gleichen das völlig aus.« Genau in diesem Moment hörte ich die Seevögel auf dem Dach tanzen, und Mr. Bodkin wurde bedrückt. Sein Sommer und sein Strand zeigten sich nicht von ihrer besten Seite. Er erklärte, der Schauer werde schnell vorüber sein. Ich müsse meinen Tee bei ihm trinken, gleich hier: »In der Ersten Klasse.« Ich machte Einwände, er bestand darauf. Ich protestierte höflich, er ließ nicht locker. Ich ließ ihm seinen Willen, und so machte ich Mr. Bodkins Bekanntschaft.

Zu mehr kam es nie. Ich sah ihn nur noch einmal sechs Wochen später für fünf Minuten. Aber mit Hilfe von ein oder zwei Hinweisen aus anderer Richtung – dem Mann, der den Laden am Ende der Zufahrt führte, einer schwatzhaften Pub-Bedienung im nächsten Dorf – genügte es, um mir ein Bild über sein Leben zu machen: Seine Faszination bestand darin, daß es nie eine gehabt hatte. Im Vergleich dazu waren sein Strand und dessen flache Dünen neben der Bahnstrecke ein Ort zahlreicher Geschehnisse, wie er sofort an Hand des dicken Albums mit gepreßten Blumen zeigte, die er in den letzten drei Jahren gesammelt hatte. Sein kleiner Finger bewegte sie sanft auf den weißen Blättern: Schafgarbe, Strandnelke, Meernelke, Klee, Reiherschnabel, Hirtentäschelkraut, gelbes Labkraut, breitblättriges Labkraut, echtes Labkraut, winzige Sandrosen, verschiedene Arten Läusekraut. In den Pausen zwischen ihrer Benennung wurden die Seiten so ruhig umgewendet wie die kleinen Wellen am Strand.

An einem Dezembertag des Jahres 1912 hatte Mr. Bodkin im Alter von fünfzehn Jahren seinen lebenslangen Beruf angetreten, indem er Botenjunge in Tyrrel's Reisebüro, Grafton Street 15 in Dublin, wurde. Er fuhr jeden Morgen mit der Straßenbahn von Howth nach Dublin, die er vor dem kleinen rosa Haus mit Namen VILLA ROSA anhielt, wo er mit seiner Mutter, seinem Vater, zwei jüngeren Schwestern und zwei Tanten wohnte ...

VILLA ROSA! Er machte eine abschätzige Handbewegung – es war die Idee seiner Mutter gewesen. Die Theaterstücke und Romane von A. E. Mason waren um 1910 populär gewesen. Er rümpfte seine rosige Nase. Es war nicht mal ein richtiges Haus. Bloß zwei Fischerkaten, die Rücken an Rücken lagen, mit einer Vertiefung zwischen ihren aneinanderstoßenden Dächern. Aber was für eine Lage! An klaren Tagen konnte er bei Flut über der Bucht Möwen sehen, die wie Papier herumwirbelten, Wolken, die sich im stillen Wasser spiegelten, ab und zu einen Schornstein, der langsam hinter der langen Linie des Nordwalls in die Stadt einfuhr oder von dort kam, und jenseits von alldem die stummen Trommeln der Berge von Wicklow. Außer an feuchten Tagen natürlich. Die Fenster der VILLA ROSA waren an feuchten Tagen immer beschlagen. Seine Mutter litt an chronischer Arthritis. Sein Vater hatte es immer auf der Brust. Die Nasen seiner Schwestern liefen stets. Seine Tanten verbrachten die Hälfte der Zeit im Bett.

»Ich bin in meinem Leben keinen Tag krank gewesen! Abgesehen von Frostbeulen. Ich werde bestimmt neunzig.«

Das Großartige an Tyrrel's Reisebüro war anscheinend, daß man immer wußte, woran man war. Das Tyrrel-System war ganz einfach: Jeder wurde seinem Rang entsprechend tituliert. (Mr. Bodkin schien nicht zu wissen, daß dieses System in seiner Jugend wie in meiner im ganzen Britischen Empire gegolten hatte.) Wann immer der alte Mr. Bob ihn brauchte, brüllte er so laut er konnte: »Tommy!« Nachdem er etwa fünf Jahre so nach ihm gebrüllt hatte, führte ihn Mr. Bob plötzlich hinter einen Tresen, redete ihn höflich mit »Bodkin« an und brüllte nicht mehr nach ihm. Fünf Jahre vergingen, und wieder ohne Vorwarnung wies Mr. Bob ihm einen eigenen Schreibtisch in einer Ecke des Büros zu und redete ihn mit »Mr. Bodkin« an. Daraufhin lächelte jeder, nickte oder zwinkerte seine Glückwünsche. Er hatte die Spitze seiner Karriereleiter erreicht. Er konnte herunterfallen. Höher steigen würde er nie. Sehr beruhigend. Man muß seinen Platz im Leben haben. Ja.

Der Sommerschauer hörte auf, aber Mr. Bodkin nicht. (Ich fragte mich, ob er in den letzten drei Jahren mit einem einzigen Besucher geredet hatte.) Es gab, wie ich einsehen mußte, gewisse scheinbare Widersprüche in diesem System. Ein waches Ohr und etwas Erfahrung hatten sie bald alle gelöst. Zum Beispiel war da der Fall des alten Clancy, eines Exdragoners vom Enniskillen-Regiment, der das Büro morgens öffnete und die ägyptischen Bodenfliesen polierte. Wer etwas von ihm wollte, brüllte immer: »Jimmy!« Klar wie der Tag. Aber wenn die alte Lady Kilfeather aus ihrem grauen Jaguar in den Laden stürmte, umgeben von Parfüm, Chiffon, Federboas und protestantischen Traktaten, redete sie den ganzen Laden mit einfachem Nachnamen an.

»Morgen, Tyrell! Hallo, Bodkin! Ich hoffe, Murphy hat die nette kleine Spritztour nach Cannes für mich und Kilfeather organisiert? Clancy, lesen Sie mal diese Broschüre über den Marienkult, und hören Sie auf, jedesmal Heilige Mutter Gottes zu sagen, wenn Sie mich kommen sehen, Himmel noch mal!«

Das aristokratische Privileg. Die Sterne an ihrem Platz, die Planeten in ihrer gemessenen Bahn um die Sonne, nur die niederen Ränge brachten alles durcheinander. Was sich auf die alte Mrs. Clancy bezog, die wie ein beschwipstes Kamel ins Büro wankte, um sich von Clancy ein paar Mäuse für das zu leihen, was sie vornehm ihre Einkäufe nannte. Nicht ein einziges Mal hatte diese Frau, was sie doch wohl hätte tun können, nach »Jim« gefragt. Nie nach »Mr. Clancy«. Nicht einmal nach »meinem Mann«. Immer nach »Clancy«. Mr. Bodkin bekannte, er sei manchmal so wütend auf sie gewesen, daß er um die Ecke in die Drei Federn hatte gehen müssen, um sein Inneres mit einem Guinness abzukühlen und sich von den Worten des Barmanns »Das Übliche, Mr. B.?« beruhigen zu lassen. Nicht, daß er mit diesem »B.« je ganz glücklich gewesen wäre. Er antwortete stets mit einem steifen »Danke sehr, Mr. Buckley«.

Es war der einzige Pub, den er je besuchte. Und nie mehr als ein Bier. Gelegentlich ging er ins Theater. Aber nur Shakespeare. Oder Gilbert und Sullivan. Nur die Klassiker. Oper? Niemals! Eine Weile hatte er Shaw unterhaltsam gefunden. Aber er sah in ihm bald einen typischen Dubliner Maulhelden, der sich über Höhergestellte lustig machte. Jeden Sonntag ging er in die Kirche, um für den König zu beten. Er war neunzehn, als die Rebellion ausbrach. Er weigerte sich, daran zu glauben. Oder daran, daß die schrecklichen Schießereien und Morde der folgenden Unruhen irgendeinen Wandel hervorbringen könnten. Und hatten sie das? Kein bißchen! Oh, ein Kunde mochte seinen Namen in der sogenannten irischen Sprache angeben. Mr. Bodkin schrieb einfach »Mr. Irish«.

Aus Queenstown wurde Cobh. Was für ein Unsinn! Aus Kingstown wurde Dun Laoghaire. Puh! Briefkästen wurden grün gestrichen. Die Polizei wurde Guarda genannt. Die Armeeuniformen wurden grün eingefärbt. Alles, was von der ganzen verdammten Sache übrigblieb, war, daß ein Teil des Parlaments von London nach Dublin umzog.

Bis der Zweite Weltkrieg ausbrach. Das Reisen hörte auf. Die jungen Burschen im Büro gingen zur Armee. Er erinnerte sich, wie der alte Mr. Bob – die beiden waren als einzige im Büro geblieben – sich immer wieder fragte, was die Serben wohl diesmal tun würden. Und was um alles in der Welt war mit dem mutigen kleinen Montenegro passiert? Als die Deutschen in Rußland einmarschierten, sagte Mr. Bob, der Zar werde mit diesem Unsinn bald Schluß machen. Nach 1945 mußten sie natürlich immer auf dem laufenden bleiben. Er würde nie vergessen, wie zum ersten Mal ein Kunde vor ihm saß, der nach Jugoslawien wollte. Er nahm die Brille ab, putzte sie und zog eine Karte hervor. Und beim Himmel, da war es!

Es hatte auch andere Veränderungen gegeben. Seine Mutter war gestorben, als er dreiundvierzig, seine Tanten, als er in den Fünfzigern war. Zu seinem Erstaunen heirateten beide Schwestern. Sein Vater starb als letzter, mit einundachtzig. Er bewohnte von nun an allein die VILLA ROSA und schickte täglich Tausende von begeisterten Reisenden in Luxusdampfern, vollbesetzten Postschiffen, Train Bleu, Orientexpreß,

Settebello, Rheingold und allerlei Flugzeugtypen durch Europa. Er mietete Wagen für die einen, reservierte Hotelzimmer für die anderen, verriet wenigen Auserwählten die besten Plätze zum Dinieren, Trinken und Tanzen (laut »meiner alten Freundin, Lady Kilfeather«) und fuhr nie selbst irgendwohin.

»Heißt das, Sie hatten nie Lust zu reisen?«

»Zuerst schon. Als ich es mir noch nicht leisten konnte. Später sparte ich für den Ruhestand. Außerdem fing die ganze Sache in den letzten zehn Jahren an, mich zu langweilen.«

Er hielt inne, runzelte die Stirn und korrigierte sich. Es hatte nicht »angefangen«, ihn zu langweilen. Sein Interesse daran war plötzlich erstorben. Es geschah eines Morgens, als er ins Büro zurückging, nachdem er Lady Kilfeather zu ihrem grauen Jaguar geleitet hatte. Mr. James, der ihn beobachtet hatte, bat ihn in sein Allerheiligstes.

»Nur auf ein Wort, Mr. Bodkin. Ich habe bemerkt, daß Sie Lady Kilfeather eine Menge Aufmerksamkeit gewidmet haben.«

»Allerdings, Mr. James. Und ich darf sagen, daß sie mir gerade gesagt hat, sie sei mit unseren Diensten sehr zufrieden.«

»Das kann sie laut sagen! Wenn man bedenkt, daß es sechs Briefe und acht Monate dauert, um aus der alten Kuh nur einen einzigen Penny rauszuholen. Diese Frau, Mr. Bodkin, ist in ganz Dublin als kapitale Nassauerin, Zeitverschwenderin und Blutsaugerin bekannt. Ich wäre Ihnen sehr verbunden, wenn Sie in Zukunft drei bittere Wahrheiten beherzigen würden, die mein Herr Vater Ihnen anscheinend nie erklärt hat. Zeit ist Geld. Ihre Zeit ist mein Geld. Und das Geld jedes Kunden ist mir genausoviel wert wie das von jedem anderen. Merken Sie sich das, Mr. Bodkin. Danke. Das wäre im Augenblick alles.«

Mr. Bodkin merkte es sich so gut, daß ihm seit jenem Morgen all die begeisterten Reisenden nicht mehr bedeuteten als ein Zug voller Touristen einem Gepäckträger, nachdem er die letzte Tür zugeschlagen und sich vom Dampf der abfahrenden Lok abgewandt hat, um schnell eine zu rauchen, bevor die nächsten kommen.

Trotzdem, Dienst ist Dienst. Und er hatte seine Pläne. Er blieb dabei, bis er fünfundsechzig war, und ging dann in den Ruhestand. Mr. James überreichte ihm mit, wie ich annehme, einem Gefühl großer Erleichterung einen Bonus von fünfzig Pfund – ein Pfund für jedes Dienstjahr, aber keine Pension –, schüttelte ihm die Hand und riet ihm, nach Cannes zu fahren und eine Woche mit einer Varietétänzerin in Sünde zu leben. Mr. Bodkin sagte, er habe seit Jahren davon geträumt, genau das mit Mrs. Clancy zu tun, bedankte sich für die fünfzig Pfund, verabschiedete sich freundlich von allen im Büro, verkaufte die VILLA ROSA und kaufte den geteerten Waggon bei Cobbler's Hulk. Er hatte ihn schon seit fünf Jahren im Auge gehabt.

Die Nacht, als er in Cobbler's Hulk eintraf, war trocken und kalt. Er kam von der Anstrengung ins Schwitzen, zwei Koffer die dunkle Zufahrt entlangzuschleppen. Der Rest seiner weltlichen Habe erwartete ihn in einer Speditionskiste auf der grasbewachsenen Plattform. Eine Stunde saß er in seinem blauen Mantel bei Kerzenlicht in seinem Waggon und labte sich beglückt am Klang der Wellen, die alle zwanzig Sekunden über die Kiesel scharrten, und an gewissen mysteriösen Geräuschen der Tierwelt auf dem Marschland. Eine Schnepfe? Ein Seetaucher? Eine Lachmöwe?

Schließlich stand er auf, briet sich noch zwei Spiegeleier mit Speck, packte sein Landbrot und die Butter aus und kochte sich einen so starken Tee, daß der Löffel fast in der Tasse stand. Nachdem er das Geschirr abgespült und sein Bett gemacht hatte, ging er auf die Plattform hinaus und fand den Himmel mit Sternen übersät. Weit draußen auf See die Lichter eines Fischerboots. Dahinter glaubte er ein schwaches Blinken zu erkennen. Doch wohl kein Leuchtturm an der walisischen Küste? Dann hörte er weiter oben an der Strecke das Summen eines näher kommenden Zugs. Wie er wußte, donnerten zwei solcher Züge alle vierundzwanzig Stunden an Cobbler's Hulk vorbei. Seine Vorderlichter wurden größer und heller, dann gab es ein Donnern, und die Waggonfenster zuckten an ihm vorbei. Er sah nur ein halbes Dutzend Fahrgäste darin. Als der Zug verschwunden war, wandte er sich an die Sterne:

»Oh, ihr guten und gnädigen Geister! Ich weiß, daß die Zeit unser Erbteil für uns aufbewahrt. Ich weiß, daß es ein Meer der Zeit gibt, das eines Tages aufwallen und all jene, die uns Unrecht tun oder uns unterdrücken, wie Blätter hinwegspülen wird. Ich sehe die Flut kommen! Ich weiß, daß wir vertrauen und hoffen müssen und weder an uns noch an dem Guten in unseren Brüdern zweifeln dürfen ... Oh, ihr guten und gnädigen Geister, ich danke euch!«

»Das ist sehr schön. Wo haben Sie das gefunden?«

»Dickens. *Die Sylvesterglocken.* Ich spreche dieses Gebet jeden Abend nach dem Essen und einem letzten Spaziergang die Zufahrt hinunter.«

»Sprechen Sie es noch mal für mich.«

Während er diese herrlichen radikalen Worte sprach, blickte er wild wie ein Grashüpfer umher. »Dünner als Tithonus, bevor er in Luft verflog.«

Hatte er sich wirklich unterdrückt gefühlt oder ungerecht behandelt? Konnte es sein, daß er in seinen drei Jahren der Einsamkeit darüber nachgedacht hatte, daß die Welt ein viel angenehmerer Ort wäre, wenn die Leute nicht herumgehen und einander anschreien oder erklären würden, daß Zeit Geld ist? Oder darüber, warum seine Mutter jahrelang Scham und Schmerzen gelitten hatte, während abstoßende alte Frauen wie die Kilfeather ihren Weg durch die Welt schnorrten, schmeichelten, blutsaugten, aßen und tranken, einer Welt, von der alles, was er je gesehen hatte, ein zweifelhaftes Blinken übers Meer gewesen war? Er hatte vielleicht gemeint, daß er in seiner Jugend von der Ehe geträumt habe. Er hatte vielleicht überhaupt nichts gemeint.

Er lehnte sich nach vorn.

»Möchten Sie nicht noch eine Tasse Tee? Jetzt, wo ich jeden Nachmittag soviel Tee trinken kann, wie ich will, muß ich Ihnen ein lächerliches Geständnis machen. Fünfzig Jahre habe ich gesehen, wie Mr. Bob und Mr. James jeden Tag präzise um halb fünf die Grafton Street überquerten, um in Mitchell's Cafe Tee zu trinken. Und Sie können sich nicht vorstellen, wie bitter ich sie beneidet habe. War das nicht dumm von mir?«

»Aber eins von den Mädchen aus dem Büro hätte da doch sicher für Sie alle Tee kochen können?«

Er starrte mich an.

»Aber das ist doch nicht dasselbe wie Tee bei Mitchell's! Weiße Tischtücher! Teppiche! Silberbesteck! Kellnerinnen in Blau-weiß!«

Wir sahen einander schweigend an. Ich schaute auf die Uhr und sagte, ich müßte los.

Er lachte glücklich.

»Wissen Sie, was ich mit *meiner* Uhr gemacht habe, am Tag, als ich herkam? Ich habe sie für zwei Pfund versetzt. Und nie wieder abgeholt. Werde ich auch nicht. Ich richte mich nach Sonne und Sternen.«

»Sind Sie nie einsam?«

»Ich bin es gewöhnt, allein zu leben.«

»Schlafen Sie gut?«

»Fest wie ein Hund. Und träume auch wie einer. Meistens von der alten VILLA ROSA. Und meiner armen, lieben Mama. Wie könnte ich einsam sein? Ich habe meine schönen Erinnerungen, meine glücklichen Träume und meine guten Freunde.«

»Ich beneide Sie sehr«, sagte ich.

Mit diesem angenehmen kleinen Schlußwort trennten wir uns. Aber ist es möglich, niemals einsam zu sein? Ermutigen uns schöne Erinnerungen, uns von der Welt zurückzuziehen? Nicht einmal die Jugend kann allein von Träumen leben.

Er hatte jedoch eine Freundin.

†††

Als er an einem Samstagabend im September von dem Laden an der Straße zurückkam, fiel ihm ein neues Schild an einem Tor etwa zweihundert Meter von der Bahnstrecke entfernt auf. Dort stand FRISCHE EIER. Er wußte, daß kein Haus oder menschliches Wesen in der Nähe war. Wer um alles in der Welt würde eine Meile durch diesen Hohlweg laufen, um frische Eier zu kaufen? Hinter dem Holztor begann ein grasbewachsener Pfad, der, wie er nun vermutete, zu einer entfernten, von der Straße aus unsichtbaren Kate führte. Er betrat das Feld und war überrascht, hinter der hohen Hecke einen offenen Schuppen zu sehen, in dem ein roter Lieferwagen stand, der in großen weißen Buchstaben die Aufschrift FLANNERYS FRISCHES BROT trug.

Nach einer Viertelmeile auf dem gewundenen Pfad kam er an eine kleine, verzogene, frisch geweißte Kate und klopfte. Die Tür wurde von einer etwa fünfunddreißig- oder vierzigjährigen Frau geöffnet, zwischen unscheinbar und gutaussehend, rotwangig, blauäugig, drall und eifrig bemüht. Sie sprach mit einem leichten englischen Akzent, der ihn sofort an die Stimme seiner Mutter erinnerte. Aber ja! Sie hatte schöne frische Eier. Wie viele wollte er? Ein Dutzend? Aber gern! Hinter ihr erhob sich ein dunkler, gutaussehender, robust gebauter Mann im selben Alter von seinem Stuhl neben dem offenen Torffeuer in der Küche und bot ihm stumm einen Platz an, während »Mary« die Eier holte.

Mr. Bodkin hatte vor, drei Minuten zu bleiben. Er blieb eine Stunde. Sie waren die Condors: Mary, ihr Bruder Colm – der dunkle schweigsame Mann – und ihre ans Bett gefesselte Mutter, die im Raum neben der Küche lag, immer mit offener Tür, damit sie sich nicht nur mit ihnen unterhalten, sondern auch die beruhigenden kleinen Geräusche und Bewegungen in ihrer vertrauten Küche hören konnte. Ihr Vater, ein Schäfer, war vor drei Monaten gestorben. Mary hatte ihre Dienstmädchenstelle in London aufgegeben, um sich um ihre Mutter zu kümmern, und der arme Colm (wie sie ihn nannte) war mit ihr hergekommen, um sie beide zu ernähren. Er hatte gerade einen Job als Auslieferer für eine Bäckerei in Wicklow gefunden und fuhr den ganzen Tag mit dem roten Lieferwagen durch die Gegend.

Mr. Bodkin fühlte sich bei Mary Condor so wohl, daß er bald jeden Abend nach dem Essen hereinschaute, um bei der alten Frau am Bett zu sitzen, zu schwatzen, ihr die Neuigkeiten aus der ›Irish Times‹ vorzulesen oder ruhig mit ihr Dame zu spielen. An diesem Weihnachtstag bestand Mary darauf, daß er zum Essen komme. Er brachte einen Kasten Pralinen für Mary und ihre Mutter mit, hundert Zigaretten für Colm und eine Flasche Sherry für alle. Er rezitierte eine seiner Lieblingspartygeschichten von Dickens. Colm entspannte sich soweit, ihm von dem bitteren Weihnachten zu erzählen, das er mit der 8. Armee in Italien verbracht hatte, in der Nähe eines Ortes namens Castel di Sangro. Mary erzählte mit großen Augen von dem schrecklichen Straßenverkehr in London. Die alte Frau, vom Sherry beschwipst, brüllte aus ihrem Raum etwas über die böse Überfahrt, die ihr Mann im »anderen« Krieg, im Dezember 1915, mit einer Herde Vieh nach Liverpool gehabt hatte.

»Alles weitgereiste Leute!« lachte Mr. Bodkin und war entzückt, Mary sagen zu hören, die Zeit ihrer Reisen sei Gott sei Dank vorüber.

Als er sich verabschiedet hatte und fortging, zeigte das Licht aus der offenen Tür, daß das Gras mit Schnee bekränzt war. Der Schnee sammelte sich auch am Rand des Waggonfensters, als Bodkin im Bett lag. Er dämpfte den Wellenschlag. Bodkin stellte sich vor, wie er fiel und im Meer schmolz. Während er die blaue Wärmflasche unklammerte, die Mary ihm zu Weihnachten geschenkt hatte, wurde ihm klar, daß sie der einzige weibliche Mensch war, mit dem er im Leben Freundschaft geschlossen hatte. Er fühlte sich so voller Dankbarkeit, daß er einschlief, ohne seinen guten und gnädigen Geistern für ihre neuen Gaben gedankt zu haben.

Was folgt, sind vier Fünftel Rückschlüsse und ein Fünftel Phantasie: beide sind im Grunde wahr, wie die Ereignisse zeigten.

Als er am letzten Montag im Juli vom Laden an der Straße mit einem Netz zurückkam, das die ›Irish Times‹, Tee, Zwiebeln und ein Stück gelber Seife enthielt, sah Mr. Bodkin erstaunt einen geparkten weißen Jaguar neben dem Bahnübergang. Das, was sie im Reisebüro eine schicke Kutsche genannt hätten mit drei Plaketten: ein GB, ein CD und ein blau-silbernes RAC. Großbritannien, *Corps Diplomatique, Royal Automobile Club.* Mr. Bodkin ging zu seiner Plattform, um den Strand nach dem Besitzer abzusuchen. Er fand sie, wie sie in einem Minirock mit übereinandergeschlagenen Beinen auf seiner Bank saß, in einer weiten Wildlederjacke, eine Zigarette aus einer langen elfenbeinernen Zigarettenspitze rauchte und das graue Meer anstarrte, klein, blond (oder war sie gefärbt?), sorgfältig geschminkt, immer noch attraktiv. An der Schwelle zum Alter. Vielleicht fünfzig? Er näherte sich ihr so behutsam, als sei sie ein Kaninchen. Ein ziselierter goldener Armreif hing schwer von dem zerknitterten weißen Handschuh über ihrem Handgelenk. Oder war es ihr nacktes Handgelenk? Vielleicht fünfundfünfzig. Ihre Zigarette war parfümiert.

»Es gibt Nebel«, murmelte er höflich, als er sich ihr näherte und eine kleine ruckartige Verbeugung machte. »Ich hoffe, Sie warten nicht auf einen Zug.«

Sie öffnete langsam ihre getuschten Augenlider.

»Ich habe auf Sie gewartet, Mr. Bodkin«, lächelte sie. (Eine ganz Schlaue?)

Ihre Zähne waren die kleinsten und weißesten, die er je gesehen hatte. Sie hätte sie als Perlenkette um den Hals tragen können. Letzten Monat hatte er eine Feldmaus mit ebenso kleinen, im Tod entblößten Zähnen gesehen.

»Wollen Sie sich nicht setzen? Ich weiß alles über Sie von Molly Condor.«

»Eine wunderbare Frau!« sagte er, setzte sich vorsichtig neben sie und legte sein Einkaufsnetz neben ihren scharlachroten Strandbeutel auf die Bank. Er berührte ihn. »Waren Sie schwimmen?«

»Ich schwimme wie ein Stein«, lachte sie. »Während ich auf Sie gewartet habe, habe ich ein Sonnenbad genommen.« Sie lächelte. »Nackt.«

Hastig sagte er: »Sie fahren einen Diplomatenwagen.«

»Der Wagen gehört meinem Mann. Sir Hilary Dobson. Ich hab ihn gestohlen!« Sie gurgelte, was die unhöflicheren Burschen im Büro das Gorgonen-Gurgeln nannten. »Sie dürfen mich nicht ernst nehmen,

Mr. Bodkin. Ich bin Schottin. Hilary sagt, ich wäre hellseherisch begabt. Er ist beim Außenministerium. Er ist wegen irgendeiner streng geheimen Sache für zwei Wochen nach Athen geflogen, also hab ich mir den Jaguar geborgt. Wenn es wenigstens die Türkei gewesen wäre! Aber vielleicht mögen Sie die Türkei auch nicht? Oder doch? Athen ist so ein verschlafenes Nest, finden Sie nicht auch?«

»Ich bin nie gereist, Lady Dobson.«

»Aber Molly sagt, Sie hatten mal ein Reisebüro!«

»Sie überschätzt meine Fähigkeiten. Ich war ein bescheidener Angestellter.«

»Oh!« Ihr Ton änderte sich, ihre Stimme wurde energisch. »Hören Sie, Bodkin, ich wollte Sie was sehr Wichtiges fragen. Wie gut kennen Sie Molly Condor?«

Er steigerte seine Höflichkeit.

»Ich habe das große Glück gehabt, Miss Mary Condor seit letztem September zu kennen.«

»Ich kenne sie, seit sie zweiundzwanzig war. Ich habe sie angelernt. Sie hat zwölf Jahre für mich gearbeitet. Aber ich habe Molly nie bloß als Hausmädchen angesehen. Molly ist die beste Freundin, die ich auf der Welt habe. Sie ist ein großer Verlust für mich. Natürlich werden unsere Freunde weniger und wertvoller, wenn wir älter werden.«

Er dachte über den Namen nach: Molly. Er hatte das Gefühl, er sei gönnerhaft. Er hatte nie einen Freund verloren – nie vor Mary, weil er vor ihr keinen zu verlieren hatte. Das sagte er auch.

»Schade! Tja, ich möchte, daß Molly zu uns zurückkommt. Meine Nerven sind seitdem nicht mehr dieselben.«

Er blickte schweigend aufs Meer hinaus. Er bemerkte, daß sie ihm langsam den Kopf zuwandte, um ihn anzusehen. Wie eine Feldmaus? Ein leises Gefühl von Angst beschlich ihn. Ihre Nerven schienen ihm in Ordnung zu sein. Er beobachtete, wie sie ihre Zigarette aus dem Mundstück zog, eine andere aus einem silbernen Etui nahm, sie hineinsteckte, mit einem goldenen Feuerzeug elegant anzündete und eine schmale Rauchwolke ausstieß.

»Und dann ist da noch ihr Bruder. Condor war fünf Jahre lang unser Chauffeur. Es wäre einfach wundervoll, wenn die beiden zu uns zurückkommen würden! Ich weiß, daß der arme alte Hilary ohne seinen Condor so verloren ist wie ich ohne meine Molly. Sie würden uns einen großen Gefallen tun, wenn Sie in dieser Richtung ein gutes Wort für uns einlegen könnten. Hilary wäre unendlich dankbar. Oh, natürlich, ich weiß, die Mutter. Aber das alte Mädchen braucht doch nicht alle beide, oder? Außerdem hatte ich heute morgen das Gefühl, als ich sie sah, daß sie es nicht mehr lange macht. Arthritis? Und Bronchitis? Und dieses Klima? Ich hatte eine alte Tante wie sie in Bexhill-on-Sea. Den einen Tag war sie kerngesund. Am nächsten pfiffen ihre Lungen wie ein Dudelsack. Ich habe sie sechs Monate wie eine Primel eingehen sehen. Im siebten Monat ...«

Während sie ihn immer weiter beschwatzte, erinnerte ihre Stimme ihn an einen Löffel in einem Topf. Er hörte ihr kühl zu, mehr mit den Augen als mit den Ohren, wie er so viele Jahre alten Damen zugehört hatte, die nicht wußten, wo sie genau hinfahren oder was sie tun wollten, nur auf ihre flatternden Lider, ihre mausgrauen Finger, ihre ratlosen Schultern, ihre zitternden Lippen achtend. Ein Hals wie Crêpe. Französische Zigaretten. Nackt sonnenbaden. Bodkin. Condor. Molly. »Der arme alte Hilary«. Was wollte dieses alte Mädchen wirklich? Den ganzen Weg wegen eines Hausmädchens? Wer's glaubt!

»Und wissen Sie, Bodkin, Molly hält große Stücke auf Sie. Sie ist der Meinung, Sie seien das Wundervollste, was sie je gesehen hat. Ich verstehe, warum.« Sie legte die Hand auf seinen Ärmel. »Sie haben ein gutes Herz. Sie werden mir helfen, wenn Sie können, nicht wahr?« Sie sprang auf. »Das ist alles, was ich sagen wollte. Jetzt müssen Sie mir noch Ihren *wagon-lit* zeigen. Molly sagt, er wäre einfach toll.«

»Mit Vergnügen, Lady Dobson«, sagte er und führte sie unwillig hin.

Als sie das Blechschild VILLA ROSA sah, prustete sie und beeilte sich, alles andere zu bewundern. Ihre Augen huschten über seinen Besitz wie zwei Mäuse auf der Jagd. Sie schwärmte von seinen »cleveren kleinen Vorkehrungen«. Sie hob Topfdeckel, prüfte die Federn seiner Matratze, ging zum WC und betätigte die Spülung, sehr zu seinem Ärger, weil er den Tank jedesmal mit dem Eimer auffüllen mußte und es nie benutzte, falls die Marsch nicht zu naß oder zu kalt war.

»Ich finde das alles sehr amüsant, Bodkin«, versicherte sie ihm, als sie ihr Gesicht vor seinem Rasierspiegel puderte. »Wenn Sie noch jünger wären, wäre es ein wunderbares Liebesnest fürs Wochenende, nicht wahr? Aber jetzt muß ich mich beeilen. Es ist fast Lunchzeit. Und Sie wollen auch machen, was immer man mit Seife, Tee und Zwiebeln macht.

Wollen Sie mich nicht zum Auto bringen? Und legen Sie ein Wort für mich bei Molly ein! Falls Sie mich suchen, ich wohne in dem kleinen alten Hotel die Straße runter. Für eine Woche.« Sie lachte unartig. »Ich liege da auf der Lauer! Kommen Sie doch mal gegen sechs auf einen Aperitif vorbei«, und sie zeigte ihren halben Oberschenkel, als sie sich in ihren Wagen wand, ließ den Motor an, legte den falschen Gang ein, worauf das Getriebe knirschte, strahlte ihn mit allen Zähnen an, rief: »*A bientôt*, Bodkin!« und schoß unbekümmert die Zufahrt hinauf, wobei sie die Hecken entlaubte und ein Kielwasser von Blättern hinterließ wie ein Rennboot.

Während er ihrer Staubwolke hinterherblickte, erinnerte er sich an etwas. Ein Bursche im Büro hatte ihm eine Postkarte mit der Mona Lisa gezeigt. »Hast du die schon mal selber gesehn? Kein Stück! Und von denen ist keine unter fünfundfünfzig!« Allerdings! »Ich fürchte, Lady Dobson, wir müssen uns entscheiden. Zwei kühle Wochen in der Bretagne? Oder fünf schöne heiße Tage in Monte Carlo? Natürlich könnten Sie in Monte Carlo eine Stange Geld gewinnen ...« Wie gierig ihre Alligatorenlider da immer gezuckt hatten! Er ging langsam zu seinem *wagon-lit* zurück, schob die Fenster herunter, um den Geruch ihrer Zigarette herauszulassen, wusch den gelben Puderstaub aus dem Waschbecken, füllte den Tank auf und saß eine Stunde in Gedanken versunken auf der Bettkante. Als die Nacht hereinbrach, war er so verwirrt, daß er Mary besuchen mußte.

Sie war allein. Die alte Dame schlief in ihrem Zimmer. Sie saßen sich am Küchentisch gegenüber und flüsterten über die Hühner, den Zug, der heute drei Minuten verspätet gewesen war, den vom vorigen Abend, der auf die Sekunde pünktlich war, den Nebel am Morgen, beide freundlich und unbefangen wie immer, bis er von seiner Besucherin sprach. Als er geendet hatte, blickte sie zur offenen Schlafzimmertür.

»Ich muß sagen, sie war immer sehr großzügig zu mir. Sir Hilary war sehr freundlich. Er hat mich sehr gedrängt, zu bleiben. Er sagte: ›Sie tun ihr gut.‹ Sie hatte ihre Launen und Gereiztheiten. Er tat mir sehr leid. Er hatte sie verzogen.«

»Ja sicher, Mary, diese vornehmen Leute«, klopfte Mr. Bodkin auf den Busch und war von Hochachtung erfüllt, als sie nicht darauf einging.

Sie sagte nur: »Sir Hilary war ein echter Gentleman.«

»Sind sie schon lange verheiratet?«

»Fünfzehn Jahre. Sie ist seine zweite Frau. Sie war die Pflegerin seiner ersten Frau. Aber ich *mußte* zurückkommen, Mr. Bodkin!«

»Sie haben ganz recht getan. Und Ihr Bruder auch. Ich meine, zwei Frauen in einem einsamen Haus. Ist Ihr Bruder nie einsam?«

Sie bedeckte ihr Gesicht mit den Händen, und er wußte, daß sie weinte.

»Er kommt vor Einsamkeit noch um.«

Im Schlafzimmer hämmerte die alte Frau plötzlich mit dem Stock auf den Boden.

»Ist er endlich zurück?« rief sie gereizt.

Mary ging zur Schlafzimmertür und lehnte sich an den Türpfosten. Es war, als hörte man einem Telephongespräch zu.

»Es ist Mr. Bodkin ... Er ist wegen Zigaretten zum Laden gegangen .. Wahrscheinlich hat er sie vergessen ... So vor einer Stunde ... Vielleicht macht er einen Spaziergang. Es ist so ein schöner Abend ... Ach, der alte Lieferwagen hängt ihm sicher zum Hals raus ...« Sie wandte den Kopf. »Stand der Wagen im Schuppen, Mr. Bodkin?« Er schüttelte den Kopf. »Er hat den Wagen genommen ... Herrgott noch mal, Mutter, hör auf, dir Sorgen zu machen, und schlaf. Vielleicht hat er sich überlegt, nach Ashford zu fahren, um was zu trinken und einen Schwatz zu halten. Hier ist es langweilig für ihn ... Ich spiele Dame mit dir.«

Mr. Bodkin verließ sie.

Eine Krankenpflegerin? Es war dunkel auf dem Weg, aber über den Hecken war noch ein Schimmer von übriggebliebenem Tageslicht. Er ging Richtung Straße und hoffte, auf dem Weg Condor zu treffen. Die Luft war schwer von Heliotrop und Mädesüß. Ein Rascheln im Tümpel neben ihm. In der Ferne wieherte ein Pferd. Condor mußte inzwischen vierzig sein. Hinter ihm Afrika, Italien, London. Vor ihm nichts als die Wege und Felder seiner Jugend. Jede Nacht dieses einsame Haus. Das Zischen des Nachtexpreß ließ Mr. Bodkin zurückschauen, bis die letzten Lichter am Ende des Pfads vorbei waren und sein Summen entlang der Strecke erstarb.

Aber ich habe gelebt. Ein alter Mann jetzt, zum zweiten Mal ein Kind.

Im letzten Licht über den Bäumen an der Straße sah er die rote Nase des Lieferwagens aus der halbmondförmigen Einfahrt des verlassenen Gutshauses hervorragen. Er ging hin, schaute in die leere Fahrerkabine und hörte das Gurren einer Taube aus einer Baumgruppe hinter dem zugeketteten Tor. Er ging zu dem Laden zurück. Der war geschlossen und dunkel. Er bemerkte ein helles Fenster auf der Rückseite, dessen Licht über die Stümpfe der enthaupteten Kohlköpfe schien. Wahrscheinlich war Condor da drin und hielt einen Schwatz. Er wollte schon umdrehen, als er etwa hundert Meter weiter die roten Rücklichter eines geparkten Wagens sah. In jeder anderen Nacht hätte er ihm vielleicht nicht mehr als einen flüchtigen Blick gewidmet. Die Dunkelheit, die Stille, der Aufruhr seiner Gedanken ließen ihn schließlich auf dem Gras neben der Straße vorsichtig näherkommen. Aus fünfzehn Metern Entfernung erkannte er den weißen Jaguar, sah die offene Hintertür und das Licht, das von innen auf die zwei Gestalten fiel, die herauskletterten. Als sie auf der Straße standen, umarmten sie sich mit einem leidenschaftlichen Kuß. Nachdem er sie losgelassen hatte, stieg sie vorne ein, die beiden Türen schlugen, und alles war wieder still. Sie ließ den Motor an, schaltete die Scheinwerfer ein und fuhr rasch um die Kurve davon. In die Hecke gepreßt, hörte er, wie sich Condors Schritte näherten, vorbeigingen und wieder entfernten. Nach wenigen Augenblicken schlug die Tür des Lieferwagens blechern zu, seine Scheinwerfer glühten auf, wirbelten in den Schlund der Straße und torkelten hinter den Hecken hinunter zum Meer.

Bevor er in dieser Nacht einschlief, hörte Mr. Bodkin tausend kleine Wellen auf den Kieseln scharren, so wie während seines ganzen Lebens andere ungezählte Wellen woanders gescharrt hatten – Geräusche, Augenblicke, Orte, Menschen, über deren Leben er niemals nachgedacht hatte. Die ›Irish Times‹ berichtete selten von solchen Stürmen der Leidenschaft, und wenn, dann begannen und endeten sie weit weg wie die Fabeln Shakespeares, die zu seiner Unterhaltung im Theater gespielt wurden. Aber er kannte die Condors. Er wußte so sicher, daß diese untreue Frau ihr Leben zerstören konnte, wie er wußte, als er die Augen öffnete und die Meeressonne an der Decke über sich schimmern sah, daß sie seines zerstört hatte.

An Sommermorgen wie diesem war es seine Gewohnheit, nach dem Aufstehen den Pyjama aus- und eine Badehose anzuziehen und mit einem Handtuch über den Schultern in Pantoffeln über die Gleise zu gehen, um, wie er es nannte, ein schnelles Bad zu nehmen. Da auch er schwamm wie ein Stein, bedeutete das, daß er bis zu den Knien ins Meer watete, sich die Schultern bespritzte und dann mit glücklichem Prusten über den kalten Schauer zum Kieselstrand zurücklief, wo er seine zitternden Knochen abtrocknete. An diesem Morgen tat er es mit den Augen eines Heiligen, der aus sündigen Träumen erwacht ist.

Dienstag nacht schlich er wie ein Tugendwächter den Weg hinauf und die Straße entlang. Der rote Lieferwagen stand nicht im Schuppen. Aber er stand auch nicht auf der Straße. Lüsterne Vorstellungen hielten ihn stundenlang wach. Er wünschte sich den strafenden Blitz Gottes.

Mittwoch nacht war es zunächst dasselbe, doch als er ans Ende der Zufahrt zurückkam, standen vor ihm der leere Lieferwagen und der leere Jaguar nebeneinander am Bahnübergang. Er zog sich sofort zu seiner Bank zurück, beobachtete den Strand und lauschte nach dem knirschenden Geräusch ihrer Schritte, entschlossen, wenn nötig die ganze Nacht auf sie zu warten. Irgendwo lag diese Frau in seinen Armen. Der entblößte Schenkel. Die faltigen Arme. Der Hals wie Crêpe.

Die Sonne war gegen neun Uhr untergegangen, aber es war noch hell genug für ihn, um Schatten vor dem Glitzern des Wassers zu sehen, wenn da Schatten gewesen wären. Er sah nichts. Er hörte nichts als die Wellen. Es mußte fast zwei Stunden später sein, als er die Autos starten hörte. Bis er ans Ende der Plattform gerannt war, rollten ihre Lichter schon die Zufahrt hinauf und seine bogen in seinen Weg ein. Mr. Bodkin war gerade noch rechtzeitig am Tor, um seinen dunklen Umriß vor den Streifen des Himmels im Westen zu sehen. Als er den leeren Lieferwagen im Schuppen anschaute, fiel ihm ein, daß dies eine Art wäre, wie er ihm Angst machen könnte – eine auf dem Sitz hinterlassene Warnung. Aber es war auch eine Art, wie sie sich verständigen konnten. Ihre Nachricht an ihn. Seine Antwort frühmorgens in ihrem Hotel abgegeben.

Donnerstag nacht stand der Lieferwagen im Schuppen. Aber wo war Condor? Er ging den Grasweg bis zum Haus und legte den Kopf an die Tür. Er hörte Marys Stimme, seine wütende Stimme, das Schreien der Mutter. Er atmete befriedigt durch und ging wieder zu Bett.

Am Freitagmorgen stand der Jaguar draußen vor Marys Holztor. Auf der Lauer? In dieser Nacht stand der rote Lieferwagen wieder untätig im Schuppen. Von soviel Laufen und Beobachten ermüdet, schlief er beim Abendessen ein. Gegen elf Uhr weckte ihn das Geräusch eines Autos. Er stürzte zur Tür und sah gerade noch, wie ihre drehenden Lichter den Himmel anstrahlten. Er ging den Weg zum Lieferwagen hinauf, sah sich um, hörte nichts, leuchtete mit der Taschenlampe in den Wagen und sah den blauen Umschlag auf dem Sitz liegen. Er riß ihn auf und las im Licht der Taschenlampe: »Mein Liebling, wo bist Du? Gestern und heute nacht habe ich gewartet und gewartet. Was ist passiert? Du hast es versprochen!

Ich bin nur noch eine Nacht hier. Du kommst mit mir zurück, nicht wahr? Wenn ich Dich morgen nacht nicht sehe, stürze ich mich ins Meer. Ich liebe Dich so. Connie.« Mr. Bodkin nahm den Brief mit zum Meer, riß ihn in kleine Stücke und verstreute ihn mit ausgebreiteten Armen über den zurücklaufenden Wellen.

Als er an diesem Samstagnachmittag mit den Einkäufen für das Wochenende in seinem Einkaufsnetz zurückkam, stand der Jaguar neben dem Bahnübergang, schlammbespritzt und staubig, die weißen Flanken von den Dornbüschen zerkratzt. Sobald er um die Ecke des Warteraums kam, sah er, wie sie auf seiner Bank saß, rauchte und auf das glitzernde Meer starrte. Sie hob kaum die Augen zu ihm. Man sah ihr jedes einzelne ihrer sechzig Jahre an. Er verbeugte sich und setzte sich auf die Bank. Sie roch nach Whiskey.

»Herrlicher Nachmitag, Lady Dobson. Darf ich meine alten Knochen einen Moment ausruhen? Diese Zufahrt wird jedesmal länger. Hat es Ihnen hier gut gefallen?«

»Ganz gut, Bodkin, vielen Dank.«

»Und, wenn ich fragen darf, es würde mich interessieren, ob Sie mit Ihrem Plan Fortschritte gemacht haben?«

»Das war kaum zu erwarten, solange diese alte Frau allen am Hals hängt. Ich habe die Idee angesprochen. Molly weiß jetzt, sie wird jederzeit in meinem Haus willkommen sein.«

»Abwarten und Tee trinken? Mein Lieblingswahlspruch. Nie aufgeben. Siegen oder untergehen. Keine Kapitulation. Das bedeutet hoffentlich, daß Sie uns nicht so bald verlassen?«

»Ich fahre heute weg.«

»Ich hoffe, Sie waren nicht mit dem Hotel unzufrieden?«

»Sehr zufrieden. Es ist voller alter Jungfern. Die machen mich wahnsinnig.«

Er strahlte das Meer an und wartete.

»Bodkin! Da ist jemand, den ich noch nicht getroffen habe. Wegen Hilary sollte ich auch mit Condor sprechen. Haben Sie ihn gesehen?«

Ihre Stimme war heiser. Augen wie Fett unter heißem Wasser. Die Zigarette zitterte.

»Lassen Sie mich nachdenken«, sagte er. »Am Donnerstag? Ja. Und gestern abend auch. Wir haben mit seiner Mutter Dame gespielt. Er war guter Laune wie immer.«

Sie nahm die Zigarette aus dem Halter und trat sie in den Staub unter ihren Füßen.

»Bodkin! Können Sie mir um Himmels willen erzählen, was junge Leute an gottverlassenen Orten wie diesem mit ihrem Leben anfangen? Diese Zufahrt muß im Winter um vier schon stockdunkel sein!«

Er schaute auf seine Schuhspitzen, zog sein Taschentuch aus der Brusttasche und wischte den Staub herunter.

»Ich fürchte, Lady Dobson, ich treffe keine jungen Leute mehr. Und Condor ist schließlich kein junger Mann mehr. Ich nehme an, man würde ihn einen Mann mittleren Alters nennen, oder?«

Heiser lachte sie auf.

»Und was bin ich dann? Ein altes Weib?«

»Und ich? Wie schon die Bibel sagt: ›Unser Leben währet siebzig Jahre, und wenn's hochkommt, so sind's achtzig Jahre, und wenn's köstlich gewesen ist, so ist es Mühe und Arbeit gewesen, denn es fähret schnell dahin, als flögen wir davon.‹«

Sie fuhr ihn an: »Sie machen mich krank.«

Unter ihren blauen Augenlidern sah sie, wie sich die Wolken entlang des Horizonts kräuselten. Er erinnerte sich an Marys verzerrtes Gesicht, als sie sagte: »Er stirbt vor Einsamkeit.« Sie drehte sich um und sah ihn an. Harfensaiten unter dem Kinn. Fleckige Hände. Das Geschöpf war so alt wie die Sünde.

»Wissen Sie zufällig, ob Condor hier eine Freundin hat, Bodkin? Es geht mich natürlich nur insofern an, als ich ihn dann nicht mehr zu fragen brauche, ob er wieder zu uns kommt. Hat er eine?«

Mr. Bodkin suchte das Meer ab, als suche er ein kleines Boot, in dem er seinem Gewissen entkommen konnte.

»Ich glaube schon«, sagte er fest.

»Glauben? Wissen Sie's oder wissen Sie's nicht?«

»Ich habe sie zweimal auf dem Weg gesehen. Sie haben sich geküßt. Das bedeutet wohl, daß sie verliebt sind.«

»Danke, Bodkin«, sagte sie leichthin. »In dem Fall muß sich Hilary einen anderen Chauffeur suchen und ich ein anderes Hausmädchen.« Sie sprang auf. Er erhob sich höflich. »Ich hoffe, Sie werden einen angenehmen Winter verleben.« Sie starrte ihn haßerfüllt an. »Verliebt? Sind Sie je verliebt gewesen? Wissen Sie, was es heißt, verliebt zu sein?«

»Das Leben hat mir manches versagt, Lady Dobson.«

»Haben Sie da drin in Ihrem schwarzen Sarg was zu trinken?«

»Leider nur Tee. Ich bin ein armer Mann, Lady Dobson. Ich habe neulich in der Zeitung gelesen, daß ein Glas Whiskey jetzt schon sechs Shilling kostet.«

Ihre geschlossenen Augen hefteten sie an ihr Alter wie ein abgegriffenes Antlitz auf einer alten Münze.

»Keine Liebe. Kein Alkohol. Keine Freunde. Keine Frau. Keine Kinder. Glücklicher Mann! Keiner, der Sie verrät.«

Sie drehte sich um und verließ ihn.

Die Ereignisse von Samstagnacht und Sonntagmorgen wurden bei der Untersuchung öffentlich bekannt.

Sergeant Delahunty machte eine Aussage über das Auffinden der Leiche bei den Felsen von Greystones. Wachtmeister Sinnot bestätigte dies. Dann wurde Mr. T. J. Bodkin aufgerufen. Er erklärte, ein Geschäftsmann im Ruhestand zu sein, der in einem Landhaus neben dem stillgelegten Bahnhof von Cobbler's Hulk wohne. Er gab an, in dieser Nacht wie gewöhnlich gegen zehn Uhr zu Bett gegangen und eingeschlafen zu sein. Auf Grund seines Rheumas habe er schlecht geschlafen. Gegen ein Uhr sei er durch etwas geweckt worden.

UNTERSUCHUNGSRICHTER: Was hat Sie geweckt? Haben Sie etwas gehört?

ZEUGE: Ich wache oft wegen rheumatischer Schmerzen in den Beinen auf.

UNTERSUCHUNGSRICHTER: Sind Sie ganz sicher, daß es nicht vor ein Uhr war? Ich frage deshalb, weil die Armbanduhr der Toten um viertel vor zwölf stehenblieb.

ZEUGE: Ich schaute auf die Uhr. Es war fünf nach eins.

Weiterhin sagte der Zeuge aus, da die Nacht warm und trocken war, sei er aufgestanden, habe Bademantel und Pantoffeln angezogen und sei die Plattform auf und ab gegangen, um seine Schmerzen zu lindern. Von seinem Standort aus habe er ein weißes Auto in der Zufahrt stehen sehen. Er ging darauf zu. Er erkannte es als Besitz von Lady Constance Dobson, die er in dieser Woche kennengelernt hatte. Niemand saß im Wagen. Auf die Frage eines Geschworenen, ob er das Auto schon gesehen habe, bevor er zu Bett ging, erklärte der Zeuge, es sei nicht seine Gewohnheit, nach dem Abendessen noch hinauszugehen. Die Frage eines anderen Geschworenen, ob er nicht überrascht gewesen sei, dort um ein Uhr nachts ein leeres Auto zu finden, bejahte er, doch habe er geglaubt, vielleicht sei das Benzin ausgegangen und Lady Dobson habe es bis zum Morgen stehenlassen. Es erweckte seine Neugier nicht. Er sei von Natur aus kein neugieriger Mensch. Der Zeuge gab an, er sei dann zu seinem Landhaus zurückgekehrt und habe bis sechs Uhr geschlafen, sei dann früher als gewöhnlich aufgestanden und zu seinem üblichen Morgenbad gegangen. Auf dem Weg zum Strand habe er den Wagen erneut untersucht.

UNTERSUCHUNGSRICHTER: War es da schon hell?
ZEUGE: Ja, Sir.
UNTERSUCHUNGSRICHTER: Schauten Sie in den Wagen?
ZEUGE: Ja, Sir. Ich entdeckte, daß die Tür nicht abgeschlossen war, und öffnete sie. Ich sah eine Damenhandtasche auf dem Vordersitz und einen Lederkoffer auf dem Rücksitz. Ich sah, daß der Zündschlüssel steckte. Ich drehte ihn, und der Wagen sprang sofort an. Zu diesem Zeitpunkt begann ich, mir ernsthafte Sorgen zu machen.
UNTERSUCHUNGSRICHTER: Was taten Sie daraufhin?
ZEUGE: Ich ging schwimmen. Es war zu früh, um irgend etwas anderes zu tun.

Mr. Bodkin sagte weiter aus, daß er dann zu seinem Landhaus zurückkehrte, sich anzog, rasierte und frühstückte. Um sieben Uhr ging er zum Haus seiner nächsten Nachbarn, den Condors, und weckte sie. Mr. Colm Condor begleitete ihn sofort zurück zum Wagen. Sie untersuchten ihn und fuhren dann auf Mr. Condors Vorschlag in Mr. Condors Lieferwagen nach Ashford, um den Vorfall der Polizei zu melden.

UNTERSUCHUNGSRICHTER: Wir haben die Aussagen der Polizisten. Und das ist alles, was Sie von der Sache wissen?
ZEUGE: Ja, Sir.
UNTERSUCHUNGSRICHTER: Sie meinen natürlich, bis der Körper eine Woche später vollständig bekleidet bei den Felsen von Greystones gefunden wurde, das heißt gestern früh, als Sie mit Sir Hilary Dobson und Miss Mary Condor bei der Identifizierung der Überreste halfen?

ZEUGE: Ja, Sir.
UNTERSUCHUNGSRICHTER: Hatten Sie dabei Schwierigkeiten?
ZEUGE: Ich hatte einige Schwierigkeiten.
UNTERSUCHUNGSRICHTER: Aber Sie sind sich sicher, daß es sich um die Leiche von Lady Constance Dobson handelt und keine andere?
ZEUGE: Ich bin mir sicher. Ich erkannte auch den goldenen Armreif, den sie an dem Tag trug, als ich sie sah. Die Zähne waren unverkennbar.

Nachdem Dr. Edward Halpin vom Sanatorium in Newcastle seine Meinung geäußert hatte, daß es sich bei der Todesursache um Erstickung durch Ertrinken handelte, erklärte die Jury im Einklang mit den medizinischen Ergebnissen, es handle sich um Selbstmord bei getrübtem Bewußtsein. Der Untersuchungsrichter sagte, es sei ein sehr tragischer Fall, drückte Sir Hilary Dobson sein Beileid aus und sagte, niemandem sei ein Vorwurf zu machen.

†††

Bevor ich Mr. Bodkin wiedertraf, war es September. Ein Tag von unendlicher Weiße. Die Wellen fielen schwer. Kalt. Es würde in diesem Jahr wohl mein letztes Bad im Meer sein. Als ich ihn auf seiner Bank sah – Mantel, Bowler, graue Gamaschen, eingerollter Schirm (den würde er ab jetzt brauchen), das ausgebeulte Netz zwischen seinen Füßen, den Kopf zur Seite gelegt, als lausche er einem Zug –, dachte ich wieder einmal an ein paar seltsame Dinge, die er während der Untersuchung gesagt hatte: etwa seine Antwort an einen Geschworenen, er gehe nie nach dem Abendessen hinaus; seine Antwort an den Untersuchungsrichter, er werde nachts oft von rheumatischen Schmerzen geweckt (»Ich schlafe fest wie ein Hund«, hatte er mir erzählt, »ich bin in meinem Leben keinen Tag krank gewesen, abgesehen von Frostbeulen.«) und er hätte auf der Uhr gesehen, daß es fünf nach eins war (»Ich richte mich nach Sonne und Sternen.«). Außerdem hatte er gesagt, er habe das weiße Auto von der Plattform aus gesehen. Ich hatte meinen Morris Minor kurz zuvor am Ende der Zufahrt geparkt, und als ich nun zurückschaute, war er von einem Signalhäuschen verdeckt.

Er forderte mich nicht auf, mich zu setzen, und ich tat es auch nicht. Wir sprachen über den bedeckten Himmel. Er lächelte, als ich zum Himmel blickte und sagte: »Ihre Uhr ist bewölkt.« Ich sprach ihm mein Mitgefühl wegen der kurz zurückliegenden erschütternden Ereignisse aus.

»O ja!« stimmte er zu. »Es war wirklich erschütternd. Auch wenn sie ein närrisches armes Ding war. Flatterhaft außerdem. Nicht ganz erste Garnitur. Hatte vielleicht was damit zu tun. Ein bißchen verwöhnt, meine ich. Die Art von Frau, die eine ganze Kaserne in Unordnung bringen würde, wie meine liebe Mutter zu sagen pflegte.«

»Warum um Himmels willen hat sie das getan, was glauben Sie? Aber ich sollte nicht fragen, Sie wollen die ganze Sache bestimmt vergessen.«

»Es ist alles vorbei. Das Rad dreht sich weiter. Alles kehrt ins Meer zurück. Sie war unglücklich verliebt.«

Ich starrte ihn an. »Irgendein Mann in London?«

Er zögerte, schaute mich verschlagen an, schüttelte langsam den Kopf und wandte die Augen über seine Schulter den Feldern zu.

»Aber das wurde bei der Untersuchung gar nicht erwähnt! Haben andere Leute davon gewußt? Wußten die Condors davon?«

Seine Hände bewegten sich auf dem Schirmgriff.

»An ruhigen Orten wie diesen würden Sie es bemerken, wenn ein Blatt herunterfällt. Aber wo so wenig passiert, wird jedes Geheimnis ein vergrabener Schatz, den niemand erwähnt. Obwohl jedes Blümchen auf den Dünen es weiß. Heute morgen, als ich Mary Condor besuchte, lief ein Huhn vor ihrer Tür vorbei. Sie sagte: ›Dieses Huhn versteckt seine Eier. Seine Krallen sind sauber. Es ist durchs Gras gelaufen.‹ Sie wissen alles. Manchmal glaube ich, sie wissen, was ich zum Frühstück gegessen habe«, sagte er mürrisch.

(Verlor er seine Illusionen über seinen ruhigen Strand?)

»Woher haben Sie es gewußt? Oder raten Sie nur?«

Er runzelte die Stirn. Er scharrte zum zweiten Mal mit den Füßen. Seine Schultern wurden gerade. Er plusterte sich fast auf.

»Ich habe meine eigene Beobachtungsgabe! Ich kann auch die Augen offenhalten, wissen Sie! Manchmal sehe ich Dinge, die niemand anders sieht. Ich kann Ihnen etwas zeigen, was kein anderer je gesehen hat.«

Er beobachtete, wie ich ihn beobachtete, zog langsam seine Brieftasche heraus, ließ sie aufklappen und zeigte eine große Visitenkarte. Ich beugte mich vor, um den Namen zu lesen. *Lady Constance Dobson.* Sein kleiner Finger drehte sie um. Anscheinend mit rotem Lippenstift geschrieben, stand dort das Wort *Judas.* Als ich ihn ansah, lächelte er triumphierend.

»Wo um alles in der Welt haben Sie das gefunden?«

»Damals am Morgen um sechs, es war schon hell. Es steckte unter dem Scheibenwischer« – er zögerte zum letzten Mal – »des Jaguars.«

Mein Geist fiel durcheinander wie ein Puzzlespiel. Er log. Wieviele Teile des Puzzles fehlten noch? Wer war es, der gesagt hatte, das fehlende letzte Teil jedes Puzzles sei Gott?

»Sie haben das bei der Untersuchung nicht erwähnt?«

»Hätte ich das tun sollen? Der Gedanke ist mir auch gekommen. Ich beschloß, daß es barmherziger sei, es nicht zu tun. Man mußte auch an andere denken. Sir Hilary, zum Beispiel. Und andere.« Er steckte die Brieftasche wieder ein und stand auf, um anzudeuten, daß ich gehen sollte. »Ich sehe, Sie gehen zum Schwimmen. Passen Sie auf. Es gibt Strömungen. Der Strand fällt steil ab. Drei Meter draußen, und die Kiesel rutschen Ihnen unter den Füßen weg. Und niemand hört es, wenn Sie um Hilfe rufen. Ich habe heute morgen mein übliches kleines Bad genommen. Diese Ruhe. Diese völlige Stille. Das Wasser war sehr kalt.«

Er nickte mir zu und ging weg. Ich ging sehr langsam an den Rand des Strands hinunter. Ich hielt die Hand ins Wasser. Er hatte recht. Ich sah mich um. Ich hätte auf einem Riff in der Ostsee gestrandet sein können, zwischen einer Unendlichkeit von Wolken und dem Glanz einer See, in der sie sich wie Eisberge spiegelten. Kein Fischerboot. Nicht einmal ein Kormoran. Meilenweit keine Seele, im Norden und Süden. Niemand an der Bahnstrecke. Oder war immer jemand da, der alles beobachtete, wie er angedeutet hatte? Wenn er etwas verbarg, warum hatte er dann überhaupt zugegeben, aus seinem Waggon herausgekommen zu sein? Warum hatte er gerade ein Uhr erwähnt? Wußte er, daß sie gegen Mitternacht gestorben war? Hatte er Angst, daß noch jemand gesehen hatte, wie ihre Lichter die Zufahrt hinunterkamen? Ein zaghafter Lügner, der eine halbe Wahrheit anbot, um die ganze zu verbergen?

Über den Dünen konnte ich gerade noch das schwarze Dach seines Waggons sehen. Ich schätzte die Entfernung von dort bis zu mir ab und stieß zehn Sekunden lang einen lauten Hilfeschrei aus. Nichts geschah. Dann erschien seine kleine dunkle Gestalt verstohlen zwischen den Dünen. Als er mich sah, verschwand er.

LORD DUNSANY

Zwei Flaschen Relish

Edward John Morton Drax Plunkett, der achtzehnte Lord Dunsany (1878–1957), war eine schillernde und überschwengliche irische Persönlichkeit: beim Osteraufstand von 1916 verwundet, ein erfahrener Großwildjäger, nationaler Schachmeister und stolzer Träger des Titels »Schlechtestgekleideter Mann Irlands«. Er war auch ein atemberaubend einfallsreicher Autor von Kurzgeschichten, die vom Phantastischen bis zum Kriminellen reichten, und der Schöpfer einer Reihe einzigartiger literarischer Figuren wie Jorkens, der Erzähler unglaublicher Geschichten, und John Ripley, »der alte Detektiv im Ruhestand«, der gern von seinen alten Fällen erzählt. Die folgende Geschichte über ein vermißtes Mädchen, das möglicherweise ermordet und deren Körper zerhackt oder verbrannt wurde, wird von einem Mann namens Smithers, einem eher naiven Relish-Vertreter, mit wachsendem Unbehagen erzählt. Sie erschien erstmals in der anonymen Anthologie *Powers of Darkness* (1934) und wurde von Ellery Queen in seiner umfassenden Bibliographie *The Detective Short Story* (1969) als »eine der besten Kurzgeschichten aller Zeiten über Schrecken und Verbrechensaufklärung« bezeichnet. Der Leser wird schon nach wenigen Seiten merken, warum.

Mein Name ist Smithers. Ich bin, wie man so sagt, ein kleiner Mann und mache nur kleine Geschäfte. Ich bin Vertreter für Nam-nammo, ein Relish für Fleisch und Vorspeisen – das weltbekannte Relish, sollte ich sagen. Es ist tatsächlich ganz ordentlich, keine ungesunden Säuren drin und schädigt nicht das Herz, also ist es leicht zu verkaufen. Wenn es nicht so wäre, hätte ich den Job nicht. Aber ich hoffe, ich bekomme eines Tages etwas, das sich schwerer verkaufen läßt, denn je schwerer zu verkaufen, desto besser die Bezahlung. Im Augenblick komme ich gerade so aus, ohne daß etwas übrigbleibt, aber ich lebe auch in einer sehr teuren Wohnung. Das kam so, und das bringt mich auf meine Geschichte. Es ist keine Geschichte, die Sie von einem kleinen Mann zu hören erwarten, und trotzdem kann sie kein anderer erzählen. Alle, die außer mir davon wissen, sind dafür, sie unter den Teppich zu kehren. Also, nachdem ich meinen Job gefunden hatte, suchte ich ein Zimmer in London. Es mußte London sein, weil es zentral liegen sollte, und ich ging zu einem sehr düster aussehenden Wohnblock, traf den Verwalter und fragte nach dem, was ich suchte. Apartments nennt man so was, bloß ein Schlafzimmer und eine Art Schrank. Er führte gerade jemand anders herum, einen Gentleman, sogar noch mehr als das, deshalb nahm er nicht viel Notiz von mir. Also lief ich einfach ein bißchen hinterher, sah alle Arten von Zimmern und wartete, bis ich etwas Passendes sehen würde. Wir kamen zu einem sehr hübschen Apartment, Wohnzimmer, Schlafzimmer und Badezimmer, und ein kleiner Raum, der Diele genannt wurde. Und so lernte ich Linley kennen. Er war der Bursche, der herumgeführt wurde.

»Bißchen teuer«, sagte er.

Und der Verwalter drehte sich zum Fenster und stocherte in den Zähnen. Komisch, wieviel man durch so eine einfache Sache zeigen kann. Was er sagen wollte, war, daß er Hunderte von solchen Apartments hatte und es Tausende von Leuten gab, die danach suchten, und daß es ihm egal war, wer eins bekam und wer weitersuchte. Irgendwie konnte man ihn nicht mißverstehen. Und trotzdem sagte er kein Wort, guckte nur aus dem Fenster und stocherte in den Zähnen. Und dann traute ich mich, Mr. Linley anzusprechen, und sagte: »Wie wär's, Sir, wenn ich die Hälfte zahle und wir es uns teilen? Ich würde nicht im Weg sein, und ich bin den ganzen Tag weg, und Sie haben das letzte Wort, und ich wäre Ihnen nicht mehr im Weg als eine Katze.«

Sie sind vielleicht überrascht, daß ich das tat, und Sie werden noch viel mehr überrascht sein, daß er darauf einging – jedenfalls, wenn Sie mich kennen würden, einen kleinen Mann mit kleinen Geschäften. Und doch konnte ich sofort sehen, daß ich ihm sympathischer war als der Mann am Fenster.

»Aber es ist nur ein Schlafzimmer da«, sagte er.

»Ich könnte mir ganz leicht ein Bett in dem kleinen Zimmer da machen«, sagte ich.

»Die Diele«, sagte der Verwalter und drehte sich um, ohne den Zahnstocher aus dem Mund zu nehmen.

»Und ich würde das Bett um die Zeit wegräumen und in den Schrank packen, die Sie bestimmen«, sagte ich.

Er schaute nachdenklich drein, während der andere Mann über London blickte; schließlich ging er wirklich drauf ein.

»Freund von Ihnen?« fragte der Verwalter.

»Ja«, antwortete Mr. Linley.

Das war wirklich sehr nett von ihm.

Ich sag Ihnen, warum ich's gemacht habe. Konnte ich mir's leisten? Natürlich nicht. Aber ich hatte ihn zu dem Verwalter sagen hören, er käme gerade aus Oxford und wolle ein paar Monate in London wohnen. Es stellte sich heraus, daß er eine Weile einfach gar nichts tun wollte, während er sich umsah und einen Job suchte, oder vielleicht auch nur solange, wie er es sich leisten konnte. Also sagte ich mir, was ist der Oxford-Schliff im Geschäft wert, besonders in einem Geschäft wie meinem? Na, einfach alles! Wenn ich nur ein Viertel davon von Mr. Linley aufschnappte, würden sich meine Verkäufe verdoppeln, und das würde bedeuten, man würde mir bald etwas geben, was schwerer zu verkaufen war, mit vielleicht dreifacher Bezahlung. Lohnt sich immer. Und man kann den Wert einer Viertelbildung verdoppeln, wenn man sparsam damit umgeht. Ich meine, man muß nicht das ganze *Inferno* zitieren, um zu zeigen, daß man Milton gelesen hat, da reicht eine halbe Zeile.

Jetzt zu dieser Geschichte. Und Sie glauben vielleicht nicht, daß ein kleiner Mann wie ich Ihnen einen Schauer einjagen kann. Als wir in das Apartment einzogen, vergaß ich jedenfalls bald alles über den Oxford-Schliff. Ich vergaß ihn, weil ich von dem Mann selbst so fasziniert war. Er hatte einen Geist wie der Körper eines Akrobaten, wie der Körper eines Vogels. Er brauchte keine Bildung. Man merkte nicht, ob er gebildet war oder nicht. Ständig hatte er neue Ideen, Sachen, an die man nie gedacht hätte. Und nicht nur das, sondern wenn irgendwelche Ideen in der Luft lagen, pflegte er sie sozusagen zu fangen. Immer wieder wußte er, was ich gerade sagen wollte. Kein Gedankenlesen, sondern was man Intuition nennt. Ich versuchte ein bißchen Schach zu lernen, um mich abends nach der Arbeit von Nam-nammo abzulenken. Aber Schachprobleme konnte ich einfach nicht lösen. Und er kam einfach, schaute auf mein Problem und sagte: »Wahrscheinlich zieht man zuerst diese Figur«, und ich fragte: »Aber wohin?«, und er antwortete: »Oh, auf eins von diesen drei Feldern.« – »Aber sie kann auf jedem geschlagen werden.« Und die Figur war immer eine Dame. Und er sagte: »Ja, die ist zu nichts gut, wahrscheinlich soll sie geschlagen werden.«

Und tatsächlich, er hatte recht.

Sehen Sie, er hatte die Gedanken des anderen verfolgt. So machte er das.

Jedenfalls hatte es eines Tages diesen gräßlichen Mord in Unge gegeben. Ich weiß nicht, ob Sie sich daran erinnern. Aber Steeger war mit einem Mädchen in einen Bungalow in den Hügeln der North Downs gezogen, und das war das erste, was wir von ihm gehört hatten.

Das Mädchen hatte zweihundert Pfund, er nahm ihr jeden Penny davon ab, und dann verschwand sie spurlos. Und Scotland Yard konnte sie nicht finden.

Zufällig las ich, daß Steeger zwei Flaschen Nam-nammo gekauft hatte, denn die Polizei in Otherthorpe hatte alles über ihn herausgefunden, nur nicht, was er mit dem Mädchen gemacht hatte, und das weckte natürlich meine Neugier, sonst hätte ich nie mehr über den Fall nachgedacht oder ein Wort zu Linley gesagt. Ich dachte immer an Nam-nammo, weil ich es jeden Tag verkaufte, und das erinnerte mich an die andere Sache. Und so sagte ich eines Tages zu Linley: »Ich möchte wissen, warum Sie bei Ihrer Fähigkeit, Schachprobleme zu durchschauen, nicht mal versuchen, das Geheimnis in Otherthorpe zu lösen. Es ist genau wie ein Schachproblem.«

»In zehn Morden steckt nicht soviel Geheimnis wie in einer Partie Schach«, antwortete er.

»Scotland Yard konnte es nicht lösen«, sagte ich.

» Tatsächlich?«

»Die waren völlig ratlos.«

»Sollten sie aber nicht sein«, sagte er. Und nur einen Augenblick später: »Was sind die Fakten?«

Wir saßen beim Abendessen, und ich teilte ihm die Fakten direkt aus der Zeitung mit. Sie war eine hübsche Blondine, klein, hieß Nancy Elth, hatte 200 Pfund, und sie lebten fünf Tage in dem Bungalow. Danach wohnte er noch zwei Wochen dort, aber niemand hat sie je wieder lebend gesehen. Steeger sagte, sie sei nach Südamerika gefahren, später aber, er habe nie Südamerika gesagt, sondern Südafrika. Von ihrem Geld war nichts mehr auf der Bank, und Steeger war genau um diese Zeit zu mindestens 150 Pfund gekommen. Dann stellte sich Steeger als Vegetarier heraus, der alles beim Gemüsehändler kaufte, und das machte ihn dem Dorfpolizisten von Unge verdächtig, denn ein Vegetarier war etwas

Neues für ihn. Danach beobachtete er Steeger, und das war auch gut so, denn es gab nichts, worüber er Scotland Yard nicht Auskunft geben konnte, außer einer Sache natürlich. Und er verständigte die Polizei in Otherthorpe, fünf oder sechs Meilen entfernt. Die kam und unterstützte ihn. Zumindest konnten sie mit Sicherheit sagen, daß er seinen Bungalow und den winzigen Garten nicht mehr verlassen hatte, seit sie verschwunden war. Je mehr sie ihn nämlich beobachteten, desto mißtrauischer wurden sie, was natürlich ist, wenn man jemanden beobachtet, so daß sie bald jede seiner Bewegungen überwachten, aber wenn er kein Vegetarier gewesen wäre, hätten sie nie Verdacht gegen ihn geschöpft, und es gäbe nicht einmal für Linley genug Indizien. Nicht, daß sie viel herausgefunden hätten, was ihn belastete, außer den 150 Pfund, und das fand Scotland Yard raus, nicht die Polizei in Otherthorpe. Nein, was der Wachtmeister aus Unge herausfand, war das mit den Lärchen, und daran biß sich Scotland Yard die Zähne aus, und Linley bis zum Schluß auch, und ich sowieso. In dem kleinen Garten standen zehn Lärchen, und Steeger hatte eine Verabredung mit dem Besitzer getroffen, bevor er den Bungalow nahm, nach der er mit den Lärchen machen konnte, was er wollte. Und seit etwa dem Zeitpunkt, als die kleine Nancy Elth gestorben sein muß, hackte er jede einzelne um. Fast eine Woche lang hackte er dreimal täglich, und als alle umgehauen waren, zerhackte er sie in Scheite, die nicht länger als einen halben Meter waren, und häufte sie zu ordentlichen Stapeln. Soviel Arbeit hat man noch nicht gesehen. Und wofür? Um einen Vorwand zu liefern, denn die Axt war eine Theorie. Aber der Vorwand war größer als die Axt. Er brauchte zwei Wochen, jeden Tag harte Arbeit. Und ein kleines Ding wie Nancy Elth hätte er ohne Axt erschlagen und zerstückeln können. Eine andere Theorie war, daß er Feuerholz brauchte, um die Leiche zu beseitigen. Aber er benutzte es nie. Er ließ es in ordentlichen Stapeln liegen. Alle waren ratlos.

Das waren die Fakten, die ich Linley erzählte. Ach ja, und er kaufte ein großes Fleischermesser. Komisch, das tun sie alle. Und doch ist es nicht komisch; wenn man eine Frau zerstückeln will, muß man sie zerstückeln, und das geht nicht ohne Messer. Dann gab es da noch ein paar negative Fakten. Er hatte sie nicht verbrannt. Hatte nur ab und zu ein kleines Feuer im Herd und gebrauchte es nur zum Kochen. Das fanden sie ziemlich schlau raus, der Wachtmeister aus Unge und die Männer aus Otherthorpe, die ihm halfen. Rundherum lagen ein paar Wäldchen, *Shaws* nennen sie die Leute vom Land, und sie konnten flink und unauffällig auf einen Baum klettern und nach dem Rauch schnuppern, egal in welche Richtung der Wind wehte. Das taten sie ab und zu, und es gab keinen Geruch nach verbranntem Fleisch, nur gewöhnliches Kochen. Ganz schön schlau von der Polizei in Otherthorpe, obwohl es natürlich Steeger nicht an den Galgen brachte. Später kamen dann die Leute von Scotland Yard und fanden eine andere Tatsache heraus – auch negativ, aber wenigstens schränkte es den Kreis der Möglichkeiten ein. Und das war, daß der Kalk unter dem Bungalow und unter dem kleinen Garten an keiner Stelle aufgegraben worden war. Und Steeger war nicht weggewesen, seit Nancy verschwand. Ach ja, und er hatte außer dem Messer eine große Feile. Aber an der Feile war keine Spur von zermahlenen Knochen, am Messer war kein Blut. Er hatte sie natürlich abgewaschen. All das erzählte ich Linley.

Bevor ich weitererzähle, sollte ich Sie warnen. Ich bin ein kleiner Mann, und Sie erwarten vermutlich nicht, etwas Grausiges von mir zu hören. Aber ich sollte Sie warnen, daß dieser Mann ein Mörder war, oder jedenfalls irgend jemand einer war; die Frau war beseitigt worden, ein nettes, hübsches kleines Mädchen, und der Mann, der das getan hatte, machte vielleicht auch nicht vor Dingen halt, vor denen andere halt machten. Bei einem Kopf, der so etwas tut und dann vom langen, dünnen Schatten der Schlinge weiter getrieben wird, kann man nicht sagen, wo er haltmachen wird. Mordgeschichten sind manchmal etwas Nettes für eine Dame, die allein am Kamin sitzt. Aber Mord ist nichts Nettes, und wenn ein Mörder verzweifelt versucht, seine Spuren zu verwischen, ist er noch weniger nett als zuvor. Ich bitte Sie, sich das zu merken. Na schön, ich habe Sie gewarnt.

Also sagte ich zu Linley: »Was halten Sie davon?«

»Das Abwasserrohr?« fragte er.

»Nein«, sagte ich, »da irren Sie sich. Scotland Yard hat es untersucht. Und die Leute aus Otherthorpe vor ihnen. Sie haben sich das Rohr angesehen, ein schmales Ding, das in eine Senkgrube hinter dem Garten mündet, und nichts ist durchgegangen – jedenfalls nichts, was nicht durchsollte.«

Er machte ein oder zwei andere Vorschläge, aber Scotland Yard hatte jeden schon vorher untersucht. Das ist, wenn Sie den Ausdruck entschuldigen, der Hammer an meiner Geschichte. Man will, daß ein Mann, der Detektiv sein möchte, seine Lupe nimmt und zum Tatort geht, daß er zuerst zum Tatort geht, Fußspuren untersucht und Indizien sammelt und das Messer findet, das die Polizei übersehen hat. Aber Linley kam nicht einmal in die Nähe des Tatorts, und soweit ich sehen konnte, hatte er keine Lupe, und Scotland Yard war jedesmal vor ihm da.

Tatsächlich hatten sie mehr Indizien, als daß irgend jemand daraus schlau werden konnte. Jede Art von Indiz, daß er das arme kleine Mädchen ermordet hatte; jede Art von Indiz, daß er die Leiche nicht beseitigt hatte, und doch war die Leiche nicht da. Sie war auch nicht in Südamerika und wohl auch nicht in Südafrika. Und die ganze Zeit dieser Riesenstapel zerhacktes Lärchenholz, ein Indiz, das einem ins Gesicht sprang, aber nirgendwohin führte. Nein, wir schienen nicht noch mehr Indizien zu brauchen, und Linley kam nie in die Nähe des Tatorts. Das Schwierige war, die Indizien, die wir hatten, zusammenzufügen. Ich tappte total im Dunkeln, Scotland Yard auch, Linley schien nicht weiterzukommen, und die ganze Zeit ließ mich das Rätsel nicht los. Ich meine, wenn ich mir diesen kleinen Punkt nicht zufällig gemerkt und mal ein Wort darüber zu Linley gesagt hätte, wäre dieses Rätsel den Weg aller anderen ungelösten Rätsel gegangen, ein dunkler Punkt, ein kleiner Fleck in der Geschichte.

Nun, zunächst interessierte sich Linley nicht besonders für die Sache, aber ich war so sicher, daß er sie lösen könnte, daß ich die Idee wachhielt. »Sie lösen doch auch Schachprobleme«, sagte ich.

»Die sind zehnmal schwerer«, sagte er.

»Warum lösen Sie dann nicht dieses?«

»Dann fahren Sie runter, und sehen Sie sich die Figuren auf dem Brett an«, sagte Linley.

Das war seine Art zu reden. Wir waren seit zwei Wochen zusammen, und ich kannte ihn inzwischen. Er wollte, daß ich zu dem Bungalow nach Unge fuhr. Ich weiß, Sie werden fragen, warum fuhr er nicht selbst, aber die einfache Wahrheit ist, daß er beim Durch-die-Landschaft-Jagen nicht zum Denken gekommen wäre, während er in seinem Sessel am Kamin in unserem Apartment unbegrenzte Entfernungen zurücklegen konnte, wenn Sie wissen, was ich meine. Also fuhr ich am nächsten Tag mit dem Zug hin und stieg in Unge aus. Und da stiegen die North Downs fast wie Musik vor mir auf.

»Da oben ist es, nicht wahr?« fragte ich den Gepäckträger.

»So ist es«, antwortete er. »Auf der Straße da hoch, und wenn Sie zu der alten Eibe kommen, einem sehr großen Baum, Sie können ihn nicht verfehlen, dann biegen Sie rechts ab, und dann ...«, und er erklärte mir den Weg, damit ich mich nicht verliefe. Alle waren so nett und hilfreich. Es war nämlich eine große Zeit für Unge. Jeder hatte von Unge gehört, man hätte jederzeit einen Brief hinschicken können, ohne Postleitzahl oder Kreisstadt anzugeben, und der Bungalow war Unges große Attraktion. Ich denke, wenn Sie heute versuchen würden, Unge zu finden ... Na, jedenfalls fuhren sie die Ernte ein, solange die Sonne schien.

Da war also der Hügel, der zum Sonnenlicht emporstrebte, der emporstrebte wie ein Lied. Sie wollen nichts vom Frühling hören, von dem fruchtbaren Durcheinander des Mai, der Farbe, die sich im Lauf des Tages auf alles legte, und von all den Vögeln, aber ich dachte: »Was für ein schöner Ort, um ein Mädchen mitzubringen!« Und als ich daran dachte, daß er sie hier umgebracht hatte, ich bin ja nur ein kleiner Mann, aber als ich an sie dachte, wie sie auf dem Hügel stand und die Vögel sangen, sagte ich zu mir: »Wäre es nicht seltsam, wenn ich es schließlich wäre, der diesen Mann an den Galgen brächte, falls er sie ermordet hat?« Ich fand bald den Weg zum Bungalow und fing an herumzuschnüffeln, indem ich über die Hecke in den Garten schaute. Ich fand nicht viel und nichts, was die Polizei nicht schon gefunden hätte, aber da waren diese Stapel Lärchenscheite, die mich anstarrten und sehr seltsam aussahen.

Ich lehnte an der Hecke, schaute über den Rand auf die Lärchenscheite und den gepflegten kleinen Bungalow auf der anderen Seite des Gartens, atmete den Maiduft ein und dachte viel nach. Ich durchdachte viele Theorien, bis ich auf den besten Gedanken von allen kam, und das war, daß ich auf meine Art am meisten beitragen könnte, wenn ich das Denken Linley und seiner Oxford-und-Cambridge-Bildung überließ und ihm nur die Fakten brachte, wie er es mir gesagt hatte, statt mich an großen Ideen zu versuchen. Ich vergaß, Ihnen zu erzählen, daß ich morgens zu Scotland Yard gegangen war. Da war nicht viel zu erfahren. Sie fragten mich ihrerseits, was ich wollte. Da ich darauf keine passende Antwort hatte, bekam ich nicht viel aus ihnen heraus. In Unge war es aber ganz anders, alle waren sehr freundlich, es war schließlich ihr großer Tag, wie ich schon sagte. Der Wachtmeister ließ mich ins Haus, solange ich nichts anfaßte, und er ließ mich den Garten besichtigen. Und ich sah die Stümpfe der zehn Lärchen und bemerkte etwas, wofür Linley mich lobte – nicht, daß es viel wert war, aber ich tat jedenfalls mein Bestes: Ich bemerkte, daß die Stümpfe alle schlecht und recht abgehackt waren. Daraus folgerte ich, daß der Mann, der das getan hatte, nicht viel vom Holzhacken verstand. Der Wachtmeister sagte, das sei eine mögliche Schlußfolgerung. Dann sagte ich, die Axt sei stumpf gewesen, als er sie benutzt hatte, und das gab dem Wachtmeister bestimmt zu denken, obwohl er diesmal nicht sagte, ich hätte recht. Habe ich Ihnen erzählt, daß Steeger, nachdem Nancy verschwunden war, nie vor die Tür ging, außer um in dem kleinen Garten Holz zu hacken? Ich glaube schon. Nun, es stimmte völlig. Sie hatten ihn Tag und Nacht beobachtet, der eine oder andere, und der Wachtmeister aus Unge erzählte es mir persönlich. Das schränkte die Möglichkeiten erheblich ein. Das einzige, was ich daran nicht mochte, war das Gefühl, statt der gewöhnlichen Polizisten hätte Linley all das herausfinden sollen, und ich meinte, das hätte er auch geschafft. Eine solche Geschichte hätte den Reiz des Abenteuers gehabt. Und sie hätten es auch nie getan, wenn sich nicht herumgesprochen hätte, daß der Mann Vegetarier war und nur beim Gemüsehändler einkaufte. Vielleicht ging auch das nur los, weil der Fleischer beleidigt war. Komisch, was für kleine Dinge einem Mann in die Quere kommen können. Ehrlich währt am längsten, ist mein Motto. Aber ich schweife vielleicht ein bißchen weit von meiner Geschichte ab. Am liebsten täte ich das für immer – und könnte dabei vergessen, daß sie je passierte, aber das kann ich nicht.

Jedenfalls sammelte ich alle Arten von Informationen, in so einer Geschichte sollte man sie wohl Spuren nennen, obwohl keine von ihnen irgendwo hinzuführen schien. Zum Beispiel fand ich heraus, was er alles im Dorf gekauft hatte. Ich könnte Ihnen sogar erzählen, welches Salz er kaufte, ein ganz einfaches, ohne Phosphate, wie sie manchmal drin sind, um es weißer zu machen. Dann holte er sich Eis vom Fischhändler und eine Menge Gemüse vom Gemüsehändler Mergin & Sons. Und über all das unterhielt ich mich ein bißchen mit dem Wachtmeister. Er sagte, sein Name sei Slugger. Ich wunderte mich, daß er das Haus nicht gleich, als das Mädchen verschwand, durchsucht hatte. »Das geht nicht«, sagte er. »Und außerdem hatten wir da noch keinen Verdacht, jedenfalls nicht wegen des Mädchens. Wir hatten nur das Gefühl, es stimme was nicht mit ihm, weil er Vegetarier war. Er blieb noch gut vierzehn Tage, nachdem sie zum letzten Mal gesehen worden war. Und dann waren wir zur Stelle und gingen rein. Aber niemand hatte sich nach ihr erkundigt, sie war nicht als vermißt gemeldet.«

»Und was haben Sie gefunden, als Sie reingingen?« fragte ich Slugger.

»Nur eine große Feile und das Messer und die Axt, mit denen er sie zerstückelt haben muß.«

»Aber die Axt hatte er, um die Bäume zu fällen«, sagte ich.

»Ja, das schon«, sagte er, aber etwas mürrisch.

»Und warum hat er sie gefällt?«

»Tja, meine Vorgesetzten haben darüber natürlich so ihre Theorien, aber die erzählen sie nicht jedem.«

Bei diesen Holzscheiten waren sie nämlich ratlos.

»Aber hat er sie überhaupt zerstückelt?« fragte ich.

»Nun, er behauptet, sie sei nach Südamerika gefahren«, antwortete er, was wirklich sehr fair von ihm war.

Ich weiß nicht mehr, was er mir noch alles erzählte. Steeger hinterließ Töpfe und Geschirr sehr sauber und ordentlich, sagte er.

All das brachte ich für Linley mit, als ich bei Sonnenuntergang mit dem Zug zurückfuhr. Ich würde Ihnen gern von dem späten Frühlingsabend erzählen, so still über diesem grausigen Bungalow, den er mit einer Pracht umschloß, als ob er ihn segne, aber Sie wollen ja von dem Mord hören. Ich erzählte Linley alles, obwohl manches mir nicht so wichtig vorkam. Das Problem war, daß er sofort merkte, wenn ich etwas ausließ, und es mich erzählen ließ. »Man kann nie wissen, was wichtig sein könnte«, sagte er. »Ein Tapeziernagel, den das Stubenmädchen wegfegt, kann einen Mann an den Galgen bringen.«

Alles gut und schön, aber dann hätte er konsequent sein sollen, auch wenn er in Eton und Harrow zur Schule gegangen war, denn jedesmal, wenn ich Nam-nammo erwähnte, wodurch die ganze Geschichte schließlich angefangen hatte, und daß mir aufgefallen sei, daß Steeger zwei Flaschen davon gekauft hatte, sagte er, das sei trivial, und wir sollten uns an die Hauptpunkte halten. Natürlich redete ich ein bißchen über Nam-nammo, weil ich an diesem Tag fast fünfzig Flaschen in Unge verkauft hatte. Ein Mord regt auf jeden Fall die Phantasie der Leute an, und Steegers zwei Flaschen boten mir eine Gelegenheit, von der nur ein Narr nicht profitiert hätte. Aber das war Linley natürlich alles ganz egal.

Man kann nicht in die Gedanken und den Geist eines Menschen sehen, so daß sich die aufregendsten Dinge nie erzählen lassen. Aber was an diesem Abend geschah, als ich ihm vor und während des Abendessens Bericht erstattete und wir hinterher rauchend vor unserem Kamin saßen, war, daß seine Gedanken an eine Mauer stießen, die sie nicht überspringen konnten. Und die Mauer war nicht die Schwierigkeit, Mittel und Wege zu finden, durch die Steeger den Körper versteckt haben konnte, sondern die Unnöglichkeit herauszufinden, warum er zwei Wochen lang jeden Tag massenweise Holz gehackt und dem Vermieter für die Erlaubnis sogar 25 Pfund gezahlt hatte. Daran biß Linley sich die Zähne aus. Was die Art und Weise betraf, wie Steeger die Leiche versteckt haben konnte, so schien mir, daß jeder Ausweg von der Polizei blockiert war. Wenn man sagte, er habe sie vergraben, antworteten sie, der Kalk sei nicht bearbeitet worden; wenn man sagte, er habe sie weggetragen, antworteten sie, er habe den Platz nie verlassen; wenn man sagte, er habe sie verbrannt, antworteten sie, es habe nicht verbrannt gerochen, als der Wind niedrig wehte, und sonst seien sie auf Bäume geklettert. Linley war mir wirklich ans Herz gewachsen, und ich brauchte nicht gebildet zu sein, um zu sehen, daß sein Geist etwas Besonderes war. Ich glaubte, er hätte es herauskriegen können, und als die Polizei ihm so zuvorkam und alle Möglichkeiten schon geprüft hatte, tat er mir wirklich leid.

Kam irgend jemand ins Haus, fragte er ein- oder zweimal. Hatte irgend jemand etwas von dort weggetragen? Aber in dieser Richtung gab es keine Lösung. Dann machte ich wohl einen Vorschlag, der nichts wert war, oder fing wieder an, von Nam-nammo zu reden, denn er unterbrach mich ziemlich scharf.

»Aber was würden Sie tun, Smithers?« fragte er. »Wie würden Sie selbst es machen?«

»Wenn ich die arme Nancy Elth umgebracht hätte?«

»Ja.«

»Ich kann mir nicht vorstellen, sowas je zu tun«, sagte ich.

Daraufhin seufzte er, als spräche das gegen mich.

»Ich glaube, aus mir würde nie ein Detektiv«, sagte ich. Und er schüttelte nur den Kopf.

Dann starrte er grübelnd ins Feuer, eine Stunde lang. Und dann schüttelte er wieder den Kopf. Danach gingen wir ins Bett.

An den nächsten Tag werde ich mich mein Leben lang erinnern. Bis zum Abend verkaufte ich wie üblich Nam-nammo. Gegen neun setzten wir uns zum Abendessen. In diesen Apartments gab es natürlich keine

Küche, also aßen wir kalt. Und Linley begann mit einem Salat. Ich sehe es immer noch vor mir, jede Einzelheit. Nun, ich war immer noch ein bißchen erfüllt davon, wieviel Nam-nammo ich in Unge verkauft hatte. Ich wußte, nur ein Depp hätte es da nicht verkaufen können, aber trotzdem hatte ich es verkauft, und fünfzig Flaschen, achtundvierzig, um genau zu sein, sind schon was in einem kleinen Dorf, egal unter welchen Umständen. Also redete ich eine Weile darüber, und dann fiel mir plötzlich ein, daß Linley Nam-nammo ja ganz egal war, und ich brach ab. Wissen Sie, was er tat? Es war wirklich sehr nett von ihm. Er muß gewußt haben, warum ich zu reden aufhörte, und er streckte nur die Hand aus und sagte: »Würden Sie mir ein bißchen von Ihrem Nam-nammo für den Salat geben?«

Ich war so gerührt, daß ich ihm fast welches gegeben hätte. Aber natürlich nimmt man Nam-nammo nicht zu Salat. Nur zu Fleisch oder Vorspeisen. Steht auf der Flasche.

Also sagte ich bloß zu ihm: »Nur zu Fleisch und Vorspeisen.« Obwohl ich keine Vorspeisen kenne. Hab noch nie welche gegessen.

Noch nie habe ich bei einem Mann so ein Gesicht gesehen.

Eine ganze Minute schien er völlig ruhig zu sein. Und nichts an ihm sprach, nur dieser Gesichtsausdruck. Wie einer, der ein Gespenst gesehen hat, möchte man sagen. Aber es war ganz anders. Ich sage Ihnen, wie er aussah. Wie ein Mann, der etwas gesehen hat, das niemand vor ihm gesehen hat, etwas, das er nicht für möglich hielt.

Und dann sagte er mit einer Stimme, die völlig verändert war, leiser, sanfter und ruhiger: »Nicht gut zu Gemüse?«

»Überhaupt nicht«, sagte ich.

Und da hatte er eine Art Schluchzen in der Kehle. Ich hatte nicht gedacht, daß er sich etwas so zu Herzen nehmen könnte. Ich hatte geglaubt, all das hätten sie in Eton und Harrow aus ihm herausgeprügelt, einem gebildeten Mann wie ihm. Es waren keine Tränen in seinen Augen, aber er fühlte etwas Schreckliches.

Dann begann er zu sprechen, mit langen Pausen zwischen den Worten, und sagte: »Jemand könnte sich vielleicht irren und Nam-nammo zum Gemüse nehmen.«

»Einmal und nie wieder«, sagte ich. Was hätte ich sonst sagen sollen?

Und er wiederholte es nach mir, als hätte ich vom Ende der Welt erzählt, und gab meinen Worten eine schreckliche Betonung, bis sie vor furchtbarem Doppelsinn ganz klebrig schienen, und schüttelte den Kopf dabei.

Dann war er ganz still.

»Was ist los?« fragte ich.

» Smithers «, sagte er .

»Ja.«

»Smithers.«

Und ich sagte: »Nun?«

»Hören Sie, Smithers«, sagte er, »Sie müssen den Laden in Unge anrufen und etwas herausfinden.«

»Ja?«

»Ob Steeger diese zwei Flaschen am selben Tag gekauft hat, wie ich annehme, und nicht an verschiedenen Tagen. Das hätte er nicht tun können.«

Ich wartete, ob noch mehr von ihm kam, dann lief ich hinaus und tat, was er mir gesagt hatte. Ich brauchte eine Weile, da es schon nach neun Uhr war, und auch dann nur mit Hilfe der Polizei. Etwa sechs Tage auseinander, sagten sie, und ich ging wieder hinein und erzählte es Linley. Er schaute mich so hoffnungsvoll an, als ich hereinkam, aber ich sah an seinen Augen, daß es die falsche Antwort war.

Man kann sich die Dinge nicht so zu Herzen nehmen, ohne krank zu werden, und als er nicht redete, sagte ich: »Gönnen Sie sich einen guten Brandy und gehen Sie früh ins Bett.« Und er sagte: »Nein, ich muß jemanden von Scotland Yard sehen. Rufen Sie an. Es soll sofort jemand herkommen.«

Aber ich sagte: »Ein Inspektor von Scotland Yard wird uns um diese Zeit nicht mehr besuchen.«

Seine Augen leuchteten. Er war ganz da.

»Dann sagen Sie ihnen, daß sie Nancy Elth nie finden werden. Sagen Sie ihnen, es soll jemand herkommen, und ich werde ihm erklären, warum.« Und dann fügte er wohl nur für mich hinzu: »Man muß Steeger beobachten, bis man ihn eines Tages wegen einer anderen Sache kriegt.«

Und wissen Sie was, er kam wirklich. Inspektor Ulton kam persönlich.

Während wir warteten, versuchte ich mit Linley zu sprechen. Teilweise aus Neugier, gebe ich zu. Aber ich wollte ihn nicht den Gedanken überlassen, denen er am Feuer nachhing. Ich versuchte ihn zu fragen, worum es ging, aber er wollte es mir nicht erzählen. »Mord ist etwas Schreckliches«, war alles, was er sagte. »Und wenn ein Mann seine Spuren verwischt, wird es noch schlimmer.«

Er wollte es mir nicht erzählen. »Es gibt Geschichten«, sagte er, »die man niemals hören möchte.«

Da ist was Wahres dran. Ich wünschte, ich hätte diese nie gehört. Habe ich eigentlich auch nicht. Aber ich erriet sie aus Linleys letzten Worten zu Inspektor Ulton, den einzigen, die ich mithörte. Und vielleicht sollten Sie an dieser Stelle auch aufhören, meine Geschichte zu lesen, damit Sie es nicht auch erraten, selbst wenn Sie meinen, Sie mögen Mordgeschichten. Denn möchten Sie nicht lieber eine Mordgeschichte mit ein paar romantischen Verwicklungen und keine Geschichte über einen wirklichen, brutalen Mord? Na, ganz wie Sie wollen.

Inspektor Ulton kam herein, Linley schüttelte ihm stumm die Hand, zeigte zum Schlafzimmer, und sie gingen hinein, unterhielten sich leise, und ich verstand kein Wort.

Als sie dort hineingingen, hatte der Inspektor noch eine recht gesunde Gesichtsfarbe.

Danach gingen sie stumm durch unser Wohnzimmer und gingen zusammen in die Diele, und dort bekam ich die einzigen Worte mit, die sie sprachen. Es war der Inspektor, der das Schweigen brach.

»Aber warum hat er die Bäume gefällt?« fragte er.

»Bloß, um sich Appetit zu machen«, sagte Linley.

PETER CHEYNEY

Die Frau meiner Träume

Der Name Peter Cheyney (1896–1951), berühmt für seine Romane aus der Londoner Unterwelt und die abgebrühten, flachsenden Detektive Slim Callaghan und Lemmie Caution, mag im Rahmen dieser Sammlung zunächst ungewohnt erscheinen. Aber Reginald Evelyn Peter Southouse-Cheyney wurde in der Grafschaft Clare geboren, wo seine Vorfahren seit mindestens zweihundert Jahren gelebt hatten. Es war ein Ort, an den er in späteren Jahren gern zurückkehrte, als er nach der Veröffentlichung seiner ersten, oft brutalen Krimis in den dreißiger Jahren reich und berühmt geworden war. Cheyney verfügte über bemerkenswert viel praktisches Wissen für seine Arbeit: Zunächst ließ er sich zum Rechtsanwalt ausbilden, im 1. Weltkrieg kämpfte er in der zweiten Somme-Schlacht, später wurde er Journalist und Besitzer einer Privatdetektei, Cheyney Research Investigations. Unter seinen Kurzgeschichten ist die folgende Erzählung über Michael O'Shaughnessy und seine geheime Liebesaffäre, die in Tragödie und Tod endet, ein so einfallsreiches Beispiel eines Verbrechens aus Leidenschaft, wie man es nur selten findet.

Ich glaube, die Zeit ist reif, um die außergewöhnlichen Umstände mitzuteilen, die zum Tod meines Freundes Michael O'Shaughnessy führten, dessen Körper – wie Sie sich ohne Zweifel erinnern werden – im Unterholz auf dem Gelände des Schlosses Honiton Place an der Grenze zu Somersetshire gefunden wurde. Scotland Yards brillanteste Köpfe konnten den Mörder nicht finden. Nichts kam je ans Licht, abgesehen von einem einbeinigen Matrosen aus Argentinien, der sich des Mordes bezichtigte, um – wie er es nannte – »ein bißchen Ruhe vor meiner Frau zu haben«, und der sofort wieder weggeschickt wurde, als man entdeckte, daß er sich zur Zeit der Tragödie in betrunkenem Zustand in Lambeth aufgehalten hatte.

Die medizinische Untersuchung zeigte, daß mein Freund Michael mit einer großkalibrigen Pistole erschossen worden war, und da er wenig Freunde hatte und seine entfernten Verwandten die ganze Sache nur als äußest unangenehm empfanden, ließ man die Angelegenheit ruhen.

Michael O'Shaughnessy war ein sehr charmanter und attraktiver Mann von fünfunddreißig Jahren, und die Tatsache, daß das Leben ihn eher langweilte, hat mit dieser Geschichte nur insofern zu tun, als er glaubte und oft zu mir sagte, es gebe in dieser prosaischen Zeit wenig Romantik; das Leben neige tatsächlich dazu, »beschwerlich, schal und flach und unersprießlich« zu sein. Das Ideal der schönen Frau falle in Vergessenheit. Und er forderte mich auf, ihr Los zu bedenken. Den ganzen Tag stehen sie Schlange, sagte er, und bekommen davon große Füße; sie haben keine Kosmetika und bekommen davon rote Nasen. Sie vergeuden ihre Nerven, ihre Laune und ihre Frische damit, den hundertundein Kontrollen zu gehorchen oder auszuweichen, die das normale Leben einschränken. Und da ihre Männer viel zu beschäftigt damit sind, in finanzielle Schwierigkeiten zu kommen oder wieder heraus, haben sie keine Zeit, über die feineren Aspekte der Romantik nachzudenken oder sie zu praktizieren, wodurch das Leben, wie O'Shaughnessy glaubte, fast allen Reiz verlor.

Sein Hintergrund war interessant. Er war in England geboren, doch seine Eltern kamen aus Irland und Frankreich. Er war auf seltsame Art temperamentvoll. Als '39 der Krieg ausbrach, war er erst sechsundzwanzig und ließ sich zum Architekten ausbilden.

Er genoß den Krieg. Für ihn bedeutete er Abenteuer und Romantik. Die gespannte Atmosphäre der Aufregung, die gelegentlich sogar eine V1 interessant erscheinen lassen konnte, brachte einen gewissen Glanz mit sich, der ihn ansprach. Natürlich kämpfte er für sein Land, und als Offizier eines Regiments, dessen leichte Tanks in der Schlacht von El Alamein berühmt wurden, gewann er Erfahrung und eine Lebensphilosophie, die ihm später im Leben und, wie ich zugeben muß, im Moment seines Todes gute Dienste leistete.

Er war groß, seine Figur elegant, sein Gesicht neigte zur Magerkeit. Er hatte die weichen Augen und hohen Wangenknochen seiner irischen Vorfahren und die Leichtigkeit in der Konversation, die von der Seite seiner französischen Mutter kam. Er lachte gern, hatte aber nichts dagegen, zu weinen, wenn es ihn weiterbrachte. Er war attraktiv, weil ... nun, weil er nicht anders konnte, als attraktiv zu sein.

Soviel zu meinem ermordeten Freund. Nachdem ich ihn vorgestellt habe, kann ich nun die Ereignisse erzählen, die sich in der Nacht seines Todes abspielten.

†††

In der Nacht des 30. Januar 1948 gegen neun Uhr entschloß sich Michael O'Shaughnessy, der das Wochenende auf der Moat Farm in einer romantischen und abgelegenen Gegend verbrachte, deren Name hier nichts zur Sache tut, zu einem Spaziergang. Aus irgendeinem Grund schien er an diesem besonderen Abend ein wenig unter dem Einfluß einer ungewöhnlichen Eigenschaft des Mondlichts zu stehen. Es hatte etwas seltsam Romantisches und Attraktives an sich, und als er den Weg zur Straße hinunterging, die zur Grenze der Grafschaft führte, bemerkte er oder glaubte zu bemerken, daß von diesem vollen, schimmernden und sozusagen verlockenden Mond ein sonderbarer Glanz auf Felder, Bäume und Hecken strahlte.

Er ging etwa zwanzig Minuten und beschloß dann, eine Zigarette zu rauchen. Als er sie anzünden wollte, merkte er jedoch, daß ein leichter Wind aufgekommen war. Also trat er von der Straße in das von ihr durchquerte Wäldchen und fand sich nach ein oder zwei Minuten auf einer kleinen Lichtung, an deren einem Ende ein gefällter Baum lag. Er mochte den Ort, setzte sich auf den Baumstamm, zündete seine Zigarette an und überließ sich dem Nachdenken über Vergangenheit, Gegenwart und Zukunft.

Plötzlich wurde ihm bewußt, nicht allein zu sein. Am anderen Ende des Baumstamms saß die füllige Gestalt eines Gentleman mittleren Alters, der einen schwarzweiß karierten Anzug trug. Er rauchte eine sehr kleine Zigarre und tupfte sich ab und zu aus Gründen, die nur er selbst kannte, mit dem feinen Wildlederhandschuh einer Dame elegant den Mundwinkel ab.

O'Shaughnessy starrte auf diese Erscheinung und fragte sich, wie er wohl hierhergekommen sei. Der seltsame Eindruck begann sich ihm aufzudrängen, daß er diesen Mann kannte, daß er ihn zuvor schon an mehreren Orten gesehen hatte, daß er sogar in Alamein in der Nacht vor dem Angriff mit ihm gesprochen habe, wo er eine Uniformjacke trug, und noch anderswo, wo er anders gekleidet war.

Der Neuankömmling wandte O'Shaughnessy den Kopf zu, lüftete höflich seinen Bowler und sagte: »Guten Abend, Sir. Mein Name ist Krasinsky. Ich glaube, Sie kennen mich.«

»Ich glaube schon.« O'Shaughnessy lächelte entwaffnend. »Aber ich kann Sie beim besten Willen nicht einordnen.«

»Das kann niemand«, sagte der andere, »weil ich eine dieser nebulösen Personen bin, die viel herumkommen. Manche meinen, ich sei ihr Gewissen, andere glauben, ich sei eine Art Astralleib, der herumfliegt, um die Leute zu warnen. Man glaubt tausend Dinge von mir.«

»Genau«, sagte O'Shaughnessy. »Aber, verzeihen Sie, ich bin etwas verwirrt von Ihrem plötzlichen Erscheinen. Ich habe Sie nicht durch den Wald kommen sehen.«

»Konnten Sie auch nicht«, sagte Krasinsky. »Ich komme ohne größere Anstrengung an jeden Platz, an den ich will. Und ich wollte hierher, weil ich glaube, daß ich Ihnen die Geschichte eines jungen Freundes erzählen sollte, der Ihnen ein wenig ähnlich sah. Er hielt sich einmal in dieser Gegend auf, und die Umstände führten ihn eines Abends zu einem gewissen Anwesen, keine halbe Meile von hier entfernt.«

O'Shaughnessy nickte. »Sie meinen Honiton Place. Ich habe davon gehört. Übrigens hatte ich heute abend vor, dorthin zu gehen.«

»Ein äußerst interessantes Haus«, sagte Krasinsky. »Wollen Sie meine Geschichte hören? Ich glaube, Sie sollten es tun.«

Ein angenehmes Gefühl der Vorahnung beschlich Michael O'Shaughnessy. Er hatte das Gefühl, daß die Geschichte, die Krasinsky ihm erzählen wollte, aus einem unerklärlichen Grund mit seinem eigenen Leben zusammenhing.

Er sagte: »Ich würde sie sehr gern hören.«

»Ich werde sie Ihnen erzählen«, sagte Krasinsky, »und es so kurz wie möglich machen, da ich merke« – er blickte zum Mond –, »daß die Zeit vergeht. Nun, mein junger Freund, den ich Armand Dulac nennen will, wohnte auf Moat Farm und beschloß eines Nachts, spazierenzugehen. Er ging diese Straße entlang und kam eine halbe Meile weiter an die Weggabelung. Die rechte Straße verlief über die Hügel und verschwand am Horizont. Die andere, die er einschlug, führte ihn direkt zum Eingangstor von Honiton Place.

Als er es erreichte, stand Armand eine Weile vor diesen alten, gußeisernen Toren und betrachtete den weiten Park, der sich vor ihm ausdehnte. Er war von Rhododendronbüschen, Bäumen und Sträuchern durchsetzt. Dahinter lag über einigen Terrassen das große historische Gebäude. Es gefiel ihm ausnehmend gut, wie es so im Mondlicht lag, das so hell schien wie heute …

Aber eines erstaunte ihn«, fuhr Krasinsky fort. »Er hatte gehört, das Haus sei unbewohnt, und doch wurde die Dunkelheit von drei beleuchteten Fenstern an einer Ecke im zweiten Stock unterbrochen. Wer konnte wohl so ein Haus in der heutigen Zeit bewohnen, fragte er sich.

Da seine Neugier sehr stark war, wie bei den meisten jungen Männern, folgte er der Zufahrt, erstieg die Terrassen und näherte sich dem Haus. Als er ankam, standen die Eingangstüren zu seinem Erstaunen offen, und er ging durch ein großes, beeindruckendes Portal in die Halle. Dort wurde er zum zweiten Mal überrascht, denn das Mondlicht, das durch hohe bunte Glasfenster hereinfiel, zeigte, daß die Halle anscheinend mit kostbaren Antiquitäten eingerichtet war. Ölgemälde schmückten die Wände, und hier und da schauten anmutige Figuren aus Bronze oder Marmor starr auf ihn herab.

Er stand in der Mitte der Halle, beherrscht von dem seltsamen und vielleicht abwegigen Wunsch, mehr über das Haus zu erfahren. Dann kam er zu der Folgerung, da er die Türen offen gefunden habe, sei es seine Pflicht, die Zimmer mit den beleuchteten Fenstern zu finden, um dem Bewohner, der vielleicht der Verwalter war, mitzuteilen, daß der Eingang nicht abgeschlossen sei.«

Krasinsky zog an seiner kleinen Zigarre, die, solange er auch rauchte, nicht kleiner zu werden schien. Er fuhr fort: »Armand ging dann eine breite Marmortreppe auf der anderen Seite der Halle hinauf und fand sich auf der Galerie der ersten Etage, die um die Halle herumlief. Die Wände dieser Galerie waren vom Boden bis zur Decke mit Spiegeln besetzt, und erst nach einer Weile und mit Hilfe des Mondlichts fand er den gläsernen Drehknauf an einem der Spiegel.

Er drehte den Knauf. Die Tür öffnete sich. Armand schritt hindurch und schloß die Spiegeltür hinter sich. Er stand vor einer gewundenen, mit Teppichen ausgelegten Treppe und stieg ohne Zögern hinauf. Oben war eine kleine Diele und auf der anderen Seite eine durchscheinende Glastür. Er öffnete die Tür und ging hinein.

Ich werde nun einige Schwierigkeiten haben«, sagte Krasinsky, »Ihnen die Atmosphäre zu beschreiben, in der mein junger und abenteuerlustiger Freund sich wiederfand. Er war in einem dick mit Teppichen ausgelegten und mit seltenen Möbelstücken und Gemälden dekorierten Korridor. Es lag eine seltsame Atmosphäre über diesem Ort – die Andeutung eines höchst reizvollen Parfüms, eine gewisse faszinierende Erschlaffung in der Luft, die etwas in ihm berührte. Am Ende des Korridors sah er eine angelehnte Tür. Er näherte sich ihr, klopfte, und eine Stimme sagte: ›Herein ...‹«

Krasinsky lächelte. »Finden Sie das interessant, Mr. O'Shaughnessy?«

O'Shaughnessy nickte. »Ich finde es mehr als interessant, ich finde es fesselnd. Bitte fahren Sie fort.«

»Ich sollte erklären, daß das ›Herein‹ ein ganz gewöhnliches Wort ist«, bemerkte Krasinsky. »Tatsächlich wird es jeden Tag von Millionen von Menschen auf der ganzen Welt unter ganz verschiedenen Umständen ausgesprochen. Aber dieses Wort war anders. Ich würde es Ihnen gern beschreiben, wenn ich könnte«, sagte Krasinsky und kraulte den Kopf einer jungen weißen Eule, die herabgeflogen war und sich auf seine Hand gesetzt hatte, »die Stimme, die es aussprach, den leisen und vibrierenden Ton, die wunderbare und vollkommene Aussprache, aber ich fürchte, mir fehlen die Worte dafür. Es mag genügen, daß mein junger Freund so überrascht war, dieses Wort so wunderschön ausgesprochen zu hören, daß er sich etwas schwach auf den Beinen fühlte. Erst nachdem er eine Minute gezögert hatte, konnte er die Tür öffnen und hineingehen.«

»Und was fand er dort?« fragte Michael O'Shaughnessy.

»Sie werden es erfahren«, sagte Krasinsky. »Das Zimmer war lang und niedrig. Die Wände waren von einem leicht geheimnisvollen Grau, aber die darüber verborgene Beleuchtung verlieh ihnen eine noch geheimnisvollere Farbe. Ihm gegenüber, neben einem großen, hell leuchtenden Kaminfeuer, saß eine Dame. Sie war es, die ›Herein‹ gesagt hatte.« Krasinsky seufzte tief. »Armand schaute sie mit Augen an, die fast aus den Höhlen sprangen. Nie in seinem Leben hatte er eine Frau mit soviel Schönheit, soviel Anziehungskraft ... nun, soviel von allem gesehen ...«, murmelte Krasinsky, wobei er die Hände ausbreitete und die weiße Eule davonflog.

»Ihr Gesicht war wundervoll geformt. Ihr kastanienbraunes Haar fiel über ihre Schultern. Ihre Augen, die von einem exquisiten Nußbraun waren, betrachteten ihn kühl. Aber es war ihr Mund, der Armand faszinierte. Es ist für mich unmöglich, ganz unmöglich, die bebende Schönheit ihres Munds zu beschreiben«, sagte Krasinsky. Er hielt inne und zog an seiner Zigarre, dann: »Armand stand da und war schließlich fähig, zu sprechen. Er sagte: ›Sie vergeben mir sicher, daß ich hierhergekommen bin, aber ich habe einen Spaziergang in dieser Gegend gemacht, und als ich zum Haus kam, fiel mir auf, daß die Eingangstür offenstand. Ich dachte mir, es wäre besser, hereinzukommen und es Ihnen zu sagen.‹

›Das ist sehr nett von Ihnen‹, sagte sie sanft. ›Möchten Sie einen Drink? Und setzen Sie sich bitte.‹ Armand setzte sich. Es war ihm unmöglich, die Augen von ihr abzuwenden. Er beobachtete die wundervolle Eleganz, mit der sie zu einem nahen Tisch ging, einen Whiskey mit Soda eingoß und ihm brachte. Als sie auf ihn zukam, zitterte er wegen ihrer Nähe, denn ihm stieg die Andeutung eines so exquisiten Parfüms in die Nase, daß ihm zu schwindeln begann.

Er nahm das Glas aus ihrer Hand. Er sagte heiser – und als er sprach, war es fast, als spräche ein anderer: ›Ich glaube nicht, daß ich je eine Frau gesehen habe, die so schön war wie Sie. Ich glaube nicht, daß ich je eine Frau gesehen habe, die so wunderbar sprach oder sich so bewegte wie Sie. Ich glaube, ich bete Sie an.‹«

Krasinsky seufzte wieder. »Meinen Sie nicht, das war charmant von ihm?« fragte er.

O'Shaughnessy schrak auf. »Ich glaube, es war äußerst charmant«, sagte er mit seiner angenehmen Stimme. »Was geschah dann?«

Krasinsky fuhr fort: »Die schöne Dame war von seiner Liebeserklärung nicht im geringsten überrascht. Sie ging zu ihrem Sofa zurück, setzte sich und blickte meinen Freund Armand mit ihren großen, feuchten nußbraunen Augen an. Sie musterte ihn von Kopf bis Fuß. Dann nickte sie und lächelte. Sie sagte mit derselben bezaubernden Stimme: ›Wie seltsam, daß Sie das sagen, weil ich schon lange an Sie gedacht habe. Ich habe hier Abend für Abend gesessen und gehofft, daß jemand wie Sie herkommen und mit mir reden würde. Darum habe ich Anweisung gegeben, die Eingangstür offenzulassen. Ich glaube, ich werde Sie immer lieben.‹«

Krasinsky blies Zigarrenrauch in die Luft. »Nun, was halten Sie davon?« fragte er.

O'Shaughnessy schüttelte den Kopf. »Ich kann nicht denken«, sagte er. »Erzählen Sie weiter.«

Krasinsky nahm seine Erzählung wieder auf: »Stellen Sie sich den Taumel vor, in den diese Erklärung der Dame Armand versetzte. Er war unfähig, sich zu bewegen, zu sprechen oder zu denken. Er hätte dort ohne Zweifel für immer gesessen, wenn nicht etwas geschehen wäre ...«

»Was?« fragte O'Shaughnessy ungeduldig.

»Das«, sagte Krasinsky. »Die Dame bewegte sich etwas. Dann stand sie auf. Sie stand vor dem Kamin und blickte ihn an. Dann sagte sie sanft und mit einem verführerischen Lächeln: ›Komm her, mein Liebling.‹«

Krasinsky schaute auf seine Fingernägel. »Er ging zu ihr. Und in diesem Moment erloschen vermutlich durch irgendeinen okkulten Einfluß die Lichter.«

Er verstummte. Vom anderen Ende des Baumstamms kam ein langer Seufzer.

Krasinsky zog an seiner kleinen Zigarre. »Es war kurz nach Mitternacht«, sagte er ruhig, »als Armand Dulac nach einem hinausgezögerten Abschied von seiner wunderschönen Gefährtin den Raum verließ und die gewundene Treppe hinabstieg, die zu der Galerie darunter führte. Als er die Biegung der Treppe erreichte, blieb er stehen und seine Kinnlade fiel etwas herab, denn zwei Stufen auf einmal nehmend, näherte sich ihm rasch ein großgewachsener, stämmiger und kräftiger Gentleman mit schwarzem Bart, dessen grimmiger Gesichtsausdruck kaum von einem frostigen Lächeln überdeckt wurde.

Diese Person blieb drei Stufen vor Armand stehen und betrachtete ihn mit unverhüllter Feindseligkeit, in die sich Neugier mischte. Armand trat zur Seite. Er sagte: ›Guten Abend.‹ Der andere Gentleman, der einen makellosen Smoking trug, sagte: ›Ich hoffe, er wird gut sein, Sir.‹ Sein Akzent war unzweifelhaft polnisch. Er fuhr fort: ›Ich sehe, Sie kommen aus den Räumen meiner Frau. Ich wäre Ihnen dankbar, wenn Sie für ein kleines Gespräch mit mir zurückgehen würden. Meinen Sie nicht‹, setzte er streng hinzu, ›angesichts der Zeit, der Umstände, meiner Abwesenheit und meiner liebeshungrigen Frau wäre eine kleine Erklärung angebracht?‹

Armand zuckte die Schultern. Was hätte er sagen sollen?« fragte Krasinsky, der O'Shaughnessy gleichmütig anschaute. »Also gestattete er dem polnischen Gentleman vorauszugehen und ging folgsam hinter ihm den exotischen Korridor entlang an einer anderen Tür vorbei, durch die der große Gentleman den Kopf steckte und höflich sagte: ›Guten

Abend, meine Liebe.‹ Dann ans Ende eines kleineren Korridors, durch eine Tür und in eine gemütliche und gut ausgestattete Bibliothek.

Armand stand in der Mitte des Raums, während sein Gastgeber zwei große Sessel vor den Kamin rückte. Sie setzten sich, worauf der polnische Gentleman strahlend sagte: ›Sir, mein Name ist Graf Alexis Michalovski.‹

Armand sagte: ›Sehr erfreut. Ich bin Armand Dulac.‹

›Ausgezeichnet‹, sagte der Graf. ›Nachdem wir uns nun einander vorgestellt haben, können wir uns ein wenig unterhalten. Es wird Ihnen völlig klar sein, Sir, daß ich Sie hierher zurückgebracht habe, um Sie zu töten. Ich komme um Mitternacht in die Räume meiner Frau zurück und sehe, wie Sie sie mit einem Ausdruck von Gleichmut verlassen, der nur mit dem einer Katze zu vergleichen ist, die gerade einen Kanarienvogel verspeist hat – wobei der Kanarienvogel in diesem Fall meine geliebte Gattin ist. Als Gentleman wird Ihnen klar sein, daß eine solche Situation unmöglich ist. Deshalb müssen Sie sterben. Verstehen Sie?‹

Armand dachte sich, das Leben sei nach dem, was im Verlauf des Abends geschehen war, süß genug, um zu versuchen, es zu verlängern. Also sagte er: ›Sir, ich möchte Sie darauf hinweisen, daß Sie einen schweren Fehler begehen. Heute abend um zehn Uhr wußte ich noch nichts von der Existenz Ihrer Frau; ich hatte kaum von der Existenz dieses Hauses gehört. Ich stellte mir nicht vor, daß es bewohnt sei. Ich machte einen Spaziergang. Ich ging durch die eisernen Tore, weil das Schloß im Mondlicht alt, romantisch und interessant aussah. Ich sah drei beleuchtete Fenster im zweiten Stock, dann bemerkte ich, daß die Eingangstür offenstand. Ich schaute in die Halle und sah dort wertvolle Bilder, Antiquitäten und so weiter. Ich kam zu dem Schluß, daß es meine Pflicht sei, den Verwalter oder wer immer das Haus bewohnte, wegen der offenen Tür zu verständigen, denn jeder Dieb hätte sich nach Belieben bedienen können.‹

Der Graf strich sich den Schnurrbart. Er sagte: ›Ich bin mir nicht sicher, ob ein Dieb nicht genau das getan hat, auch wenn er sich nicht für die Bilder interessierte.‹ Er hielt inne und betrachtete Armand lange. ›Wissen Sie, Mr. Dulac‹, fuhr er fort, ›ich bin geneigt, Ihre Geschichte zu glauben. Sie haben etwas Unschuldiges und Aufrichtiges an sich. Außerdem erinnern Sie mich an meinen Großvater.‹

›Tatsächlich?‹ sagte Armand. Je länger das Gespräch dauerte, desto größer war seine Chance zu überleben.

›Ja, tatsächlich‹, sagte der Graf. ›Mein Großvater – Graf Alexandrej Michalovski – hatte eine große Vorliebe für Engländer. Als ich ein kleiner Junge war, pflegte er mir vom »Ehrenwort eines Engländers« zu erzählen. Damals hielt man es für äußerst wertvoll.‹

Der Graf stand auf und begann, mit langen Schritten den Raum zu durchmessen. ›Ich bin geneigt, Ihre Geschichte zu glauben, Mr. Dulac. Ich gehe sogar soweit, zu sagen, *daß* ich sie glaube. Ich hoffe, es ist Ihnen angenehm, daß ich Ihre Wahrheitsliebe anerkenne.‹

›Ja, allerdings‹, sagte Armand mit einem Seufzer. ›Ich danke Ihnen, Sir. Natürlich habe ich erwartet, daß Sie mir Glauben schenken, weil ich die Wahrheit sagte.‹ Unhörbar fügte er hinzu: ›Gott vergib mir.‹

Der Graf sagte: ›Sehr schön, dann bleibt mir nur noch, Ihnen einen guten Abend zu wünschen.‹ Armand erhob sich. Sie gingen durch die Korridore zum Eingang des Apartments zurück. Der Graf öffnete die Tür. Er sagte: ›Ich möchte Ihnen folgendes sagen, Sir: Ich habe beschlossen, Ihnen zu glauben, weil mir Ihr Gesicht gefällt und weil Sie mich entfernt an meinen Großvater erinnern. Aber ich sollte Ihnen auch sagen, daß ich Sie, falls Sie mein Haus noch einmal betreten, mit Genuß und mit einer bestimmten Sattelpistole, die ich besitze, erschießen werde, ohne einen Augenblick zu zögern. Haben wir uns verstanden?‹

›Vollkommen‹, antwortete Armand.

›Dann leben Sie wohl, Mr. Dulac‹, sagte der Graf. ›Wenn Sie die Treppe hinuntergehen, werden Sie auf dem Treppenabsatz doppelte Lichtschalter bemerken. Die oberen beleuchten den Boden vor Ihnen, die unteren schalten auf jeder Etage das Licht hinter Ihnen aus, so daß Sie keine Schwierigkeit haben werden hinauszufinden.‹ Er drehte sich um, schloß die Tür hinter Armand und verschwand.

Armand seufzte. Er hatte den Eindruck, es sei nicht nur etwas Romantik im Leben übrig, sondern auch etwas Glück. Er ging die gewundene Treppe hinab, doch als er deren Fuß erreichte, betätigte er den falschen Schalter, da er im Geist noch etwas verwirrt über die Geschehnisse des Abends war, und tauchte sowohl die Treppe hinter ihm als auch die Galerie vor ihm in Dunkelheit. Schlimmer noch, er konnte den Schalter nicht wiederfinden und stand dort, an der Schwelle der weiten, von Spiegeln umgebenen Galerie, und wußte weder im wörtlichen noch im übertragenen Sinn, in welche Richtung er sich wenden solle. Denn der

Mond war verschwunden, und der Ort lag in tintenschwarzer Dunkelheit.

Armand überdachte seine Situation. Er glaubte, wenn er die Marmortreppe fände, die in die Halle hinabführte, könne er sich hinuntertasten, und dort unten wäre es gewiß nur eine Frage der Zeit, bis er die Eingangstür fände.«

Krasinsky stieß Zigarrenrauch aus. »Finden Sie diese Geschichte nicht sehr interessant, Hauptmann O'Shaughnessy?« fragte er.

O'Shaughnessy schrak auf. »Ich finde sie *höchst* interessant. Ich weiß nicht, ob ich in meinem Leben schon einmal etwas so Interessantes gehört habe.«

»Das ist verständlich«, sagte Krasinsky. »Ich fahre fort. Unser Freund Armand machte ein paar schüchterne und vorsichtige Schritte in die Richtung, in der er die Marmortreppe vermutete. Aber genau in diesem Moment stolperte er über einen kleinen Vorsprung, fiel nach vorne, schoß über den Rand der Balustrade und stürzte mit dem Kopf voran in eine riesige griechische Vase, die genau unter der Galerie stand, als sei sie als Gefäß für ihn bestimmt gewesen.«

Krasinsky zuckte die Schulter. »Er mußte sich den Kopf leicht am Rand gestoßen haben, als er fiel«, sagte er, »denn in diesem Augenblick umgab ihn eine noch schwärzere Dunkelheit, und er lag bewußtlos auf dem Boden der Vase ...«

O'Shaughnessy empfand ein seltsames Gefühl. Er konnte die Gestalt Krasinskys nicht länger am anderen Ende des Baumstamms sehen. Er konnte überhaupt nichts mehr sehen. Er glaubte, der Mond sei hinter einer Wolke verschwunden, und fühlte sich etwas benebelt und verwirrt. Sein Kopf schmerzte. Aus irgendeinem Grund saß er nicht länger auf dem Baumstamm, sondern lag ausgestreckt da. Er streckte die Hände aus, um zu seinem Erstaunen festzustellen, daß sie kalte Steinwände berührten. Er setzte sich erstaunt auf. Was war nur geschehen? Er tastete in seiner Tasche nach dem Feuerzeug, fand es und machte es an.

Mit Hilfe des Lichts blickte er um sich. Fassungsloses Erstaunen ergriff ihn, weil er sich ohne jeden Grund auf dem Boden von etwas sitzen fand, das er für eine riesige Vase hielt. Er stand auf. Trotz seiner Beweglichkeit schaffte er es nur mit Mühe, aus der Vase zu klettern und sich auf der anderen Seite fallen zu lassen. Gerade kam der Mond wieder hervor.

Er stand am Rand gerade solch einer großen Halle, wie Krasinsky sie vor kurzem beschrieben hatte. Aber was sollte das? Was tat er hier? Wie war er hergekommen? Natürlich war dies der Schauplatz von Armand Dulacs Abenteuer, das Krasinsky ihm erzählt hatte. Aber was hatte *er* mit diesem Ort zu tun? *Warum war er hier?*

Er ging auf die breite Marmortreppe zu, setzte sich und überdachte die Lage. Entweder war er verrückt oder gesund. Wenn er gesund war, mußte er das Treffen mit Krasinsky irgendwie geträumt haben, die ganze Geschichte geträumt haben, die Krasinsky ihm erzählt hatte – die Geschichte Armand Dulacs.

Er erinnerte sich genau, was geschehen war. Er hatte einen Spaziergang gemacht, war von der Straße zur Lichtung gegangen, um sich eine Zigarette anzuzünden, und hatte sich auf den Baumstamm gesetzt, wo er Krasinsky traf. Er zuckte die Schultern. Sinnlos, alles zu wiederholen. Hier war er, und was sollte er jetzt tun?

Er begann zu lächeln. Seine angeborene Neugier setzte sich durch. »Wenn ich diesen Ort kenne«, dachte er, »weil Krasinsky oder jemand anders mir davon erzählt hat, und wenn ich ihn gut genug kenne, um hier zu sein, muß auch der Rest der Geschichte stimmen.« O'Shaughnessy erinnerte sich an die Beschreibung der Spiegelgalerie im ersten Stock, die verborgene Tür mit dem Glasknauf, die zur gewundenen Treppe führte, über die man die Räume der schönen Dame erreichte. Er dachte: »Warum nicht nachsehen, ob die Galerie und die Tür mit dem Glasknauf existieren?«

Der Mond schien durch die bunten Glasfenster und half ihm. Er stieg die breite Marmortreppe hinauf. Oben fand er sich in der Spiegelgalerie. Er ging langsam herum und suchte an den Wänden die verborgene Tür. Nach zehn Minuten fand er sie mit einem Seufzer der Erleichterung. Er drehte den Knauf. Die Tür öffnete sich, und er schritt hindurch zur Treppe, die er langsam hinaufstieg.

Am Kopf der Treppe würde er, wie er wußte, eine Glastür finden. Alles, was er tun mußte, war, sie aufzustoßen. Wenn er sich recht erinnerte, war Madames Salon am Ende des Korridors und daneben ihr Schlafzimmer. Er erreichte die Glastür und betrat den Korridor. Das von Krasinsky erwähnte unbestimmte und exotische Parfüm stieg ihm in die Nase.

O'Shaughnessy ging langsam den Korridor entlang. Er hatte dessen Ende erreicht und überlegte, ob er an die Tür vor ihm klopfen sollte, als sich am kürzeren Ende des Gangs eine Tür öffnete und die Gestalt des Grafen im Türrahmen erschien.

»Ich freue mich sehr, Sie wiederzusehen«, sagte dieser. »Wollen Sie nicht hereinkommen?«

Hier war etwas, was er *nicht* vorausgeahnt hatte. Sein Herz schlug etwas höher, aber er gewann seine Fassung wieder, als er den Graf lächeln sah.

O'Shaughnessy ging langsam den Gang hinunter in die Bibliothek. Der Graf schloß die Tür und wies auf den Sessel vor dem Kamin.

»Ich bin sehr überrascht, Sie so bald wieder hier zu sehen, Mr. Dulac«, sagte er. »Ich hatte Sie ja gewarnt, was dann geschehen würde, nicht wahr?«

O'Shaughnessy sagte: »Ich fürchte, Sie machen einen Fehler, Graf. Mein Name ist nicht Dulac. Mein Name ist Michael O'Shaughnessy. Ich habe einen Spaziergang gemacht und –«

»Unsinn«, sagte der Graf. »Wieso kannten Sie sich in diesem Haus aus? Sie kannten sich aus, weil Sie Armand Dulac sind und vor weniger als einer Stunde hier waren. In diesem Zimmer erzählten Sie mir eine Geschichte, die ich glauben wollte. Zu jenem Zeitpunkt glaubte ich Ihnen, obwohl ich, nachdem Sie gegangen waren, merkte, damit einen Fehler gemacht zu haben, als ich ins Schlafzimmer meiner Frau schaute und den verzückten Ausdruck auf ihrem Gesicht sah.

Und nun, nach meiner Warnung, haben Sie die Stirn, wiederzukommen. Sie wissen doch wohl, was nun mit Ihnen passieren wird?«

O'Shaughnessy dachte bei sich: »Das ist weniger gut.« Aber ihn ergriff eine höchst seltsame Gelassenheit. Er wußte, daß der Graf Armand Dulac bedroht hatte. Er wußte, daß dieselbe Drohung auch für ihn galt – besonders, weil der Graf *ihn* für Dulac hielt. Und war das verwunderlich?

O'Shaughnessy gab es auf. Er sagte: »Ich nehme an, Sie sprechen von der Sattelpistole?«

Der Graf nickte freundschaftlich. »Allerdings«, sagte er. »Ich möchte sie Ihnen zeigen.« Er ging zu einem alten Schrank in der Ecke des Raums, öffnete ihn und nahm eine riesige Sattelpistole heraus. »Diese Pistole gehörte dem Großvater, den ich erwähnte, Sir – dem, der so viel Sympathie für die Engländer hatte. Es ist eine große Pistole, die extrem große Kugeln verschießt. Aber ich versichere Ihnen, Sie brauchen deshalb keine Angst zu haben. Ich bin ein ausgezeichneter Schütze, und der Tod wird praktisch sofort eintreten. Wären Sie so nett aufzustehen, da ich äußerst ungern auf sitzende Ziele schieße?« – O'Shaughnessy stand auf. Er sagte: »Wenn Sie die Unterbrechung gestatten, Graf, möchte ich Sie daran erinnern, daß zum Tode Verurteilte das Recht auf einen letzten Wunsch haben.«

»Natürlich«, sagte der Graf mit einem Lächeln. »Wenn es möglich ist. Was wünschen Sie?«

O'Shaughnessy sagte: »Es gibt bei uns ein Sprichwort, daß man sich genausogut für ein gestohlenes Schaf wie für ein Lamm hängen lassen kann. Es ist sinnlos, Sie darauf hinzuweisen, daß ich nicht Armand Dulac bin, weil ich durchaus einsehe, daß Sie mir unmöglich glauben können. Wenn ich Sie wäre, würde ich es auch nicht glauben, weil es mir scheint, daß hier außergewöhnliche okkulte Mächte im Spiel waren. Um aber zu meinem letzten Wunsch zurückzukommen: Unter den gegebenen Umständen und in bezug auf Ihre Absicht kann es Ihnen wohl nichts ausmachen, mir zu gestatten, noch einen letzten Blick auf Ihre Gattin zu werfen, die, wie ich glaube, inzwischen schläft. Das ist alles, worum ich bitte.«

»Aber warum denn nicht?« sagte der Graf lächelnd. »Ich erfülle Ihnen diesen Wunsch gern. Ich erwarte ungeduldig Ihre Rückkehr.«

O'Shaughnessy murmelte seinen Dank, verließ die Bibliothek, ging den Korridor hinunter und drückte die Tür zum Schlafzimmer auf. Er schaute hinein.

In der Mitte des breiten Bettes, das von einer Decke aus besticktem grünen Samt bedeckt war, lag das schönste Geschöpf, das er je im Leben gesehen hatte. Ihr Busen hob und senkte sich mit vollkommener Regelmäßigkeit, ihre leicht geöffneten Lippen zeigten wunderbare Zähne.

O'Shaughnessy schaute sie bezaubert an, dann fiel ihm mit einem leichten Gefühl der Furcht ein, daß er gehen mußte. Er lächelte ihr zu. Er sagte sanft: »Gute Nacht, meine Liebe.«

Sie bewegte sich ein wenig und murmelte schläfrig: »Gute Nacht, Liebling.«

O'Shaughnessy seufzte und wandte sich ab.

In der Bibliothek stand der Graf vor dem Kamin, einen Whiskey-Soda in der einen Hand, die Sattelpistole in der anderen.

Er fragte: »Wie sah sie aus?«

»Schöner, als sich in Worten sagen läßt«, sagte O'Shaughnessy. »Ich möchte Ihnen sagen, Sir, ich glaube, das war es wert. Ich fürchte den Tod nicht länger.«

»So spricht ein Mann«, sagte der Graf. »Möchten Sie sich einen Whiskey-Soda nehmen?« Er wies auf die Anrichte.

O'Shaughnessy ging zur Anrichte. Während er dem Grafen den Rücken zukehrte, mixte er sich einen kräftigen Whiskey-Soda. Er wußte, daß der Graf abdrücken würde, sobald das Glas seine Lippen berührte, und das würde das Ende von Hauptmann Michael O'Shaughnessy sein.

Er hob das Glas langsam an den Mund. Dann geschahen mehrere Dinge gleichzeitig. Die Tür öffnete sich, und die Dame stand mit einem Spitzengewand bekleidet im Türrahmen. Sie sagte zum Grafen: »Alexis ... muß das sein ...? Es macht immer solchen Lärm ...«

Im selben Augenblick hörte O'Shaughnessy den Knall der Pistole, ließ das Glas fallen und stürzte zu Boden.

Das also war der Tod!

Dunkelheit senkte sich über ihn.

†††

O'Shaughnessy öffnete die Augen. Er lag flach auf dem Rücken und blickte zum Mond empor. Nach kurzer Zeit setzte er sich auf. Er merkte, daß er an dem gefällten Baumstamm auf der Lichtung lehnte. Er lebte. Er war nicht erschossen worden.

Er begann zu lachen. Die ganze Sache war natürlich unsagbar lächerlich. Das Ganze war ein Traum gewesen. Er erinnerte sich, vor einer Weile auf die Lichtung gekommen zu sein und auf dem gefällten Baum gesessen zu haben, um sich eine Zigarette anzuzünden. Er war vermutlich ein paar Sekunden eingeschlafen, bevor er vom Stamm fiel – die paar Sekunden, die sich im Traum zu Äonen ausdehnen können. Er hatte das Ganze geträumt, hatte von dem Zusammentreffen mit Krasinsky geträumt, dem Gentleman im karierten Anzug, der am anderen Ende des Baumstamms gesessen hatte, von der Geschichte Armand Dulacs, dem mysteriösen Haus mit den beleuchteten Fenstern; er hatte davon geträumt, selbst dort zu sein, und von dem Grafen, der Sattelpistole und der wunderschönen Dame.

Was für ein Traum, dachte O'Shaughnessy. Er war so realistisch gewesen, daß er ihn zu durchleben gemeint hatte.

Er stand auf und bürstete ein paar trockene Blätter von seinen Kleidern. Er steckte sich eine Zigarette an. So unromantisch war das Leben doch nicht, dachte er, auch wenn die Abenteuer nur im Traum stattfanden.

Er überquerte die Lichtung, fand die Straße und begann sie weiterzugehen. Es war eine schöne Nacht, und das Mondlicht war noch kalt und hart. O'Shaughnessy schritt rasch voran. Nach zehn Minuten kam er an die Weggabelung. Die rechte Straße lief über die Hügel, verschwand am Horizont.

Undeutlich erinnerte sich O'Shaughnessy, daß ihm Krasinsky im Traum von dieser Gabelung erzählt hatte.

Er nahm die linke Straße. Nach drei Minuten stand er vor den gußeisernen Toren. Er ging hindurch. Am Ende der langen Zufahrt, die den Park durchschnitt, stand ein Haus vor ihm. Es war groß, alt und dunkel, bis auf drei beleuchtete Fenster an der Ecke des zweiten Stocks.

Fast gegen seinen Willen ging O'Shaughnessy langsam auf der Zufahrt zum Haus. Er stieg die Terrassen hoch und näherte sich dem Eingang. Er dachte: Es ist völlig unmöglich, daß die Türen offen sind.

Sie waren offen. Er ging hinein. Das durch die bunten Glasfenster einfallende Mondlicht zeigte ihm eine Halle, die er kannte – die Halle, die Krasinsky ihm im Traum beschrieben hatte.

Aber war es ein Traum ...?

Langsam durchschritt er die Halle und stieg die breiten Marmorstufen hinauf, die zur Spiegelgalerie führten. Wenn der Traum wahr gewesen war, mußte irgendwo auf dieser Galerie eine Tür mit Glasknauf sein. Er untersuchte die Wand.

Direkt vor ihm war der Glasknauf.

Er streckte die Hand aus und drehte den Knauf. Die Tür öffnete sich. Er ging hinein. Vor ihm lag die gewundene Treppe, die zu der Glastür hinaufführte.

Er seufzte glücklich. Mit einem Lächeln stieg er langsam die Stufen zur Glastür hinauf ...

EDMUND CRISPIN

Eine Frage des Blickwinkels

Trotz eines bescheidenen Œuvres von weniger als einem Dutzend Büchern genießt Edmund Crispin (1921–1978), geboren als Robert Bruce Montgomery, einen »beneidenswerten Ruf als Meister des Kriminalromans auf Grund seiner Fähigkeit, verblüffende Rätsel zu konstruieren, seines Sinns für Humor und seiner Fähigkeit zu unterhalten«, wie die Herausgeber der *Encyclopedia of Mystery and Detection* (1976), Chris Steinbrunner und Otto Penzler, es formulieren. Seine irische Mutter vermittelte ihm die Liebe zu Irland und eine Leidenschaft für Kriminalromane, die er begierig las, bis er 1944 mit *The Case of the Gilded Fly* seinen ersten eigenen schrieb. Dies war der erste von mehreren Fällen für Gervase Fen, Professor für Englische Sprache und Literatur in Oxford, den man als »einzigen Philologen in der Literatur, der zum Detektiv wird« bezeichnet hat. Obwohl Fens Fälle häufig in England spielen, ließ sich Crispin von verschiedenen irischen Ortschaften als Hintergrund für Fälle wie dem folgenden inspirieren, in dem ein Mord aus Leidenschaft zu einer höchst eigenartigen Form von Gerechtigkeit führt.

Sieben Uhr … die zunehmende Dunkelheit wurde von einem Nebel verstärkt, der deprimierenderweise zur Tea-time aufgezogen war. Wenn man über den Fluß schaute, konnte man nicht einmal mehr die halb demontierten Gebäude des »Festival of Britain« auf der anderen Seite sehen. Obwohl es erst Anfang Oktober war, hatten die verrußten Bäume auf dem Embankment ihr stoisches Grün bereits der ersten Kälte geopfert, und nur wenige Londoner waren abgehärtet genug, der Versuchung eines Kaminfeuers zu widerstehen. Binnen kurzem würde die Sommerzeit offiziell enden und eine gehorsame Nation an ihren Uhren drehen. Unterdessen schien es, als habe die Anordnung der Natur die des Parlaments um einige Tage vorweggenommen, denn mehr als ein verspäteter Büroangestellter, der in Whitehall oder am Strand zu seinem Bus hastete, fröstelte etwas und zog die Schultern hoch, wenn der kalte Dunst ihn traf, der von der Themse nach London hineinkroch ...

In einem hochgelegenen Eckraum in New Scotland Yard, wo seit mehr als zwei Stunden das Licht brannte, nahm Inspektor Humbleby eine Sherrykaraffe und zwei Gläser aus einem Aktenschrank mit der unglaubwürdigen Aufschrift JUWELENDIEBSTÄHLE und zeigte sie seinem Besucher, der sagte: »Ich dachte, Alkohol am Arbeitsplatz sei hier verboten.«

»Ist er auch.« Humbleby goß ohne sichtbare Beunruhigung den Sherry ein. »Und ich«, fügte er hinzu, »bin der einzige Beamte im ganzen Haus, der sich nicht dran hält. Das ist noch Disziplin ... Aber hören Sie mal, Gervase, sind Sie sicher, daß Sie nicht schon in den Club gehen wollen, oder wo wir sonst essen, und mich nachkommen lassen, sobald dieser Anruf gekommen ist?«

»Nein, nein.« Gervase Fen, Professor für Englische Sprache und Literatur an der Universität Oxford, schüttelte entschieden den Kopf. »Es ist hier sehr gemütlich. Außerdem ist Ihr Sherry« – er nippte versuchsweise, und sein Gesicht hellte sich auf – »viel zu gut, um ihn stehenzulassen. Aber was ist das für ein Anruf? Was Wichtiges?«

»Ein Routinebericht. Von einem ganz netten, aber etwas umständlichen Kollegen in Mittel-Wessex. Sie haben mich eingeschaltet, damit ich bei einem Fall mit ihm zusammenarbeite, der das Ergebnis von primitiver ländlicher Leidenschaft ist«, sagte Humbleby teilnahmslos. »Dienstag und Mittwoch war ich am Tatort, aber gestern mußte ich zurück, um hier im Elderton-Prozeß auszusagen, und Bolsover versprach, mich heute abend anzurufen und Bescheid zu sagen, wenn es was Neues gäbe.«

»Was für ein Fall?«

»Mord. Mein zwanzigster dieses Jahr. Manchmal wünsche ich mir, ich hätte mich auf Kunstfälschung spezialisiert oder etwas ähnlich Friedliches und Seltenes. Lloyd-Jones, unser bester Mann für so was, hat im letzten halben Jahr praktisch nichts zu tun gehabt ... Aber wahrscheinlich nützt Jammern nichts.«

»Müssen Sie noch mal nach Wessex fahren?«

»Ja, morgen – es sei denn, Bolsover hat inzwischen den Fall allein gelöst. Ich hoffe, er schafft es, und sein Anruf kommt deshalb so spät.« Humbleby hielt sein Glas gegen das Licht und betrachtete den Inhalt mit feierlichem Ernst. »Es war eine unangenehme Sache, und je eher sie vorbei ist, desto besser. Außerdem mag ich Wessex nicht. Ich mag überhaupt keine ländlichen Gegenden.«

»Aber wo liegt nun das Problem?«

»Ein Alibi. Wir wissen, *wer* den Mord begangen hat – das heißt, wir haben das sichere Gefühl –, aber der verdammte Kerl hat ein Alibi, und ich kann um alles in der Welt nicht den schwachen Punkt finden.«

Fen schnaufte ein wenig herablassend. Seine lange, magere Gestalt hing auf dem einzigen erträglichen Stuhl des Büros, sein rötliches, glattrasiertes Gesicht trug einen Ausdruck der Gutgläubigkeit, und sein erfolglos mit Wasser angeklatschtes braunes Haar stand wie üblich in rebellischen Stacheln vom Kopf ab.

»Vielleicht gibt es keinen schwachen Punkt«, vermutete er. »Es wäre nicht das erste Mal, daß sich ein sicheres Gefühl als völliger Irrtum herausstellt. Woher kommt überhaupt dieses sicheres Gefühl?«

»Es ist eine Frage der Fingerabdrücke«, sagte Humbleby. »Die Fingerabdrücke eines bestimmten Mannes wurden auf der Tatwaffe gefunden. Sie waren zwar leicht verwischt, das gebe ich zu; jemand mit Handschuhen *hätte* den Revolver später benutzen und die Abdrücke intakt lassen können. Aber die Aussage des Mannes, wie sie dahinkamen, ist offensichtlich gelogen – und außerdem hatte er ein starkes Motiv für das Verbrechen. Sie sehen also, wie die Dinge liegen.«

»Da bin ich nicht so sicher«, sagte Fen. »So weit nicht. Aber da wir sowieso noch auf das Essen warten müssen, können wir unsere Zeit auch nützlich verbringen. Erzählen Sie.«

Humbleby seufzte und schaute erst auf seine Armbanduhr, dann auf das Telefon, das stumm neben seinem Ellbogen stand. Dann faßte er eine abrupte Entscheidung, stand auf, zog die Vorhänge zu, füllte die Sherrygläser von neuem und setzte sich schließlich wieder auf den Bürostuhl, mit dem Ausdruck eines Mannes, der jetzt auf eine lange Belagerung vorbereitet ist. »Cassibury Bardwell«, begann er plötzlich, »ist der Schauplatz. Ich weiß nicht, ob Sie jemals dagewesen sind.« Fen schüttelte den Kopf.

»Tja, es ist ein hybrider Ort, zu groß für ein Dorf und zu klein für eine Stadt. Die Häuser sind fast alle aus einem feucht aussehenden grauen Stein gebaut, und das Regenwasser fließt das ganze Jahr aus allen Himmelsrichtungen aus den Hügeln der Umgebung auf die Hauptstraßen. Die nächste Bahnstation ist meilenweit entfernt, und die Leute sind in jeder Beziehung inzüchtig. Sie beschäftigen sich hauptsächlich mit – na ja, vermutlich mit Landwirtschaft«, sagte Humbleby zweifelnd. »Aber auf jeden Fall ist es keine sehr reiche Gegend. Auf dem Land in der Umgebung liegen außer den Farmen noch ein paar abgelegene, unzugängliche, abstoßende kleine Katen, und in einer von diesen, nur von einer Schwester in vorgerückten Jahren gepflegt, lebte die Hauptfigur meiner Geschichte.«

»Mehr Inhalt, wen'ger Kunst«, sagte Fen etwas ungeduldig.

»Ohne sein Unheil zu ahnen« – Humbleby hatte endlich eine Zigarre gefunden und steckte sie am Tischfeuerzeug an – »ohne sein Unheil zu ahnen, war das Opfer, der etwa dreißigjährige Joshua Ludlow, was übrigens die Tradition der biblischen Namensgebung in diesen abgelegenen ländlichen Gegenden zeigt – das Opfer also ... Was wollte ich sagen?«

»Also wirklich, Humbleby ...«

»Da ist also dieser Joshua.« Mit einem Mal ließ Humbleby die Spielerei beiseite und wurde sachlich. »Dreißig Jahre alt, unverheiratet, von ziemlich düsterem und schroffem Wesen, eine Spur höhergestellt als ein Landarbeiter, lebt bescheiden von dem Geld, das ihm sein Vater, ein Farmer, hinterlassen hat. Seine Schwester Cicely kümmert sich um ihn, sie ist gut zehn Jahre älter, hat keine besondere Zuneigung zu ihm und würde sich sowieso lieber um einen Ehemann kümmern, wird aber nicht umworben und führt Joshua den Haushalt als standesgemäßen Ersatz für einen eigenen Job, weil sie kein eigenes Geld hat. Inzwischen geht Joshua auf Freiersfüßen, wobei das Ziel seiner Wünsche ein stark gebautes Mädchen namens Vashti Winterbourne ist, die sich als Cassibury Bardwells Femme fatale zu sehen scheint. Als ich sie traf, schien sie mir dafür körperlich kaum geeignet, aber der dortige Standard weiblicher Schönheit ist wohl außergewöhnlich niedrig ... Jedenfalls verstehen Sie jetzt, was ich meine.

Wie man erwarten kann, steht Joshua mit seiner Bewunderung für diese ländliche Circe nicht allein. Er hat einen Rivalen namens Arthur Penge, von Beruf der örtliche Eisenwarenhändler, und es ist klar, daß Vashti sich bald entscheiden muß, welchen der beiden Freier sie heiraten will. Inzwischen verschlechtern sich die Beziehungen zwischen den beiden zu offener Feindschaft, denn die Situation wird dadurch komplizierter, daß Joshuas Schwester Cicely sich in Penge verliebt hat, womit sie das ursprüngliche Dreieck zu einem – äh – Viereck macht. Damit haben Sie alle Zutaten für eine explosive Mischung – und natürlich explodiert sie auch.«

»Nach dieser Vorrede«, fuhr Humbleby ziemlich feierlich fort, »komme ich nun zur Beschreibung der Ereignisse vom letzten Samstag und Sonntag. Was am Samstag geschah, war ein Streit von epischem Ausmaß zwischen Joshua, Cicely und Penge. Dieser Riesenkrach fand in der Diele des Jolly Ploughboy statt, dem eine Spur weniger abstoßenden der beiden Pubs von Cassibury, und bestand darin, daß a) Penge zu Joshua sagte, er solle die Finger von Vashti lassen, b) Cicely zu Penge sagte, er solle die Finger von Vashti lassen und lieber *sie* zur Frau nehmen, c) Penge zu Cicely sagte, kein Mann, der nicht völlig verrückt sei, würde auch nur im Traum daran denken, sie zu heiraten, und d) Joshua zu Penge sagte, wenn er in Zukunft nicht auf Distanz zu Vashti bleibe, würde Joshua ihm mit großem Vergnügen die Kehle durchschneiden. Verschiedene Nebenaspekte wurden ebenfalls angesprochen, aber dies waren die Hauptpunkte, und als die Streithähne sich schließlich trennten und nach Hause gingen, war ihnen allen verständlicherweise nicht nach Verzeihen zumute.

Beachten Sie bitte, daß dieser Streit mit fast völliger Sicherheit echt war. Ich erwähne den Punkt, weil Bolsover und ich eine Menge Kraft mit der Untersuchung der Möglichkeit vergeudet haben, ob Penge und Cicely irgendwie unter einer Decke steckten – ob der Streit, soweit er sie betraf, getürkt war. Die befragten Zeugen haben das aber energisch bestritten, sie sagten uns rundheraus, wenn Cicely gespielt habe, seien sie Hottentotten, und wir mußten ihnen glauben, um so mehr, weil der örtliche Arzt dabei war, der danach Cicelys hysterischen Anfall behandeln mußte. Kein geheimes Einverständnis in dieser Richtung. Ich sage nicht, daß sie Penge nicht vielleicht vergeben hätte, wenn er sie hinterher besucht, um Verzeihung angefleht und um ihre Hand angehalten hätte; die arme Seele ist in keinem Alter mehr, in dem sie allzuviel Anstoß am früheren Verhalten eines reuigen Freiers nehmen kann. Aber es steht nun mal fest, daß er sie zwischen dem Streit und dem Mord am nächsten Tag auf keinen Fall besucht oder mit ihr in Verbindung gestanden hat. Außer einem einzigen Zeitraum von einer Stunde (und der halben Stunde, in der er das Verbrechen hätte begehen können) sind seine Bewegungen von dem Streit bis Sonntag mitternacht dokumentiert, und während *dieser* einen Stunde, in der er vielleicht gegangen ist, um sich bei der Frau zu entschuldigen, hat sie zwei Besucherinnen empfangen, die schwören, daß er nicht in ihre Nähe kam.«

»Ich nehme an, die Hypothese, daß Cicely und Penge zusammensteckten, hätte Ihr Alibiproblem gelöst«, warf Fen ein.

»Bestimmt, wenn es Indizien dafür gegeben hätte. Aber in der Realität schließen es die Indizien völlig aus – und das muß man leider einfach hinnehmen ... Aber lassen Sie mich weitererzählen. Das nächste wichtige Ereignis geschah am Sonntag morgen, als Cicely sich den Knöchel brach, indem sie von einem Baum fiel.«

»Einem *Baum?*«

»Einem Apfelbaum. Sie hatte anscheinend Äpfel gepflückt. Jedenfalls machte sie dieser Unfall natürlich bewegungsunfähig und befreite sie außerdem von jedem möglichen Verdacht, ihren Bruder Joshua selbst ermordet zu haben, weil sein Körper ziemlich weit von ihrem Haus entfernt gefunden wurde.«

»Sie glauben, der Mord fand da statt, wo die Leiche gefunden wurde?«

»Wir sind sicher. Die Kugel ging genau durch den Kopf des armen Kerls und schlug in einen Baumstumpf hinter ihm ein – und das ist ein Szenarium, das man nicht überzeugend fälschen kann, egal wie man sich anstrengt: Es nützt nichts, einfach eine zweite Kugel in den Baum zu schießen, weil Spuren von Blut und Hirn daran kleben müssen ... Cicely ist also aus dem Schneider, es sei denn, man nimmt unbedingt an, sie sei meilenweit auf Krücken gehumpelt, um ihren Bruder umzubringen.

Das Verbrechen wurde gegen zehn Uhr am selben Abend von einer Gruppe von Leuten entdeckt, von denen einer im Dunkeln über Joshuas Leiche fiel; keiner von diesen Leuten hat irgendwie mit der Sache zu tun, also brauche ich sie nicht alle aufzuführen. Der Tatort war ein wenig begangener Pfad auf dem direkten Weg zwischen Joshuas Kate und dem Zentrum von Cassibury, etwa zwei Meilen von ersterem und eine Meile von letzterem entfernt. Und damit ich die Szene nicht detailliert beschreiben muß, kann ich gleich sagen, daß die üblichen Untersuchungen – Fußspuren, Lage des Körpers, Kleiderfasern an Dornbüschen und so weiter – absolut nichts erbracht haben. Es gab aber ein wichtiges Indiz: den Revolver – eine mächtige Kanone, ein alter Fünfundvierziger –, den Bolsover ein kleines Stück entfernt in einer Hecke fand, mit den Fingerabdrücken drauf.

Über den Revolver haben wir bis jetzt leider überhaupt nichts herausgefunden. Nach allem, was wir wissen, kann er genausogut dem Premierminister oder dem Erzbischof von Canterbury gehören. Aber wegen der Fingerabdrücke konnten wir die Frage des Besitzers ein paar Tage aufschieben; unser unmittelbarer Plan war es, die möglichen Motive für Joshuas Tod aufzudecken, unbemerkt die Fingerabdrücke von allen Verdächtigen zu bekommen und sie mit denen auf dem Revolver zu vergleichen – und das führte uns genau zu Penge, denn es war unmöglich, fünf Minuten in Cassibury zu sein, ohne von dem Dreieck Penge-Vashti-Joshua in aller Ausführlichkeit zu hören. Penge hatte ein Motiv: Eifersucht. Vashti ist zwar kein Mädchen, für das ich persönlich einen Mord begehen würde, aber schließlich weiß ich von einem Verbrechen aus Leidenschaft, das wegen einer mittellosen alten Dame von achtundsechzig Jahren begangen wurde, und die Statistik zeigt, daß Sex das Motiv für die Hälfte der Morde in diesem Land ist, also versuche ich, in dieser Richtung auf alles gefaßt zu sein. Penge hatte also dieses Motiv. Und der Vergleich seiner Fingerabdrücke mit denen auf dem Revolver zeigte, daß sie identisch waren.

Als man ihn schließlich aufforderte, diesen Umstand zu erklären, erzählte er, wie ich schon sagte, eine offensichtliche Lüge. Er sagte, er habe die Waffe drei Tage vorher in der Hand gehabt, als Joshua (ausgerechnet!) sie in seinen Eisenwarenladen brachte, um zu fragen, ob ein Riß im Knauf repariert werden könnte. Als er darauf hingewiesen wurde, daß Joshua mit großer Sicherheit den ganzen Tag in Dorchester war, schwankte er, fing an, sich zu widersprechen, blieb dann völlig stumm und ist seitdem verschlossen wie eine Auster – was auch klüger ist.

Aber ich greife voraus: Wir haben ihn erst nach dem Revolver gefragt, als wir das Problem der Zeit von Joshuas Tod untersucht hatten. Es dauerte etwas, bis ein Doktor die Leiche untersuchte, so daß die Diagnose zu vage war, um uns weiterzuhelfen – zwischen sechs und zehn Uhr war die beste Einschätzung, die wir kriegen konnten. Aber dann kamen die zwei Frauen und erzählten uns, sie hätten Joshua um sieben Uhr noch lebend gesehen. Sie sagten, nachdem sie von Cicelys Unfall gehört hätten, seien sie zu ihrem Haus gegangen, um ihr Trost zu spenden, und hätten Joshua bei der Ankunft gesehen, obwohl er schnell verschwand (und da ich die beiden Damen getroffen habe, verstehe ich, warum) und sie ihn nicht wiedersahen. Das nächste war also offensichtlich, mit Cicely selbst zu sprechen. Am frühen Montag morgen – dem

Morgen nach dem Mord – hatte Bolsover den Fall übernommen, und der örtliche Sergeant, ein intelligenter Bursche, war so schlau, ihn zu warnen, bevor er zu Cicelys Haus fuhr, daß sie ein hysterisches Wesen habe und man vorsichtig mit ihr umgehen müsse, wenn ihre Aussage irgendeinen Wert haben sollte – eine Einschätzung, die sich auch bestätigte. Es zeigte sich jedoch, daß sie glücklicherweise noch nichts von dem Mord gehört hatte. Die Gründe waren, a) daß Joshua sowieso nicht vorgehabt hatte, in dieser Nacht nach Hause zu kommen, so daß seine Abwesenheit sie nicht beunruhigt hatte, und b) daß der örtliche Sergeant von Natur aus verschlossen war und alle, die von dem Mord wußten, darauf eingeschworen hatte, zu schweigen, bis eine höhere Instanz sie davon lossprach. Bolsover konnte Cicely infolgedessen die wichtigsten Fragen stellen, *bevor* er ihr den Grund dafür nannte – und das war auch gut so, denn sobald sie hörte, ihr Bruder sei tot, hatte sie einen Anfall, und der Doktor hat seitdem nicht erlaubt, daß jemand mit ihr spricht. Jedenfalls sagte sie aus, Joshua habe am Sonntag abend, nachdem er ihr ins Bett geholfen hatte, gegen acht Uhr fünfzehn das Haus verlassen (etwa eine Viertelstunde, nachdem ihre Besucherinnen gegangen waren), um nach Cassibury zu laufen und von da den Bus nach Dorchester zu nehmen, wo er bei Freunden bleiben wollte. Und das bedeutet natürlich, daß er den Ort, wo er umgebracht wurde, kaum viel früher als um viertel vor neun erreicht haben konnte.

Damit war selbstverständlich der nächste Punkt, rauszukriegen, wo Penge den ganzen Abend gewesen war. Und dabei kam heraus, daß es zwei Zeiträume gab, die nicht von unabhängigen Zeugen belegt waren – die Zeit von sieben bis acht (die uns nicht interessierte) und die Zeit von halb neun bis neun. Die letztere paßte natürlich wunderbar, und als wir hörten, er sei gegen viertel vor neun in der Nähe des Tatorts tatsächlich *gesehen* worden, wollten wir schon den Haftbefehl besorgen.

Und an diesem Punkt, mein lieber Gervase, brach der ganze Fall in sich zusammen.

Penge hatte über seinen Aufenthaltsort zwischen halb neun und neun gelogen, das wußten wir. Was wir nicht wußten, war, daß von zwanzig nach acht bis zehn nach neun zwei Liebespaare nur ein paar Meter vom Tatort entfernt lagen und daß keiner von den vier Leuten während dieser Zeit einen Schuß gehört hatte.

Es nützt auch nichts, von Schalldämpfern zu reden; auch einen gedämpften Schuß hätte man in einer ruhigen Nacht gehört. Und damit hat sich's, wie man so sagt. Penge hat Joshua bestimmt erschossen. Aber nicht zwischen halb neun und neun. Und falls Cicely nicht gelogen hat, um ihm zu helfen – was unvorstellbar ist, und Bolsover war in jedem Fall bereit, auf die Bibel zu schwören, daß der Tod ihres Bruders ein unaussprechlicher Schock für sie gewesen sei –, wenn dem nicht so ist, dann hat er ihn auch nicht zwischen sieben und acht erschossen.«

Humbleby drückte seine Zigarre aus und lehnte sich ernst nach vorn. »Aber er hat es irgendwie geschafft, Gervase. Ich wäre allein schon wegen seiner Lügen sicher, daß er es getan hat. Und der Gedanke, daß er irgendeinen raffinierten Trick erfunden hat, den ich einfach nicht kapiere, zieht mir die Schuhe aus.«

Eine lange Stille trat ein, nachdem er geendet hatte. Endlich räusperte sich Fen und sagte zaghaft: »Man möchte natürlich viele Fragen stellen. Aber nach dem, was Sie mir bis jetzt erzählt haben, sieht der Trick ziemlich einfach aus.«

»Wenn Penges Alibi wasserdicht ist«, fuhr Fen fort, »dann ist es wasserdicht. Aber es ist trotzdem leicht zu sehen, wie er Joshua umbrachte.«

»Tatsächlich?« Humbleby sprach mit deutlicher Zurückhaltung.

»Ja. Es ist alles eine Frage des Blickwinkels. Sie haben die Sache umgekehrt betrachtet, verstehen Sie? So wie ich die Situation verstehe, *muß* es so sein, daß es nicht Penge ist, der das Alibi hat. Es ist die Leiche.«

»Die *Leiche?*« echote Humbleby.

»Warum nicht? Wenn Cicely bezüglich des Zeitpunkts, als Joshua das Haus verließ, gelogen hat – wenn er nämlich viel früher wegging –, dann hätte Penge ihn zwischen sieben und acht umbringen können.«

»Aber ich habe doch schon erklärt –«

»Es sei unvorstellbar, daß sie zugunsten von Penge lügen würde. Ganz meine Meinung. Aber könnte sie nicht zugunsten ihres Bruders lügen? Nehmen wir an, daß Joshua mit einer Pistole in der Tasche weggeht, um ein Verbrechen zu begehen. Und nehmen wir an, er sagt Cicely, wenn man sie fragen sollte, soll sie schwören, daß er viel früher wegging als in Wirklichkeit. Und nehmen wir noch an, der Polizist befragt Cicely über diesen Punkt, bevor sie erfährt, daß ihr Bruder tot ist und nicht der Mann, den er umbringen wollte. Wäre das keine Erklärung?«

»Sie meinen –«

»Ich meine, daß Joshua vorhatte, Penge zu ermorden, seinen Rivalen um die Liebe der jungen Frau; daß er seiner Schwester (die von Penge gerade öffentlich gedemütigt worden war) sagte, sie solle ihm, wenn nötig, ein einfaches Alibi verschaffen.

Natürlich kann man nicht ganz sicher sein, aber es sieht so aus, als sei Joshuas Plan gescheitert – als habe Penge mit Joshua gerungen, den Revolver an sich gerissen und seinen Angreifer in Notwehr erschossen. Jetzt sehen Sie Penge mit einem wasserdichten Alibi, das ihm von seinem Feind verschafft wurde – eine bezaubernde Ironie! Wenn die Liebespaare nicht dagewesen wären, hätte er sich das Alibi verdorben, als er später zurückging – und ich frage mich, *warum* er das machte –«

»Morbide Anziehung«, warf Humbleby ein. »Ich habe es immer wieder gesehen ... Aber lieber Himmel, Gervase, so ein Narr! Es ist die einzige Erklärung! Das einzige Problem ist, es gibt keinen *Beweis* dafür.«

»Ich denke, es wird einen geben«, sagte Fen, »sobald man mit Cicely wieder reden kann und sie erfährt, was passiert ist. Wenn es stimmt, was Sie über ihren Haß auf Penge gesagt haben, wird sie die Lüge, die ihn vom Mord an ihrem Bruder entlastet, nicht aufrechterhalten.« Plötzlich wurde Fen nachdenklich. »Allerdings, wenn ich *Penge* wäre –«

Das Telefon klingelte scheppernd, und Humbleby riß den Hörer von der Gabel. »Ja«, sagte er. »Ja, stellen Sie ihn durch ... Bolsover?« Eine lange Pause. »Oh, Sie haben sich das auch gedacht? Ich auch – aber erst ... ihr erlaubt, wieder mit Leuten zu reden, ja, also – *WAS?«* Und mit diesem aus Wut und Erstaunen gemischten Krächzen verstummte Humbleby abrupt und lauschte, wie das Telefon verzweifelt an seinem Ohr knisterte. Als er schließlich auflegte, war sein Gesicht düster.

»Bolsover ist auch auf die Idee gekommen«, sagte er finster. »Aber nicht rechtzeitig. Als er bei Cicely ankam, hatte Penge bereits seit Stunden an ihrem Bett gesessen ... Sie werden heiraten: Cicely und Penge, meine ich. Sie hat ihm wegen des Streits vergeben – ich habe Ihnen gesagt, daß sie vernarrt in ihn ist, nicht wahr? Bolsover sagt, er habe noch nie einen so gehorsamen, besorgten, pflichtbewußten, liebevollen Bräutigam gesehen. Und natürlich bleibt sie bei ihrer Geschichte, wann Joshua das Haus verließ, sehr entschieden sogar, wie Bolsover sagt.«

Fen stand auf. »Ja, ja«, sagte er, »jetzt kriegen Sie ihn nicht mehr auf die Anklagebank. Und trotzdem meine ich, wenn er den Mut hätte, die Wahrheit zu sagen, würde er vermutlich damit durchkommen.«

»Ich kann nur sagen« – auch Humbleby hatte sich erhoben – »ich hoffe, es war wirklich Notwehr. Im Interesse der Gerechtigkeit –«

»Gerechtigkeit?« Fen griff nach seinem Hut. »Ich würde mir darüber nicht den Kopf zerbrechen. Hier ist eine Ehefrau, die weiß, daß ihr Mann ihren Bruder getötet hat. Und hier ist ein Ehemann, der weiß, daß seine Frau ihn mit einem Wort um seine Freiheit und unter Umständen – wenn die Dinge nicht gut laufen – um sein Leben bringen kann. Und beide wissen, daß es der andere weiß. Und die Ehefrau liebt den Mann, aber eines Tages wird sie ihn nicht mehr lieben, und dann wird er anfangen, Angst zu bekommen. Und die Frau glaubt, ihr Ehemann liebe sie, aber eines Tages wird sie herausfinden, daß es nicht so ist, und anfangen, ihn zu hassen und nachzudenken, was sie tun kann, um ihm zu schaden, und er wird das wissen, und sie wird wissen, daß er es weiß, und Angst davor haben, was er tun könnte …

Gerechtigkeit? Mein lieber Humbleby, gehen wir zum Essen. Der Gerechtigkeit ist bereits Genüge getan.«

FRANK O'CONNOR

Im Zug

Es ist keine Überraschung, daß sich in dem beeindruckenden Gesamtwerk von Frank O'Connor (1903–1966), dem »Altmeister der irischen Kurzgeschichte«, auch eine Handvoll Erzählungen über Verbrechen und Verbrechensaufklärung finden. Es fallen einem Beispiele ein wie »The Majesty of the Law«, über einen illegalen Whiskeybrenner, der seinen Handel mit einem Polizisten abschließt, »Peasants«, das vom Diebstahl der Kasse eines Blaukreuzler-Vereins handelt, und »Im Zug«, das ich für diese Sammlung ausgewählt habe. O'Connor, der als Michael O'Donovan in Cork geboren wurde, verbrachte seine Kindheit in bitterer Armut und eignete sich ein gut Teil seiner Bildung im Gefängnis an, nachdem er zusammen mit einigen Collegeabsolventen und anderen republikanischen Freiheitskämpfern während des Bürgerkriegs gefangengenommen worden war. Später wurde er Bibliothekar und dann Schriftsteller und Dozent. O'Connor wird besonders in den USA geschätzt, wo viele seiner Erzählungen zuerst im ›New Yorker‹ abgedruckt wurden, darunter auch »Im Zug« (1936), in dem eine Frau, die von der Anklage des Giftmords an ihrem Mann freigesprochen wird, im selben Zug nach Hause fährt wie der Polizist, der gegen sie ermittelt hatte.

»Siehst du!« sagte die Frau des Sergeant. »Ich wußte, du würdest mich hetzen.«

»Ich bin gern pünktlich am Zug«, antwortete der Sergeant mit dem Gleichmut eines Mannes, der das Leitprinzip seiner Existenz schon oft erklärt hat.

»Ich hätte noch Zeit genug gehabt, den Hut zu kaufen«, fügte seine Frau hinzu.

Der Sergeant seufzte und öffnete seine Abendzeitung. Seine Frau blickte auf den dunklen, mit bleichen Lichtern gefleckten Bahnsteig hinaus, unter denen Gesicht um Gesicht vorbeiging, sich erhellte und wieder verblaßte. Ein junger Bursche in Uniform ging auf und ab und bot auf einem Tablett Zeitschriften und Süßigkeiten an. Weiter oben am Bahnsteig wurde ein Betrunkener von seinen Freunden verabschiedet.

»Ich hab Michael O'Leary sehr gern«, brüllte er. »Er ist der ehrlichste Mann, den ich kenne.«

»Das ist kein Leben, was ich führe«, seufzte die Frau des Sergeant. »Überhaupt kein Leben. Keine Seele, mit der man reden kann, den ganzen Tag nichts zu sehen als Sümpfe und Berge und Regen – immer Regen! Und diese Leute! Wir haben ja wohl ein paar feine Exemplare gesehen, nicht wahr?«

Der Sergeant las weiter.

»Schon die paar Tage jetzt waren wie der Himmel. So interessante Leute! Oh, Mr. Boyle hatte einfach ein herrliches Gesicht! Und seine Stimme – die ist mir durch und durch gegangen.«

Der Sergeant senkte seine Zeitung, nahm die Mütze ab, legte sie auf den Sitz neben sich und zündete seine Pfeife an. Er zündete sie auf die altmodische, zeremonielle Art an, wobei seine Augen im Flackern des Streichholzes so zufrieden zwinkerten wie die einer schläfrigen Katze. Seine Frau musterte jedes vorbeigehende Gesicht, und es war offensichtlich, daß Leben für sie Gesichter, Leute und Stimmen bedeutete und nichts sonst.

»O Gott«, sagte sie wieder. »Ich habe einfach kein Leben. Ich bin in die Klosterschule gegangen und spiele Klavier, mein Vater hatte literarische Neigungen, und trotzdem muß ich mich mit dem niedrigsten menschlichen Abschaum abgeben. Wenn es wenigstens eine anständige Stadt wäre, aber ein Dorf!«

»Ach«, sagte der Sergeant, der seine Antwort mit nervösen Rauchwölkchen unterlegte, »vielleicht werde ich mit Gottes Hilfe bald versetzt.« Aber er sagte es ohne Überzeugung, und es war zudem offensichtlich, daß er mit sich, mit der Aussicht, nach Hause zu kommen, mit seiner Pfeife und seiner Zeitung zufrieden war.

»Da kommen Magner und die anderen«, sagte seine Frau, als vier andere Polizisten die Sperre passierten. »Ich hoffe, sie haben genug Takt, uns in Ruhe zu lassen ... Wie geht's? Wie geht's? War's nett, Jungs?« rief sie mit plötzlicher Munterkeit, und ihr bleiches, mürrisches Gesicht wurde warm und lebhaft. Die Polizisten lächelten und grüßten, blieben aber nicht stehen.

»Die hätten wenigstens stehenbleiben können, um guten Abend zu sagen«, fügte sie scharf hinzu, und ihr Gesicht nahm wieder seinen alten Ausdruck von Langeweile und Unzufriedenheit an. »Ich glaube nicht, daß ich Delancey noch mal zum Tee einlade. Die anderen geben sich wenigstens Mühe, aber bei Delancey ist es wirklich hoffnungslos. Wenn ich lächelnd sage: ›Wachtmeister Delancey, möchten Sie nicht das Buttermesser benutzen?‹, starrt er mich nur finster unter seinen struppigen Augenbrauen an und sagt ohne einen Moment zu zögern: ›Nein.‹«

»Tjaja, Delancey ist nun mal ein Bauer«, sagte der Sergeant gütig.

»O ja, aber damit ist es nicht getan, Jonathan. Bauer oder nicht, er sollte wenigstens den Versuch machen. Er ist ein junger Mann, er sollte wenigstens einen Smoking haben. Was für ein Leben wird er führen, wenn er nicht einmal einen Smoking hat?«

»Das wird sich schon finden, glaube ich. Er ist hinter einer Farm in Waterford her.«

»Oh, eine Farm! Eine Farm! Die Frau ist wohl nur eine Zugabe?«

»Soviel ich gehört habe, ist sie eine verdammt hübsche kleine Zugabe.«

»Ja, wahrscheinlich kam schon manche hübsche kleine Zugabe von einer Farm«, antwortete seine Frau und hob ihre blassen Augenbrauen. Aber die Ironie ging an ihm vorbei.

»Allerdings, allerdings«, sagte er eifrig.

»Und da kommen ja auch unsere bezaubernden Nachbarn«, fügte sie mit beißender Stimme hinzu.

Eine Gruppe von Bauern trat ins bleiche Lampenlicht. Nicht solche, wie man sie in der Nähe der Hauptstadt sieht, sondern in den Bergen und an der Küste. Knorrig, ungezähmt, mit wettergegerbten Gesichtern, in schlechtsitzenden, eigenwilligen Kleidern, die Frauen in blaßbraunen Tüchern, die Männer mit großen schwarzen Hüten und Stöcken, so marschierten sie herein, befangen, trotzig lachend und rufend. Und sie waren so sehr Teil ihrer natürlichen Umgebung, daß sie für einen Moment Felsen und Büsche, Seen, Torfhaufen und Meer um sich herum zu erschaffen schienen.

Mit einem affektierten Lächeln beugte sich die Frau des Sergeant durchs offene Fenster zu ihnen hinunter.

»Wie geht's? Wie geht's?« rief sie. »War's schön?«

Im selben Moment machte der Zug einen Ruck, und die aufgeregten Bauern hasteten weiter. Einige Minuten vergingen, das Hereinströmen der Reisenden hörte fast auf, und ein Gepäckträger begann, die Türen zuzuschlagen. Die Stimme des Betrunkenen erhob sich zu einem triumphierenden Schrei.

»An Michael O'Leary kommt keiner ran«, rief er. »Für Michael O'Leary geb ich mein Leben.«

Als der Zug gerade abfahren wollte, lief eine junge Frau in einem braunen Tuch durch die Sperre. Sie hielt das bis zu ihren Augen herabgezogene Tuch fest über dem Mund, wodurch nur eine lange dünne Nase und auf beiden Seiten davon eine Ahnung von bleicher Haut zu sehen war. Unter dem Tuch trug sie ein großes Paket.

Sie blickte sich hastig um, ein Gepäckträger brüllte sie an und schob sie zum nächsten Abteil, in dem zufällig der Sergeant und seine Frau saßen. Er hatte schon den Türgriff gepackt, als die Frau des Sergeant sich aufsetzte und aufschrie. »Rasch, rasch«, rief sie. »Sieh mal, wer es ist! Sie steigt ein. Jonathan! Jonathan!«

Der Sergeant erhob sich mit einem beunruhigten Blick auf seinem breiten roten Gesicht. Der Gepäckträger öffnete die Tür und packte mit der freien Hand den Ellbogen der Frau. Als sie jedoch das verblüffte Gesicht des Sergeant sah, trat sie zurück, riß sich los und rannte wie eine Verrückte den Bahnsteig entlang. Die Lokomotive kreischte, der Gepäckträger schlug fluchend die Tür zu, woanders öffnete und schloß sich eine andere Tür, die Reihe der Zuschauer, die zu bald hellen, bald dunklen Standbildern des Abschieds erstarrt waren, begann langsam an den Fenstern vorbeizugleiten, und die schale, verrauchte Luft machte dem Geruch offener Felder Platz.

†††

Die vier Polizisten breiteten sich in einem Abteil aus und steckten sich Zigaretten an.

»Armer alter Delancey!« sagte Magner mit seinem unbekümmerten Lachen. »Auf die ist er wirklich sauer.«

»Ganz schön sauer«, stimmte Fox zu. »Habt ihr gesehen, wie er sie angeguckt hat?«

Delancey lächelte einfältig. Er war ein großer, gutaussehender, schwarzhaariger junger Mann mit den von der Frau des Sergeant beschriebenen buschigen Augenbrauen. Er war neu bei der Polizei und litt an einer Mischung aus natürlicher Sanftheit und ländlicher Unbeholfenheit.

»Bin ich wirklich«, sagte er in seiner rauhen Stimme. »Hol's der Teufel, ich hab noch nie jemanden gehaßt, aber ich glaub, die haß ich bis aufs Blut.«

»Na, na, na!« protestierte Magner.

»Doch. Ich glaub, der allmächtige Gott hat sie geschaffen, damit sie mir das Leben schwermacht.«

»Na, jedenfalls komm ich nicht dahinter«, sagte Foley, »wie's der Sergeant mit ihr aushält. Wenn mich 'ne Frau Jonathan nennen würde, wo alle wissen, daß ich John heiße, würd ich sie vierzehn Tage einsperren – bei Gott, das würd ich, und noch 'nen Monat dazu.«

Die vier Männer widmeten sich jetzt ihrem Lieblingsthema, das sie über eine Stunde beschäftigte. Keiner von ihnen mochte die Frau des Sergeant, und alle wußten Geschichten über sie, in denen sie nicht gut wegkam. Aus diesen ergab sich, daß sie ewig herumschnüffelte, Unruhe stiftete und ihre eigenen Angelegenheiten nicht für sich behalten konnte, und noch weniger die ihrer Nachbarn. Und während sie redeten, fuhr der Zug über eine dunkle Ebene, das Herz Irlands, und in der mondlosen Nacht flogen winzige Fenster von Bauernkaten wie Funken eines Feuers vorbei, und ein fahles Abbild der beleuchteten Waggons hüpfte und tollte über Hecken und Felder. Magner schloß das Fenster, und das Abteil füllte sich langsam mit Rauch.

»Sie wird keine Ruhe geben, bis sie aus Farranchreesht weg ist«, sagte er.

»Na hoffentlich!« knurrte Delancey.

»Wie würde dir's denn in der Stadt gefallen, Dan?« fragte Magner.

»Meine Herren«, rief Delancey mit plötzlicher Munterkeit aus, »mir würd's ganz toll gefallen. In der Stadt ist doch was los!«

»Na dann viel Spaß«, sagte Foley und faltete die Hände über dem Bauch.

»Wieso? Was stimmt denn nicht damit?«

»Mir gefällt's besser, wo ich bin.«

»Aber das Leben!«

»Das nennst du Leben? Was ist das für'n Leben, wenn dich dauernd jemand beobachtet? Guck dir die armen Teufel im Gericht an.«

»Da hat er ganz recht«, stimmte Fox zu.

»Na ja, schon«, sagte Delancey, »aber da kann man doch Abenteuer erleben!«

»Was für Abenteuer?«

»Da war ein Sergeant im Gericht, der hat mir erst gestern was erzählt, was ihm selbst passiert ist. Da war 'ne alte Jungfer, die hatte niemand auf der Welt und ist in einer alten Wohnung am Fluß gestorben. Der Sergeant hat einen neuen Mann zum Aufpassen vor die Tür gestellt, während er weggeht und Bericht macht, und er muß bloß ab und zu gegen die Tür treten, um die Ratten wegzujagen.«

»Das reicht, das reicht!« rief Foley.

»Ja, ja, aber hör doch mal zu!« rief Delancey. »Er ist zehn Minuten mit 'ner Kerze da, als die Tür am Fuß der Treppe aufgeht. ›Wer ist da?‹ fragt er und wird ein bißchen nervös. Keine Antwort, und die Tür geht weiter auf. Dann muß er lachen. Es war nur 'ne alte Katze. ›Miez, miez‹, sagt er, weil er glaubt, die Katze will ihm Gesellschaft leisten. Dann guckt er wieder hin, und die Haare stehen ihm zu Berge. Da kommt noch 'ne verdammte Katze. ›Raus mit dir‹, sagt er, um sie zu verscheuchen, und dann kommt noch 'ne Katze und noch eine, und in seiner Angst läßt er die Kerze fallen. Die Katzen fangen an zu fauchen und zu maunzen, und das raubt ihm das letzte bißchen Verstand. Er rennt die Treppe runter und tritt auf 'ne Katze und segelt Hals über Kopf runter, und als er sich wo festhalten will, faßt er 'ne Katze, und die zerkratzt ihm das Gesicht. Drei Wochen war er krankgeschrieben.«

»Tolles Abenteuer«, sagte Foley mit bitterer Zurückhaltung.

»Nicht wahr?« sagte Delancey eifrig. »Du mußt lange in Farranchreesht sein, bevor dir mal so was passieren würde.«

»Das ist eben das Gute an Farranchreesht, Junge«, sagte Magner. »Es ist schön, wenn man zu jeder Tages- und Nachtzeit die Mütze aufsetzen und einen trinken gehen kann.«

»Ja«, fügte Foley hinzu, »und wenn man weiß, der schlimmste Fall in zehn Jahren wird 'ne kleine Prügelei wegen Politik sein.«

»Ich weiß nicht«, seufzte Delancey verträumt. »Himmel noch mal, es ist doch verdammt interessant vor Gericht.«

»Jedenfalls nicht, solang du im Zeugenstand warst«, knurrte Foley.

»Ich weiß, ich weiß«, gab Delancey kleinlaut zu. »Ich hab geschwitzt.«

»Die Augen hast du zugekniffen wie ein Kind, das Angst vor 'ner Ohrfeige hat«, sagte Magner.

»Trotzdem«, gab Delancey zurück, »dieser Sergeant, von dem ich erzählt hab, hat gemeint, nach 'ner Weile macht's einem nicht mehr aus als 'n Kartenspiel. Er hat gesagt, man redet dann von Mann zu Mann mit dem Richter.«

»Kann schon sein«, stimmte Magner zu.

In dem verrauchten Abteil, das durch Irland ratterte, trat Stille ein, und die vier Reisenden, von denen jeder an jener nachträglichen Beredsamkeit litt, die niemanden so befällt wie Beamte im Zeugenstand, dachten daran, wie sie mit dem Richter von Mann zu Mann reden würden. Sie blickten auf und sahen ein fettes rotes Gesicht hinter der Tür, das sogleich wieder verschwand.

»Is' hier mein Abteil, Gentlemen?« fragte eine sanfte und versoffene Stimme.

»Nein, mach daß du weiterkommst!« rief Magner gereizt.

»Ich hatte das schönste Abteil, das je in einem Zug war«, sagte der Betrunkene und lehnte sich hinein, »ein schnuckliges Abteil, un nu isses weg.«

»Versuchen Sie's mal ein Stück weiter«, schlug Delancey vor.

»Bitte um Verzeihung, Sie unterbrochen zu ham, Gentlemen.«

»Schon gut, schon gut.«

»Ich bin so melancholisch. Hab heut abend von meinem besten Freund Abschied genommen, und nur der Allmächtige und Barmherzige Gott weiß (hier lüftete der Betrunkene demütig den Bowler und ließ ihn über seinen Rücken auf den Boden rutschen), ob ich ihn in diesem Leben noch mal zu sehen kriege. Gute Nacht, Gentlemen, und vielen Dank für Ihre Hilfsbereitschaft.«

Delancey lachte, als der Betrunkene den Gang hinaufstolperte. Fox, der nachdenklich geblieben war, nahm die Unterhaltung wieder da auf, wo sie unterbrochen worden war.

»Delancey war nicht der einzige, der geschwitzt hat«, bemerkte er.

»War er nicht«, bekräftigte Foley. »Sogar der Sergeant war ein bißchen nervös.«

»Der war sehr nervös. Als er die Gifttasse in die Hand nahm, um sie zu identifizieren, hat seine Hand gezittert, und wie er sie hinstellte, hat sie auf dem Tisch getanzt.«

»Ach, lieber Gott«, seufzte Delancey, »was mich am meisten fertiggemacht hat, war das verdammte Modell von dem Haus. Mir hat nichts was ausgemacht, außer dem Haus. Da stand es wie ein Spiegelbild, mit dem bißchen Gras davor und dem losen Fensterladen, und immer wenn ich draufgeguckt hab, war ich wieder in der Gasse hinterm Haus in Farranchreesht, und dann guck ich hoch, und der magere Kerl mit der Perücke zeigt mit dem Finger auf mich.«

»Na, Gott sei's gedankt«, sagte Foley mit einfacher Frömmigkeit, »morgen um die Zeit steh ich bei Ned Iver mit 'nem Bier in der Hand.«

Delancey wiegte den Kopf, während ein verträumtes Lächeln auf seinem dunklen Gesicht spielte.

»Ich weiß nicht«, sagte er. »Farranchreesht ist ein kleines Kaff, ein kleines, muffiges, altes Kaff, wo es nichts Interessantes gibt und man nicht weiterkommt.« Sein Gesicht erhellte sich, als der Sergeant auf dem Gang erschien.

»Da kommt der Sergeant«, sagte er.

»Lange hat er's bei Julietta nicht ausgehalten«, flüsterte Magner boshaft.

Die Tür wurde aufgeschoben, der Sergeant trat ein und öffnete seinen Uniformkragen. Er ließ sich auf einen Ecksitz fallen, schlug die Beine übereinander und nahm die von Delancey angebotene Zigarette.

»Na, Jungs«, rief er, »wie wär's mit 'nem Humpen?«

»Ist das nicht bemerkenswert?« fragte Foley. »Gerade hab ich davon geredet.«

»Es ist mir schon früher aufgefallen, Peter, daß Sie und ich sozusagen einen simultanen Durst haben«, sagte der Sergeant.

†††

Die Landleute waren stumm und erschöpft. Kendillon döste ab und zu ein, aber er litt an hohem Blutdruck, und nach einer Weile wurde sein Atem mühsamer und stärker und endete schließlich mit einem Schnaufer, worauf er stets hellwach und wütend aufschrak. In der Stille klatschte der Regen aufs Dach, und an den dunklen Fensterscheiben liefen glänzende Rinnsale entlang, von denen das Wasser auf den Boden tropfte. Moll Mhor blickte mit vorgeschobener Unterlippe finster drein. Sie war ein Trumm von einer Frau und hatte ein dickes, grobes, machtvolles Gesicht. Die anderen beiden Frauen, die mit geschlossenen Augen dasaßen, hatten ihre braunen Tücher eng um den Kopf gezogen, aber Molls lag auf ihren Schultern, und die Öffnung über ihrer Brust war mit einem lodernden Scharlachrot ausgefüllt.

»Sind wir noch nicht zu Hause?« fragte Kendillon gereizt, der wieder einmal aus seinem Dösen erwacht war.

Moll starrte ihn finster an.

»Nein, noch lange nicht. Wieso die Eile?«

»Mein kleines Haus«, ächzte Kendillon.

»Mein kleines Haus«, äffte Moll ihn nach. »War's dir noch nicht genug, die Fenster zu vernageln und Stacheldraht aufs Tor zu packen?«

»Du hast gut reden, du hast ja jemand, der für dich aufpaßt.«

Eine der Frauen lachte leise und zeigte unter der Kapuze ihres Tuches ein ausgezehrtes jungfräuliches Gesicht.

»Ich muß lachen«, erklärte sie entschuldigend, »weil ich dran denke, wie Tim Dwyer diese Woche die Suppe gerührt hat.«

»Und die Betten gemacht«, fiel die dritte Frau ein.

»Und den Kindern das Gesicht gewaschen! Gott sei gelobt, wird der durchgedreht sein.«

»Ja«, sagte Moll, »und seine Hühner laufen mit Thade Kendillons Dach weg.«

»Meinem Dach?« fragte er.

»Ja.«

»Ist'n gutes Dach«, sagte er rauh. »Ein besseres Dach, als du seit deiner Heirat über dem Kopf gehabt hast.«

»Oh, Mutter Maria«, seufzte Moll, »da sitz ich nun drei geschlagene Stunden hier und muß jemanden wie dich angucken statt meinen eigenen strammen Mann.«

»Ist ja was ganz Neues, daß du von Sean schwärmst«, sagte eine Frau.

»Ich hab ihm unrecht getan«, sagte Moll reuevoll. »Hab ich wirklich. Ich hab ihm vor Gott und den Menschen unrecht getan.«

In diesem Augenblick zog der Betrunkene die Tür des Abteils zurück und blickte von einem Gesicht zum anderen mit einem Ausdruck wachsender Melancholie.

»Hier ist sie auch nicht«, sagte er enttäuscht.

»Wer ist nicht hier, Mister?« fragte Moll und zwinkerte den anderen zu.

»Ich suche meinen Waggon, Madam«, sagte der Betrunkene mit melancholischer Würde, »und was zum Teufel man damit auch gemacht hat, er ist weg. Die Eisenbahn in diesem Land geht vor die Hunde.«

»Liebe Güte, wenn das alles ist, warum setzen Sie sich nicht hier neben mich?« fragte Moll. »Ich bin schon so lange hier, daß ich vergessen hab, wie ein richtiger Mann aussieht.«

»Würde ich mit großem Vergnügen«, antwortete der Betrunkene, »aber es ist nicht bloß der Waggon. Es ist auch meine Mitreisende. Ich bin ein einsamer Mann; ich hab heute abend von meinem besten Freund Abschied genommen; ich hab jemanden gefunden, der mich tröstete, und als ich den Rücken kehrte – hat Gott sie fortgenommen!«

Und mit einer dramatischen Geste schloß er die Tür und setzte seinen Weg fort. Das Landvolk setzte sich zwinkernd auf. Der Rauch aus den Pfeifen der Männer füllte das Abteil, und die schwere Luft war von dem Duft grober Wolle gesättigt und von dem Torfrauch, dessen süßer, stechender Geruch jede Faser ihrer Kleider durchdrungen hatte.

»Hört nur den Regen!« sagte eine der Frauen. »Wir werden einen nassen Heimweg haben.«

»Wird Mitternacht werden, bevor wir da sind«, sagte eine andere.

»Ach, was kommt's darauf an, wenn die ganze Gegend wach sein wird? Heut nacht wird in Farranchreesht viel geredet werden.«

»Viel Gerede und wenig Schlaf.«

»Oh, Farranchreesht! Farranchreesht!« rief die junge Frau mit dem abgemagerten Gesicht, dessen gefurchte Züge plötzlich wie verwandelt waren. »Farranchreesht und der Himmel über dir, heute nacht würde ich nicht mit der Königin von England tauschen!«

Und plötzlich leuchtete Farranchreesht in ihrem Geist auf, das flache Sumpfland mit dem buckligen Berg dahinter, die kleinen weißen Häuser und die schwarzen Barrieren aus Torf, die es den rauchgeschwärzten Ruinen einer mächtigen Stadt gleichen ließen.

»Also war das nicht eine große Unverschämtheit von ihr, zurückzukommen?« sagte Kendillon finster.

»Das war's doch wirklich!« echote eine der Frauen.

»Ich glaube, die bleibt nicht mehr lange da«, fügte er wissend hinzu.

»Du wirst sie schneiden, nehm' ich an?« fragte Moll höflich, zu höflich.

»Wenn's niemand anders tut, werde ich sie schneiden. Gehört sie in ein anständiges Dorf?«

»Oh, nein«, stimmte eine der Frauen zu. »Niemand kann doch je wieder durch ihre Tür gehen.«

»Und wofür zum Teufel haben wir die ganzen Lügen erzählt?« fragte Moll, die Kendillon gern ans Leder wollte. »Thade Kendillon hat geschworen, schwarz wär weiß.«

»Was sollte ich denn tun, Weib? In meiner Familie hat's noch nie einen Spitzel gegeben.«

»Wundert mich«, sagte Moll nachtragend, aber der alte Mann stampfte drei oder vier Mal mit dem Stock auf den Boden, um für Ruhe zu sorgen.

»Wir haben alle unsere Geschichte erzählt«, sagte er, »und wir haben sie gut erzählt. Und niemand besser als Moll. Man hätte gemeint, sie glaubt es selbst.«

»Ich schwör vor Gott, beinah hätt' ich das auch«, lachte sie auf.

»In meiner Zeit hat's große Veränderungen gegeben, große Veränderungen«, sagte der alte Mann und wiegte den Kopf, »und jetzt seh ich eine noch größere.«

Ein Schweigen folgte auf seine Worte. In allen Augen lag tiefer Respekt. Der alte Mann hustete und spuckte aus.

»Was für eine Veränderung ist das, Colm?« fragte Moll.

»Habt ihr je geglaubt, es käme mal der Tag, wo eine Frau aus unserer Gemeinde so was täte?«

»Nie, nie.«

»Aber für das Stück Land könnte sie's tun?«

»Ja.«

»Oder wegen Geld?«

»Könnte sie.«

»Könnte sie allerdings. Wenn sie hungrig auf Geld sind, töten die Leute wegen Geld. Wenn sie hungrig auf Land sind, töten sie wegen Land. Aber wofür töten sie jetzt? Ich sag euch, es kommt eine große Veränderung. Wenn es ihnen gutgeht, wollen die Leute noch mehr. Als ich noch ein Junge war, hat man von einem Tier sechs Teile gemacht, eins für sich und der Rest für die Nachbarn. Das gleiche, wenn man Fische gefangen hat. Und so war's bei uns seit Urzeiten. Aber jetzt seht euch die Veränderung an! Die Leute sind nicht mehr so arm oder so gut oder so freigebig oder so stark wie früher.«

»Oder so wild«, setzte Moll hinzu, mit einem boshaften Blick zu Kendillon. »Man merkt's am meisten bei den Männern.«

Die Tür öffnete sich, und Magner, Delancey und der Sergeant traten ein. Magner war bereits betrunken.

»Ich war einsam ohne dich, Moll«, sagte er. »Du bist die größte und frechste und schlaueste Lügnerin von allen, und du hast mich meine Sergeant-Streifen gekostet, aber ich vergeb dir alles, wenn du uns ein Stück von ›Colleen Dhas Roo‹ singst.«

†††

»Ich bin ein einsamer Mann«, sagte der Betrunkene. »Und ich fahre zurück in ein einsames Haus.«

»Meinen besten Freund hab ich zurückgelassen«, fuhr er fort, »Michael O'Leary, den ehrlichsten Mann, den ich kenne. Jammerschade, daß Sie Michael nicht kennen und daß Michael Sie nicht kennt. Aber schaun Sie nur, wie die Dinge schiefgehen! Ich hab jemanden gesucht, der mich tröstet, und sobald ich mich umdrehte, waren Sie weg.«

Er faßte sie ernst unter dem Kinn und drehte ihr Gesicht zum Licht. Mit der anderen Hand streichelte er ihre Wangen.

»Sie haben ein schönes Gesicht«, sagte er ehrfürchtig, »ein schönes Gesicht. Aber was noch wichtiger ist, Sie haben eine schöne Seele. Ich sehe in Ihre Augen, und ich sehe die Schönheit Ihres Wesens. Gewähren Sie mir einen Gefallen, nur einen, bevor wir Abschied nehmen.«

Er beugte sich nieder und küßte sie. Dann setzte er seinen erneut heruntergefallenen Bowler wieder auf, ergriff seine Aktentasche und stieg aus.

Die Frau blieb allein sitzen. Unter ihrem aufgeschlagenen Tuch trug sie eine helle blaue Bluse. Das Abteil war kalt, die Nacht draußen schwarz und trostlos, und in ihrem Innern hatte etwas begonnen, sich zusammenzuziehen, das nun ihren Lebensfunken zu erdrücken drohte. Sie konnte es nicht einmal mehr abschütteln, als sie zum hundertsten Mal an die Ereignisse des vorigen Tages dachte: die endlosen Stunden auf der Anklagebank, die ermüdenden Fragen und Reden, die sie nicht verstand, und das lange Warten in der Zelle, bis die Geschworenen zurückkamen. Sie fühlte wieder den Schauer der Todesangst, der sie überlief, als der Oberwärter ihr wütend von der Treppe aus Zeichen machte und die Wärterin, die hastig in einen Taschenspiegel geschaut hatte, sie vorwärtsstieß. Sie sah die Geschworenen mit ihren ausdruckslosen Gesichtern. Sie stand dort allein und zog ihr Tuch mit nervösem Zupfen vom Gesicht zurück, um Luft zu bekommen. Sie versuchte, ein Gebet zu sagen, aber in ihrem Geist wurden die Worte vom Beben ihrer zum Zerreißen gespannten Nerven verschlungen. Sie fühlte, daß einer davon ihr nicht mehr gehorchte und an der Seite ihres Munds wahnsinnig tanzte, konnte aber nichts dagegen tun.

»Die Geschworenen sind zu dem Urteil gekommen, daß Helena Maguire nicht schuldig ist.« Was war es? Tod oder Leben? Sie konnte es nicht sagen. »Ruhe! Ruhe!« brüllte der Saaldiener, obwohl niemand versucht hatte, etwas zu sagen. »Noch andere Anklagepunkte?« fragte eine müde Stimme. »Lassen Sie die Gefangene frei.« »Ruhe!« brüllte der Saaldiener wieder. Der Oberwärter öffnete die Tür, die von der Anklagebank nach draußen führte, und sie begann zu laufen. Als sie die Treppe erreichte, blieb sie stehen und sah sich um, ob ihr jemand folgte. Ein Polizist hielt eine Tür auf, und sie fand sich in einem schlecht beleuchteten, zugigen Steinkorridor wieder. Dort stand sie, das Tuch über dem Gesicht. Die Menge begann herauszuströmen. Zuerst kam ein großes Mädchen mit verklärtem Gesichtsausdruck, als liefe sie auf Wolken. Als sie die Frau sah, blieb sie stehen, und ihre Hände hoben sich mit einer instinktiven Geste, als wolle sie sie fassen und liebkosen. Es war ihr Blick, die schlafwandlerischen Schritte, die die Frau wieder zu Bewußtsein brachten.

Aber nun erwärmte die Erinnerung ihren Geist nicht mehr, und das Etwas in ihr zog sich weiter zusammen und erstickte sie vor Einsamkeit, Scham und Furcht.

Sie begann, verrückt vor sich hin zu murmeln. Der fast leere Zug hielt an jeder kleinen Station. Ab und zu traf ihn eine Windböe vom Atlantik, als wolle sie ihn umstoßen.

Sie blickte auf, als die Tür aufgezogen wurde und Moll hereinkam, die ihr Tuch hinter sich herschwenkte.

»Sie sind alle im Zug. Willst du nicht auch kommen?«

»Nein, nein, ich kann nicht.«

»Wieso nicht? Wer macht dir was aus? Ist es Thade Kendillon?«

»Nein, nein, ich bleib hier.«

»Hier, nimm einen Schluck davon.« Moll wühlte in ihrem Tuch und zog eine Flasche mit Whiskey hervor, so bleich wie Wasser. »Warte, bis ich dir erzähle, was Magner gesagt hat! Den Kerl reitet der Teufel. ›Hast du einen Schluck da, Moll?‹ fragt er. ›Kann schon sein‹, sag ich. ›Was ist es?‹ fragt er. ›Um Gottes willen, tauf es schnell und nenn es Whiskey‹.«

Die Frau nahm die Flasche und setzte sie an die Lippen. Sie schauderte, als sie trank.

»Ist 'n guter Tropfen«, sagte Moll beifällig.

Im nächsten Augenblick waren laute Stimmen auf dem Korridor zu hören. Moll griff die Flasche und versteckte sie unter dem Tuch. Aber es waren nur Magner, Delancey und der Sergeant. Hinter ihnen kamen die beiden Landfrauen und kicherten. Magner streckte die Hand aus.

»Helena«, sagte er, »ich beglückwünsche dich.«

Sie nahm seine Hand mit verlegenem Lächeln an.

»Aber beim nächsten Mal kriegen wir dich«, fügte er hinzu.

»Was sagen Sie denn da, Mister?«

»Gar nichts. Sie sind eine clevere Frau, eine bemerkenswerte Frau, und das erkenne ich vollkommen an. Sie haben uns allen Sand in die Augen gestreut.«

»Man denkt, Gift sei leicht nachzuweisen, aber ich konnte's trotzdem nicht nachweisen«, sagte der Sergeant, der kaum seine Neugier verbarg.

»Ach, was man so alles über mich erzählt!« sagte sie mit einem nervösen Lachen.

»Sagen Sie's ihm«, riet Magner. »Jetzt kann er Ihnen nichts mehr tun. Sie sind so sicher wie der Richter persönlich. Als gestern abend die Geschworenen mit dem Urteilsspruch hereinkamen, hätten Sie sagen können: ›Ihr habt euch geirrt, ich war's. Ich hab das Zeug in dem und dem Laden gekauft. Ich hab es ihm gegeben, weil er alt und dreckig und streitsüchtig und ein Geizhals war. Ich hab's getan und bin stolz darauf.‹ Sie hätten jedes Wort sagen können, und die hätten Ihnen nichts tun können.«

»Also wirklich, warum sollte ich so was sagen?«

»Sie könnten es jedenfalls.«

»Das Recht ist wirklich eine bemerkenswerte Sache«, sagte der Sergeant, der ebenfalls recht angeheitert war. »Hier sitzen Sie bequem auf Staatskosten, und wenn nur ein Wort von ein paar Briefen gesagt worden wäre, wären Sie in Mountjoy und würden auf den Strick warten.«

Die Frau schauderte. Die junge Frau mit dem abgemagerten Gesicht schaute auf.

»Es war Gottes Wille«, sagte sie.

»Es waren die ganzen verdammten Lügen von Moll Mhor«, antwortete Magner.

»Es war Gottes Wille.«

»Viele sind schon zu Unrecht gehenkt worden«, sagte der Sergeant.

»Trotzdem, trotzdem war's Gottes Wille.«

»Du hast ja eine neue Bluse, Helena«, sagte eine der Frauen neidisch.

»Ich hab sie in einem Laden am Fluß gesehen.«

»Was hat sie gekostet?«

»Gerechter Gott!« rief Magner aus und sah die Frau bestürzt an. »Ist das alles, woran du denken kannst? Du solltest auf Knien vor dem Altar liegen.«

»Das hab ich auch!« antwortete sie erbost.

»Weiber!« rief Magner mit einer Geste der Verzweiflung. Er zwinkerte Moll zu, und sie zogen sich ins nächste Abteil zurück. Aber dessen Inneres spiegelte sich deutlich im Korridorfenster, und die anderen sahen, wie das blasse zitternde Bild des Polizisten die Flasche an die Lippen hob und einen langen stummen Ton darauf blies. Die junge Frau, die nach der Bluse gefragt hatte, lachte.

»Einer hat durch den Prozeß ein gutes Tagwerk gehabt«, sagte sie.

»Wieso?« fragte der Sergeant.

»Dan Canty hat sicher eine Menge schwarzen Whiskey gebrannt, während ihr ihm den Rücken zugedreht habt.«

»Irgendwann kriege ich Dan Canty«, antwortete der Sergeant steif.

»Ja, so wie Helena.«

»Irgendwann kriege ich ihn«, sagte er und schaute auf die Uhr. »In einer Viertelstunde sind wir da. Zeit, daß wir alle wieder in unsere Abteile gehen.«

Magner trat ein, und die anderen Polizisten erhoben sich. Magner schwankte, hielt sich am Türrahmen fest, ein süßliches Lächeln auf seinem dünnen, gutaussehenden, leichtlebigen Gesicht.

»Gute Nacht, Madam«, sagte der Sergeant gekünstelt. »Ich bin froh für uns alle, daß es auf diese Art ausgegangen ist.«

»Gute Nacht, Helena«, sagte Magner, verbeugte sich tief und geriet prompt ins Trudeln. »Heut nacht wird es einen glücklichen Mann in Farranchreesht geben.«

»Schluß jetzt, Joe«, protestierte der Sergeant.

»Einen glücklichen Mann«, wiederholte Magner hartnäckig. »Jetzt ist er am Zug.«

»Du bist ja besoffen«, sagte Delancey.

»Du wolltest ihn«, sagte Magner mit schwerer Zunge. »Deine Leute wollten nicht, daß du ihn kriegst, aber jetzt hast du ihn doch.«

»Meinen Sie Cady Driscoll?« zischte die Frau mit plötzlicher Wut und lehnte sich vor zu Magner, das Tuch eng um den Kopf.

»Ganz egal, wen ich meine. Jetzt hast du ihn.«

»Der ist nicht mehr für mich als die Wellen auf dem Meer.«

Der Polizist ging zuerst hinaus, die zwei Frauen folgten. Moll Mhor lachte aus vollem Hals. Die Frau blieb allein. Durchs Fenster sah sie, wie kleine Katen sich die feuchten, nackten Felsen bis zum Rand des Meeres hinunterzogen. Die Flamme des Lebens in ihr war so schmal geworden wie eine Nadelspitze, und sie konnte nur über die Macht rätseln, von der sie emporgehoben, bezwungen und dann beiseite geworfen worden war.

»Nicht mehr für mich«, wiederholte sie stumpf zu ihrem Bild im Fenster, »nicht mehr als die Wellen auf dem Meer.«

BENEDICT KIELY

Jungfernsprung

Die Stärke menschlicher Gefühle, die dicht unter der Oberfläche des täglichen Lebens angesiedelt sind und häufig Unruhe, mitunter sogar Verbrechen und Mord auslösen, ist ein Thema, dem Benedict Kiely (*1919) eine Reihe von Erzählungen gewidmet hat, vor allem in der Sammlung *The State of Ireland* (1980). Kiely wurde während des Bürgerkriegs in der Grafschaft Tyrone geboren und wollte zunächst Priester werden, studierte dann aber Geschichte und Literatur am University College, Dublin. Sein Wissen auf diesen Gebieten und seine Kenntnis der menschlichen Natur kommen in »Jungfernsprung« effektvoll zur Geltung, der Erzählung, die das Kapitel »Verbrechen aus Leidenschaft« abschließt.

Der Polizist vor der Tür war dick, in mittleren Jahren, verlegen, umgänglich. Hinter ihm lag grüner, sonnenbeschienener Rasen, der sich zu einem weißen Zaun und einer Linie niedriger Büsche hin absenkte. Dahinter die wenig befahrene Schnellstraße. Hinter der Schnellstraße die Mole, die vertäuten Boote, das den Sonnenschein reflektierende, ruhelose Wasser des Sees.

Der Polizist war so umgänglich, daß er seine Mütze abnahm. Er war kahl, völlig kahl. Robert St. Blaise Macmahon hatte das Gefühl, aus dem Wachtmeister sei, indem er die Mütze abnahm, ein laufender (oder stehender) komischer Kommentar zu jenem komischen Landpolizisten in einer Geschichte von Thomas Hardy geworden, der nie ohne seinen Knüppel das Haus verließ, da er ohne ihn nicht im Dienst gewesen wäre.

Robert St. Blaise Macmahon hatte Lust, dem Wachtmeister all das zu erzählen und ihn zu beschwören, im Interesse der Würde seines Amtes die Mütze wieder an ihren vorgesehenen Platz zu setzen und seinen kahlen Kopf vor der Sonne zu schützen, die für Irland recht hell und stark schien. Fast wie die Sonne im Hohen Atlas, wo er fern von den Touristen den Herbst verbracht hatte. Oder die Sonne im Frühjahr, als er seiner natürlichen Neugierde als Romancier nachgegeben hatte, der auch ein wohlhabender Mann war und sich solche leichtfertigen Reisen leisten konnte, und bis in die USA gereist war, nicht um diese vulgären, ausgewalzten Städte zu besuchen, lieber Gott, nein, oder die ganzen verchromten Barbaren, die aus ihren Büchern über diese kolossalen Langweiler Yeats und Joyce eine Industrie gemacht hatten, sondern um nach Georgia zu fahren und die Okefenokee Sümpfe zu sehen, die ihn wegen jener ängstlichen, matten, melancholischen Vögel, der weißen Ibisse, und wegen der Alligatoren interessierten. Er zog die Alligatoren jederzeit den Amerikanern vor. Vielleicht hatte er die Reise nur gemacht, um das von Zeit zu Zeit sagen zu können.

Aber wenn er so mit dem kahlen Wachtmeister auf der Schwelle seines väterlichen Hauses sprach, würde der arme Teufel einfach glotzen oder grinsen oder beides und sagen: Jawohl, Mr. Macmahon. Selbstverständlich, Mr. Macmahon.

Er schien sehr respektvoll. Die Macmahons stellten in der Stadt etwas dar. Seinem Vater hatte sie so gut wie gehört.

Die Glatze von dem Burschen schwitzte abstoßend und irgendwie lächerlich. Robert St. Blaise Macmahon merkte sich dieses Detail für sein Notizbuch. Henry James hatte so weise gesagt: Versuche, einer von denen zu sein, denen nichts entgeht.

Henry James hatte es genau gewußt. Schade, daß er in den Vereinigten Staaten geboren werden mußte. Aber als Gentleman, der er war, hatte er dann die Einsicht gehabt, sie zu verlassen.

Der glatzköpfige schwitzende Wachtmeister mit der Mütze in der Hand sagte: »Entschuldigen Sie, Mr. Macmahon. Tut mir leid, Sie an so einem schönen Morgen zu stören. Aber ich komme wegen der Leiche, Sir.«

Robert St. Blaise Macmahon pflegte in gewissen Dubliner Kreisen zu sagen, daß er Polizisten mochte, wenn sie jung waren, frisch vom Land kamen und rosige Wangen hatten, und daß er die Brüder der Christlichen Schulen im selben Zustand mochte. Tatsächlich kam man in ein Alter, würde er ausführen, wo Polizisten und Schulbrüder nicht zu unterscheiden waren, wenn sie keine Uniform anhatten. Das sagte er nur, um sich selbst reden zu hören. Er war viel zu wählerisch für körperlichen Kontakt mit irgend jemandem, ob männlich oder weiblich. Leichtsinnig, flink, flirtend und flatterhaft amüsierte er sich nun damit, zu überlegen, was er beim nächsten Besuch in der Stadt sagen würde: Wenn sie schon einen Polizisten schicken mußten, hätte es ein junger, hübscher sein sollen, der wegen der …

Was der Polizist gerade gesagt hatte, ging ihm jetzt mit einem mächtigen Schock auf. Der Wachtmeister wiederholte: »Wegen der Leiche, Sir. Tut mir leid, Sie zu stören, Mr. Macmahon.«

»Welche Leiche? Wessen Leiche? Was meinen Sie denn nur, um Himmels willen?«

»Ich weiß, es ist ein Schock, Sir. Überhaupt nicht, was man erwartet. Die Leiche liegt im Bett, Sir. Tot im Bett.«

»In meinem Bett liegt niemand. Tot oder lebendig. Jedenfalls nicht, solange ich auf bin. Ich wohne hier allein mit meiner Haushälterin, Miss Hynes.«

»Ja, Mr. Macmahon, Sir. Wir kennen Miss Hynes gut. Sehr hoch angesehene Dame, Sir. Im Augenblick liegt sie in der Polizeikaserne auf der Krankenstation mit einem Nervenzusammenbruch. Der Doktor hat ihr eine Pille oder eine Spritze oder so was gegeben, um sie zu beruhigen. Dann kommt er sofort her.«

»In der Polizeikaserne? Aber sie wollte einkaufen gehen.«

»Ja, Sir. Aber sie kam rein, um uns schnell Bescheid zu sagen, Sir. Oh, es ist nichts Ernstes. Kein Anzeichen auf einen unnatürlichen Tod.«

»Unnatürlich? Was hat sie gesagt?«

»Also, Sir, ...«

»Raus damit, guter Mann.«

»Sie sagte, ein Toter liegt in ihrem Bett.«

»Ein Toter?«

»Genau das, Mr. Macmahon.«

»Im Bett von Miss Hynes, meiner Haushälterin?«

»Das hat sie gesagt, Sir. Mit genau diesen Worten.«

»Was in Gottes Namen macht er da?«

»Schwer zu sagen, was ein toter Mann im Bett macht, Mr. Macmahon, ich meine, im Bett von jemand anders.«

Der Polizist zog ein riesiges weißes Stofftaschentuch aus der Hosentasche, breitete es wie eine umhüllende Wolke vor sich aus und tupfte sich geduldig den Schweiß ab: »Verdammt heiß heute, Sir. Heißester Sommer seit vierzig Jahren, sagt die Zeitung.«

Die hohe Sonne über Georgia und Florida schien direkt auf das weinfarbene Sumpfwasser nieder und benetzte (ein altmodisches, aber das einzig richtige Wort) die grotesken, knotigen Knie der gewaltigen Zypressen. Die heiligen weißen Vögel mit den krummen Schnäbeln thronten würdig auf hohen, grauen, gebogenen Ästen über hängendem spanischen Moos, weit, so weit weg von dieser gemeinen, hämischen Stadt und ihren schnatternden Zungen. Es war leider offensichtlich, daß der Polizist nahe daran war, loszulachen.

»Ein Toter im Bett von Miss Hynes, meiner Haushälterin und entfernten Verwandten, die schon Haushälterin meiner Eltern war.«

»Das hat sie uns erzählt, Sir.«

»Wohl kaum ein Grund zum Lachen, Wachtmeister.«

»Nein, Sir. Keineswegs, Sir. Es ist nur die Hitze. Von der Hitze überwältigt, Sir. Heißester Sommer seit vierzig Jahren, haben sie im Radio gesagt.«

Der heißeste Sommer seit vierzig Jahren folgte ihnen, als sie keuchend über die schwarzen und roten Bodenplatten der weiten Eingangshalle gingen. Eine elegante Mahagonitreppe führte in großzügigen Windungen hinauf. Robert St. Blaise Macmahon ging um sie herum und blieb im Erdgeschoß. Der Wachtmeister legte seine Mütze mit der Öffnung nach oben so andächtig auf die Garderobe in der Halle, als stelle er Meßkännchen auf einen Altar, und entschuldigte sich dabei, als sei die große Mahagonigarderobe mit Spiegeln und Geweihen auch ein Macmahon, der ihn abschätzig beobachtete oder spiegelte. Es war das erste Mal, daß er oder seinesgleichen je Gelegenheit oder Anlaß gehabt hätten, dieses Haus zu betreten.

In der großen Küche, die antike Ausmaße, aber moderne Geräte hatte, wurde der heißeste Sommer etwas gemildert. Die Bodenplatten waren durch hellgrüne und weiße Fliesen ersetzt worden, die Kühle ausstrahlten. Sie hatte stets auf dem Schlafzimmer im Erdgeschoß hinter der Küche bestanden, obwohl das große Haus im ersten Stock mehr als halbleer war. Sie sagte, es gefiele ihr, weil es Terrassentüren habe, die in den Garten führten. Das taten sie auch, und außerdem waren sie ein leichter Zugang für Besucher des Schlafzimmers: ein Gedanke, der ihm in all den Jahren nicht ein einziges Mal gekommen war.

An diesem Morgen hatte sie ihm von der Küche aus zugerufen, daß sie einkaufen ginge, und war diskret durch eben diese Fenster verschwunden. Sie standen immer noch weit offen. Sie war eine ebenso gute Gärtnerin wie Haushälterin. Natürlich hatte sie bei beidem Hilfskräfte für die schweren Arbeiten: Mädchen aus der Stadt für die Küche, einen kräftigen jungen Mann für den Garten. Alle drei konnten peinlicherweise innerhalb der nächsten Stunde auftauchen. Konnte es der junge Mann für den Garten sein, der tot im Bett lag? Nein, Gott sei Dank war es wenigstens nicht ihr Hilfsgärtner, ein Taugenichts, der eine Frau in mittleren Jahren bereitwillig verführt hätte. Sie hatte niemanden vom Personal genommen, soviel Macmahon-Blut hatte sie doch noch in den Adern. Dieser Mann war ein Fremder, weit älter als der junge Gärtner. Jetzt hatte er sein höchstes Alter erreicht. Der heißeste Sommer lastete schwer und voller Duft im Garten, Blumendüfte und Insektengeräusche kamen zu ihnen ins Zimmer. Die Vögel waren still. Da war noch ein anderer Geruch: schaler Schweiß, verbrauchte Leidenschaft oder einfach Tod? Der Polizist schnupperte. Er sagte: »Er hat geschwitzt, bevor er starb. Er ist dick eingepackt.«

Nur der Kopf war sichtbar: spärliches graues Haar, ein paar traurige Pickel auf der Kopfhaut, eine lange purpurrote Nase, eine komische Cyrano-Nase. Mund und Augen waren offen. Er hatte gute Zähne und braune Augen. Er blickte einfach überrascht, hatte sich noch nicht eingewöhnt, wo immer er sich wiederfand.

»Fühlen Sie seinen Herzschlag, Wachtmeister.«

»Oh, der ist tot wie ein Stein, Mr. Macmahon. Miss Hynes hat nicht gelogen. Trotzdem, er konnte an keinem besseren Ort sterben. In einem Bett, meine ich.«

»›Ohn' Hostie, ohne Beichte, ohne Ölung.‹«

»Jawohl, Sir«, sagte der Polizist, »genau so.«

»Ich meine, er starb ohne den Priester.«

Mit etwas, das fast ans Geistreiche grenzte – man traf es meist gänzlich unerwartet –, bemerkte der Polizist, der Verstorbene habe unter den Umständen seines Todes, Gott sei seiner Seele gnädig, wohl kaum darauf rechnen können, den örtlichen Kaplan in seiner Nähe zu haben. Diesen Ausspruch konnte man als eigenen ausgeben, verbessern und bei passenden Gelegenheiten und an den richtigen Orten benutzen, weit weg von dieser Stadt und ihren kleinkarierten Bewohnern.

»Der Tod ist ein komischer Vogel«, sagte der Polizist. »Man kommt ihm nicht bei, Mr. Macmahon. Er kann einen an den ungewöhnlichsten Orten überraschen.«

Himmel, der Bursche war ja ein Philosoph. Jedenfalls gehörte er ins Notizbuch.

»Ganz richtig, Wachtmeister. Es gab mal einen sehr peinlichen Fall mit einem Präsidenten der Französischen Republik. Tot in seinem Büro aufgefunden. Er hatte die Hände im Haar einer jungen Dame. Sie mußten ihr das Haar schneiden, um sie zu befreien.«

»Tatsächlich, Sir? Ein französischer Präsident? Dieser de Gaulle mit der langen Nase würde sich bei so was nicht erwischen lassen.«

»Es gibt eine Hemingway-Erzählung mit einem ähnlichen Thema.«

»Selbstverständlich, Sir. Sie wissen darüber Bescheid, Mr. Macmahon. Ich komme nicht viel zum Lesen, aber meine älteste Tochter, die in der Stadtbücherei arbeitet, erzählt mir von ihren Büchern.«

»Und Dutch Schultz, der berühmte amerikanische Gangster, wußten Sie, daß er erschossen wurde, als er, nun, als er auf dem Klo saß?«

»Eine schmerzhafte Erfahrung, Mr. Macmahon. Er muß maßlos überrascht gewesen sein.«

Von weitem hörte man von der Straße das Geräusch eines Autos.

»Das könnte der Doktor oder der Krankenwagen sein«, sagte der Polizist.

Sie warteten stumm in dem warmen Zimmer voller Gerüche. Das Geräusch ging vorbei und verklang: weder der Doktor noch der Krankenwagen.

»Aber dieser Bursche im Bett, Mr. Macmahon, von dem könnte ich Ihnen Geschichten erzählen, Gott hab ihn selig.«

»Heißt das, Sie kennen ihn?«

»Natürlich, Sir. Es ist mein Beruf, Leute zu kennen.«

»Versuche, zu denen zu gehören, denen nichts entgeht.«

»Allerdings, Sir, und seltsam, daß Sie es erwähnen. Denn wissen Sie, daß der Bursche im Bett vor langer Zeit mal zweihundert Hennen verloren hat?«

»Zweihundert Hennen?«

»Hühner.«

»Na, sogar Hühner. Das waren eine Menge Vögel. Sogar Spatzen oder Lerchen. Er muß der einzige Mensch in Europa sein, dem je so was passiert ist.«

»Auf der Welt, würde ich sagen, Sir. Und es geschah ganz simpel.«

»Es ist muffig hier drin«, sagte Robert.

Er ging voraus in den Garten. Das Geräusch eines anderen Wagens auf der Schnellstraße war immer noch nicht der Doktor oder der Krankenwagen. Sie gingen einen Pfad aus rotem Sand entlang. Sie hatte diesen roten Sand den ganzen Weg vom Mullachdearg-Strand in der Grafschaft Donegal herbringen lassen. Sie liebte die abwechslungsreichen Strände von Donegal: rot, golden oder schneeweiß. Links und rechts blühten ihre Rosen. Sie konnte mit Rosen umgehen, mit Wicken und sogar mit Sonnenblumen, diesen strotzenden, schamlosen Riesen.

»Eines Tages war er im Pub, und neben ihm an der Theke stand der traurigste Mann, den Sie je gesehen haben. Er war immer fröhlich und sagte zu dem traurigen Mann: ›Kopf hoch, die Sonne scheint, so schlecht ist das Leben gar nicht.‹ Der Trauerkloß sagte: ›Wenn Sie eine Hühnerfarm mit zweihundert Hennen hätten, die nicht legen, würden Sie auch keine Lieder singen.‹«

»Die Handlung verdichtet sich«, sagte Robert St. Blaise Macmahon.

»Der Mann im Pub sagt: ›Also, um Ihnen den Seelenfrieden wiederzugeben, wieviel wollen Sie denn für die Hennen haben?‹ – ›Einen Shilling pro Stück.‹ – ›Abgemacht‹, sagt er, zieht das Geld raus und kauft die Hennen. Dann mietet er einen Lieferwagen mit Fahrer und fährt hin, um sie abzuholen. Wissen Sie, er kannte nämlich hier in der Stadt einen Mann, der ihm zwei Shilling pro Henne geben würde, 15 Pfund Profit minus dem Lieferwagen. Aber die Fahrt ist lang, und es gibt eine Menge Pausen bei den Pubs am Weg, weil er immer so einen trockenen Hals hatte, und wie es passiert ist, hat nie einer rausgekriegt, aber als er um zwei Uhr nachts hier ankam, waren die Türen vom Lieferwagen offen.«

»Die Vögel waren ausgeflogen.«

»Bloß noch ein paar Federn drin. Und er mußte dem Fahrer fünfzehn Shilling zahlen, damit er den Wagen saubermacht. Man hat nie wieder was von ihnen gehört, den Hennen, meine ich. An ihn wird man sich dafür aber lange erinnern.«

»Aber auch nur deswegen.«

»Und auch an seinen armen Bruder, Sir. Trauriger Fall. Manche Familien ziehen sozusagen plötzliche Todesfälle an.«

»Starb er in einem Bett?«

»Schlimmer, viel schlimmer, Sir. Er starb auf einem Rasenmäher.«

»Wachtmeister, möchten Sie eine Tasse Tee?« fragte Robert. »Ich glaube, Sie sollten Bücher schreiben, nicht ich.«

»Ich hab mir nie viel aus Tee gemacht, Sir.«

»Aber in guten Krimis trinkt der Mann von Scotland Yard immer eine Tasse Tee.«

»Wie ich schon sagte, Sir, ich lese nicht viel. Aber wenn Sie einen winzigen Tropfen Whiskey übrig hätten, wäre ich Ihnen dankbar. An so einem heißen Tag ist diese Uniform eine Strafe Gottes.«

Sie verließen den Garten durch eine Pforte, die durch eine Buchenhecke auf den Rasen vor dem Haus führte. Auf dem See schossen die reflektierten Sonnenstrahlen wie emporfahrende Blitze um die tanzenden Boote herum. Drei Autos fuhren vorbei, aber weder ein Arzt noch ein Krankenwagen traf ein. Unter Vermeidung des stillen, duftgeschwängerten Raums betraten sie das Haus durch die Vordertür. Im Eßzimmer goß Robert St. Blaise Macmahon dem Wachtmeister einen Whiskey ein und sich auch. Er hatte ihn nötig.

»Eis, Wachtmeister?«

»Nein danke, Sir. Obwohl es heißt, die Amerikaner seien ganz wild darauf. In den Whiskey, in den Tee und so weiter.«

Zwei weitere Wagen fuhren vorbei. Sie lauschten und warteten.

»Man hat das Gefühl, er hört uns zu, Sir, als wollte er sich über uns lustig machen mit seiner langen Nase. Sein Bruder war der größte Gärtner aller Zeiten. Noch besser als Miss Hynes, obwohl ihr Garten prächtig genug aussieht und duftet.«

»Er starb auf einem Rasenmäher?«

»Auf seinem eigenen Rasen, Sir. Einer von diesen Benzinmähern ist unter ihm explodiert. Er ist verbrannt. Und man kann sagen, Sir, er hätte keine harmlosere Beschäftigung haben oder an einem sichereren Ort sein können.«

»Allerdings, Wachtmeister. Warum habe ich Sie noch nie getroffen?«

»So ist das Leben, Sir. Unsere Wege haben sich nie gekreuzt. Ohne den armen Kerl da drin wäre ich heute gar nicht hier.«

Diesmal mußten es der Doktor und der Krankenwagen sein. Die Räder knirschten auf dem Kies der Zufahrt.

»Er hatte mehr Glück als sein Bruder, Sir. Er ist bequemer gestorben, in einem Bett. Und anscheinend im Eifer des Gefechts. Das ist mehr, als man von den meisten von uns sagen kann.«

Die Türglocke läutete: drei langsame Kathedralentöne. Diese Glocke hatte er in Brügge gekauft, wo man was von Glocken verstand. Der Wachtmeister schüttete den Rest Whiskey hinunter. Er sagte: »Entschuldigen Sie mich, Mr. Macmahon. Ich muß meine Mütze aufsetzen. Wir haben zu arbeiten.«

Nachdem der Polizist, der Doktor, der Krankenwagen, die Krankenwagenfahrer und die Leiche gemeinsam abgefahren waren, besprühte er das Schlafzimmer mit Flit, dem geschworenen Feind der Stubenfliege. Das war alles, was ihm einfiel. Zumindest veränderte es den Geruch. Es zog sogar nach draußen und verteilte sich zwischen den Rosen. Der Hilfsgärtner und die Küchenhilfen waren noch nicht da. Das bedeutete, daß die Neuigkeit bekannt geworden war und sie noch in der Stadt blieben, um darüber zu klatschen. Was für eine unerträgliche Idiotin war diese Frau, ihn auf diese Weise in eine Lage zu bringen, wo über ihn geredet, in der örtlichen Zeitung sogar geschrieben und dann gelacht werden würde, und das von Trotteln, auf die er stets mit einem distanzierten, humorvollen, aber doch gottgleichen Auge herabgeblickt hatte.

Um der Erfahrung willen setzte er sich auf die Ecke des zerknüllten Betts, aus dem der langnasige Leichnam gerade entfernt worden war. Aber er fühlte nichts von Bedeutung. Er erinnerte sich, daß er mal ein Buch von einem dieser amerikanischen Professoren über Liebe und Tod im amerikanischen Roman verrissen hatte. Rechts von ihm, den offenen Fenstern gegenüber, stand ihr Schreibtisch mit Bücherregal: alte schwarze Eiche, wie in störrischem einsamen Widerstand gegen das vorherrschende Mahagoni. Sie hatte nie den steifen Stolz abgelegt, den arme Verwandte als Maske tragen, um sich hoch über das gewöhnliche Dienstbotendasein zu erheben. Sie saß auf einem hohen Roß. Es war einfach unverständlich, wie sie, die sich immer so eisern in sich selbst zurückgezogen hatte, eine Schwäche für einen langnasigen Mann gehabt haben konnte, der wenig mehr als eine Witzfigur gewesen zu sein schien. Zweihundert Hennen, also wirklich!

Die Schubladen des Schreibtischs waren aufgezogen und in Unordnung, als habe sie sie panisch auf der Suche nach etwas durchwühlt, das niemand finden konnte. Er hatte ihr Zimmer selten von innen gesehen, aber nach dem wenigen, das er gesehen hatte und über sie wußte, war sie keine Frau, die Unordnung oder unabgeschlossene Schubladen durchgehen ließ. Doch trotz ihrer Panik hatte sie ihn nicht zu Hilfe gerufen, ihren Cousin zweiten Grades, ihren Arbeitgeber, ihren Wohltäter. Sie hatte ihn fünfundzwanzig Jahre lang immer steif auf Distanz gehalten. Vor fünfundzwanzig Jahren in diesem Zimmer. Sie mußte achtzehn gewesen sein, keine sechs Monate aus dem Gebirgstal entkommen, wo sie aufgewachsen war, von wo seine Eltern sie gerettet hatten. Er schließt die Augen und so gut er kann die Nase. Er erinnert sich. Es ist Sonntag nachmittag, und das Haus ist bis auf sie beide leer.

Er ist allein in seinem Zimmer und liest. Er liest, wie Lucius Apuleius dabei zusieht, wie die Magd Fotis sich über das Feuer beugt: So hackte sie Fleisch und bereitete ein Mahl für Herren und Herrin, der Schrank stand voller Wein, und ich vermeinte, den Duft köstlichen Fleisches zu riechen. Um die Hüften trug sie eine reinliche weiße Schürze und war unter dem Busen mit einer Binde von roter Seide gegürtet, und sie rührte im Topf und drehte das Fleisch mit ihren wohlgeformten weißen Händen auf solche Weise, daß vom Rühren und Drehen auch ihre Schenkel und Hüften sich rührten, was mich wohl ein holder Anblick dünkte.

Robert St. Blaise Macmahon, der mit sechzehn Jahren noch nie Wein getrunken hat, außer mal heimlich am Meßwein zu nippen, als er Meßknabe in der Gemeindekirche war, wiederholt immer aufs neue die schönen, vollmundigen elisabethanischen Worte von Adlingtons Übersetzung aus dem Latein des späten Rom: Der Wein reizte unsere Begierde von neuem.

Denn mit sechzehn wird er erwachsen und ist verrückt vor Neugier.

Dann schaut er in den Garten hinunter, und dort beugt sie sich über ein Blumenbeet. Sie ist groß, eher blaß, ein spanisches Gesicht in einem Oval von eng anliegendem, krausem, lockigem Haar. Er hat schon die Entschlossenheit ihrer langen, leichten Schritte bemerkt, das Wiegen ihrer Hüften, das Hinundherschwingen ihres Faltenrocks mit hellem Karomuster. Für ein Mädchen von hinter den Bergen hat sie Stil.

Sie ist aus der romantischen Großartigkeit eines abgelegenen Tals namens Glenade in dieses Haus gekommen. Berge umgeben es, die so steil sind, daß die letzten hundert Meter bloße von Sturzbächen gefurchte Felsklippen sind. Eine solche Klippe, in einem urzeitlichen Kataklysmus gesprungen, fällt zu einem gekurvten Abgrund ab und erhebt sich wieder zu einer kalten Felsspitze. Der Ort heißt Jungfernsprung, und die Sage geht, eine mythische Frau – Göttin, Teufelin, wo ist der Unterschied? – sei, verfolgt von einem wilden, unerwünschten Liebhaber, auf dem Kamm des Berges entlanggelaufen und wie toll über den Abgrund gesprungen, um ihre Unschuld zu retten, was sie auch tat. Sie sprang aber nicht weit genug, um die zerbrechliche Schönheit ihres Körpers zu retten, der unten auf den Felsen zerschmettert wurde. Was ihrem Verfolger eine gewisse perverse Befriedigung verschafft haben mag.

Während ihrer ganzen Kindheit hat das Fenster ihres Zimmers diese außergewöhnliche Szenerie eingerahmt. Nun sind ihre Eltern tot, sie selbst ist im Haus reicher Verwandter als eine Art Hausmädchen und Gehilfin der alten Haushälterin aufgenommen, die sie im Lauf der Zeit ablösen soll, und beugt sich über ein Blumenbeet, wie Fotis sich über das Feuer gebeugt hatte: O Fotis, wie hold kannst du den Topf rühren, mit deinem wiegenden Steiß, und wie fein bereitest du die Suppe.

Nun steht sie groß und aufgerichtet da und schneidet Blüten von einer Wickenhecke. Ihr Körper hebt sich deutlich von der vielfarbigen Hecke ab. Er beobachtet. Er denkt an Fotis. Er sagt wieder: Der Wein reizte unsere Begierde von neuem.

Als er ihr in genau diesem Zimmer gegenübertritt und ungeschickt versucht, sie zu umarmen, sind ihre Arme mit Wicken beladen. So gelingt es ihm, einen Kuß auf kalte, teilnahmslose Lippen zu drücken. Die Kälte, der Mangel an Bereitwilligkeit bei einer Leibeigenen überrascht ihn. Sie gleicht Fotis kein bißchen. Es war doch das übliche, nicht wahr: der junge Herr und das Dienstmädchen? In der guten alten Zeit im Rußland der Zaren schickten die großen Damen in den Landhäusern ihren Söhnen die Kammerzofe zum Üben.

Die Wickenblüten, purpur, rot, rosa, blau, fliegen eher auf den Boden, als daß sie fallen. Dann gibt sie ihm mit der offenen Hand eine ruhige, wohlüberlegte Ohrfeige vom Lande, die ihn zum Taumeln bringt und sein Ohr stundenlang rot, geschwollen und summend hinterläßt. Offensichtlich versteht sie die besonderen Pflichten einer jungen Sklavin nicht. Im wilden Glenade liest man keinen Turgenjew oder Saltykow-Schtschedrin. Er wird beschämenderweise daran erinnert, daß er ein unsportlicher junger Mann ist, ein verzogenes Einzelkind und sie ein kräftiges Mädchen aus einem wilden Gebirgstal. Sie sagt: Benimm dich, Jungchen. Sammel die Wicken auf, oder ich erzähl deinen Eltern, wie sie auf den Boden gekommen sind.

Er sammelt die Blumen auf. Sie ist älter als er. Sie ist außerdem größer und hat eine Hand wie Stein. Er weiß, sie hat schon gemerkt, daß er Angst vor seinem Vater hat.

Damals war dieses Zimmer kein Schlafzimmer. Es war eine Speisekammer mit einer ganzen Wand voller Regale zum Lagern von Äpfeln.

Er konnte diese Äpfel immer noch riechen, und die Wicken. Der vereinte Duft von Blumen und Früchten war sogar stärker als der Geruch des Insektensprays, mit dem er versucht hatte, den Geruch des Todes zu verscheuchen.

Diese Ohrfeige war ihr großer Sprung gewesen, ihre Auflehnung, ihre Unabhängigkeitserklärung, aber wie im Fall der Jungfrau von Glenade hatte sie nur die halbe Strecke übersprungen. Dem Cousin zweiten Grades, der es ohnehin nie so ernst gemeint hatte, um einen zweiten Versuch zu wagen, hatte sie klargemacht, daß sie keine Leibeigene war. Aber sie blieb abhängig, eine arme Verwandte, eine Haushälterin, die zuerst die Anweisungen seiner Eltern befolgte und nach deren Tod fortfuhr, sich um das Haus zu kümmern und Rosen, Sonnenblumen und Wicken zu züchten. Der Stil, der lange, leichte Schritt waren nutzlos, weil sie einfach nicht weit genug gesprungen war, um die verwinkelte, austrocknende, beharrende Lebensart einer kleinen Provinzstadt zu überspringen. Kein Mann in der Stadt konnte mit ihr auf einer Stufe stehen. Sie war zum Teil eine Macmahon. Also hatte sie keinen eigenen Mann, keinen eigenen Platz. Sie war Teil der Einrichtung dieses Hauses geworden. Sie führte kein eigenes Leben. Jedenfalls hatte er das leichtfertig geglaubt.

Er kam, ging und schrieb seine Bücher, hörte sie und sprach mit ihr, sah sie aber selten wirklich, außer als er bemerkte, daß feine, dünne Falten auf diesem spanischen Gesicht erschienen waren, auf der breitknochigen glänzenden Stirn und in den Augenwinkeln. Das krause dunkle Haar hatte graue Stellen, um die sie sich einfach nicht gekümmert hatte. Sie war ein Nichts, ein Symbol in einem enttäuschenden Land mit einem übergroßen Anteil alternder, hoffnungsloser Jungfrauen. Er schloß die Augen und sah sie so vor sich, wenn er in seinen Schriften diesen Aspekt des Lebens in seinem bemitleidenswerten Land satirisch berührte. Nicht, daß er das öfter als notwendig getan hätte. Für ein Londoner Magazin hatte er einmal über die niedrige und späte Heiratsrate Irlands einen Artikel geschrieben, der alle durch seine praktisch-realistische Sicht überrascht hatte. Aber im allgemeinen zog er es vor, über Stockholm, Paris, Neapel oder Athen oder über afrikanische Berge nachzudenken und zu schreiben, weit entfernt von allem. Seine Reisebücher waren mehr als Reisebücher, und seine Romane zeigten tatsächlich, daß Reisen den Horizont erweiterte. Er zog es vor, über den hellsten Edelstein in einem Amerika zu schreiben und nachzudenken, das so sehr von den Menschen verwüstet wurde: den Sumpf, der kein Sumpf war, sondern ein Wunderland aus der Phantasie George MacDonalds, eines schottischen Schriftstellers, den niemand mehr las, eine Phantasie darüber, wie man eines Morgens in seinem Schlafzimmer erwacht, das aber nicht mehr das Schlafzimmer ist, sondern das Herz des Waldes, wo jeder Baum von einem Geist bewohnt wird, gut oder böse, böse oder gut.

In diesem Augenblick drang das Telefon in seinen Tagtraum. »Zum Teufel damit, dachte er, laß es schellen. Der verzauberte Sumpf umgab ihn, das kaum bewegte weinfarbene Wasser, die knorrigen Knie der Zypressen, die weißen, priesterlichen Vögel, die auf hohen kahlen Ästen meditierten, die Stille. Soll es schellen. Das tat es auch. Es schellte und schellte und weigerte sich, aufzuhören. Also ging er mißmutig zu dem Tisch in der Halle, wo das Telefon stand, nahm ab, hörte die Stimme des Polizisten und bemerkte zum ersten Mal das schwarze Buch in seiner rechten Hand.

Der Polizist sagte: »Sie ruht sich jetzt aus. Die Frau des Sergeants kümmert sich um sie.«

»Gut. Das ist sehr gut.«

Es war eine Art Haushaltsbuch, zwanzig Zentimeter hoch, zwölf breit, blau liniert, mit rotem Rand. Er mußte es unbewußt aus der Unordnung gezogen haben, in der ihre Morgenpanik den Schreibtisch zurückgelassen hatte. Zum ersten Mal erschien ihm diese Panik komisch: Nicht jeden Morgen fand eine alte Jungfer einen langnasigen Liebhaber kalt im Bett. Es war ein Stoff für eine Kurzgeschichte oder eine Episode in einem Roman: Wenn es zum Teufel nur nicht in seinem eigenen Haus passiert wäre! Was hätte Henry James daraus gemacht? Die Kunst des Erzählens liegt nicht darin, zu erzählen, was geschah, sondern was hätte geschehen können. Oder was woanders hätte geschehen sollen.

Der Polizist redete immer noch in sein linkes Ohr und erzählte, der Doktor habe einen klaren Fall von Herzversagen festgestellt. Ja, allerdings, denn das Herz war ein seltenes und zerbrechliches Instrument. Mit der rechten Hand blätterte er aufs Geratewohl in dem schwarzen Buch, dann, als sein Auge an ein paar Worten hängenblieb, die etwas zu bedeuten schienen, hielt er das Buch flach, fixierte die Worte und las. Die Handschrift war mit breiter Stahlfeder geschrieben, kohlschwarz, fast wie gedruckt, als habe die Feder ins Papier gebissen. Er las: »Da kommt er morgens die Treppe runter, sein Doppelkinn rot und purpur vom Rasieren, den egoistischen Mund so fest zusammengepreßt wie Mick Clinton, der Geizhals von Glenade, immer die Wollsocke mit seinem Geld preßte, wenn er zur Messe und zum Pferdemarkt nach Manorhamilton ging. Da kommt er, sein schwerer Schritt in seinen guten braunen, handgemachten Schuhen würde das Haus erzittern lassen, wenn es nicht so fest stünde wie der Fels von Cashel. Der alte John Macmahon hat immer geprahlt, daß seine Familie für die Ewigkeit baut. Rums, rums, rums, das Gewicht seiner großen Plattfüße. Da kommt er, der blasse Blasius, in seinem weißen Leinenhemd, er sollte Rüschen an der Unterhose haben, und mit seiner blauen Sonnenbrille, um der Welt zu zeigen, daß er ein Schriftsteller ist, als würde ihn irgend jemand außer mir und der Haushaltshilfe angucken. Ein Schriftsteller, lieber Himmel. Worüber? Wer liest ihn? Gut, daß er die Moneten vom alten John zum Leben hat.«

Die schwarzen Buchstaben stachen wie Basalt von dem weißen, blau und rot linierten Papier ab. Sie schrieb nur einen Absatz pro Seite, und wenn er die Seite nicht ganz füllte, malte sie über und unter dem Absatz Schnörkel, Kringel und Spiralen in verschiedenfarbiger Tinte, blau, rot, grün, violett. Sie war eine einsame, selbstgenügsame Künstlerin. Sie war, barmherziger Himmel, wie lange schon, eine Beobachterin, eine Schriftstellerin.

Der Wachtmeister sagte gerade: »Sie hat der Frau des Sergeant erzählt, sie wäre zu befangen, um Sie jetzt zu sehen.«

»Befangen«, sagte er.

Er blickte auf die schwarzen Worte. Sie waren so deutlich wie die lange zurückliegende Ohrfeige: die harte, schwielige Hand des Mädchens aus den Bergen, die die Seifenblasen eines schüchternen, sensiblen, femininen Jungen zum Platzen brachte.

Er sagte: »Sie hat guten Grund, befangen zu sein. Vielleicht ist es ganz gut, wenn sie wenigstens vor ihrem Arbeitgeber und entfernten Verwandten ein bißchen befangen ist.«

»Vielleicht meinte sie, daß sie nicht befangen ist, sondern sich schämt, Sir.«

»Sie hat ebenfalls guten Grund, sich zu schämen.«

»Sie sagt, Mr. Macmahon, sie wird vielleicht eine Weile woandershin gehen.«

»Sollte sie nicht auf die Untersuchung und das Begräbnis warten? Auf jeden Fall hat sie hier im Haus ihre Pflichten. Sie muß sich vor Augen halten, daß sie im voraus bezahlt wird.«

Sie würde sich also aus dem Staub machen und ihn den gemeinen Leuten in dieser Stadt als einziges Ziel ihres Gelächters überlassen? Schwitzend vor Panik umkrallte er den Hörer, als wollte er ihn zerdrücken. Direkt über seinem Nabel war ein leeres, hungriges Gefühl, abwechselnd heiß und kalt. Er verriet sich vor diesem umgänglichen Polizisten, der jedes seiner Worte in der Stadt weitererzählen würde. Es war fast, als könnte der Polizist diese verdammenswerten schwarzen Worte lesen, falls er lesen konnte. Er umklammerte den Telefonhörer, glitschig vom Schweiß wie er war, schluckte und beruhigte sich, atmete sorgfältig ein und aus, ein und aus, und war wieder Robert St. Blaise Macmahon, ein kultivierter Mann, dessen Bildung in der berühmten Benediktinerschule in Glenstal begonnen hatte. Schließlich waren die Jesuiten auch nicht mehr das, was sie mal waren, und James Joyce war zu seiner und ihrer Schmach auf deren Schule gegangen.

»Dann soll sie sich ausruhen«, sagte er. »Ich werde mir überlegen, was sie tun soll. Ich werde den ganzen Tag beschäftigt sein, Wachtmeister, also rufen Sie mich nur an, wenn es unbedingt notwendig ist.«

Er legte auf, wischte seine schwitzende Hand mit einem weißen Leinentaschentuch ab, das sein Monogramm und ein Ornament in Form einer Feder aus roter Seide trug. Es sollte einen Federkiel und zugleich ein Symbol des sich aufschwingenden Geistes darstellen. Dieses Luxustaschentuch war doch wohl seine einzige Extravaganz. Bei der Arbeit trug er eine blaue Brille, weil zu manchen Zeiten Lampenlicht und sogar überhelles Tageslicht seine Augen anstrengten. Und jeder Gentleman, der den Namen verdiente, trug doch wohl handgemachte Schuhe, oder nicht?

Auf die erste Seite des Buchs hatte sie ein Quadrat aus gelbem Papier geklebt und mit roter Tinte daraufgeschrieben: Notizen.

In kleineren Buchstaben, mit schwarzer chinesischer Tusche und in einer eleganten Kursivschrift, hatte sie geschrieben: Reflexionen über Robert den Romangsjeh.

Schließlich in grüner Tinte: von seiner berückten Base aus den Bergen!!!

Er war entgeistert über ihre Frivolität. Außerdem brauchte sie keine drei Ausrufezeichen, um ihre Bosheit zu zeigen, eine zurückgezogene und verborgene Bosheit, mißgünstig lauernd zwischen den Rosen und

Blumentöpfen, den Töpfen und Pfannen, bis sie mit schwarzer giftiger Tinte wie Galle überfloß. Sie konnte noch nicht lange an diesen geheimen Aufzeichnungen schreiben. Das Buch war keineswegs voll. Sie hatte weitergeblättert und da und dort Seiten leer gelassen, ganz zufällig, als habe sie ihre Feder eingetaucht und boshaft dort geschrieben, wo das Buch sich gerade öffnete. Es gab keine erkennbare Zeitfolge. Er las: »Er sagt, er sei bis in die Staaten gefahren, um einen Sumpf zu sehen. Sieht ihm ähnlich. Würde er bis nach Paris fahren, um die Abwasserkanäle zu sehen?«

»So eine freche Heimtücke.«

Er sprach laut, nicht zu sich, sondern zu ihr.

»Du hast immer getan, als würde es dich interessieren, wenn ich von dem Sumpf erzählte. Das scheue, wilde Reh, das beim Frühstück zum Tisch im Freien kam und ein Stück aus der Hand fraß, der Waschbär mit Ringen um die Augen, die Alligatoren, das weinfarbene Wasser, die weißen Vögel, der weiße Sand im Flußbett des Suwannee. Du hast mit deinem undurchdringlichen braunen spanischen Gesicht dagesessen, Gnädigste, zugehört und mir zugestimmt, o ja, in Worten zugestimmt, aber maliziös die ganze Zeit das hier gedacht.«

Die kurzen Worte über diesen kleinen Teil seiner Traumwelt hatten ihn verletzt. Aber mutig las er weiter. Die Niedertracht dieser Frau mit dem langnasigen, hennenverlierenden Liebhaber mußte völlig erforscht werden. Lieber Gott, sie war auch eine Literaturkritikerin. Sie schrieb: »Schreibt heutzutage noch irgend jemand Romane mit Zitaten von anderen Schriftstellern vor jedem Kapitel? Es gibt einen, aber der schreibt Thriller, und das ist etwas anderes. Robert der plattfüßige Romangsjeh, mit seinen teuren Tweedjacketts und der gelben Weste mit Messingknöpfen, ist hoffnungslos altmodisch. Seine Romane, mit all den verfeinerten Niemands, die nirgendwohin gehen, lesen sich, als ob er das Leben seiner Lektüre anpaßt. Aber was weiß Robert schon vom Leben? Mamas Liebling, der kleine Lord Fauntleroy, immer in seinen Sonntagssachen. Er kann eine Rose nicht von der anderen unterscheiden. Aber ein Romancier sollte alles wissen. Er kennt nicht die Stadt, in der er lebt. Oder ihre Bewohner. Zitate. So ein Quatsch.«

Er bemerkte zu seinem äußersten Beschämen, daß er rot vor Zorn war. Das einfachste wäre gewesen, sie weggehen und wegbleiben zu lassen und sich dann eine Haushälterin zu suchen, die keine heimliche, herumkrittelnde Rezensentin war, auch keine heimlich Liebende, keine Psyche, beim Herkules, die bei Nacht einen unsichtbaren Liebhaber in ihrem Bett empfing. Dann hält ihn der Tod auf, und das Tageslicht enthüllt ihn als komische Figur mit langer Nase und einem komischen Ruf, der nur daher rührt, daß er mal zweihundert Hennen verloren hat, sowie einem Bruder, einem großen Gärtner, dem das absurde Unglück zustieß, auf seinem eigenen Rasen zu verbrennen. Konnten komische Figuren zu einer Familie gehören, in der ständig plötzliche Todesfälle vorkamen? Irgendwo in all dem steckte eines Tages vielleicht der Keim einer Erzählung.

Aber war ihr nicht klar, was diese sorgfältig ausgewählten Zitate bedeuteten?

»Schau doch mal«, sagte er, »was sie für George MacDonald getan haben. Eine Prozession von Ideen, Namen und großen Geistern, die das Zimmer, in dem man schreibt, durchschreitet: Fletcher und Shelley, Novalis und Beddoes, Goethe und Coleridge, Sir John Suckling und Shakespeare, Lyly und Schiller, Heine und Schleiermacher und Cowley und Spenser und das Buch der Richter und Jean Paul und Cyril Tourneur und Sir Philip Sidney und Dekker und Chaucer und die Kabbala.«

Aber, o Mutter Lilith, was nützte es, so mit dem Schatten einer heimlichtuerischen Frau zu diskutieren, die sich nun in der fürsorglichen Obhut der Frau des Sergeant befand, welche die unglaublichen Neuigkeiten gerade allen anderen Frauen in der Stadt erzählte, das wettete er zwanzig zu eins: Lieber Gott, habt ihr schon die Geschichte gehört, die im großen Haus von Robert St. Blaise Macmahon passiert ist? Na, die werden nie wieder ihr Gesicht zeigen können.

Wäre sie auch hier gewesen und mit ihm durch den Garten gegangen, und er wäre dumm genug, mit ihr zu streiten, so hätte sie nur ihr blasses, faltiges Lächeln gelächelt, aus ihren dunkelbraunen Augen zur Seite geschaut und wäre dann allein weggegangen, um in ihr schwarzes Buch zu schreiben: »Er vergaß die Zwölf Apostel, die Clancy-Brüder und die Royal Inniskilling Fusiliers zu erwähnen.«

Ihr Leben lang hatte sie seinen Versuchen widerstanden, etwas aus ihr zu machen. Genausowenig hatte sie die Entschlußkraft aufgebracht, noch einmal zu springen, ihn und das Haus zu verlassen, fortzugehen und selbst etwas aus sich zu machen.

Er las: »Er ist wie die aufgeblasenen, spleenigen Frauen in der Geschichte von Somerville und Ross, er geht nie aus dem Haus, außer um nach Paris zu fahren. Das Leben vor seiner eigenen Nase sieht er nicht. Er sagt, es gibt keine Bordelle in Dublin. Aber wenn Dublin die tollsten Bordelle in der langen Geschichte der Sünde hätte ...«

Das war gar nicht mal so schlecht ausgedrückt. Sie hatte ein gewisses Formulierungstalent. Aber schließlich besaß sie etwas Macmahon-Blut und die Bildungsmöglichkeiten, die ihr dieses Haus über die Jahre geboten hatte.

»... der langen Geschichte der Sünde hätte, hätte er Angst, eins zu betreten. Er sagt, es gibt keine schicken Frauen in Dublin. Was würde er mit einer schicken Frau anfangen, wenn ich ihm eine in Zellophan verpackt zum Valentinstag schenken würde? Er sagt, er weiß nicht, ob die Leute, die er sieht, so häßlich sind, weil sie nicht lieben, oder ob sie nicht lieben, weil sie so häßlich sind. Er ist ja schließlich die weltgrößte Autorität in Liebe und gutem Aussehen, nicht wahr?

Auf einer anderen Seite: »Lieber Gott, wenn man bedenkt, daß dieser plattfüßige Junggeselle, der das eine Ende einer Frau nicht vom anderen unterscheiden kann, wagt, einen Artikel zu schreiben, in dem er den Farmern in den Bergen auf ihren zwanzig erbärmlichen Hektar Felsen, Binsen, Sumpfteichen und Misthaufen vorwirft, daß sie nicht früh heiraten und große Familien haben. Er sieht sich selbst genausowenig wie die Leute um sich herum. Er und ein verrückter Priester in Amerika lamentieren über spätes Heiraten und die aussterbenden Iren. Ein schönes Paar. Der eine hat ewige Keuschheit geschworen, der andere ist ein weiberscheuer Junggeselle.«

Und auf einer weiteren Seite: »Damals, als er was von mir wollte und ich ihm die Ohrfeige gab, war es meines Wissens das einzige Mal, daß er je versucht hat, sich als Mann zu beweisen. Und er hat es nie ein zweites Mal versucht. Ich konnte ihm nicht gut sagen, daß die Ohrfeige nicht für das war, was er tun wollte, sondern für die dämliche Art, wie er es anfing. Ein geborener Stümper.«

Die Schnörkel, Kringel und Spiralen wanden sich wie eine Schlangengrube schwarz, blau, grün, rot, violett vor seinen wütenden Augen. Das reichte. Er würde das schwarze Buch zur Polizeikaserne bringen, ihr vor die Füße werfen und ihr sagen, sie solle nie mehr seine Schwelle betreten. Das Blut dröhnte ihm in den Ohren. Er ging ins Eßzimmer, goß sich einen doppelten Whiskey ein, trank ihn langsam, atmete schwer und dachte nach. Nein, es gab einen besseren Weg. Geh rüber, bring es zurück, überschütte sie mit Freundlichkeit, nimm es schweigend hin, daß sie in ihr Buch schreibt, dann kopiere, was sie schreibt, verarbeite es, damit sie eines Tages gedruckt sehen kann, was für ein Biest und eine Intrigantin sie ist.

Entschlossen und schnell, mit majestätischer Entschlußkraft, ging er vom Eßzimmer in ihr Schlafzimmer, warf das Buch auf ihr Bett, wo sie es bei ihrer Rückkehr sehen und wissen würde, daß er es gelesen hatte und ihre Ranküne entdeckt war. Er hatte genug davon gelesen, zuviel: Denn die diabolische Wirkung dieser Lektüre war, daß er seine Neigung, in Zitaten zu denken, ergründete. Nie mehr würde er das dank ihrer Bosheit noch leicht, automatisch und sozusagen ohne Nachdenken tun können.

Während er aus der Küche kam, ertappte er sich dabei, auf seine Füße zu schauen, in den schönen handgemachten Schuhen, seine Füße, die sich erhoben, sich vorwärts bewegten, wieder den Boden berührten, schöne Plattfüße. Es war wenig angenehm. »Sieh dich, wie dich die anderen sehen.« Das war schon wieder ein Zitat, barmherziger Gott. Diese hämische Frau würde ihn noch in den Wahnsinn treiben. Er brauchte eine Abwechslung: Dublin, Paris, Boppard am Rhein – eine kleine Stadt, die er in der Nachsaison liebte, wenn sie nicht von Schiffsladungen von Amerikanerinnen auf ihrer Europareise überrannt wurde. Zuerst mußte er aber die spanische Jungfer von Glenade wieder an ihren angestammten Platz zwischen den Rosen und den Töpfen und Pfannen bringen.

Der Wachtmeister war am Telefon. Er sagte: »Sie ruht sich noch aus, Mr. Macmahon, Sir.«

»Ich muß unbedingt mit ihr sprechen. Sie kann nicht einfach den Kopf unter die Decke stecken.«

Ein dummer Ausspruch, das wußte er sofort. Auf der Wand vor ihm bildeten sich dicke schwarze Buchstaben, die seine Dummheit kommentierten.

Eine lange Stille folgte. Dann sprach sie, flüsterte fast: »Ja, Robert.«

»Solltest du nicht besser hierher an deinen Platz zurückkommen?«

»Ja, Robert. Aber was ist mein Platz?«

»Du weißt, was ich meine. Wir müssen das zusammen durchstehen. Schließlich bist du zur Hälfte eine Macmahon.«

»Besser eine halbe Macmahon als gar nichts«, sagte sie.

Er war so schockiert, daß er in Wut geriet: »Darüber macht man keine Witze.«

»Nein, Robert.«

»Wer war dieser Mann?«

»Ein Freund von mir.«

»Tatsächlich? Hast du alle deine Freunde in mein Haus eingeladen?«

»Er war der einzige.«

»Warum hast du ihn nicht geheiratet?«

»Er hatte eine Frau und fünf Kinder in Sudbury in England. Sie lebten getrennt.«

»Das ist vermutlich ein Hindernis. Aber wer oder was war er?«

»Das sieht dir ähnlich, Robert, nicht mal zu wissen, wer er war. Er lebte in dieser Stadt. Es ist eine kleine Stadt.«

»Hätte ich ihn kennen müssen?«

»Sollte ein Romancier nicht jeden und alles kennen?«

»Ich bin kein Fachmann für Rosen.«

»Du hast mein Buch gelesen.«

Sie war zu schlau für ihn. Er probierte eine andere Taktik: »Warum hast du mir nicht gesagt, daß du eine Affäre hast? Schließlich bin ich ein aufgeschlossener Mensch.«

»Natürlich bist du aufgeschlossen. Das weiß die ganze Welt. Aber es schien nicht nötig zu sein, es dir zu erzählen.«

»Es muß sehr vieles geben, was du mir zu erzählen nicht für nötig gehalten hast.«

»Es war nie leicht, mit dir zu sprechen.«

»All deine geheimen Gedanken. Wer kann schon eine gerissene Frau verstehen? Es geht keine List über Frauenlist.«

»Da fängst du schon wieder an. Zitate. Das zweifüßige Grammophon. Was hättest du davon, wenn du es verstündest?«

»Zweifüßig«, sagte er. »Plattfüßig.«

Er war sehr wütend: »Du hättest es für mich aufschreiben können, wenn du es nicht erzählen konntest. All die Gedanken hinter deinem nachdenklichen Gesicht. Alles, was du gedacht hast, wenn du nichts oder etwas anderes gesagt hast.«

»Du hast wirklich mein Buch gelesen. Geschnüffelt.«

Das Schweigen mochte drei Minuten dauern. Er suchte nach etwas, das sie verletzen würde.

»Ist es nicht seltsam, daß eine komische Figur zu einer Familie gehören kann, die von plötzlichen Todesfällen heimgesucht wird?«

»Was kannst du bloß meinen?«

Ihre Stimme war höher. Ärger? Empörung?

»Diese Nase«, sagte er. »Cyrano. Toto der Clown. Und ich habe von den zweihundert geflüchteten Hennen gehört.«

Schweigen.

»Und von dem Bruder, der verbrannte.«

»Sie waren freundliche Menschen«, sagte sie. »Und man konnte sich gut mit ihnen unterhalten. Sie hatten einen grünen Daumen.«

Er hätte gern ein Schluchzen von ihr gehört.

»Ich fahre in einer Stunde runter, um dich abzuholen.«

»Er hat mich geliebt«, sagte sie. »Ich glaube, ich habe ihn auch geliebt. Er war etwas Besonderes, an einem Ort wie diesem.«

Schweigen.

»Du bist ein grausamer kleiner Junge«, sagte sie. »Aber um dich zu amüsieren, werde ich dir noch eine komische Geschichte erzählen. Einmal hat er für einen Hundezüchter in Kent in England gearbeitet. Die Besitzer machten Reklame in der örtlichen Zeitung. Ein Satz ging so: ›Läufige Hündinnen werden von Mr. Dominic Byrne persönlich vom Bahnhof abgeholt.‹«

»Dominic Byrne, das war sein Name«, sagte sie. »Er hat diesen Ausschnitt immer aufgehoben. Er hat gern über sich gelacht. Er ist für die Liebe gestorben. Das ist mehr, als die meisten Männer je tun werden. Das ist alles. Mach aus der Geschichte, was du willst, du plattfüßiger Langweiler.«

Sie legte den Hörer so leise auf, daß er ein paar Momente lauschte und auf mehr wartete, während er nachdachte, was er Treffendes sagen könnte.

An schönen Tagen schien das vom See reflektierte Licht jede Nische und Ecke der kleinen Stadt zu erhellen. Am Ende einer alten, verwinkelten, engen Gasse mit Kopfsteinpflaster würde man einen Anblick des Sees haben, hell wie ein polierter Spiegel. Es war eine hübsche Stadt aus grauem Stein, im 18. Jahrhundert von einem Franzosen im Auftrag eines Herzogs elegant geplant. Der kristallklare Fluß, der den See speiste, floß durch die Stadt und gab einer baumgesäumten Promenade Raum. Aber Eleganz und tanzendes Licht konnten nur wenig tun, um seinen Ärger zu dämpfen. Dieses Mal, bei Gott, würde er sie zur Rede stellen, sie an ihren Platz verweisen, sich für eine langvergangene Beschämung rächen. Leiche im Bett, wunderbar. Zweihundert Hennen, wunderbar. Sümpfe und Abwässerkanäle, wunderbar. Läufige Hündinnen, wunderbar. Sie hatte keinen eigenen Pfennig. Auf seine Kosten mit einem langnasigen Kerl poussieren.

Die Kirche im byzantinischen Stil, mit der der Gemeindepriester gerade versucht hatte, die Stadt aufs äußerste zu verschandeln, traf seine Augen mit konzentrierter Beleidigung. Verdammte unwissende Bauern. Diese gewieften Architekten konnten ihnen alles andrehen: gotisch, byzantinisch, romanisch, Iglu, Kral, Kubismus. Die Gläubigen zahlten, und der Priester suchte aus.

Wer hätte je gedacht, daß ein Rasenmäher zu einem Wikinger-Scheiterhaufen werden konnte?

Die Kaserne, ein quadratisches, graues Gebäude, von vergitterten Fenstern und Ankündigungstafeln verunstaltet, lag neben der Kirche. Der Wachtmeister stand ohne Mütze, mit offenem Uniformkragen und den Händen in den Hosentaschen im Eingang. Er schwitzte noch immer. Der Mann würde schmelzen. An seiner Nase hing ein Tropfen: Rotz oder Schweiß oder eine subtile Mischung aus beidem. Robert St. Blaise Macmahon würde nie wieder Witze über Polizisten machen. Er sagte: »Ich komme wegen Miss Hynes.«

»Zu spät, Mr. Macmahon, Sir. Der Vogel ist ausgeflogen.«

»Sie ist was?«

»Weg, Sir. Ausgerissen. Geflüchtet. Mit dem Zug nach Dublin. Vor zehn Minuten. Wir haben den Pfiff gehört.«

»Pfiff?«

»Vom Zug, Sir.«

»Aber das Begräbnis? Die Untersuchung?«

»Oh, die Frau und die Kinder werden ihn begraben. Wir haben sie angerufen.«

»Aber die Untersuchung?«

»Die schriftliche Aussage von ihr wird genügen. Wir werden sagen, er sei zusammengebrochen, als er ihr Haus besuchte, um die Rosen zu besichtigen.«

»Das ist fast die Wahrheit.«

»Die ganze Wahrheit und nichts als die Wahrheit ist oft bitter, Sir.«

»Wie ich schon sagte, Wachtmeister, Sie sind ein Philosoph.«

Zu spät erinnerte er sich, daß er das nicht gesagt, nur gedacht hatte.

»Vielen Dank, Sir. Möchten Sie eine Tasse Tee? Nichts Besseres zur Erfrischung an einem heißen Tag. Ich persönlich mag zwar keinen Tee, aber bei diesem Wetter, wissen Sie. Der heißeste Tag, sagt das Radio.«

Nun, warum nicht? Er brauchte eine Abkühlung. Der Vogel war ausgeflogen, segelte ihm über den Abgrund davon und lachte ein triumphierendes, schauerliches Gelächter.

Im kahlen Aufenthaltsraum saßen sie auf harten Stühlen und tranken Tee.

»Nichts Anständiges oder Trinkbares hier, Sir, außer einer halben Flasche Sandeman's Portwein.«

»Nein danke, Wachtmeister. Keinen Port. Der Tee reicht.«

»Das sind schicke Schuhe, Sir, wenn Sie die Bemerkung gestatten. Handgemacht?«

»Ja, handgemacht.«

»Bestimmt teuer. Aber dafür halten sie ewig.«

»Stimmt genau, Wachtmeister.«

»Inzwischen ist er im Sarg. Die Hitze, wissen sie.«

»Erinnern Sie mich nicht dran.«

»Tut mir leid, Sir. Aber so ist das Leben. In einem Moment bei der Liebe. Im nächsten Moment im Sarg.«

»So ist der Tod, Wachtmeister. Rasch tritt der Tod den Menschen an ...«

»Ganz richtig, Sir. Er war ein drolliger Kerl, der arme Byrne, und er ist drollig gestorben.«

»Zwischen den Rosen, Wachtmeister.«

»Könnte jedem passieren, Gott sei uns gnädig. Wir kennen weder den Tag noch die Stunde. Die seltsamste Geschichte ist mal dem Bruder vom Sergeant passiert, der Journalist in Dublin ist. Eines Tages sollte er nach Limerick fahren, um über eine Blumenschau zu berichten. Aber er verpaßt den Zug. Also schickt er ein Telegramm, um einen Reporter von einer anderen Zeitung zu bitten, ihm einen Durchschlag aufzuheben. Dann zieht er sich zurück und will den Tag in der oberen Bar vom Ulster House verbringen. Und dann kommt die Fromme Stunde, wie die Spaßvögel sagen, wo die Dubliner Kneipen am frühen Nachmittag eine Weile schließen müssen. Damit die Saufgelage vom Vormittag auseinandergehen, verstehen Sie? In der Bar ist niemand außer dem Bruder vom

Sergeant und ein Fremder. Also schließt der Manager sie ein, damit sie in Frieden trinken können, und geht zum Lunch. Und als die Fromme Stunde genau zur Hälfte um ist, fällt der Fremde tot um. Angina. Und der Mann, der bei einer Blumenschau in Limerick sein sollte, ist während einer Sperrstunde in einer Kneipe, dem Ulster House, mit einem Toten, den er noch nie gesehen hat.«

»Eine interessante rechtliche Situation, Wachtmeister.«

»Oh, man hat natürlich ein bißchen dran gedreht. Die ganze Wahrheit darüber konnte man nicht bekanntmachen. Wäre ein Fleck auf der Lizenz. Der Manager könnte seinen Job verlieren.«

»Die Leute könnten sogar die Qualität der Getränke kritisieren.«

»Könnten sie, Sir. Manchen Leuten kann man nichts recht machen. Nicht, daß man im Ulster House je was Schlechtes ausgeschenkt hätte. Noch eine Tasse, Mr. Macmahon, Sir?«

»Danke, Wachtmeister.«

»Sie kommt wieder zurück, Mr. Macmahon. Man sagt, Blut sei dicker als Wasser.«

»Das sagt man wohl. Aber irgendwie glaube ich trotzdem nicht, daß sie zurückkommen wird.«

Sie entfernte sich springend, fliegend, mit flotten Kapriolen. Er würde ihr natürlich Geld schicken müssen. Es stand ihr gesetzlich etwas zu, und er konnte es sich leisten, großzügiger zu sein, als das Gesetz es verlangte.

»Also starb der langnasige Liebhaber, während er die Rosen betrachtete, Wachtmeister.«

»So kann man es ausdrücken, Sir.«

»Vielleicht der einzige Mann, der je dieses Vorrecht hatte. Nimm Abschied nun von allem Schönen ...«

Aber der Polizist kannte das Gedicht von de la Mare nicht.

»Das werden wir sagen, Sir. Es ist das beste für alle. Seine Frau und die anderen. Und kein Skandal.«

»Pflücke die Rose, eh' sie verblüht.«

»Ja, Sir. Schade, daß wir nichts außer der halben Flasche Sandeman's Port haben. Sie war eine Dame, die viel von Rosen verstand, Sir. So hätten sie sich zuerst getroffen, hat sie mir erzählt. Wegen der Rosen.«

IV
DIE ERMITTLER

Polizisten
und
Privatdetektive

LIAM O'FLAHERTY

Gesetz ist Gesetz

Liam O'Flahertys klassische Geschichte über Verrat und Heroismus, *Die Nacht nach dem Verrat* (1925), nach der John Ford 1935 den Film »Der Verräter« drehte, ist als »modernes Schlüsselwerk in der Geschichte der Kriminalliteratur« bezeichnet worden. Oft nimmt man irrtümlich an, dies sei der einzige Ausflug des Autors ins Krimigenre gewesen, obwohl Elemente dieser Art auch in anderen seiner Werke zu finden sind, so in »The Pedlar's Revenge«, über den tödlichen Konflikt zwischen einem winzigen Trödler und Paddy Moynihan, »dem größten, stärksten Mann seit Menschengedenken«, und in »Gesetz ist Gesetz«. Liam O'Flaherty (1896–1984) wurde auf Inishmore, der größten der Aran-Inseln geboren, studierte zunächst Theologie, entschied dann aber, daß er nicht zum Priesteramt berufen sei, und diente eine Weile bei der irischen Polizei. Zeitweise nahm er am irischen Bürgerkrieg teil, fürchtete dann aber eine Verhaftung und floh nach London, wo er zu schreiben begann. Obwohl er später viel Zeit auf Reisen in Amerika, Europa und Rußland verbrachte, blieb stets Irland das Thema seiner Erzählungen.
»Gesetz ist Gesetz« ist eine stimmungsvolle Erzählung über die Durchsetzung des Rechts unter ganz besonderen Umständen und spielt auf einer Insel wie der, wo Liam O'Flaherty aufwuchs. Und in Kommissar Corrigan, dem Helden und Erzähler der Geschichte, haben wir einen archetypischen irischen Ermittler – man kann sich nur bedauernd wünschen, der Autor hätte mehr über ihn geschrieben.

Ich war Polizeikommissar im Bezirk Kilmorris. Das ist eine der abgelegensten Gegenden Irlands, an der Westküste. Seine Bewohner sind fast alle rein gälischer Abstammung und haben während der Jahrhunderte der englischen Herrschaft die meisten ihrer alten Bräuche beibehalten. Ein guter Menschenschlag: fleißig, sparsam, tief gläubig und extrem stolz. Zur Illustration der letzteren Eigenschaft scheint mir der Fall von Sean McKelvey erwähnenswert.

Er lebte auf der kleinen Insel Inishcam, die vom Festland durch einen schmalen Kanal von ungefähr einer Viertelmeile getrennt ist. Dennoch macht dieser kleine Kanal die Insel zu einem hervorragenden Hauptquartier für ihren Haupterwerb, der darin besteht – oder jedenfalls bestand –, illegal Whiskey zu destillieren. Wir nennen ihn hier Poitheen. Abgesehen von einer schmalen Bucht ist die Insel von steilen Klippen umgeben, so daß es für Späher ein leichtes war, Alarm zu geben, wenn jemand von meinen Leuten auf der Suche nach der Brennerei vom Festland kam. Und während meines ersten Jahrs im Bezirk destillierten die Inselbewohner fröhlich weiter, wie sie es seit Jahrhunderten getan hatten. Und wenn der Schnaps fertig zum Verkauf war, konnten sie nachts in ihren Booten zum Festland fahren und ihre Ware in Sicherheit losschicken. Ich war mit meiner Weisheit am Ende, wie ich mit diesem Ärgernis fertig werden sollte.

Wir haben eine demokratische Polizei, und ich verstehe die Aufgabe eines guten Polizisten so, in seinem Bezirk mit einem Minimum an Zwang Ordnung zu halten. Es war unmöglich, gegen die fünfundzwanzig oder dreißig Familien auf der Insel strenge Maßnahmen zu treffen. Es hätte Krach auf dem Festland gegeben, gefolgt von den üblichen Protestbriefen nach Dublin von Leuten, die nur darauf aus sind, der Polizei tyrannisches Verhalten vorzuwerfen. Ich sah ein, daß es das einzig Richtige sei, Sean McKelvey persönlich zu Leibe zu rücken.

Er war der wichtigste Mann auf Inishcam und wurde gewöhnlich der König genannt. Irgendwann in den achtziger Jahren des letzten Jahrhunderts kam ein Trupp britischer Soldaten und Polizisten in der Hoffnung, von den Bewohnern Pacht einzutreiben, die sie seit Jahren nicht bezahlt hatten. Beim Anmarsch der Obrigkeit flohen die Bewohner in die Klippen und ließen nur die Alten und Kinder zurück. Der kommandierende Offizier suchte sich einen würdigen alten Mann aus, der ihm am wahrscheinlichsten Ratschläge und Hilfe geben konnte, wie er mit den anderen verfahren sollte.

»Haben Sie auf dieser Insel zu bestimmen?« fragte er.

Der alte Mann, der kein Englisch verstand, verbeugte sich.

Um sein Scheitern zu verbergen und die Eingeborenen mit der Macht Englands zu beeindrucken, hielt der Offizier dem alten Mann dann eine lange Rede über die Nutzlosigkeit, sich dem britischen Gesetz zu widersetzen, und sagte ihm, er solle innerhalb eines Monats mit seinen Inselbewohnern und der Pacht beim Pachtbüro erscheinen, sonst würde ihr Besitz beschlagnahmt. Dann zog er ab. Ein Zeitungsreporter machte aus dem Vorfall eine Geschichte, die London erreichte, und bald kamen Forscher und andere Spinner auf die Insel, um Irlands letzten König zu besuchen. Auf diese Weise erhielt der alte McKelvey, Seans Großvater, den Titel, und seine Nachkommen erbten ihn, und die Inselbewohner erkannten die Situation höflich an, da es ihnen im Sommer Einnahmen von Besuchern brachte.

Wenn ein Mann jedoch König genannt wird, und sei es nur zum Scherz, entwickelt er irgendwann königliche Manieren. Als dritter in seiner Herrscherlinie war Sean McKelvey fest von seinem königlichen Blut überzeugt und benahm sich, als regiere er Inishcam von Gottes Gnaden. Oft hörte man ihn sagen, wenn er geschäftlich aufs Festland kam, die Polizei habe keine Autorität über ihn, und wenn sie irgendeinen Versuch machen sollte, ihn zu belästigen, würde er lieber sterben, als sich dieser Entehrung zu beugen. Und die Leute auf der Insel glaubten ihm. Also ist leicht zu verstehen, warum es eine so kitzlige Sache war, mit seiner Brennerei aufzuräumen.

†††

Ich kleidete mich in Zivil und ließ mich zur Insel rudern, wo ich allein und unbewaffnet an Land ging, um dem König in seinem Reich entgegenzutreten.

Es war ein schöner Sommermorgen, und als ich an dem kleinen sandigen Strand an Land ging, sah ich eine Gruppe von Inselbewohnern auf einem breiten, flachen Felsen nahe dem Dorf herumsitzen, das oberhalb des Strands liegt. Ich kletterte den steilen, steinigen Pfad hinauf, der dem Zugang zu einer Festung glich. Als ich zu dem Felsen kam, starrten mich alle an, aber keiner sprach. Sie wußten, wer ich war, und waren wenig erfreut, mich zu sehen.

Ich gebe zu, daß mir ein wenig unwohl wurde, denn die Männer dieser Insel sind von gewaltiger Statur, groß, schlank und hart wie Peitschenschnur. Die Umgebung war noch bedrohlicher als die Männer selbst. Hinter dem Dorf lag ein wenig Ackerland, bepflanzt mit Roggen und Kartoffeln. Dahinter erhoben sich die mit Heidekraut bewachsenen und von tiefen, düsteren Tälern durchschnittenen Berge. In dieser undurchdringlichen Wildnis hätten meine Männer keine Chance gehabt, eine Brennerei zu finden.

»Guten Morgen, Leute«, sagte ich fröhlich. »Ich komme, um mit dem König zu reden.«

Ein Mann nickte über die Schulter zu einem Haus in der Mitte des Dorfs. Es war eine einstöckige Kate mit Schieferdach wie alle anderen, aber länger und mit rosa gestrichenen Wänden, während die anderen weiß waren. Im Hof davor wuchsen ein paar Blumen, daneben lag ein Haufen Hummerfallen, und Netze waren zum Trocknen aufgehängt.

Ich schritt auf das Haus zu. Als ich den Hof betrat, erschien ein Mann mit über der Brust verschränkten Armen in der Tür. Es war Sean McKelvey. Der König der Insel.

»Sie wollen mich sprechen?« fragte er arrogant.

Er war gut einsachtzig groß und gerade wie ein Pfahl. Er trug nur Hemd und Hose, die mit einem roten Tuch um die Hüften gebunden war. Sein Hemd war am Hals offen, und die Ärmel waren bis über den Bizeps aufgerollt, der wegen der verschränkten Arme angespannt war. Er war so muskulös wie ein durchtrainierter Preisboxer, und während ich auf seine Muskeln blickte, zweifelte ich, ob mein Plan vernünftig sei. Auf seinem machtvollen Kiefer und der Oberlippe standen Bartstoppeln, die den drohenden Ausdruck seines arroganten Gesichts noch verstärkten. Tatsächlich war er jeder Zoll ein König, und ich wünschte, er hätte sich einen anderen Bezirk für seine verdammte Brennerei ausgesucht, denn ich bewunderte Männer wie ihn. Aber Gesetz ist Gesetz, und es muß aufrechterhalten werden.

»Jawohl«, sagte ich. »Ich komme, um mit Ihnen zu sprechen, McKelvey.«

»Als Freund oder Feind?« fragte er.

Mit einer vorgetäuschten Ruhe, die ich nicht empfand, nahm ich eine Zigarette aus meinem Etui und klopfte sie mit dem Ende auf den Deckel. Die anderen Männer umringten uns nach und nach.

»Ganz wie Sie wollen«, sagte ich.

»So! Das heißt, Sie kommen als Feind«, sagte McKelvey.

»Ich nehme an, Sie wissen, wer ich bin«, sagte ich.

»Bei Gott, das tu ich«, sagte er. »Ich weiß wohl, wer Sie sind, aber ich kümmere mich einen Dreck um Sie oder Ihre Männer. Sie haben nichts gegen mich vorliegen. Also will ich nicht, daß Sie auf dieser Insel rumschnüffeln.«

»O doch, ich habe was gegen Sie vorliegen, McKelvey.«

»Was?«

»Sie brennen hier Poitheen.«

»Ich sage nicht, daß wir's tun, aber selbst wenn, geht Sie das gar nichts an.«

»Ich fürchte, doch. Ich bin als Polizist für diesen Bezirk zuständig, und ich werde nicht zulassen, daß Sie oder irgend jemand anders die Leute mit Ihrem verdorbenen Schnaps vergiften. Deshalb bin ich hergekommen.«

»So! Dann haben Sie die Reise umsonst gemacht. Ich nehme keine Befehle von Ihnen an, Mr. Corrigan.«

»Ich gebe Ihnen keine Befehle, aber wenn Sie Mut hätten wie ein Mann, würde ich einen Handel mit Ihnen machen.«

Sein Gesicht verfinsterte sich, und er lehnte sich leicht zurück, als wollte er mich anspringen. Er nahm die Arme auseinander, und seine Hände krochen langsam an den Seiten hinunter, wobei die Finger sich zu Fäusten ballten.

»Was haben Sie da gesagt?« flüsterte er.

Er trat langsam zwei Schritte vor, wie ein Tier, das zum Sprung ansetzt. Sogar in diesem Augenblick mußte ich die herrliche Gestalt dieses Mannes bewundern. Die Männer hinter mir begannen zu brummen, und ich wußte, daß mein Köder geschluckt worden war.

»Wenn Sie Mut hätten wie ein Mann«, wiederholte ich in leisem, beleidigendem Ton, »würde ich einen Handel mit Ihnen machen.«

»Und warum meinen Sie, ich hätte keinen Mut wie ein Mann?« knurrte McKelvey .

In diesem Moment erschien eine junge Frau mit einem Baby auf dem Arm in der Tür. Sie war eine hübsche rothaarige Frau mit einem erstaunten Ausdruck in den Augen.

»Sean«, rief sie, »was ist denn los?«

Er wirbelte herum und brüllte: »Ins Haus mit dir, Mary.«

Sie gehorchte sofort, und er wandte sich wieder mir zu.

»Sagen Sie, was Sie meinen«, schrie er.

»Es ist so, McKelvey«, sagte ich beiläufig. »Sie und Ihre Leute sind ein verdammtes Ärgernis in meinem Bezirk. Sie nennen sich König der Insel, und ich bin der örtliche Polizist, der darauf achten muß, daß das Gesetz befolgt wird. Es ist nicht Platz genug für uns beide. Also, das ist mein Vorschlag: Ich bin bereit, mit Ihnen zu kämpfen, und der Sieger hat das Sagen. Wenn Sie gewinnen, können Sie mit Ihrer Brennerei weitermachen, und ich gebe Ihnen mein Ehrenwort, daß ich Sie in Zukunft nicht mehr belästige. Wenn ich gewinne, kommen Sie mit zur Polizeiwache und unterschreiben eine Garantie, daß Sie Ihre Brennerei abbrechen und in Zukunft das Gesetz beachten. Ist das ein faires Geschäft? Ich schlage es von Mann zu Mann vor. Wenn Sie Mut haben wie ein Mann, nehmen Sie an.«

Ein paar Augenblicke herrschte Totenstille. Im Haus begann das Kind zu schreien. Und dann seufzte McKelvey tief, streckte die Brust heraus und nickte. Ich bemerkte, daß das Weiße seiner Augen rot geworden war und die Adern an seinem Hals herausstanden, als wollten sie vor unterdrückter Wut platzen.

»So wahr mir Gott helfe«, stieß er hervor, »dafür bring ich Sie um, und wenn ich dafür baumeln muß.«

»Einen Moment noch«, sagte ich. »Ich bin allein hergekommen. Werden Sie auch ehrlich kämpfen und sich danach an den Handel halten?«

Ich wollte ihn so wütend wie möglich machen, um eine bessere Chance zu haben, ihn zu schlagen.

»Was glauben Sie, mit wem Sie reden?« röhrte er. »Einer Ratte wie Ihnen oder mit Sean McKelvey, dem König von Inishcam?«

»Dann also abgemacht«, sagte ich.

»Los jetzt«, röhrte er.

»Ich muß mich erst ausziehen«, sagte ich und knöpfte mein Jackett auf.

Während ich in Ruhe Jackett und Weste auszog, stand er zitternd vor Wut vor mir und schien sich dann plötzlich zu besinnen und seinen Zorn zu hemmen. Er biß sich auf die Lippen, und ein sonderbarer, erstaunter Blick kam in seine Augen. Um alles in der Welt sah er in diesem Augenblick wie ein wildes Tier im afrikanischen Busch aus, das zum ersten Mal auf einen Jäger trifft, eingeschüchtert und blindwütig zugleich.

Er bückte sich und zog seine Schuhe aus. Dann zog er die Socken über die Enden der Hosenbeine und rieb sich die Handflächen mit etwas Sand ein. Inzwischen war ich kampfbereit.

»Ich bin bereit, wenn Sie's auch sind«, sagte ich.

»Dann holen Sie sich Ihre Medizin.«

Damit zielte er eine Rechte auf mein Kinn, und ich duckte mich gerade rechtzeitig, um sie noch die rechte Seite meines Kopfes streifen zu lassen. Auch so erschütterte sie mich von Kopf bis Fuß und gab mir einen Eindruck von der Gewichtsklasse des Mannes, mit dem ich es zu tun hatte. Mir wurde klar, daß meine einzige Chance darin lag, dem Dampfhammer seiner Rechten auszuweichen, bis seine Raserei ihn erschöpfte. Während ich mich duckte und auf dem Hof herumhüpfte, reizte ich ihn weiter, um seinen Zorn auf dem Siedepunkt zu halten.

»Sie denken wohl, Sie können kämpfen, McKelvey?« höhnte ich. »Sie treffen nicht mal 'nen Heuhaufen. Ich schäm mich direkt, gegen Sie anzutreten. So einfach, als ob man einem Kind die Milch wegnimmt. Geben Sie besser auf, bevor ich Ihnen weh tue. Was soll's denn? Da, sehen Sie. Sie dachten, es wär mein Kopf, und es war bloß die Luft. Mensch, wer hat Ihnen erzählt, Sie könnten kämpfen?«

Und tatsächlich, obwohl er die Kraft und Beweglichkeit eines Tigers hatte, war er im Nachteil, weil er nichts vom Boxen verstand. Alles, was er tun konnte, war, diese furchtbare Rechte zu schwingen und auf sein Glück zu vertrauen. Langsam begann er müde zu werden, und ich war hochbeglückt, das verräterische Keuchen zu hören.

»Jetzt drauf«, dachte ich.

Ich ging auf ihn los und traf ihn zweimal aufs Kinn, alle Kraft meines Körpers hinter den Schlägen, aber das einzige Ergebnis waren zwei gebrochene Knöchel der linken Hand. McKelvey taumelte nach hinten, schwang dann zum ersten Mal die linke Hand und traf mich voll auf die Brust. Ich flog ein paar Meter zurück, bevor ich wie ein Sack zusammenfiel, bei Bewußtsein, aber zugleich davon überzeugt, daß mir der Atem ausgetrieben und meine Rippen zersplittert seien. Die Inselbewohner erhoben ein großes Geschrei.

Ich drehte mich um, wartete auf allen vieren, bis ich mich etwas erholt hatte, und rappelte mich dann auf. Hätte McKelvey sofort nachgesetzt, wäre es sein Sieg gewesen, aber der Narr tanzte über den Hof wie ein Indianer und prahlte mit seiner Stärke.

»Es gibt in Irland keinen Mann, mit dem ich nicht dasselbe tun würde«, schrie er. »Oder zehn Männer. Ich nehm jeden Polypen und brech ihm alle Knochen im Leib. Ich bin Sean McKelvey, der König von Inishcam, und sie sollen es wagen, mich anzufassen.«

Und dann stieß er ein wildes Geheul aus, das von den Bergen widerhallte.

Seine Männer antworteten mit Geschrei, und das gab mir irgendwie Auftrieb.

»Moment mal«, sagte ich. »Sie sind noch nicht mit mir fertig, Sie Windbeutel. Kommen Sie her und holen Sie sich Ihre Prügel.«

Geduckt kam er auf mich zu, die Unterlippe nach unten gezogen.

»Du willst noch mehr, du Ratte?« murmelte er. »Na schön. Nimm das.«

Ganz in Ruhe und zweifellos unter dem Eindruck, ich sei leichte Beute, weil ich etwas krumm stand und schwankte, schwang er mir wieder seine Rechte entgegen. Sie kam so langsam, daß ich konterte. Ich sprang vor und traf ihn voll in die Magengrube. Er grunzte und krümmte sich. Dann schlug ich mit aller Kraft zu, da ich seinen schwachen Punkt gefunden hatte.

»Bringen Sie ihn nicht um!« schrie seine Frau und lief in den Hof hinaus.

Das Kind schrie im Haus, und mehrere Frauen, die sich versammelt hatten, um den Kampf zu sehen, begannen ebenfalls zu schreien. Die Männer, die mürrisch zusammenstanden, waren jedoch stumm und erstaunt. Auf jedem Gesicht sah ich fassungsloses Erstaunen, als ich nervös umherschaute, unsicher, ob sie nicht über mich herfallen würden, weil ich ihren König entehrt hatte. Aber kein Stück. Sie standen und gafften und konnten offensichtlich nicht begreifen, wie es kam, daß ihr unbesiegbarer Häuptling wie ein Sack auf der Erde lag.

Als ich mich angezogen hatte, war McKelvey wieder zu Bewußtsein gekommen. Er rappelte sich auf und sah mich mit einem Ausdruck an, den ich nie vergessen werde. Es war ein Ausdruck von bitterem Haß, und zugleich war in seinen Augen das Bild einer Schande, die sich bereits in seine Seele gefressen hatte. In diesem Augenblick wünschte ich mir von Herzen, der Kampf wäre anders ausgegangen. Ich sah, daß ich den Mann tödlich verwundet hatte.

»Sie haben mich überrumpelt«, sagte er ruhig. »Es würde in tausend Jahren nicht wieder passieren, wenn wir in diesen tausend Jahren jeden Tag antreten würden. Ich habe die Beherrschung verloren. Sie sind schlau. Was wollen Sie jetzt von mir? Sie haben gewonnen. Ich kann nicht weitermachen.« Und seine seltsamen, wilden blauen Augen lagen auf mir, bohrten sich durch mich. Nie in meinem Leben habe ich so viel Scham und Bedauern gefühlt wie in diesem Moment.

»Sie müssen mir Ihre Brennerei übergeben, McKelvey«, sagte ich, »und mit mir kommen, wie Sie versprochen haben.«

Er senkte die Augen zu Boden und antwortete: »Das werde ich tun. Kommen Sie mit ins Haus.«

Dann geschah etwas wirklich Seltsames. Als ich ihm ins Haus gefolgt war, ging er zum Kamin, wo ein kleines Feuer brannte. Er nahm einen Reisigbesen aus einer Kaminecke und begann, Asche auf die Glut zu fegen.

»Was tust du da, Sean?« fragte seine Frau, die mit dem Kind in der Nähe stand.

Er antwortete nicht, sondern fuhr fort, Asche auf die Glut zu häufen, bis er das Feuer erstickt hatte und kein Rauch mehr aufstieg. Dann ließ er den Besen fallen und stand hoch aufgerichtet.

»Kommen Sie mit in den Garten«, sagte er.

Ich folgte ihm durch die Hintertür in den Garten hinter dem Haus. Hier gab er mir ein Stück Erde und einen Zweig, den er von einem Dornbusch abriß, die uralte Formel für den rechtlichen Verzicht auf sein Haus und sein Land.

»Aber das können Sie nicht machen«, sagte ich.

Er richtete sich auf und antwortete arrogant: »Sie haben gewonnen. Sie sind jetzt der Herr. War es nicht das, was Sie wollten?«

»Aber ich will nur Ihre Brennerei. Ich will Ihr Haus und Ihr Land nicht. Mensch, sind Sie verrückt?«

»Die Brennerei kriegen Sie auch«, sagte er. »Sie glauben doch nicht, daß ich mein Wort breche?«

Er bedeutete mir, ihm zu folgen, was ich auch tat.

Er trug noch immer seine Strümpfe und bewegte sich so flink wie eine Ziege über den rauhen Boden, wobei er rasch von Fels zu Fels sprang, so daß ich große Mühe hatte, mit ihm Schritt zu halten. Wir umkreisten einen Ausläufer des Berges, der sich direkt hinter dem Dorf erhob, und kletterten dann auf einem gefahrvollen Pfad, wo mir das Herz bis zum Hals schlug, von Gesims zu Gesims, bis wir schließlich in einer Schlucht ankamen. Etwa auf halbem Weg die Schlucht hinunter wandte er sich plötzlich nach links, und als ich ihn erreichte, schob er lose Felsen von etwas fort, das sich als Eingang einer Höhle erwies. Wir betraten sie und gingen in fast völliger Finsternis durch einen engen Gang zwischen glatten Wänden, an die ich mit den Schultern stieß, wenn ich auf den losen Granitsplittern auf dem Boden ausrutschte.

Ich war inzwischen äußerst nervös und fragte mich: Hat er mich hierhergebracht, um mich umzubringen?

Der Gedanke war völlig natürlich. Für einen Mann in seinem Zustand, dessen Stolz tief verletzt davon war, vor seinem Volk niedergeschlagen zu werden und dann die Zeremonie mit Zweig und Erde vorzunehmen, wäre es das natürlichste auf der Welt, seinen Gegner in einem Anfall von Raserei zu töten.

Schließlich konnte ich nicht mehr anders, als ihm mit einer Stimme, die meine Furcht verraten haben muß, zuzurufen: »Wo bringen Sie mich hin, McKelvey?«

»Wir sind gleich da«, sagte er ruhig.

Da verschwand meine Furcht, und ich schämte mich, ihn verdächtigt zu haben.

Kurz darauf wurde die Höhle heller, und dann traten wir aus dem engen Gang plötzlich in einen offenen Raum, der das Meer überblickte. Hier fand ich zu meiner Verwunderung die Brennerei auf vollen Touren laufen, von drei Männern bedient, die uns sprachlos vor Erstaunen anblickten. Die Anlage stand in einer natürlichen Kammer, die von einem überhängenden Vorsprung der Granitklippe gebildet wurde, und in einer Ecke waren volle Fässer gestapelt.

»Geben Sie Ihre Befehle«, sagte McKelvey.

Einer der Männer begann schnell auf irisch auf McKelvey einzureden. Er gebrauchte den Dialekt der Insel, den ich nicht verstehen konnte, obwohl ich die Sprache passabel beherrsche. McKelvey antwortete dem Mann mit einiger Heftigkeit, und dann schalteten sich die beiden anderen Männer in den Streit ein, bis alles mit einem Schrei von McKelvey endete. Dann wandte er sich wieder mir zu.

»Geben Sie Ihre Befehle«, sagte er.

»Gut!« sagte ich. »Wahrscheinlich ist es am einfachsten, alles die Klippen runterzustoßen. Die Felsen werden den Rest erledigen.«

»Ja«, sagte er.

Er wandte sich zu seinen Männern und gab ihnen Anweisungen auf irisch. Sie gehorchten ihm widerwillig. Ich stand dabei, bis alles an die Kante geschoben und die steilen Klippen hinuntergestoßen worden war, um hundertfünfzig Meter tiefer auf den Felsen zu zerschellen.

»Das wär's«, sagte ich. »Gehen wir.«

Wir gingen durch den Gang zurück und ließen die drei wild gestikulierenden und schimpfenden Männer in der offenen Höhle zurück. Kein Wort wurde gesprochen, bis wir wieder im Dorf waren. Dort bemerkte ich, daß alle Bewohner sich auf dem flachen Fels versammelt hatten und aufgeregt mit leisen Stimmen sprachen. Die Art, wie sie uns ansahen, als wir uns näherten, gab mir zu verstehen, daß McKelveys Herrschaft zu Ende war.

Ich wartete im Hof, während er ins Haus ging, um sich anzuziehen. Dann erschien er wieder, in seinen besten Sachen.

»Sind Sie fertig?« fragte ich.

»Wenn es Ihnen nichts ausmacht, komme ich nicht mit Ihnen, sondern folge Ihnen später«, sagte er.

»Aber warum kommen Sie nicht mit mir?« fragte ich. »Ich habe ein Boot hier, und Sie können dann damit zurückfahren.«

»Nun, ich habe geschworen, daß man mich nicht nicht lebend zur Polizei oder vor Gericht bringt.«

»Aber es geht doch nicht darum, zur Polizei oder vor Gericht zu kommen. Das ist eine persönliche Sache zwischen Ihnen und mir.«

»Trotzdem würden die Leute das nicht verstehen«, sagte er. »Wenn ich jetzt mit Ihnen ginge, würden sie sagen, ich bin Ihr Gefangener.«

Ich starrte ihn voller Erstaunen an. Wie konnte er noch immer auf Förmlichkeiten bestehen, nachdem er sich bedingungslos ergeben hatte? Nun, da er wieder angezogen war, und trotz seiner Bartstoppeln sah er mehr denn je wie ein König aus, und niemand hätte geglaubt, es sei derselbe Mann, der wie ein Indianer herumgetanzt war, nachdem er mich zu Boden geworfen hatte. Er sah so streng, würdevoll und wohlgestaltet aus. Doch seine Augen hatten ihre Arroganz verloren und den bitteren Ausdruck eines Unterlegenen angenommen. In ihnen lag kein Haß, sondern das quälende Bild eines unheilbaren Schmerzes.

»Ich verstehe«, sagte ich. »Dann habe ich Ihr Wort, daß Sie später nachkommen?«

»Ich gebe Ihnen mein Wort, und ich breche mein Wort nicht für alle Schätze auf der Welt.«

»Ich habe keinen Zweifel.«

Ich eilte fort, um außer Reichweite dieser Augen zu kommen. Als ich das Revier erreichte und Sergeant Kelly erzählte, was passiert war, konnte er mir kaum glauben.

»Warten Sie nur ab«, sagte ich. »McKelvey wird bald hier sein.«

»Der kommt nie«, sagte Kelly. »Der Mann würde eher seine eigenen Kinder fressen, als seinen Fuß in dieses Revier zu setzen.«

»Wir werden sehen«, sagte ich.

Und tatsächlich betrat McKelvey etwa eine Stunde später das Revier.

Inzwischen hatte ich ein Schriftstück aufgesetzt, das er ohne zu lesen unterschrieb. Es war alles höchst irregulär, aber es war die einzige Art, wie ich mit einer schwierigen Situation fertig werden konnte. Kühner Charakter hin oder her, schließlich bedrohte er trotz allem die öffentliche Ordnung, und ich mußte seiner Brennerei irgendwie einen Riegel vorschieben.

»Ist das jetzt alles, Mr. Corrigan?« fragte er, als er fertig war.

»Nein«, sagte ich. »Ich möchte einem der aufrechtesten Männer, die ich je getroffen habe, gern die Hand schütteln.«

Er blickte auf meine ausgestreckte Hand, schaute mir dann gerade in die Augen und schüttelte den Kopf.

»Na los, Mann«, sagte ich. »Seien wir Freunde. Einer von uns mußte gewinnen. Ich hab im Leben schon viel Prügel kassiert und werde sicher noch mehr kassieren. Nehmen Sie's nicht so persönlich. Ich hab nur versucht, so gut es ging, meine Pflicht zu tun. Schließlich haben Sie das Gesetz gebrochen, und ich mußte Sie stoppen.«

»Ich habe nicht mein eigenes Gesetz gebrochen«, sagte er ruhig.

Und damit verließ er hocherhobenen Kopfes den Raum.

»Behalten Sie ihn im Auge, Kelly«, sagte ich zum Sergeant. Ich befürchtete, er könnte in einer der Kneipen zu trinken anfangen und dann Amok laufen, bevor er auf die Insel zurückkehrte. Aus früherer Erfahrung wußte ich, daß Männer seines Schlages extrem gefährlich sind, wenn sie erst einmal ihre Selbstkontrolle beim Trinken verlieren.

McKelvey tat jedoch nichts dergleichen. Er marschierte starr geradeaus blickend zum Strand und ruderte zur Insel zurück, ohne mit einem Menschen ein Wort zu wechseln.

»Tja, das wär das!« sagte ich zum Sergeant. »McKelvey wird uns keinen Ärger mehr mit seiner Brennerei machen.«

»Ich hoffe nicht«, sagte Kelly, »aber ich hab da meine Zweifel.«

Meine eigenen Zweifel gingen in eine andere Richtung. Ich befürchtete, einem Mann eine tödliche Kränkung zugefügt zu haben, und in der folgenden Woche verfluchte ich oft das Schicksal, das mich zum Polizisten ausersehen hatte und dazu noch zu einem, der ein Gewissen hatte. Wäre der Mann ein gemeiner und hinterhältiger Kerl gewesen, hätte ich keine Gewissensbisse gehabt, ihn aufs Kreuz zu legen, aber er war ganz im Gegenteil ein prächtiger Charakter, der jeder Gemeinschaft großen Nutzen bringt.

†††

Neun Tage danach kam seine Frau zu meinem Hotel, als ich gerade beim Lunch saß. Ich ging hinaus, um mit ihr zu sprechen. Sie wirkte krank und schrecklich besorgt. Offensichtlich hatte sie kurz zuvor viel geweint.

»Ich bin Mrs. McKelvey aus Inishcam«, sagte sie. »Ich komme wegen meines Mannes zu Ihnen.«

»Sie sehen krank aus«, sagte ich. »Wollen Sie sich nicht setzen? Möchten Sie etwas trinken?«

»Nein, Mr. Corrigan«, sagte sie sanft, »ich komme wegen etwas anderem. Können Sie nicht herüberkommen und etwas für Sean tun? Es geht ihm furchtbar seit dem Tag, als Sie auf die Insel kamen, und ich hab große Angst, daß er nie wieder von seinem Bett aufsteht, wenn Sie die Leute nicht davon abbringen zu glauben, er wäre festgenommen worden.«

»Was meinen Sie?« fragte ich.

»Die Leute sagen, Sie hätten ihn festgenommen, und Sie wissen, Sir, daß das gelogen ist. Und es hat ihm das Herz gebrochen, daß man so was über ihn sagt. Er hat sich ins Bett gelegt und rührt keinen Bissen an. Er wird noch sterben. Ich weiß es genau, so stolz ist er.«

Genau das hatte ich befürchtet. Ich sagte ihr, sie solle sofort nach Hause zurückfahren, und ich würde am frühen Nachmittag herüberkommen.

»Sir, daß er nur um Gottes willen nicht erfährt, daß ich hier war. Das würde ihn ganz umbringen.«

»Seien Sie unbesorgt, Mrs. McKelvey«, sagte ich. »Da passe ich schon auf.«

Nachdem sie fort war, dachte ich scharf nach und verfiel schließlich auf einen Plan, der bei einem Mann wie McKelvey bestimmt funktionieren würde. Diesmal setzte ich in Uniform zur Insel über, im Einklang mit meiner Idee. Ein paar Leute, die eine Ladung Fische aus den gerade gelandeten Booten luden, waren unten am Strand. Ich bemerkte, daß sie an ihre Mützen faßten und mir einen guten Tag wünschten, ganz im Gegensatz zu ihrem Verhalten beim vorigen Besuch, als sie mich nur stumm angestarrt hatten. Vermutlich hatten sie ihre Treue auf den Mann übertragen, der ihren König besiegt hatte. Die meisten folgten mir zu McKelveys Haus und standen im Hof herum, als ich eintrat.

»Einen guten Tag allerseits«, sagte ich.

»Ihnen auch, Sir«, sagte Mrs. McKelvey, die allein in der Küche war.

Während sie sprach, legte sie den Finger an die Lippen, zum Zeichen, daß ich ihren Besuch in meinem Hotel nicht erwähnen sollte.

Ich nickte und fragte: »Ist McKelvey zu Hause?«

»Er ist drinnen, Sir, im Bett. Möchten Sie nicht hineingehen?«

Ich dankte ihr und ging ins Schlafzimmer, wo ich McKelvey auf dem Bett liegen fand, die Arme über der Brust verschränkt, den Kopf hoch mit Kissen aufgestützt. Sein Gesicht war sehr bleich, und seine Augen sahen eingefallen aus. Ich schritt mit verärgertem Stirnrunzeln zum Bett.

»So halten Sie also Ihr Wort, McKelvey«, sagte ich höhnisch. »Sie sind der Mann, der sein Wort nicht für alle Schätze der Welt brechen würde? Was zum Teufel haben Sie vor? Wollen Sie mich zum Narren halten?«

Ich sprach so laut wie möglich, damit die Leute draußen mich hören konnten. Ein paar Sekunden bewegte McKelvey sich nicht. Dann setzte er sich kerzengerade im Bett auf, und die Farbe stieg ihm in die blassen Wangen. Seine Augen blitzten mit dem alten Feuer. Er brüllte nach seiner Frau.

»Bring meine Sachen, Mary«, schrie er. »Raus mit Ihnen. Mit Ihnen rede ich im Stehen und vor meiner Tür, denn ich werde keinen Mord in meinem eigenen Haus begehen.«

Ich verließ das Haus und wartete, während er sich anzog. Hinter mir hörte ich die Leute murmeln und fragte mich, was wohl dabei herauskäme, diesen Mann, der inzwischen vermutlich durchgedreht war, zu reizen. Als er jedoch auf mich zukam und das rote Tuch um die Hüften zog, genau so gekleidet wie an dem Tag, als ich mit ihm kämpfte, konnte ich sehen, daß er völlig bei Sinnen war.

»Jetzt können Sie sagen, was Sie zu sagen haben«, rief er. »Und ich warne Sie, diesmal wird es ein Kampf auf Leben und Tod.«

»Ich bin nicht gekommen, um mit Ihnen zu kämpfen, McKelvey«, sagte ich. »Diesmal komme ich als Polizist, um mich zu beschweren. Vor neun Tagen kamen Sie freiwillig in mein Büro und gaben mir als König dieser Insel die Garantie, daß Sie Ihren Leuten verbieten würden, Whiskey zu brennen und illegal auf dem Festland zu verkaufen, das mein Territorium ist. Stimmt das oder nicht?«

Er starrte mich an und sagte dann laut: »Es stimmt.«

»Und es stimmt auch, daß Sie König dieser Insel sind, nicht wahr?«

»Es stimmt!« rief er noch lauter.

»Gut! Warum halten Sie sich dann nicht an Ihr Versprechen?«

»Wie habe ich es gebrochen?«

»Ich habe die Nachricht erhalten, daß einer Ihrer Männer in den letzten Tagen versucht hat, auf dem Festland eine neue Destillieranlage zu kaufen, um die alte zu ersetzen, die wir die Felsen hinuntergeworfen haben.«

Natürlich hatte ich keine solche Nachricht erhalten, aber ich hatte das deutliche Gefühl, irgend etwas in der Richtung könnte in der Luft liegen. Auf jeden Fall hatte es den erwünschten Erfolg.

McKelvey schob die Brust vor und rief: »Vielleicht hat einer von meinen Männern nach einem neuen Destillierapparat gesucht, aber wenn er damit auf die Insel kommt, brech ich ihm alle Knochen im Leib. Ich bin die letzte Woche krank gewesen, aber jetzt bin ich wieder auf den Beinen, und ich schwöre auf die Bibel, was ich sage, wird auch getan.«

»Nun, in diesem Fall tut es mir leid, daß ich so unbeherrscht geredet habe, Mr. McKelvey. Ich stehe in Ihrer Schuld und kann nur um Verzeihung bitten.«

»Die haben Sie, Mr. Corrigan«, sagte er und strahlte vor Freude über das ganze Gesicht. »Und jetzt schüttle ich gern die Hand, die ich vorher ausgeschlagen habe, Sir, wenn Sie mir die Ehre erweisen wollen.«

Wir schüttelten uns die Hände, und ich glaube, ich war nie in meinem Leben so glücklich wie in dem Moment, als ich die Hand dieses herrlichen Mannes faßte. Und mit Poitheen aus Inishcam habe ich während meines Dienstes im Bezirk nie mehr Ärger gehabt.

M. McDONNELL BODKIN

Die verschwundenen Diamanten

Irlands erster Seriendetektiv war Paul Beck, mit dem Spitznamen »der Detektiv, der übern Daumen peilt«, eine Schöpfung von Matthias McDonnell Bodkin, Q.C. (1850–1933), einem Rechtsanwalt aus der Grafschaft Clare, der später Richter wurde und eine Weile Abgeordneter der Irischen Nationalisten für North Roscommon war. Wie sein modernes Gegenstück John Mortimer fand Bodkin Entspannung vom Gerichtsalltag beim Schreiben von Kriminalgeschichten. 1898 hatte er die Idee, einen Detektiv zu erfinden, der das genaue Gegenteil von Sherlock Holmes sein sollte – welcher gerade im ›Strand Magazine‹ ungeheuren Erfolg genoß –, und schuf Paul Beck, der behauptete, nicht besonders clever zu sein. »Ich peile nur übern Daumen«, sagte er in seinem ersten Fall, »und wurstele mich durch meine Fälle, so gut es eben geht.« Beck, der eher wie ein ehrbarer Milchmann im Ruhestand als wie ein Detektiv aussieht, wurde bei Lesern in Irland und England sehr beliebt, als Bodkins Erzählungen in direkter Konkurrenz zu Holmes in ›Pearson's Magazine‹ abgedruckt wurden. Wenn man Becks Popularität in jenen Jahren bedenkt, bleibt es für Krimikenner rätselhaft, warum die Erzählungen über ihn so wenig bekannt sind. Vielleicht hängt es damit zusammen, daß Bodkin (wie Sir Arthur Conan Doyle) seine Detektivgeschichten für »unwichtiges Zeug« hielt – obwohl das einzige andere Buch von ihm, an das man sich bei seinem Tode noch erinnerte, seine *Recollections of an Irish Judge* von 1914 waren.

In »Die verschwundenen Diamanten« löst Paul Beck einen Fall, der denen des scharfsinnigen Sherlock Holmes ähnelt, aber ohne die den Detektiv aus der Baker Street umgebende Romantik, einfach mit etwas gesundem Menschenverstand und Glück. Vielleicht wird der ehrenwerte Richter Bodkin eines Tages den Lorbeer erhalten, den er als einzigartiger Mitwirkender an der Entwicklung der modernen Detektivgeschichte verdient.

Sie flimmerte wie ein Schmetterling in einem Blumengarten und war ebenso aufgeregt, bis in die Fingerspitzen zitternd vor Ungeduld. Das weitläufige Zimmer in dem großen Haus in der Upper Belgrave Street war kein schlechtes Beispiel für einen Blumengarten.

Es gab nur wenige Quadratmeter freien Platz, wo sie allein auf einem zweisitzigen Sofa saß und mit einem unruhigen kleinen Fuß auf den Teppich klopfte. Der Rest des Zimmers war mit rechteckigen, ovalen und runden Tischen vollgestellt, auf denen sich die hübschen Kleinigkeiten und Kinkerlitzchen stapelten, die Damen so lieben. Es schien, als hätte ein halbes Dutzend der elegantesten Juweliere und Präsentgeschäfte der Regent Street ihre Schaufenster in diesen Raum geleert. Die Tische leuchteten von Gold, Silber und dem Glitzern von Juwelen, von den hellen Farben prächtiger Seide und bemalter Fächer und von seltenem und exquisitem Porzellan.

Denn Lilian Ray sollte in einer Woche Sydney Harcourt heiraten, und es gab kein Paar, das in London mehr gefeiert wurde. Ihr liebliches Gesicht und ihre gewinnende Art hatten die Herzen der Gesellschaft im Sturm erobert. Auch wußte alle Welt, daß der warmherzige, ungestüme Harcourt auf dem besten Wege gewesen war, zum Teufel zu gehen, bevor sie ihn fing und festhielt. Also freuten sich alle und sagten, sie seien ein perfektes Paar, und in den letzten drei Wochen waren die Hochzeitsgeschenke in das große Haus in der Upper Belgrave Street geströmt und hatten den vorderen Salon überschwemmt. Lilian war ungeduldig, aber es war die Ungeduld der Freude.

Kein Wunder, daß sie ungeduldig war, denn ihr Liebster sollte kommen und mit ihm die berühmten Harcourt-Diamanten, die ein halbes Jahrhundert die Freude, die Bewunderung und der Neid des eleganten London gewesen waren. Die Juwelen waren von der Bank, wo sie zwölf Jahre lang dunkel und sicher gelegen hatten, in das glitzernde Geschäft von Mr. Ophir in der Bond Street gebracht worden. Die Fassungen waren nämlich sehr alt, so daß man den Zustand der winzigen Silberklammern, von denen die unbezahlbaren leuchtenden Steine gehalten wurden, prüfen mußte, und auch eine brandneue Schatulle wurde bestellt, um die wertvollen Klunkern besonders zur Geltung zu bringen.

Ein plötzliches Klopfen an der Tür ließ sie wieder zum Fenster springen, die spinnwebdünne Seide flatterte hinterher. Aber sie wandte sich unwillig ab wie ein verzogenes Kind.

»Schon wieder eine Reisetasche«, sagte sie, »das sind schon sieben – zwei mit Goldbeschlägen. Ich habe sie alle mit ihren offenen Mäulern und Silber- oder Goldzähnen in eine Reihe gestellt. Für mehr ist kein Platz. Denken die Leute wirklich, daß –«

Der Satz wurde nie beendet, denn in diesem Augenblick sah man vom Fenster aus, wie eine Droschke rasant um die Ecke bog. Sie erspähte kurz ein erwartungsvolles junges Gesicht und ein flaches Paket, dann fiel sie wieder auf ihr Sofa und atmete etwas schwerer. Dann kam ein zweites Klopfen und jemand, der die Treppe hinauf drei Stufen auf einmal nahm. Sie hörte und erkannte es, saß aber ganz still. Im nächsten Augenblick war er in ihrem Zimmer. Ihre Augen hießen ihn willkommen, obwohl ihre Lippen schmollten.

»Sie kommen zehn Minuten zu früh, Sir«, sagte sie, »und ich habe schrecklich viel zu tun. Was haben Sie denn da?«

»Oh, du kleine Schlaumeierin! Ich weiß, daß du seit einer Stunde sehnsüchtig auf mich und die Diamanten gewartet hast, besonders auf die Diamanten. Ich hätte nicht übel Lust, sie wieder mitzunehmen.«

Er ließ sich auf den Sitz neben sie fallen, und sein rechter Arm stahl sich um ihre Hüfte, während er das Juwelenetui in der ausgestreckten linken Hand hielt. Sie errötete und lachte, und indem sie aus seinem Arm glitt, versuchte sie die Diamanten zu erhaschen. Aber er war zu schnell für sie. Er sprang auf und hielt das Etui in die Höhe. Obwohl sie sich auf die Zehenspitzen stellte, kam sie mit einer Hand nur bis an seinen Ellbogen, mit der anderen faßte sie in seine braunen Locken und machte sich bereit zum Sprung. Ihr Gesicht war nah bei seinem und ganz unbewacht. Was dann geschah, war unter diesen Umständen unvermeidlich.

»Oh!« rief sie mit recht natürlicher Überraschung.

»Zahlung im voraus«, gab er zurück, als sich die wertvolle Schachtel in ihre begehrlichen Hände senkte, »Überbezahlung, das gebe ich zu, aber ich kann in jeder Höhe herausgeben.«

Aber sie floh mit ihrem Schatz vor ihm auf das Sofa.

»Jetzt sei mal einen Moment vernünftig, wenn du kannst, und gib mir die Schere aus dem Damenetui da auf dem Tisch neben dem Photorahmen.«

Die Juwelenschatulle war in weißlichbraunem Papier mit starkem Bindfaden verpackt und mit breiten Flecken von rotem Wachs versiegelt. Ganz aufgeregt zerschnitt sie den Bindfaden, wobei sie das Siegel unverletzt ließ, und warf Papier, Faden und Wachs auf dem Teppich auf einen Haufen.

Aus der inneren Verpackung aus weichem weißen Seidenpapier kam die Schatulle in ihrem neuen hellbraunen Maroquinlederbezug zum Vorschein, das in sauberen goldenen Lettern das Monogramm L.H. trug. Als ihre Augen auf die Buchstaben fielen, die sie zur Besitzerin der Juwelen erklärten, stieß sie einen leisen Freudenschrei aus, und er, der nah dabeisaß und sie liebevoll betrachtete wie ein hübsches Kind beim Spielen, tat so, als wolle er es ihr aus den Fingern schnappen. Aber sie hielt es fest. Wie eine Badende am Wasser hielt sie einen bangen Augenblick inne, zog tief den Atem ein, um für den kommenden Freudenschrei bereit zu sein, und öffnete das Etui.

Es war leer!

Das Kissen aus violettem Samt war in der Mitte nur leicht zerdrückt wie ein Bett, in dem jemand geschlafen hat. Das war alles.

Sie schaute ihm plötzlich in die Augen, halb amüsiert, halb anklagend, denn sie glaubte, er wolle ihr einen Streich spielen. Sein Gesicht war ernst und erstaunt.

»Was soll das bedeuten, Syd? Machst du einen Scherz mit mir?« Aber noch während sie fragte, sah sie an seinem Gesicht, daß er völlig ernst war.

»Ich versteh das nicht, Lil«, sagte er mit veränderter Stimme. »Ich versteh das überhaupt nicht. Ich habe das Etui so, wie es war, aus Mr. Ophirs Geschäft abgeholt. Er sagte mir, er hätte die Diamanten eigenhändig hineingelegt und das Paket versiegelt. Siehst du, du hast nicht einmal das Siegel erbrochen«, und er hob mechanisch das Papier und den Bindfaden vom Boden auf. »Niemand außer dir und mir hat es angefaßt, und die Diamanten sind weg. Der alte Ophir käme so wenig darauf, so einen Streich zu spielen, wie ein Erzbischof. Trotzdem muß es das sein oder – aber das ist zu absurd. Er ist so seriös wie die Bank von England und auch fast so reich. Ich blicke da nicht durch, Lily. Der alte Knabe hat mich sogar gewarnt, als er mir das wertvolle Paket übergab. ›Man kann nicht vorsichtig genug sein, Mr. Harcourt‹, sagte er. ›In diesem kleinen Paket stecken zwanzigtausend Pfund, geben Sie es nicht aus der Hand.‹ Und das hab ich natürlich nicht getan, trotzdem sind die Diamanten durch das Etui, das Papier und die Siegel hindurch verschwunden.«

Er starrte trübselig auf den violetten Samt.

»Zuerst muß ich mit Mr. Ophir sprechen«, sagte er.

»Oh, laß mich nicht allein, Syd.«

»Nun, dann schreibe ich ihm. Irgendwie muß ein lächerlicher Fehler passiert sein. Vielleicht hat er mir das falsche Etui gegeben. Er würde nie – nein, das ist zu absurd. Vielleicht hat ihm jemand die leere Schatulle untergeschoben, als er einen Augenblick woandershin guckte. Vielleicht muß man einen Detektiv hinzuziehen. Ich werde ihm das sofort mitteilen. Wo kann ich hier irgendwo ein paar Worte schreiben?«

»Da auf dem Tisch liegt ein halbes Dutzend Schreibetuis aufgereiht.«

Sie setzte ihn vor ein hübsches Stück aus Perlmutt und Schildpatt, mit veilchenduftender Tinte in den silbergefaßten Fläschchen.

Da zeigte Harcourt eine plötzliche Ungeduld, ganz anders als sein übliches gutgelauntes Wesen, das Lilian für unerschütterlich gehalten hatte.

»Gib mir doch mal anständige Tinte, Lil«, sagte er gereizt. »An einen alten Junggesellen wie Ophir kann ich doch nicht mit diesem Zeug schreiben.«

Sie huschte wie ein Schatten aus dem Zimmer und war fast im selben Moment wieder zurück. Als sie zurückkam, fand sie ihn auf dem Sofa, wo er nervös die Fetzen aus Papier, Bindfaden und Siegelwachs betastete.

»Ich versteh das einfach nicht«, murmelte er. »Sie scheinen sich in Luft aufgelöst zu haben. Aber wenn uns überhaupt jemand helfen kann, ist es der alte Ophir.«

Er murrte ein bißchen über den eleganten Damenfederhalter und das Papier und schrieb dann:

Sehr geehrter Mr. Ophir,
etwas Außergewöhnliches ist geschehen. Ich habe das Etui, das Sie mir gaben, in dem Zustand, wie Sie es mir gaben, direkt zu Miss Ray in der Belgrave Street gebracht und geöffnet, ohne die Siegel zu verletzen. Die Diamanten waren weg. Irgendwo muß ein Fehler passiert sein. Vielleicht können Sie das Rätsel lösen. Wenn Sie eine Unehrlichkeit vermuten, beauftragen Sie sofort einen Detektiv. Der Kutscher wird auf die Antwort warten.

In Eile, Ihr
Sydney Harcourt

Er rannte persönlich die Treppe hinunter, um eine Kutsche für die Nachricht zu rufen. Eine elegante Droschke mit elegantem Kutscher auf dem Bock kam langsam die Straße entlang. Als Harcourt die Hand hob, preschte sie mit plötzlicher Hast los wie eine aufgescheuchte Forelle im

Fluß und wäre fast einem kräftigen Bettler über die Füße gefahren, der vor der Haustür stand.

»Hier, guter Mann. Bringen Sie das zu Mr. Ophir in der Bond Street. Die Adresse steht auf dem Umschlag. Warten Sie auf die Antwort – doppeltes Fahrgeld, wenn Sie sich sputen.«

Der Kutscher nahm den Brief, faßte sich grüßend an den Hut und war fort wie der Blitz.

Harcourt warf dem murrenden Bettler einen Shilling zu und schlug die Tür zu. Hätte er nur eine Sekunde gewartet, hätte er sehen können, wie der Bettler fast ebenso schnell wie die Droschke losschoß und um die Ecke verschwand.

»Oh, Sydney, Kopf hoch«, bat Lily, die vom Quälgeist zur Trösterin geworden war. »Sie tauchen schon wieder auf. Und wenn nicht, macht es mir auch nichts aus, und dein Vater hat dich zu gern und mich wohl auch, um wirklich böse zu sein. Es war doch sowieso nicht deine Schuld.«

»Tja, es ist nun mal so, Lil, die verfluchten Dinger sind verschwunden, während ich darauf aufpassen sollte. Sie wären für jedermann eine Versuchung, und ich habe etwas über die Stränge geschlagen, bevor ich dich kannte, mein Liebling, und viele Leute glauben, ich wäre dem Gerichtsvollzieher nur knapp entkommen. Also wird es bestimmt hämisches Geflüster und Klatsch geben, und manche könnten sagen – nein, ich kann dir nicht erzählen, was sie sagen könnten, und außerdem gebe ich einen feuchten Kehricht darauf. Du kannst nur Freundliches denken und sagen, und ich möchte nicht für alle Diamanten, die je aus Golconda kamen, daß diese hübsche Stirn sich runzelt oder eine Träne in deinen blauen Augen steht. Zum Teufel mit den Diamanten. ›Hier ist ein stärkerer Magnet.‹«

Wunderbar ist der Vergessenstrank der Liebe. Fünf Minuten später waren die Diamanten so vollständig aus ihrem Gedächtnis verschwunden, wie sie aus dem Etui verschwunden waren. Der Anblick und das Geräusch einer vor der Tür haltenden Droschke brachte sie plötzlich zurück in die Welt des Alltags.

Ein Diener trat ein, der in der Mitte eines Silbertabletts eine leicht angeschmutzte Visitenkarte brachte. Harcourt nahm sie in die Hand:

Mr. Paul Beck
PRIVATDETEKTIV

»Wie sieht er aus, Tomlinson?«

»Beleibter Herr in Grau, Sir. Wirkt nicht besonders aufgeweckt.«

»Na, führen Sie ihn herein.«

»Wer kann das sein? Was kann er wollen?« murmelte Harcourt unruhig vor sich hin, als der Diener verschwand. »Es war nicht genug Zeit, zu Ophir und zurück zu fahren, und um so weniger, einen Detektiv zu finden. Ich versteh das nicht.«

»Oh, er kam wie ein Blitz zur Haustür, und du weißt wie die Zeit vergeht, wenn wir über uns reden.«

»Mr. Paul Beck«, sagte der diskrete Diener und stieß die Tür weit auf.

Mr. Paul Beck brauchte offenbar nicht hereingeführt zu werden. Er glitt verstohlen ins Zimmer, wobei er sich bemühte, dem Licht möglichst den Rücken zuzukehren, als sei ihm Geheimnistuerei zur zweiten Natur geworden. Er war ein rundlicher, kräftig gebauter Mann in einem dunkelgrauen Tweedanzug, der eher an einen ehrbaren Milchmann im Ruhestand als an einen Detektiv denken ließ. Sein Gesicht war rötlich und von einem rötlichbraunen Backenbart gesäumt, und sein hellbraunes Haar kräuselte sich wie bei einem Jagdhund, der Wasservögel apportiert. Ein chronischer Blick leichter Überraschung lag in seinen weitgeöffneten blauen Augen, und sein Lächeln war so harmlos wie das eines Kindes.

Im Moment seines Eintretens glaubte Lilian einen raschen, scharfen Blick zu dem leeren Etui auf dem Tisch und dem Haufen Papier und Bindfaden darunter zu bemerken. Aber bevor sie sich sicher sein konnte, verschwand der Ausdruck aus seinen Augen wie ein Leuchtbild, wenn das Licht verlischt.

Harcourt kannte den Ruf des Mannes als eines der cleversten Privatdetektive Londons – ein Mann, der Rätsel gelöst hatte, an denen sogar der berühmte Mr. Murdock Rose gescheitert war –, aber als er ihn jetzt anschaute, konnte er kaum glauben, daß er diesen Ruf verdiente.

»Mr. Beck, möchten Sie sich setzen?« sagte Harcourt. »Sie kommen wahrscheinlich wegen –«

»Wegen der Diamanten«, sagte Mr. Beck abrupt, ohne sich zu setzen. »Zum Glück war ich gerade bei Mr. Ophir, als Ihre Nachricht kam. Er bat mich, den Fall zu übernehmen. Ihr Kutscher verlor keine Zeit, und hier bin ich.«

»Hat er Ihnen die Fakten mitgeteilt?«

»Ganz kurz.«

»Und Sie glauben –«

»Ich glaube nicht. Ich bin mir ziemlich sicher, wo und wie ich die Diamanten an mich nehmen kann.«

Er sprach zuversichtlich. Lilian glaubte, die Spur eines Lächelns auf dem unschuldig wirkenden Mund und den vergeblichen Versuch eines Augenzwinkerns zu sehen.

»Ich freue mich, daß Sie dieser Meinung sind«, sagte Harcourt. »Die Sache macht mir große Sorgen. Hat Mr. Ophir angedeutet –«

»Nein«, unterbrach ihn Mr. Beck wieder. »Ich brauchte seine Andeutungen nicht. Zeit ist jetzt wertvoll, nicht Reden. Wir haben eine heiße Spur, wir dürfen sie nicht abkühlen lassen. Ist das die Juwelenschatulle?«

»Ja«, sagte Harcourt, nahm und öffnete sie. »So wie sie ankam – leer.«

Mr. Beck klappte sie entschlossen zu und steckte sie in die Tasche.

»Ich nehme an, das ist das Papier und der Faden, worin sie verpackt war?«

Harcourt nickte. Mr. Beck hob es vorsichtig auf und steckte es in die andere Tasche.

»Sie werden bemerken, daß das Siegel unverletzt ist«, sagte Harcourt. »Miss Ray hat den Faden durchgeschnitten. Aber als –«

»Ich muß mich verabschieden, Mr. Harcourt«, sagte der Detektiv kurz angebunden. »Ich wünsche noch einen guten Tag, Miss.«

»Haben Sie die Untersuchung schon beendet?« fragte Harcourt überrascht. »Sie können doch bestimmt noch kein Indiz gefunden haben.«

»Ich habe alles gefunden, was ich suchte und erwartete. Ich sehe nun ziemlich deutlich, wie ich den Dieb erwischen werde. Wenn ich etwas Neues mitzuteilen habe, schreibe ich. Für heute auf Wiedersehen.«

Er war offensichtlich erpicht darauf, sich auf die Spur zu machen. Fast bevor Harcourt antworten konnte, war er schon aus dem Zimmer und die Treppe hinunter. Er öffnete selbst die Haustür, und die Droschke, die er hatte warten lassen, trug ihn mit halsbrecherischer Geschwindigkeit davon.

Er war noch nicht fünf Minuten in die eine Richtung verschwunden, als eine andere Droschke mit dem gleichen Tempo aus der anderen Richtung kam. Lilian und Sydney hatten noch nicht ganz die Überraschung über seinen plötzlichen Abschied überwunden, als es zum zweitenmal an die Tür pochte und Tomlinson wieder mit dem Tablett und einer Karte eintrat – diesmal einer sauberen –:

Mr. Paul Beck
Privatdetektiv

Harcourt fuhr auf.

»Derselbe Mann, Tomlinson?«

»Derselbe, Sir. Jedenfalls scheint er ein sehr zerstreuter Gentleman zu sein. ›Jemand in den letzten zehn Minuten hiergewesen?‹ fragte er außer Atem, als ich die Tür öffnete. ›Sie, Sir‹, sagte ich, ›keine fünf Minuten her.‹ – ›Ach, tatsächlich?‹ sagte er mit einer komischen Art von Lachen. ›Das war wirklich schnell. Bin ich jetzt hier?‹ – ›Natürlich, Sir‹, sagte ich und sah ihn mir genau an, aber er schien nicht betrunken zu sein, ›da stehen Sie doch.‹ – ›Oh, ich meinte, bin ich überhaupt weggegangen?‹ – ›So schnell, wie die Droschke Sie tragen konnte, Sir‹, sagte ich, um ihn bei Laune zu halten, denn er war so ernsthaft wie ein Richter und schien recht verstimmt, als er hörte, er sei mit der Droschke weggefahren. ›Das ist schlecht, sehr schlecht‹, sagte er, ›zehn Minuten zu spät. Nun, junger Mann, da kann man nichts machen. Geben Sie Mr. Harcourt diese Karte.‹ Soll ich ihn hereinführen, Sir?«

»Natürlich.«

»Was kann das bedeuten?« rief Lilian. »Er kann sie doch nicht in fünf Minuten gefunden haben?«

»Vielleicht doch«, sagte Harcourt. »Zumindest hat er vielleicht irgendeinen Hinweis gefunden. Wenn er Tomlinson so aufgezogen hat, deutet das darauf hin, daß er wegen irgend etwas guter Laune ist. Gott, ich hätte nicht gedacht, daß der alte Knabe soviel Humor hat!«

»Mr. Paul Beck, Sir.«

In Mr. Becks Art war eine leichte, kaum zu beschreibende Veränderung vorgegangen, als er nun den Raum betrat. Seine Bewegungen waren weniger abrupt und verstohlen, und er war nicht länger darauf aus, das Licht im Rücken zu haben.

»Sie sind schnell zurück, Mr. Beck«, sagte Harcourt. »Haben Sie eine Spur?«

»Ich wünschte, ich wäre fünf Minuten früher gekommen«, sagte Mr. Beck mit deutlich veränderter Stimme. »Ich fürchte, ich habe eine Spur verloren. Ich habe die Spur in diesem Fall verloren und muß sie wiederfinden. Wo ist das Juwelenetui?«

»Das habe ich Ihnen doch vor kaum zehn Minuten gegeben.«

»Mir?« begann Mr. Beck und unterbrach sich dann mit einem eigentümlichen Lächeln, das eine halbe Grimasse war. »O ja, Sie haben es mir gegeben. Und was habe ich damit gemacht?«

»Ich verstehe nicht, was Sie meinen.«

»Nun, Sie brauchen mich nicht zu verstehen. Aber Sie können mir antworten.«

»Mr. Beck, mit Verlaub, das ist nicht die Zeit für schlechte Scherze.«

»Mr. Harcourt, Sie werden später erfahren, daß der Scherz in dieser Geschichte nicht von mir stammt und daß der Scherzbold dafür bezahlen wird. Im übrigen komme ich von Mr. Ophir.«

»Das haben Sie schon gesagt.«

»Tatsächlich? Nun, dann sage ich es noch mal. Ich komme von Mr. Ophir mit dem Auftrag, diese Diamanten zu finden, und frage Sie so höflich wie möglich, was mit dem Etui passiert ist.«

»Was Sie damit gemacht haben?«

»Also, was ich damit gemacht habe, wenn Sie so wollen.«

Harcourt errötete vor Ärger über diese kaltblütige Dreistigkeit, und plötzlich schaltete sich Lilian ein.

»Sie haben es in die Tasche gesteckt und mitgenommen, Mr. Beck.«

»War ich in Eile, Miss?«

»Sie waren sehr in Eile.«

»Trug ich dieselbe Kleidung wie jetzt?«

»Ganz genau dieselbe.«

»Und sah genauso aus?«

»Völlig.«

»Gestalt und Gesicht genauso?«

»Ja. Ich hatte nur den Eindruck, Sie wären mehr geschminkt als jetzt.«

»Geschminkt! Was meinen Sie, Miss?«

»Nun, Mr. Beck, ich dachte, Sie hätten sich verschönt. Auf ihren Wangen war eine Spur Rouge.«

»Und ich wette, ich habe den Rücken zum Licht gedreht.«

»Ihr Gedächtnis ist ausgezeichnet.«

Mr. Beck gluckste in sich hinein, und Harcourt fiel ihm wütend ins Wort –

»Meinen Sie nicht, wir hätten genug von dieser Posse, Sir?«

»Mehr als genug«, antwortete Mr. Beck ruhig. »Ich habe die Ehre, Ihnen noch einen guten Morgen zu wünschen, Mr. Harcourt, und auch

Ihnen, Miss.« In seiner Stimme lag ein Hauch von Bewunderung, als er sich Miss Lilian zuwandte.

»Oh, Syd, wie aufregend!« rief sie, als die Tür sich hinter ihm geschlossen hatte. »So ein verzwicktes Rätsel hat es noch nie gegeben. Ich möchte wissen, welcher der echte Mr. Beck ist.«

»Der echte? Was meinst du denn? Ich war so schon verwirrt genug. Natürlich sind beide der echte Mr. Beck oder der falsche Mr. Beck, ganz wie du willst. Jedenfalls sind beide derselbe Mr. Beck.«

†††

Inzwischen fuhr Mr. Beck so schnell es die Droschke erlaubte in die Bond Street zu Mr. Ophirs Geschäft zurück.

Er fand den bekannten Juwelier in seiner kleinen Glaskabine an der Rückwand seines glitzernden Lagers. Ein Schauer der Erregung störte seine sonst übliche gesetzte Würde.

»Nun?« fragte er, als Mr. Beck in das kleine Glaszimmer trat und die Tür sorgfältig hinter sich schloß.

»Ich glaube, ich habe eine Spur«, antwortete der Detektiv. »Ich kann ziemlich genau erraten, wer die Diamanten hat.«

»Mr. Harcourt war vor seiner Verlobung ein etwas ungestümer junger Mann«, sagte Mr. Ophir mit dem verlegenen Versuch eines Lächelns.

»Wer hat das neue Etui für Sie gearbeitet?« fragte Mr. Beck und wechselte das Thema mit unhöflicher Abruptheit.

»Ähm, Mr. Smithson, einer der fähigsten und verläßlichsten Leute in der Branche. Er hat seit zwanzig Jahren alle unsere Aufträge erledigt. Es war wirklich eine Prachtschatulle.«

»Wer hat sie hergebracht?«

»Einer von Mr. Smithsons Handwerkern.«

»Ich glaube, Sie sagten mir, dieser Mann habe dabeigestanden, als Sie die Diamanten ins Etui legten und es für Mr. Harcourt versiegelten.«

»Ja. Er stand nur ein, zwei Meter entfernt. Zwei von meinen Angestellten standen auch in der Nähe, wenn Sie sie verhören möchten. Brown, sagen Sie bitte Mr. Carton und Mr. Cuison, sie möchten einen Moment herkommen.«

»Das ist nicht nötig«, sagte Mr. Beck mit scharfer Autorität in der Stimme. »Danke, Mr. Ophir, ich brauche die beiden im Moment nicht.

Aber ich möchte Sie um Mr. Smithsons Adresse bitten. Ich habe so ein Gefühl, sein Handwerker könnte nützlich sein, wenn wir ihn zu fassen kriegen.«

»Das glaube ich nicht, Mr. Beck, überhaupt nicht. Er war ein ganz gewöhnlicher Mann. Meine eigenen Leute werden viel bessere Zeugen sein. Außerdem werden Sie vielleicht Mühe haben, ihn zu finden. Obwohl ich darüber natürlich nichts weiß.«

Der Detektiv schaute ihn einen Moment gespannt an. Er war ganz aufgeregt und rot im Gesicht geworden.

»Vielen Dank für Ihren Rat, Mr. Ophir«, sagte er ruhig, »aber ich denke, ich folge meiner eigenen Methode.«

Zwanzig Minuten später war der unermüdliche Detektiv in der Werkstatt von Mr. Smithson und befragte den Besitzer, aber dabei kam nichts heraus. Der Mann, der das Etui in Mr. Ophirs Geschäft gebracht hatte, hatte es auch angefertigt. Er war der beste Handwerker, den Mr. Smithson je hatte, obwohl er erst seit zehn Tagen da war. Sein Name war Mulligan. Es klang irisch, vermutete Mr. Smithson, und er redete wie der Mann in Mr. Boucicaults Stück *Der Wanderer*. Aber ob er nun Ire oder Holländer war, er war ein guter Arbeiter. Darüber war Mr. Smithson sich ganz sicher. Es schien ihm schlecht zu gehen, und er bot sich zu einem sehr bescheidenen Lohn an. Aber bevor eine halbe Stunde um war, zeigte er, was er konnte. Also übertrug Mr. Smithson ihm Mr. Ophirs Auftrag für die Harcourt-Diamanten. Er arbeitete den ganzen Tag, nahm das Etui mit nach Hause und brachte es am nächsten Morgen fertig zurück.

»Ich habe noch nie eine Arbeit so gut oder so schnell ausgeführt gesehen«, schloß Mr. Smithson atemlos.

»Aber wie ist er zu Hause klargekommen? Sie haben ihn doch bestimmt nicht die Diamanten mitnehmen lassen?«

»Du lieber Himmel«, rief Mr. Smithson aus und blickte überrascht in das unschuldige, unbewegte Gesicht des großen Detektivs, »der hat die Diamanten nie gesehen und wird es auch nie.«

»Wie hat er dann das Etui passend dafür gearbeitet?«

»Wir hatten ein Modell – das alte Etui.«

»Haben Sie das noch?«

Als er diese Frage stellte, war auf Mr. Becks Gesicht zum ersten Mal ein Funken Interesse zu sehen.

»Ja, ich glaube, es muß noch irgendwo liegen. Entschuldigen Sie mich einen Moment.«

Er kam mit einer abgeriebenen und verblichenen Juwelenschatulle zurück, die mit einem früher dunkelgrünen Maroquinleder bezogen war. Der weiße Samt im Inneren war alt und vergilbt.

»Das war unser Modell, Mr. Beck. In der erhöhten Mitte sehen Sie den Platz für den Großen Stern. Das Halsband lag um diese Wölbung.«

»Ich verstehe«, sagte Mr. Beck, und für einen ruhigen Mann legte er ungewöhnlich viel Bedeutung in diese beiden einfachen Worte. Dann, nach einer Pause: »Meinen Sie, ich kann dieses alte Etui haben?«

»Gewiß. Mr. Ophirs Anweisungen reichen völlig aus.«

»Übrigens, Mr. Smithson«, sagte er beiläufig, »hat Mr. Mulligan – ich glaube, so war doch sein Name – irgend etwas über Mr. Ophir gesagt?«

»Jetzt, wo Sie es erwähnen, Mr. Beck, das hat er wirklich. Als er zuerst herkam, fragte er, ob ich für Mr. Ophir arbeite, und schien sehr erpicht darauf zu sein. Er hatte für Mr. Ophir nur lobende Worte. Er sagte, er könne eine Empfehlung von ihm bekommen, wenn ich dies wünsche, aber das brauchte ich nicht. Seine Arbeit war Empfehlung genug. Das ist mein Geschäftsprinzip.«

Mr. Beck steckte das Etui in seine Rocktasche und ging langsam zur Tür. Auf der Schwelle blieb er stehen.

»Einen guten Tag, Mr. Smithson«, sagte er. »Mr. Mulligan ist wahrscheinlich am Nachmittag nicht wieder ins Geschäft gekommen?«

»Wie haben Sie das erraten, Mr. Beck? Das ist er nicht. Ich hatte ihm für seine gute Arbeit etwas extra gegeben und fürchte, er hat es auf den Kopf gehauen. Aber wie sind Sie drauf gekommen?«

»Durch etwas, das Mr. Ophir zu mir sagte«, antwortete der Detektiv.

»Aber morgen früh kommt er wieder. Ich habe ihm den doppelten Lohn versprochen. Ich hatte ihn nämlich erst auf Probe eingestellt. Morgen früh um acht wird er hier sein. Wenn Sie ihn bis dahin brauchen, kann ich Ihnen seine Adresse geben.«

»Vielen Dank. Ich fürchte, sie wird mir nicht viel nützen. Ich vermute, ich finde ihn dann, wenn ich ihn brauche, vielleicht noch vor Ihnen. Übrigens sollten Sie nicht zu stark darauf bauen, Mr. Mulligan morgen früh wiederzusehen.«

Mr. Beck hatte seine Droschke weggeschickt, als er Mr. Smithsons Werkstatt betrat. Er war nur ein paar Straßen vom Strand entfernt, und er ging nun langsam in diese Richtung, wobei er an der Kreuzung New Oxford Street und Tottenham Court Road fast überfahren worden wäre, so sehr war er in ein braunes Notizbuch vertieft.

»Den brauche ich«, sagte er zu sich selbst. »Er muß mir helfen, ob er will oder nicht. Es wäre nicht das erste Mal, daß er mir auf die Sprünge geholfen hat, aber noch nie in einer so großen Sache wie dieser. Bei Gott, der ist schlau wie ein Fuchs! Im Vergleich zu ihm ist der Teufel ein Waisenknabe. Wie erfolgreich könnte er sein, wenn er in unserer Zunft wäre, obwohl er wahrscheinlich glaubt, so sei er besser dran. Trotzdem bezweifle ich das. Er wäre der größte Detektiv des Jahrhunderts. Na, keiner kann sagen, ich wäre eifersüchtig. Wenn er mir hilft, diesen Knoten aufzulösen, sorge ich dafür, daß er seinen Anteil am Ruhm bekommt.«

Mr. Beck lachte bei sich, als habe er einen recht guten Witz gemacht, und blieb dann beim Blick auf eine Kirchturmuhr plötzlich stehen

»Vier Uhr«, murmelte er. »Wie schnell der Tag vergeht! Vier Uhr ist seine Zeit, und ich habe keinen Augenblick zu verlieren. Ich nehme an, ich finde ihn am üblichen Ort«, und er ging mit verdoppelter Geschwindigkeit, mindestens fünf Meilen pro Stunde, ohne daß man ihm eine Anstrengung anmerkte, in Richtung Simpson's Restaurant am Strand.

Nur ein Wort über den Mann, den er treffen wollte. Monsieur Grabeau war zu dieser Zeit der beliebteste und raffinierteste Salonunterhalter Londons. Er war ein etwas schüchterner Mann und konnte vor Publikum weder singen noch länger sprechen. Bei alledem war er jedoch ein wunderbarer Imitator, Bauchredner und Taschenspieler, vor allem aber ein Zauberkünstler. Er konnte ein Kartenspiel so herummanövrieren wie ein Hauptmann seine Kompanie. In seinen Händen wurden sie zu belebten und vernunftbegabten Geschöpfen, die seinem Befehl folgten.

Bei der Konstruktion und Herstellung mechanischer Spielereien besaß er einen fast unglaublichen Einfallsreichtum. Er selbst hatte mit Mr. Edisons Genehmigung eine Puppe mit eingebautem Grammophon konstruiert, die nahezu vollkommen die Natur nachahmte und »Home, Sweet Home« nicht nur sang, sondern auch die Manier und die Gesten eines der beliebtesten Konzertsänger imitierte. Freilich gab es boshafte Menschen (meist Konkurrenten), die darauf bestanden, Stimme und Gesten der Puppe seien weniger hölzern als die des Originals.

Mr. Beck hatte Monsieur Grabeau bei einer der Festlichkeiten kennengelernt, wo man die Anwesenheit eines Detektivs, ob als Diener oder als Musiker, für eine kluge Vorsichtsmaßnahme gehalten hatte, und ihre Bekanntschaft war zur Kameradschaft, wenn nicht Freundschaft gereift. Mr. Becks Beruf wirkte auf den Franzosen, der alle Romane von Gaboriau auswendig kannte, äußerst anziehend.

»Die sind so clevaire«, pflegte er heftig gestikulierend zu dem gleichmütigen Mr. Beck zu sagen, »die sind zu clevaire. Der Knoten am Anfang ist gut. Aber was man die Auflösung nennt, ist nicht so gut, die Knoten lösen sich nicht so –«

Und dann hielt er ein verzwickt verknotetes Stück Schnur hoch und zeigte es einen Moment später glatt und gelöst vor. Es war einer seiner Tricks.

»Aber das Leben eines Detektivs, eines richtigen Detektivs, das ist bezaubernd. Es ist besser als die Jagd auf den Fuchs. Es ist die Jagd auf Menschen. Der clevaire Mann flüchtet und schlägt Haken, versteckt sich, und manchmal kämpft er auch. Das ist herrlich, das ist edel.«

»Was für eine Verschwendung«, murmelte Mr. Beck nach einem dieser Gespräche untröstlich, als der Franzose ein fast unsichtbares Indiz entdeckt hatte. »Was für eine Verschwendung. Er könnte einer der besten Detektive sein, und er vergeudet seine Zeit mit Kunststückchen und Spielzeugverkaufen und Geldverdienen.« Mr. Beck schüttelte den Kopf über dieses traurige Beispiel von ungenutztem Genie.

Als Mr. Beck also dem Rätsel der verschwundenen Diamanten gegenüberstand, lag ihm natürlich daran, seinen Freund M. Grabeau zu Rate zu ziehen.

»Ich hoffe, er ist hier«, sagte Mr. Beck zu sich, als er Simpson's Restaurant betrat.

Ein Blick beruhigte ihn. M. Grabeau saß an seinem üblichen Ecktisch vor seinem üblichen Dinner – einem Teller blutigem Roastbeef. Er schätzte nämlich englische Gerichte und englische Zubereitung und mochte die ehrliche, nahrhafte Kost bei Simpson's.

M. Grabeau war ein stattlicher, gutgelaunter Mann mit lebhaftem Blick, kurzgeschorenem, glänzendem schwarzen Haar, blauen Augen und einem glatten, cremefarbenen Gesicht.

Er bemerkte Mr. Beck, sobald dieser den Raum betrat, und legte die Abendzeitung nieder, in die er einen Moment zuvor noch vertieft gewesen war.

»Hallo!« rief er liebenswürdig. »Sind Sie es? Bonsoir, Monsieur Beck. Ich hoffe, es geht Ihnen gut?«

Es war zu bemerken, daß M. Grabeau zwar jede Stimme perfekt imitieren konnte, als M. Grabeau aber mit starkem französischen Akzent sprach und seine Sätze mit französischen Brocken spickte.

Mr. Beck nickte, hängte seinen Hut auf und setzte sich.

»Gekochtes Hammelfleisch und ein Stout«, sagte er zum Kellner.

»Es ist nämlich so, Monsieur«, fuhr er fast im selben Ton fort, während der Kellner mit seiner Bestellung forteilte, »daß ich mit Ihnen sprechen wollte.«

»Aha! Ich wußte es«, sagte der andere lebhaft. »Sie kommen wegen der Harcourt-Diamanten, nicht wahr? Die wunderbaren Diamanten, über die beim Abendempfang der Harcourts die ganze Zeit geredet wurde. Sie sind verschwunden, und seine Lordschaft hat M. Beck, den großen Detektiv, engagiert. Ich habe mir gedacht, daß Sie zu mir kommen würden. Hier steht alles drin.« Damit reichte er ihm die ›Westminster Gazette‹ über den Tisch und zeigte auf einen herausstechenden Absatz, über dem in großen schwarzen Lettern stand:

DIE VERSCHWUNDENEN DIAMANTEN

Mr. Beck las ihn sorgfältig durch.

Viel Aufsehen erregt im eleganten London das plötzliche Verschwinden – es ist vielleicht noch zu früh, um zu sagen, der Diebstahl – der berühmten Harcourt-Diamanten, den nach den Kronjuwelen vielleicht berühmtesten und wertvollsten Diamanten Londons. Unser Korrespondent erfuhr von Mr. Ophir in der Bond Street, daß er die Juwelen heute morgen eigenhändig in ein Etui gelegt, das Paket versiegelt und Mr. Sydney Harcourt übergeben habe. Mr. Harcourt wiederum erklärt, als er das Etui in Anwesenheit seiner Verlobten Miss Ray geöffnet habe – für welche die Juwelen als Hochzeitsgeschenk bestimmt waren –, sei es leer gewesen. Wenn Mr. Ophir und Mr. Harcourt beide die Wahrheit sagen – und wir haben keinen Grund, daran zu zweifeln –, müssen die Diamanten in der Droschke auf dem Weg zwischen Bond Street und Upper Belgrave Street durch Etui und Verpackung hindurch verschwunden sein. Wir brauchen nicht zu erwähnen, daß Mr. Ophir an der Spitze seiner Branche steht und daß Mr. Sydney Harcourt, obwohl er eine Weile häufig beim Pferderennen wettete, soweit bekannt, keine größeren Schulden machte und daß sein Rang, sein Charakter und seine Stellung ihn vor dem geringsten Hauch eines Verdachts schützen sollten.

Alle Umstände machen die Angelegenheit natürlich noch rätselhafter. Wir haben erfahren, daß der berühmte Detektiv Mr. Beck auf Betreiben von Mr. Ophir später in der Upper Belgrave Street erschien. Er soll bereits eine Spur haben. Eine Spur gehört zu den Dingen, die einem seriösen Detektiv nie fehlen.

M. Grabeau beobachtete Mr. Beck aufmerksam und las in seinem Gesicht, während dieser die Zeitung las.

»Nun?« fragte er ungeduldig, als Mr. Beck endlich zum Schluß kam. »Stimmt alles?«

»Für einen Zeitungsreporter ziemlich akkurat!«

»Und Sie haben schon die Spur – Sie, der berühmte Detektiv.«

Zuweilen lag eine kaum merkliche Andeutung von Verachtung, ein vager Anflug von Hohn in M. Grabeaus Stimme, wenn er mit Mr. Beck sprach, was dieser aber nie übelzunehmen oder auch nur zu bemerken schien.

»Ja, Monsieur, ich glaube, ich habe eine Art Spur. Aber ich wollte hören, was Sie von der Geschichte halten. Ich habe so eine Ahnung, daß Sie mich auf den rechten Pfad bringen können. Es wäre ja nicht das erste Mal.«

Monsieur strahlte bei diesem rauhen Kompliment. »Erst müssen Sie mir alles erzählen – jedes bißchen.«

Mr. Beck erzählte ihm alles – jedes bißchen – mit bewundernswerter Offenheit, nicht zu vergessen seine Verdoppelung in der Belgrave Street.

»Nun«, sagte er schließlich, »was halten Sie davon, Monsieur?«

»Mr. Ophir«, sagte M. Grabeau knapp und schloß den Mund fest mit einem Klicken wie eine Falle.

»Nein, was Sie nicht sagen!« rief Mr. Beck voller Überraschung und Bewunderung. »Dann glauben Sie nicht, daß etwas hinter der Andeutung in der Zeitung steckt, der junge Harcourt hätte die Steine selbst verschwinden lassen, um Wettschulden zu bezahlen?«

»Nein, mein Freund, glauben Sie mir. Er weiß nicht mehr davon, als er hat gesagt. Es war nicht, wie sagt man, seine Mühe wert. Sein Vater ist reich, seine Verlobte ist schön. Ich habe sie gesehen. Der ehrbare Mr. Ophir gibt ihm die Juwelen. Das Risiko ist zu groß, auch wenn er Schulden hat, was nicht bewiesen ist.«

»Aber wie hat Mr. Ophir sie aus der Schatulle genommen?«

»Er hat sie nicht einmal hineingelegt.«

»Ich dachte, ich hätte Ihnen erzählt, daß drei Menschen sahen, wie er die Steine einpackte – zwei von seinen eigenen Angestellten und der Bote, ein Mr. Mulligan, der vom Schatullenmacher kam.«

»Dieser Bote – haben Sie ihn gesehen?«

»Nein. Er war nicht an seinen Arbeitsplatz zurückgekommen, als ich da war.«

»Und er wird auch nie zurückkommen. Vielleicht könnte Mr. Ophir Ihnen sagen, wohin er verschwunden ist, aber er wird es Ihnen nicht sagen, das können Sie glauben.«

»Aber die zwei anderen Männer sahen, wie die Juwelen eingepackt wurden. Es waren noch zwei andere außer dem Boten da.«

»*Hélas!* Mein großer Detektiv, sind Sie heute nicht ein wenig – ich will nicht sagen dumm – ein wenig naiv? Sie wollen nichts Schlechtes von Mr. Ophir denken? *Très bien.* Aber Ihr Einwand ist so einfach zu widerlegen. Geben Sie mir einen Augenblick Ihre Uhr mit der Kette.«

Er lehnte sich über den Tisch, und wie durch Zauberei hatte er Mr. Becks Uhr und Kette in der Hand – eine schwere goldene Taschenuhr mit schwerer Goldkette, die mit einer goldenen Spange am Knopfloch seiner Weste befestigt war.

»Nun, sehen Sie, das wird unser Etui sein.« Mit flinken, beweglichen Fingern faltete er die ›Westminster Gazette‹ zu einer Art Juwelenschatulle mit fest aufliegendem Deckel. Er öffnete sie weit, legte Uhr und Kette hinein, so daß Mr. Beck sie deutlich darin sehen konnte, und schloß den Deckel mit nur zwei Fingern.

»Da war kein Trick.«

Er schob die Schachtel über den Tisch zu Mr. Beck, der sie öffnete und leer vorfand. Die weitaufgerissenen Augen und das milde Lächeln des Detektivs drückten seine Überraschung aus.

»Aber wo ist sie?« rief er.

»Da ist sie«, sagte M. Grabeau und klopfte ihm auf die ausladende Weste.

Die Uhr war wieder in Mr. Becks Westentasche, in der sie übrigens ziemlich eng steckte, und die Goldspange war wieder sicher an seinem Knopfloch befestigt.

»Ich hätte schwören können, ich habe gesehen, wie Sie die Uhr in die Schachtel gelegt und dort gelassen haben.«

»*Eh bien!* Das konnten die Männer bei Mr. Ophir auch, von denen Sie gesprochen haben. Ich habe es in Ihre Tasche gesteckt, er in seine. Das war der ganze Unterschied. Oh, sein Plan war viel einfacher.«

»Aber Mr. Ophir gilt als äußerst ehrbarer und verläßlicher Mann, Monsieur.«

M. Grabeau schnippte vor Ärger und Verachtung mit den Fingern. »Diesen Mann«, sagte er, »den kenne ich. Ich hatte Geschäftsbeziehungen mit ihm. Er ist kühl, aber schlau. Er hat mich – mich, Alphonse Grabeau – einen Betrüger genannt. Jetzt nenne ich, Alphonse Grabeau, diesen Mr. Ophir einen Dieb, und ich werde es beweisen. Ich werde Ihnen helfen, ihn zu überführen, mein Freund.«

»Ich bin Ihnen sehr verbunden, Monsieur. Ich habe von Anfang an geglaubt, Sie könnten mir auf die Sprünge helfen. Wo kann ich Sie morgen finden, falls ich mit Ihnen sprechen muß?«

»Ich werde bis zwei Uhr nachmittags in meinem kleinen Laden sein. Um vier nehme ich hier mein Dinner ein. Abends bin ich im Salon des Herzogs von Doubleditch. Ich werde jederzeit gern mit Ihnen über diesen Fall sprechen – über diesen Mr. Ophir, den Dieb. Aber Sie müssen pünktlich sein, denn bei mir geht es immer um Minuten.«

»Sind Sie sicher, daß Sie abends zum Herzog gehen?«

»Auch das ist so sicher wie das Amen in der Kirche.«

»Sehr schön, wenn ich Sie nicht im Laden aufsuche, dann beim Dinner.«

M. Grabeau trank die letzten Tropfen aus seinem Glas Whisky-Soda und nahm Stock, Hut und Handschuhe.

Mr. Beck erhob sich im selben Augenblick.

»Guten Abend, Monsieur«, sagte er bewundernd. »Ich muß Ihnen die Hand schütteln, als würden wir uns zum letzten Mal sehen. Ich habe schon immer gedacht, Sie wären unglaublich schlau, aber bis heute abend wußte ich nie wirklich, wie schlau. Es ist jammerschade –«

»Was?« fragte M. Grabeau scharf, denn Mr. Beck hielt mitten im Satz inne.

»Daß Sie nicht einer von uns sind, daß Ihre Talente sich nicht in die richtige Richtung entwickeln konnten.«

M. Grabeau strahlte bei dem Kompliment und ging strahlend hinaus.

Mr. Beck bestellte noch eine Portion gekochtes Hammelfleisch und aß es langsam auf. Sein Gesicht und seine Art waren geistesabwesender denn je.

Etwas von großer Wichtigkeit mußte Mr. Beck offenbar aufgehalten haben, denn es war Viertel nach zwei, als er am nächsten Tag mit raschem, federndem Schritt auf den kleinen Laden von M. Grabeau in der Wardour Street zuging. Er blieb einen Moment vor dem Schaufenster stehen, wo aller mögliche raffinierte und wertvolle Schnickschnack verführerisch ausgebreitet war, und betrat dann den Laden.

Ein junger Mann von vielleicht neunzehn Jahren stand allein hinter dem Tresen – ein junger Mann mit langer, oben sehr fleischiger Nase, ungesunder Gesichtsfarbe und stechenden schwarzen Augen.

»Tag, Jacob«, sagte Mr. Beck. »Der Chef nicht da?«

»Ist gerade vor einer Viertelstunde gegangen.«

»Kommt er noch mal wieder?«

»Heute nicht mehr.«

»Na, macht nichts, ich treffe ihn später noch. Übrigens habt ihr da was Neues, Jacob. Das Korallenhalsband und die Brosche im Fenster. Darf ich mal einen Blick darauf werfen?«

Jacob nahm die Schatulle aus dem Fenster und stellte sie auf den Tresen. Der Schmuck bestand aus geschnittenen, goldgefaßten Korallen und lag in einer Schatulle aus verblichenem braunen Maroquinleder und schäbigem weißen Samt, die ebenso alt aussah.

Mr. Beck untersuchte die Stücke ganze fünf Minuten lang sorgfältig und voller Bewunderung, wobei er die Schatulle mehrmals drehte, um sie besser zu sehen. Er schien sich sehr für einen Fleck am Rand des Leders zu interessieren, der wie feuchter Kautschuk aussah.

»Was soll's denn kosten, Jacob?« fragte er schließlich.

»Unverkäuflich, Sir. Der Chef hat's mir viermal gesagt – nicht zu verkaufen, egal, welchen Preis man dafür bietet. Viele werden eh nicht danach fragen, denke ich – in dem Zeug steckt nicht für zehn Shilling Gold drin.«

»Ah!« sagte Mr. Beck nachdenklich. Dann überredend: »Na, ich bin auch nicht so sehr an den roten Dingern interessiert wie an der Schatulle. Meine Tante bat mich, ihr eine für eine Kette und Brosche zu suchen, die sie billig ergattert hat, und diese würde es tun. Das Etui zu verkaufen hat Ihnen der Chef doch nicht verboten, Jacob, oder? Es scheint ja auch nicht so recht zu dem Schmuck zu passen.«

»Es paßt, als wär's dafür gemacht, Mr. Beck. Aber halt, gehen Sie noch nicht. Ich sage nicht, ich würde es nicht verkaufen, um einem Freund vom Chef einen Gefallen zu tun, wenn ich einen fairen Preis dafür kriege.«

»Was nennst du einen fairen Preis?«

»Was sagen Sie zu zwanzig Shilling?«

Mr. Beck sagte nichts zu zwanzig Shilling. Er sagte überhaupt nichts. Aber er zog die fragliche Münze aus der Westentasche und legte sie auf den Tresen, leerte den Inhalt der Schatulle als klimperndes Häufchen daneben aus, steckte sie in die Tasche und verließ den Laden.

Mr. Beck schloß selbst die Wohnungstür auf und ging geräuschlos die Treppe hinauf in sein hübsches kleines Wohnzimmer im ersten Stock. Er nahm die alte Schatulle aus der Tasche und stellte sie neben eine andere – die von Mr. Smithson – auf den runden Tisch in der Mitte des Zimmers. Es standen Blumen auf dem Tisch, und Mr. Beck schnupperte befriedigt ihren Duft; an diesem Nachmittag schien er über alles erfreut zu sein.

Die beiden Schatullen waren in der Form ähnlich, aber nicht identisch; er öffnete sie. Innen waren sie fast genau gleich. Mr. Beck nickte ihnen kurz zustimmend zu, als erkenne er etwas an, was er gerade selbst gesagt hatte. Dann ging er zur Tür, schloß sie leise und drehte den Schlüssel um. Wer durchs Schlüsselloch geschaut hätte – ein Auge, wie Dickens' Sam Weller es so graphisch im Zeugenstand beschrieb –, hätte sehen können, wie sich Mr. Beck mit einer der Schatullen in der Hand in einen Sessel fallen ließ und sie langsam herumdrehte, mit jenem erstaunten, aber zuversichtlichen Blick, den so viele Menschen zeigten, als gerade das hübsche Geschicklichkeitsspiel »Schweinchen im Klee« groß in Mode war.

Wenig später hätte jeder mit dem Ohr am Schlüsselloch hören können, wie Mr. Beck einen tiefen Seufzer der Erleichterung ausstieß und leise in sich hineinlachte, und wenn das Ohr übernatürlich scharf gewesen wäre, hätte es auch gehört, wie er etwas in seinen kleinen Safe schloß, der in einem geschmackvollen Mahagonigehäuse in der Ecke stand.

†††

»Oh, wie können die Leute nur so gemein sein!« rief Lilian Ray mit vor Entrüstung zitternder Stimme.

Sie stand in der Mitte ihres eigenen Salons, und die Fetzen der »Extra-Sonderausgabe« der ›Vornehmen Welt‹ flatterten um sie herum wie ein rosa Schneesturm. Mit wütenden kleinen Füßen stampfte sie auf die Papierfetzen.

»Sachte, Lil, sachte!« rief Harcourt vom Sofa aus, wo er mit niedergeschlagenem Gesichtsausdruck saß. »Immer mit der Ruhe, mein Schatz. So sind die nun mal. Außerdem ist es gar nicht so falsch – das meiste. Ich bin, wie sie sagen, ein ›übermütiger junger Schlingel‹ gewesen. ›Niemand kennt die Höhe seiner Schulden‹ – weil ich keine habe. ›Mr. Ophir ist ein Gentleman von unzweifelhafter Ehrbarkeit.‹ ›Dies ist ein unangenehmes Rätsel für Mr. Sydney Harcourt.‹ Damit haben sie jedenfalls recht.«

»Ich muß mich über dich wundern, Syd – du, ein großer, starker Mann, sitzt einfach da und hörst zu, wie man solche Sachen sagt!« Sie wandte sich abrupt zu ihm, ihre Augen tiefblau hinter den unvergossenen Tränen.

»Aber ich habe sie nicht gehört, Lil.«

»Du weißt schon, was ich meine. Warum machst du mit dieser Sache nicht Schluß und erteilst diesen fiesen Schmutzfinken eine Lektion, die sie nie vergessen? Warum gehst du nicht direkt zu ihrer Höhle, wo immer die sein mag, und – und – oh, ich wünschte, ich wäre ein Mann!«

»Ich bin froh, daß du keiner bist, Lil, in meinem eigenen Interesse«, sagte er mit einer Stimme, die ihr das Blut in die Wangen steigen ließ.

Sie lief ungestüm zu ihm und spielte mit seinen Locken, während sie sich zärtlich über ihn beugte. »Mein armer Junge, es tut mir so leid, daß du dir Sorgen machst.«

An der Tür ertönte ein scharfes Klopfen, und als der Diener eintrat, saß Lilian am anderen Ende des Sofas und atmete ein wenig schwer.

»Mr. Beck, Sir«, sagte der Diener.

»Führen Sie ihn herein. Was kann der Bursche jetzt wollen, möchte ich wissen?«

»Ich werde Sie nicht lange aufhalten«, sagte der unerschütterliche Mr. Beck und trat ruhig ins Zimmer.

»Oh, ich bitte um Verzeihung, Mr. Beck«, stammelte Harcourt. »Ich wußte nicht – das heißt – ich habe Besuch.«

»Das sehe ich, Sir«, sagte Mr. Beck trocken. »Aber ich glaube, die junge Dame wird einen Moment für das opfern, was ich zu sagen und zu zeigen habe.«

»Dann haben Sie eine Spur?«

»Ja, ich kann wohl sagen, ich habe eine Spur.«

Er nahm die alte Schatulle, die er für zwanzig Shilling gekauft hatte, aus der Rocktasche und stellte sie auf den Tisch, nachdem er ein paar kostspielige Kleinigkeiten beiseite geschoben hatte, um Platz zu schaffen.

»Sehen Sie das, Miss? Ähnelt es der Schatulle mit den Diamanten?«

»Der Schatulle ohne die Diamanten, meinen Sie«, sagte Lilian lächelnd. »Die Form ist dieselbe, aber die andere war ganz neu und glänzend.«

»Das ist nur ein Detail, Miss. Eine geübte Hand könnte die kleine Veränderung von neu zu alt in einer halben Stunde zustande bringen. Wollen Sie jetzt bitte so freundlich sein, sie zu öffnen?«

Als Lilian sie öffnete, wurde sie von dem plötzlichen, unvernünftigen Gefühl durchzuckt, die Diamanten könnten sich darin befinden. Aber sie war leer, völlig leer.

»Das Innere sieht auch genau gleich aus«, sagte sie, »es ist nur so verblichen. Sonst noch etwas, Mr. Beck?«

»Wären Sie so nett, das Etui einen Augenblick in die Hand zu nehmen. Nein, schließen Sie es nicht. Würden Sie jetzt bitte den einen Daumen hier und den anderen auf der anderen Seite ...?«

Mr. Beck führte die schlanken, kleinen Daumen an ihren Ort, während Harcourt erstaunt zuschaute.

»Jetzt pressen Sie bitte die Daumen zusammen, Miss.«

Lilian stieß vor Freude und Überraschung ein kurzes, scharfes Keuchen aus. Denn wie durch Zauberei glitzerte plötzlich ein großer Kreis funkelnder Diamanten auf dem verblaßten Samt, mit einem Stern von überragender Pracht in der Mitte.

»Oh! Oh! Oh!« rief sie atemlos. »Die sind einfach zu schön. Oh, Syd«, wandte sie sich zu ihrem Verlobten, mit Augen, die heller strahlten als die Diamanten, »hast du je etwas so Schönes gesehen? Mir wird ganz schwindlig. Ich kann sie nicht länger anschauen«, und sie schloß das Etui mit einem Schnappen und wandte sich dem gelassenen Detektiv zu: »Wie schlau von Ihnen, sie zu finden, Mr. Beck, nicht wahr, Sydney? Erzählen Sie uns doch, wo und wie Sie das geschafft haben.«

Sie schäumte vor Freude, Bewunderung und Dankbarkeit so über, daß sogar der Detektiv bezaubert war. Er strahlte wie der Vollmond und verbeugte sich mit der leichten Grazie eines Bären.

»Bitte öffnen Sie das Etui wieder, Miss«, war alles, was er sagte. Sie hob den Deckel und war stumm vor Erstaunen.

Das Etui war leer.

»Eine Trickschatulle«, sagte Harcourt nach einer Pause.

»Genau das, Sir, das ist die ganze Geschichte in zwei Worten. Eine der saubersten Arbeiten, die je von einem Menschen ausgeführt wurde. Kein Wunder: zwanzigtausend Pfund, mehr oder weniger, wollte der Verfertiger als Gegenwert. Wie Sie sehen, Sir, betätigt das Schließen des Deckels die Feder. Das ist die Idee, und gar keine schlechte Idee.«

»Und die Diamanten liegen sicher drin«, rief Lilian, »sie waren die ganze Zeit da, und ich brauche nur mit dem Daumen zu drücken, damit sie wieder zum Vorschein kommen. Das ist wunderbar! Wunderbar! Ich muß sagen, mir gefällt das Etui ebensosehr wie die Diamanten. Hoffentlich wird der Handwerker gut bezahlt, Mr. Beck.«

»Er wird gut bezahlt, keine Sorge, Miss«, sagte Mr. Beck ein wenig grimmig, »wenn auch vielleicht nicht in der Münze, die er erwartet hat.«

»Aber wie haben Sie das nur herausgefunden? Sie müssen unglaublich schlau sein. Ich nehme an, Sie haben sich irgendein brillantes System ausgedacht, das niemand außer Ihnen versteht.«

Mr. Beck errötete tatsächlich unter diesem Schwall von Komplimenten.

»Ein bißchen gesunder Menschenverstand, Miss, das ist alles. Ich habe kein anderes System als ein Hund, der einen Fuchs wittert und ihm auf der Spur bleibt. Ich peile nur übern Daumen und wurstele mich durch meine Fälle, so gut es eben geht.«

»Wann kamen Sie auf die Idee, die Diamanten wären im Etui?« fragte Harcourt.

»Ich kam darauf, als ich mit Mr. Ophir sprach, und ich war ganz sicher, als ich zu Ihnen kam. Es ist doch so, Sir, wenn Mr. Ophir die Diamanten in die Schatulle gelegt und niemand sie herausgenommen hatte, war anzunehmen, daß sie noch darin sind – auch beim Anschein des Gegenteils.«

»Wenn es einem erzählt wird, klingt es ganz einfach«, murmelte Lilian.

»Als ich natürlich erfuhr, daß mein Doppelgänger hiergewesen sei und die Schatulle geholt hätte, war ich mir endgültig sicher.«

»Ihr Doppelgänger! Dann hattest du recht, Lilian, es gab zwei Mr. Becks.«

»Natürlich. Ich habe immer recht.«

»Darf ich fragen, Sir, wer Sie sind?« fuhr Harcourt fort.

»Er ist natürlich der zweite Mr. Beck, Syd. Wie kannst du nur so dumm sein? Aber ich möchte wissen, wer der erste Mr. Beck war, der Mann mit den schönen Händen?«

»Der erste Mr. Beck, Miss, alias Mulligan alias M. Grabeau sitzt zur Zeit im Gefängnis und wartet auf seinen Prozeß. Er wurde heute nachmittag vom zweiten Mr. Beck bei einer Verabredung in Simpson's Restaurant festgenommen.«

DOROTHEA CONYERS

Außerhalb des Gesetzes

Mervyn Henderson, der »menschliche Bluthund« in dieser Geschichte von Dorothea Conyers (1873–1949), ist deutlich Sherlock Holmes nachempfunden, obwohl seine Autorin ihn mit einer freundlichen Anspielung auf Conan Doyles Beruf als »sich abmühenden jungen Arzt« beschreibt, »aus dem später ein berühmter Detektiv wurde«. Wie Holmes hat auch er studiert, hat einen messerscharfen Intellekt und raucht dicke Zigarren. Er hegt jedoch zugleich eine Leidenschaft für seine Cousine Joan, die bei vielen Lesern der zwanziger Jahre Stirnrunzeln bewirkt haben muß! Die Autorin stammte aus Limerick und wurde mit einer Reihe von Romanen über das Leben in Irland bekannt, darunter *The Waiting of Moya* (1921) und *The Toll of the Black Lake* (1922). Nachdem sie 1926 wegen eines Familienskandals einen Privatdetektiv in Dublin konsultiert hatte, kam ihr die Inspiration für Mervyn Henderson, den sie in einer Kurzgeschichte mit dem Titel »The Fair-Haired Companion« einführte. Darin gelingt es dem einfallsreichen Privatdetektiv, eine Erbin aus den Klauen ihres hinterlistigen Onkels zu retten, der sie zu vergiften versucht, um an ihr Erbe zu kommen.

In späteren Abenteuern wie »The Pitmaston Duchess«, »Chase-Me-Charlie« und »The Murder on the Dover Train« überführt Mervyn Henderson einen Juwelendieb und ein kriminelles Superhirn, das sich als Mädchen herausstellt, und löst das Rätsel eines Mordopfers, das seine Identität gewechselt hat. Sein raffiniertester Fall aber ist »Außerhalb des Gesetzes« – ein scheinbar einfacher Fall von Selbstmord, der sich zu etwas sehr viel Unheimlicherem entwickelt, wobei auch der Charakter des großen Detektivs – wie der von Sherlock Holmes – seine dunklere Seite enthüllt.

»Seltsame Fälle.« Der große Detektiv klopfte mit seinen langen Fingern gegen die Armlehne. »Hm, ja, ich habe ein paar erlebt.«

Das Licht fiel auf sein Gesicht. Einer, der Menschen aufspürte, mit klarem Blick, schmalem, beweglichem Mund, energischem Kinn; ein menschlicher Spürhund, unnachgiebig und, wie man sagte, herzlos – doch ein humorvolles Flackern um Mund und Augen strafte dieses Gerücht Lügen.

»Erzähl uns einen – den seltsamsten, den du je erlebt hast.«

Joan Henderson, die Cousine des Detektivs, lehnte sich nach vorn. Sie war ein großgewachsenes Mädchen, dessen Gesicht dem seinen ähnelte. Klar geschnitten, voller Energie. Aber ihr Mund war leidenschaftlich und träumerisch, ihre Augen sanft. Henderson war Junggeselle, und man munkelte, er liebe seine Cousine, doch sie wolle nichts von ihm wissen.

Sie stand auf und zündete sich eine Zigarette an. Das Licht spielte glitzernd auf ihrem weichen, silbergetupften Kleid.

»Erzähl uns einen, wo du *Mitleid* gezeigt hast«, sagte sie.

Henderson lachte. »Soll ich euch den Croft-Danly-Fall erzählen, als ich einer gejagten Frau auf die Spur kam, oder den Fall der Smaragde des ausländischen Monarchen, oder« – hier blickte er das Mädchen seltsam an – »einen Fall, bei dem ein Detektiv log und außerhalb des Gesetzes handelte?«

»Ja, erzähl uns den«, sagte sie ruhig. »Der könnte interessant sein.«

Wir saßen um das lodernde Kaminfeuer. Draußen heulte ein Nordostwind über die gefrorene Erde, und Schnee oder eher Hagel klatschte gegen die Fenster. Drei Männer, Freunde von Henderson, waren anwesend sowie seine Cousine Joan in ihrem blausilbernen Kleid.

»Also« – er füllte langsam seine Pfeife –, »ich werde euch eine Geschichte erzählen. Wo soll ich anfangen? Vor vielen Jahren – ja, so etwa:

Vor vielen Jahren gingen zwei junge Burschen zusammen zur Schule. Der eine hieß Mervyn Henderson, ein magerer, phantasievoller Junge, der träumte, statt zu arbeiten; der andere – nennen wir ihn Fred Crighton, obwohl das nicht sein Name war. Sie waren Freunde in Harrow, immer zusammen. Der flinke und aufgeweckte Fred half dem Träumer mit seinen Büchern und bewahrte ihn vor viel Prügeln, dann gingen sie nach Oxford und wurden noch engere Freunde. Fred war ein großer, fröhlicher Bursche, sensibel wie ein Kind, romantisch, leidenschaftlich, ganz im Gegensatz zu dem ruhigen Henderson, der Romantik verabscheute und Angst vor Frauen hatte.«

Joan seufzte hörbar.

»Die herrliche und fröhliche Oxfordzeit ging vorbei, die Freunde wurden getrennt. Fred nahm eine Stelle in« – Henderson zögerte – »Cross Minster an, einem verschlafenen alten Städtchen. Er wurde Rechtsanwalt in einer Firma. Hendersons Träume machten Masern, Rezepten und Gehirnerschütterungen Platz. Ich begann nämlich mein Leben als

Arzt, träumte aber weiter, besuchte Gerichtsverhandlungen, studierte die Methoden von Dieben und Mördern, dachte viel nach und war schließlich so fasziniert, daß ich alle Brücken abbrach und mit meiner Arbeit als Spürhund begann.

Ich bekam meine Chance. Ein paar von euch können sich vielleicht noch an den Mord in Wye Croft erinnern, den brutalen Mord an einem jungen und beliebten Mann, das völlige Fehlen eines Motivs und die Hilflosigkeit der Polizei. Ich verfolgte den Fall atemlos. Dann ging ich eines Tages zu Scotland Yard und fragte dreist nach einem hohen Beamten, der mich empfing, als ich eine mit Bleistift hingekritzelte Nachricht für ihn abgab. Ich traf auf einen großen, stämmigen Mann, der scharfsichtig und eigensinnig wirkte, ein zweiter Mann stand wartend im Hintergrund.

Was sollte das, hatte ich irgendwelche Informationen?

Ich hatte keine, aber ich glaubte, wenn man mir freie Hand gebe, könnte ich den Mörder von Wye Croft an den Galgen bringen.

›Und Ihre Lösung?‹ knurrte der große Mann.

›Bekommen Sie, wenn Sie mich anstellen, auch auf Zeit.‹

Sie warfen mich raus, aber später holten sie mich und ließen mich einen Versuch machen. Und innerhalb einer Woche nahmen wir den Cousin des Ermordeten fest, und zum Teufel noch mal, er erschoß sich.«

»Aber das ist keine Geschichte über das Mitleid eines Detektivs«, sagte Joan und zog die Augenbrauen hoch.

»Nein, ich erzähle nur, wie ich anfing. Dann kam die Sache mit den Silverview-Diamanten, und ich wurde fest angestellt. Der Erfolg ist mir treu geblieben. Ich scheine die Nase eines menschlichen Bluthunds zu haben. ›Holt Henderson‹ heißt es jetzt, wenn jemand gesucht wird.«

»Uh!« Joan fröstelte.

»Aber jetzt zu meiner Geschichte.« Seine Augen suchten Joan, und alle wußten, er erzählte die Geschichte für sie.

»Auch Ermittler machen mal Urlaub. Der Juni bescherte London silbernen Sonnenschein, und als der Juli begann, seinen Ofen zu heizen, bekam ich einen Brief von Fred. Er war niedergeschlagen. Finanziell ging es ihm gut, er hatte sogar eine ansehnliche Erbschaft gemacht, aber er war unglücklich. Würde ich kommen und einen Monat bei ihm verbringen? Das Meer sei nur drei Meilen entfernt, es gebe frische Luft, Ruhe und Golf.

Ich sagte mit Vergnügen zu. Ich hatte gerade einen schwierigen Fall abgeschlossen und der Gerechtigkeit zum Sieg verholfen.« Joan fröstelte. »Also schickte ich ein Telegramm, packte und fuhr an einem heißen, stillen Morgen von Euston Station ab. Der Zug eilte durch die stille, grüne Landschaft, wie weit, werde ich nicht sagen. Ich stieg in einen Bummelzug um und kam um halb fünf in Cross Minster an. Ich hatte Fred drei Jahre nicht gesehen.

Auf den ersten Blick sah er aus wie früher, groß, fröhlich, helläugig, aber als er seinen Zweisitzer zwischen den Taxis am Bahnhof hindurch lenkte, sah ich tiefe Linien um seinen Mund und tiefsitzendes Unglück in seinen Augen. Ich studiere immer die Linien in einem Gesicht, und sie haben mir oft geholfen – Linien von Sorge, Unwillen, Angst.«

Henderson lachte. »Ich darf meine Steckenpferde nicht mit mir durchgehen lassen. Wir fuhren durch eine breite Hauptstraße, an altmodischen Gasthäusern und modernen Geschäften vorbei, bis zum Rand der ruhigen alten Stadt. Freds Haus war ein Traum. Eine verschachtelte Masse von Winkeln und Giebeln inmitten eines blühenden Gartens, dahinter ein Obstgarten und Felder, sogar ein kleiner Fluß, zu der Zeit ein bloßes silbernes Rinnsal, das durch den Obstgarten floß und sich im Garten zu einem Teich vertiefte.

›Das ist ein Teil meiner Erbschaft‹, erklärte er. ›Meine Tante hat hier gelebt. Ich kam nach Cross Minster, um bei ihr zu wohnen.‹

Für einen erschöpften Mann war es die reine Erholung. Der Seegeruch würzte die vom Duft der Reseden, Wicken und Rosen geschwängerte Luft. Wir aßen frische Forellen, Huhn, grüne Erbsen und Erdbeeren, und als wir später rauchend auf der Veranda saßen, hätten wir Ruhe und Frieden verspüren sollen. Bei mir war es auch so. Ich war nicht dort, um ihn zu einer Beichte zu nötigen, aber ich sah Fred trübsinnig ins Dunkel starren und in sich hineinseufzen, wenn er schwieg.

Schließlich begann er von allein zu sprechen.

›Du wunderst dich, was mit mir los ist, Mervyn. Es geht um eine Frau, die langsam ermordet wird –‹

›Ah!‹ sagte ich und setzte mich auf. Also keine Erholung, sondern ein neuer Fall.

›Nein, alter Knabe, nicht mit den Mitteln, die du kennst, aber es gibt andere Mittel. Vielleicht wirst du sie verstehen, wenn du siehst, was mir das Herz bricht, Mervyn.‹

›Ein großes, weiches Herz, das da gebrochen wird.‹ Ich berührte seinen Arm.

›Danke, alter Knabe. Tja, dann bis morgen – ich bin auch im Urlaub, also können wir die Tage verbummeln.‹

Der Morgen war frisch. Mein Zimmer ging nach Westen, wo hinter einer Buche die rosige Dämmerung zu sehen war – dort war es nie zu heiß. Und ich nahm ein köstliches Frühstück neben einer offenen Terrassentür mit frischen rosa Wicken auf dem Frühstückstisch ein.

Dann fuhren wir zum Meer, schwammen weit hinaus und kamen herrlich hungrig zurück.

›Ich werde dich zu den Dennisons mitnehmen‹, sagte Fred. ›Dennison ist Neil Armour, der Schriftsteller, der kitschige Liebesgeschichten schreibt, Torten aus übersüßtem Teig, gewürzt mit Grafen, Herzögen und ihren Liebesaffären, die sich besser verkaufen, als die Polizei erlaubt.‹

Ich hatte die Bücher schon an Bahnhöfen gesehen, aber nie eins gelesen.

›Er wird versuchen, deinen großen Kopf nach Stoff anzuzapfen. Komm mit.‹

Wir gingen zur Stadt zurück und bogen dann nach rechts in eine ruhige Vorstadtstraße ein. Es waren nur wenige hundert Meter von Freds Haus.

Oaklawn war eine große, imposante Villa – ein überladener, uncharmanter roter Ziegelbau, dessen Blumenbeete prächtig schillerten, und dessen Gewächshäuser im Sonnenlicht glitzerten. Dann rief uns der Besitzer aus einem von grünen Jalousien beschatteten Fenster zu – ein bis zum Boden reichendes Fenster, das in ein hübsch eingerichtetes Arbeitszimmer führte, dessen Wände von Büchern bedeckt waren. Ein Schreibtisch nah beim Fenster, eine tiefe, luxuriöse Couch in der Mitte des Raums. Der Autor klappte gewichtig sein Tintenfaß zu, legte ein Manuskriptblatt aus der Hand und begrüßte uns. Aus einem angrenzenden Raum ertönte das Klappern einer Schreibmaschine. Fred stellte uns vor.

›Ich habe gerade ein Kapitel von *Lady Guineveres Dilemma* abgeschlossen‹, sagte Dennison wichtigtuerisch und klingelte. ›Es wird im »Moon« vorabgedruckt, und ich war damit im Rückstand. Sehen Sie das durch, Miss Smith.‹ Er reichte den sauber beschriebenen Bogen einem dünnen, fähig wirkenden Mädchen, das seinen Arbeitgeber anhimmelte.

›Sie sehen es nicht selbst durch?‹ fragte ich.

›Das brauche ich nicht.‹ Neil Dennison war groß und füllig, sein blühendes Aussehen war vom Wohlleben gezeichnet, seine harten Augen waren eingesunken, sein voller, sinnlicher Mund brutal, wenn er nicht lächelte. Er strahlte eine gewisse Cleverness aus und hatte einen Blick von schlauer Zielstrebigkeit, der mir nicht gefiel. Ich war schon oft an Leute seines Schlages geraten – und hatte sie überführt.

›Die liegen mir ständig in den Ohren wegen Kurzgeschichten und so weiter‹, sagte er. ›Sehr erfreut, Sie kennenzulernen, Mr. Henderson. Wir haben sogar hier in der Provinz schon von Ihnen gehört. Ich wette, Sie haben einen Schatz von interessanten Erfahrungen. Natürlich bleiben Sie zum Tee. Denys!‹ rief er. ›Denys, Fred ist da.‹

Denys mußte die Schlange in diesem Paradies sein. Ich beschloß, sie nicht zu mögen, aber als sie hereinkam – tja, da änderte ich meine Meinung. Denys, seine Frau, war ein großgewachsenes Mädchen mit kastanienbraunem Haar und tiefblauen Augen. Ihr zum Lachen geschaffener Mund war verräterisch nach unten gezogen. Sie hatte ein stilles Wesen; sie besaß, um einen alten Ausdruck zu gebrauchen, allerbeste Umgangsformen.

Dies war die Frau, die langsam ermordet wurde. Und Fred blickte sie mit offener Bewunderung an.

Wir saßen draußen im Schatten einer Zeder. Ich brauchte kaum eine halbe Stunde, um den Fall zu durchschauen.

Sie wurde mit Worten ermordet. Neil Dennison widersprach ihr, machte sich über alles lustig, was sie sagte, und immer mit dem Anschein von Bonhomie, als versuche er, bei einem zurückgebliebenen Kind die Geduld zu behalten. Igitt! Er war ein aufgeblasener Windbeutel und hatte ständig die eigene Hand am Blasebalg.

Abwesend pries ich die gute Luft des Ortes.

›Ja, sie ist wunderbar. Ich liebe das einfache Leben, das Essen im Freien, aber Denys will es nicht, und so verschwenden wir sonnige Stunden in einem stickigen Speisezimmer.‹

›Das Personal müßte alles nach draußen tragen‹, sagte sie schüchtern.

›Ich könnte mir einen Extradiener leisten‹, sagte er arrogant. ›Einen Ganymed als Mundschenk.‹

›Für Zeus‹, warf ich listig ein.

Und das gefiel ihm; er lachte, als sei er erfreut.

›Bei Gott! Ja – genau das. Aber Denys weiß nicht, wer Ganymed ist. Sie liest keine Bücher, oder doch, Denys?‹

›Manchmal‹, antwortete sie, und ihre Hände zitterten, als sie die Teekanne faßte.

So ging es weiter. Einschüchterung und Piesacken, bis ich, ein völlig Fremder, den stattlichen, gutaussehenden Schriftsteller hätte erschlagen können, und mein Freund Fred betete den Boden an, über den das Mädchen ging.

›Denys, geh und frag Mr. McKenzie, ob er Nektarinen dahat‹, befahl Dennison. ›Nimm Fred mit.‹ Dennison steckte sich eine dicke schwarze Zigarre an. Ich sah seine Augen wohlgefällig blitzen, als die beiden weggingen.

›Eine große Freude für mich, Sie kennenzulernen‹, sagte er. ›Ein brillanter Geist erkennt den anderen. Die jungen Burschen beten die Schönheit an‹ – sein böser Mund verzog sich –, ›aber wir beide können reden.‹ Seine Sprache war ebenso voller Hervorhebungen wie seine Bücher.

Der Mistkerl deutete offen an, daß seine Frau dumm sei. Ich zerbiß eine Zigarre zu einer feuchten Ruine.

›Und jetzt erzählen Sie mir etwas über Ihre Arbeit – Ihre wundervollen Methoden. Man nennt Sie den menschlichen Bluthund.‹

›Und – wie würden Sie dann das Buch nennen?‹ fragte ich mit offener Grobheit.

Leider war sein Fell viel zu dick.

›Ah, Sie sind aufgeweckt. *Mir* würden Sie natürlich gern einen Stoff liefern. Das wäre doch interessant für Sie. Ja, ich möchte etwas Aufregendes hören, passend für eine Fortsetzungsgeschichte und eine Verfilmung. Sie sind natürlich eine erbarmungslose Bande. Haben Sie nie den Wunsch gehabt, einen Mann laufenzulassen?‹

›Nicht oft. *Wer das Blut eines Mannes vergießt* – aber bei einer Frau, da könnte es anders sein.‹

›Oh, kein anständiger Mensch würde das tun. Kommen Sie, erzählen Sie eine Geschichte. Ich kann mir Notizen machen.‹

Ich sehe ihn noch immer vor mir, den bombastischen Windbeutel, wie er auf meinen Beginn wartete, sein grobes Gesicht von einem Lächeln verzerrt. Und dann sah ich, daß das Lächeln nicht mir galt, sondern dem Paar bei den Rosenbäumchen und einer Frau, die einem Mann eine kleine Blüte reichte.

Dann lächelte ich. Er wollte meine Gedanken. Die konnte er haben, und vielleicht würden sie ihm nicht gefallen.

Also erzählte ich ihm eine Geschichte. Erfand etwas von einem mittelalterlichen Schloß, einer Geheimkammer, vertauschten Babies, einer untreuen Ehefrau, langsamem Giftmord. Fades, melodramatisches Zeug, das er gierig aufnahm bis hin zu einem Selbstmord und einer trivialen Auflösung.

›Sehr schön!‹ tönte er. ›Ich werde Ihnen eine Freude machen und Ihnen ein Exemplar des Buches schicken. Ich kann Sie als typischen Detektiv reinsetzen.‹

›Und was ist ein typischer Detektiv?‹ fragte ich erbittert.

Er gestikulierte mit seinen großen Händen: ›Ach, Sie wissen schon, schmale Augen, beweglicher Mund, demonstrative Cleverness. Wollen wir eine Partie Bridge spielen? Das beruhigt meine Nerven.‹

Für seine Partnerin war es gewiß kein Beruhigungsmittel. Er spielte schlecht, sagte übereilt an, murrte ständig und schimpfte auf Denys. Ich sage, er schimpfte, aber es war cleverer Hohn, den er mit geübter Gewohnheit verteilte. Dann bat er uns, zu meiner Überraschung, zum Dinner zu bleiben.

Dies war der Beginn einer Reihe von Tagen, die wir in Oaklawn verbrachten. Und der große Kopf, den der Windbeutel hatte anzapfen wollen, suchte nach dem Grund.

Der dicke, grobe Mann hatte nämlich eine Freundin – ein leeres, blondiertes Mädchen von auffallender Hübschheit. Ich sah sie abends zusammen in seinem Zweisitzer. Es war leicht, das Puzzle zusammenzusetzen. Madge Pierson, die Tochter des Kneipenwirts, wollte in den Hafen der Ehe. Neil war geblendet von ihr und begehrte sie heftig. Er wollte die Scheidung von seiner Frau. Zu seinem Pech verabscheute Denys Skandale, und er konnte keine Beweise gegen sie sammeln.

Noch nie hatte ich erlebt, wie die Seele einer Frau langsam ermordet wurde. Sie ertrug es so voller Würde, mit erhobenem Haupt und mutigen Augen voller Schmerz, und sie ging mit Fred spazieren und sprach mit ihm, aber nur als Freund und nicht mehr. Sie wollte keine Autotouren mit ihm machen oder mit ihm nach London fahren, wie Dennison sie drängte. Sie blieb standhaft im Kreis ihrer Überzeugungen stehen.

Nun, ich will nicht viele Worte machen. Ich schaltete mich ein und sprach mit Fred. Ich sagte ihm, er müsse die Stadt verlassen. Was würde Denys tun? Ihr Unglück leichter ertragen, wenn sie nicht durch eine verschlossene Tür das Glück sehe, sagte ich. Ich enthüllte ihm alle Fakten, und er verstand. Also regelte er seine Angelegenheiten in aller Stille, buchte seine Überfahrt nach Australien und wollte einen Freund da lassen, um das Geschäft, so gut oder schlecht es ging, weiterzuführen.

An einem Mittwoch hatte er alles erledigt, und am selben Abend sollten wir in Oaklawn zum Dinner kommen.

Als wir eintrafen, schrieb Dennison noch an dem kitschigen Zeug, das Zimmermädchen und einsame Frauen erfreute. Er rief mich, und als ich hereinkam, flatterte ein loses Blatt zu Boden. Ich hob es auf.

›Sehen Sie, wie ich mich abmühe‹, brachte er hervor. ›Ich mußte einen ganzen Satz neu schreiben, ich hatte den Eindruck, er wäre nicht anrührend genug. Meine Seele schreit nach wahren Gefühlen – die sitzen mir im Nacken, Henderson, dieses Kapitel ist schon überfällig. Hallo, Miss Smith, machen Sie weiter mit dem Abtippen. Ich muß selbst schreiben. Ich kann heute nicht diktieren.‹

›Etwas Aufregendes?‹ fragte ich.

›Ja. Das Publikum will Tränen und Liebesschwüre. Ich möchte mal Abwechslung. Ich bin jetzt müde, ich wasche mir nur die Tinte von den Händen.‹

›Ja.‹ Ich hatte den Satz auf dem Blatt gelesen und lächelte ein wenig.

Es war ein elendes Dinner. Er nannte Denys eine schlechte Hausfrau, rügte das Hausmädchen, von dem er wußte, daß Denys sie mochte, schimpfte auf das Essen. Aber bei den Himbeeren bekam er, was er verdiente, als Fred seine bevorstehende Abreise bekanntgab.

Denys nahm es gefaßt auf, es war ihr nicht neu. Aber Dennison ließ die Maske fallen und sah aus wie das Monster, das er war, als er kochte und wütete.

›Das kann nicht wahr sein. Sie können nicht abreisen, Fred, *es sei denn,* Sie fahren in Begleitung‹, grinste er. Denys wurde weiß. ›So ein Unsinn. Geben Sie's auf.‹

Das dicke Scheusal sah, wie seine Pläne zu Staub zerfielen, die Erfüllung seiner Wünsche verhindert wurde. Und er war nicht mutig genug, zu gewöhnlichen Maßnahmen zu greifen.

Seine haarigen Hände zuckten auf dem Tischtuch, seine Augen loderten vor Wut.

›Ich muß geschäftlich nach Australien.‹ Freds Stimme war ruhig und fest. ›Ich muß hinfahren.‹

Dennison war einfallsreich. Er verfiel in verstörtes Nachdenken und plante irgend etwas, das er ausspann wie seine groben Geschichten. Die Nacht war öde und düster. Dennison versuchte Fred und Denys in den Garten zu schicken, doch die Frau konnte den Abschied von ihrem einzigen Trost nicht ertragen und weigerte sich. Also spielten wir schweigend Bridge. In Gedanken versunken war Dennison wenigstens einmal still.

Als wir nach Hause gingen, packte Fred meinen Arm. ›Mervyn! Ich lasse sie hier in der Hölle zurück – ich ertrage es nicht. Diese reine Seele, dieses empfindsame Herz, Stunde für Stunde gefoltert.‹

›Besser das, als wenn sein Plan Erfolg hat. Manche Frauen können durch Liebe getröstet werden, aber sie ist eine Puritanerin, und ein Skandal würde sie umbringen. Aussagen des Personals, entstellte Schilderungen des Geschehens, ihre mutigen Augen auf den Richter geheftet, während sie stolz und nutzlos leugnet. Du gehst gerade noch rechtzeitig. Er ist noch nicht bereit – dieser betrogene Ehemann.‹

›Vorher würde ich ihn umbringen!‹ brüllte Fred. ›Erschießen.‹

Ein Passant schrak zusammen und drehte sich um.

›Das ist der alte Jones, ich habe ihm einen Schrecken eingejagt‹, sagte Fred.

›Sei vorsichtig‹, warnte ich ihn, ›der Teufel ist noch nicht besiegt. Kein Abschiednehmen, mein Junge. Morgen werden wir zwei ans Meer fahren.‹

Wir fuhren morgens los und standen den Tag durch. Als wir zurückkamen, sahen wir, wie Dennisons Zweisitzer am Bahnhof vorfuhr. Ein dunkelhaariger, glattrasierter Mann saß neben ihm.

›Das ist doch Fluter, der große Herzspezialist‹, sagte ich. ›Ich habe ihn beim Grey-Fall getroffen. Hm, kostet Geld, ihn aus London hierherzuholen. Ob Dennison krank ist? Schriftstellerkollaps?‹

›Der stirbt mit achtzig an Gehirnschlag‹, sagte Fred bitter. ›Es – es – es kann doch nicht wegen Denys sein?‹

Um neun Uhr klingelte das Telephon. Freds Diener antwortete.

›Mr. Dennison möchte, daß Mr. Crighton sofort herüberkommt, Sir – es ist wichtig.‹

›Geh nicht‹, bat ich. ›Das ist eine Falle.‹

Aber er sauste los wie ein Nagel zu einem Magneten, und ich zog mir Tennisschuhe an und setzte ihm nach.

Dennison saß in der Bibliothek an seinem Tisch. Er rief Fred, der durch die offene Terrassentür hereintrat. Ich schlich mich an und lauschte.

›Fred – Fred‹, flüsterte der dicke Mann. ›Es ist furchtbar. Denys – Denys liegt im Sterben.‹

›Was!‹ schrie Fred.

›Leise! Keinen Lärm. Fluter hat gesagt, es gibt keine Hoffnung – eine Frage von Stunden.‹

›Du Satan – du hast sie umgebracht‹, ging Fred auf ihn los. ›Du hast sie ermordet, du Teufel. Dafür wirst du bezahlen.‹

›Leise! Man kann Sie hören.‹

Eine Klingel schellte, und Miss Smith lief herein – sie mußte es gehört haben.

›Gehen Sie schlafen, Miss Smith, wir möchten nicht gestört werden. Also, bleiben Sie ruhig, Fred. Schreien Sie nicht herum. Denys möchte Sie sehen, bevor sie stirbt. Oh, ich bin nicht blind – ich weiß, wie es zwischen euch steht. Und Sie sollen sie zehn Minuten allein sehen.‹

›O Gott! – O Gott!‹ stöhnte Fred.

Eine Kette rasselte. Das Hausmädchen verschloß die Haustür.

›Aber ich will keinen Hauch von Verdacht auf *ihrem* Namen. Nicht jetzt – wenn das Personal schläft. Die Krankenschwester ist nicht von hier, ich werde sie aus dem Zimmer rufen. Ich gehe jetzt nach oben.‹

Dennison glitt aus dem Zimmer. Ich konnte Fred zusammengesunken auf seinem Stuhl sehen, betäubt, erschüttert.

›Die Krankenschwester sagt, Sie müssen noch zwanzig Minuten warten. Denys ist schläfrig. Gehen Sie dann direkt in ihr Zimmer, das erste auf der rechten Seite. Ich tue für sie, was ich kann, aber ich muß ihren guten Namen schützen.‹

›Ich möchte lieber draußen warten, als die Luft zu atmen, die Sie vergiften.‹ Fred stand auf. ›Und danach werden Sie bezahlen‹, donnerte er.

›Ja – ich werde leise nach Ihnen pfeifen. Ich weiß, was Sie fühlen, Fred.‹

Fred stolperte ins Dunkel hinaus zur Straße. Dennison stand allein in dem beleuchteten Zimmer, er ging zu der tiefen Couch. Und ich sah, wie er lachte und sich die Hände rieb. Da wußte ich es. Er hatte die Vögel in der Falle. Ich durchschaute seinen melodramatischen Groschenheftplan.

Das Haus war still. Dann wurde die Stille vom Schluchzen einer Frau am Fenster unterbrochen.

Von jetzt an« – Henderson beugte sich vor – »werde ich die Geschichte erzählen, als wäre ich ein außenstehender Beobachter, und mich den Londoner Detektiv nennen. Ihr habt nach dem seltsamsten Fall gefragt, den ich je gehabt hätte – ich glaube, dieser ist es.

Der Detektiv kam aus seinem Versteck und eilte zurück zum Haus seines Freundes. Er befürchtete, Fred hätte seinen Revolver geholt, aber niemand war da; ein Diener saß in der Küche und sagte, er habe seinen Herrn hinauf ins Arbeitszimmer und wieder hinunterlaufen hören. Das Telefon klingelte – der Detektiv nahm ab.

›Wer spricht da? – Mr. Henderson? Kommen Sie schnell, Mr. Dennison ist ermordet worden. Mr. Crighton hat ihn erschossen. Kommen Sie! Ich habe die Polizei angerufen. Schnell!‹ Miss Smiths Stimme tönte schrill. Der Detektiv rannte wieder nach Oaklawn zurück.

Als er über den Rasen lief, sah er, wie die Sekretärin drinnen etwas vom Boden aufhob.

Es war nur allzu wahr. Dennison lag auf die Couch niedergestreckt, ein Revolver neben ihm auf dem Boden, sein Mund schlaff, das Grau des Todes auf seinen harschen Zügen. Miss Smith beugte sich über ihn.

›Ich habe ihn gefunden‹, stieß sie heftig hervor. ›Ich habe Sie angerufen. Ich hörte, wie er und Mr. Crighton sich stritten, sich anschrien – dann den Schuß. Mrs. Dennison ist ohnmächtig geworden, als wir es ihr sagten.‹

›Fassen Sie nichts an‹, befahl der Detektiv. ›Ja, er ist tot, ein Schuß ins Herz.‹ Er beugte sich über den Leichnam. Ein kleines Stück Papier lag auf seiner Brust und war von dem Blut aus seiner Wunde befleckt worden.

›Verlassen Sie den Raum, Miss Smith. Sie könnten Fingerabdrücke verwischen. Haben Sie irgend etwas angefaßt?‹

›Ich habe den Revolver aufgehoben, um ihn anzusehen‹, stammelte sie.

So blieb der Mann aus London, der Spürhund, mit dem Toten allein. Die kleine Pistole lag auf dem Boden. Der Fall sah schwarz aus – schwarz wie Tinte. Fred war angerufen worden, man hatte ihn zum Haus kommen sehen, Miss Smith hatte den Streit mitgehört, der alte Jones hatte den Jungen eine Drohung ausstoßen hören – der Detektiv war verpflichtet, den Verbrecher vor Gericht zu bringen, die Strafe des Gesetzes auf seinen einzigen engen Freund fallen zu lassen. Oh, Fred, Fred! – er war so offensichtlich schuldig.«

»Du hast es nicht getan‹, flüsterte Joan.

»Ich – war nur der Ermittler. Er wartete, Schritte ertönten, ein ruhig wirkender Inspektor und zwei Polizisten eilten herein.

›Ah, da sind Sie ja, Mr. Henderson. Ein Glück, daß wir Ihre Hilfe haben. Miss Smith hat uns gesagt, sie habe Mr. Crighton und den Verstorbenen vor einer halben Stunde laut streiten hören, dann hörte sie einen Schuß, rannte nach unten und –‹

Fred Crighton kam langsam an die Terrassentür.

›Dennison, kann ich jetzt –?‹ fragte er tonlos. ›Aber mein Gott! Mein Gott!‹

›Passen Sie besser auf, was Sie sagen, Sir‹, knurrte der Inspektor scharf. ›Man hat von oben gehört, wie Sie vorher mit dem Verstorbenen gestritten haben.‹

›Er ist tot – zu spät‹, war Freds Antwort. ›Kann ich sie sehen?‹

Er nahm keine Notiz von dem Toten.

Dann kam Denys Dennison ins Zimmer, bleich, aber gefaßt, und Fred sprang zwischen sie und das, was da auf der Couch lag.

›Gehen Sie zurück – sehen Sie nicht hin!‹ rief er. ›Wo ist Ihre Krankenschwester?‹

›Ich bin nicht krank‹, sagte sie kalt. ›Gehen Sie beiseite, Fred.‹

›Nicht krank?‹ Fred war verblüfft. ›Er sagte doch –‹ Der Detektiv sah, wie die örtlichen Polizisten zusammen flüsterten und weise nickten.

Freds Augen trafen sich mit meinen – er durchschaute nun den diabolischen Plan. Dennison hätte ihn in Denys' Zimmer geführt, sobald alles schlief, und dann das ganze Haus geweckt. Denys war nicht krank – Freds Geschichte wäre beiseite gewischt worden, und die ersehnte Scheidung hätte stattgefunden.

›Der Arzt‹, sagte Inspektor Hughes, als ein Wagen vorfuhr.

Es gab nicht viel zu sagen, der Tod war eindeutig.

›Mr. Crighton‹, sagte Hughes und räusperte sich, ›es tut mir leid, aber –‹

›Einen Moment mal.‹ Der Detektiv aus London beugte sich über den Toten – sein Gesicht veränderte sich, und seine Augen waren plötzlich voll gespannter Aufmerksamkeit.

›Doktor, Inspektor – sehen Sie mal hier!‹

Er hielt einen blutigen Papierfetzen hoch und las laut vor:

Ich muß jetzt Abschied nehmen. Das Leben ist zuviel für mich. Niemand weiß von der Krankheit, die in meinen Adern wütet. Ich ertrage es nicht. Meiner Frau einen letzten Abschiedsgruß und allen Lebewohl. Ein Schuß ist am saubersten. – N.

›Er hat sich erschossen?‹ Denys trat vor. ›Warum sollte er das tun? Er war nicht krank. Dr. Fluter war heute hier, aber ich dachte, alles wäre in Ordnung. Er würde es nie tun – niemals‹, schrie sie und blickte mit entsetzten Augen zu Fred. Sie schwankte.

›Doktor, kümmern Sie sich um die Lebenden‹, sagte der Detektiv scharf. ›Bringen Sie Mrs. Dennison zu Bett. Ich halte den Fall für klar, aber wir werden das Zimmer durchsuchen – und Sie, Crighton.‹

Es gab keine Fingerabdrücke, Miss Smith hatte den Revolver aufgehoben, nichts als das Blut auf dem Jackett des Toten und die Spur von Tennisschuhen auf dem Kies. ›Das sind meine‹, erklärte der Detektiv ruhig.

Später gab es eine gerichtliche Untersuchung. Fred Crighton machte seine Aussage. Er wisse nicht, warum Mr. Dennison vorgetäuscht habe, Mrs. Dennison liege im Sterben, warum er sich so eine Geschichte ausgedacht habe. Aber der ehrenwerte Untersuchungsrichter klopfte sich bedeutungsvoll mit dem Finger an den kahlen Kopf.

Ja, sie hätten Streit gehabt. Mr. Dennison war nach Meinung des Zeugen nicht gut zu Mrs. Dennison gewesen, und bevor er nach Australien abreisen wollte, hatten sie eine Auseinandersetzung gehabt – eine sehr scharfe.

Warum hatte er einen Revolver bei sich gehabt?

›Ich ging zurück, um ihn zu holen.‹ Fred war sehr direkt. ›Ich wollte ihn erschießen, weil ich glaubte, er habe seine Frau auf dem Gewissen. Aber ich brauchte es nicht zu tun. Er wollte seine Frau anschwärzen. Aber ich brauchte es nicht zu tun. Er wollte den guten Namen seiner Frau in den Schmutz ziehen.‹

Die zwölf aufrechten Männer der Jury kannten Dennison und seine Flamme in der Stadt, und sie tauschten Blicke und verzogen ihre strengen Lippen.

Dr. Fluter gab an, er sei plötzlich gerufen worden – Mr. Dennison sei völlig gesund gewesen, aber er schien zu glauben, er sei sehr krank. Selbstmord bei getrübtem Bewußtsein, und nur wenig Bedauern oder Mitgefühl, nur die dünne Sekretärin starrte uns giftig an.

Nach sechs Monaten heiratete Fred die Dame, und sie wurden sehr glücklich.«

»Aber Mr. Dennison hatte sich nicht erschossen – du hast Fred gerettet?« Joan beugte sich nach vorn.

»Ja, du hast nach einem Fall gefragt, in dem ich Mitleid gezeigt habe. Ich legte den Revolver hin, wo er lag – ich legte den Papierfetzen mit seiner Schrift auf seine Brust. Es war das Stück Manuskript, das ich aufgehoben hatte. Er war eine Bestie, die sterben mußte – und dieser Papierfetzen half mir sehr.«

Joan runzelte die Stirn. »Aber die Sekretärin muß bemerkt haben, daß Revolver und Zettel noch nicht da lagen, als sie die Leiche fand. Es paßt nicht zusammen.«

»Doch, denn *sie lagen da*, als ich den Garten verließ und zurückrannte, um Fred zu finden. Ungeziefer muß vernichtet werden, und – es war sein Leben oder ihres. Ich habe ihn selbst erschossen. Meine Pistole macht wenig Lärm. Ich legte alles bereit und verschwand. Das ist die volle Wahrheit.«

Henderson lehnte sich in seinem Sessel zurück, und seine Cousine Joan ging hinüber zu ihm.

»Du bist also doch menschlich«, sagte sie sanft.

»Ja, sehr«, antwortete er.

Ihre Hand fiel auf seine Schulter, und wir ließen die beiden allein.

»Frauen sind seltsame Geschöpfe«, bemerkte Joan. »Wenn das stimmt, ist Mervyn ein Mörder – aber er hat es sich natürlich ausgedacht.«

»Ich wette zwar nie«, sagte ein Mann, »aber ich würde tausend zu eins wetten, daß die Geschichte wahr ist.«

FREEMAN WILLS CROFTS

Ostwind

Freeman Wills Crofts (1879–1957) wird zu den »Großen Fünf« des Goldenen Zeitalters des Kriminalromans gerechnet, seine Werke waren jahrelang ebenso hochgelobt und populär wie die von Agatha Christie, Dorothy L. Sayers, H. C. Bailey und R. Austin Freeman. Zudem erfand er den ersten wirklich bedeutenden Polizeiermittler, Inspektor Joseph French – zu einer Zeit, als in anderen Kriminalromanen nur Privat- oder Amateurdetektive vorkamen –, und war der erste Vertreter dieses Genres, der regelmäßig die Methoden der schrittweisen Polizeiuntersuchung darstellte. Dies waren große Leistungen für einen Mann, der zunächst Ingenieur bei der irischen Eisenbahn gewesen war, bevor er 1919 über längere Zeit das Bett hüten mußte. Damals schrieb er seine erste Kriminalgeschichte, um sich zu unterhalten. Crofts stammte aus Dublin und verdankte es einem Onkel, der Chefingenieur bei der Belfast and Northern Counties Railway war, daß er eine Stelle als Assistenzstreckeningenieur bekam, von der er mit der Zeit zum Hauptassistenzingenieur des ganzen Unternehmens aufstieg. Seine erste Geschichte, *The Cask*, wurde als Klassiker begrüßt und verkaufte sich über die nächsten zwanzig Jahre mehr als hunderttausendmal. Der Erfolg dieses Buches und der bald darauf folgenden erlaubte ihm, sich ganz dem Schreiben von Kriminalgeschichten zu widmen. 1924 führte er mit *Inspector French's Greatest Case* den auf den ersten Blick gewöhnlichen, aber zuvorkommenden Inspektor French ein – wegen seiner Fähigkeit, mit Zeugen aller Art umzugehen, »der ölige Joe« genannt.

Nach seiner jahrelangen Arbeit für die irische Eisenbahn ist es nicht verwunderlich, daß Züge in einer Reihe von Freeman Wills Crofts' besten Geschichten eine Rolle spielen – so auch in »Ostwind«: Inspektor French wird auf einer Reise, von der er sich Erholung verspricht, Zeuge eines Doppelmords bei einem Überfall.

Inspektor Joseph French von Scotland Yard hatte schon höchst unterschiedliche Fälle gehabt. Manche waren bemerkenswert wegen ihres dramatischen Schauplatzes, andere wegen der furchtbaren Art der begangenen Verbrechen oder wegen der brillanten logischen Analyse, durch die der Inspektor zur Lösung gekommen war. Der Fall, der in dem berühmten Zehn-Uhr-dreißig-Zug, dem Cornish-Riviera-Limited-Express, begann, gehört in keine dieser Sparten. Hier zeigt sich French nicht als scharfer Analytiker, der triumphal ein verzwicktes Rätsel löst, sondern als Organisator, der schnell und geschickt die große Maschinerie der britischen Polizei einsetzt.

Es war Ende Mai, und French hatte mehrere Wochen an einem verworrenen Fälschungsfall in Südlondon gearbeitet. Er hatte genug von der Stadt und sehnte sich danach, hinauszukommen. Als es daher notwendig wurde, einen alten Bekannten im Princetown-Gefängnis zu vernehmen, war er höchst erfreut. Die Luft von Dartmoor bedeutete eine angenehme Abwechslung von den grauen und schäbigen Straßen in Lambeth.

Mit freudiger Erwartung fuhr er nach Paddington und nahm seinen Platz im Zug ein. Er hatte noch einiges zu arbeiten, bevor er zum Gefängnis kam, daher packte er, sobald der Schnellzug Fahrt aufgenommen hatte, seine Papiere aus und begann. Einige Stunden las er und machte sich Notizen, dann steckte er die Dokumente mit einem erleichterten Seufzer zurück in die Aktentasche und wandte seine Aufmerksamkeit der Landschaft zu.

Sie waren gerade an Exeter vorbei und fuhren gegenüber von Exmouth am Fluß entlang. Die letzte Nacht war naß gewesen, aber nun war der Himmel aufgeklart, und die Sonne schien. Alles war vom Regen gewaschen und sah frisch und frühlingshaft aus. Als sie das Meer erreichten, lag es ruhig und tiefblau da und bildete einen lebhaften Kontrast zu den roten Klippen und Säulen von Dawlish und Teignmouth.

Der Zug umfuhr die Mündung des Teign und fuhr durch Newton Abbot. Von hier bis Plymouth fand French die Landschaft weniger interessant, und er wandte sich einem Roman zu, den er in seine Aktentasche gestopft hatte. Er las ein paar Minuten, dann hörte er den Zug pfeifen, und die Bremsen begannen zu greifen.

In dieser Gegend war kein Stopp vorgesehen, da es ein Direktzug von London nach Plymouth war. Gleisarbeiten oder ein anderer Zug, dachte French. Seit dem Fall auf der Southern Line bei Whitness hielt er sich für eine Art Eisenbahnexperten.

Die Geschwindigkeit nahm ab, und bald hielten sie an einem kleinen Bahnhof, wo er das Schild GREENBRIDGE sah. Mit einem leichten Gefühl von Mißfallen wollte er sich schon wieder seinem Buch widmen, als er einen entfernten Knall, dann noch einen und noch einen hörte.

Drei Nebelsignale in der Ferne, dachte er, und da er wußte, daß dies ein Notsignal war, ließ er das Fenster herunter und blickte hinaus. Er saß auf der Bahnsteigseite, und was er auf dem Bahnsteig sah, ließ ihn blitzartig aufspringen.

Ein Überfall war im Gange. Vier Waggons weiter hinten stand eine Zugtür offen, und vor ihr stand ein großer, dicker Kerl mit einer weißen Maske vor dem Gesicht und einer Pistole in der erhobenen Hand. Mit dieser hielt er die Passagiere in Schach, von denen keiner zu sehen war, doch der Schaffner war ausgestiegen und stand mit über dem Kopf erhobenen Armen gegenüber dem Dienstabteil.

Als French den Bahnsteig erreichte, stiegen zwei Männer aus dem Abteil mit der offenen Tür. Der eine, mittelgroß, mit braunem Mantel und Hut, trug ebenfalls eine Maske und eine Pistole. Der andere, etwa genauso groß, war ohne Waffe und Maske, und selbst auf diese Entfernung konnte French die drängende Hast seiner Bewegungen sehen. Die drei Männer, die zwei Bewaffneten und der Hastige, rannten schnell aus dem Bahnhof, gleich darauf war von der Straße das Geräusch eines auf Vollgas beschleunigenden Wagens zu hören.

French stürzte zum Ausgang, aber bevor er ihn erreichte, war der Wagen verschwunden. Dann rannte er zu dem Abteil zurück, aus dem die Männer gestiegen waren und das nun von aufgeregten Passagieren umlagert war. French drängte sich nach vorn.

Im Abteil lagen zwei Gefängniswärter in Uniform. Der eine war offensichtlich tot, mit einem Schuß in der Stirn, der andere lag gekrümmt in einer Ecke, anscheinend bewußtlos, aber ohne sichtbare Verletzungen.

»Ich bin von Scotland Yard«, rief French. »Alles hört auf mein Kommando.« Er zeigte auf ein paar Passagiere, die vor der Tür standen. »Gentlemen, stellen Sie bitte fest, ob sich ein Arzt im Zug befindet. Die anderen schließen bitte die Tür des Abteils und lassen niemanden hinein, außer um dem Mann in der Ecke zu helfen. Schaffner, wo ist ein Telephon?«

Sobald French die Uniform der Gefängniswärter gesehen hatte, war ihm klar, was passiert war. Obwohl er nicht dafür zuständig war, wußte er, daß ein Gefangener mit dem Zug nach Dartmoor gebracht wurde. Er hieß Jeremy Sandes, und French interessierte sich für ihn, weil er ihn selbst überführt hatte.

Sandes war wegen des Diebstahls von Lady Ormsby-Keats' Juwelen aus ihrem Landhaus Dutton Manor, etwa eine Meile von Epsom entfernt, festgenommen worden. Mit gefälschten Zeugnissen hatte er eine Stelle als Diener bekommen. Das gab ihm die Gelegenheit. Man vermutete, daß Sandes Mitglied einer Bande war und es vor seiner Festnahme geschafft hatte, die Beute an seine Komplizen weiterzugeben, obwohl keins von beidem bewiesen werden konnte. Jedenfalls war kein Stück der Juwelen im Wert von ungefähr siebzehntausend Pfund wieder aufgetaucht.

Frenchs Beispiel elektrisierte die Passagiere. Rasch war ein Arzt gefunden, und während er sich um den Wärter kümmerte, liefen French, der Schaffner und einige Passagiere zum Bahnhofsgebäude. Die Station war kaum mehr als ein Dorfbahnhof, aber es gab einen Warteraum und ein winziges Fahrkartenbüro. Letzteres war abgeschlossen. French rüttelte an der Tür. »Jemand da?« brüllte er.

Ein trostloses Stöhnen antwortete von drinnen. French und der Schaffner warfen sich gegen die Tür, aber sie war stabil und widerstand ihren Anstrengungen.

»Die Bank her«, sagte French und deutete mit der Hand.

Auf dem Bahnsteig stand eine schwere hölzerne Sitzbank. Willige Hände hoben sie schnell an und benutzten sie als Rammbock, indem sie sie zurückschwangen und dann gegen die Tür donnern ließen. Mit einem Geräusch von splitterndem Holz gab das Schloß nach, und die Tür schwang auf.

In dem kleinen Büro gab es nur einen Stuhl, und auf dem saß ein Mann in Gepäckträgeruniform. Er war mit einem Stück Stoff sicher geknebelt und mit einem Seil an den Stuhl gefesselt. Ein paar Sekunden genügten, um ihn zu befreien. Abgesehen von der Möglichkeit eines Schlaganfalls aufgrund von unterdrückter Wut schien sein Erlebnis ihm nicht geschadet zu haben.

»Der Dicke kam mit einer Maske über dem Gesicht rein«, stieß er zornig hervor, »und bevor ich mich rühren konnte, guckte ich ins falsche Ende einer Pistole. Dann kam der zweite Mann rein, und ich war gefesselt, ehe ich piep sagen konnte.«

»Ist sonst noch jemand auf dem Bahnhof?« fragte French scharf.

»Ja, der Stellwärter. Die müssen ihn auch gefesselt haben, sonst hätten sie den Zug nicht stoppen können.«

Das Stellwerk befand sich am hinteren Ende des Bahnsteigs, und dorthin hastete die kleine Gruppe. Es war, wie der Gepäckträger vermutet hatte. Der Stellwärter saß gefesselt und geknebelt, aber sonst unverletzt auf einem Stuhl.

Wie er sagte, hatte er in seiner Kabine gesessen, als er zwei Männer bemerkte, die am anderen Ende des Bahnsteigs auf und ab gingen, als würden sie etwas ausmessen. Sie verschwanden, und ein paar Minuten später stürzten sie plötzlich die Stufen zum Stellwerk herauf und bedrohten ihn mit ihren Pistolen. Er konnte nichts tun und wurde sofort gefesselt und geknebelt. Er hatte den Schnellzug bereits angenommen und das Vorsignal auf Durchfahrt gestellt, und die Männer stellten letzteres sofort auf Gefahr. Sie warteten, bis die Durchfahrt des Schnellzugs vom vorigen Bahnhof gemeldet wurde, und nahmen die Nachricht vorschriftsmäßig an, dann schnitten sie die Vorsignal- und Telephondrähte durch. Als der Zug erschien und abbremste, schalteten sie das Hauptsignal ab, so daß nur das Vorsignal Gefahr übrigblieb. Dies war übliche Eisenbahnpraxis und zeigte, daß sie Bescheid wußten. Dann eilten sie auf den Bahnsteig und standen mit dem Rücken zu den Gleisen, anscheinend einen Fahrplan lesend, als der Zug einfuhr. Wegen ihrer routinierten Manipulation der Signale blieb er stehen, als sei es ein regulärer Halt. Offenbar wußten sie, wo sich der Gefangene befand, denn sie hatten direkt vor seinem Abteil gewartet und öffneten ohne zu zögern die Tür.

French hörte sich die Geschichte an, dann fragte er nach dem Aussehen der Männer. Er bekam jedoch nichts Verwertbares. Da alles so schnell gegangen war und sie Masken getragen hatten, hatte sich den Eisenbahnern nur ein verwischtes Bild von ihren Angreifern eingeprägt.

Er rannte zum Zug zurück, hob die Hand, um für Ruhe zu sorgen, und fragte, ob jemandem etwas Besonderes an den drei Männern aufgefallen sei. Einen Moment lang herrschte Stille, dann meldete sich eine Dame aus dem Abteil neben dem, wo die Tragödie stattgefunden hatte.

Sie hatte am Fenster gestanden und genug Zeit gehabt, den Dicken zu beobachten, der auf dem Bahnsteig Wache hielt. Sie hatte natürlich nicht sein Gesicht sehen können, aber sie beschrieb seine Kleidung. Diese war ganz gewöhnlich, bis auf einen Punkt. Auf der rechten Schuhspitze seiner eleganten schwarzen Schuhe waren drei kleine Schlammspritzer, die ein winziges gleichschenkliges Dreieck bildeten.

Das war der einzige Hinweis, den French bekommen konnte, aber er war völlig befriedigend. Wenn der dicke Mann die Flecken nicht bemerkte und abwischte, konnten sie durchaus zu seiner Ergreifung führen.

French wandte sich wieder an die Eisenbahner und fragte drängend nach dem nächsten Telephon. Da die Drähte im Stellwerk durchschnitten waren, riet der Gepäckträger, es bei Farmer Goodbody zu versuchen, der dreihundert Meter die Straße hinauf wohnte. Das ginge schneller als im Zug zur nächsten Station zu fahren, sagte er.

Nach drei Minuten pochte French an die Tür des Farmers, nach weiteren zwei sprach er mit dem Kommissar in Exeter.

Er war extrem schnell bei seiner Untersuchung gewesen, seit dem Verbrechen waren noch nicht mehr als zehn Minuten vergangen. Die Flüchtigen konnten noch nicht mehr als höchstens sieben oder acht Meilen zurückgelegt haben, und wenn sie schnell handelte, würde es der Polizei gelingen, einen Ring um das Gebiet zu ziehen, bevor sie es verlassen konnten. French bat jedoch, sie nur zu beschatten, nicht festzunehmen.

Er konnte recht ordentliche Beschreibungen des Trios abgeben. Über den Gefangenen, Jeremy Sandes, lieferte er vollständige Informationen. Er hatte so oft an dessen Beschreibung gearbeitet, daß er sie auswendig wußte. Was die anderen betraf, so kannte er ihre Größe und ihren Körperbau, und dann war da noch das unbezahlbare Detail über die drei Schlammspritzer.

Die Informationen gingen nach Exeter, Plymouth, Okehampton und in andere wichtige Orte sowie zu Scotland Yard. Der Abtransport der beiden Wärter wurde organisiert, abschließend bestellte French telephonisch im nächsten Dorf ein Auto und ließ sich nach Newton Abbot fahren. Zu seinem Glück fand er dort einen Zug, der gerade nach Exeter abfahren sollte. Vierzig Minuten später erreichte er das dortige Polizeihauptquartier. Kommissar Hambrook war ein alter Freund von ihm und begrüßte ihn überschwenglich.

»Wir haben getan, was Sie gesagt haben, Inspektor«, fuhr er fort. »Soweit wir genügend Leute haben, sind alle Straßen in einem Kreis von hier über Crediton, Okehampton, Tavistock und Plymouth abgesperrt, und wir lassen die Fähre in Exmouth und alle Häfen beobachten. Der Kreis ist etwa zwanzig bis fünfundzwanzig Meilen groß, und die Burschen werden wohl dreißig bis vierzig Minuten brauchen, um ihn zu erreichen. Mit etwas Glück kriegen wir sie. Aber sind Sie sicher, daß wir sie nicht festnehmen sollen, French? Wenn Sie die jetzt verlieren, werden sie nicht mehr so leicht zu kriegen sein.«

»Ich weiß, Kommissar, aber ich glaube, das Risiko lohnt sich. Was denken Sie, ist der Grund für diesen Ausbruch?«

Hambrook kniff das rechte Auge zusammen. »Die Beute?«

French nickte. »Genau. Nur um ihrem Kumpel zu helfen, hätten die nie einen Mord begangen. Dieser Sandes hat das Zeug versteckt, und die anderen saßen ohne was da. Jetzt wollen sie ihn zwingen, es rauszurücken.«

»Und Sie wollen, daß er es findet?«

»Er ist der einzige, der es kann.«

»Das ist ein Gedanke«, gab der Kommissar zweifelnd zu. »Aber ich weiß nicht. Wenn es mein Fall wäre, würde ich wohl den Spatz in der Hand nehmen.«

Frenchs Antwort wurde von einem grellen Läuten des Telephons unterbrochen. Hambrook nahm den Hörer ab und reichte French einen zweiten.

»Hier Wachtmeister Cunningham in Exeter, am Abzweig nach London. Ich glaube, wir haben den dicken Mann und Sandes, den Gefangenen, identifiziert. Sie fahren Richtung London in einem Daimler mit dem Kennzeichen AZQ 9999. Wenn wir uns nicht irren, haben sie die Kleidung gewechselt. Der dicke Mann trägt einen dunklen Mantel und Hut, aber als er ausstieg, sahen wir die drei Schlammspritzer auf seiner linken Schuhspitze. Auf den Fahrer paßt die Beschreibung von Sandes, obwohl sein Gesicht dunkler geschminkt ist und er eine Chauffeuruniform trägt. Der dicke Mann nannte sich Mr. Oliver Hawke, Diamantenhändler, aus Hampstead, Grabfield Road, 767B Hatton Garden und St. Austell. Sie hielten sofort an und waren sehr höflich. Sie sagten, sie kämen vom Burlington Hotel in Plymouth und seien auf dem Heimweg. Wir ließen sie abfahren, und Wachtmeister Emerson folgt ihnen auf einem Motorrad. Die Reifen sind ziemlich neue Dunlops.«

French war hocherfreut. »Wenn sie höflich sind und Fragen beantworten, heißt das, sie haben ein Alibi und fühlen sich sicher.« Er rieb sich die Hände. »Ein Diamantenhändler! Die beste Fassade auf der Welt!«

Hambrook stimmte zu, und French fuhr fort: »Ich wette um alles, was Sie wollen, daß Hawke wirklich nach Hause fährt. Wenn das stimmt, kriegen wir ihn da und Sandes auch. Rufen Sie bitte durch, Kommissar. Wenn er nach London fährt, blasen wir die Verfolgung ab.«

Während Hambrook telephonierte, hatte French den Zugfahrplan studiert. »Um fünf Uhr zweiundvierzig fährt ein Expreß«, sagte er. »Wenn Sie nach London fahren, nehme ich den. Ich gestehe, ich wäre gern in Hampstead, um sie zu erwarten. Seien Sie bitte so nett und lassen Sie die Leute in Plymouth das Hotel überprüfen.«

Im Burlington Hotel sagte man aus, Mr. Hawke und sein Chauffeur hätten zweimal übernachtet und seien an diesem Tag gegen Mittag nach London abgefahren. Sie hätten ihren Lunch mitgenommen und gesagt, sie würden ihn unterwegs essen.

»Da kommt schon das Alibi heraus«, bemerkte French. »Warum haben sie zwischen Plymouth und Exeter so lange gebraucht? Weil sie für den Lunch angehalten haben. Warum wurden sie in keinem Restaurant gesehen? Weil sie ihn im Auto gegessen haben. Schlau. Jetzt bitte den Yard, Kommissar.«

French teilte mit, was passiert war, fragte, ob ein Mr. Hawke an der angegebenen Adresse wohne, und wenn ja, wie dieser Gentleman aussehe. Nach kurzer Zeit kam ein Rückruf, der besagte, daß der Mann im Auto seinen echten Namen angegeben hatte.

French stand auf. »Wenn ich mich ranhalte, kriege ich diesen Zug noch«, sagte er. »Tja, Kommissar, war nett, Sie wiederzutreffen. Wenn Ihren Leuten der andere schwere Junge über den Weg läuft, würde ich ihn auch beschatten lassen. Wir glauben, daß noch ein anderer zur Bande gehört, und wir sollten versuchen, sie alle zu kassieren.«

Als French im Schnellzug Richtung London saß und die Geschichte überdachte, wurde ihm klar, daß es unbedingt noch einen Komplizen gegeben haben mußte. Die beiden Männer in Greenbridge hatten gewußt, in welchem Abteil der Gefangene saß. Man mußte sie also verständigt haben, und das ging nur auf eine Art: Jemand hatte den Mann und seine Bewacher beim Einsteigen in Paddington beobachtet. French fragte sich, ob man wohl ein Telegramm oder ein Ferngespräch aus Paddington kurz nach halb elf Uhr vormittags nachweisen konnte.

In Taunton, ihrem ersten Zwischenhalt, schickte French verschlüsselte Telegramme an Scotland Yard und den Kommissar in Exeter, in denen er ersteren bat, herauszufinden, ob eine solche Nachricht abgesandt worden sei, und letzteren, ob Hawke irgendwo gewesen sei, um sie anzunehmen. Dann ging er in dem Gefühl, im Augenblick alles Nötige in dieser Sache erledigt zu haben, in den Speisewagen und nahm eine lange aufgeschobene Mahlzeit ein.

Um neun Uhr stieg French in Paddington aus und war fünfzehn Minuten später im Yard, wo sein Kollege Inspektor Tanner auf ihn wartete.

»Ich habe mich hinter Ihren Fall geklemmt«, sagte Tanner. »Ihre Freunde sind schon auf dem Weg. Man hat sie durch Chard, Shaftesbury, Salisbury, Andover und Basingstoke fahren sehen. In Basingstoke haben sie zu Abend gegessen und sind vor einer halben Stunde weitergefahren. Zwischen zehn und elf sollten sie in Hampstead sein. Wir werden rausfahren und sie erwarten.«

»Haben Sie was über Hawkes Geschäft rausgekriegt?«

»Kleiner Laden. Scheint nicht viel mit los zu sein. Aber wenn man sein Haus sieht, muß es Hawke trotzdem ganz gut gehen. Ich bin in sein Büro gegangen, um nach ihm zu fragen. Der Angestellte war genau im Bilde. Mr. Hawke wäre geschäftlich in Plymouth, käme aber abends zurück und wäre morgen wieder zu sprechen.

»Ich hab mir schon gedacht, daß es soweit stimmt.«

»Sollten wir ihn jetzt nicht verhaften, French?« fuhr Tanner ernst fort. »Wenn wir ihn in Begleitung von Sandes antreffen, haben wir ihn, dann kann er sich nicht verteidigen. Wenn sie sich erstmal getrennt haben, wird der Fall für uns viel schwerer zu beweisen sein.«

»Und was ist mit der Beute?« gab French zurück. »Nein, wir gehen das Risiko ein. Und da ist noch etwas, das Sie übersehen haben. Wie Sie wissen, glauben wir, daß die Bande aus vier Leuten besteht. Wir wollen sie alle. Wenn wir heute Hawke und Sandes festnehmen, könnten wir die anderen beiden verlieren. Nein, beobachten wir sie mal weiter, vielleicht kriegen wir alles auf einmal. Haben Sie übrigens was über diese Nachricht aus Paddington herausbekommen?«

»Ja, wir haben was.« Tanner zog einen Zettel aus der Tasche. French las gespannt: *Zitat gesucht. Exodus Kapitel sechs Vers vier.* »Das wurde um zehn Uhr vierzig vom Telegraphenbüro in Paddington an einen Mr. Anderton, poste restante, in Plymouth abgeschickt«, fuhr Tanner fort. »Um elf Uhr fünfundvierzig wurde es von einem Mann, der Hawke ähnelte, abgeholt. Können Sie damit was anfangen?«

French nickte entzückt. »Das will ich meinen!« verkündete er enthusiastisch. »Sie durchschauen es doch auch? Der sechste Waggon hinter der Lokomotive und das vierte Abteil. Deshalb haben die Männer den

Bahnsteig in Greenbridge abgemessen. Wenn die Leute vom Postamt in Plymouth Hawke wiedererkennen, wird uns das auch weiterhelfen.«

»Werden sie wohl.« Tanner schaute besorgt auf die Uhr. »Inzwischen sollten Ihre Freunde an Blackwater vorbei sein. Es sind nur fünfzehn Meilen von Basingstoke, und es ist fast vierzig Minuten her, daß sie da weggefahren sind.« Er hob den Hörer ab und rief Blackwater an. »Keine Spur«, sagte er. »Das gefällt mir gar nicht, French. Sind sie abgebogen?«

French untersuchte bereits eine Straßenkarte in großem Maßstab.

»Reading im Norden und Farnham im Süden sind die offensichtlichen Möglichkeiten, aber es gibt unzählige kleine Straßen dazwischen. Schicken Sie eine allgemeine Durchsage für das Gebiet raus, Tanner.«

Tanner tat dies, so schnell er konnte, dann richteten sie sich auf weiteres Warten ein. Während die Minuten vergingen, wurde French nervöser, als er zugeben wollte. Hatte er zu hoch gepokert? Wenn ja, und wenn die beiden entkamen, wäre das eine ziemlich ernste Sache für ihn. Und dennoch, sagte er sich, sie konnten nicht entkommen.

Das Telephon klingelte erneut. »Endlich Blackwater«, sagte Tanner erleichtert. Dann veränderte sich seine Miene. »Ach, tatsächlich? Gut gemacht, Sergeant! Prima! Ich warte auf seinen Bericht.« Er legte auf.

»Der Mann in Blackwater sagt, als sie nicht auftauchten, hätte er einen Polizisten mit dem Motorrad losgeschickt, um sie zu suchen, und der hätte sie gefunden, wie sie auf einer kleinen Seitenstraße in der Nähe von Basingstoke parkten. Er beobachtet sie und hält uns weiter auf dem laufenden.«

»Was soll das bloß bedeuten?« fragte French.

Tanner schüttelte den Kopf, und sie warteten weiter, immer weiter und mit wachsender Ratlosigkeit. Zweimal in zwei Stunden rief der Wachtmeister vom Telephon eines freundlichen Nachbarn aus an, um Bescheid zu geben, die Männer säßen immer noch im Wagen, aber die dritte Nachricht um halb eins besagte, daß die Pause vorüber war.

»Ich spreche aus Farnham«, berichtete der Wachtmeister. »Gegen zwölf fuhren sie Richtung Guildford los. Ich habe unseren Leuten dort gesagt, sie sollen aufpassen und Sie anrufen.«

»Guildford!« rief French besorgt aus. »Was zum Teufel wollen die da?« Er blickte zu Tanner, auf dessen Gesicht sich dieselbe Sorge malte.

Noch einmal läutete der Apparat. »Man hat sie gesehen«, berichtete Tanner. »Sie sind vor vier Minuten durch Guildford in Richtung Leatherhead gefahren. Die Männer in Guildford haben Leatherhead schon verständigt.«

Plötzlich fuhr French auf. Leatherhead! Leatherhead lag bei Epsom. Nicht mehr als drei oder vier Meilen dazwischen. Mit wachsender Erregung fragte er sich, ob er ihr Ziel erraten könne.

Nach einem Augenblick hatte er sich entschlossen. Er würde alles auf seinen Einfall setzen. Rasch sprach er mit Tanner.

Tanner fluchte. »Sie können gleich losfahren«, antwortete er genauso schnell. »Die Wagen stehen schon bereit, um nach Hampstead zu fahren. Ich bleibe hier, falls Sie irgendwelche Unterstützung brauchen.«

Gleich darauf rannte French den Korridor zum Hof entlang. Dort warteten Sergeant Carter und eine Reihe von Polizisten in Zivil mit zwei Polizeiwagen.

»Los, einsteigen, Männer!« brüllte French. »Mit Vollgas nach Epsom.« Zehn Sekunden später glitten die Wagen hinaus auf das Embankment und bogen nach Süden über die Westminster Bridge ab.

French hatte schon oft Verfolgungen mit dem Auto erlebt, aber noch nie so ein Rennen wie diesmal. Es herrschte nicht viel Verkehr auf den Straßen, und sie nutzten dies voll aus. Sie ließen niemanden vorbei, schnitten Straßenbahnen und brachten andere Fahrer dazu, auf die Bremsen zu treten und sich beim nächsten Polizisten zu beschweren. Zweimal entgingen sie nur um Haaresbreite einer Katastrophe, und wieder und wieder verhinderte nur großes Können einen Unfall. So rasten sie unter Zurücklassen einer Spur von empörten und entgeisterten Fahrern durch die Straßen.

Bald waren sie aus der Stadt heraus und beschleunigten noch weiter. Der Straßenrand wurde eine zitternde Linie im Scheinwerferlicht, und ihre Reifen donnerten über den Asphalt. Die Nadeln ihrer Tachometer stiegen und stiegen, bis sie einen Moment auf einer geraden Abfahrt bei fünfundsechzig Meilen standen. Ihre Hupen blieben selten stumm, und in mehr als einer Kurve dankte French seinen Sternen, daß die Straße nicht glatt war.

In Epsom hielten sie vor der Polizeiwache. Ein Sergeant wartete davor.

»Der Wagen kam vor sieben Minuten durch und fuhr Richtung Burgh Heath«, sagte er schnell.

Diese Nachricht bestätigte Frenchs Idee. Dutton Manor lag etwa eine Meile weiter an der Straße nach Burgh Heath.

»Gut«, rief er erleichtert. »Hinter ihm her, Fahrer.«

Erneut rasten ihre Reifen über die asphaltierte Straße. Im Nu war eine Meile zurückgelegt.

»Langsam«, sagte French gleich darauf. »Halten Sie vor der nächsten Kurve.«

Hinter der Kurve kam eine gerade Strecke, an der die Vorderfront des Herrenhauses und die Einfahrt zur Rückseite lagen. Als die Wagen zum Stehen kamen, sprang French heraus und rannte mit einer Taschenlampe voran, gefolgt von seinen Männern. Sie liefen um die Kurve und erreichten die gerade Strecke. Keine Scheinwerfer waren zu sehen.

Dies war jedoch auch kaum zu erwarten, und so rannten sie weiter, wobei sie auf dem grasbewachsenen Straßenrand blieben, um keinen Lärm zu machen. Bald kamen sie an den Vordereingang.

Mit zu Boden gerichteter Lampe, um sich nicht zu verraten, untersuchte French eilig die Zufahrt. Sie war mit Kies bestreut, und der kürzliche Regen hatte sie aufgeweicht. Er hätte schwören können, hier sei kein Auto gefahren. Er rief leise seine Leute und lief weiter die Straße entlang.

Von seinen Ermittlungen zur Zeit des Raubes kannte French jede Handbreit des kleinen Anwesens. Die Zufahrt zur Rückseite lag hundert Meter weiter, und diese war sein neues Ziel.

Als er die Taschenlampe dort zu Boden richtete, brummte er befriedigt. Frische Reifenspuren von ziemlich neuen Dunlops. Gut, daß der Wachtmeister in Exeter so aufgepaßt hatte!

Mit größerer Vorsicht eilten sie die Zufahrt hinauf, schnell und lautlos. Der Mond schien nicht, aber die Sterne gaben etwas Licht. Zuvor hatte ein leichter Wind geweht, aber er legte sich, und alles war wieder still. Plötzlich hörte French eine Stimme. Er gab ein Zeichen nach hinten durch, und alle blieben wie angewurzelt stehen.

Ja, nicht weit vor ihnen bewegten sich Leute und sprachen mit leisen Stimmen. French schlich vorsichtig weiter.

»... uns in Exeter angehalten«, hörte er einen Mann leise sagen, »aber sie haben nichts gemerkt, und wir kamen glatt durch. Wie lief's bei dir, Taylor?«

»Ich hab den Wagen in Newton Abbot in die Garage gestellt und bin mit dem Zug gekommen«, antwortete eine andere Stimme. »Um sechs Uhr fünfundfünfzig war ich in Paddington, kriegte deinen Anruf aus Basingstoke, holte Gould ab und kam her. Was soll das Ganze, Hawke?«

»Die Beute. Sandes hat sie hier versteckt. Ich dachte, wir sollten alle dasein, falls –«

Der Sprecher mußte sich abgewandt haben, denn French bekam den Rest des Satzes nicht mit. Er drückte sich in die Hecke und konnte sehen, wie sich vier Gestalten wie Schatten vor ihm bewegten. Sie kamen von einem Feld aus auf die Zufahrt, nachdem sie offensichtlich ihren Wagen versteckt hatten. Als sie sich dem Haus zuwandten, folgte ihnen French mit seinen Leuten.

Zu sagen, daß French hochbeglückt war, würde seine Empfindungen nur unvollkommen wiedergeben. Von Anfang an hatte er geglaubt, daß nur die Hoffnung auf das Finden der Beute der Grund für Sandes' Befreiung war. Nun waren seine Ideen und Handlungen mehr als gerechtfertigt. Noch ein wenig Geduld und Vorsicht, und sowohl die Männer als auch die Juwelen würden ihm in die Hände fallen. Das war mehr als ein Triumph! Aus einer scheinbaren Niederlage hätte er dann einen überragenden Sieg gemacht!

Beide Gruppen schlichen nun lautlos die Zufahrt hinauf, dreißig Meter Entfernung oder mehr zwischen ihnen. French war sicher, daß sie nicht zum Hof gehen würden, wo die Hunde waren und der Chauffeur schlief. Nein, sie gingen zur Seite. Sie verließen die Zufahrt durch das kleine Tor, das zum Seitenflügel des Hauses führte, und gingen über eine Rasenfläche mit Blumenbeeten und einem Springbrunnen. Da sie hier ohne Deckung waren, mußten French und seine Leute sich zurückfallen lassen, um nicht gesehen zu werden, aber als sie einige Gruppen von Büschen erreichten, kamen sie wieder näher.

French kam aus dem Staunen nicht heraus. Es sah so aus, als planten die anderen einen Angriff auf das Haus. Jedenfalls gingen sie bis dicht an die Hauswände heran. Dann sah French plötzlich, wo sie hinwollten. Direkt vor ihnen lag eine Loggia. Er kannte sie gut. Es war ein ausgedehnter, fünfzehn mal sieben Meter großer Platz, überdacht und auf zwei Seiten vom Haus begrenzt, sonst aber offen, abgesehen von Säulen. Es gab hier einen Zugang zur Haupthalle sowie Glastüren zum großen Empfangszimmer, und eine kurze Steintreppe führte von der Terrasse hinauf. Diese Treppe lag in der Mitte der langen offenen Front nach Südwesten. Die kurze offene Front lag nach Südost. Diese Seiten wurden von einer Steinbalustrade begrenzt, und alle paar Meter stand ein Sockel mit einer großen steinernen Vase, in der wilder Lorbeer wuchs.

Frenchs Herz schlug schneller. Sie waren am Ziel, was es auch sein mochte. Er fragte sich, ob er Zeuge eines Einbruchs werden würde. Die Glastüren wären genau der richtige Ort dafür. Doch da er wußte, daß sie mit einer Alarmanlage ausgerüstet waren, glaubte er nicht, daß sie mit dem Versuch Erfolg hätten. Nun, falls Hawke & Co. in dem Glauben flüchteten, sie hätten das Haus aufgeweckt, würden er und seine Männer bereit sein, sie in Empfang zu nehmen.

Langsam und lautlos schlichen die vier Männer die Steinstufen zur Loggia hinauf, und als sie drinnen verschwanden, glitten French und seine Leute zu beiden Seiten der Treppe an die Mauer. Die Balustrade war etwa einen Meter zwanzig hoch, und vom Rasen aus konnten die Beobachter zwischen den Balustraden hineinblicken. Im Gegensatz zu Frenchs Erwartungen gingen die Männer nicht zu den Glastüren. Statt dessen bewegten sie sich wie Schatten zur Nordostecke, wo die kurze offene Seite an das Haus grenzte. French schlich um die Ecke und außen an dieser Seite entlang, bis er gegenüber der Stelle war, wo sie sich versammelt hatten. Sie hatten eine Taschenlampe auf den Boden gerichtet, die ein schwaches Licht in alle Richtungen warf.

»Alles ruhig.« Das Flüstern kam von dem Mann, den sie Hawke genannt hatten. »Jetzt, Sandes.«

Ein Schatten löste sich von der Gruppe und bewegte sich auf French zu, der sich unter den Rand des Loggiabodens duckte. »Hier inner Vase«, hörte er ein Flüstern im Cockney-Dialekt. »War der nächste Platz, den ich draußen gefunden hab, und wegen dem Ostwind sitzt nie einer hier inner Ecke.«

Langsam hob French den Kopf. Mit einem Schauer der Erregung, den er auf den Tod nicht zugegeben hätte, sah er, wie der Mann die Hand in die Vase steckte und umhertastete. Dann stieß der Mann ein plötzliches Grunzen aus, riß Hawke die Taschenlampe aus der Hand und leuchtete in das Gefäß. Schließlich schlug er alle Vorsicht in den Wind und begann, darin herumzuwühlen. Die anderen standen um ihn herum.

»Na, wo ist es?« fragte Hawke, und in seiner Stimme lag Schärfe und Anspannung.

Von Sandes kam ein furchtbarer erstickter Schrei. Dann stieß er wie wahnsinnig vor Wut und Enttäuschung einen grausigen Fluch aus. »Es is' nich' da!« rief er laut. »Es is' weg! Jemand hat's weggenommen!«

»Ruhe, du Idiot«, zischte Hawke. Er riß Sandes die Taschenlampe weg und leuchtete in die Vase. »Du – Lügner!« fuhr er fort, und seine Stimme war zwar leise, aber schneidend wie ein Messer. »Da, wo du nicht hingefaßt hast, ist die Erde seit Monaten nicht bewegt worden! Da wächst grünes Moos drauf. Seht euch das an.«

Die beiden anderen Männer schauten hinein und fluchten leise.

»Jetzt paß mal auf«, zischte Hawke wie eine wütende Schlange, »du sagst uns innerhalb von zehn Sekunden, wo das Zeug ist, oder du kriegst dieses Messer ins Herz. Du wolltest uns um unseren Anteil bringen, damit du alles hast, wenn du aus dem Knast kommst, und jetzt glaubst du, du kannst uns Märchen erzählen! Ich hab mir schon so was gedacht, und deshalb hab ich die anderen mitgebracht.« Er hob die Hand, die ein langes spitzes Messer hielt. »Du kannst nicht abhauen, Sandes, und wir werden gemeinsam für deinen Tod verantwortlich sein. Also, wo ist es? Ich zähle bis zehn. Haltet ihn gut fest.«

French fragte sich, ob er eingreifen sollte. Er glaubte, daß Hawke es ernst meinte, und er konnte nicht dastehen und bei einem Mord zusehen. Dann wurde ihm klar, daß Hawke in der Hoffnung, die Wahrheit zu erfahren, zögern würde. Und da er selbst ebenso gespannt war auf das, was Sandes zu sagen hatte, wie die anderen, wartete auch er, wobei sein Herz vor Anspannung höher schlug.

»Eins!« Hawke machte eine Pause, dann zählte er langsam weiter: »Zwei! Drei! Haltet ihm den Mund zu!« French sah, wie die kleine Gruppe sich zusammenballte. Hawke hob das Messer und begann die Spitze gegen die Brust des kleinen Mannes zu pressen. Plötzlich begann der Gefangene heftig zu strampeln. Hawke zog das Messer zurück.

»Wir bluffen nicht«, flüsterte er mit schneidender Stimme. »Wenn wir nicht unseren Anteil kriegen, kriegst du dieses Messer ins Herz. Ich habe bis drei gezählt.« Wieder machte er eine Pause. »Vier!« Und wieder. »Fünf!« Und wieder. »Sechs!« Dann kam eine andere Stimme. »Pieken Sie ihn noch mal mit dem Messer, Chef«, sagte der Mann, der bisher nicht gesprochen hatte.

»Nein, nein, nein!« kam ein erstickter Schrei. »Ich hab die Wahrheit gesagt, ich schwör's. Ich hab's hier versteckt.« Er schwor bei allen seinen Göttern.

»Haltet ihn fest«, sagte Hawke unerbittlich und hob wieder das Messer.

French konnte das nicht mehr mit ansehen. Er glaubte Sandes. Er erkannte den Ton von Wahrheit ebenso wie die verzweifelte Furcht in seiner Stimme. French war sicher, daß er die Sachen da in der Vase versteckt hatte – und daß jemand anders sie hatte, der dichthielt. Vielleicht ein Gärtner oder jemand vom Personal ... Er begann, an der Mauer entlang zu den Stufen zu schleichen.

Er hatte seine Männer auf den Angriff vorbereitet, und sie waren bereit, die Stufen hinaufzustürmen, um die anderen zu überraschen, als von oben ein schrecklicher Schrei ertönte, gefolgt von Hawkes zorniger Stimme: »Ihr Idioten! Warum habt ihr ihm nicht den Mund zugehalten, wie ich gesagt hab? Jetzt können wir hier verduften! Nehmt ihn mit!«

Ohne weitere Versuche, sich leise zu verhalten, rannten die drei Männer über die Loggia und schleiften den vierten mit. Ihre Flucht war so überstürzt, daß sie die wartenden Polizisten nicht sahen, bis sie zur Treppe kamen. Dann erscholl ein mächtiges Geschrei. »Die Polente!« brüllte Hawke mit einem wütenden Fluch. »Laßt Sandes und haut über die Balustrade ab!« Während er schrie, beugte er sich nach hinten und wühlte verzweifelt in seiner Tasche. French blendete die Taschenlampe auf und stürmte mit seinen Leuten vorwärts. Als Hawke eine Pistole zog, stürzte sich French auf ihn.

Nun wurde die Loggia zu einem Albtraum von verschlungenen Körpern, von Stöhnen, Flüchen, Schlägen und mehrfachen Schüssen. Die Taschenlampen waren zu Boden gefallen und ausgegangen, so daß keiner sah, was er tat. Jeder klammerte sich an irgend jemanden, hatte aber keine Ahnung, wer es war. Drei Polizisten kämpften miteinander und brauchten einige Minuten, bis sie das merkten und ihren Kollegen zu Hilfe eilten. Dann berührte French eine Lampe mit dem Fuß und konnte sie rasch aufheben. Mit dem Licht kam schnell das Ende. Es waren acht Polizisten gegen drei Verbrecher, denn Sandes war zu schwach, um an dem Getümmel teilzunehmen.

»Bringen Sie sie zu den Wagen, Carter«, keuchte French.

Bald darauf wurden die vier Männer in Handschellen weggeführt, während French dablieb, um die Ängste der Hausbewohner zu zerstreuen.

Am nächsten Morgen kam er wieder, um sich den Schauplatz des Kampfes anzusehen. Er stand mit Sergeant Carter in der Mitte der Loggia und blickte umher.

»Sehen Sie was Interessantes?« fragte er, und als der Sergeant nicht die erwartete Antwort gegeben hatte, fuhr er fort: »Die Ecke, von der Sandes sagt, er habe das Zeug dort versteckt, bekommt den Ostwind ab. Sie erinnern sich, daß er sagte, er habe sie deshalb gewählt, weil nie jemand da sitzt. Und trotzdem sehe ich, daß die Pflanzen größer und besser entwickelt sind als die auf der geschützten Südseite. Fällt Ihnen dazu etwas ein? Also doch, nicht wahr? Dann wollen wir mal nachsehen.«

Er ging zu der ärmlichsten Pflanze, die tatsächlich aussah, als sei sie vom Wind ausgedörrt. In der Vase begann er mit einem Taschenmesser zu graben.

»Ah«, sagte er im Ton höchster Befriedigung. »Was haben wir denn da? Sieht ganz so aus wie Sandes' kleines Paket!«

Die Schlußfolgerung erwies sich als richtig. In dem Päckchen waren alle Juwelen, und die Befragung des Obergärtners ergab, daß er erst vorige Woche die Vasen ausgetauscht hatte, um die kleineren Pflanzen vor dem Ostwind zu schützen.

Beim Prozeß wurden nur Hawke und Taylor des Mordes für schuldig befunden, da das Abschicken des Telegramms nicht als Mittäterschaft an allen Ereignissen in Greenbridge gewertet wurde. Die ersten zwei wurden hingerichtet, die anderen beiden verbrachten viele Jahre von ihren üblichen Schlupfwinkeln entfernt. Aus Dankbarkeit für Frenchs Arbeit stiftete Lady Ormsby-Keats fünfhundert Pfund für den Sozialfonds der Polizei, so daß French doppelten Grund zu dem Gefühl hatte, seine Anstrengungen seien nicht nutzlos gewesen.

L. A. G. STRONG

Chaileys Lustschloß

Der irische Rechtsanwalt John Rogan, ein weiterer Gesetzesvertreter von stiller Effizienz, verteidigt Männer und Frauen, die ebensogut schuldig wie unschuldig sein könnten, und kennt somit das Verbrechen von beiden Seiten. Er ist die Erfindung von L. A. G. Strong (1896–1958), dem anglo-irischen Autor von Romanen und Kurzgeschichten, der auch wegen seiner Biographien über James Joyce und John McCormack berühmt ist. Manchmal wird der Anwalt auch zu Hilfe gerufen, bevor das Gesetz gebrochen worden ist. In »Chaileys Lustschloß« wird er mit einem Meisterbetrüger konfrontiert, der eine Gangsterbande zu einem großen Coup benutzen will. Rogan ist eine der Gestalten der Kriminalliteratur, über die man gern sehr viel mehr lesen würde.

Das Summen hörte auf, und die Stimme des Gefängnisdirektors kam wieder klar durchs Telephon.

»Dann stimmt es also, daß Sie zum Urlaub aufs Moor kommen?«

»Ja. Auf Urlaub.«

John Rogan legte eine leichte Betonung auf das letzte Wort und lächelte, als er hörte, wie der andere verstummte.

»Ich hatte mir gedacht, Sie könnten mir vielleicht einen kleinen Gefallen tun.«

»Wissen Sie, es ist nur ein kurzer Urlaub«, wandte Rogan ein. »Aber natürlich werde ich genug Zeit haben, um Sie zu besuchen.«

»Das wäre schön.« Der Direktor schwieg wieder. »Um genau zu sein, möchte ich, daß Sie jemand anders besuchen.«

»Ach ja?«

»Es ist dieser teuflische Chailey, Rogan. Er wird allmählich ein Ärgernis. Bedrohung für Recht und Ordnung. Verflucht peinliche Situation für mich.«

»Für Sie, Evershed? Warum denn das?«

Die Stimme am anderen Ende murmelte etwas von »zum Gespött gemacht werden«.

»Sie haben eine Menge Einfluß auf den Burschen, nicht wahr?« fuhr sie fort.

Rogan lachte.

»Ich weiß nicht, ob die erfolglose Verteidigung eines Mannes ihm großes Vertrauen in mich einflößt«, antwortete er. »Wenn ich ihn freigekriegt hätte, ja dann –«

»Wenn Sie ihn freigekriegt hätten, wäre er nicht da, wo er ist«, schimpfte der andere. »Ich wünschte bei Gott, es wäre Ihnen gelungen. Sie hätten mir eine Menge Sorgen erspart.«

»Wie bitte? Der Direktor eine Gefängnisses Seiner Majestät wünscht sich, ein Schuldiger wäre seiner gerechten Strafe entgangen? Also, mein lieber Evershed, ich muß mich über Sie wundern.«

»Nur weiter. Machen Sie nur Ihre Späße«, kam die gequälte Stimme. »Besuchen Sie den Burschen oder nicht?«

»Bestimmt. Ich platze vor Neugier. Ich wollte ihm sowieso meine Aufwartung machen. Aber ich verstehe nicht, warum Sie ihn nicht einfach loswerden können?«

»Kann ich nicht. Keine Kompetenz. Er bricht kein Gesetz.«

»Ach, kommen Sie. Erzählen Sie mir das nicht. Es gibt doch Mittel und Wege, diese Dinge hinzubiegen.«

»Dann würde ich sie gern von Ihnen erfahren. Wir haben auch unsere Rechtsberater. Vielleicht ist Ihnen das neu.«

Rogan lächelte wieder. Das Ganze machte ihm großen Spaß.

»Ich weiß. Huckworthy ist doch einer von ihnen, nicht wahr? Ich hatte vor kurzem die Ehre – äh –, ihm gegenüber aufzutreten.«

»Sie kommen sich wohl sehr schlau vor?«

»Seien Sie besser höflich, oder ich komme nicht.«

»Ach, gehen Sie zum Teufel.«

»Vielen Dank.«

»Sie kommen also?«

»Und wenn es nur wäre, um meinem alten Klienten zu gratulieren.«

Ein abruptes Geräusch kam vom anderen Ende. Rogan legte zufrieden den Hörer auf und setzte sich vor den Kamin, um nachzudenken.

Also zeigte Mortimer Chaileys verrückter Einfall doch Wirkung! Was für ein Mann! Brillant, gefährlich, seine Brillanz und Gefahr durch einen fast krankhaften Stolz so eingeschränkt, daß er eine Beleidigung oder ein Unrecht niemals vergessen konnte. Es war seine Rachsucht, die zu seinem Fall geführt hatte. Wegen Chaileys persönlichem Groll auf einen Kollegen war ein System von Betrug aufgeflogen, so gigantisch, so einfach und so perfekt getarnt, daß es jahrelang unbemerkt funktioniert haben mußte. Der Kollege hatte Chailey in einer so kleinen Sache übers Ohr gehauen, daß dieser hundert davon hätte verschmerzen können.

Aber sein Stolz war verletzt, und Chailey verfolgte den Mann: Die Aufmerksamkeit richtete sich auf die Geschäfte seiner Firma, und ein kleiner, unbedachter Rechtsstreit führte zur Verhaftung des Klägers, des weltbekannten Financiers Mortimer Chailey, unter der Anklage eines kolossalen Betrugs. Die Verhaftung erschütterte das Bankenviertel. Ein Chailey auf freiem Fuß und mit voller Handlungsfreiheit konnte vielleicht die Situation retten oder wenigstens die Verluste verringern. Ein verurteilter Chailey konnte nur eines bedeuten – den Ruin von Hunderten. Das Gesetz kann jedoch darauf keine Rücksicht nehmen. Sobald seine Mühlen zu mahlen begonnen haben, können sie nicht mehr gestoppt werden. Selbst ohne eigene Mittel hätte Chailey eine fast unbegrenzte Summe zu seiner Verteidigung von den Banken bekommen können: Aber er hatte selbst genug.

Dann kam sein erster Rückschlag. Bekannte Anwälte schienen trotz des Aufsehens, das sein Fall erregte, nicht besonders erpicht darauf, ihn zu übernehmen. Je genauer sie ihn prüften, desto weniger wurden sie es, denn es schien, als würde die Anklage leichtes Spiel haben. Überdies trug Chaileys Haltung nicht dazu bei, sie zu überzeugen, sobald er von ihrem Zögern erfuhr. Erst nach einer Woche kam sein geplagter Hausanwalt, um ihm mitzuteilen, man habe endlich einen Verteidiger gefunden – einen gewissen John Rogan –, der bereit sei, den Fall zu übernehmen.

»Rogan! Rogan! Wer zum Teufel ist Rogan? Ich sage Ihnen, ich will den besten, den man für Geld kriegen kann.«

Es gab eine lange Szene, aber schließlich willigte der in die Enge Getriebene ein, seinen Verteidiger zu sehen. Nach zwei Minuten wurde ihm klar, daß er seinen Meister gefunden hatte.

»Hören Sie zu, Mr. Chailey«, unterbrach ihn der Ire und hielt eine große Hand hoch. »Es hat nicht den geringsten Sinn, sich so aufzuführen. Keiner von uns beiden ist zum Vergnügen hier. Sie wollen freikommen – aus offensichtlichen Gründen. Ich will Sie freibekommen, in meinem Interesse, nicht in Ihrem. Zufällig würde dasselbe Ergebnis uns beiden nützen. Jetzt erzählen Sie mir, was Sie wollen.«

Tja, ich habe ihn nicht freibekommen, dachte Rogan, lehnte sich zurück und schaute an die Decke. Das hätte kein Mensch fertiggebracht. Aber wegen mir wurde er in drei Punkten freigesprochen, und damit war mein Name gemacht.

Er hätte auch sagen können, Chailey und er hätten seltsamerweise echten Respekt füreinander gewonnen. Chailey bewunderte die Offenheit und den unabhängigen Geist des Anwalts, Rogan bewunderte die Geschicklichkeit des anderen, und auch wenn er sie nicht billigte, verstand er dessen leidenschaftliche Überzeugung, er habe kein Verbrechen begangen, und die Gesellschaft habe ihn tödlich beleidigt. Chailey glaubte, und ließ auch Rogan halb glauben, er hätte trotz des betrügerischen Beginns seinen Bluff mit enormem Gewinn zu Ende führen und ein Vermögen für all jene machen können, die ihm vertraut hatten.

Er war ein schlechter Sträfling. Kein einziger Tag von seinen fünf Jahren wurde ihm wegen guter Führung erlassen. Und dann – nun, dann begannen die Sorgen des Direktors.

†††

»Setzen Sie mich bitte hier ab.«

Der Wagen hielt am Rand eines Wäldchens, Rogan schlug seinen Mantelkragen hoch und stieg auf der schmalen Straße durch das Moorgebiet aus. Winzige Rinnsale, die im Scheinwerferlicht glitzerten, verliefen zwischen den Straßensteinen, die hohen Pinien waren schwer von Feuchtigkeit, und jeder Windhauch ließ zahlreiche Tropfen herabregnen.

Nach einem verblüfften Blick zu Rogan fuhr der Fahrer die Abfahrt hinunter bis zu einer Stelle, wo er wenden konnte. Rogan, der absichtlich zu weit gefahren war, ging rasch wieder den Hügel hinauf, bis er zu einem Gatter kam. Er bog ein und blieb fröstelnd stehen, bis er den zurückkehrenden Wagen vorbeifahren hörte.

Dann kam er wieder auf die Straße. Nach zehn Minuten Fußweg erreichte er sein Ziel. Der Mond schimmerte durch den Nebel und zeigte deutlich genug das lange, rechteckige Gebäude mit dem steinernen Vorhof und dem außergewöhnlich hohen steinernen Torbogen. Mit einer Grimasse ging Rogan unter dessen Schatten hindurch, überquerte den

Hof und zog heftig an einem alten eisernen Klingelzug. Sofort brach in dem ruhigen dunklen Haus ein Höllenlärm los, ein Scheppern von Alarmglocken, das nach einer halben Minute einer heiseren, gereizten Stille wich. Dann kamen schwere Schritte und das Geräusch von Riegeln und Ketten.

Rogan schnalzte mißbilligend.

»Also wirklich«, sagte er zu sich selbst, »es ist doch zu kindisch.«

Die Tür schwang auf, und er trat in eine dunkle Halle, die nur von einer winzigen Kerze am anderen Ende erhellt wurde. Er wand sich aus seinem Mantel und versuchte, ihn der Gestalt im Dämmerlicht hinter sich zu geben.

»Gehen Sie weiter.«

In der Stimme lag keine Autorität. Sie klang hohl, nicht überzeugt.

»Na schön, ganz wie Sie wollen.«

Rogan schritt auf die Kerze zu. Bevor er sie erreichte, öffntete sich eine Tür, und sein Blick fiel auf eine Gestalt im hellen Licht, in der er sofort seinen ehemaligen Klienten Mortimer Chailey wiedererkannte. Im selben Moment wurden ihm Hut und Mantel mit fast alarmierender Plötzlichkeit aus der Hand gerissen.

»Ah, Mr. Rogan! Was für eine Freude, Sie hier zu begrüßen. Es ist wirklich sehr freundlich, daß Sie uns mit Ihrem Besuch beehren.«

»Uns?«

Dem noch immer vom Licht geblendeten Rogan wurde herzlich die Hand geschüttelt, dann wurde er in den Raum geführt und die Tür hinter ihm geschlossen.

»Jawohl. Diese Herren, die meine Gäste sind, werden alle hocherfreut sein, Sie kennenzulernen.«

Er führte den verblüfften Rogan durchs Zimmer zu einer Gruppe von sechs oder sieben grinsenden alten Knastbrüdern, die wie ihr Gastgeber Sträflingskleidung trugen. Sie saßen in tiefen Ledersesseln oder fläzten sich auf Sofas und rauchten Zigarren.

Rogan verbeugte sich.

»Sehr angenehm. Aber –« Er wandte sich zu seinem Gastgeber: »Tut mir leid, ich wußte nicht, daß der Anlaß ein Kostümfest war.«

Chaileys Gesicht veränderte sich.

»Was wir anziehen, ist unsere Sache«, sagte er.

»Gewiß. Gewiß. Ich stimme Ihnen völlig zu. Ein begrüßenswertes

Asketentum. Sie gewöhnen sich ganz allmählich an die Freuden des zivilisierten Lebens, damit sie Ihnen nicht zu Kopf steigen. Außerdem – so wirtschaftlich.«

»Jetzt hören Sie mal zu«, sagte Chailey rauh, »Sie sind auf eigenen Wunsch gekommen. Warum, weiß der liebe Gott, aber wenigstens könnten Sie höflich bleiben.«

»Mein lieber Chailey, es tut mir leid. Aber Sie hätten mir wirklich vorher Bescheid sagen sollen, dann hätte ich mir auch passende Kleidung besorgt.«

»Sie haben kein Recht, diese Uniform zu tragen«, schrie Chailey. »Sie sind nicht von der Gesellschaft in den Staub getreten worden. Sie sind kein Opfer ihrer Heuchelei und Beschränktheit.« Er wandte sich den anderen zu. »Seht euch den Mann an, der unsere Uniform als Scherz tragen will.«

»Nicht als Scherz, Chailey«, warf Rogan schnell ein, bevor sie antworten konnten. »Und selbst wenn die Gesellschaft mich nicht in den Staub getreten hat, wie Sie es nennen, habe ich oft mein Bestes für die getan, denen es so ging.«

»Das stimmt, Chef«, kam eine Stimme aus dem Hintergrund. »John Rogan ist ein prima Verteidiger.«

»Ist er auch.«

»Stimmt.«

Ein beifälliges Gemurmel durchlief die Runde. Rogan nutzte es aus und ging durch den Raum zum Kamin, wo er sich aufwärmte.

»Gentlemen«, sagte er, »heute abend bin ich Ihr Gast, und zwar auf eigenen Wunsch. Lassen Sie uns alles andere vergessen.«

»Genau.«

Chailey schüttelte seine mageren Schultern und ging zu einem Büffett.

»Einen Drink?«

»Ja, bitte.«

Die Atmosphäre war ruhig, aber etwas gespannt, bis ein Mann in Schließeruniform die Tür öffnete.

»Das Dinner ist serviert, Gentlemen«, gab er bekannt.

Von allen Mahlzeiten im Leben John Rogans war dieses Dinner die seltsamste. Acht Männer in gestreifter Sträflingskleidung und er selbst im Abendanzug wurden von uniformierten Wärtern bedient, jedenfalls von fast uniformierten. Als er sie zuerst sah, war Rogans Herz froh emporgehüpft, denn hier schien die schnelle Lösung für Eversheds Sorgen zu liegen. Das Gesetz erlaubte niemandem, unautorisiert eine Uniform Ihrer Majestät zu tragen. Ein genauerer Blick zerschlug jedoch seine Hoffnungen. Die Uniformen waren fast identisch, aber nicht ganz. Chailey war zu gerissen gewesen.

Die Wärter, die zunächst beunruhigt waren, weil ein Außenstehender ihre Schmach sah, schienen dies schnell zu vergessen und fielen in eine gewohnheitsmäßige Unterwürfigkeit, die Rogan noch furchtbarer schien als ihr anfängliches vertrauliches Grinsen. Die Unterhaltung entfernte sich nur selten weit von ihrem geistigen Mittelpunkt, dem Old Bailey und dem Berufungsgericht, doch bis auf Chailey und einen dunkelhaarigen jungen Mann, dessen Augenbrauen über der Nase buschig zusammenwuchsen, schienen alle ihre Verurteilungen für selbstverständlich und ihre gegenwärtige Lage als Witz zu nehmen.

Chailey, dem der junge Mann gelegentlich rauh und einsilbig beipflichtete, blieb mürrisch. Rogan war froh, als das Mahl vorüber war und er endlich Chailey allein in dessen Arbeitszimmer gegenübersaß. Dort erschien der Anblick seines Gastgebers, der sich in gestreifter Kleidung in einen tiefen Ledersessel lümmelte, bizarrer als je zuvor.

Eine Weile sprachen sie über neutrale Themen, die Banken, den Zustand der Firma und Rogans Karriere. Dann stellte Chailey die Frage, die ihm die ganze Zeit auf der Zunge gelegen hatte.

»Nun, wie finden Sie mein Haus und mein Gefolge?«

Rogan klopfte die Asche von seiner Zigarre, bevor er antwortete.

»Ich habe befürchtet, daß Sie mich das fragen«, sagte er.

Das Gesicht des anderen verfinsterte sich.

»Tatsächlich?«

»Wenn Sie wirklich wissen wollen, was ich davon halte –«

»Darum habe ich Sie gefragt.«

»Kindisch, mein guter Chailey. Spiele fürs Kinderzimmer. Ich verstehe einfach nicht«, fuhr er schnell fort, um dem anderen keine Gelegenheit zur Unterbrechung zu geben, »wie ein Mann von Ihrer Intelligenz sich so infantil aufführen kann. Ich hätte gedacht, Ihr Stolz würde Sie aufhalten, wenn schon nichts anderes.«

»Mein Stolz?« stieß der andere hervor. »Mein Stolz?«

»Wenn ich auf die Nase gefallen wäre, will ich verdammt sein, wenn ich allen zeigen würde, wie weh es getan hat.«

Chailey hielt sich zurück.

»Wollen Sie die Güte haben, mir zu erklären, was Sie meinen?«

»Mensch, Sie machen sich doch zum Gespött. Sie sind ja nicht mehr bei Trost. Statt sich zu entschließen, vernünftig und wie ein Mann wieder auf die Beine zu kommen, sitzen Sie hier im Schmollwinkel, weil Sie Angst haben, sich der Welt zu stellen –«

»WAS?«

»Wie wollen Sie es sonst nennen? Sie drücken sich hier als Maskeradenkönig herum wie ein kleiner Junge, den man in die Ecke gestellt hat und der nicht herauskommen will, wenn die Zeit um ist, weil er vorgibt, es habe ihm Spaß gemacht. Lieber Himmel, wie tief sind Sie gesunken! Bald halten die Busse mit lachenden Leuten vor Chaileys Lustschloß! So wird es übrigens genannt – Chaileys Lustschloß. Sie glauben, man kommt, um Ihren Wagemut zu bewundern. Mensch, die lachen doch über Sie! Ein grantiger, schmollender kleiner Junge, der den anderen die Zunge rausstreckt!«

Rogan, der sich zurückgelehnt und zur Decke gesprochen hatte, sah aus dem Augenwinkel, wie Chailey aufsprang. Einen Moment lang glaubte er, sein Gastgeber wolle handgreiflich werden. Als er sich wie in unschuldiger Überraschung umdrehte, sah er Chaileys Gesicht vor Wut verzerrt. Dann machte die Wut einem Grinsen Platz.

»Sehr schlau, Mr. John Rogan! Wirklich sehr schlau! Aber nicht schlau genug. So leicht lasse ich mich nicht bluffen.« Er rieb sich die Stirn und brachte ein Lachen zustande. »Sie haben etwas verraten, mein lieber Rogan. Jetzt weiß ich, daß meine Revanche etwas Wirkung zeigt. Unser lieber Freund, Direktor Evershed, hätte Sie nicht gebeten, zu kommen und mich hier zu provozieren, wenn er mich nicht so dringend loswerden wollte. O nein, Mr. Rogan. So leicht schiebt man mich nicht ab.« Er zog ein seidenes Taschentuch heraus und rieb sich das Gesicht ab. »Sie hätten es fast geschafft, daß ich die Beherrschung verliere. Ich gratuliere.«

Rogan lachte.

»Ich hatte auch das Gefühl, daß Sie schnell hochgehen. An so einem Ort verliert man wohl schnell seinen Sinn für Humor. Aber jetzt mal ernsthaft, Chailey: Es wäre besser, wenn Sie von hier weggingen. Sie richten hier nichts Gutes an. Auch nichts Schlechtes, außer für sich selbst. Mein Rat für Sie war doch immer gut, nicht wahr?«

»Ja. Und ich habe Sie gut dafür bezahlt.«

»Nun, diesmal gebe ich ihn gratis, den besten, den ich Ihnen je gegeben habe. Lassen Sie diesen ganzen Unsinn sein, und kommen Sie zurück nach London.«

»Wenn ich Ihren Rat will, bezahle ich dafür«, sagte Chailey mit einem bleichen Grinsen. »Ich schätze nur, was ich bezahle.«

»Wenn Sie es vorziehen, gebe ich Ihnen denselben Rat auch gegen Honorar.«

»Halten Sie den Mund. Sie haben genug gesagt, mehr als genug. Nehmen Sie noch einen Drink!«

Rogan zuckte die Schultern und lächelte.

»Wie Sie meinen«, sagte er. »Trotzdem werden Sie sich noch wünschen, Sie hätten meinen Rat angenommen. Gegen Evershed haben Sie keine Chance. Der wird Sie im Nu loswerden.«

»Das kann er nicht!« brauste der andere auf. »Ich tue nichts Unrechtes.«

»Und was ist mit Ihren Dienern?«

»Ich zahle ihre Steuern – *und* ihre Livreen.«

»Wie sind Sie an die armen Teufel gekommen?«

»Als ich drin war, hab ich sie bestochen, und als ich rauskam, hab ich sie erpreßt.«

»Das hab ich mir schon gedacht. Sie sind ein netter Mensch, Chailey.«

»Pah! Schakale wie die – da habe ich keine Gewissensbisse. Sie haben mich statt ihren ehrbaren Direktor gewählt. Jetzt dienen sie mir weiter. Das ist alles.«

»Man wird Sie reinlegen, Chailey, und zwar bald«, bemerkte Rogan, setzte sich auf und hielt sein Glas hin. »Sie können so was nicht als offene Parodie auf ein Gefängnis Ihrer Majestät aufziehen und Recht und Ordnung herausfordern. Sie sind ein Ärgernis für die ganze Gegend, und man wird Sie reinlegen. Es würde mir leid tun, aber –«

»O nein, würde es nicht – einer ehrbaren Stütze der Gesellschaft wie Ihnen.«

»O doch. Es tut mir immer leid, wenn ein intelligenter Mann einen Narren aus sich macht.«

»Ich glaube, es wird Zeit, daß wir uns wieder der übrigen Gesellschaft für ein kleines Hauskonzert anschließen«, sagte Chailey trocken. »Einer von uns ist sehr talentiert. Seine Darbietung von ›Samuel Hall‹ ist ein wahrer Genuß. Vielleicht kennen Sie es noch nicht?«

»Oh, ich kenne es sehr gut«, antwortete Rogan mit einem grimmigen Lächeln und hievte sich aus dem Sessel.

†††

Eines Abends, fast zwei Wochen nach den zuletzt berichteten Ereignissen, als dichter Nebel über dem Moor lag, wurden die Bewohner von Chaileys Lustschloß durch ein plötzliches Schellen der Glocke aufgeschreckt, gefolgt von einem verzweifelten Hämmern an der massiven Haustür. Bevor sie Zeit hatten, überraschte Blicke zu wechseln, begann der Lärm von neuem. Ihr Gemurmel wurde durch Chaileys Gegenwart beendet.

»Legen Sie die Kette vor und öffnen Sie, Richards«, befahl er und folgte dem Exwärter den Korridor hinunter, wobei er außer Sicht im Dunkeln stehen blieb.

Die Riegel wurden zurückgeschoben, die Tür öffnete sich einen Spalt breit und knirschte an der schweren Kette.

»Was willste?« knurrte der Exwärter so grimmig wie möglich, von Chaileys Anwesenheit in seinem Rücken ermutigt.

»Laßt mich rein, um Himmels willen«, keuchte eine Stimme. »Die sind hinter mir her. Die kriegen mich. Laßt mich doch rein!«

»*Wer* ist hinter dir her?«

Chailey schoß vorwärts und stieß Richards grob beiseite.

»Alle – vom Knast. Ich bin abgehauen – im Nebel –«

Chailey stieß einen Ausruf der Überraschung aus.

»Sind sie dir auf der Spur?«

»Ich weiß es nicht. Ich weiß es nicht. Um Himmels willen, laßt mich doch rein!«

Eine Pause trat ein.

»Bitte! Laßt mich –«

»Schon gut, ich laß dich rein.«

Chailey löste die Kette, und eine Gestalt stürzte fast auf ihn und fiel zu Boden.

»Los, eine Lampe, du Idiot.«

Richards rannte zurück und kam mit einer Taschenlampe wieder, die er auf den liegenden Mann richtete.

»Ein junger Bursche, was?«

Chailey faßte den Flüchtigen grob am Arm und half ihm auf die Beine. Das Licht zeigte ein sensibles, feines Gesicht, das nun bleich und abgemagert war.

»Was ist denn mit deinen Händen?«

Chaileys scharfe Augen hatten sofort bemerkt, daß die Hände des jungen Mannes keinerlei Spuren von harter Arbeit trugen.

»Ich weiß. Ich bin erst mit dem letzten Transport am Montag gekommen. Ich hab's nicht ausgehalten. Sehen Sie –«

Er zeigte auf eine Reihe frischer Schwielen direkt oberhalb der Handfläche.

»Gerade eingeliefert, was?« Chaileys Augen funkelten. Er wandte sich zu Richards. »Wir bringen ihn weg. Gott, was für ein Rekord! Bricht nach zwei Tagen aus! Mach dir keine Sorgen«, setzte er rasch hinzu. »Wir bringen dich schon weg. Jetzt erst mal ein Versteck.«

»Was ist mit den Hunden, Chef?« fragte der Exwärter zweifelnd. »Die werden ihn hier aufspüren.«

»Buzzacott wird sich drum kümmern«, rief Chailey. »Das hat er ja früher schon gemacht. Mit Anissamen. Wir müssen sie nur ein paar hundert Meter vor dem Haus ausstreuen, dann finden sie ihn nie. He – Buzzacott!« Er drehte sich um und eilte ins Wohnzimmer zurück – das er leer vorfand. Die Gewohnheit war zu stark für die Gäste von Mortimer Chailey. Im Zweifelsfall versteckten sie sich erst mal.

Beruhigt kamen sie wieder zum Vorschein wie Schnecken nach dem Regen, doch bevor Chailey und der glucksende Experte an die Arbeit gehen konnten, scheuchte ein noch drängenderes Pochen an der Tür alle wieder in ihre Verstecke zurück. Der Financier war gezwungen, selbst an die Tür zu gehen, und sah sich einer kleinen Armee von Gefängnisbediensteten gegenüber, die einen entflohenen Häftling suchten, den sie zum großen Nachteil für besagten Mortimer Chailey bald fanden und festnahmen. Auch Mortimer Chailey wurde festgenommen, aber bevor man ihn abführte, erschien der Gefängnisdirektor am Schauplatz und äußerte den Wunsch, mit ihm unter vier Augen zu sprechen. Chailey lehnte zunächst ab, ließ sich aber schließlich überreden, dem Wunsch des Direktors nachzukommen. Die beiden verschwanden in Chaileys Arbeitszimmer.

† † †

Ihrer Majestät Zuchthaus, Highmoor
2. März 19–

Lieber Rogan,
Falls Ihr Neffe Ihnen noch nicht von seiner Rolle in der Geschichte erzählt hat, wird es Sie vielleicht interessieren, daß ich nach reiflicher Überlegung beschlossen habe, Ihrem höchst ungewöhnlichen Vorschlag zu folgen. Ich wandte mich an Ihren Neffen und ließ ihn bei mir wohnen, bis sich eine passende Gelegenheit bot, Ihren Plan auszuprobieren. Wie Sie wissen, gibt es hier jeden Tag Nebel, wenn man ihn nicht braucht, aber falls doch, muß man vierzehn Tage darauf warten.
Letzte Nacht gab es jedoch so dichten Nebel, wie man ihn sich nur wünschen konnte. Wir fuhren Ihren Neffen so nah wie möglich zum Haus, denn der Nebel war so dick, daß er sich beim Versuch, es selbst zu finden, verlaufen hätte. Und er rannte den Hügel hinauf und hinunter, bis er halbtot war. Er macht keine halben Sachen, dieser junge Mann. Gestern früh bestand er darauf, anderthalb Stunden lang Steine zu klopfen, um seine Hände rauher zu machen. Sagte, das werde das erste sein, worauf Chailey und Co. schauen würden, falls sie Verdacht schöpften. Ich glaube kaum, daß er lange bloß an dem Provinztheater spielen wird.
Jedenfalls stolperte er davon, und bald darauf hörten wir ihn ein Heidenspektakel an Chaileys Tür veranstalten. Eine Weile schien es, als würden sie ihn nicht reinlassen, aber schließlich taten sie es doch, und wir warteten ab. Wir gaben ihnen zwanzig Minuten Zeit, dann stürmten wir das Haus. Chailey mußte uns persönlich die Tür öffnen: Seine Sippschaft von Galgenvögeln war sämtlich unter die Betten gekrochen. Wir fanden den jungen Noel – mit etwas Unterstützung durch ihn – in einem äußerst schlauen Versteck. Ohne seine Hilfe hätten wir ihn vielleicht jetzt noch nicht gefunden.
Auf meine Anordnung hin legten sie Chailey Handschellen an und machten ein paar Bemerkungen darüber, welche Strafen für das Beherbergen flüchtiger Häftlinge verhängt würden und was die, die versucht hätten, Gefängnisbedienste lächerlich zu machen, drinnen wohl erleben würden et cetera et cetera. Bei meinem Erscheinen war er reichlich grün im Gesicht. Als ich den Eindruck hatte, es sei tief genug gesackt, ließ ich ihn in sein Arbeitszimmer bringen und gab ihm eine Chance. Sie hätten sein Gesicht sehen sollen! Auf mein Wort, der fiese Kerl hat mir fast selbst leid getan.
»Läuten Sie diese Klingel«, sagte er, und ein Wärter kam herein und schloß seine Handschellen auf. Dann setzte er sich an seinen Schreibtisch und schrieb mir eine Zusicherung, den verdammten Ort binnen vierundzwanzig Stunden zu verlassen und seine Bande mitzunehmen.

Er hat sein Wort gehalten. Der letzte Wagen mit ihnen ist vor einer halben Stunde durchs Dorf gefahren.

Nun, Rogan, ich kann nicht leugnen, daß ich Ihnen dankbar bin, obwohl mir die Methoden, um den Burschen loszuwerden, gar nicht gefallen haben, wie Sie wissen. Dennoch ist es schön, ihn los zu sein. Ich brauche nicht zu erwähnen, daß er von Ihrem Anteil an der Sache nichts weiß –

Rogan brach die Lektüre ab und blinzelte zur Decke.

»Ich wette, er hat es erraten«, sagte er zu sich und lächelte, denn er wußte, daß Mortimer Chaileys Stolz es nie, niemals zulassen würde, auch nur durch eine Geste das Wissen einzugestehen, daß man ihn durchschaut und die richtige Falle für ihn gestellt hatte.

»Tja«, fuhr Rogan fort und nahm den Brief wieder auf, »ich werde ihm aus dem Weg gehen und er mir, und das wird für uns beide das angenehmste sein.«

Er las den Schluß des Briefs und brach in Gelächter aus.

»Also wirklich«, sagte er, »die sind sich sehr ähnlich.«

PETER TREMAYNE

Mord im Schlaf

»Mord im Schlaf« stellt eine einzigartige Detektivin vor – ein in der Aufklärung von Verbrechen bewandertes Mitglied der Kirche, Schwester Fidelma, die der Autor als »eine Art irischen Perry Mason des siebten Jahrhunderts« beschrieben hat. Tatsächlich ist sie sowohl Nonne als auch geprüfte Advokatin, die im Irland des »Goldenen Zeitalters der Kelten« praktiziert, als die Kirche mit ihren Heiligen und Gelehrten das Land beherrschte und es mit Hilfe des subtilen altirischen Rechts regierte. Diese von Peter Beresford Ellis (* 1943) unter seinem Künstlernamen Peter Tremayne geschriebenen Erzählungen profitieren von seiner gründlichen Kenntnis der keltischen Geschichte und Kultur, die er bereits in mehreren weithin gelobten Sachbüchern unter Beweis stellte. Tremayne ist auch Schöpfer des welterfahrenen Großstadtpolizisten Inspektor Lehane von der Dubliner Polizeibehörde, Abschnitt Süd, der in dem Roman *Angelus!* (1985) und in verschiedenen Kurzgeschichten auftritt.

Die rothaarige, jugendliche und attraktive Schwester Fidelma ist eine einzigartige Figur, deren geduldige Aufklärung eines Falles vor Gericht auf den gleichen Schatz an mittelalterlicher Folklore zurückgreift wie die Werke von Ellis Peters und Umberto Eco. Es ist gut zu wissen, daß sie in Kürze das erste Mal in einem Roman auftreten soll, in dem sie mit einem angelsächsischen Mönch einen Mordfall während der berühmten Synode von Whitby löst.

»An Bruder Fergals Schuld gibt es keinen Zweifel«, sagte der Brehon voller Überzeugung. »Er hat das Mädchen ganz sicher ermordet.«

Der Oberrichter des Clans der Eóghanacht von Cashel war ein untersetzter Mann. Er hatte ein rundes, kummervolles Gesicht, aber helle, scharfe Augen. Seine langsame und akribische Redeweise verbarg einen scharfsinnigen und entschiedenen Geist. Hier war ein Mann, der die Welt sorgfältig ansah und alle Indizien abwog, bevor er eine Entscheidung traf, wie sein Beruf es verlangte. Und er ließ sich von niemandem für dumm verkaufen.

Die großgewachsene, grünäugige Schwester Fidelma stand mit bescheiden gefalteten Händen vor dem Brehon. Ihr Gewand und ihre

Haube, unter der ein paar Strähnen rebellischen roten Haares herausschauten, konnten weder ihre Jugend noch ihre weibliche Attraktivität verbergen. Der Brehon schätzte ihr Alter auf Mitte zwanzig. Er bemerkte, daß ihre Haltung eine von kontrollierter Anspannung war, die eines Menschen, der an Bewegung und Aktivität im Leben gewöhnt war. Die Nonnentracht paßte überhaupt nicht zu ihr.

»Die Äbtissin hat mir versichert, Bruder Fergal sei genausowenig fähig, einen Hasen umzubringen wie durch die Luft zu fliegen.«

Der Brehon der Eóghanacht von Cashel seufzte. Er machte wenig Anstalten, seinen Ärger über den Widerspruch dieser jungen Frau zu verbergen.

»Trotzdem sprechen die Indizien für sich, Schwester. Dieser Fergal wurde in seinem *Bothán* gefunden, der Hütte, die er sich an den Hängen des Cnoc-gorm gebaut hatte. Er schlief. Neben ihm lag die Leiche des Mädchens Barrdub. Sie war erstochen worden. An Fergals Händen und seinem Gewand klebte Blut. Als man ihn weckte, behauptete er, von nichts zu wissen. Das ist eine schwache Verteidigung.«

Schwester Fidelma neigte den Kopf, als erkenne sie die Logik der Äußerung des Brehon an.

»Was waren die Umstände beim Auffinden der Leiche von Barrdub?«

»Barrdubs Bruder Congal hatte sich Sorgen gemacht. Das Mädchen hatte sich anscheinend in diesen Bruder Fergal verliebt. Er ist ein gutaussehender junger Mann, das muß man zugeben. Laut Congal ging seine Schwester in jener Nacht fort und kehrte nicht zurück. Am frühen Morgen kam Congal zu mir und bat mich, ihn zu Fergals *Bothán* zu begleiten, um die beiden zu überraschen. Barrdub war noch nicht mündig, versteht Ihr, und Congal war ihr Vormund vor dem Gesetz, denn sie haben keine lebenden Blutsverwandten. Gemeinsam fanden wir Fergal und Barrdubs Leiche, wie ich es beschrieben habe.«

Schwester Fidelma preßte die Lippen zusammen. Die Indizien waren tatsächlich erdrückend.

»Morgen mittag wird die Verhandlung sein«, fuhr der Brehon fort. »Bruder Fergal muß sich vor dem Gesetz verantworten, denn niemand kann über den Sprüchen der Brehons stehen, weder Priester noch Druide.«

Schwester Fidelma lächelte dünn.

»Dank sei dem Heiligen Patrick, daß es zwei Jahrhunderte her ist, seit die Druiden die Lehren Unseres Erlösers Jesus Christus annahmen.«

Der Brehon erwiderte ihr Lächeln.

»Und doch sagt man, daß viele, die in den Bergen oder in abgelegenen Gegenden leben, noch immer den alten Lehren folgen, daß es viele gibt, die trotz der Lehren Christi noch immer den *Dagda* und die alten Götter Irlands anbeten. Wir haben auch so einen in unserer Gegend. Erca ist ein Einsiedler an den Hängen des Cnoc-gorm, der behauptet, die alten Bräuche zu üben.«

Schwester Fidelma zuckte gleichgültig die Schultern.

»Ich bin nicht hier, um jemanden zu bekehren.«

Der Brehon faßte sie nun genau ins Auge.

»Was genau ist Ihre Rolle in dieser Sache, Schwester? Vertretet Ihr die Abtei, die, soviel ich weiß, jetzt die *Fine* oder Familie von Bruder Fergal darstellt? Beachtet bitte, daß laut Gesetz die *Fine* für die Strafen einstehen muß, wenn das Gericht sein Urteil abgibt.«

»Das Gesetz ist mir bekannt, Brehon von Eóghanacht«, antwortete Schwester Fidelma. »Die Äbtissin hat mich als *Dálaighe* hierher gesandt, als Advokaten, der Bruder Fergal vor Gericht verteidigen soll.«

Der Brehon zog etwas erstaunt die Augenbraue hoch. Als dieses Mädchen zu ihm gekommen war, hatte er angenommen, sie gehöre einfach zu Bruder Fergals Abtei und sei gekommen, um herauszufinden, warum er eingesperrt und des Mordes angeklagt worden sei.

»Das Gesetz legt fest, daß nur ausgebildete Advokaten vor dem *Dál* auftreten dürfen.«

Schwester Fidelma richtete sich auf, ein wenig verärgert über die Herablassung in der Stimme des Mannes, seine Arroganz.

»Ich bin ausgebildet. Ich habe das Recht bei dem großen Brehon Morann von Tara studiert.«

Erneut konnte der Brehon kaum seine Überraschung verbergen. Daß das junge Mädchen vor ihm die irischen Gesetze studiert haben sollte, kam ihm erstaunlich vor. Er wollte den Mund öffnen, als sie seiner Frage zuvorkam, indem sie in ihren Umhang griff und ihm ein beschriebenes Pergament reichte. Der Brehon las schnell, mit runden Augen, zögerte und gab es ihr zurück. Sein Blick war nun respektvoll, seine Stimme leicht eingeschüchtert.

»Hier steht, daß Ihr ein ausgebildeter *Anruth* seid.«

Um *Anruth* zu werden, mußte man zwischen sieben und neun Jahren an einer Mönchs- oder Bardenschule studiert haben. Der *Anruth* stand nur eine Stufe unter dem höchsten Grad, dem *Ollamh* oder Professor, der gleichberechtigter Ratgeber von Königen sein konnte. Der *Anruth* mußte in Poesie, Literatur, Recht und Medizin bewandert sein, über alle Dinge kenntnisreich sprechen und schreiben können und die Redekunst beherrschen.

»Ich war acht Jahre bei Brehon Morann«, antwortete Fidelma.

»Ich erkenne Euer Recht an, vor Gericht als Advokat aufzutreten, Schwester Fidelma.«

Die junge Nonne lächelte.

»In diesem Fall nehme ich mein Recht in Anspruch, mit dem Angeklagten und dann mit den Zeugen zu sprechen.«

»Gut. Aber es kann nur einen Urteilsspruch geben. Die Beweislast ist zu erdrückend, um anders zu entscheiden, als daß Bruder Fergal des Mordes an Barrdub schuldig ist.«

Bruder Fergal war, wie der Brehon gesagt hatte, ein gutaussehender junger Mann von nicht mehr als fünfundzwanzig Jahren. Der Ausdruck seines bleichen Gesichts war verwirrt. Seine braunen Augen waren weit aufgerissen, sein kastanienbraunes Haar zerzaust. Er sah aus wie ein junger Mann, der aus dem Schlaf erwacht war und sich in einer Welt gefunden hatte, die er nicht wiedererkannte. Als Schwester Fidelma eintrat, erhob er sich verlegen und hustete nervös.

Der vierschrötige Wächter schloß die Tür hinter ihr, blieb aber draußen stehen.

»Gottes Gnade sei mit dir, Bruder Fergal«, begrüßte sie ihn.

»Und die Gnade Gottes und Marias mit dir, Schwester«, antwortete der junge Mönch automatisch. Seine Stimme war etwas atemlos und pfeifend.

»Ich bin Fidelma und von der Abtei geschickt, um dich zu verteidigen.«

Ein bitterer Ausdruck kam über das Gesicht des jungen Mannes.

»Was soll das nützen? Der Brehon hat mich schon schuldig gesprochen.«

»Und bist du es?«

Fidelma setzte sich auf einen Schemel, der neben dem rauhen Strohsack die einzige Einrichtung in der Zelle war, und blickte zu dem jungen Mönch empor.

»Nein, bei der Heiligen Jungfrau, das bin ich nicht!« Der Schrei kam unwillkürlich, wütend und verzweifelt zugleich. Der Ausruf des jungen Mannes wurde von einem Hustenanfall begleitet.

»Setz dich, Bruder«, sagte Fidelma fürsorglich. »Die Zelle ist kalt, und du mußt auf deinen Husten achten.«

Der junge Mann versuchte, gleichgültig die Schultern zu zucken.

»Ich habe seit vielen Jahren Asthma, Schwester. Ich lindere es, indem ich den Rauch von brennenden Blättern des *Stramóiniam* einatme oder vor dem Schlafengehen einen Kräutersud trinke. Solch ein Luxus ist mir hier leider verwehrt.«

»Ich werde darüber mit dem Brehon sprechen«, versicherte ihm Fidelma. »Er ist nicht hartherzig. Vielleicht können wir ein paar Blätter und Samen des *Stramóiniam* finden und dir schicken lassen.«

»Dafür wäre ich dankbar.«

Nach einer kurzen Pause erinnerte Fidelma den jungen Mann daran, daß sie auf seine Geschichte wartete.

Widerwillig ließ er sich auf den Strohsack nieder und hustete wieder.

»Da gibt es nicht viel zu erzählen. Vor vier Wochen sandte mich die Äbtissin zum Clan der Eóghanacht von Cashel, um zu predigen und ihnen die Sakramente zu spenden. Ich kam hierher und setzte eine verlassene Einsiedlerzelle auf dem blauen Hügel von Cnoc-gorm instand. Eine Weile ging alles gut. Gewiß, ich habe in diesem Teil von Éireann auch zweihundert Jahre, nachdem der Heilige Patrick unser Volk bekehrte, noch Menschen gefunden, deren Herzen und Seelen noch nicht für Christus gewonnen waren. Das machte mir großen Kummer ...«

»Ich habe gehört, es gibt einen, der noch den alten Bräuchen der Druiden folgt«, sagte Fidelma ermutigend, als der junge Mann innehielt und den Faden verlor.

»Der Einsiedler Erca? Ja. Er lebt auch auf Cnoc-gorm. Er haßt alle Christen.«

»Tatsächlich?« fragte Fidelma nachdenklich. »Aber erzähl mir jetzt, was in der Nacht des Mordes geschah.«

Bruder Fergal verzog erregt das Gesicht.

»Ich erinnere mich nur daran, daß ich bei Sonnenuntergang in meine Zelle zurückkam. Ich war erschöpft, weil ich an diesem Tag sechzehn Meilen gelaufen war, um den Schafhirten in den Bergen das Wort Christi zu bringen. Ich fühlte ein Brennen in der Brust, und so erhitzte ich meinen Kräutersud und trank ihn. Er half mir gut, denn ich schlief fest. Das nächste, was ich weiß, ist, daß ich wachgerüttelt wurde und der Brehon vor mir stand und Congal neben ihm. Congal schrie, ich hätte seine Schwester getötet. An meinen Händen und meinem Gewand war Blut. Dann sah ich in meiner Zelle den blutigen Körper des armen Mädchens Barrdub.«

Er begann wieder zu husten. Fidelma beobachtete aufmerksam das Gesicht des jungen Mönchs. Es zeigte keine Verstellung. Die Augen waren verwirrt, aber ehrlich.

»Ist das alles?« fragte sie, als er wieder zu Atem kam.

»Du hast mich gefragt, was ich von den Ereignissen der Mordnacht weiß. Das ist alles.«

Fidelma biß sich auf die Lippen. Die Geschichte klang unwahrscheinlich.

»Wurdest du von nichts gestört? Hast du nichts gehört? Du gingst schlafen und nahmst nichts wahr, bis der Brehon und Congal dich weckten und du das Blut an deinem Gewand und das tote Mädchen in deiner Zelle sahst?«

Der junge Mann stöhnte leise und verbarg das Gesicht in den Händen.

»Mehr weiß ich nicht«, bekräftigte er. »Ich weiß, es klingt phantastisch, aber es ist wahr.«

»Gibst du zu, daß du das Mädchen Barrdub kanntest?«

»Natürlich. Ich kannte jeden vom Clan der Eóghanacht.«

»Und was war mit Barrdub? Wie gut kanntest du sie?«

»Sie kam regelmäßig zum Gottesdienst, und ein- oder zweimal kam sie und half mir, als ich meinen *Bóthan* instand setzte. Aber das taten auch viele andere aus dem Dorf.«

»Es war nichts anderes zwischen dir und Barrdub?«

Priester, Mönche und Nonnen der keltischen Kirche durften heiraten, wenn sie dazu den Segen eines Bischofs oder einer Abtei hatten.

»Ich hatte keine andere Beziehung zu Barrdub als ein Hirte zu seiner Herde. Außerdem war das Mädchen noch nicht mündig.«

»Du weißt, daß Congal behauptet, Barrdub sei in dich verliebt gewesen und du hättest sie ermutigt? Der Ankläger wird sagen, sie sei in jener Nacht zu dir gekommen und du hättest sie aus irgendeinem Grund zurückgewiesen und dann, als sie nicht gehen wollte, getötet. Er wird sagen, ihre Liebe sei dir lästig geworden.«

Der junge Mönch blickte entrüstet.

»Aber ich habe sie nicht ermutigt! Ich kannte das Mädchen nur flüchtig, und es ist nichts zwischen uns geschehen. Das ... das Mädchen war doch auch mit jemandem im Dorf verlobt, fällt mir ein. Ich weiß nicht mehr, wie er heißt. Ich versichere dir, es war nichts zwischen dem Mädchen und mir.«

Fidelma nickte langsam und erhob sich.

»Gut, Bruder Fergal. Wenn du mir sonst nichts zu sagen hast ...?«

Der junge Mann blickte mit großen, bittenden Augen zu ihr empor.

»Was wird mit mir geschehen?«

»Ich werde dich verteidigen«, sagte sie. »Aber bis jetzt habe ich nicht viel, was dich vor Gericht entlastet.«

»Dann wird man mich schuldig sprechen?«

»Du kennst das Gesetz. Wenn man dich des Mordes schuldig spricht, mußt du den *Eric*, den Ehrenpreis des Mädchens, an ihren nächsten Verwandten zahlen. Soviel ich weiß, war das Mädchen frei geboren, die Tochter eines Mitglieds der Clansversammlung. Der *Eric* steht bei fünfundvierzig Milchkühen, dazu vier Milchkühe für den Brehon.«

»Aber ich habe keinen Besitz. Ich gab alles auf, als ich beschloß, Christus zu dienen, und Armut schwor.«

»Du weißt auch, daß dann deine Familie für die Strafe haftet.«

»Aber meine einzige Familie ist die Abtei, meine Brüder und Schwestern in Christus.«

Fidelma verzog das Gesicht.

»Ganz genau. Die Äbtissin muß entscheiden, ob sie im Namen unseres Ordens deine Strafe bezahlen will. Und der größere Prozeß um deine unsterbliche Seele wird vor ihrem Richterstuhl stattfinden. Wenn man dich des Mordes an Barrdub schuldig befindet, mußt du nicht nur die Strafe des weltlichen Gerichts tragen, du mußt dich als Mönch auch vor Jesus Christus verantworten.«

»Was ist, wenn die Äbtissin sich weigert, die Strafe zu bezahlen?« flüsterte Fergal, dessen Atem wieder stockend wurde.

»Es wäre ungewöhnlich, wenn sie sich weigern würde«, beruhigte ihn Fidelma. »Unter außergewöhnlichen Umständen kann sie es tun. Die Äbtissin hat das Recht, dich auszustoßen, wenn dein Verbrechen so schrecklich ist. Du kannst aus der Abtei verbannt werden. Wenn das geschieht, kann der Brehon dich der Familie des Opfers übergeben, die dich als Sklaven halten oder auf jede andere Art bestrafen darf, die ihr als passende Entschädigung erscheint. Das ist das Gesetz. Aber dazu wird es nicht kommen. Die Äbtissin kann nicht glauben, daß du dieses Mädchen getötet hast.«

»Gott weiß, daß ich unschuldig bin«, schluchzte der junge Mann.

Fidelma wanderte mit dem Brehon den gewundenen Pfad zu der baumgeschützten Kuhle auf Cnoc-gorm, wo Fergal sich einen alten *Bothán* als Zelle hergerichtet hatte. Der Brehon führte sie zu dem Gebäude, das aus ohne Mörtel ineinandergreifenden Steinen bestand.

»Hier habt Ihr Bruder Fergal und die tote Barrdub gefunden?« fragte Fidelma, als sie vor der Tür stehenblieben.

»Ja«, antwortete der Brehon. »Die Leiche des Mädchens ist weggetragen worden. Ich verstehe nicht, was es Eurer Verteidigung nützen soll, diesen Ort zu sehen.«

Fidelma lächelte nur und trat unter dem Türsturz ein.

Der Raum war dunkel und kalt, fast wie die Zelle, in der sie Fergal gelassen hatte, außer daß der *Bothán* trocken und die Zelle feucht war. Es gab ein hölzernes Bett, einen Tisch und einen Stuhl, ein Kruzifix und ein paar andere Einrichtungsstücke. Fidelma schnupperte und nahm einen bittersüßen Kräuterduft wahr, der von dem kleinen Herd ausging. Der Geruch kam von verbrannten *Stramóiniam*-Blättern.

Der Brehon war hinter ihr eingetreten.

»Ist außer der Leiche des Mädchens und Bruder Fergal etwas anderes weggebracht worden?« fragte Fidelma, während sie eine hölzerne Schüssel auf dem Tisch ins Auge faßte.

»Wie Ihr seht, ist nichts berührt worden. Bruder Fergal lag dort im Bett, und das Mädchen lag neben dem Herd. Nur ihre Leiche und Bruder Fergal sind weggebracht worden. Nichts anderes wurde fortgenommen, weil nichts anderes wichtig war.«

»Keine Gegenstände?«

»Keine.«

Fidelma ging zum Tisch, nahm das Holzgefäß und roch daran. Eine Spur Flüssigkeit war darin übriggeblieben, sie tunkte den Finger ein und führte ihn schnuppernd an die Lippen. Bei dem Geschmack verzog sie das Gesicht und runzelte die Stirn.

»Brehon, wenn Bruder Fergal schuldig ist, wie erklärt Ihr Euch dann den Umstand, daß er zuerst Barrdub getötet hat, dann zu Bett gegangen ist, ihren Körper hier liegengelassen und bis zum Morgen friedlich geschlafen hat? Hätte ein Mörder nicht zuerst sein Bestes getan, ihre Leiche zu verstecken und alle Spuren des Verbrechens zu beseitigen, damit niemand kommen und es entdecken könne?«

Der rundgesichtige Brehon nickte und lächelte.

»Das ist mir bereits aufgefallen, Schwester Fidelma. Aber ich bin ein einfacher Richter. Ich halte mich an die Tatsachen. Mich interessieren die Indizien. Es ist nicht meine Aufgabe, darüber nachzudenken, warum ein Mann so handelt, wie er es tut. Ich will nur wissen, ob er auf eine solche Weise handelt.«

Fidelma seufzte, setzte das Gefäß nieder und blickte sich noch einmal um, bevor sie die Zelle verließ.

Draußen blieb sie stehen, da sie einen dunklen Fleck an einer der senkrechten Türsäulen bemerkte. Er lag etwas über Schulterhöhe.

»Barrdubs Blut, nehme ich an?«

»Vielleicht entstand der Fleck, als meine Männer sie wegtrugen«, stimmte der Brehon ohne viel Interesse zu.

Fidelma schaute einen Moment auf den Fleck, bevor sie sich umdrehte, um die Umgebung des *Bothán* zu untersuchen. Auf einer Seite war er von einer Baumgruppe geschützt, die sich vor den über den Hügel pfeifenden Winden beugte, während rundherum überall dichtes Gestrüpp wuchs. Der Hauptweg zum *Bothán*, der zum Dorf hinunterführte, war schmal und ausgetreten. Ein noch schmalerer Pfad führte weiter den Hügel hinauf, während ein dritter im Zickzack rechts um den Hügel herumlief. Offenbar wurden die Pfade häufiger als nur gelegentlich benutzt.

»Wo führen sie hin?«

Der Brehon runzelte von ihrer Frage etwas überrascht die Stirn.

»Auf dem Pfad den Hügel hinauf kommt Ihr schließlich zur Behausung des Einsiedlers Erca. Der Pfad um den Hügel herum ist einer von vielen, die überall hinführen. Es ist sogar ein Ersatzweg ins Dorf.«

»Ich möchte diesen Erca sehen«, entschied Fidelma.

Der Brehon runzelte wieder die Stirn, wollte etwas sagen und zuckte dann die Schultern.

Erca war genau das, was Fidelma erwartet hatte.

Ein dünner, schmutziger Mann, in ein einziges abgetragenes wollenes

Gewand gekleidet. Er hatte verfilztes Haar und stechende Augen und überschüttete sie mit Beschimpfungen, als sie sich seinem rauchenden Feuer näherten.

»Christen!« spuckte er aus. »Aus meinen Augen mit eurem fremden Gott. Wollt ihr den heiligen Boden des großen *Dagda* entweihen, des Vaters aller Götter?«

Der Brehon runzelte zornig die Stirn, doch Fidelma lächelte freundlich und ging näher.

»Friede sei mit dir, Bruder.«

»Ich bin nicht dein Bruder«, fauchte der Mann.

»Wir alle sind Brüder und Schwestern, Erca, unter dem einen Gott, der über uns allen wohnt, egal wie wir Ihn nennen. Ich will dir nichts Böses.«

»Ach ja? Ich wollte, die Götter des *Dé Danaan* stiegen aus dem *Sidhe* empor und verjagten alle Anhänger der fremden Götter aus diesem Land, wie sie es mit den bösen Fomorii zur Zeit der großen Nebel taten.«

»Du haßt also die Christen?«

»Ich hasse die Christen.«

»Haßt du Bruder Fergal?«

»Mein Haß auf alle Christen in diesem Land ist grenzenlos.«

»Würdest du Bruder Fergal Übel antun, wenn du könntest?«

Der Mann schnippte mit den Fingern.

»Soviel geb ich auf Fergal und alle seine Brüder.«

Fidelma schien gelassen. Sie deutete mit einem Nicken auf den dampfenden Topf, der über dem rauchenden Feuer stand.

»Du kochst Kräuter. Bestimmt kennst du die Kräuter dieser Gegend gut.«

Erca grinste.

»Ich habe die alten Bräuche gelernt. Als euer verrückter Patrick unsere Priester vom Hügel von Slane vertrieb und unser Volk zwang, seinem Christus zu folgen, konnte er unsere Weisheit nicht vernichten.«

»Ich sehe, du hast da einen Haufen blaßbrauner Wurzeln. Welches Kraut ist das?«

Erca sah sie einen Augenblick verwundert an.

»Das ist *Lus Mór Na Coille*.«

»Ah, Tollkirsche«, sagte Fidelma. »Und diese Blätter daneben mit den weißen Spitzen?«

»Das sind die Blätter des *Muing* oder Giftschierlings.«

»Und sie wachsen auf diesem Hügel?«

Erca machte eine ungeduldige bejahende Geste.

»Friede sei mit dir, Bruder Erca«, beendete Fidelma abrupt das Gespräch, wandte sich ab und ließ den verdatterten Erca stehen. Der überraschte Brehon trottete hinter ihr her.

»Mit dir sei kein Friede, Christin«, schrie Erca ihr nach, als der Einsiedler sich wieder besann. »Kein Friede, bis alle, die fremde Götter anbeten, aus dem Land Éireann vertrieben sind!«

Fidelma sagte nichts, während sie den Hügel hinunter zu Fergals *Bothán* zurückging. Als sie ihn erreichte, schlüpfte sie hinein und kam gleich darauf mit dem hölzernen Gefäß wieder heraus.

»Das werde ich bei meiner Verteidigung brauchen. Wollt Ihr es in Eure Obhut nehmen?«

»Worauf wollt Ihr hinaus, Schwester?« fragte der Brehon mißbilligend, als er das Gefäß entgegennahm und sie ins Dorf zurück gingen. »Einen Moment glaubte ich, Ihr wolltet andeuten, daß Erca irgend etwas mit dieser Sache zu tun hat.«

Fidelma lächelte, antwortete aber nicht.

»Ich möchte jetzt Barrdubs Bruder sehen. Wie hieß er noch? Congal?«

Sie fanden Barrdubs Bruder in einer ärmlichen Behausung am Fluß, einem *Bothán* aus verrottendem Holz. Der Brehon hatte ihr einiges erzählt, während sie zu Congals Hütte gingen.

»Congals Vater war früher der Gastwirt des Eóghanacht von Cashel, ein hochgeehrter Mann und Sprecher der Clansversammlung. Congal war kein Mann wie sein Vater. Congal war immer ein Träumer. Als sein Vater starb, verschwendete er, was ihm hätte gehören können, so daß er und seine Schwester in diesem *Bothán* leben mußten und Congal gezwungen war, für andere aus seinem Clan zu arbeiten, statt sein eigenes Vieh zu haben.«

Congal war ein finsterer, brütender Mensch mit undurchdringlichen grauen Augen, tief und zornig wie das Meer an einem stürmischen Wintertag.

»Wenn Ihr kommt, um den Mörder meiner Schwester zu verteidigen, werde ich keine Fragen beantworten«, sagte er kämpferisch zu Fidelma und preßte seine schmalen, blassen Lippen zusammen.

Der Brehon seufzte verdrießlich.

»Congal, du wirst das Gesetz befolgen. Es ist das Recht des *Dálaighe*, des Verteidigers, dir Fragen zu stellen, und es ist deine Pflicht, sie wahrheitsgemäß zu beantworten.«

Schwester Fidelma deutete dem Mann an, sich zu setzen, aber er wollte nicht.

»Hast du Bruder Fergal je *Stramóiniam* gebracht?« begann sie.

Congal wunderte sich über ihre unerwartete Frage.

»Nein«, antwortete er. »Er hat seine Asthmamedizin von Iland dem Kräuterkundigen bekommen.«

»Gut. Ich habe schon gehört, wie du die Leiche deiner Schwester entdeckt hast. Bevor du den Bericht des Brehon darüber bestätigst, möchte ich dich fragen, wie du darauf kamst, deine Schwester in Bruder Fergals *Bothán* zu suchen, als du sie vermißtest?«

Congal verzog das Gesicht.

»Weil Barrdub in den Mann verliebt war. Er hat sie hypnotisiert und benutzt.«

»Hypnotisiert? Warum sagst du das?«

Congals Stimme war harsch.

»Ich kannte doch meine Schwester, oder nicht? Seit Fergal ins Dorf kam, schmachtete Barrdub nach ihm wie eine kranke Kuh nach dem Bauern, immer mit der Entschuldigung, ihn zu besuchen und ihm zu helfen, den *Bothán* des Priesters instand zu setzen. Es war abstoßend.«

»Warum war es abstoßend?« schaltete sich der Brehon mit plötzlichem Interesse ein. »Wenn sie Fergal wollte oder er sie, gab es keine Hürde für sie, sobald du deine Erlaubnis gabst oder sie mündig wurde. Du weißt so gut wie ich, daß alle Diener Gottes von jeher das Recht haben, einen Partner ihrer Wahl zu heiraten, sogar einen Abt oder eine Äbtissin.«

»Es war abstoßend, weil sie mit Rimid verlobt war«, bekräftigte Congal.

»Aber bevor Fergal hierherkam, hast du Einwände gegen Rimid als Ehemann für Barrdub gehabt«, bemerkte der Brehon sarkastisch.

Congal wurde rot.

»Warum warst du gegen Rimid?« fragte Fidelma.

»Weil ...«

»Weil er nicht den vollen Brautpreis bezahlen konnte«, äußerte der Brehon. »Ist es nicht so?«

»Der *Tinnscra* ist so alt wie Éireann. Niemand heiratet, ohne einen Preis anzubieten, der die Familie der Braut entschädigen soll«, sagte Congal störrisch.

»Und außer dir hatte Barrdub keine Familie?« fragte Fidelma.

»Sie hat meinen Haushalt geführt. Ohne sie habe ich niemand. Es ist gerecht, daß ich nach unserem alten Gesetz entschädigt werde.«

»Wahrscheinlich hattest du gegen ihre Beziehung zu Fergal dasselbe einzuwenden? Als Mönch konnte er keinen *Tinnscra* bezahlen.«

Congal sagte hartnäckig: »Das war ausgeschlossen. Er dachte nicht an Heirat. Er benutzte meine Schwester, und als sie zu ihm ging, damit er sie heirate, hat er sie getötet.«

»Das wird sich zeigen«, gab Fidelma zurück. »Wer wußte noch von der Liebschaft zwischen Fergal und deiner Schwester?«

»Niemand«, sagte Congal sofort. »Meine Schwester hat es nur mit großer Überwindung vor mir zugegeben.«

»Und du hast es für dich behalten? Bist du sicher, daß es niemand anders wußte? Was ist mit Rimid?«

Congal zögerte mit niedergeschlagenen Augen.

»Ja«, gab er widerwillig zu, »Rimid wußte es.«

»Ich werde als nächstes mit diesem Rimid sprechen«, sagte Fidelma zum Brehon. Sie wandte sich zum Gehen, zögerte dann und blieb stehen, um ein paar Bündel getrockneter Blumen und Pflanzen zu untersuchen, die neben der Feuerstelle an der Wand hingen.

»Was für ein Kraut ist das?«

Congal sah sie einen Moment mit gerunzelten Brauen an.

»Davon verstehe ich nichts. Barrdub hat alle Kräuter zum Kochen gesammelt.«

Draußen warf der Brehon Fidelma einen langen, verblüfften Blick zu.

»Ihr interessiert Euch sehr für Kräuter, Schwester«, bemerkte er.

Fidelma nickte. »Wußtet Ihr, daß Bruder Fergal an Asthma leidet und die Gewohnheit hat, den Rauch brennender Blätter des *Stramóiniam* einzuatmen oder jeden Abend einen Kräutersud zu trinken, um seine Brust zu erleichtern?«

Der Brehon zuckte die Schultern.

»Es geht manchen Menschen so«, gab er zu, von ihrem Einwurf befremdet. »Ist das wichtig?«

»Wo finden wir Rimid?«

»Um diese Zeit wird er an der Arbeit sein«, seufzte der Brehon.

Fidelma zog eine Augenbraue hoch.

»Ich hatte den Eindruck, Rimid würde nicht arbeiten, weil Congal andeutete, er könne den *Tinnscra* nicht bezahlen.«

Der Brehon lächelte breit.

»Congals Einwand war, daß Rimid nicht den *vollen* Brautpreis bezahlen konnte. Rimid ist kein reicher Mann, aber er ist ein freier Mann des Clans und darf in der Clansversammlung sitzen, im Gegensatz zu Congal.«

»Congal nicht? Ist er so arm?«

»Wie Ihr seht. Eine selbstverschuldete Armut. Er hat große Ideen, aber sie führen zu nichts, weil er von wunderbaren Arten träumt, Anerkennung und Ehren im Clan zu sammeln, aber seine Erwartungen immer größer sind als seine Mittel. Oft ist er auf die Großzügigkeit des Clans angewiesen, um sich ernähren zu können. Es macht ihn bitter.«

»Und Barrdub? War sie auch bitter?«

»Nein. Sie hoffte, der Armut ihres Bruders durch eine Heirat zu entkommen.«

»Sie muß enttäuscht gewesen sein, als Congal Rimids Heiratswunsch ablehnte.«

»So ist es. Ich dachte, sie würde warten, bis sie das *Aimsir togu*, das Alter der Mündigkeit, erreichte, wenn sie das Recht der freien Wahl haben würde. Dann würde sie Rimid heiraten. In diesem Alter hätte es für Congal keine Möglichkeit mehr gegeben, einen Brautpreis zu verlangen. Ich glaube, Rimid teilte diesen Glauben. Als er erfuhr, daß Barrdub sich Bruder Fergal an den Hals warf, war er bitter.«

»Tatsächlich?« grübelte Schwester Fidelma. »Nun, laßt uns gehen und mit diesem Rimid sprechen. Ihr sagtet, er könnte an der Arbeit sein? Wo ist das?«

Der Brehon seufzte.

»Er könnte im *Bothán* von Iland dem Kräuterkundigen sein.«

Fidelma blieb stehen und starrte Brehon voller Erstaunen an.

»Ist Rimid ein Kräuterkundiger?«

Der Brehon schüttelte den Kopf.

»Nein, nein. Er ist nicht ausgebildet. Der Kräuterkundige läßt ihn jeden Tag herumgehen und die Kräuter und Blumen sammeln, die für die Arzneien gebraucht werden.«

Rimids Gesicht war voll bitterem Haß. Er war ein rotgesichtiger, aufbrausender Jüngling, kaum über dem Alter der Mündigkeit.

»Ja. Ich habe Barrdub geliebt. Ich liebte sie, und sie hat mich betrogen. Ohne diesen Fergal hätte ich sie zurückgewinnen können. Ich werde ihn töten.«

Der Brehon schnaubte geringschätzig.

»Das ist nicht dein Recht, Rimid. Das Gesetz wird ihn bestrafen und eine Buße suchen.«

»Und doch, wenn ich ihn auf der Straße treffe, werde ich ihn mit so wenig Reue erschlagen wie ein schädliches Tier.«

»Dein Haß ist groß, Rimid, weil du das Gefühl hast, daß er dir Barrdub gestohlen hat«, entgegnete Fidelma. »Das ist verständlich. Hast du Barrdub auch gehaßt?«

Rimids Augen wurden größer.

»Gehaßt? Nein! Ich liebte sie.«

»Aber du hast gesagt, sie hätte dich betrogen, deine Liebe wegen Bruder Fergal aufgegeben. Du mußt zornig auf sie gewesen sein ... zornig genug ...«

Fidelma ließ ihre Stimme absichtsvoll verklingen.

Rimid riß die Augen auf.

»Niemals! Ich hätte ihr nie etwas getan.«

»Trotz deines Hasses? Und hast du Congal auch gehaßt?«

»Warum sollte ich Congal hassen?« Rimid schien verblüfft.

»Aber er hat dir Barrdub auch verweigert, weil er den *Tinnscra*, den du anbotest, nicht für hoch genug hielt und abgelehnt hat.«

Rimid zuckte die Schultern.

»Ich habe Congal nicht gemocht, ja. Aber Barrdub war nur sechs Monate vom *Aimsir Togu*, dem Alter der Mündigkeit, entfernt, und sie versprach, wenn diese Zeit käme, würden wir ohne Erlaubnis ihres Bruders heiraten.«

»Wußte Congal das?«

Rimid zuckte die Schultern. »Ich weiß nicht. Wahrscheinlich hat Barrdub es ihm erzählt.«

»Wie hat er es aufgenommen?«

»Es gab nichts, was er tun konnte ... aber dann kam Bruder Fergal.«

»Aber Fergal konnte keinen *Tinnscra* bieten. Er gehört zu unserem Orden und hat Armut gelobt.«

»Congal sagte, eine Heirat komme überhaupt nicht in Frage. Fergal hat Barrdub bloß hypnotisiert und mit ihren Gefühlen gespielt, bis sie ihm zu lästig wurde.«

»Hypnotisiert?« Fidelma runzelte die Stirn. »Eine interessante Wortwahl, Rimid.«

»Es ist wahr.«

»Hast du Barrdub wegen ihrer Beziehung getadelt?«

Rimid zögerte und schüttelte den Kopf.

»Ich war blind. Ich wußte bis zum Tag vor dem Mord nicht, was hinter meinem Rücken geschah.«

»Wie hast du es herausgefunden?«

»Congal hat es mir gesagt. Ich traf ihn abends auf der Straße mit wütendem Gesicht. Barrdub hatte es ihm an diesem Tag erzählt.«

»Und wann erfuhrst du von ihrem Tod?«

»Ich ging morgens zu Fergals *Bothán*, um ihn zur Rede zu stellen, und traf den Brehon und Congal auf dem Weg. Sie erzählten mir von Barrdubs Tod. Zwei Männer trugen Barrdubs Leiche auf einer Bahre fort, und Fergal war wegen des Verbrechens festgenommen worden.«

Fidelma blickte rasch zum Brehon, der bekräftigend nickte.

»Seit wann bist du Kräutersammler, Rimid?« fragte Fidelma plötzlich.

»Seit ich ein Junge war«, antwortete der Mann, wegen ihres abrupten Themenwechsels kurz zögernd.

»Haben du oder Iland der Kräuterkundige Bruder Fergal Kräuter gegeben?«

»Ich nicht, aber ich weiß, daß Iland es tat. Ich sammelte Kräuter für Iland. Fergal litt an Kurzatmigkeit und nahm Kräuter dagegen.«

»War das bekannt?«

»Viele wußten es«, antwortet Rimid.

»Wußte es Barrdub?«

»Ja. Sie hat es mir einmal beim Gottesdienst erzählt.«

»Und Congal? Wußte er es?«

Rimid zog die Schultern hoch. »Viele wußten es. Ich weiß nicht genau, wer es wußte und wer nicht.«

Fidelma schwieg, dann lächelte sie.

»Das ist alles.« Sie wandte sich zum Brehon. »Ich bin jetzt bereit, morgen die Verteidigung vor dem Gericht zu halten.«

Die Mehrzahl des Clans der Eóghanacht von Cashel hatte sich in der großen Halle des Häuptlings versammelt. Der Häuptling, Éoghan selbst, saß rechts neben dem Brehon, der das Urteil sprechen würde. Gesetz und Höflichkeit geboten es, mit dem Häuptling des Clans zu beraten, bevor das Urteil gefällt wurde.

Bruder Fergal stand vor dem Brehon und dem Häuptling, neben sich einen stämmigen, muskulösen Clansmann mit Schwert und Schild, der Ordnung halten sollte. Fergal stand vor einem schmalen hüfthohen Holzbalken, bekannt als *Cos-Na-Dála*, der Fuß des Gerichts, von dem aus alle Angeklagten vor dem *Dál* oder Gericht sprechen mußten.

Rechts davon befand sich eine kleine Plattform, die für den *Dálaighe* oder Ankläger errichtet worden war, einen dünnen Mann mit magerem Gesicht. Links saß Schwester Fidelma auf einer ähnlichen Plattform, die Hände bescheiden im Schoß gefaltet, doch entging ihren hellen grünen Augen nichts. Die Zeugen waren aufgerufen worden, und der *Dál* war mit den Männern und Frauen des Clans überfüllt, denn seit man sich im Dorf erinnern konnte, war niemals das Mitglied eines religiösen Ordens eines so abscheulichen Verbrechens wie des Mordes angeklagt worden.

Der Brehon forderte Ruhe, fragte Bruder Fergal, ob er Schwester Fidelma als Verteidigerin annehme, denn dem alten Gesetz gemäß hatte Fergal das Recht, sich selbst zu verteidigen. Bruder Fergal schüttelte den Kopf und zeigte an, daß Schwester Fidelma für ihn sprechen würde.

Der Ankläger schilderte dann den Fall so, wie der Brehon es Schwester Fidelma bereits angedeutet hatte.

Als sich Schwester Fidelma schließlich erhob, gab es erwartungsvolles Gemurmel.

»Bruder Fergal ist dieses Verbrechens unschuldig«, begann sie mit lauter, zwingender Stimme.

Unter den Zuhörern trat Stille ein.

»Zweifelt Ihr die Beweise an?« fragte der Brehon, der nun ein wenig lächelte. »Erinnert Euch, ich ging mit Congal und entdeckte Barrdubs Leiche in Bruder Fergals *Bothán*, wo Fergal schlafend im Bett lag. Ich sah das Blut an seinen Kleidern.«

»Das bestreite ich nicht«, versicherte Fidelma ihm. »Aber das allein beweist noch nicht den Mord. Die Ereignisse, die die Anklage beschreibt, stehen nicht in Zweifel, nur die Art ihrer Deutung.«

Rimid ließ einen wütenden Protestschrei aus dem Hintergrund hören.

»Fergal ist ein Mörder! Sie will nur einen von ihren Leuten schützen!«

Der Brehon gab ihm ein Zeichen, still zu sein.

»Fahrt mit Eurer Verteidigung fort, Schwester Fidelma.«

»Bruder Fergal leidet an Asthma. Es ist bekannt, daß er Kräutersud trinkt, um seine Krankheit zu lindern. Verschiedene Menschen wußten das. In jener Nacht kam er erschöpft in seinen *Bothán* zurück. Meistens zündete er ein Feuer mit *Stramóiniam*-Blättern an und inhalierte, bevor er zu Bett ging. Aber manchmal, wenn er zu erschöpft war, trank er einen Sud aus ähnlichen Kräutern.«

Bruder Fergal starrte sie an.

»Fergal, habt Ihr in jener Nacht die Kräuter inhaliert oder getrunken?«

»Ich war zu müde, um aufzubleiben und etwas zu inhalieren. Ich hatte immer einen Topf mit einem Kräutersud bereit. Also machte ich ihn nur warm und trank etwas davon.«

»Und dann wußtet Ihr nichts mehr bis zum Morgen?«

»Nichts, bis der Brehon und Congal mich weckten«, stimmte der Mönch zu.

»Ihr schlieft fest. Ist das üblich?«

Bruder Fergal zögerte und runzelte die Stirn, als habe er diese Frage noch nicht bedacht.

»Nein. Ich habe oft Schmerzen in der Brust, so daß ich in der Nacht aufwache und zur Linderung mehr von dem Kräutersud trinken muß.«

»Eben. Ihr schlieft ungewöhnlich fest. So fest, daß irgend jemand Euren *Bothán* betreten konnte, ohne Euch zu wecken. Wie es der Brehon und Congal auch taten. Ihr mußtet von ihnen wachgerüttelt werden, sonst hättet Ihr sie nicht bemerkt.«

Der Saal war still, und der Brehon blickte sie neugierig an.

»Worauf wollt Ihr hinaus, Schwester Fidelma?«

»Ich will auf nichts heraus. Ich präsentiere Indizien. Ich nahm in Eurer Gegenwart ein Holzgefäß aus Bruder Fergals *Bothán* an mich und gab es in Eure Obhut.«

Der Brehon nickte und zeigte auf ein Gefäß vor sich auf dem Tisch.

»Das stimmt. Hier ist die Schüssel.«

»Ist das die Schüssel, aus der Ihr getrunken habt, Fergal?«

Der Mönch schaute das Gefäß an und nickte.

»Es ist meine. Dort ist mein Name eingeritzt. Es ist das Gefäß, aus dem ich trank.«

»Auf dem Boden des Gefäßes ist noch etwas Flüssigkeit übrig, und ich habe sie probiert. Es ist kein Sud aus *Stramóiniam*.«

»Was dann?« wollte der Brehon wissen.

»Wir könnten Iland den Kräuterkundigen rufen, um sie zu untersuchen und seine Meinung abzugeben. Aber das Gericht weiß, daß ich ein *Anruth* bin und Wissen über Kräuter besitze.«

»Das Gericht erkennt Euer Wissen an, Schwester Fidelma«, gab der Brehon ungeduldig zurück.

Fidelma beugte das Haupt.

»Es enthält den Rest eines Suds von *Lus Mór Na Coille* und *Muing*.«

»Erklärt für die nicht Kräuterkundigen, was das ist«, wies sie der Brehon mit gerunzelter Stirn an.

»Gewiß. Das *Lus Mór Na Coille*, genannt Tollkirsche, ist ein starkes Schlafmittel, während *Muing* oder Giftschierling in großer Menge Lähmung bewirken kann. Wer immer über Kräuter Bescheid weiß, kann Euch dies sagen. Mit dieser Flüssigkeit wurde Bruder Fergal wirksam betäubt. Er schlief wie ein Toter und nahm nichts wahr. Es war Glück, daß man ihn überhaupt wecken konnte. Vielleicht hat, wer immer ihm die Flüssigkeit hinstellte, nicht erwartet, daß er wieder erwachen werde. Bruder Fergal wäre einfach tot neben Barrdub gefunden worden. Die Schlußfolgerung wäre gewesen, daß er sie tötete und dann aus Reue die tödliche Flüssigkeit trank.«

Auf die Unruhe hin, die ihre Worte hervorriefen, hielt sie inne. Bruder Fergal starrte sie mit bleichem, schockiertem Gesicht an.

Der Brehon forderte Ruhe und wandte sich dann Fidelma zu.

»Wollt Ihr damit sagen, daß Barrdub in Fergals *Bothán* getötet wurde, während er schlief?«

»Nein. Ich will sagen, daß die Person, die Fergal betäubte, Barrdub woanders tötete, ihren Körper zum *Bothán* trug und drinnen liegenließ. Dann schmierte diese Person etwas von dem Blut auf Fergals Hände und Gewand, während er in betäubtem Schlaf lag. Der Mörder machte mehrere Fehler. Er hinterließ das verräterische Indiz des Trinkgefäßes, in dem sich der Rest der Drogen befand. Und er hinterließ einen Fleck von Barrdubs Blut am Türbalken, als er ihre Leiche in den *Bothán* trug.«

»Ich erinnere mich, daß Ihr mir den Fleck zeigtet«, warf der Brehon ein. »Ich sagte dann, daß er vielleicht entstand, als wir die Leiche forttrugen.«

»Nein. Der Fleck war in Schulterhöhe. Als Ihr die Leiche forttrugt, legten Eure Männer sie auf eine Bahre. Demnach wäre sie doch von zwei Männern getragen worden.«

Der Brehon nickte zustimmend.

»Eine Bahre mit einem Körper kann man nicht höher als in Hüfthöhe bequem tragen. Der Fleck war aber in Schulterhöhe. Deshalb entstand der Fleck nicht, als die Leiche aus dem *Bothán* fortgetragen, sondern als sie hineingetragen wurde. Der Mörder mußte den Körper allein tragen. Die einfachste Art, eine solche Last zu tragen, wäre auf den Schultern gewesen. Der Fleck wurde in Schulterhöhe gemacht, als die Leiche vom Mörder hineingetragen wurde.«

»Eure Version ist plausibel«, gab der Brehon zu. »Aber nicht zwingend.«

»Dann laßt mich dem Gericht folgendes vortragen. Nach Eurer Version erstach Bruder Fergal Barrdub im Jähzorn. Dann war er zu erschöpft, um die Leiche aus dem *Bothán* zu schaffen und den Mord zu verbergen, fiel aufs Bett, schlief ein und wurde am nächsten Morgen gefunden.«

»So sagt die Anklage.«

»Wo ist dann die Waffe?«

»Was?« Das Wort kam langsam über die Lippen des Brehon, während in seinen Augen ein wachsender Zweifel erschien.

»Ihr habt keine Waffe erwähnt, das Messer, mit dem Barrdub erstochen wurde. Wenn Ihr sie nicht mitnahmt, als Ihr Fergal an jenem Morgen fandet, muß sie noch dort gewesen sein. Ich habe den *Bothán* durchsucht. Ich fand keine Waffe. Bruder Fergal trägt kein solches Messer.«

Der Brehon biß sich auf die Lippen.

»Es ist wahr, man hat kein Messer gefunden.«

»Aber es muß eines geben, mit Barrdubs Blut daran.«

»Fergal könnte es versteckt haben«, konterte der Brehon, der sein Versäumnis einsah, nicht früher eine Suche veranlaßt zu haben.

»Warum? Warum sollte er die Waffe verstecken, wenn er zu erschöpft war, die Leiche zu verstecken?«

»Eure Argumente sind mögliche Erklärungen. Aber wenn Fergal Barrdub nicht ermordet hat, wer dann?« Bevor sie antworten konnte, leuchteten die Augen des Brehon auf. »Ah, habt Ihr Euch deshalb so für die Kräuter des Einsiedlers Erca interessiert? Seid Ihr der Meinung, daß er es war? Daß er es tat, um Fergal zu schaden? Jeder weiß, daß er alle Christen haßt.«

Fidelma schüttelte entschieden den Kopf.

»Erca haßt alle Christen, aber er hat es nicht getan. Er bestärkte nur meinen Verdacht, daß ich zwei starke Drogen geschmeckt hatte, die in der Umgebung leicht zu finden waren. Hinter diesem Mord liegt ein tieferes Motiv als bloßer Haß auf die Christen.«

Sie drehte sich um und sah Rimids bleiches Gesicht. Die Lippen des Mannes zitterten.

»Sie will es auf mich schieben!« schrie er.

Auch der Brehon schaute Rimid mit tiefem Mißtrauen an. Er fragte: »War dein Haß auf Fergal nicht groß? Das hast du gestern zu uns gesagt.«

»Ich war es nicht. Ich habe Barrdub geliebt ... ich ...« Rimid sprang auf und wollte sich aus der großen Halle hinauskämpfen.

»Haltet ihn fest!« rief der Brehon. Zwei Clansmänner traten vor.

Aber Fidelma hatte sich zum Brehon umgewandt und schüttelte den Kopf.

»Nein, laßt ihn. Rimid war es nicht.«

Der Brehon runzelte die Stirn. Rimid sträubte sich nicht länger zwischen den beiden Clansmännern und starrte voller Verwirrung zurück.

»Wer dann?« fragte der Brehon am Ende seiner Geduld.

»Barrdub wurde von Congal getötet.«

Ein Keuchen der Überraschung ging durch die Halle.

»Das ist gelogen! Das Weib lügt!« Congal war mit blassem Gesicht und geballten Fäusten aufgesprungen.

»Congal hat seine Schwester ermordet?« Der Brehon konnte es nicht glauben. »Aber warum?«

»Aus einem der ältesten Gründe. Aus Habgier.«

»Aber Barrdub hatte keinen Besitz. Wie sollte ihm diese Tat Gewinn bringen?«

Schwester Fidelma seufzte traurig.

»Congal war mittellos. Sein Vater hatte einen ehrenvollen Rang im Clan gehabt, und Congal hätte, wenn alles gutgegangen wäre, das gleiche erwarten können. Aber bei Congal ging es nie gut. Er war launisch, unverläßlich. Er träumte lieber und machte große Pläne, die keinen Erfolg hatten. Er mußte mit seiner Schwester in einem ärmlichen *Bothán* aus Holz und Lehm wohnen und für seine Nachbarn arbeiten, denen es besser ging als ihm. Sie hatten Mitleid mit ihm, das machte ihn bitter. All das war bekannt. Ihr, Brehon, habt es mir erzählt.

Rimid und Barrdub waren verliebt. Rimid hatte nicht viel Besitz. Er lebte wie die meisten von uns, zufrieden damit, seinen Lebensunterhalt zu verdienen. Aber als Rimid um Congals Erlaubnis bat, Barrdub zu heiraten, die noch nicht mündig war, lehnte Congal ab. Warum? Weil es Congal nicht um das Glück seiner Schwester ging. Es ging ihm um Reichtum. Er forderte den vollen Brautpreis oder *Tinnscra*, der für die Tochter eines freien Gastwirts des Clans angemessen war, obwohl er und seine Schwester schon lange nicht mehr diesen Rang hatten.«

»Dennoch war das vor dem Gesetz sein Recht«, wandte der Brehon ein.

»Sein Recht, gewiß. Aber manchmal können Rechte eine Art von Ungerechtigkeit sein«, antwortete Fidelma.

»Fahrt fort.«

»Rimid konnte nicht den vollen *Tinnscra* bezahlen. Barrdub war empört und ließ ihren Bruder wissen, wenn sie erst mündig sei und das Recht habe, frei zu wählen, werde sie Rimid auch so nehmen. Dann hätte ihr Bruder überhaupt keinen *Tinnscra* bekommen.«

Schwester Fidelma hielt einen Augenblick inne, um ihre Gedanken zu sammeln.

»In Congals Geist lag die einzige Hoffnung, seine Armut zu lindern und in seinem Clan wieder Ansehen zu erlangen, darin, die zwanzig Milchkühe zu bekommen, die ein möglicher Ehemann als vollen Brautpreis bezahlen würde. Dann kam ihm eine neue Idee. Eine phantastische Idee. Warum sich mit zwanzig Milchkühen als Brautpreis begnügen? Wenn seine Schwester ermordet würde, würden der Mörder oder seine Familie Buße zahlen müssen, und das Gesetz legte eine Buße von nicht weniger als fünfundvierzig Milchkühen fest, der Grundstock für eine respektable Herde, die ihn im Clan zu einem geachteten Mann gemacht hätte. Er mußte aber sicher sein, daß die Person, die des Mordes angeklagt werden sollte, diese Summe auch bezahlen konnte.

Dann erscheint Bruder Fergal. Es ist wahr, daß der einzelne Mönch nicht wohlhabend ist. Das Gesetz sagt jedoch, die Mitglieder der *Fine* oder Familie des Schuldigen müssen für den *Eric*, die Buße an die Familie des Opfers, einstehen, wenn er selbst ihn nicht zahlen kann. Es ist bekannt, daß ein Kloster an die Stelle der Familie tritt. Wenn ein Mitglied des Klosters eines Verbrechens schuldig ist, erwartet man vom Kloster, daß es den *Eric* bezahlt. Congal überlegte sich, daß das Kloster es sich leisten könnte, die Buße von fünfundvierzig Milchkühen zu bezahlen. Damit war das Schicksal der armen Barrdub besiegelt.

Congal wußte von Fergals Leiden und seiner Arznei. Er bereitete den Sud, schüttete Fergals üblichen Trank weg und ersetzte ihn durch sein eigenes, betäubendes Gebräu. Er rechnete damit, daß Fergal den Inhalt seiner Schüssel nicht prüfen würde, bevor er den Kräutertrank erhitzte. Dann ging Congal zu Rimid und bereitete die Sache weiter vor, indem er ihm erzählte, Barrdub habe sich in Fergal verliebt. Schließlich suchte Congal Barrdub, und den Rest wissen wir bereits.

Er tötete sie, trug sie in Fergals *Bothán*, sobald der Mönch in tiefen Schlaf gefallen war, ließ sie da liegen und beschmierte Fergals Hände und Gewand mit ihrem Blut. Seine beiden größten Fehler waren es, die Mordwaffe nicht dazulassen und den Rest des Tranks in Fergals Gefäß nicht zu vernichten.«

Sie wandte sich dorthin, wo Congal mit bleichem Gesicht und zitterndem Mund stand.

»Da steht der gemeine Mörder. Er hat seine Schwester für eine Herde Kühe ermordet.«

Mit einem Schrei zog Congal ein Messer und stürzte auf Schwester Fidelma zu. Links und rechts zuckten die Leute vor dem Wahnwitzigen zurück.

Gerade bevor er sie erreichte, stellte sich ihm die dunkle Gestalt eines Mannes in den Weg und traf ihn voll ins Gesicht. Es war Rimid. Congal brach bewußtlos zusammen. Als Rimid sich auf ihn stürzen wollte, griff Fidelma nach vorn und legte ihm ihre schmale Hand auf die Schulter.

»Rache ist keine Gerechtigkeit, Rimid. Wenn wir für jedes Übel, das uns angetan wurde, Rache verlangen, werden wir die Schuld an noch größerem Übel tragen. Überlaß seine Verurteilung dem Gericht.«

Rimid zögerte.

»Er hat keinen Besitz, um Buße an die zu leisten, denen er geschadet hat«, protestierte er.

Fidelma lächelte milde.

»Er hat eine Seele, Rimid. Er versuchte, einem Mitglied der Klosterfamilie zu schaden. Das Kloster wird Buße verlangen, die Buße wird seine Seele sein, die man Gott übereignet.«

»Ihr werdet ihn töten lassen? Zu Gott ins Jenseits schicken?«

Sie schüttelte sanft den Kopf.

»Gott wird ihn zu sich nehmen, wenn seine Zeit gekommen ist. Nein, er wird im Kloster dienen und hoffentlich in seinem Dienst Reue finden.«

Nachdem Bruder Fergal freigesprochen und Congal bis zu seinem Prozeß eingesperrt worden war, schritt Fidelma mit dem Brehon zur Tür der großen Halle.

»Wie kamt Ihr auf Congal?« fragte der Mann.

»Wer einmal lügt, lügt auch ein zweites Mal.«

»Bei welcher Lüge habt Ihr ihn ertappt?«

»Er behauptete, nichts von Kräutern zu verstehen, aber er wußte recht gut, wozu das Kraut *Stramóiniam* dient und daß Bruder Fergal es regelmäßig anwandte. Der Rest war eine Mischung aus einfachen Schlußfolgerungen und List, denn es wäre vielleicht schwierig geworden, Congal den Mord ohne ein Geständnis lückenlos nachzuweisen.«

»Ihr seid ein hervorragender Advokat, Schwester Fidelma«, bemerkte der Brehon.

»Ein kluges und überzeugendes Plädoyer vorzutragen ist keine große Kunst. Die Wahrheit zu sehen und zu verstehen ist eine größere Gabe.« Sie blieb an der Tür stehen und lächelte dem Richter zu. »Friede sei mit Euch, Brehon der Eóghanacht von Cashel.« Dann war sie fort und schritt auf der staubigen Straße der fernen Abtei zu.

CATHAL Ó SÁNDAIR

Ausnehmen in der Harcourt Street

Der zweifellos beliebteste irische Detektiv ist der von Cathal Ó Sándair (*1922) erfundene Réics Carlo – Rex Carlo –, dessen abwechslungsreiche Fälle seit den frühen vierziger Jahren Generationen von Lesern unterhalten haben. Von Cathal als »irischer Sexton Blake« geschaffen, hatte der einfallsreiche Privatdetektiv 1942 in dem Thriller *NaMarbh a d' Fhill* (Die Rückkehr der Toten) sein Debüt. Diese Erzählung und ihre Nachfolger machten Carlo schnell zum Lieblingslesestoff für Jugendliche, die lieber ihre Schularbeiten hätten machen sollen, genau wie für viele Erwachsene, die einen tempogeladenen Thriller in ihrer eigenen Sprache schätzten. Cathal Ó Sándair, Sohn eines englischen Vaters und einer irischen Mutter, wuchs in Dublin auf und ging in den Staatsdienst. In seiner Freizeit widmete er sich jedoch der Schriftstellerei und war erst zwanzig, als sein erster Rex-Carlo-Roman erschien. Seitdem hat er über hundertsechzig Bücher geschrieben, wovon etwa fünfzig von seinem Detektivhelden handeln. Auf der Höhe von Carlos Ruhm, in den fünfziger Jahren, verkaufte sich jeder Band über hunderttausendmal – eine enorme Zahl für ein Buch in irischer Sprache. Der »irische Sexton Blake« hat auch heute noch eine große Anhängerschaft, und die folgende Kurzgeschichte, die Cathal speziell für diese Sammlung auswählte, ist die erste auf englisch erschienene und gewiß nicht die letzte. (Sie erschien zuerst 1982 in der Zeitschrift ›Feasta‹ in der Übersetzung von Séamas Ó Coileáin.) Die spannungsgeladenen Ereignisse von »Ausnehmen in der Harcourt Street« sind typisch für Rex Carlos Kampf gegen das Verbrechen und bilden den idealen Abschluß für dieses Buch.

Die Zeit: Abend, Einbruch der Dunkelheit. Der Ort: Harcourt Street, Dublin 2 – eine Straße mit hohen Bürohäusern, Hotels und Wohnungen. Tagsüber belebt, aber nachts eine einsame, unheimliche Gegend, wenn die dunklen Wolken einer düsteren Nacht wie ein Dach auf den Gebäuden lasten, die schon die Zeit Victorias, Edwards, Georges, des Freistaats und der Republik erlebt haben …

Jeder Fußgänger hätte den gebeugten, eingefallenen Mann, der in dieser Nacht hier langsam und müde entlangging, auf etwa sechzig Jahre geschätzt: wahrscheinlich ein Rentner.

»Beraubt und zusammengeschlagen werden«, dachte er, »das ist die Gefahr, die ständige Gefahr für alte Leute in unseren Städten.«

Es gab noch eine andere Bezeichnung – wir hatten das Wort und den Schrecken aus Amerika: »Ausnehmen« ... *Mugail* in der Sprache, die unsere Vorfahren schon vor der Zeit Christi gesprochen hatten. Ein häßliches Wort für eine häßliche und furchtbare Sache.

Der gebrechliche, gebeugte Mann blickte sich aufmerksam um ... Dunkle, einsame Seitenstraßen auf der einen Seite: da lauerte ohne Zweifel Gefahr. Die Leute würden sagen, es sei nicht klug von alten Leuten, so spät noch auf der Straße zu sein. So spät? Nun, das hängt wohl vom Alter ab.

»Wie oft sind hier wohl in letzter Zeit Leute ausgenommen worden?« fragte sich der gebeugte Fußgänger.

Jede Woche standen solche schimpflichen Vorkommnisse in der Zeitung. Das Viertel bekam einen schlechten Ruf. Das Gesicht des Mannes war ernst und unzufrieden. Ihm gefiel das nicht. Ihm gefiel das überhaupt nicht. Lange Zeit war es eine anständige, freundliche Gegend gewesen. Aber sollte man barbarischen, bedrohlichen Schuften gestatten, diesen guten Namen wie einen Nebelhauch zu zerstreuen, wie die Schaumkronen des Flusses?

Der Anzug des Mannes war schick, neu und teuer. Man könnte sagen, ein Rentner, der bei einer großzügigen Firma gearbeitet hatte – im Staatsdienst, bei der Dubliner Stadtverwaltung oder der Brauerei oben beim James Gate ... Eine ordentliche Pension, die es einem Mann erlaubte, nach den Jahren der Arbeit seine Würde zu behalten: es warm, trocken und gemütlich zu haben. Immer ein Pfund oder zwei oder sogar drei in der Brieftasche. Kurz, der Traum jedes Straßenräubers.

Der Mann ging nervös weiter. Es war nicht schön, nicht recht oder passend, daß Senioren in Dublin, der Hauptstadt von *Banba na n-ainnir n-órchiabh*, im Jahre des Herrn neunzehnhundertneunundsiebzig so nervös sein mußten. In New York – na schön: da geht kein vernünftiger Mensch bei Dunkelheit allein auf die Straße. Hatte man dort nicht das teuflische, unnatürliche Phänomen unserer Zeit, das Ausnehmen, zuerst beobachtet?

»Jetzt wird es wohl nicht mehr lange dauern«, sagte sich der Fußgänger mit überraschendem Stoizismus.

›*Que sera, sera ... whatever will be, will be*‹ ... Tja, da hilft kein Jammern und kein Klagen, wie man so sagt. Aber wer immer diesen alten Spruch prägte, hatte sicher nicht ans Ausnehmen gedacht!

War dies die Nacht, in der man ihm auflauern würde? Dieselben Wilden, die sich nichts dabei denken würden, einen alten Menschen in der Gosse liegen zu lassen, während sein Blut aus einer Kopfwunde floß ... mit ein paar Pfund wären sie schon zufrieden – dem Preis für eine Flasche Wein, ein Päckchen Zigaretten ... War nicht der Galgen noch zu milde für sie?

In jedem Fall näherte sich der schicksalhafte Augenblick dem Passanten in der Harcourt Street. Gerade in diesem Augenblick gingen zwei junge Halunken durch die Hatch Street in Richtung Harcourt Street: jung, aktiv und kräftig, ohne Reue oder Mitgefühl. Zwei fieser aussehende Kerle hätte man während eines ganzen Tages nicht getroffen ... oder während einer ganzen Nacht.

»Wir müssen irgendwie an Geld kommen, Nicky«, sagte Billy zu seinem Begleiter, »so oder so. Wir haben keinen einzigen Glimmstengel mehr oder das Geld für 'ne Flasche.«

Nicky kicherte. »Uns ist noch immer was eingefallen, Alter.«

»Wir machen's wie immer«, sagte Billy.

»Jede Minute wird ein Depp geboren«, sagte Nicky. »Besonders ein alter Depp mit mehr Geld als Verstand.«

»Das ist auch bequem«, sagte sein Partner.

Als sie in die Harcourt Street bogen, fiel ihr Blick auf einen Fußgänger unter der Laterne auf der anderen Straßenseite ... einen gebeugten Mann, der langsam auf dem Bürgersteig entlangging. Nicky und Billy schauten sich an. Nicky nickte seinem Komplizen zu. Keine Worte nötig. Ein Nicken genügte den Profis. Sie waren von derselben Sorte und hatten dieselben Gedanken.

Sie warteten einen Moment oder zwei, bis es ganz sicher war, die Straße zu überqueren. Rasch gingen sie hinüber. Zwanzig Meter lagen zwischen den jungen Galgenvögeln und ihrem Opfer.

Er mußte aus den Augenwinkeln gesehen haben, wie sie in seine Richtung die Straße überquerten: Er versuchte, seine Schritte zu beschleunigen. Aber er war lächerlich schwach. Das bißchen Extrageschwindigkeit machte seinen Verfolgern gar nichts aus. Das wußte auch der einsame Fußgänger genau.

Schlimmer noch: Die Straße war einsamer als gewöhnlich. Es waren nicht viele Autos zu sehen. Der gebrechliche, gebeugte Mann kam an einem Gelände vorbei, wo ein großes neues Gebäude errichtet wurde, an der Straße Bretterwände und Gerüste. Hier würde der Angriff passieren, dachte er sich, der Raub und die Körperverletzung ... das Ausnehmen. Er hörte deutlich die Schritte, näher, drängender. Hier würden sie ... o Gott, er wollte nicht daran denken ...

Was Nicky und Billy betraf, so waren sie in ihrem Element. Es würde so einfach sein ... so schnell. Als ob man einem Kind seine Bonbons wegnahm. Der Mann vor ihnen sah nicht danach aus, als sei er völlig pleite.

Es gab keine Gerechtigkeit auf der Welt ... Und dieser alte Zausel hatte Geld, ohne daß er es genießen konnte. Na, Nicky und Billy würden bald damit auf den Putz hauen. Sie fingen an zu rennen und erreichten den Fußgänger in vollem Lauf.

Nicky überholte ihn, drehte sich um und breitete die Arme aus, um dem Rentner den Weg zu versperren. Billy blieb hinter ihm und stieß ihn nach vorn. Der gebeugte Mann fiel gegen die Bretterwand.

»W-was wollen Sie?« fragte er zitternd. Nicky packte ihn am Mantelaufschlag. Der alte Mann roch den Mundgeruch seines Angreifers.

»Alles, was du hast, Opa!« drohte Nicky durch die Zähne. »Hörst du ... alles ... Uhr ... Geld, bis zum letzten Penny.«

Er gab dem Rentner einen leichten Schlag ins Gesicht und lockerte seinen Griff.

»Fang an zu suchen ... ganz unten in den Taschen!« sagte Nicky rauh. »Wir haben nicht die ganze Nacht Zeit.«

»Wenn ich Ihnen alles gebe ... lassen Sie m-mich gehen?« bat der gebrechliche, gebeugte Mann.

Die beiden brachen in höhnisches Gelächter aus.

»Geld, Zigaretten, Uhr ... los jetzt, du alter Narr!« sagte Billy.

Der Bursche nahm sein Portemonnaie heraus und bot es nervös Nicky an, der es ihm aus der Hand riß, hineinschaute und verärgert stöhnte.

»Ein paar Münzen, du Trottel, was sollen wir denn damit?«

Zur Bekräftigung schlug er dem Gefangenen mit der Faust vor die Brust.

»Ja, die Scheine!« fiel Billy ein und verpaßte ihm eine Ohrfeige.

Dann stießen sie den Mann zwischen sich hin und her und ließen ihm keine Zeit zu stürzen.

»Los jetzt, das Geld!« befahl Nicky.

»A-also gut …«, sagte der Mann heiser. »Ich hab eine Brieftasche … aber gebt mir Platz, damit ich sie aus der Innentasche meines Anzugs holen kann.«

Billy lächelte. »Das ist es, was wir hören wollen … mach ihm Platz, Nicky.«

Als die beiden etwas zurücktraten, geschah etwas ziemlich Überraschendes. Eigentlich war es eher wie ein Wunder. Es war, als sei der Rentner plötzlich größer, breiter und stärker geworden. Wenn er die Arme schwang, waren sie wie Windmühlenflügel. Sie packten die beiden und warfen sie gegeneinander, heftig, geräuschvoll. Im nächsten Augenblick waren es die beiden, die an der Bretterwand standen, und das Exopfer war vor ihnen. Nicky und Billy versuchten sich zu verteidigen, aber es war sinnlos. Boxen, Karate … Judo, der Kerl beherrschte jeden Trick. Ein Stoß, ein Knuff, ein heftiger Schlag … bumm, krach, schmetter … zack, rums, klatsch … ein Hagel von Prügeln und Schlägen ging auf sie nieder und verpaßte ihnen blutige Nasen, Ohren und Köpfe.

»Aufhörn!« schrie Billy.

»Hilfe!« brüllte Nicky.

Der Mann ließ nicht nach, es gab kein Pardon, bis die beiden bewußtlos am Boden lagen … Dann schlug er die Hände zusammen, als wolle er den Staub abklopfen, bückte sich, um seine Brieftasche aufzuheben, und ging die Straße mit elastischem Schritt zurück … ohne eine Spur von Schwäche oder Alter.

Später fand die Polizei das Paar.

»W-wir sind ausgenommen worden!« sagte Nicky.

»Es war ganz schrecklich!« sagte Billy. »Wir hatten keine Chance.«

Aber die Polizisten kannten die zwei schon von früher, obwohl sie ihnen nie ein schweres Verbrechen hatten nachweisen können. Die Polizisten dachten sich, daß die Verräter ihren Lohn von ihren Komplizen erhalten hätten.

Kurz zuvor hatte der Verantwortliche für das Gemetzel ein Haus in der Harcourt Street erreicht, einen Schlüssel aus der Tasche gezogen und war hineingegangen.

Neben der Tür befand sich ein Messingschild. Darauf war zu lesen:

REX CARLO
PRIVATDETEKTIV

NICHOLAS BLAKE

Auflösung zu

Eine Studie in Weiß

Der Inspektor verhaftete den Schaffner wegen vorsätzlichen Mordes an Arthur J. Kilmington.

Inez Blake hatte Kilmingtons Taschen gefilzt, als sie um acht Uhr fünfundfünfzig so getan hatte, als werde sie ohnmächtig, und seine Golduhr wanderte sofort weiter zu ihrem Komplizen Macdonald. Kilmington schaute ständig auf die Uhr. Es ist unvorstellbar, daß er seine Uhr nicht vermißt und kein Spektakel gemacht hätte, wenn er nicht bis neun Uhr ermordet wurde. Dieser Punkt wurde durch den Erste-Klasse-Passagier bestätigt, der gesagt hatte, ein Mann, auf den Kilmingtons Beschreibung paßte, habe ihn um acht Uhr fünfzig nach der Uhrzeit gefragt: Wäre es wirklich Kilmington gewesen, so hätte er, bevor er jemand anders fragte, sicher zuerst auf seine eigene Uhr geschaut, bemerkt, daß sie fort war, und den Diebstahl angezeigt. Die Tatsache, daß Kilmington weder den Diebstahl beim Schaffner meldete noch in sein früheres Abteil zurückkam, um nach der Uhr zu suchen, beweist, daß er ermordet worden sein mußte, *bevor er den Verlust bemerkte* – nämlich kurz nachdem er das Abteil um acht Uhr siebenundzwanzig verließ. Der Schaffner behauptete jedoch, um neun Uhr mit Kilmington gesprochen zu haben. Also log der Schaffner. Und warum sollte er lügen, außer um sich ein Alibi zu verschaffen? Das ist Indiz Nummer Eins.

Der Schaffner behauptete, um neun Uhr mit Kilmington gesprochen zu haben. Um acht Uhr fünfundfünfzig hatte sich der Schneesturm zu leichtem Schneefall abgeschwächt, der bald darauf ganz aufhörte. Als Stansfield die Leiche entdeckte, war sie unter dem Schnee begraben. Daher mußte Kilmington ermordet worden sein, *während der Sturm noch tobte* – d. h. einige Zeit vor neun Uhr. Also log der Schaffner, als er sagte, Kilmington habe um neun Uhr noch gelebt. Das ist Indiz Nummer Zwei.

Henry Stansfield, der im Auftrag der Cosmopolitan-Versicherung den Diebstahl der Smaragde der Gräfin von Axminster untersuchte, rekonstruierte das Verbrechen folgendermaßen: *Motiv:* Die Frau des Schaffners war vor Weihnachten schwer krank gewesen – dann, genau zum Zeitpunkt des Zugraubs, hatte er für sie den besten Chirurgen Glasgows besorgt und sie in ein Sanatorium geschickt (Aussage des Lokführers: Indiz Nummer Drei). Der Lohn eines Schaffners reicht normalerweise nicht für eine solch teure Behandlung; es erschien deshalb möglich, daß der wegen der Not seiner Frau verzweifelte Mann eingewilligt hatte, gegen eine hohe Bestechung bei dem Raub mitzumachen. Welche Rolle spielte er dabei? Bei der Untersuchung hatte der Schaffner angegeben, er habe das Dienstabteil für fünf Minuten verlassen, während der Zug das letzte Stück der Shap Bank hinauffuhr, und bei seiner Rückkehr seien die Postsäcke verschwunden gewesen. Kilmington jedoch, der mit demselben Zug fuhr, hatte die Tür des Dienstabteils zu diesem Zeitpunkt verschlossen gefunden und erklärte nun seine Absicht, den Schaffner anzuzeigen (Aussage von Mrs. Grant: Indiz Nummer Vier). Letzterer wußte, daß Kilmingtons Bericht seiner eigenen Aussage widersprechen und ihn der Mittäterschaft bei dem Verbrechen überführen würde, da er das Dienstabteil für ein paar Minuten abgeschlossen hatte, um die Postsäcke selbst hinauszuwerfen.

Er hatte vorgegeben, geschlafen zu haben, als Kilmington an die Tür klopfte (Kilmingtons eigene Aussage). Also mußte Kilmington zum Schweigen gebracht werden.

Stansfield verdächtigte bereits Percy Dukes als Organisator des Diebstahls. Während der Fahrt verriet Dukes sich dreimal. Beim ersten Mal verriet er seine Kenntnis des Ortes an der Strecke, wo die Säcke hinausgeworfen worden waren, obwohl es nicht in der Zeitung gestanden hatte. Beim zweiten Mal wußte Dukes, daß ein smaragdenes *Halsband* gestohlen worden war, obwohl auch der Verlust der Smaragde nicht in der Zeitung erwähnt worden war: Stansfield hatte ihm eine Falle gestellt, indem er es ein *Armband* nannte, aber später sprach Dukes von einem Halsband. Beim dritten Mal verriet seine große Unruhe bei der (falschen) Nachricht, die Smaragde seien 25 000 Pfund wert gewesen, die Reaktion eines Verbrechers, der glaubt, von seinem Hehler mächtig übers Ohr gehauen worden zu sein. Dukes plante jetzt einen zweiten Diebstahl und hatte vor, den Schaffner zu zwingen, wieder sein Komplize zu sein. Inez

Blakes Aussage (Indiz Nummer Fünf), daß sie ihn sagen gehört hatte: »Du wirst uns wieder helfen, Kumpel« etc., wies deutlich auf die Mittäterschaft des Schaffners beim vorigen Diebstahl hin: Es war mit fast völliger Sicherheit der Schaffner, zu dem Dukes das gesagt hatte, denn nur ein Bahnangestellter hätte von der Existenz eines Streckenhäuschens weiter oben an den Gleisen gewußt und sich dort mit Dukes verabredet; hätte Dukes überdies im Zug mit irgend jemand *anderem* als einem Bahnangestellten über die Pläne für den nächsten Diebstahl gesprochen, hätte es Verdacht erregt, wenn man die zwei zusammen gesehen hätte.

Methode: Um acht Uhr siebenundzwanzig geht Kilmington ins Dienstabteil. Er droht, den Schaffner zu melden, obwohl er nicht weiß, welche Folgen das für diesen haben würde. Der Schaffner läßt ihn aus dem Zug steigen, vielleicht unter dem Vorwand, ihm den Weg zum nächsten Dorf zu zeigen, entfernt sich mit ihm vom Zug, schlägt ihn nieder (der Bluterguß war nur leicht und wurde von Stansfield bei der ersten Untersuchung nicht bemerkt), trägt ihn zu dem Ort, wo Stansfield die Leiche fand, und stopft Mund und Nase mit Schnee zu. Dann beschließt der Schaffner, statt alles ruhig so zu lassen, sich noch ein Alibi zu verschaffen. Er nimmt den Hut seines Opfers, geht zum Zug zurück, zieht seinen dunklen Mantel für die Zeit außer Dienst an, findet einen einsamen, schlafenden Passagier, tut so, als sei er Kilmington, der nach der Uhrzeit fragt, und verstärkt den Eindruck, indem er sagt, er werde zum Dorf laufen, falls in fünf Minuten keine Hilfslok eingetroffen sei. Dann läuft er zur Leiche zurück und wirft den Hut daneben (Stansfield fand den Hut im Vergleich zur Leiche nur leicht mit Schnee bedeckt: Indiz Nummer Sechs). Außerdem fiel dem Passagier auf, daß der Fragende blaue Hosen trug (Indiz Nummer Sieben). Die Dienstkleidung des Schaffners war blau, aber Dukes' Anzug war grau und der von Macdonald grell kariert – also konnte der Verkleidete keiner von beiden sein.

Die Zeit ist jetzt acht Uhr fünfundfünfzig. Der Schaffner beschließt, sein Alibi zu verstärken, indem er dem zurückkommenden Heizer entgegengeht. Er nimmt eine Abkürzung von der Leiche zum Streckenhäuschen. Die Spur, die er jetzt hinterläßt, ist viel weniger mit Schnee gefüllt, als Stansfield sie findet (Indiz Nummer Acht): Also muß sie einige Zeit nach dem Mord entstanden sein und belastet Percy Dukes nicht. Der Schaffner trifft den Heizer kurz nach acht Uhr fünfundfünfzig. Sie gehen zusammen zum Zug zurück. Der Schaffner wird von Dukes beiseite genommen, der zum »Luftschnappen« nach draußen gegangen war, und sie führen das von Inez Blake mitangehörte Gespräch. Der Schaffner erzählt Dukes, er werde ihn gleich beim Streckenhäuschen treffen: Das soll Dukes belasten, falls der Mord durch Zufall entdeckt werden sollte, denn Dukes würde es schwerfallen zu erklären, warum er eine halbe Stunde in einer kalten Hütte gesessen habe, genau zu der Zeit, als Kilmington vermutlich hundertfünfzig Meter weiter ermordet wurde. Jetzt geht der Schaffner allein zur Lokomotive, bleibt dort vierzig Minuten und schwatzt mit der Mannschaft. So hat er ein Alibi für die Zeit von acht Uhr fünfundfünfzig bis neun Uhr vierzig. Sein Plan hätte funktionieren können, wenn nicht drei unglückliche Umstände eingetreten wären, die er auf keinen Fall hatte voraussehen können – Stansfields Anwesenheit im Zug, das Ende des Schneesturms kurz nach neun Uhr und der Diebstahl von Arthur J. Kilmingtons Taschenuhr.

DANKSAGUNG

Für ihre Hilfe bei der Zusammenstellung dieser Sammlung dankt der Herausgeber besonders Peter Berresford Ellis, W. O. G. Lofts, Brian Cleeve, William Trevor und Séamas O'Coileáin. Herausgeber und Verlag danken außerdem folgenden Autoren, Verlagen und Agenten für die Genehmigung zum Abdruck der Erzählungen: Random Century Publishers Ltd. für »Die Geschehnisse in Drimaghleen« von William Trevor, »Ausplaudern« von Elizabeth Bowen, »Mord bei Cobbler's Hulk« von Sean O'Faolain und »Im Zug« von Frank O'Connor; der ›Irish Times‹ für »Die Spitzel« von Brendan Behan; Davis Publication Ltd. für »Eine Studie in Weiß« von Nicholas Blake; Express Newspapers für »Ratten« von Rearden Conner und »Die Glasscheibe« von Eimar O'Duffy; Mills & Boon Ltd. für »Ein Irrer auf freiem Fuß« von George A. Birmingham und »Außerhalb des Gesetzes« von Dorothea Conyers; Harper Collins Publishing Group für »Abgekocht« von Flann O'Brien, »Die Frau meiner Träume« von Peter Cheyney und »Ostwind« von Freeman Wills Crofts; Brian Cleeve für seine Erzählung »Foxer«; A. P. Watt Literary Agency für »Zwei Flaschen Relish« von Lord Dunsany und »Eine Frage des Blickwinkels« von Edmund Crispin; Victor Gollancz Ltd. für »Jungfernsprung« von Benedict Kiely und »Gesetz ist Gesetz« von Liam O'Flaherty; Peters, Fraser & Dunlop für »Chaileys Lustschloß« von L. A. G. Strong; A. M. Heath & Co. für »Mord im Schlaf« von Peter Tremayne und Cathal Ó Sándair für seine Erzählung »Ausnehmen in der Harcourt Street«.